KB042825

朝鮮刊本 劉向 新序의
복원과 문헌 연구

본 저서는 2016년 대한민국 교육부와 한국연구재단의 지원을 받아 수행된 연구결과임.
(NRF-2016S1A5A2A03925653)

경희대학교 비교문화연구소 비교문화총서 17

朝鮮刊本 劉向 新序의 복원과 문헌 연구

閔寬東
劉承炫 共著

學古房

연구제목	국내 고전문헌의 목록화와 복원
과제번호	NRF-2016S1A5A2A03925653
연구기간	2016.11.01. ~ 2019.10.31.
일반공동연구 지원사업 연구진	책임연구원 : 閔寬東 공동연구원 : 鄭榮豪, 朴鍾宇 전임연구원 : 劉僖俊, 劉承炫 연구보조원 : 裵玗桯, 玉珠

NRF-2016S1A5A2A03925653
2016.11.01. ~ 2019.10.31.

▌머리말

 본서는 한국연구재단 일반공동연구지원사업 과제인《국내 고전문헌의 목록화와 복원》(2016년 11월 01일~2019년 10월 31일 / 3년 과제)의 일환으로 나온 책이다. 본 연구 프로젝트는 크게 발굴부분과 복원부분으로 나누어 연구되었다.

● 발굴 작업

 현재 국내의 국립도서관이나 대학의 중앙도서관에 소장된 문·사·철 古書들은 대부분 정리되어 목록화 되어있다. 또 일부 사찰이나 서원 및 개별 문중 古書들도 지방 자치단체의 후원에 힘입어 지역별로 전체 목록을 정리하여 출간되고 있다. 그러나 個人所藏家나 개별 門中 및 一部 書院의 古書들은 아직도 해제작업은 물론 목록화 작업조차도 미비한 채 그대로 방치되어 있는 상황이다.

 본 연구팀은 이러한 곳 가운데 비교적 많은 고문헌을 소장하고 있는 안동의 군자마을(광산 김씨, 後彫堂), 봉화의 닭실마을(안동 권씨, 冲齋博物館), 경주의 옥산서원을 선정하여 그 古書들을 목록화하고 古書에 대한 해제집을 발간하는 작업을 계획하였다.

 * 안동 군자마을(광산 김씨) 古書目錄 및 解題 (1년차)
 * 봉화 닭실마을(안동 권씨) 古書目錄 및 解題 (2년차)
 * 경주 옥산서원 古書目錄 및 解題 (3년차)

 이러한 작업으로 만들어진 책자는 각 문중이나 서원에서 서지문헌에 대한 연구는 물론 홍보자료로 활용할 수 있기에 이에 따른 시너지 효과도 기대할 수 있다.

● 복원 작업

 조선시대 출판본 가운데는 현재 중국에 남아있는 판본보다도 더 오래전에 간행되었거나 서지문헌학적 가치 있는 희귀본 판본들을 상당수 있다. 본 연구팀은 이러한 朝鮮刊本을 위주로 복원 대상을 선정하였다. 이러한 작업이 완료되면 국내의 학술연구에도 많은 기여가 될 뿐만 아니라 중국과 일본 등지에서도 우리 古書에 대한 연구가 활발히 진행될 것으로 사료된다. 작품의 목록은 다음과 같다.

1) 劉向《新序》
2) 劉向《說苑》
3) 段成式《酉陽雜俎》
4) 陳霆《兩山墨談》
5) 何良俊《世說新語補》
6) 李紹文《皇明世說新語》
7) 조선편집출판본 : 《世說新語姓彙韻分》

이러한 판본들의 복원은 당시 국내에서 이런 작품들이 간행의 저본이 되었는지 또 원래 중국 판본과의 비교연구까지 할 수 있는 기회를 제공해 준다. 또한 중국이나 일본 등지에서 서지 문헌에 대한 비교연구가 활발히 진행될 것으로 기대한다.

본 프로젝트의 두 번째 결실이 바로《朝鮮刊本 劉向 新序의 복원과 문헌 연구》이다. 본서는 총 3부로 구성하였다.

第1부 朝鮮刊本 劉向《新序》에 대한 서지문헌학적 가치와 조선출판의 意義에 대하여 집중적으로 분석하여 소개하였다. 劉向《新序》의 현존하는 판본목록과 실제 판본의 상황, 그리고 朝鮮刊本의 문헌적 특징에 대하여 집중적으로 분석하여 소개하였다. 또 朝鮮刊本의 원문에서 발견된 이체자들을 정리하여 부록으로 첨부하였다.

第2부 朝鮮刊本 劉向《新序》의 원문을 저본으로《四部叢刊本》과 정밀한 대조작업을 하였다. 여기에서 발견되는 異體字 및 판본의 오류를 모두 각주로 처리하여 바로 잡았고 원문을 복원시키는데 주력하였다.

第3부 朝鮮刊本 劉向《新序》의 원판을 影印하여 실었다. 안동군자마을과 계명대 판본(上冊은 계명대 판본을, 下冊은 後彫堂 판본)을 위주로 복원하였고 각 판본마다 보존 상태가 좋지 못한 것은 다른 소장처의 판본을 이용하여 최초의 출판 형태와 유사하게 복원하였다.

또한 본 연구팀이 주목하는 중국 고전문헌의 조선출판본 현황 연구는 단순한 판본 복원작업이 아니라 해제와 주석까지 곁들여 분석하는 작업이기에 이러한 작업이 우리의 고전문헌 연구에 상당히 寄與할 것이라 확신하며 아울러 국문학, 한문학, 중문학자들의 비교문학적 연구에도 귀중한 자료가 되기를 희망한다.

이번에도 흔쾌히 출간에 협조해 주신 하운근 학고방 사장님을 비롯한 전 직원 여러분께 감사를 드리며, 원고정리 및 교정에 도움을 준 대학원생 배우정, 본서의 제3부 원본을 편집한 옥주 학생에게 감사의 뜻을 전한다.

2018년 06월 06일
민관동·유승현

▮일러두기

1. 본서는 조선에서 1492년경에 初刊되고 이후에도 原板을 補刻하여 再刊된 朝鮮刊本을 저본으로 삼았다. 上冊의 경우 계명대 귀중본과 고본을 주로 삼았고 일본국회도서관 소장본도 참고하였다. 下冊의 경우 한국학중앙연구원 소장본과 後彫堂 소장본을 주로 삼았다. 朝鮮刊本의 판식은 다음과 같다. 木版本, 有界, 四周雙邊(補刻한 판본은 四周單邊), 11行18字(부분적으로 字數 不定), 註雙行, 內向黑魚尾, 楮紙.

2. 본서는 제1부에서 해제를 통해 현존판본의 소장상황과 서지·문헌적 특징을 소개하였고, 판본에 등장하는 이체자의 목록을 참고자료로 실었다. 제2부에서는 朝鮮刊本 원문에 주를 달아 판본의 문헌적 특징을 상술하였다. 제3부는 현존판본들 중 인쇄상태가 양호한 부분들을 편집하여 완정한 원문을 구성해 영인하였다.

3. 朝鮮刊本과 四部叢刊本은 판식이 완전히 동일하고 내용도 거의 일치하기 때문에 대조 작업을 통해 서로 다른 글자에는 주석을 달았으며 오류가 있는 경우 주석에서 밝혔다. 이때 오류를 판단하는 기준으로 삼은 판본은 현재 善本으로 인정받고 있는 鐵華館本을 저본으로 출간한 龍溪精舍叢書本이고, 또한 현대의 저작인 《신서》(劉向 撰, 林東錫 譯註, 동서문화사, 2009)와 《新序全譯》(劉向 原著, 李華年 譯註, 貴州人民出版社, 1994)을 참고하였다.

4. 본문은 朝鮮刊本을 최대한 원형 그대로 복원하는 것을 기준으로 삼았으며, 원래의 판식과 글자 등을 그대로 살리려고 노력하였다. 朝鮮刊本에는 현대에서 사용하지 않는 많은 이체자들이 출현하는데, 이러한 글자들은 필자가 'GlyphWiki(http://ko.glyphwiki.org/)'에서 직접 만들어서 사용하였다.

5. 저본의 쪽수는 해당 면의 마지막 부분에 (第○面)의 형식으로 첨가하였다. 또한 원문에 달린 雙行의 작은 글자의 주석까지 저본에 가깝게 구성하였다. 字數 不定한 부분은 주석을 달아 구체적으로 밝혔다.

6. 속자와 이체자는 저본의 형태 그대로 표기하였으며 주석을 통해 밝혔다. 각 卷마다 처음 나오는 이체자는 모두 주석을 달았고, 朝鮮刊本과 四部叢刊本이 같은 이체자를 사용하였을 경우 따로 명기하지 않았다.

7. 본문에 첨가된 문장부호와 구두점은 《新序全譯》(劉向 原著, 李華年 譯註, 貴州人民出版社, 1994)을 참고하였으며 현대중국어의 용법을 따랐다.

8. 본문에서 등장하는 부호는 다음의 용도로 사용하였다.
    〚 〛 : 저본에서 빠진 내용을 보충
    【 】 : 따로 설명할 필요가 있는 경우 쪽수를 표시
    〔 〕 : 1행이 18자가 아닌 경우 字數를 밝히기 위해 행수를 표시
    □ : 저본의 빈칸을 표시
    ■ : 저본의 검은 빈칸을 표시

┃목차

第三部 朝鮮刊行 劉向 《新序》의 原版本

第一部

解題와 異體字 目錄

1. 劉向《新序》의 해제[1]

I. 들어가며

劉向(BC 77(?)~BC 6)은 漢代의 경학가로 先秦의 고적들을 수집하고 직접 校勘하여《列女傳》·《列仙傳》·《洪範五行傳論》·《說苑》·《新序》·《戰國策》등을 편찬하였다.《新序》는 上古 시대부터 漢代에 이르기까지 역사적 인물인 舜·桀·紂·楚 莊王·齊 桓公과 管仲·扁鵲·孟嘗君·梁 宋就·齊 景公과 晏子 등의 다양한 일화와 이야기로 이루어져 있다. 漢代 30卷이던《新序》는 宋代에 이르러 많은 부분이 일실되었는데, 曾鞏(1019~1083)은 잔존하는 내용을 수집하여 총 10卷으로 구성된 판본을 편찬하였다.[2] 현재 통용되는 판본이 바로 曾鞏이 편찬한 10권 본인데, 이 판본은 보통 10권 2책으로 되어있다. 上冊은〈雜事一〉·〈雜事二〉·〈雜事三〉·〈雜事四〉·〈雜事五〉총 5篇으로, 下冊은〈刺奢〉·〈節士〉·〈義勇〉·〈善謀上〉·〈善謀下〉로 총 5篇으로 구성되어있다.

漢代에서 편찬된《新序》를 우리나라 사람이 최초로 열람한 기록은 崔致遠(857~?)에게서 찾을 수 있다. 崔致遠은《新序》를 직접 인용하지는 않았지만 자신의 글에서 관련내용을 4차례나 사용하였다.[3] 이를 통해 崔致遠이《新序》를 열람하였음을 확정할 수 있지만,《新序》가 국내에 유입되었는지는 확정할 수 없다. 崔致遠은 12세 때 唐으로 유학을 떠나 18세에 장원급제하고 그 후 10여 년간 唐의 정부관료로 활동하였기 때문에 중국에서 직접《新序》를 열람할 수는 있었을 것이다. 그런데 唐代에는 간행본이 존재하지 않았고 필사본만 존재하였기 때문에 이런 상황에서 崔致遠이 귀국할 때 필사본《新序》를 국내로 가져왔을 가능성은 높지 않다.

《新序》가 국내에 유입된 것을 알 수 있는 확실한 최초의 기록은《高麗史》宣祖 8年(1091)이다. '丙午 宋에서 李資義 등이 돌아와 아뢰어 말하기를, "황제께서 우리나라에 善本인 책이 많다는 말을 듣고는, 館伴에게 명하여 구하고자 하는 책의 목록을 써 주었습니다. 그것을 주며 말씀하시기를, '드디어 비록 卷第가 부족한 것이 있더라도 역시 마땅히 傳寫하여 더해서 오라.'라고 하였습니다."라고 하였다.[4] 이 인용문 이하에 나오는 목록에《新序》라는 서명이 보인다.

---

1) 본문은《비교문화연구》제51집(2018년 6월)에 게재되었던 논문을 대폭 수정 및 보충하였다.(주저자 : 유승현, 교신저자 : 민관동)
2) 姚娟,《《新序》·《說苑》文獻研究》, 華中師範大學 博士學位論文, 2009. 27쪽 참조.
3) 崔致遠,《桂苑筆耕集》제15권,〈黃錄齋詞〉·《桂苑筆耕集》제17권,〈謝職狀〉·《孤雲集》제1권,〈善安住院壁記〉·《孤雲集》제2권,〈無染和尙碑銘 竝序 奉教撰 下同〉, 한국고전종합DB(http://db.itkc.or.kr/) 참조.

《高麗史》의 기록에 근거하면《新序》가 고려 초기인 1091년경에는 이미 국내에 유입되어있었을 가능성이 높아 보인다.[5] 이후 조선시대에 들어와서는《新序》에 관한 많은 기록들이 남아있다.

> 曾子固(曾鞏의 字)는 劉向의《新序》에 대한 序에서, 도덕이 일치되게 하고 풍속을 동일하게 하는 것이 王者의 최고 공적이라 推論하였는데, 그 논리가 대체로 훌륭하다.[6]

《新序》에 대한 黃玹(1855~1910)의 이 평가는 조선 지식인의 생각을 대변한다고 할 수 있다. 조선의 지식인들은《新序》를 帝王學의 교재로서 군주뿐 만이 아니라 정치가들이 나아갈 바를 제시한 책으로 받아들였다. 正祖(1752~1800, 재위 1777~1800)는 신하들과《詩經》에 대해 문답하면서《新序》를 2차례 직접 인용하였다.[7] 또한 李瀷(1681~1763)도 여러 차례《新序》를 직접 인용하기도 하였는데,[8] 이는 그가《新序》를 소장하고 탐독하였음을 의미한다. 조선의 군주와 지식인들이《新序》를 직접 인용한 것을 제외하고도 조선시대 문인들의 글에서는《新序》에 나온 이야기를 다수 언급하였다.[9] 이를 보면《新序》에 대한 조선 지식인들의 독서수요도 상당하

---

4) 《高麗史》〈世家〉卷10, 宣宗8年(未辛年)6月條. 한국사데이터베이스(http://db.history.go.kr)에서 인용.

5) 민관동, 〈조선 출판본《新序》와《說苑》연구〉,《中國語文論譯叢刊》제29집, 2011. 참조.

6) 黃玹,《梅泉集》제6권,〈東溪草堂記〉. 한국고전종합DB(http://db.itkc.or.kr/)에서 인용.

7) 〈黍離篇〉에 대해,《毛傳》에서는 大夫가 宗周(鎬京) 지역을 지나다가 민망히 여겨 지은 시라고 하였는데, 주자는 이 설을 따랐다. 그러나《新序》에서는 "衛伋이 해를 당하자 아우인 衛壽가 민망히 여겨 黍離의 시를 지어 형을 찾은 것이다." 하였고……(《弘齋全書》제84권,〈經史講義〉21〈詩〉) '〈二子乘舟篇〉은 두 사람이 하수를 건너다가 죽은 것 같다. …… 오직 劉向의《新序》에서만 말하기를, …… 이 글을 근거로 해서 보면 실로 두 사람이 배를 탄 일이 있는데,《左傳》과《史記》에는 없다. 그렇다면 劉向은 어느 것을 근거로 해서 이와 같이 설명한 것인가?(《弘齋全書》제88권,〈經史講義〉25〈詩〉). 한국고전종합DB(http://db.itkc.or.kr/)에서 인용.

8) '劉向의《新序》에…'(《星湖僿說》제3권,〈天地門〉〈撫彗星〉), '이 뜻은 내가《新序》에서 얻었다'(《星湖僿說》제10권,〈人事門〉〈乘馬耕牛〉), '劉向의《新序》를 살펴보면…'(《星湖僿說》제18권,〈經史門〉〈牛後〉), '劉向의《新序》에도 그런 말이 실려 있다'(《星湖僿說》제19권〈經史門〉〈卞莊子〉), '우연히 劉向의《新序》를 읽다가…'(《星湖全集》제24권,〈答安百順 甲戌〉). 또한 劉向이《說苑》과《新序》를 편찬한 것을 평가한 글도 있다. '劉向에게는 경전・제자・시부를 맡겨 교정하도록 하고, 任宏에게는 兵書를, 尹咸에게는 術數를, 李柱國에게는 方技를 각각 맡겨 교정하게 하였다. 한 서적이 끝날 때마다 劉向은 그 篇目을 구분하고 旨意를 간추려서 나라에 주달하게 되었다. 지금《說苑》・《新序》라는 것이 바로 그가 듣고 본 것을 여러 가지로 적은 것인데, 당초에는 어려운 일이 아니었던 것이다.' 한국고전종합DB(http://db.itkc.or.kr/)에서 인용.

9) 한국고전종합DB를 검색하면《新序》와 관련한 글들이 100여개 정도 나온다. 물론 동일 인물들의 글이 중복되어있기도 하지만,《新序》의 독서층이 상당하였음을 짐작할 수 있다.

을 것으로 보인다. 이런 까닭에서인지 당시 정부의 고위관료였던 李克墩(1435~1503)은 1492년 경에 《新序》를 간행하도록 하였다.

조선시대 간행된 《劉向新序》의 실물은 민관동이 최초로 발굴하여 학계에 보고하였으며, 출판의 목적과 의의를 제시하였다.[10] 이후 필자는 다른 판본들을 더 찾아내어 현존하는 朝鮮刊本 《劉向新序》에 대한 연구를 진행하였고, 이러한 과정에서 원본을 면밀히 검토하지 않으면 알 수 없는 朝鮮刊本만의 특징을 확인할 수 있었다. 목판본 《劉向新序》는 初刊 이후에도 여러 차례 간행되었는데, 후대에는 '初刻'한 목판의 훼손된 면들을 '補刻'하여 간행하기도 하였다. 그리고 모든 목록의 판식사항에는 '11行18字'로 되어있는데, 字數가 '18字'가 아닌 부분도 있다. 또한 작은 글자의 주석이 등장하는 부분과 誤字나 脫字 등도 확인할 수 있었는데, 이러한 내용은 본문에서 구체적으로 밝힐 것이다.

《新序》의 중국 판본은 北宋刊本(11行20字)이 있고, 元刊本(11行18字)이 있다.[11] 또한 明代에는 《新序》와 《說苑》의 合刊本이 등장하는데, 洪武 年間 刊本(10行19字)·嘉靖26年(1547) 何良俊의 刊本(10行20字)·嘉靖38年(1559) 楊美益의 《劉氏二書》本(11行18字)·萬曆20年(1592) 程榮의 《漢魏叢書》本(9行20字) 등이 있다. 淸代에는 四部叢刊本·四庫全書本·宋本을 교정하여 편찬한 鐵華館本 등이 있는데, 이 중 鐵華館本은 지금까지 善本으로 공인받고 있다.[12]

위에 소개한 중국판본 중 明代 宋刊本을 覆刻한 四部叢刊本[13]은 朝鮮刊本의 판식과 모든 면의 내용이 일치할 뿐만 아니라 字數가 '18字'가 아닌 부분과 小字註가 등장하는 부분까지 완전히 일치한다. 두 판본은 전체적으로 동일한 판본처럼 보이지만, 세밀하게 비교하면 글자가 다른 부분들이 등장한다. 두 판본 모두 오류인 경우도 있고, 한 판본은 정확한데 다른 한 판본이 오류인 경우도 있다. 이런 내용 중 朝鮮刊本의 오류에 대해서는 본문에서 구체적으로 밝힐 것이다.

---

10) 민관동, 〈조선 출판본 《新序》와 《說苑》 연구〉, 《中國語文論譯叢刊》제29집, 2011.

11) 필자가 참고한 姚娟, 《《新序》·《說苑》文獻硏究》와는 다르게 이것이 元代 판본이 아니라는 견해도 있다. '按《增订四库简明目录标注》謂元刻本十一行十八字, 目錄置於序前。此本與之相符, 雖趙體字頗為秀美, 而實非元刻。《柏克萊加州大学东亚图书馆中文古籍善本书志》(上海古籍出版社, 2005, 134쪽). 이것은 본 논문을 투고할 당시 논문심사자가 제기한 의견을 반영한 것이다.

12) 姚娟, 《《新序》·《說苑》文獻硏究》, 華中師範大學 博士學位論文, 2009. 28~30쪽 참조.

13) 필자가 참고한 《四部叢刊初編》은 '景江南圖書館藏明覆宋刊本'으로 '中國哲學書電子化計劃(https://ctext.org/zh)'이란 사이트에서 원문의 이미지를 제공하고 있다.

II. 朝鮮刊本《劉向新序》의 현존 판본

　필자는 앞에서 이극돈이《新序》를 간행하게 하였다고 하였는데, 이에 대한 출판 기록은《成宗實錄》의 成宗24年(1493年)12月29日條에 나온다.

　　　이조판서 이극돈이 와서 아뢰기를, "《太平通載》·《補閑集》 등의 책은 전에 監司로 있을 때 이미 印刊하였고, 劉向의《說苑》·《新序》는 文藝에 관계되는 바가 있을 뿐만 아니라, 또한 帝王의 治道에도 관계되며,《酉陽雜俎》가 비록 不經한 말이 섞여 있다 하나 또한 널리 보는 사람들이 마땅히 涉獵하는 바이므로, 신이 刊行하게 하였습니다. 그리고 前日에도 諸道에 새로 간행한 書冊을 進上하라는 명령이 있었기 때문에 進封하였을 뿐입니다.[14]

　이극돈이 地方監司(慶尙道觀察使)로 재직할 때 이미《太平通載》와《補閑集》등의 책을 印刊하였다고 하였고《說苑》과《新序》및《酉陽雜俎》또한 이극돈이 刊行하도록 지시하였다는 기록이다. 그리고 各道에 새로 간행한 書冊을 직접 進上하였다고 명확하게 언급하고 있다. 이때가 1493년의 기록이므로《新序》·《說苑》·《酉陽雜俎》는 이미 1493년 이전에 간행되어졌음이 확인된다.《酉陽雜俎》가 成宗 23년(1492)에《唐段小卿酉陽雜俎》가 月城(慶州)에서 출판되었다는 기록이 존재하는 것으로 보아《新序》와《說苑》도 1492년이나 1493년에 간행되었을 가능성이 높다.[15] 그런데 조선 전기 출판목록을 기록한《攷事撮要》에는《說苑》이 등장하고,《嶺南冊版記》에도 '劉向說苑, 壯紙二十二貼二張 墨三丁(安東郡)'[16]이라는 사용한 종이와 먹을 구체적으로 기록한《說苑》의 목록이 보인다. 하지만《攷事撮要》와《嶺南冊版記》에는 이극돈이 간행하도록 하였다는《劉向新序》에 대한 출판기록은 보이지 않는다.

　《新序》와《說苑》은 중국이나 한국에서 시대를 막론하고 거의 병칭되었고, 嚴靈峰은 '新序'가 책이름이 아니라 '新編'의 의미이기 때문에《新序說苑》이 하나의 저작이라고 주장하였다.[17] 그리고 중국에서도 明代에는《新序》와《說苑》두 책이 종종 한 책으로 合刊되기도 하였다.[18]

---

14) 吏曹判書李克墩來啓 : 太平通載、補閑等集, 前監司時已始開刊, 劉向說苑、新序、非徒有關於文藝, 亦帝王治道之所係, 酉陽雖雜以不經, 亦博覽者所宜涉獵, 臣令開刊. 前日諸道新刊書冊, 進上有命, 故進封耳.《成宗實錄》卷二八五-21, 成宗24年12月, 己丑條. 한국고전종합DB(http://db.itkc.or.kr/)에서 인용.
15) 민관동,〈조선 출판본《新序》와《說苑》연구〉,《中國語文論譯叢刊》제29집, 2011. 163쪽.
16) 金致雨,〈《嶺南冊板記》所藏 刊本의 分類別 傾向〉,《書誌學研究》제24집, 2002. 285쪽.
17) 中國古籍全錄(http://guji.artx.cn/). 이런 주장이 무리한 면도 있지만, 원텍스트가 어떤 문장부호도 사용하지 않았음을 고려하면 전혀 근거 없는 주장이라고 치부할 수는 없다.
18) 姚娟,〈《新序》·《說苑》文獻研究〉, 華中師範大學 博士學位論文, 2009. 29쪽.

또한 朝鮮刊本《新序》와《說苑》은 판식이 완전히 일치하기 때문에 같은 시기에 같은 곳에서 간행한 것으로 보인다. 실제로《嶺南冊版記》에서《劉向說苑》의 출판지로 지목한 '安東'의 後彫堂의 경우《劉向新序》下冊과《劉向說苑》의 완질본을 함께 소장하고 있다. 後彫堂 소장본 《劉向新序》는 '補刻本'인데, 출판지인 安東지방에 남아 있던 '初刻本'의 원판을 보각하여 다시 인출하였을 가능성이 높다. 종합해보면,《攷事撮要》나《嶺南冊版記》에《說苑》만 등장하는 것은《新序》와《說苑》을 同類로 취급하였기 때문에《新序》라는 서명이 빠져있을 가능성도 있다.

朝鮮刊本《劉向新序》는 10卷 2冊으로 되어있는데, 上冊은 〈雜事一〉·〈雜事二〉·〈雜事三〉·〈雜事四〉·〈雜事五〉 총 5篇으로, 下冊은 〈刺奢〉·〈節士〉·〈義勇〉·〈善謀上〉·〈善謀下〉로 총5篇으로 구성되어있다. 먼저 현존 판본의 목록을 제시하고 난 후, 실물을 확인할 수 있는 판본들에 대해 구체적으로 소개하고자 한다.

書名	版式事項	所藏處	所藏番號	비고
劉向 新序	5卷1冊(零本, 卷1~5), 朝鮮木版本, 25.7×17.9cm, 四周雙邊, 半郭:18.5×14.7cm, 有界, 11行18字, 黑口, 內向黑魚尾, 紙質:楮紙	계명대학교	(귀) 812.081 劉向ㅇ-1	등록번호:A114566
劉向 新序	5卷1冊(零本, 卷1~5), 朝鮮木版本, 25.7×17.9cm, 四周雙邊, 半郭:18.5×14.7cm, 有界, 11行18字, 黑口, 內向黑魚尾, 紙質:楮紙	계명대학교	(고) 812.081 劉向ㅇ-1	등록번호:A117319
劉向 新序	5卷1冊(卷1~5), 朝鮮木版本, 半郭:18.7×15.1cm, 11行18字, 黑口, 內向黑魚尾	아단문고	無	현재 열람 불가
劉向 新序	2冊, 29cm(이상을 제외하고는 상세한 판식 사항은 기재되어있지 않음)	일본국회 도서관	請求記号 821-4	해당 사이트를 통해 원문 공개 (http://dl.ndl.go.jp/)
劉向 新序	1冊(缺本), 朝鮮木版本, 27.5×19.7cm, 四周雙邊, 半郭:19.1×15cm, 11行18字, 上下黑魚尾, 紙質:楮紙	한국학중앙 연구원	C15-61	마이크로필름만 열람과 출력이 가능
劉向 新序	5卷1冊(缺帙), 朝鮮木版本, 24.8×18.9cm, 四周雙邊, 半郭:18.5×14.8cm, 有界, 11行18字, 註雙行, 上下內向黑魚尾, 紙質:楮紙	경기대학교	경기null-K1 20969-2	열람과 사진촬영이 가능
劉向 新序	5卷1冊(卷6~10), 朝鮮木版本, 31×20cm, 四周雙邊, 半郭:18.5×15cm, 有界, 11行18字, 註雙行, 內向黑魚尾, 紙質:楮紙	安東市 臥龍面 金俊植	KS0432-1-04 -00393	현재 국학진흥원에 위탁 소장되어있음
劉向 新序	原刻版 混入補字本, 5卷1冊(缺帙), 朝鮮木版本, 26.2×18.8cm, 四周雙邊, 半郭:18.2×14.6cm, 有界, 11行18字, 上下小黑口, 內向黑魚尾	성암고서 박물관	성암3-121	현재 박물관 폐쇄로 열람 불가

劉向 新序	2卷1冊, 朝鮮木版本, 24×17.5㎝, 四周雙邊, 半郭:18.4×14.5㎝, 有界, 11行18字, 大黑口, 內向黑魚尾, 紙質:楮紙	慶山郡 崔在石	韓國典籍綜合調查目錄 第1輯	분실
劉向 新序	4卷1冊, 朝鮮木版本, 25.4×18㎝, 四周雙邊, 半郭:18.3×14.6㎝, 有界, 11行18字, 小黑口, 內向黑魚尾, 紙質:楮紙	榮豐郡 金用基	韓國典籍綜合調查目錄 第1輯	분실

朝鮮刊本《劉向新序》上冊과 下冊의 완질을 소장한 곳은 일본국회도서관이 유일하다. 上冊만 소장한 곳은 계명대(2종)·아단문고이고, 下冊만 소장한 곳은 한국학중앙연구원·경기대학교·後彫堂·성암고서박물관이다.[19] 위의 목록에서 확인할 수 있듯이, 版式事項은 모두가 木版本이며 半郭은 판본간의 다소의 오차는 있지만 대략 18.5×15㎝내외이다. 또 모두가 四周雙邊이고 一葉 11行18字에 內向黑魚尾로 되어있으며 紙質은 모두 楮紙로 일치한다. 아래에서는 원문을 확인할 수 있는 판본에 대해 구체적으로 소개하고자 한다. 上冊의 경우, 원문을 확인할 수 있는 판본은 계명대 소장본 2종과 일본국회도서관 소장본이다. 아단문고 소장본은 한시적으로 열람을 제한하고 있어, 지금은 열람을 할 수 없는 상태이다.[20] 계명대 소장본 2종은 필자가 원문 사진을 계명대도서관에서 제공받았고,[21] 일본국회도서관 소장본은 해당 사이트[22]에 원문이 공개되어있다.

1. 朝鮮刊本《劉向新序》上冊

계명대는 上冊 2종만을 소장하고 있다. 위의 목록에서 확인할 수 있듯이 소장번호는 같지만 그 앞에 (귀)와 (고)로 판본을 구분해 놓았고 등록번호도 다르게 되어있다. 이하에서는 등록번

---

19) 민관동은 기존 연구에서는 분실되어 행방을 알 수 없는 판본 2종(慶山郡 崔在石 所藏本, 榮豐郡 金用基 所藏本)을 제외하고 계명대학교 소장본 2종과 後彫堂 소장본 1종을 발굴하였는데, 필자는 이후에 여러 경로를 통해 그것들 이외 다른 5종(한국학중앙연구원·경기대학교·일본국회도서관·아단문고·성암고서박물관 소장본)의 존재를 확인하였다.

20) 아단문고 사이트에서는 다음과 같이 밝히고 있다. '아단문고에서는 소장 자료를 더욱 안전하고 과학적으로 보존하고 관리하기 위해 2016년 9월 1일부터 서고의 정기 점검과 자료 보존 처리 사업을 진행합니다. 이 사업이 끝날 때까지 한시적으로 자료 열람 신청을 받을 수 없습니다.'(http://www.adanmungo.org/)

21) 계명대는 본 연구팀에 원문 전체의 사진을 제공하였기 때문에 연구대상으로 삼을 수 있었다. 그 사진은 편집되어있는데, 앞부분의 제1~4면과 뒷부분의 제122~134면은 귀중본으로 되어있고, 중간부분은 고본으로 되어있다.

22) 国立国会図書館(http://dl.ndl.go.jp/)

호가 'A114566'로 된 소장본은 '귀중본'으로, 등록번호가 'A117319'로 된 소장본은 '고본'으로 약칭한다. 귀중본은 훼손이 심지만 〈目錄〉과 〈序〉를 제외하고는 완정하며. 고본은 낙질된 부분들이 있지만 나머지 부분의 보관 상태는 양호한 편이다.

귀중본의 표지에는 '丁丑重陽月改粧[改粧]23)'이라고 적어놓았는데, '丁丑'의 정확한 年度는 확정할 수 없지만 원래의 표지를 새로운 표지로 바꾼 것은 확실하다. 책 자체를 새롭게 제본한 이유는 훼손이 심하였기 때문이라 추정된다. 앞부분의 일실된 〈目錄〉과 〈序〉를 제외하고 새로 제본한 본문의 제1~4면까지도 훼손이 심하여 글자를 알아볼 수 없는 부분들도 있기 때문이다. 그러나 새로 제본하기 전부터 〈目錄〉과 〈序〉가 일실되어 있었는지 아니면 훼손이 상당히 심각하여 제본하면서 빼버렸는지는 확정할 수 없다. 하지만 표지를 포함하여 〈目錄〉과 〈序〉도 훼손이 심해서 새로 제본하였을 것으로 보인다.

고본은 제71~72면 2면을 '補刻'하였는데, 이 두 면만 '四周雙邊'이 아니라 '四周單邊'으로 되어있다. 下冊에서도 부분적으로 '四周單邊'으로 된 면이 나타나는데, 이는 '補刻本'의 특징으로 볼 수 있다. 귀중본은 모든 면이 '四周雙邊'으로 되어있으며 보각한 부분이 없기 때문에 '初刻本'으로 볼 수 있다. 목판본은 초간본인지 재간본인지 판이 훼손되어 달라지기 전까지는 확인할 수 없다. 원판만 제대로 보존되어있다면 처음 찍은 것과 그 다음에 찍은 것은 구분할 수 없기 때문에 '初刻本'이라는 용어를 사용하였다. 그런데 귀중본은 글자가 뭉그러진 부분이 보이기 때문에 '初刻本'이기는 하지만 '初刊本'이라고 단정할 수 없고, '初刻本'의 원판을 나중에 다시 인출해낸 것으로 추정된다.

귀중본은 제11면이 일실되어있는데, 반을 접어 한 면씩 제본한 형태에서 한 면만 일실되어 있다. 이에 비해 고본은 제11~12면의 두 면 모두 완정하게 남아 있다. 그리고 귀중본과 고본은 제69~70면 그리고 제85~86면이 모두 일실되어있다. 또한 고본은 앞부분의〈目錄〉과 〈序〉 그리고 본문의 제1~4면까지 일실되어있고 또한 뒷부분의 7장(제122~134면)도 일실되어있다. 고본의 경우 2013年 당시 목록에는 간행한 곳이 미상으로 되어있었는데, 최근에는 '安東'으로 수정해 놓았고 간행시기도 '1492年(成宗23)'으로 확정해 놓았다.24) 하지만 고본은 '補刻本'이기 때문에 간행년도를 '初刊本'이 간행된 '1492年'으로 확정한 것은 오류이며, 출간 시기는 특정할 수 없지만 '1492年'이후로 보는 것이 확실하다.

일본국회도서관은 上冊과 下冊의 완질을 소장하고 있다. 실물을 대조해보면 일본국회도서

---

23) 이체자 '改粧'은 원본에 필사된 형태 그대로이고, '( )' 안의 '改粧'은 정자이다.
24) 이런 수정의 근거는 민관동의 논문을 참고한 것으로 보인다.

관 소장본이 위에 소개한 계명대 고본과 동일하기 때문에 朝鮮刊本임을 확인할 수 있다. 또한 이 소장본의 상세정보를 검색하면 '《国立国会図書館所蔵朝鮮関係資料目録 朝鮮本篇》34頁左'라는 항목이 보이는데, 朝鮮刊本임을 명기해 놓았다. 이 판본은 계명대 귀중본과 고본에는 없는 〈目錄〉과 〈序〉가 남아 있다. 그리고 제69~70면과 제71~72면을 '補刻'하였는데, 계명대 고본과 마찬가지로 이 부분이 '四周雙邊'이 아니라 '四周單邊'으로 되어있기 때문에 '補刻本'임이 확실하다. 그리고 이 판본은 계명대의 귀중본·고본과 마찬가지로 제85~86면은 인실되어있다. 현재 실물을 확인할 수 있는 계명대의 귀중본과 고본 그리고 일본국회도서관 소장본은 모두 제85~86면이 누락되어있는 것이다. 이것은 맨 처음 판각할 때부터 누락된 것인지 아니면 그때는 있었지만 계명대 귀중본·고본과 일본국회도서관 소장본을 인출할 당시에는 판 자체가 사라진 것인지는 지금까지는 확인할 수 없다. 이를 확인하기 위해서는 아단문고 소장본과 대조할 필요가 있지만 아쉽게도 이 판본은 현재 열람불가 상태여서 확인하기가 어렵다. 일본국회도서관 소장본의 上冊은 글자가 뭉그러진 부분들이 많아 연구에 활용하기에는 한계가 있다.

2. 朝鮮刊本 《劉向新序》 下冊

下冊의 경우, 한국학중앙연구원·경기대·後彫堂·일본국회도서관 소장본은 원문을 확인할 수 있다. 한국학중앙연구원 소장본은 실물의 열람은 불가능하고 원문 전체를 마이크로필름으로 볼 수 있게 되어있다. 김준식 집안은 본 연구팀에 後彫堂 소장본의 원문을 복사하여 사용할 수 있게 해주었다. 그리고 경기대는 소장본의 복사는 불가하지만 사진 촬영을 허가해 주었다. 일본국회도서관 소장본의 下冊은 글자가 뭉그러진 부분들이 많아 연구에 활용하기에는 한계가 있다.

한국학중앙연구원 소장본은 표지가 상당히 낡았고 우측 전체와 그 위아래 모서리 부분이 많이 닳아있지만, 원문의 인쇄상태는 대체로 양호하다. 또한 補刻한 면이 하나도 없이 모두 '四周雙邊'으로 되어있다. 그런데 제84~85면이 일실되어 있는데, 경기대·後彫堂·일본국회도서관 소장본에는 해당 2면이 모두 '四周雙邊'으로 인쇄되어 있으므로 한국학중앙연구원 소장본만 일실되어있음을 확인할 수 있다. 또한 일실된 부분도 補刻한 것이 아니기 때문에 판본 전체적으로 보각한 면이 하나도 없으므로 '初刻本'이 확실하다.

경기대 소장본은 앞표지가 전체적으로 낡은 상태이며 좌측하단에는 구멍이 뚫려 있고, 맨 뒤의 표지는 아예 떨어져 나간 상태이다. 또한 전체적인 크기가 다른 판본들에 비해 작은 편인데, 아마도 테두리 부분이 낡아서 잘라낸 것으로 보인다. 이 소장본의 전체적으로 많이 낡았지만 원문의 인쇄상태는 비교적 양호한 편이다. 그러나 간혹 글자가 뭉그러진 부분도 보인다. 그런데 이 소장본도 補刻한 면이 하나도 없으며 모든 면이 '四周雙邊'으로 된 '初刻本'이다. 이 소장본은 제1면이 일실되어있는데 해당 면을 필사하여 제2면의 뒷면에 붙여놓아 제1면을 보충해놓았다. 또한 제63~64면도 일실되어있는데, 해당 2면을 필사하여 놓았다. 특이한 것은 필사해놓은 면이 원판과 동일하게 11行 18字로 되어있으며 내용 또한 원판과 동일하다. 이를 보면 참고해서 베껴쓸 만한 다른 朝鮮刊本이 존재하였음을 확정할 수 있다. 이 외에 제37~38면은 일실되어있으나 따로 필사해놓지는 않았다.

後彫堂 소장본은 보관상태는 양호하지만 부분적으로 글자들이 뭉그러진 부분들이 보인다. 일본국회도서관 소장본과 동일한 면에서 글자들이 뭉그러진 것으로 보아 원판 자체가 훼손되었기 때문임을 확인할 수 있다. 後彫堂 소장본은 한국학중앙연구원·경기대 소장본과는 다르게 '補刻'한 면들이 보이는데, 上冊의 경우와 마찬가지로 해당 면이 '四周雙邊'이 아니라 '四周單邊'으로 되어있다. 해당 면은 제9~10면·제63~64면·제87~88면·제107~108면 네 군데이다. 일본국회도서관 소장본도 後彫堂본과 동일한 면들이 보각된 판으로 인쇄되어있다.

아래에서 실물을 확인할 수 있는 판본들에서 下冊의 동일한 제107면을 서로 대조하여 보기로 한다. 일본국회도서관 소장본은 後彫堂 소장본과 완전히 동일하기 때문에 본고에서는 後彫堂 소장본의 사진만 제시한다. 이 사진들을 비교해보면 한국학중앙연구원 소장본에는 글자가 뭉그러진 부분이 없음을 확인할 수 있다. 경기대 소장본은 한국학중앙연구원 소장본과 같은 판이기는 하지만 왼쪽 가운데 부분의 글자들이 뭉그러져 있기 때문에 한국학중앙연구원 소장본에 비해 나중에 인출한 것임을 알 수 있다. 後彫堂 소장본과 일본국회도서관 소장본은 인쇄상태는 앞의 두 판본에 비해 깨끗하지만 아예 판 자체가 다르다. 이 판본은 해당 면이 '四周單邊'으로 되어있고, 제5행에서 문단이 끝난 후에 앞의 판본 2종에서는 15字에 해당하는 부분을 모두 비워두었는데, 후각본인 後彫堂 소장본에서 그 빈칸이 모두 긴 화살표처럼 검게 인쇄되어있다. 경기대 소장본은 글자들이 뭉그러진 것이 보이는데 원판이 훼손되었기 때문에 後彫堂 소장본을 인출한 당시에는 해당 면을 다시 판각하여 보충해 넣은 것으로 유추할 수 있다.

한국학중앙연구원 소장본

경기대학교 소장본

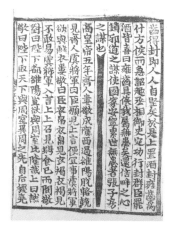

後彫堂 소장본

　위의 판본들을 비교해보면 한국학중앙연구원·경기대 소장본은 '初刻本'이고 後彫堂·일본 국회도서관 소장본은 '補刻本'이 확실하다. 그런데 경기대 소장본은 '初刻本'이라고 하더라도 한국학중앙연구원 소장본에 비해 후에 인출한 것이고, 後彫堂·일본국회도서관 소장본은 앞의 두 판본을 찍어낸 원판을 보각하여 인출한 것이다. 남아있는 4종의 판본들을 대조해보면 적어 도 3회에 걸쳐 인쇄가 이루어졌음을 알 수 있다.

　마지막으로 짚고 넘어가야 할 것은 성암고서박물관 소장본이다. 이 소장본의 목록에서는 출판지를 '安東'으로 명기하였는데, 원문을 확인할 수 없기 때문에 무엇을 근거로 출판지를 확정하였는지는 알 수 없다. 한국학중앙연구원·경기대·後彫堂·일본국회도서관 소장본에는 모두 〈跋〉이나 '刊記'에 대한 내용이 전혀 포함되어있지 않다. 그런데 성암고서박물관 소장본 만 출판지를 '安東'으로 명기한 것은 그 판본에는 〈跋〉이나 '刊記'를 따로 필사된 내용이 있기 때문인지 기타 자료들을 참고한 것인지는 현재로는 확인할 수 없다.

III. 朝鮮刊本의 판식과 문헌의 특징

　朝鮮刊本은 四部叢刊本과 비교하면 판식과 모든 면의 내용이 일치할 뿐만 아니라 字數가 '18字'가 아닌 부분과 小字註가 등장하는 부분까지 완전히 일치한다. 그런데 몇 부분이 다른 경우가 있는데 이는 아래에서 구체적으로 밝힌다.

1. 卷首題·卷尾題와 문단의 형식

朝鮮刊本《新序》는 '卷首題'가《劉向新序》로 되어있다. 上册의 맨 앞부분 제목은 제1행에 〈劉向新序目錄〉으로 되어있다. 그리고 제2~6행에 걸쳐 목차가 이어지는데, 목차의 실제 제목은 다음과 같다. 卷第一·雜事一, 卷第二·雜事二(제2행), 卷第三·雜事三 卷第四·雜事四(제3행), 卷第五·雜事五 卷第六·刺[刺]25)奢(제4행), 卷第七·節[節]26)士上 卷第八·節士下(제5행), 卷第九·善謀[謀]上27) 卷第十·善謀下(제6행). 제목은 〈劉向新序目錄〉으로만 되어있지만, 목록에 이어서 제7행부터 제4면의 제3행까지 曾鞏(1019~1083)이 쓴〈序〉가 실려 있다.

그 다음 제1면의 제목은 제1행에 〈劉向新序卷第一〉로 되어있다. 제2행에서는 세 칸을 들여쓰고 나서 〈雜事一〉이라는 제목이 실려 있으며 제3행부터는 본문이 시작된다. 이하에서 각권의 卷首題은 모두 이런 형식으로 되어있다. 〈卷第一〉은 제21면이 제4행에서 글이 끝나고, 나머지 6행이 빈칸으로 되어있으며 맨 마지막 행인 제11행에는 卷尾의 제목이 〈劉向新序卷第一〉로 되어있다. 그리고 그 다음 면인 제22면에는 아무 내용도 없이 界線만 인쇄되어있다. 이하에서도 각 권은 모두 홀수 면에서 시작하기 때문에 홀수 면에서 내용이 끝나면 그 다음 짝수 면 한 면은 모두 비워두었다.

〈劉向新序卷第二〉은 제23면에서 시작하여 제49면 제8행에서 끝나고 나머지 2행을 비워두고 제11행에 〈劉向新序卷第二〉라는 제목이 인쇄되어있다. 또한 〈劉向新序卷第二〉도 홀수 면인 제49면에서 끝났기 때문에 짝수 면인 제50면은 界線만 인쇄되어있고 해당하는 한 면이 모두 비어 있다.

〈劉向新序卷第三〉은 제51면에서 시작하여 제73면 제2행에서 끝나고 나머지 8행을 비워두고 제11행에 〈劉向新序卷第二〉라는 제목이 인쇄되어있다. 그런데 卷尾의 제목이 〈劉向新序卷第三〉이 아니라 〈劉向新序卷第二〉로 되어있다. 四部叢刊本에는 '三'으로 되어있는데, 朝鮮刊本도 원래는 '三'으로 되어있어야 하지만 계명대 고본에는 '二'로 잘못되어있다. 계명대 귀중본과 일본국회도서관 소장본은 모두 '二'의 중간에 붓으로 가필하여 '三'으로 만들어놓았다. 원

---

25) 刺의 이체자. 왼쪽부분의 '朿'의 형태가 '束'의 형태로 되어있다. 朝鮮刊本과 四部叢刊本 판본 전체적으로 많은 이체자를 사용하였는데, 이하에서는 원문의 이체자를 그대로 사용한 후 자형에 대해서는 설명을 달지 않고 'Ⅱ'안에 정자를 표기한다.

26) 節의 이체자. 아랫부분 왼쪽의 '皀'이 '艮'의 형태로 되어있으며 머리의 '⺮'이 글자 전체를 덮고 있지 않고 '艮'의 위에만 있다. 그런데 이 이체자는 '刺[刺]'와는 다르게 '문자표'에는 나오지 않아서 필자가 'GlyphWiki(http://ko.glyphwiki.org/)'에서 직접 만들었으며 '그림' 형태로 되어있다.

27) 下册에 있는 〈卷第九〉의 편목은 실제로 〈善謀〉라고 되어있고 '上'이란 글자는 빠져 있다.

래부터 誤字인지 판각 후에 중간의 가로획(一)이 훼손된 것인지는 판단하기 어렵다. 또한 〈劉向新序卷第三〉도 홀수 면인 제73면에서 끝났기 때문에 짝수 면인 제74면은 界線만 인쇄되어 있고 한 면이 모두 비어 있다.

〈劉向新序卷第四〉는 제75면에서 시작하여 제102면 제3행에서 끝나고 나머지 7행을 비워두고 제11행에 〈劉向新序卷第四〉라는 제목이 인쇄되어있다. 〈卷第四〉는 짝수 면에서 끝났기 때문에 다음 면에서 다음 권인 〈卷第五〉가 바로 시작된다.

〈劉向新序卷第五〉는 제103면에서 시작하여 제134면 제8행에서 끝나고 2행을 비워두고 제11행에 〈劉向新序卷'第'五〉라는 제목이 인쇄 되어있다. 그런데 四部叢刊本은 卷尾의 제목이 〈劉向新序卷'弟'五〉로 되어있는데, '弟'는 '第'의 誤字이다. 上冊은 〈卷第五〉를 끝나고 〈卷第六〉에서 下冊이 시작된다.

下冊은 〈劉向新序卷第六〉은 제1면에서 다시 시작하여 제10면 제9행에서 끝나고 나머지 1행을 비워두고 제11행에 〈劉向新序卷第六〉이라는 제목으로 인쇄되어있다.

〈劉向新序卷第七〉은 제11면에서 시작하여 제46면 제7행에서 끝나고 나머지 3행을 비워두고 제11행에 〈劉向新序卷第七〉이라는 제목이 인쇄되어있다.

〈劉向新序卷第八〉은 제47면에서 시작하여 제57면 제8행에서 끝나고 나머지 2행을 비워두고 제11행에 〈劉向新序卷第八〉이라는 제목이 인쇄되어있다. 또한 〈劉向新序卷第八〉은 홀수 면인 제57면에서 끝났기 때문에 上冊과 마찬가지로 짝수 면인 제58면은 界線만 인쇄되어있고 한 면이 모두 비어 있다.

〈劉向新序卷第九〉의 본문은 제59면에서 시작되는데, 제목은 上冊의 목차와는 다르게 '上'이라는 글자 없이 〈善謀第九〉로만 되어있다. 〈卷第九〉는 제89면 제11행에서 끝난다. 그리고 제90면의 앞의 10행이 모두 비어 있고, 〈劉向新序卷第九〉라는 제목만 제11행에 인쇄되어있다.

〈劉向新序卷第十〉은 제91면에서 시작되는데, 제목은 上冊의 목차와 같이 〈善謀下第十〉로 되어있다. 〈卷第十〉은 제125면의 제2행에서 끝나고 나머지 8행은 비어 있으며 제11행에 〈新序卷之十〉이라는 제목이 인쇄되어있다. 각 卷의 卷尾 제목은 〈劉向新序卷第○〉의 형태로 되어있고, 第一卷~第九卷까지는 이런 형식을 유지하였다. 그런데 '第十卷'에서는 '劉向'이라는 글자가 빠져 있고 '第'字도 '之'字로 되어있다. 〈劉向新序卷第十〉은 홀수 면인 제125면에서 끝났기 때문에 짝수 면인 제126면은 界線만 인쇄되어있고 한 면이 모두 비어 있다.

2. 字數 不定

위에서 제시한 모든 목록에는 字數가 '11行18字'로 되어있으나, 실제 판본 상에는 '18字'가
아닌 곳들이 여러 군데 등장한다. 字數가 不定한 해당 面과 行의 字數를 아래에 표로 제시
한다.

上册					
面數	行數	字數	面數	行數	字數
제19면	제4행	19자	제92면	제5행	17자
제19면	제5행	17자	제92면	제6행	17자
제41면	제8행	19자	제92면	제7행	17자
제45면	제11행	20자	제92면	제9행	17자
제59면	제10행	19자	제92면	제10행	17자
제59면	제11행	19자	제92면	제11행	17자
제70면	제5행	19자	제100면	제8행	19자
제77면	제4행	20자	제105면	제11행	19자
제77면	제5행	19자	제106면	제1행	19자
제77면	제6행	19자	제106면	제2행	20자
제77면	제7행	19자	제106면	제3행	20자
제77면	제8행	19자	제106면	제6행	17자
제77면	제9행	19자	제106면	제7행	17자
제77면	제10행	19자	제106면	제8행	17자
제91면	제8행	19자	제106면	제9행	17자
제91면	제9행	17자	제106면	제10행	17자
제91면	제10행	16자	제112면	제11행	20자
제91면	제11행	17자	제116면	제6행	19자
제92면	제2행	17자	제116면	제7행	19자
제92면	제3행	17자	제120면	제11행	19자
제92면	제4행	16자			

下册					
面數	行數	字數	面數	行數	字數
제50면	제5행	19자	제82면	제4행	20자
제53면	제11행	17자	제92면	제8행	17자
제61면	제7행	19자	제95면	제11행	19자
제76면	제6행	17자	제113면	제3행	19자

이상에서 제시한 字數가 不定한 경우는 朝鮮刊本과 四部叢刊本은 정확히 일치한다. 그런데 두 판본에서 오직 한 곳만이 다른 경우가 있다. 제118면의 제11행이 그것인데, 朝鮮刊本은 '世利孝文皇帝甞 "一" 屯天下之精兵於溪甞廣' 되어있고, 四部叢刊本은 따옴표로 표시한 "一"이 빠져 있다. 四部叢刊本은 "一"이 누락되어있기 때문에 朝鮮刊本에 비해 한 글자가 적은 17자로 되어있는 것이다. 龍溪精舍本은 朝鮮刊本과 동일하게 "一"이 누락되어있지 않다. 여기서 "一"는 '일시에'[28]라는 의미이기 때문에 朝鮮刊本이 맞고, 四部叢刊本은 "一"이 누락된 오류를 범하고 있다.

3. 小字註

上册의 경우, 어떤 소장처도 위에 제시한 목록에서 '註雙行'이라고 명기한 곳이 없는데, 판본에는 실제로 小字註가 雙行으로 된 곳이 있다. 제30면 제1행의 '國有餓民'이라는 세로쓰기이기 때문에 원문 바로 아래의 제6~7자 해당하는 부분에 【一本作下民多飢】라는 주석이 雙行의 작은 글자로 달려 있다. 四部叢刊本도 朝鮮刊本과 동일하게 해당 면의 해당 행에 小字註가 雙行으로 달려 있다. 朝鮮刊本의 上册에서는 유일하게 이곳에만 雙行의 小字註가 달려 있어서, '註雙行'이라고 명기하지 않은 것은 목록을 작성한 사람이 이를 간과한 것으로 보인다.

필자는 윗글에서 실물을 확인할 수 있는 朝鮮刊本 3종(계명대 귀중본·고본과 일본국회도서관 소장본) 모두 제85~86면은 일실되어있음을 지적하였다. 그런데 四部叢刊本에는 바로 이 부분 중 제86면에 小字註가 출현한다. 해당부분은 '惡是何可【太上御名】'이라고 되어있는데, 제6행의 제16자 해당하는 부분에 괄호 안의 내용이 雙行의 小字註로 인쇄되어있다. 下册에서도 여러 군데 雙行의 小字註가 등장하는데, 朝鮮刊本과 四部叢刊本은 해당부분과 내용이 완

---

28) 劉向 原著, 李華年 譯註, 《新序全譯》, 貴州人民出版社, 1994. 377쪽.

전히 일치한다. 그러므로 朝鮮刊本에도 일실된 면의 내용이 四部叢刊本과 동일할 것이므로 제86면의 '小字註'도 원판에는 들어있었을 것으로 보인다.

下冊은 上冊과 다르게 '註雙行'이라고 명기한 목록이 보이는데, 경기대 소장본과 後彫堂 소장본이 그것이다. 上冊에서는 일실된 부분을 제외하면 小字註가 한 군데밖에 나오지 않는 데 비해 下冊에서는 이런 雙行의 小字註가 몇 군데에 달려 있다. 그래서 해당 소장처에서 목록을 작성할 때 비교적 쉽게 눈에 띄었을 것으로 보인다. 下冊에서는 제50면 '至於田甲【田甲中牟之邑人也】'에 처음으로 小字註가 등장한다. 괄호 안의 내용이 제3행의 제16~18자 해당하는 부분에 雙行으로 달려 있다.

그 다음 면인 제51면에는 주석이 세 군데나 출현하는데, 아래의 판본의 사진을 제시함으로써 '雙行 小字註' 형식을 살펴보도록 한다.

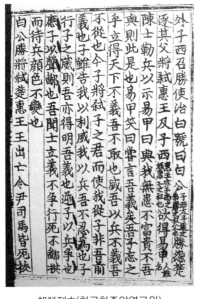 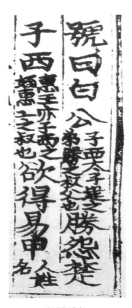 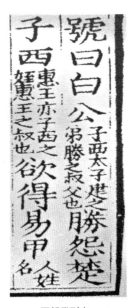

朝鮮刊本(한국학중앙연구원)　　　　　朝鮮刊本　　　　　四部叢刊本

위의 첫 번째 사진을 보면 제51면의 제1행과 제2행에 걸쳐 雙行의 小字註가 인쇄 되어있음을 확인할 수 있다. 해당 부분의 내용은 '號曰白公【子西太子建之弟勝之叔父也】。勝怨楚逐其父, 將弑惠王及子西【惠王亦子西之姪惠ㄱ之叔也】, 欲得易甲【人姓名】'으로 되어있다. 첫 번째 小字註는 제1행의 제13~15자 해당하고, 두 번째는 제2행의 제11~13자 해당하며, 세 번째는 제2행의 제18자 해당한다. 두 번째 사진은 그 부분을 확대한 것인데 본문의 한 글자에 해당하는 부분에 주석이 雙行의 작은 두 글자로 달려 있음을 확인할 수 있다. 세 번째는 四部叢刊本의 사진인데 朝鮮刊本의 동일한 면의 동일한 부분에 해당한다. 두 판본의 글자체는 다르지만 형식과 내용이 완전히 일치함을 확인할 수 있다. 그런데 자세히 살펴보면 주석 부분의 글자가 다른 것이 두 군데 있다. 첫 번째 주석【子西太子建之'弟'勝之叔父也】에서 朝鮮刊本은 '弟'로 되어있는데, 四部叢刊本은 '弟'로 되어있다. 두 번째 주석【惠王亦子西之姪惠'ユ'之叔也】에서 朝鮮刊本은 'ユ'의 형태로 되어있는데, 四部叢刊本은 '王'으로 되어있다. 물론 朝鮮刊本의 불완전한 형태로 되어있는 'ユ'字는 '王'의 誤字이다.

이어서 제76면에도 세 군데에서 雙行의 小字註가 출현한다. 해당부분의 내용은 '有取滿[滿【史記作蒲]、衍、首、垣、以臨仁、平丘、黃、濟陽、甄[甄【史作甖】城、而魏氏服, 王又割濮, 歷【史記作磨】之'로 되어 있다. 첫 번째 주석은 제9행의 제4~5자의 두 글자에 해당하는 부분을 차지하는데, 작은 두 글자가 원문의 큰 두 글자에 해당하는 부분에 적혀 있기 때문에 글자 사이의 공간이 넓다. 두 번째 주석은 제9행의 제18자의 한 글자에 해당하는 부분을 차지하는데, 바로 위의 주와 비교하여 작은 두 글자가 원문의 큰 한 글자에 해당하는 부분에 적혀 있기 때문에 글자 사이의 공간이 좁다. 세 번째 주석은 제10행 제11~12자의 두 글자에 해당하는 부분을 차지하는데, 작은 두 글자가 원문의 큰 두 글자에 해당하는 부분에 적혀 있기 때문에 첫 번째 주석처럼 글자 사이의 공간이 넓다.

제79면에는 '齊人南面【史記南囬攻楚】'라고 되어 있는데, 괄호 안의 주석은 제11행의 제13~14자의 두 글자에 해당하는 부분을 차지하며, 그 부분에 작은 글자의 주가 세 글자씩 雙行으로 달려 있다.

제81면에는 '王之地一桎【史作經】兩海'라고 되어 있는데, 제3행의 제4~5자의 두 글자에 해당하는 부분을 차지하고 있다. 여기에서도 작은 두 글자가 원문의 큰 두 글자에 해당하는 부분에 적혀 있기 때문에 글자 사이의 공간이 넓다.

이상에서 살펴본 雙行의 小字註가 달린 부분은 朝鮮刊本과 四部叢刊本이 정확히 일치한다.

4. 빈칸

朝鮮刊本에는 두 종류의 빈칸이 나타나는데, 하나는 아무 것도 인쇄되지 않은 형태로 되어 있는 글자가 빠진 빈칸이고, 다른 하나는 검은 색으로 인쇄된 빈칸이다. 四部叢刊本에는 빈칸이 나오지 않기 때문에 이하에서 살펴볼 빈칸은 朝鮮刊本만의 특징이다. 이런 빈칸은 誤字를 수정하기 위함이거나, 판각할 때의 오류 때문에 생긴 것으로 추정된다.

(1) 上册

1) '百姓□□, 社稷無主'(제8면 제11행 제17~18자) 朝鮮刊本 중에 고본과 일본국회도서관 소장본에는 두 글자에 해당하는 부분이 흰 빈칸으로 되어있고, 귀중본은 그 빈칸에 '未寧'이라고 필사해놓았다. 四部叢刊本에는 '絶望'으로 되어있다. '絶望(희망이 끊기다)'과 '未寧(편안하지 않다)'은 의미가 통하기는 하지만, 귀중본이 무엇을 근거로 빈칸에 '未寧'이라고 필사해놓았는지 명확하지 않다.

2) '衆人之唯唯, 不■周舍之諤諤'(제11면 제1행 제8자) 귀중본은 이번 면(제11면)이 일실되어서 참고할 수 없는데, 고본은 검은 빈칸 옆에 '若'자를 필사해놓았다. 四部叢刊本에는 '如'로 되어있다. 고본에 필사해놓은 '若'은 '如'와 뜻이 통하는데, 무엇을 근거로 빈칸에 '若'자를 필사해놓았는지 명확하지 않다.

3) '而逐翟黃, ■起而出'(제11면 제10행 제4자) 四部叢刊本에는 빈칸에 해당하는 글자가 '黃'로 되어있다.

4) '臣聞之, ■君仁, 其臣直'(제11면 제11행 제4자) 四部叢刊本은 빈칸에 해당하는 글자가 '其'로 되어있다.

5) '襄不與其君, 而□□□□, 何也？'(제34면의 제16~18자와 제35면의 제1자) 계명대의 두 판본은 모두 이 네 글자에 해당하는 부분에 손으로 네 글자를 적어놓았고, 일본국회도서관 소장본은 네 글자에 해당하는 부분이 모두 빈칸으로 되어있다. 계명대 귀중본은 '與其行者'이라고 적어놓았고, 고본은 '及[反]又撫[撫]矢'로 적어놓았다. 四部叢刊本에는 '顧與他人'로 되어있다. 계명대의 두 판본은 다른 판본을 참고하여 적어놓은 것이 아니라 필사자가 임의로 뜻에 맞추어 적어놓은 것으로 보인다.

6) '臣■列王者之事, 君人之法'(제54면 제11행 제1자) 四部叢刊本에는 빈칸에 해당하는 글자가 '請'으로 되어있다. 그런데 귀중본은 빈칸 위에 '請'이란 글자를 적어놓았으며, 고본은 검은 빈칸을 그대로 두었다.

7) '然後□王之君興[興]焉'(제134면 제7행 제6자) 四部叢刊本에는 빈칸에 해당하는 글자가 '賢'으로 되어있다.

8) '故有道□之不戮也'(제134면 제8행 제6자) 四部叢刊本에는 빈칸에 해당하는 글자가 '者'로 되어있다.

(2) 下册

1) 下册에서는 제10면에 빈칸이 처음 등장하는데, 한국학중앙연구원 소장본과 後彫堂 소장
본이 다른 형태로 되어있다. 한국학중앙연구원 소장본에는 '周諺曰 :《囊漏貯中。》'으로
제대로 인쇄가 되어있고 경기대 소장본은 글자가 뭉그러져 있지만 빈칸으로 되어있지는
않다. 그런데 後彫堂과 일본국회도서관 소장본은 '囊漏'라는 두 글자가 검은 색 빈칸인
'■■'으로 인쇄되어있다. 윗글에서 지적하였듯이 한국학중앙연구원과 경기대 소장본은
'初刻本'이고 後彫堂과 일본국회도서관 소장본은 해당 면을 補刻한 '補刻本'이다. 이를
보면 '初刻本'은 해당부분이 제대로 되어있는데, '補刻本'에 이르러서는 빈칸으로 인쇄된
것이다. 이곳을 제외하고는 下册에서 補刻된 면에는 빈칸이 나오지 않기 때문에, 이하에
서 빈칸이 나오는 곳은 '初刻本'과 '補刻本'이 모두 동일하다.

2) '此吾所以不受■'(제29면 제1행 제16자) 四部叢刊本에는 빈칸에 해당하는 글자가 '也'로
되어있다.

3) '秦國患之, 使張儀之■'(제29면 제10행 제1자) 四部叢刊本에는 빈칸에 해당하는 글자가
'楚'로 되어있다.

4) '上及令子■, 司馬子椒'(제29면 제11행 제1자) 四部叢刊本에는 빈칸에 해당하는 글자가
'闌'의 이체자인 '蘭'으로 되어있다.

5) '崗[齒落於■, 絶吭而死'(제48면 제10행 제1자) 四部叢刊本에는 빈칸에 해당하는 글자
가 '口'로 되어있다.

6) '戰克而王享, 吉□大焉'(제60면 제11행 제18자) 四部叢刊本에는 빈칸에 해당하는 글자
가 '謀'로 되어있는데, 판본 전체적으로 거의 이체자 '謀'만 사용하였지만 여기에서는 정
자를 사용하였다.

7) '故春秋羙而褒[褎]之。■'(제68면 제11행 제18자) 四部叢刊本은 제17자에서 문단이 끝나
기 때문에 한 글자에 해당하는 부분을 빈칸으로 두었다. 그런데 朝鮮刊本에는 그냥 빈칸
이 아니라 검은 빈칸인 '■'으로 인쇄되어있다.

8) '利不百不變法, 功不■不易噐[器]'(제71면 제1행 제18자) 四部叢刊本에는 빈칸에 해당하
는 글자가 '什'으로 되어있다.

9) '■聞之法古無過'(제71면 제2행 제4자) 四部叢刊本에는 빈칸에 해당하는 글자가 '臣'으로
되어있다.

10) '君無疑■■■公曰'(제71면 제9행 제14~16자) 세 개의 검은 빈칸 떨어져 있는 것이 아니

라 연이어 붙어 있는 형태로 되어있는데, 四部叢刊本에는 빈칸에 해당하는 글자가 '矣孝公'로 되어있다.

11) '都彭城, ■■義帝約'(제93면 제6행의 제12~13자) 두 개의 검은 빈칸이 연이어 붙어 있는 형태로 되어있는데, 四部叢刊本에는 빈칸에 해당하는 글자가 '又背[背]' 두 글자로 되어있다.

12) '亐[今]大王誠■其道'(제93면 제10행 제17자) 四部叢刊本에는 빈칸에 해당하는 글자가 '反[反]'으로 되어있다.

13) '張子房之謀也。■'(제104면 제3행 제18자) 四部叢刊本은 제17자에서 문단이 끝나기 때문에 한 글자에 해당하는 부분을 빈칸으로 두었다. 그런데 朝鮮刊本은 그냥 빈칸이 아니라 검은 빈칸인 '■'으로 인쇄되어 있다.

IV. 四部叢刊本과의 문헌 비교

필자는 윗글에서 朝鮮刊本과 四部叢刊本의 동일성을 구체적으로 살펴보았으며, 글자가 다른 부분이 있음도 확인하였다. 그런데 두 판본이 완전히 일치하지는 않기 때문에 두 판본이 서로에게 영향 관계가 없다면 동일한 '母本'을 사용하여 '覆刻'한 것 같다. 우선 두 판본의 실물을 비교하고 나서 서로 글자가 다른 경우에 대해 살펴보도록 한다.

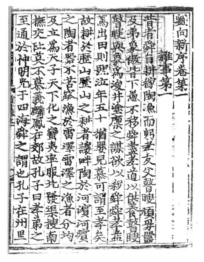

朝鮮刊本(일본국회도서관 소장본)   四部叢刊本(景江南圖書館 소장본)

위의 사진은 上册의 〈序文〉 뒤에 나오는 본문의 첫째 쪽이다. 판식이 일치하는 것은 한눈에 확인할 수 있고, 첫인상은 완전히 동일한 판본 같기도 하다. 그런데 세밀하게 대조해보면 두 판본에서 서로 다른 글자를 찾을 수 있다. 제4행의 제17자는 朝鮮刊本이 이체자 '瞽'로 되어 있고 四部叢刊本은 '瞽'로 되어 있다. 두 글자가 동일한 것 같지만, 朝鮮刊本은 윗부분 오른쪽의 '攴'가 '攵'의 형태로 되어 있고, 四部叢刊本에는 정자로 되어 있다. 인쇄상의 문제로 볼 수도 있지만, 두 판본에서 모두 판본 전체적으로 '攴'를 '攵'로 사용한 이체자가 등장하기 때문에 해당글자는 정자와 이체자의 관계로 볼 수 있다. 바로 그 다음 글자인 제4행 제18자는 朝鮮刊本이 '瞍'로 되어 있고, 四部叢刊本은 '睄'로 되어 있다. 朝鮮刊本은 정자를 사용하였고, 四部叢刊本은 좌부변의 '目'가 '日'의 형태로 된 '睄'를 사용하였다. 여기에서 '瞽瞍'는 '舜의 아버지[29]'인데, 人名이기 때문에 四部叢刊本의 '睄'는 誤字이다. 그런데 두 판본은 모두 판본 전체적으로 부수로 쓰인 '日'과 '目'은 서로 바꾸어 쓴 이체자를 사용하기도 하였기 때문에 '睄'는 이체자로 볼 수도 있다. 제5행의 제8자는 朝鮮刊本이 '塗'로 되어 있고, 四部叢刊本은 '塗'로 되어 있다. 朝鮮刊本은 윗부분 오른쪽의 '余'가 '余'의 형태로 되어 있고, 四部叢刊本은 정자로 되어 있다. 두 판본은 모두 판본 전체적으로 '余'를 거의 이체자 '余'로 사용하였기 때문에 인쇄상의 문제가 아니라 '塗'를 이체자로 보는 것이 타당하다. 제6행의 제18자는 朝鮮刊本이 '矣'로 되어 있고, 四部叢刊本은 '矣'로 되어 있다. 朝鮮刊本은 정자로 되어 있는데, 四部叢刊本은 'ㅿ'의 아랫부분의 '矢'가 '失'의 형태로 되어 있다. 두 판본은 모두 판본 전체적으로 정자와 이체자를 거의 같은 비율로 섞어서 사용하였다. 제7행의 제4자와 제6자는 朝鮮刊本이 '歷'으로 되어 있고, 四部叢刊本은 '歷'으로 되어 있다. 朝鮮刊本은 '厂'의 안쪽 윗부분의 '秝'이 '林'의 형태로 되어 있는데, 四部叢刊本은 정자로 되어 있다. '歷'의 경우, 朝鮮刊本은 거의 이체자 '歷'을 사용하였고, 四部叢刊本은 거의 정자를 사용하였다. 마지막으로 제11행 제2자는 朝鮮刊本이 '通'으로 되어 있고, 四部叢刊本은 '通'으로 되어 있다. 朝鮮刊本은 정자를 사용하였는데, 四部叢刊本은 '辶' 윗부분의 'マ'의 형태가 'ㄱ'의 형태로 된 이체자를 사용하였다. 위에서 살펴보았듯이 두 판본은 판식은 완전히 일치하지만 글자가 다른 경우는 논문 한 편으로는 다룰 수 없을 만큼 많다.

따라서, 이하에서는 이체자로서 글자가 다른 경우를 제외하고 글자가 전혀 다른 경우만 살펴보기로 한다. 또한 두 판본이 글자는 같지만 동일하게 오류를 범한 경우도 살펴보기로 한다. 이때 오류를 판단하는 기준으로 삼은 판본은 현재 善本으로 인정받고 있는 '鐵華館本'을 저본

---

29) 劉向 撰, 林東錫 譯註, 《신서1》, 동서문화사, 2009. 41쪽.

으로 출간한 '龍溪精舍叢書本'[30](이하에서는 '龍溪精舍本'으로 약칭)이다.

1. 上册

'季孟墮[墮]"郈"費之城'(제2면 제8행 제4자 / 季孫氏·孟孫氏를 보내 郈城과 費城의 반란을 진압하도록 하였다.)[31] 四部叢刊本은 '郈'가 '郡'으로 되어 있는데, 龍溪精舍叢書本은 모두 朝鮮刊本과 동일하게 '郈'로 되어 있다. '郈'는 春秋時代 魯나라의 邑이고 지금의 山東省 東平縣 경내(《신서1》, 47쪽)이기 때문에 朝鮮刊本의 '郈'가 맞고, 四部叢刊本의 '郡'은 誤字이다.

'非不欲專[專]"貴""擅[擅]"愛也'(제4면 제1행 제2자와 제3자 / 귀함과 사랑을 독차지하고 싶은 마음이 없는 것은 아니었다.) 四部叢刊本에는 '責'으로 되어 있는데, 龍溪精舍本에는 朝鮮刊本과 동일하게 '貴'로 되어 있다. '專貴'는 '귀함을 독차지하다'(《신서1》, 57쪽)라는 의미이기 때문에 朝鮮刊本의 '貴'가 맞고, 四部叢刊本의 '責'은 誤字이다. 또한 바로 다음 글자도 四部叢刊本에는 '櫃[櫃]'으로 되어 있는데, 龍溪精舍本에는 朝鮮刊本과 동일한 글자인데 정자인 '擅'으로 되어 있다. '擅愛'는 '사랑을 독차지하다'(《신서1》, 57쪽)라는 의미이기 때문에 朝鮮刊本의 '擅[擅]'이 맞고, 四部叢刊本의 '櫃[櫃]'은 誤字이다.

'故孔子曰 : 〈朝聞 [道], 夕死可矣。於以"聞"後嗣〉'(제7면 제2행 제17자와 제18자 사이, 그리고 제3행 제6자 / 그러므로 孔子는 '아침에 도를 들으면 저녁에 죽어도 좋다' 라고 하였다. 이는 뒤를 이을 사람을 열어주는 것이다.) 龍溪精舍本에는 '道'자가 있는데, 朝鮮刊本과 四部叢刊本은 모두 [ ]로 표시한 道'자가 빠져 있다. 《論語》에는 '朝聞道'로 되어 있기 때문에 朝鮮刊本과 四部叢刊本이 '道'자를 쓰지 않은 것은 오류이다. 그리고 이어진 문장에서 龍溪精舍本에는 '開'로 되어 있는데, 朝鮮刊本과 四部叢刊本은 모두 '聞'으로 되어 있다. '열다'(《신서1》, 71쪽)라는 의미이기 때문에 朝鮮刊本과 四部叢刊本의 '聞'은 誤字이다.

'趙簡子上羊"腸[腸]"之坂'(제9면 제2행 제6자 / 趙簡子는 羊의 창자처럼 구불구불한 험한 산길을 오르고 있었다.) 四部叢刊本에는 '陽[陽]'으로 되어 있는데, 龍溪精舍本에는 朝鮮刊本과 동일하게 '腸'로 되어 있다. 여기에서는 羊의 '창자'(《신서1》, 81쪽)라는 의미이기 때문에 朝鮮

---

30) 필자는 참고한 '龍溪精舍叢書本'은 '中國哲學書電子化計劃(https://ctext.org/zh)'이란 사이트에서 원문의 이미지를 제공하고 있다.

31) 劉向 撰, 林東錫 譯註, 《신서1》, 동서문화사, 2009. 41쪽. 이하에서 번역은 모두 이 책을 참고하였으며 번역에 대해서는 따로 주를 달지 않는다. 또한 이하에 이 책을 인용하는 경우에는 따로 주를 달지 않고 괄호 안에 書名과 쪽수만 표시한다.

刊本의 '腸[腸]'이 맞고, 四部叢刊本의 '陽[陽]'은 誤字이다.

'且"齊[齊]"戒不敬耶'(제12면 제4행 제10자 / 또 재계하면서 경건치 못한 행위를 하지는 않았는가.) 龍溪精舍本에는 '齋'로 되어 있는데, 四部叢刊本은 朝鮮刊本과 동일하게 '齊[齊]'로 되어 있으며 이는 誤字이다.

'以當"彊"敵'(제14면 제5행 제11자 / 강한 적과 맞닥뜨렸을 때.) 龍溪精舍本에는 '彊'로 되어 있는데, 四部叢刊本은 朝鮮刊本과 동일하게 '彊'으로 되어 있다. 四部叢刊本과 朝鮮刊本은 '彊'과 '强'을 간혹 통용하고 있으나 여기에서는 '强敵'이기 때문에 朝鮮刊本과 四部叢刊本의 '彊'은 '彊'의 誤字이다.

'"大"師知之'(제16면 제3행 제1자 / 太師가 그것을 알아차렸다.) 龍溪精舍本에는 '太'로 되어 있는데, 四部叢刊本은 朝鮮刊本과 동일하게 '大'로 되어 있다. '太師'는 '궁중의 음악을 맡은 악사. 삼공의 지위 중 최고의 관직'(《신서1》, 100쪽)이다. '大'와 '太'는 의미가 같지만 여기에서는 관직명이기 때문에 바꿔 쓸 수 없으므로 朝鮮刊本과 四部叢刊本의 '大'는 誤字이다. 그런데 朝鮮刊本과 四部叢刊本은 모두 해당 단락에서 '太師'라고 하였는데 여기에서만 '大師'라고 썼다.

'"吾"尙可謂不好士乎'(제16면 제11행 제8자 / 내가 어찌 선비를 좋아하지 않는다고 할 수 있겠소.) 四部叢刊本에는 '君'으로 되어 있고, 龍溪精舍本에는 朝鮮刊本과 동일하게 '吾'로 되어 있다. '君'을 이인칭 대명사로 번역하여도 뜻은 통하지만 문맥상 어색하기 때문에 朝鮮刊本의 '吾'가 맞고, 四部叢刊本의 '君'은 誤字이다.

'推弱燕之兵, 破"彊"齊之讎'(제23면 제11행 제16자 / 약한 연나라의 병력을 강화하여 강한 제나라에 대한 원한을 깨뜨렸다.) 四部叢刊本에는 '彊'으로 되어 있는데, 龍溪精舍本에는 朝鮮刊本과 동일하게 '彊'로 되어 있다. 여기에서는 '弱'과 '彊'이 대조를 이루고 있기 때문에 朝鮮刊本의 '彊'이 맞고, 四部叢刊本의 '彊'은 誤字이다.

'五月而宜"陽""末"拔'(제27면 제9행 제11자 / 다섯 달이 지나도록 宜陽은 함락되지 않았다.) 四部叢刊本과 龍溪精舍本은 모두 朝鮮刊本과 다르게 '末'로 되어 있다. 여기에서 '末'는 '않았다.'라는 부정부사로 쓰였기 때문에 四部叢刊本의 '末'가 맞고, 朝鮮刊本의 '末'은 誤字이다.

'魯君"子"之'(제29면 제3행 제13자 / 노나라 임금이 그것을 주었다.) 朝鮮刊本과 四部叢刊本은 '子'로 되어 있는데, 龍溪精舍本에는 '予'로 되어 있다. 여기에서는 '주다.'[32] 라는 의미이기

---

32) 劉向 原著, 李華年 譯註, 《新序全譯》, 貴州人民出版社, 1994. 46쪽. 이하에 이 책을 인용하는 경우에는 따로 주를 달지 않고 괄호 안에 書名과 쪽수만 표시한다.

때문에 '予'를 쓰는 것이 맞고, 朝鮮刊本과 四部叢刊本의 '子'는 誤字이다. 국역본에서는 '그것을 허락하다'라고 의역하였다.(《신서1》, 144쪽)

'蓋[盖]聞"困"倉粟有餘者'(제29면 제11행 14자 / 무릇 곡식 창고에 곡식이 남아돌면) 龍溪精舍本에는 '囷'로 되어 있는데, 朝鮮刊本과 四部叢刊本 모두 '困'로 되어 있다. 여기에서는 '囷'은 '원형의 곡식창고'(《신서1》, 148쪽과 《新序全譯》, 47쪽)라는 의미이기 때문에 朝鮮刊本과 四部叢刊本의 '困'은 '囷'의 誤字이다.

'行"比"令未半旬, 守虵[蛇]吏夢"天"帝殺虵'(제34면 제3행 제10자와 제4행 제1자 / 이러한 법령이 시행되고 닷새도 지나지 않아 그 뱀을 지키던 관리가 하느님이 뱀을 죽이는 꿈을 꾸었다.) 四部叢刊本과 龍溪精舍本은 모두 朝鮮刊本과 다르게 '此'로 되어 있다. 여기에서는 '이러한'(《신서1》, 159쪽)이라는 뜻이기 때문에 四部叢刊本의 '此'가 맞고, 朝鮮刊本의 '比'는 誤字이다. 그리고 이어진 문장에서 四部叢刊本에는 '大'로 되어 있는데, 龍溪精舍本은 朝鮮刊本과 마찬가지도 '天'으로 되어 있다. 여기에서 '天帝'는 '하느님'(《신서1》, 159쪽)이라는 뜻이기 때문에 朝鮮刊本이 맞고, 四部叢刊本의 '大'는 誤字이다.

'必有"九[丸]"繒之憂'(제36면 제8행 제6자 / 틀림없이 丸繒에 걸려들 우려가 있다) 四部叢刊本과 龍溪精舍本 모두 朝鮮刊本과 다르게 '九'로 되어 있다. '丸繒'에서 '丸'은 탄환이고 '繒'은 줄이 달린 새 잡는 낚시(《신서1》, 168쪽과 《新序全譯》, 55쪽)이기 때문에 朝鮮刊本의 '丸'이 맞고, 四部叢刊本과 龍溪精舍本의 '九'는 誤字이다.

'蔡侯[矦]之〖事猶其小者也, 今君王之事, 遂以左州矦, 右夏矦〗, 從新安君與壽陵君'(제42면 제3행 제6자에서 제7자 사이) 朝鮮刊本과 四部叢刊本에는 '〖〗'로 표시한 부분의 내용이 빠져 있어서 앞뒤 문맥이 통하지 않는다. '〖〗'로 표시한 부분은 모두 19자에 해당하는데, 아예 한 행(18자) 정도가 통째로 빠져 있다. 해당 부분은 龍溪精舍本을 근거로 보충하였다.

'若不知其"衷"盡'(제42면 제11행 제1자 / 너는 그 속이 다 닳는 것을 모른다.) 四部叢刊本은 '裏[裏]'로 되어 있고 龍溪精舍本에는 '裏'로 되어 있는데, 두 판본 모두 朝鮮刊本과 다르다. 여기에서는 '속(안)'(《신서1》, 186쪽)이라는 뜻이기 때문에 사부총간의 '裏[裏]'가 맞고, 朝鮮刊本의 '衷[喪]'은 誤字이다.

'衒嫁不"售"'(제46면 제11행 제17자 / 시집을 보내려고 떠들고 다녔지만 팔리지 않았다.) 四部叢刊本은 '隻'으로 되어 있고, 龍溪精舍本에는 朝鮮刊本과 동일하게 '售'로 되어 있다. 여기에서는 '팔리다.'(《신서1》, 196쪽)라는 뜻이기 때문에 朝鮮刊本의 '售'가 맞고, 사부총간의 '隻'은 誤字이다.

'"楊[楊]"激楚之遺風'(제47면 제7행 제17자 / 초나라의 유풍에 격양함을 느꼈다.) 四部叢刊本

은 '揚[揚]'으로 되어 있고, 龍溪精舍本은 '揚[揚]'으로 되어 있다. 세 판본 모두 이체자를 사용하였는데, 결국 朝鮮刊本은 '楊'으로 되어 있고, 四部叢刊本과 龍溪精舍本은 '揚'으로 되어 있는 것이다. 여기에서는 '激揚하다.'(《신서1》, 197쪽)라는 뜻이기 때문에 四部叢刊本의 '揚[揚]'이 맞고, 朝鮮刊本의 '楊[楊]'은 誤字이다.

'觸之者"龍"種而退耳'(제53면 제10행 제12자 / 이에게 덤빈 자는 隴種하여 물러설 수밖에 없다.) 四部叢刊本은 '隴[隴]'을 되어 있고 龍溪精舍本 정자 '隴'을 되어 있는데, 두 판본은 모두 朝鮮刊本과 다르다. 여기에서 '隴種'은 '잃어버리고 실패하여 용기를 잃은 모습'(《신서1》, 215쪽과 《新序全譯》, 77쪽)이라는 뜻이기 때문에 사부총간의 '隴[隴]'이 맞고, 朝鮮刊本의 '龍[龍]'은 誤字이다.

'將率者"末"事也'(제54면 제10행 제15자 / 병졸을 인솔함이란 말사에 불과하다.) 四部叢刊本에는 '末'로 되어 있는데, 龍溪精舍本에는 朝鮮刊本과 동일하게 '末'로 되어 있다. 여기에서는 '本事가 아닌 末事'(《신서1》, 213쪽)라는 뜻이기 때문에 朝鮮刊本의 '末'이 맞고, 四部叢刊本의 '末'는 誤字이다.

'欲"法"之'(제58면 제10행 제8자 / 그를 제거하고자 하다) 朝鮮刊本과 四部叢刊本은 모두 '法'으로 되어 있으나, 龍溪精舍本은 '去'로 되어 있다. 여기에서는 '그(樂毅)를 제거하다'(《신서1》, 228쪽)라는 뜻이기 때문에 朝鮮刊本과 四部叢刊本의 '法'은 '去'의 誤字이다.

'"立"爲齊襄王'(제59면 제3행 제17자 / 제나라의 襄王으로 세우다) 四部叢刊本은 '土'로 되어 있는데, 龍溪精舍本은 朝鮮刊本과 동일하게 '立'으로 되어 있다. 여기에서는 '왕으로 세우다'(《신서1》, 229쪽)라는 뜻이기 때문에 朝鮮刊本의 '立'이 맞고, 四部叢刊本의 '土'는 誤字이다.

'敢謁其願"而而"君弗肯[肯]33)聽也'(제59면 제7행 제1·2자 / 감히 과인이 바라는 뜻을 그대에게 전달하였으나 귀하가 들어주지 않았다) 朝鮮刊本과 四部叢刊本 모두 '而'를 연이어 '而而'로 사용하였는데, 龍溪精舍本에는 '而'로 되어 있다. 여기에서 '而'는 역접의 접속사 역할을 하는데 반복해서 사용할 필요가 없기 때문에 '而而'는 오류로 같은 글자 하나를 더 첨가한 것이다.

'是一擧而兩"失"也'(제61면 제5행 2자 / 이것은 하나의 행동으로 두 가지를 잃는 일일 뿐이다.) 四部叢刊本에는 '夫'로 되어 있는데, 龍溪精舍本에는 朝鮮刊本과 동일하게 '失'로 되어 있다. 여기에서는 '잃다.'(《신서1》, 230쪽)라고 해야 하기 때문에 朝鮮刊本의 '失'이 맞고, 四部

---

33) 朝鮮刊本은 '肯'으로 되어 있는데, 四部叢刊本에는 정자 '肯'로 되어 있다. 朝鮮刊本의 '肯'은 이체자가 아니라 원래는 정자 '肯'으로 되어 있던 것이 판각 후에 훼손되었을 가능성도 있다.

叢刊本의 '夫'는 誤字이거나 판각 후 훼손된 것으로 보인다.

'柳"柳下曰'(제61면 제8행 제2자와 제3자 사이 / 柳下季가 말하였다.) 朝鮮刊本과 四部叢刊本은 모두 '柳下'로만 되어 있는데, 龍溪精舍本에는 '柳下季'로 되어 있다. 여기에서 柳下季는 '春秋時代 魯나라 사람'(《신서1》, 239쪽)이므로 朝鮮刊本과 四部叢刊本은 '季'字가 누락되어 있다.

'使"比"小國諸侯'(제64면 제9행 제12자 / 어지간한 제후국과 비길만하다.) 四部叢刊本에는 '比[北]'으로 되어 있는데, 龍溪精舍本은 朝鮮刊本과 동일하게 '比'로 되어 있다. 여기에서는 '견주다.'(《신서1》, 233쪽)이라는 뜻이기 때문에 朝鮮刊本의 '比'가 맞고, 四部叢刊本의 '比[北]'은 誤字이다.

'此"一"國豈拘於俗'(제69면 제6행 제3자 / 이 두 나라가 어찌 세속에 얽매이겠나.) 四部叢刊本과 龍溪精舍本은 모두 朝鮮刊本과 다르게 '二'로 되어 있다. 여기에서는 앞서 언급한 '秦'과 '齊' 두 나라를 가리키기 때문에(《신서1》, 247쪽) 四部叢刊本의 '二'가 맞고, 朝鮮刊本의 '一'은 誤字이다.

'是以聖王覺"俉"'(제69면 제10행 제15자 / 그래서 어진 임금은 깊이 깨달았다.) 四部叢刊本과 龍溪精舍本은 모두 朝鮮刊本과 다르게 '悟'로 되어 있다. 여기에서는 '깨닫다.'(《신서1》, 248쪽)라는 뜻이기 때문에 四部叢刊本의 '悟'가 맞고, 朝鮮刊本의 '俉'는 誤字이다. 그런데 윗글에서 밝혔듯이 계명대 귀중본은 제69~70면이 일실되어 있으나 고본은 해당 면이 '보각'한 판으로 남아 있다. 그래서 '初刻本'에도 오류가 있었는지는 아니면 '初刻本'은 제대로 되어 있는데 '補刻本'만 오류가 있는 것인지는 확인할 수 없다.

'蟠[蟠]木根"抵[抵]"輪"囷"離奇'(제71면 제2행 제17자와 제3행 제1자 / 땅에 붙을 정도로 구불구불 자라는 나무의 뿌리가 구불구불 뒤틀리다.) 朝鮮刊本은 이체자 '抵'로 되어 있고 四部叢刊本은 정자 '抵'로 되어 있는데, 龍溪精舍本에는 두 판본과 다르게 '柢'로 되어 있다. 여기에서는 나무의 '뿌리'이기 때문에 朝鮮刊本의 '抵[抵]'와 四部叢刊本의 '抵'는 모두 誤字이다. 이어서 나오는 '囷'은 四部叢刊本과 龍溪精舍本이 모두 朝鮮刊本과 다르게 '囷'으로 되어 있다. 여기에서는 '輪囷'은 '구불구불하고 뒤틀린 모습은 표현한 말'(《신서1》, 259쪽)이기 때문에 四部叢刊本의 '囷'이 맞고, 朝鮮刊本의 '困'은 誤字이다. 그런데 계명대 판본1은 뭉그러진 글자 위에 가필을 하여 '囷'의 형태로 만들어놓았다.

'則"士"有伏死崛冗[穴]巖藪之中耳'(제72면 제11행 제7자 / 그러면 선비는 굴속이나 바위 아래 엎드려 죽기를 바랄 뿐이다.) 四部叢刊本에는 '王'으로 되어 있는데, 龍溪精舍本은 朝鮮刊本과 동일하게 '士'로 되어 있다. 이번 단락에서는 임금이 '선비'(《신서1》, 251쪽)를 대하는 태도에 대하여 이야기하고 있기 때문에 朝鮮刊本의 '士'가 맞고, 四部叢刊本의 '王'은 誤字이다.

'若[若]是者"二"'(제76면 제5행 제12자 / 이렇게 하기를 세 번.) 朝鮮刊本과 四部叢刊本은 모두 '二'로 되어 있는데, 龍溪精舍本에는 '三'으로 되어 있다. 실제 횟수보다는 행위의 반복성을 강조하는 것이기 때문에 '두 번'이나 '세 번' 모두 의미가 통한다. 그래서 朝鮮刊本과 四部叢刊本의 '二'는 '三'의 誤字라고 단정할 수 없다.

'公季"或"自退於郊三日請罪'(제77면 제10행 제11자 / 公季成이 스스로 교외에 나가 사흘간이나 그 죄를 빌었다.) 朝鮮刊本과 四部叢刊本에는 모두 '或'으로 되어 있는데, 龍溪精舍本에는 '成'으로 되어 있다. '公季成'은 '魏 成子. 이름이 成이며, 文侯의 아우'(《신서1》, 278쪽)이다. 앞에서는 朝鮮刊本과 四部叢刊本이 모두 '公季成'이라고 하였는데, 두 판본 모두 여기에서만 '或'자를 썼는데 誤字이다. 계명대 판본1은 붓으로 가필하여 억지로 '成'자를 만들어 놓았다.

'君"者"置相'(제78면 제1행 제11자 / 임금께서 재상을 결정하시려면) 四部叢刊本에는 '若[若]'으로 되어 있고 龍溪精舍本에도 '若'으로 되어 있다. 여기에서는 '만약'(《신서1》, 279쪽)이라는 의미이기 때문에 四部叢刊本의 '若[若]이 맞고, 朝鮮刊本의 '者'는 誤字이다.

'故相"季"成'(제78면 제3행 제15자 / 그래서 季成을 재상으로 삼았다.) 四部叢刊本은 朝鮮刊本과 다르게 '李'로 되어 있다. 위에서 밝혔듯이 '公季成'은 人名이고 四部叢刊本도 앞에서는 '季成'이라고 썼기 때문에, 朝鮮刊本의 '季'가 맞고, 四部叢刊本의 '李'는 誤字이다.

'"吾"以不祥立乎天下'(제83면 제6행 제17자 / 내가 상서롭지 못한 짓을 해가면서까지 천하에 우뚝 선다면.) 四部叢刊本에는 '君'으로 되어 있는데, 龍溪精舍本은 朝鮮刊本과 동일하게 '吾'로 되어 있다. 여기에서는 莊王이 자신을 지칭하는 것이기 때문에 2인칭 대명사인 '君'은 문맥에 맞지 않는다. 그러므로 朝鮮刊本의 '吾'가 맞고, 四部叢刊本의 '君'은 誤字이다.

'金"王"是[是]賤'(제91면 제4행 13행 / 金玉은 천한 것이다.) 四部叢刊本과 龍溪精舍本은 모두 朝鮮刊本과 다르게 '玉'으로 되어 있다. 여기에서는 '金'과 '玉'이기 때문에 四部叢刊本의 '玉'이 맞고, 朝鮮刊本의 '王'은 誤字이다. 그런데 계명대 판본1은 붓으로 '王'자 옆에 '丶'을 가필하여 '玉'으로 만들어놓았다. 그래서 원래부터 誤字인지 아니면 나중에 원판이 훼손되어 '丶'이 사라진 것인지는 단정할 수 없다.

'爲人君欲殺[殺]其民以自活'(제100면 제3행 제1자 / 임금 된 자가 자신만 살겠다고 백성들을 죽인다면.) 四部叢刊本은 '目'으로 되어 있는데, 龍溪精舍本은 朝鮮刊本과 동일하게 '自'로 되어 있다. 여기에서는 '자기'(《신서1》, 353쪽)라는 뜻이기 때문에 朝鮮刊本의 '自'가 맞고, 四部叢刊本의 '目'은 誤字이다.

'是寡人之命"固"盡矣'(제100면 제3행 제15자 / 이는 과인의 운명이 결국 다하였다는 것이다.) 四部叢刊本은 '國'으로 되어 있는데, 龍溪精舍本은 朝鮮刊本과 동일하게 '固'로 되어 있다. 여기에서는 '결국'(《신서1》, 353쪽) 혹은 '지금'(《新序全譯》, 143쪽)이라는 뜻이기 때문에 朝鮮刊本의 '固'가 맞고, 四部叢刊本의 '國'은 誤字이다.

　'是謂天下之"王"'(제100면 제11행 제8자 / 이를 일컬어 천하의 왕이라 한다.) 일본국회도서관 소장본은 아무 가필이 없는 원래 인쇄된 그대로인데, 불완전한 '王'의 형태로 되어 있다. 그런데 계명대 판본1은 붓으로 가운데 가로획에 가필을 하여 '王'자를 만들어놓았고, 판본2는 왼쪽에 세로획을 가필을 하여 '正'자를 만들어놓았다. 여기에서는 가필한 계명대 판본1과 판본2의 글자가 다르기 때문에 일본국회도서관 소장본의 원래 인쇄된 글자를 사용하였다. 四部叢刊本과 龍溪精舍本에는 모두 '王'으로 되어 있는데, 朝鮮刊本의 가필한 형태를 기준으로 하면 계명대 판본1의 '王'이 맞고, 계명대 판본2의 '正'은 誤字이다.

　'恐[恐其有小惡, 『以其小惡』, 忘人之大美'(제109면 제6행 제1자와 제2자 사이) 朝鮮刊本과 四部叢刊本은 '『 』'안의 '以其小惡'이란 네 글자가 빠져 있어서 문맥이 잘 통하지 않는다. 龍溪精舍本을 근거로 '以其小惡'을 첨가하였는데, 이 네 글자는 脫字이다.

　'齊桓[桓公見"卜"臣稷'(제109면 제9행 제5자 / 제 환공이 小臣稷을 만나려고.) 朝鮮刊本의 '卜' 바로 앞의 글자도 불완전한 형태로 인쇄되어 있기 때문에 '卜'이 아니라 '十'이 훼손된 형태로 인쇄된 것 같다. 四部叢刊本에는 '十'으로 되어 있는데, 龍溪精舍本에는 '小'로 되어 있다. 여기에서 '小臣稷'은 人名으로 '齊 桓公 때의 處士'(《신서1》, 388쪽)이다. '小臣稷'이란 인명을 '十臣稷'이라고 할 수 없기 때문에 朝鮮刊本의 '卜(十이 훼손된 것으로 추정됨)'과 四部叢刊本의 '十'은 誤字이다.

　'桓公其"恤"之矣'(제110면 제5행 제17자 / 환공의 성공이 그러한 까닭이다.) 四部叢刊本은 朝鮮刊本과 동일하게 '恤'로 되어 있고, 龍溪精舍本은 '以'로 되어 있다. 여기에서 '以'는 '까닭'(《신서1》, 387쪽) 혹은 '획득하다.'(《新序全譯》, 157쪽)라는 뜻이기 때문에 朝鮮刊本과 四部叢刊本의 '恤'는 誤字이다.

　'比之謂也'(제115면 제4행 제6자 / 이를 두고 한 말이다.) 四部叢刊本과 龍溪精舍本은 모두 朝鮮刊本과 다르게 '此'로 되어 있다. 여기에서는 '이것'(《신서1》, 400쪽)이라는 뜻이기 때문에 四部叢刊本의 '此'가 맞고, 朝鮮刊本의 '比'는 誤字이다.

　'〈數戰數勝。〉"則民疲"'(제118면 제4행 제6~8자 / 자주 싸워 자주 이겼습니다. 그러자 문후가 말하였다.) 朝鮮刊本의 '則民疲'라는 세 글자가 四部叢刊本에는 '文侯[侯]曰'로 되어 있고 龍溪精舍本에는 '文侯[侯]曰'로 되어 있다. 四部叢刊本과 龍溪精舍本은 모두 '文侯曰'로 되어 있는 셈인데, 뒤의 말은 '李克'이 계속 말하는 것이 아니라 '文侯'가 말하는 것이기 때문에 '文侯曰'이 필요하다. 문맥을 살펴보면 文侯가 李克에게 吳나라의 멸망 원인을 묻자 李克이 문후에게 '자주 싸워 자주 승리한 데 있다.'라고 대답하자 文侯가 '승리는 나라의 복인데 왜 멸망 원인이 되냐'고 되묻는다. 李克이 다시 대답하면서 '자주 싸우면 백성이 피로해진다.(數戰則民疲)'《신서1》, 413쪽)라고 말할 때, 朝鮮刊本과 四部叢刊本에 모두 '則民疲'라는 부분이 나온다. 그런데 문맥상 이 부분에서는 朝鮮刊本의 '則民疲'는 전혀 필요가 없고 '文侯曰'이 필요하기 때문에 朝鮮刊本의 '則民疲'는 오류이다. 朝鮮刊本과 四部叢刊本은 서로 한 글자가 다른 경우는 있으나 이렇게 세 글자가 다른 경우는 판본 전체적으로 찾아볼 수 없는 특이한 경우이다.

'官職日"益[益]"'(제120면 제8행 제16자 / 관직이 날로 높아질 것이다.) 四部叢刊本과 龍溪精舍本은 모두 朝鮮刊本과 다르게 '進'으로 되어 있다. 여기에서는 '높아지다.'《신서1》, 423쪽)라는 뜻이기 때문에 四部叢刊本의 '進'으로 쓰는 것이 맞지만 朝鮮刊本의 '益[益]'도 뜻이 통한다.

'"待"衛御數百人'(제123면 제11행 제17자 / 侍御 수백 명.) 四部叢刊本과 龍溪精舍本은 모두 朝鮮刊本과 다르게 '侍'로 되어 있다. 여기에서는 '侍御'는 '임금 곁에서 모시는 신하들'《신서1》, 434쪽)을 뜻하기 때문에 四部叢刊本의 '侍'가 맞고, 朝鮮刊本의 '待'는 誤字이다.

'"裂"地而與之'(제125면 제7행 제10자 / 땅을 떼어서 그에게 주다.) 四部叢刊本과 龍溪精舍本은 모두 朝鮮刊本과 다르게 '列'로 되어 있다. 여기에서는 '列'은 '裂'과 같고, '列地'는 땅을 분할하여 封邑으로 삼아 신하에게 주는 것《新序全譯》, 180쪽)을 의미하기 때문에 四部叢刊本의 '列'과 朝鮮刊本의 '裂'은 의미는 같지만 글자가 다르다.

'何"暇"老哉'(제130면 제9행 제9자 / 어찌 늙을 겨를이 있겠냐.) 朝鮮刊本과 四部叢刊本은 모두 '暇'로 되어 있고, 龍溪精舍本은 '暇'로 되어 있다. 여기에서는 '겨를'《신서1》, 452쪽)이라는 뜻이기 때문에 朝鮮刊本과 四部叢刊本의 '暇'는 '천천히 보다'라는 뜻이기 때문에 誤字이다. 하지만 朝鮮刊本이나 四部叢刊本은 간혹 '日'이 '目'의 형태로 된 이체자를 사용하기 때문에(예를 들면, '明'의 이체자로 '明'을 사용하기도 하였다.) 여기에서는 '暇'는 '暇'의 이체자로 볼 수도 있다.

'齊有閭丘邛[邛]年"七"八'(제131면 제5행 제9자 / 제나라에는 閭丘邛이란 자가 있었는데 나이가 열여덟이었다.) 四部叢刊本과 龍溪精舍本은 모두 朝鮮刊本과 다르게 '十'으로 되어 있다. 여기에서는 '일곱이나 여덟'이 아니라 '열여덟'《신서1》, 455쪽)이라는 숫자이기 때문에 四部叢刊本의 '十'이 맞고, 朝鮮刊本의 '七'은 誤字이다.

'"共"王曰'(제133면 제9행 제17자 / 공왕이 말하였다.) 四部叢刊本은 '其'로 되어 있는데, 龍溪精舍本은 朝鮮刊本과 동일하게 '共'으로 되어 있다. 여기에서 '共王'은 '楚나라 군주'《신서1》, 434쪽)이기 때문에 朝鮮刊本의 '共'이 맞다. 四部叢刊本의 '其'를 '그'라는 지시사로 보면 뜻은 통하지만, 판본 전체적으로 이런 예는 거의 없기 때문에 誤字라고 할 수 있다.

2. 下册

'殷"王"而夏亡'(제1면 제11행 제16자 / 은나라는 왕업을 이루었고 하나라는 망하였다.) 四部叢刊本은 '正'으로 되어 있고, 龍溪精舍本은 朝鮮刊本과 동일하게 '王'으로 되어 있다. 여기에서는 '왕업을 이루다.'(《신서2》, 501쪽)라는 뜻이기 때문에 朝鮮刊本의 '王'이 맞다. 四部叢刊本의 '正'은 뒤에 나오는 '亡'과 대조를 이루기 때문에 어느 정도는 뜻이 통한다.

'林木之"積"'(제3면 제4행 제2자 / 재목의 준비.) 朝鮮刊本과 四部叢刊本에는 '林'으로 되어 있는데, 龍溪精舍本에는 '材'로 되어 있다. 여기에서는 '材木'(《신서2》, 508쪽)이라고 해야 하기 때문에 朝鮮刊本과 四部叢刊本의 '林'은 誤字이다.

'香"居"問宣王'(제4면 제7행 제18자 / 香居가 宣王에게 물었다.) 四部叢刊本에는 '車'로 되어 있고, 龍溪精舍本에는 朝鮮刊本과 동일하게 '居'로 되어 있다. 香居는 '齊나라 大夫. 香車로도 쓴다.'(《신서2》, 514쪽) 그러므로 四部叢刊本의 '香車'는 誤字가 아니지만 朝鮮刊本의 '香居'와는 글자가 다르다. 四部叢刊本은 여기에서 '香車'로 썼는데 제5면 제1행 제3자에서는 朝鮮刊本과 동일하게 '香居'로 썼다. 朝鮮刊本은 일관되게 '香居'라고 썼는데 四部叢刊本은 '香車'와 '香居'를 일관성 없이 뒤섞어 사용하였다.

'子臧見負芻之當"立"也'(제13면 제7행 제2자 / 子臧이 負芻가 왕위에 오른 것을 보고.) 四部叢刊本과 龍溪精舍本은 모두 朝鮮刊本과 다르게 '主'로 되어 있다. 여기에서 '當主'는 '왕이 되다'(《신서2》, 544쪽)라는 뜻이기 때문에 四部叢刊本의 '主'가 맞고, 朝鮮刊本의 '立'은 誤字이다.

'次曰夷"昧"'(제14면 제7행 제10자 / 그 다음은 夷昧라고 한다) 四部叢刊本에는 '眛'로 되어 있다. 夷昧는 《穀梁傳》에는 夷末. 《史記》에는 餘昧로 되어 있다. 재위 4년(B.C. 530~527)이다.'(《신서2》, 550쪽) 그러므로 四部叢刊本의 '眛'는 誤字이고 朝鮮刊本이 '昧'가 맞다. 그런데 四部叢刊本은 여기에서만 誤字 '眛'를 사용하였고, 이하의 문단에서는 모두 '夷昧'라고 맞게 썼다.

'延陵季子"兮[兮]"不忘故'(제17면 제6행 제4자 / 延陵季子여 옛 마음을 잊지 않고.) 四部叢刊本에는 '首[首]'로 되어 있고, 龍溪精舍本에는 朝鮮刊本과 동일하게 '兮'로 되어 있다. 여기에서는 '兮'는 노래에 사용한 '어조사'이기 때문에 朝鮮刊本의 '兮[兮]'가 맞고, 四部叢刊本의 '首

[首]'는 誤字이다.

'"嚴恭"承命'(제20면 제6행 제18자) 朝鮮刊本과 四部叢刊本은 앞의 두 번은 그리고 뒤에서 한 번은 '恭嚴承命'이라고 하였는데 여기에서는 순서를 바꿔 '嚴恭承命'이라고 하였다. 龍溪精舍本에는 두 판본과는 다르게 모두 '恭嚴承命'이라고 하였다. '恭嚴承命'은 '공경하고 엄하게 하여 명령을 받들다.'(《신서2》, 567쪽)라는 뜻이기 때문에 '恭'과 '嚴'의 순서가 바뀌어도 뜻은 통한다.

'"令"妻子皆有飢色矣'(제28면 제8행 제18자 / 지금 당신의 아내와 자식이 모두 굶주려 있는데.) 四部叢刊本은 '今[今]'로 되어 있고, 龍溪精舍本도 '今[今]'로 되어 있다. 여기에서는 '지금'(《신서2》, 595쪽)이라는 뜻이기 때문에 四部叢刊本의 '今[今]'이 맞고, 朝鮮刊本의 '令'은 誤字이다.

'後秦嫁"安"于楚'(제30면 제11행 제1자 / 후에 진나라가 딸을 초나라에 시집보내다.) 四部叢刊本과 龍溪精舍本 모두 朝鮮刊本과 다르게 '女'로 되어 있다. 여기에서 '嫁女'는 '딸을 시집보내다.'(《신서2》, 600쪽)라는 뜻이기 때문에 四部叢刊本의 '女'가 맞고, 朝鮮刊本의 '安'은 誤字이다.

'遂不離"鈇"鑕'(제32면 제6행 제12자 / 그러고는 형틀을 떠나지 않았다.) 四部叢刊本에는 '鐵'로 되어 있고, 龍溪精舍本에는 朝鮮刊本과 동일하게 '鈇'로 되어 있다. 朝鮮刊本의 '鈇'는 '도끼'라는 뜻이고 四部叢刊本의 '鐵'은 '쇠(철)'라는 뜻인데, 앞에서 '斧鑕'이란 단어를 사용하였기 때문에 朝鮮刊本의 '鈇'가 맞고, 四部叢刊本의 '鐵'은 誤字이다.

'有餓者蒙[蒙]"袂"[袂]接履'(제37면 제4행 제3자 / 어떤 한 굶주린 이가 소매로 얼굴을 가리고 신발을 끌며.) 四部叢刊本에는 '袂'로 되어 있고, 龍溪精舍本에는 朝鮮刊本과 동일하게 '袂'로 되어 있다. 여기에서 '蒙袂'는 '소매로 얼굴을 가리다'(《신서2》, 623쪽)라는 뜻이기 때문에 朝鮮刊本의 '袂[袂]'는 맞고, 四部叢刊本의 '袂'은 誤字이다.

'"孤[孤]"父[父]之盜丘人也見之'(제37면 제8행 제17자 / 狐父 땅의 도적인 丘라는 사람이 그것을 보고.) 오른쪽부분의 '瓜'가 '爪'의 형태로 되어 있다. 四部叢刊本에는 부수가 다른 '狐[狐]'로 되어 있고, 龍溪精舍本도 동일하게 '狐'로 되어 있다. '狐父'는 '지금의 安徽省 碭山縣 남쪽'(《新序全譯》, 254쪽)을 가리키는 地名이기 때문에 四部叢刊本의 '狐[狐]'가 맞고, 朝鮮刊本의 '孤[孤]'는 誤字이다. 또한 朝鮮刊本은 같은 면의 제10행 제14자도 '孤'로 사용하는 오류를 범하였다. 四部叢刊本은 해당 글자도 앞에서와 마찬가지로 '狐[狐]'를 제대로 사용하였다.

'袁族[族]"月"'(제37면 제11행 제5자) 四部叢刊本과 龍溪精舍本에는 모두 '目'으로 되어 있다. 여기에서 '袁族目'은 人名(《신서2》, 626쪽)이고, 朝鮮刊本도 앞에서 두 번은 '目'이라고 썼는데 여기에서 '月'이라고 쓴 것은 誤字이다.

'潔[潔]之"正"也'(제38면 제4행 제14자 / 결백의 지극함이다.) 四部叢刊本도 朝鮮刊本과 동일하게 '正'으로 되어 있는데, 龍溪精舍本에는 '至'로 되어 있다. 여기에서 '潔之至'는 '결백의 지극함'(《신서2》, 625쪽)이라는 뜻이기 때문에 朝鮮刊本이나 四部叢刊本의 '결백의 바름'이라는 '正'보다는 龍溪精舍本의 '至'가 타당하다.

'欲誅盾之子"時"朔'(제39면 제11행 제4자 / 趙盾의 아들 趙朔을 죽이려고 하였다.) 四部叢刊本도 朝鮮刊本과 동일하게 '時'로 되어 있는데, 龍溪精舍本에는 '趙'로 되어 있다. 여기에서 '趙朔'은 '春秋時代 晉나라 六卿의 하나. 趙盾의 아들'(《신서2》, 639쪽)이기 때문에 朝鮮刊本과 四部叢刊本의 '時朔'의 '時'는 '趙'의 誤字이다.

'屠岸賈不"德[德]"'(제40면 제4행 제9자 / 屠岸賈가 말을 듣지 않았다.) 四部叢刊本에는 '聴[聽]'으로 되어 있고, 龍溪精舍本도 '聽[聽]'으로 되어 있다. 여기에서는 '듣다'(《신서2》, 632쪽)라는 뜻이기 때문에 四部叢刊本의 '聴[聽]'이 맞고, 朝鮮刊本의 '德[德]'은 誤字이다.

'以武爲"移"中監使匈奴'(제45면 제7행 제5자 / 移中監이 되어 흉노에 사신으로 가게 되었다.) 四部叢刊本은 朝鮮刊本과 동일하게 '移'로 되어 있는데, 龍溪精舍本에는 '栘'로 되어 있다. 여기에서 '栘中監'은 《漢書》〈蘇武傳〉에는 '栘中廄監'이라고 하였는데, 말을 감독하는 관리'(《신서2》, 649쪽)이기 때문에 朝鮮刊本과 四部叢刊本의 '移'는 誤字이다.

'陳恒弑簡公而盟[盟], 者皆完其家'(제47면 제3행 제7자와 제8자 사이) 龍溪精舍本은 朝鮮刊本과 四部叢刊本과는 다르게 '盟者'로 되어 있다. 앞의 구절과 연이어서 번역한다면, '맹약을 맺었고, 맹약을 맺은 사람들이'(《신서2》, 654쪽 참조)이기 때문에 문장부호를 사용하지 않은 상황에서는 '盟盟'으로 '盟'이 연이어 나와야 한다. 그런데 朝鮮刊本은 '盟'자가 탈락되어 있지만, 四部叢刊本은 '盟'자와 '者'자의 위아래사이에(세로쓰기이기 때문임) 'ㄴ'의 부호를 그려놓고 그 부호의 오른쪽에 작은 글자로 '盟'자를 첨가해놓았다. 마침 제목이 제7자에서 끝나고 제8자에 해당하는 공간이 비어 있기 때문에 이런 형식으로 한 글자를 첨가하는 것이 가능하였다. 그런데 이런 교정은 붓으로 적어놓은 것이 아니라 원래의 목판에 교정을 하여 인쇄된 것이다. 四部叢刊本이 이렇게 교정해 놓은 것을 보면, 朝鮮刊本은 '盟'자가 탈락한 오류를 범하고 있는데, 四部叢刊本은 그 오류를 교정해놓았다고 할 수 있다.

'周禮未"改[改]"'(제60면 제9행 제18자) 四部叢刊本에는 '故'로 되어 있는데, 龍溪精舍本에는 朝鮮刊本과 동일하게 '改[改]'로 되어 있다. 여기에서는 '周禮가 아직 바뀌지 않았다.'(《신서2》, 699쪽)라는 뜻이기 때문에 朝鮮刊本의 '改[改]'가 맞고, 四部叢刊本의 '故'는 誤字이다.

'殺之干隰城'(제61면 제5행 제3자 / 그를 隰城에서 죽였다.) 朝鮮刊本과 四部叢刊本 모두

‘干’으로 되어 있는데, 龍溪精舍本에는 ‘于’로 되어 있다. 여기에서는 ‘~에서’(《신서2》, 699쪽)라는 뜻이기 때문에 朝鮮刊本과 四部叢刊本의 ‘干’은 ‘于’의 誤字이다.

‘戰國“并兼”之臣也’(제63면 제9행 제3·4자) 龍溪精舍本은 朝鮮刊本과 四部叢刊本과는 다르게 ‘兼并’으로 되어 있다. 그런데 四部叢刊本은 ‘并兼’이란 두 글자의 위아래에(세로쓰기이기 때문임) ‘乙’의 부호가 위아래로 한 글자씩 감싸고 있다. ‘乙’이란 부호는 가로쓰기에서 ‘자리바꾸기’ 부호인 ‘∽’에 해당한다고 볼 수 있다. 그리고 그 부호 오른쪽에 ‘并’의 옆에는 작은 글씨로 ‘兼’을 ‘兼’의 옆에도 작은 글씨로 ‘幷[并]’이라고 적어놓았다. 이런 교정은 붓으로 적어 놓은 것이 아니라 원래의 목판에 교정을 하여 인쇄된 것이다. 그런데 ‘兼’과 ‘并’이 바뀌어도 뜻은 달라지지 않기 때문에 朝鮮刊本이 오류라고 볼 수는 없다.

‘臣之“壯”也’(제64면 제2행 제18자 / 저는 한창 때입니다.) 四部叢刊本에는 ‘莊’으로 되어 있는데, 龍溪精舍本에는 朝鮮刊本과 동일하게 ‘壯’으로 되어 있다. 여기에서는 ‘한창 나이 때’(《신서2》, 710쪽)라는 뜻이기 때문에 朝鮮刊本의 ‘壯’이 맞고, 四部叢刊本의 ‘莊’은 誤字이다.

‘使擧請“問”’(제65면 제11행 제9자 / (저를) 보내어 임금의 바쁜 사이를 틈타 요청합니다) 四部叢刊本과 龍溪精舍本 모두 ‘間’으로 되어 있다. 여기에서는 ‘閑暇’(《新序全譯》, 300쪽)하다라는 뜻이기 때문에 朝鮮刊本의 ‘問’은 誤字이다.

‘狂“夫”之樂’(제71면 제11행 제1자) 四部叢刊本에는 ‘天’으로 되어 있는데, 龍溪精舍本에는 朝鮮刊本과 동일하게 ‘夫’로 되어 있다. 여기의 ‘狂夫’는 ‘미친 사람’(《신서2》, 727쪽)라는 뜻이기 때문에 四部叢刊本의 ‘天’은 誤字이다.

‘而戎狄之“偷”也’(제73면 제7행 제7자 朝鮮刊本·四部叢刊本·龍溪精舍本 모두 ‘偷’로 되어 있는데, 漢魏叢書本에는 ‘倫’으로 되어 있다.(《新序全譯》, 313쪽) 여기에서는 ‘무리’라는 뜻으로 써야하기 때문에 朝鮮刊本과 四部叢刊本의 ‘偷’는 맞지 않고, ‘倫’으로 쓰는 것이 맞다.

‘“犬”受其弊也’(제76면 제1행 제1자) 四部叢刊本에는 ‘大’로 되어 있는데, 龍溪精舍本은 朝鮮刊本과 동일하게 ‘犬’으로 되어 있다. 여기에서는 ‘호랑이 두 마리가 싸우면 늙은 “개”가 이익을 얻는다.’(《신서2》, 740쪽)라는 내용이기 때문에 朝鮮刊本의 ‘犬’이 맞고, 四部叢刊本의 ‘大’는 誤字이다.

‘“扷[拔]”燕、酸棗、虛、桃、入邢’(제76면 제7행 제4자) 四部叢刊本은 ‘枝[枝]’로 되어 있고, 龍溪精舍本은 ‘拔’로 되어 있는데 朝鮮刊本은 이체자 ‘扷’을 썼으므로 두 판본은 같은 글자를 사용한 것이다. 여기에서 ‘拔’은 ‘공격하다.’(《신서2》, 741쪽)라는 뜻이다. 그런데 四部叢刊本의 ‘枝[枝]’은 ‘무성하다.’라는 뜻이기 때문에 朝鮮刊本의 ‘扷[拔]’이 맞고, 四部叢刊本의 ‘枝[枝]’은 誤字이다.

'遇"犬"獲之'(제78면 제4행 제10자) 四部叢刊本에는 '大'로 되어 있는데, 龍溪精舍本은 朝鮮刊本과 동일하게 '犬'으로 되어 있다. 여기에서는 '토끼가 "개"에게 잡힌다.'(《신서2》, 742쪽)라는 내용이기 때문에 朝鮮刊本의 '犬'이 맞고, 四部叢刊本의 '大'는 誤字이다. 四部叢刊本은 앞(제76면)에서도 '犬'을 '大'로 썼는데 여기에서도 똑같은 오류를 범하고 있다.

'頭顱僵"仆"'(제78면 제11행 제2자 / 머리와 이마를 거꾸로 처박다.) 四部叢刊本에는 '什'으로 되어 있는데, 龍溪精舍本은 朝鮮刊本과 동일하게 '仆'로 되어 있다. 여기에서는 '거꾸로 처박히다'(《신서2》, 742쪽)라는 뜻이기 때문에 朝鮮刊本의 '仆'이 맞고, 四部叢刊本의 '什'은 誤字이다.

'韓必爲關內之"矦[候]"'(제80면 제10행 제8자 / 한나라는 틀림없이 關內之侯가 되다) 四部叢刊本도 朝鮮刊本과 같은 '矦[候]'를 사용하였고, 龍溪精舍本은 두 판본과 다르게 '侯'로 되어 있다. 여기에서는 '제후'(《신서2》, 744쪽 참조)라는 뜻이기 때문에 朝鮮刊本과 四部叢刊本의 '矦[候]'는 誤字이다.

'樓緩聞之, 徃[往]"是"王'(제87면 제1행 제12자 / 樓緩이 그것을 듣고 임금을 만나러 가다.) 四部叢刊本과 龍溪精舍本 모두 朝鮮刊本과 다르게 '見'으로 되어 있다. 여기에서는 '만나다'(《신서2》, 757쪽)라는 뜻이기 때문에 四部叢刊本의 '見'이 맞고, 朝鮮刊本의 '是'는 誤字이다.

'法三章[章], "且"秦民無不欲得大王王秦者'(제94면 제6행 제11자) 四部叢刊本은 '耳'로 되어 있는데, 龍溪精舍本은 朝鮮刊本과 동일하게 '且'로 되어 있다. 여기에서 '且'는 '또한'이라는 접속사로 쓰였는데,(《新序全譯》, 341쪽) 사고전서본에는 앞 문장 뒤에 '耳'를 붙여 단정을 나타내는 종결어미로 보았다.(《신서2》, 780쪽) 여기에서는 朝鮮刊本의 '且'도 맞고, 四部叢刊本의 '耳'도 문맥이 통하기 때문에 오류라고 볼 수는 없다.

'大王當"三"關[關]中'(제94면 제7행 제18자 / 대왕이 關中의 임금이 되어) 四部叢刊本과 龍溪精舍本은 모두 朝鮮刊本과 다르게 '王'으로 되어 있다. 여기에서는 '當王'은 '임금이 되다.'(《신서2》, 779쪽)라는 뜻이기 때문에 四部叢刊本의 '王'이 맞고, 朝鮮刊本의 '三'은 誤字이다.

'楚人"技"滎陽'(제97면 제5행 제12자) 四部叢刊本에는 '拔[拔]'로 되어 있고, 龍溪精舍本에는 '拔'로 되어 있다. 여기에서는 '拔'은 '함락시키다.'(《신서2》, 789쪽)라는 뜻이기 때문에 四部叢刊本의 '拔[拔]'이 맞고, 朝鮮刊本의 '技'는 誤字이다.

'乘上黨之兵, 下"斤"陘[陘]'(제100면 제4행 제1자 / 上黨의 군대를 인솔하여 井陘으로 내려와.) 四部叢刊本과 龍溪精舍本은 모두 朝鮮刊本과 다르게 '井'으로 되어 있다. 여기에서는 '井陘'은 '井陘關이 있는 지금의 河北省 獲鹿縣(《신서2》, 797쪽)을 가리키는 地名이기 때문에 四部叢刊本의 '井'이 맞고, 朝鮮刊本의 '斤'은 誤字이다.

'杖馬策居"岐"'(제108면 제2행 제10자 / 말을 이끌고 岐땅에 자리 잡다.) 四部叢刊本에는 '坡'
로 되어 있는데, 龍溪精舍本에는 朝鮮刊本과 같은 '岐'로 되어 있다. 여기에서 '岐'는 지금의
陝西省 岐山縣(《신서2》, 825쪽)'을 가리키는 地名이기 때문에 朝鮮刊本의 '岐'가 맞고, 四部叢
刊本의 '坡'는 誤字이다.

'"因"秦之故, 資甚美膏"腴[腴]"之地'(제109면 제4행 제15자와 제5행 제5자 / 진나라의 지난날
을 보면 자원이 심히 기름지고 훌륭한 땅이다.) 四部叢刊本은 '國'으로 되어 있는데, 龍溪精舍
本은 朝鮮刊本과 동일하게 '因'으로 되어 있다. 여기에서는 이유를 나타내는 접속사가 사용해
야 하기 때문에(《신서2》, 821쪽 참조) 朝鮮刊本의 '因'이 맞고, 四部叢刊本의 '國'은 誤字이다.
그 다음으로는 '腴[腴]'인데 龍溪精舍本에는 朝鮮刊本과 四部叢刊本과는 다르게 '腴'로 되어
있는데, '膏腴'는 '비옥하다.' 라는 뜻이다. 朝鮮刊本과 四部叢刊本의 '腴[腴]'는 '파리하다.'라는
뜻으로 '腴'와는 반대의 의미이기 때문에 誤字이다.

'無不憂"者"'(제119면 제1행 제18자) 四部叢刊本에는 '少'로 되어 있는데, 龍溪精舍本에는 朝
鮮刊本과 동일하게 '者'로 되어 있다. 여기에서의 '無不憂者'는 '근심을 겪지 않은 이가 없다'
(《신서2》, 839쪽)라는 의미이기 때문에 朝鮮刊本의 '者'가 맞고, 四部叢刊本의 '少'는 誤字이다.

'夫以天下"末"力'(제119면 제8행 18자 / 무릇 천하의 크지 않은 힘에다가.) 四部叢刊本도 朝
鮮刊本과 동일하게 '末'로 되어 있는데, 龍溪精舍本에는 '末'로 되어 있다. 여기에서 '末力'은
'크지 않은 힘'(《신서2》, 848쪽)이란 뜻이기 때문에 朝鮮刊本과 四部叢刊本의 '末'는 '末'의 誤
字이다.

'不與"正"朔服色'(제120면 제8행 제3자 / 중국의 책력·복식과는 다르다.) 四部叢刊本에는
'王'으로 되어 있는데, 龍溪精舍本에는 朝鮮刊本과 동일하게 '正'으로 되어 있다. 여기의 '正朔'
은 '옛날에 제왕이 나라를 세운 뒤 새로 반포하는 曆法'이다. 이때 '正'은 일 년의 첫날이고
'朔'은 한 달의 첫날을 뜻한다.(《新序全譯》, 375쪽) 그러므로 朝鮮刊本의 '正'이 맞고, 四部叢刊
本의 '王'은 誤字이다.

'顧陛下"今[今]"諸侯得推恩'(제124면 제9행 제1자 / 원컨대 폐하께서는 제후들로 하여금 恩
義를 펴도록 하시어.) 四部叢刊本에는 '今'으로 되어 있고, 龍溪精舍本에는 '令'으로 되어 있
다. 여기에서는 사역(《신서2》, 859쪽)의 의미이기 때문에 朝鮮刊本은 '今[今]'은 誤字이다. 그
리고 四部叢刊本의 '今'은 '今'이 아니라 '令'의 이체자로 보인다.

V. 나오며

劉向(BC 77(?)~BC 6)이 편찬한 《新序》의 서명은 《高麗史》 宣祖8年(1091)의 기록에 의하면 고려 정부에서 소장한 중국서적 목록에 들어있다. 이는 《新序》가 1091년 이전에 국내로 유입되었음을 확인할 수 있는 최초의 기록이다. 현재 통용되는 판본은 曾鞏(1019~1083)이 편찬한 10권 본인데, 고려에 유입된 판본이 바로 曾鞏이 편찬한 北宋刊本일 것으로 보인다. 조선시대에는 《新序》의 독서층이 상당했을 것으로 보이는데,[34] 正祖(1752~1800, 재위 1777~1800)나 李瀷(1681 ~1763)은 여러 차례 《新序》를 직접 인용하였다. 광범위한 독서층이 형성되기 위해서는 서적의 원활한 공급이 필요했으며, 실제로 정부 관료인 李克墩(1435~1503)이 1492년경에 《新序》를 간행하도록 하였다는 기록이 《朝鮮王朝實錄》에 보인다. 이때 《新序》는 목판본으로 판각되었기 때문에 이후에도 몇 차례에 걸쳐 인출된다. 이러한 朝鮮刊本들이 조선 지식인들의 독서수요를 어느 정도 충족시켰을 것이고, 중국에서 수입된 판본들도 그 수요를 감당했을 것이다.[35]

朝鮮刊本 《劉向新序》는 민관동이 최초로 실물을 발견하여 학계에 보고하였는데,[36] 그 당시 보고한 판본은 계명대학교 소장본 2종(上冊)과 後彫堂 소장본(下冊) 그리고 분실된 慶山郡 崔在石 소장본과 榮豊郡 金用基 소장본이다. 필자는 이외에 한국학중앙연구원(下冊)·경기대학교(下冊)·일본국회도서관(완질)·아단문고(上冊)·성암고서박물관(下冊) 소장본의 존재를 확인하였다. 이 중 원문을 확인할 수 있는 판본은 계명대·한국학중앙연구원·경기대·後彫堂·일본국회도서관 소장본이다.

현존 朝鮮刊本의 특징을 살펴보면, 上冊의 경우, 계명대 귀중본은 '初刻本'이고, 고본은 '初刻本'의 제71~72면을 補刻한 '補刻本'이다. 또한 일본국회도서관 소장본도 고본의 일실된 제69~70면과 남아있는 제71~72면이 補刻된 '補刻本'이다. '初刻本'은 모든 면이 '四周雙邊'으로 되어있는데, '補刻本'은 補刻한 면만 '四周單邊'으로 되어있다.

下冊의 경우, 한국학중앙연구원과 경기대 소장본은 '初刻本'이고, 後彫堂과 일본국회도서관 소장본은 上冊과 마찬가지로 제9~10면·제63~64면·제87~88·제107~108면을 '四周單邊'으로

34) 서론에서 밝혔듯이 한국고전종합DB(http://db.itkc.or.kr/)를 검색하면 《新序》와 관련한 글들이 100여개 정도 나온다.
35) 한국고전적종합목록시스템(www.nl.go.kr/korcis/)을 검색하면 朝鮮刊本을 제외하고 20여 종의 중국 판본을 확인할 수 있다.
36) 민관동, 〈조선 출판본 《新序》와 《說苑》 연구〉, 《中國語文論譯叢刊》제29집, 2011.

補刻한 '補刻本'이다. 그런데 본문에서 사진으로 비교한 제107면을 보면, 경기대 소장본은 '初刻本'이더라도 한국학중앙연구원 소장본에 비해 글자가 뭉그러진 부분들이 보이고, '補刻本'인 後彫堂과 일본국회도서관 소장본은 그 해당 면을 補刻하였다. 그렇다면 補刻한 이유는 글자가 뭉그러져 있기 때문이라고 볼 수 있다.

　결론적으로 한국학중앙연구원 소장본이 가장 먼저 인출된 '初刻本'이고, 경기대 소장본은 한국학중앙연구원 소장본에 비해 판이 훼손된 상태에서 인출된 '初刻本'이며, 後彫堂과 일본국회도서관 소장본은 '初刻'한 원판의 훼손되어 해당 면을 아예 '補刻'하여 인출한 '補刻本'이다. 그러므로 上冊의 경우 현존하는 판본으로는 2회에 걸쳐 인출되었음만 단정할 수 있지만, 下冊의 경우에는 현존하는 4종의 판본들을 대조해보면 적어도 3회에 걸쳐 인쇄가 이루어졌음을 확정할 수 있다.

　필자는 이어서 현존 판본들을 바탕으로 실제 문헌에 대한 연구를 진행하여 朝鮮刊本의 특징을 제시하였다. 먼저 卷首題・卷尾題와 문단의 형식을 고찰하였는데, 上冊의 맨 앞부분에 〈劉向新序目錄〉이 실려 있고 이어서 曾鞏(1019~1083)이 쓴 〈序〉가 실려 있다. 朝鮮刊本《劉向新序》의 卷首題와 卷尾題는 모두 〈劉向新序卷第一〉과 같은 형식으로 되어있는데, 이와 다르게 된 것들은 본문에서 살펴보았다. 그리고 소장처에서 작성한 목록에는 字數가 '11行18字'로 되어있으나, 실제 판본 상에는 '18字'가 아닌 곳들이 여러 군데 등장한다. 字數가 不定한 해당 面과 行의 字數는 본문에서 표로 간략하게 제시하였다. 그 다음으로는 雙行의 小字註를 살펴보았는데, 현존하는 朝鮮刊本의 上冊에는 제30면 한 군데만 小字註가 달려 있다. 그런데 四部叢刊本에는 朝鮮刊本 3종(계명대 귀중본・고본과 일본국회도서관 소장본) 모두 일실된 제85~86면 중 제86면에 小字註가 들어있기 때문에 朝鮮刊本에도 小字註가 있었을 가능성이 높다. 下冊에서는 제50면・제51면(3곳)・제76면(3곳)・제79면・제81면에 '小字註'가 여러 군데 등장한다. 朝鮮刊本에는 두 종류의 빈칸이 나타나는데, 하나는 글자가 빠진 빈칸이고 다른 하나는 검은 색으로 인쇄된 빈칸이다. 빈칸이 나오는 곳과 빈칸에 해당하는 四部叢刊本의 글자는 본문에서 밝혔으며, 四部叢刊本에는 빈칸이 나오지 않기 때문에 빈칸은 朝鮮刊本만의 특징임도 언급하였다. 필자는 이상에서 朝鮮刊本과 四部叢刊本의 동일성을 구체적으로 지적하였는데, '誤脫字'를 논술할 때에는 지면 관계상 四部叢刊本의 오류를 제외하고 朝鮮刊本에 출현한 誤脫字만을 살펴보았다. 이때 朝鮮刊本의 誤脫字는 해당하는 곳을 명기하고 오류의 이유를 구체적으로 설명하였다.

2. 異體字 目錄

정자	이체자	정자	이체자	정자	이체자
苟	苟苟	蘧	蘧	階	階陛
假	假假	莒	莒筥	堦	堦
卻	郤	車	東	繼	継繼繼
角	甪角	愆	愆	繫	繫繫
覺	覺	虡	虡虡	孤	孤孤孤
諫	諫	劍	劒劎	鼓	皷
曷	曷曷	黔	黔	高	髙
褐	褐	劫	刧刼	槀	槀槀
竭	竭	鬲	鬲鬲鬲	膏	膏
碣	碣	擊	擊擊擊擊擊擊	瞽	瞽
監	監監監監監	堅	堅堅	苦	苦苦
歛	歛	甄	甄	咼	咼
降	降	見	見	故	故
强	强强强	潔	潔	刳	刳刳刳
疆	疆	決	決	袴	袴袴袴
釭	釭	缺	缺	皋	皋皐皋皇皐皐
講	講	駃	駃	翱	翶翶
皆	皆皆	鏡	鏡	穀	穀穀穀穀穀
改	攺	卿	卿卿	哭	哭
慨	慨	傾	傾傾	骨	骨
蓋	蓋	徑	徑	恐	恐恐恐
開	開	磬	磬磬	鞏	鞏
羹	羹羹	敬	敬	贛	贛
擧	擧擧擧擧擧	景	景	瓜	瓜瓜
據	擄攄攄攄	黥	黥	寡	寡寡寡
邍	邍邍	稽	稽稽	過	過

정자	이체자	정자	이체자	정자	이체자
郭	郭	俱	俱	擒	擒
廓	廓	龜	龜	急	急
鞟	鞟	屨	屨	肯	肯
關	關 關 關	國	國	起	起
匡	匡 匡 匡	宮	宮	記	記 記
廣	廣 廣	厥	厥	杞	杞
曠	曠	闕	闕	忌	忌
怪	怪	餽	餽	紀	紀
愧	愧	軌	軌	奇	奇
瑰	瑰	鬼	鬼	綺	綺
壞	壞 壞 壞 壞 壞	劇	劇	騎	騎
虢	虢 虢 虢 虢	歸	歸 歸	齮	齮
膠	膠	暌	暌	幾	幾 幾 幾 幾 幾 幾 幾 幾
矯	矯	糾	糾 糺 糾
教	教	棘	棘	機	機 機
久	久	亟	吸 丞	禨	禨
臼	臼	極	極	璣	璣
仇	仇	劇	劇 劇	饑	饑 饑 饑
苟	苟 笱	僅	僅	冀	冀
構	構 構	勤	勤	驥	驥
歐	歐 歐	謹	謹	器	器 器 噐 器
究	究	饉	饉	羈	羈 羈
寇	寇 寇 寇 寇	殣	殣	既	既 既 既 既 既
舊	舊 舊	今	今 今 今 今 今 今 今	嗜	嗜
求	求	金	金	諾	諾 諾
救	救	襟	襟	難	難 難 難 難 難 難
裘	裘	錦	錦	闌	闌
殼	殼	矜	矜	蘭	蘭
具	具	琴	琴	亂	亂 亂 亂 亂 亂 亂 亂

정자	이체자	정자	이체자	정자	이체자
藍	藍 藍	鄲	鄲	郎	卽
男	男	斷	斷	兩	兩 兩
臘	臘	袒	袒	梁	梁
內	内	亶	亶	呂	吕
奈	奈	檀	檀 檀	閭	閭
怒	怒	壇	壇 壇	蠡	蠡
念	念	搏	搏 搏	藜	蔾
甯	甯 甯 甯 甯 甯	達	達	酈	酈
寧	寍 寍 寧 寧	譚	譚	礪	礪
伭	伭	答	荅	慮	慮
盧	廬	黨	黨	廬	廬 廬
祿	禄	帶	帶 帶 帶	歷	歷 歷
綠	緑	對	對	廉	廉
錄	録	德	德	獵	獵 獵 獵
駼	駼	盜	盗	躐	躐
農	農 農	途	途	令	令 今
聾	聾 聾	塗	塗	靈	靈
腦	脑 脑	陶	陶 陶	虜	虜
漏	漏 漏	度	度	隴	隴 隴
婁	婁	圖	圖 圖 圖 圖 圖	廖	廖
樓	樓	蹈	蹈	龍	龍 龍 龍 龍 龍
陋	陋	毒	毒 毒	螻	螻
廩	廩 廩	篤	篤	類	類
懍	懍	蠹	蠹 蠹	柳	栁
能	能	頓	頓	流	流
溺	溺 溺 溺	臀	臀	戮	戮
丹	丹 丹 丹	滕	滕	勒	勒
段	段 段 段 段	卵	夘 夘	陵	陵
單	單	欒	欒	裏	裏 裏

정자	이체자	정자	이체자	정자	이체자
鯉	鯉	蒙	蒙 蒙 蒙 蒙 蒙	邦	邦
履	履 履	夢	夢	龐	龐
隣	隣	武	武 武	倍	倍
馬	馬	茂	茂 茂 茂 茂	陪	陪
輓	輓 輓	繆	繆	拜	拜
滿	滿 滿 滿 蒲 滿 滿 滿 滿 蒲 滿 蒲	撫	撫	背	背
		墨	墨	帛	帛
亡	亡 亡 亡	默	默	魄	魄
望	望 望	嘿	嘿	番	畨
盲	肓	美	羙 美	燔	燔
每	每	微	微 微 微 微 微	藩	藩
媒	媒	民	民	凡	凡 凡
盟	盟	黽	黽 黽 黽	汎	汎
面	面	敏	敏 敏	伐	伐
眄	眄	閔	閔	璧	璧
滅	戚 滅	博	博 博	邊	邊 邊 邊
明	朋	慱	慱 慱	變	變
命	命 命	薄	薄 薄 薄 薄	辯	辯
冥	冥 冥 冥	縛	縛 縛	鼈	鼈 鼈 鼈
鳴	鳴	反	反	幷	幷
袂	袂	飯	飯	步	步
冒	冐	盤	盤 盤	報	報
母	毋 毋 毋 毋	蟠	蟠	甫	甫
慕	慕	發	發 發	輔	輔
謀	謀 謀	拔	扷 扷 扷 拔	補	補
侮	侮 侮	枚	枚	裸	裸
貌	貌	髮	髮 髮	寶	寶
穆	穆 穆 穆 穆	方	方	復	復
沒	沒 沒	防	防	腹	腹

정자	이체자	정자	이체자	정자	이체자
鋒	鋒	師	師	善	善善善
逢	逢	舍	舍舍	船	舩
鳳	鳳	捨	捨	說	説説
父	父父	詐	詐	設	設
斧	斧	賜	賜	鰈	鰈
傅	傅傅傅	辭	辤辭辤辝辭辭辭	挈	挈
附	附	射	射	洩	洩
缶	缶	蛇	虵蛇	纖	纎
富	冨	寫	寫寫	涉	涉
負	負	殺	殺殺殺殺殺殺殺	成	成
膚	膚	錘	鍾	聲	聲聲
梟	梟	嘗	甞甞甞	世	世世世世世世世世
腐	腐	傷	傷傷		
北	比	觴	觴	歲	歲歲
奮	奮	象	象	勢	勢
匕	七七七	像	像	稅	稅稅
妃	妃妃	爽	爽	召	召
卑	卑	喪	喪	沼	沼
鄙	鄙鄙鄙	翔	翔	昭	昭
備	備	靑	青	蔬	蔬
賓	賓	西	西	笑	笑笑
濱	濱	庶	庶庶庶	蕭	蕭蕭蕭
臏	臏	徐	徐	搔	搔搔搔
鬢	鬢	黍	黍柔	銷	銷
騁	騁	舒	舒	騷	騷
使	使	鼠	鼠	屬	屬屬
私	私	昔	昔	孫	孫
絲	絲絲	席	席	損	損
死	死死死	宣	宣	率	率

정자	이체자	정자	이체자	정자	이체자
守	宁	是	是	魚	奐
收	牧收収	屍	屍	御	衘 御 御 御
首	首首	弑	弑弑	禦	禦
雛	雛	試	試	隝	隝
數	數	植	植	鄢	鄢
藪	藪	殖	殖	鰛	鰛
樹	樹尌	飾	飾飾飾	孼	孼
垂	垂	身	𠂤	業	業
袖	袖	愼	愼 愼 愼 愼 愼 愼	與	㒷 㒷 㒷 與
竪	竪	審	審	余	余
腴	腴腴	什	仆	餘	餘
瞍	瞍	惡	悪	易	易 易 易 易 易 易 易 㬌
隨	随隨	諤	諤	役	役役
髓	𩩺髓髓	鴈	鴈	域	域
獸	獸	謁	謁	逆	逆
叔	叔	遏	遏	燕	燕燕
孰	孰孰	艾	艾	損	損
熟	熟熟	隘	隘	悁	悁
淳	淳	腋	腋	涓	涓
脣	脣脣	若	若若𠇗	捐	捐
術	術	弱	弱弱弱	然	然然然
隧	隧	躍	躍	淵	淵淵淵
襲	襲 襲 𧟪 𧟪 𧟪 𧟪 襲 𧟪	陽	陽陽	衍	衍
		揚	揚揚	延	延
習	習	楊	楊楊	悅	悅悅
升	升	襄	襄	熱	熱
乘	乘乘乘	壤	壤	閻	閻閻
承	承	讓	讓	塩	塩
時	時	養	養養		

정자	이체자	정자	이체자	정자	이체자
葉	葉 葉 葉	妖	妖	員	負
永	耒 耒	搖	搖 搖 搖	圓	圎
盈	盈 盈 盈	瑤	瑤	遠	遠 遠 遠
嬴	嬴 嬴	遙	遥 遥 遙	園	園
曳	曵	堯	尭 尭 尭	袁	表 表
倪	倪	撓	撓 撓	黿	黿
鯢	鯢	繞	繞	圍	圍
詣	詣	饒	饒 饒	魏	魏
羿	羿	窈	窈	尉	尉
穢	穢 穢	欲	欲	幼	幼
銳	銳 銳 銳	辱	辱 辱 辱 辱	有	有
豫	豫 豫 豫 豫	勇	勇 勇 勇	游	游
隷	隷	容	容	愈	愈
翳	翳	庸	庸	逌	逌 逌 逌
藝	藝	尤	尢	臾	叟 叟
隩	隩	羽	羽	腴	腴 腴
吳	吳 吳 吳 吳 吳 吳 吳 吳 吳 吳	隅	隅	諛	諛 諛
		郵	郵	濡	濡
娛	娛	雨	雨 雨 雨	窬	窬
誤	誤	虞	虞 虞 虞 虞 虞 虞 虞 虞 虞 虞	鼬	鼬
敖	敖			隆	隆 隆 隆 隆
溫	溫	賣	賣	殷	殷 殷 殷 殷
蘊	蘊	殞	殞	隱	隱 隱 隱 隱 隱 隱
甕	甕 甕	熊	熊	吟	吟
瓦	瓦 瓦	原	原	淫	滛 滛
臥	臥	源	源	陰	隂
宛	宛	願	願	蔭	蔭
隕	隕 隕	寃	宛	邑	邑
夭	夭	怨	怨 怨	宜	冝 冝 冝

정자	이체자	정자	이체자	정자	이체자
毅	毅 毅 毅	臧	臧 臧	鸕	鸕 鸕 鸕
矣	矣 矣 矣 矣	藏	藏	切	切 功
倚	倚	墙	墙 墙	摺	摺
疑	疑 疑 疑 疑 疑 疑 疑	牆	牆	節	節
		將	將 将 将	竊	竊 竊 竊 竊
以	以 以 以	葬	葬 葬	亭	亭
異	異	粧	粧	停	停
貳	貳	狀	狀	鼎	晶 晶
醫	醫	哉	哉	廷	廷 廷
翼	翼	再	再 再 再 再	庭	庭
益	益	齋	齋	霆	霆
匿	匿 匿	齎	齎	鋌	鋌
刃	刃 刀	宰	宰	祭	祭 祭
仞	仞 仞	抵	抵	弟	弟 弟
忍	忍 忍	樗	樗	悌	悌
袵	袵	菹	菹	齊	齊 齊
臨	臨 臨 臨 臨	適	適	劑	劑
者	者 者 者	翟	翟	濟	濟
刺	刺	敵	敵 敵 敵	除	除 除
姊	姊	塡	塡 塡	隄	隄
爵	爵 爵	顚	顚 顚	際	際
殘	殘	節	節	阻	阻
岑	岑	專	專 專	阼	阼
蠶	蠶	傳	傳	詔	詔
章	章	轉	轉 轉	助	助
場	場 場	戰	戰	漕	漕
腸	腸 腸	錢	錢 錢	蚤	蚤 蚤
丈	丈	旃	旃 旃	鳥	鳥 鳥 鳥 鳥
杖	杖	顫	顫 顫 顫	棗	棗

정자	이체자	정자	이체자	정자	이체자
竈	竈竈竈	辰	辰辰辰	踐	踐
足	足	振	振振	鐵	鈇
族	族	震	震震震	諂	諂諂
從	従	盡	盡盡	聽	聽聽聽聽聽
舟	舟舟	執	執	巋	巋
廚	厨厨	徵	徵	體	體躰
鬻	鬻	懲	懲	初	初
魏	魏魏	且	且且	招	招
罇	罇	遮	遮	超	超
衆	衆衆衆衆	錯	錯	草	草
櫛	櫛	鑿	鑿鑿	聰	聰
曾	曾曾	贊	賛	榱	榱
增	增	餐	餐	錐	錐
憎	憎憎	竄	竄	瘳	瘳
繪	繪繪	察	察察察察	醜	醜
贈	贈	懃	懃	墜	墜
矰	矰	讒	讒讒讒讒	陬	陬
指	指	麁	麁麁	築	築築築
脂	脂	朔	朔朔	畜	畜
衹	衹	蔡	蔡	夷	夷
秖	秖	策	策	充	充
阯	阯	處	處處處	就	就
遲	遲遲	脊	脊	翠	翠
直	直直	戚	戚戚戚	取	取
眞	真貞	千	千	趣	趣
秦	秦	阡	阡	聚	聚
晉	晉晉晉	擅	擅	蚩	蚩蚩
陣	陣	淺	淺	致	致致
陳	陳	賤	賤賤	齒	齒

정자	이체자	정자	이체자	정자	이체자
置	置	鬪	鬪	恒	恒
實	實	愿	愿	偕	偕
觶	觶	阪	阪	海	海 海
親	親	烹	烹	害	害
漆	漆 漆	編	編 編	解	解 解
侵	侵	褊	褊 褊 褊	懈	懈 懈
枕	枕	陛	陛	翩	翩 翩
沈	沉 沉 沈	廢	廢 廢	行	仏
稱	稱 稱 稱 稱 稱 稱	幣	弊	幸	幸 幸 幸 幸 㓞 幸
墮	墮 墮 墮	哺	哺	享	享
鼈	鼈	褒	褒	鄉	鄉 鄉
啄	啄	暴	暴 暴	嚮	嚮
琢	琢	曝	曝	饗	饗
擢	擢	飄	飄	虛	虐 虐 虛 虛 虛 虛
彈	彈	風	風	虗	虗
殫	殫 殫	被	被	墟	墟 墟 墟
歎	歎 歎 歎	避	避 避	軒	軒
脫	脫 脫	畢	畢	獻	獻 獻 獻 獻 獻 獻
貪	貪 貪	霞	霞	憲	憲 憲
湯	湯 湯	學	學 學 學 學 學 學	歇	歇
蕩	蕩 蕩	虐	虐 虐 虐 虐 虐	險	險 險
碭	碭	瘧	瘧	革	革 革
兌	兊	寒	寒	賢	賢 賢 賢
澤	澤 澤 澤 澤	韓	韓	縣	縣 縣
擇	擇	漢	漢 漢 漢 漢 漢	懸	懸
兔	兔 兔	捍	捍	絜	絜
通	通	割	割	穴	冗 冗
投	投 投 投	陷	陷	荊	荆 荆
鬪	鬪	陷	陷	形	形 形 形

정자	이체자	정자	이체자	정자	이체자
衡	衡	昏	昏	橫	橫
亨	亨	惛	惛惛	囂	囂
陘	陘	化	化	厚	厚厚
兮	兮	禍	禍	侯	侯侯侯侯侯 侯侯侯
惠	惠惠惠	懮	懮		
壺	壺壺	攫	攫	候	候候
昊	具	丸	九	喉	喉
狐	狐狐狐	桓	桓栢	麗	麗麗
弧	弧	還	還還	毀	毀毀毀毀毀毀
瓠	瓠瓠	環	環環	虧	虧
虎	虎虎虎	驪	驪	攜	携
號	號號號	鰥	鰥鰥	隮	隮
毫	毫	黃	黃黃	胃	胃
豪	豪	荒	荒	黑	黒
縞	縞	回	囬囘	翁	翁
蒿	蒿	會	會	興	興興興興興
護	護	悔	悔悔	戲	戲
或	或或或	懷	懷懷懷懷	姬	姬姬姬姬
魂	魂	獲	獲	胗	胗胗

第二部

朝鮮刊本 劉向《新序》의 原文과 註釋

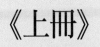

《上冊》

劉向新序目録[1]

　　古之治天下者[8]，一道德[9]，同風俗，蓋九州之廣[10]，萬民[11]之衆[12]，千歲[13]之遠[14]，其教既明，其政既成之後，所守者一道，所傳者一說[15]而己。故詩書之文，歷[16]世數[17]十，作者非一，而言未嘗[18]不相爲終始，化[19]之如此其至也當是[20]之

---

1) 錄의 이체자. 오른쪽부분의 '彖'이 '录'의 형태로 되어있다. 원문에서 제목과 본문의 크기는 동일하다. 또한 편집본의 목록은 위아래로 한 행을 띄었지만, 원문에서는 위아래 모두 붙어 있다. 그리고 아래의 본문의 첫 줄은 두 글자를 들여 썼지만 원문에서는 들여쓰기를 하지 않았다.

2) 제목과 본문은 들여쓰기를 하지 않았는데, 목차는 처음에는 두 칸을 들여 쓰고 卷數와 제목은 각각 한 칸씩 띄어쓰기를 하였다.

3) 刺의 이체자. 왼쪽부분의 '朿'의 형태가 '束'의 형태로 되어있다.

4) 節의 이체자. 아랫부분 왼쪽의 '皀'이 '艮'의 형태로 되어있으며 머리의 '⺮'이 글자 전체를 덮고 있지 않고 '艮'의 위에만 있다.

5) 善의 이체자. 가운데부분의 '丷'의 형태가 '卄'의 형태로 되어있다.

6) 謀의 이체자. 오른쪽부분의 '某'가 '某'의 형태로 되어있다.

7) 下冊에 있는 〈卷第九〉의 편목은 실제로 〈善謀〉라고 되어있고 '上'이란 글자는 빠져있다.

8) '者'가 'ヽ'이 빠진 '者'로 되어있다.

9) 德의 이체자. 오른쪽부분의 '悳'의 형태가 가운데 가로획이 빠진 '悳'의 형태로 되어있다.

10) 廣의 이체자. 머리의 '广'아랫부분의 '黃'이 '黄'의 형태로 되어있다. 四部叢刊本은 그 부분이 '黃'의 형태로 된 이체자 '廣'을 사용하였다.

11) 民의 이체자. 오른쪽부분의 '乚'의 획이 윗부분 '口'의 빈 공간을 관통하고 있다.

12) 衆의 이체자. 머리 '血'의 아랫부분이 '氺'의 형태로 되어있다.

13) 歲의 이체자. 아랫부분 왼쪽의 '少'가 '小'의 형태로 되어있다.

14) 遠의 이체자. '辶'의 윗부분에서 '土'의 아랫부분의 '㭽'의 형태가 '糸'의 형태로 되어있다.

15) 說의 이체자. 오른쪽부분의 '兑'가 '兌'로 되어있다.

時, 異21)行者有誅, 異言者有禁{第1面}, 防22)之又如此其備也。故二帝三王之際23), 及其中間嘗更衰亂24)而餘25)澤善未熄之時, 百家衆說, 未有能出其間者也。及周之末世26), 先王之教化法度27)旣廢, 餘澤旣熄, 世28)之治方29)術30)者, 蓋得其一偏。故人奮其私意, 家尙其私學, 學者蠭起31)於中國, 皆32)明其所長而昧其所短, 務其所得而諱其所失。天下之士, 各自爲言而不能相通, 世33)人之不復知夫學之有統, 道34)之有歸也。先王之遺文雖35)在, 皆紬而不講36), 况37)至於秦爲灬38)所

---

16) 歷의 이체자. '厂'의 안쪽 윗부분의 '秝'이 '林'의 형태로 되어있다.

17) 數의 이체자. 왼쪽의 '婁'가 '婁'의 형태로 되어있다.

18) 嘗의 이체자. 아랫부분의 '旨'가 '甘'의 형태로 되어있다.

19) 化의 이체자. 오른쪽부분의 '匕'에서 'ノ'이 'ㄴ'의 밖으로 나와 있는 '匕'의 형태로 되어있다.

20) 是의 이체자. 머리의 '日'이 '月' 형태로 되어있으며 그 아랫부분이 '疋'에 붙어 있다.

21) 異의 이체자. 아랫부분의 '共'의 가운데에 세로획 하나가 첨가된 '共'의 형태로 되어있다.

22) 防의 이체자. 좌부변의 부수 '阝'이 '卩'의 형태로 되어있다.

23) 際의 이체자. 좌부변의 부수 '阝'이 '卩'의 형태로 되어있고 오른쪽 윗부분의 '癶'의 형태가 '癶'의 형태로 되어있다.

24) 亂의 이체자. 왼쪽부분의 '𤔔'의 형태가 '𤔔'의 형태로 되어있다.

25) 餘의 이체자. 좌부변은 '飠'으로 되어있고 오른쪽부분의 '余'가 '余'의 형태로 되어있다.

26) 世의 이체자. 맨 아래 가로획이 왼쪽부분의 세로획 밖으로 튀어나와 있다. 四部叢刊本은 정자로 되어있다.

27) 度의 이체자. '厂' 안의 윗부분의 '廿'이 '艹'의 형태로 되어있다.

28) 世의 이체자. 앞에서 사용한 이체자 '世'와는 다르게 '廿'의 왼쪽 세로획이 밖으로 튀어나와서 맨 아래의 가로획에 붙어 있다. 四部叢刊本은 정자를 사용하였다.

29) 조선간본은 정자로 되어있는데, 四部叢刊本은 '亠'의 아랫부분이 '力'의 형태로 된 이체자 '方'을 사용하였다.

30) 術의 이체자. 가운데부분의 '朮'에서 위쪽의 'ヽ'이 빠진 '木'으로 되어있다.

31) 起의 이체자. '走'의 오른쪽부분의 '己'가 '巳'의 형태로 되어있다.

32) 皆의 이체자. 발의 '白'이 '日'의 형태로 되어있다.

33) 世의 이체자. 맨 아래 가로획이 왼쪽부분의 세로획 밖으로 튀어나와 있다. 四部叢刊本은 앞에서 정자를 사용하였는데, 여기서는 조선간본과 동일한 형태의 이체자를 사용하였다.

34) 조선간본과 四部叢刊本은 판본 전체적으로 '辶'은 '辶'의 형태로 사용하였다. 그런데 조선간본은 앞에서 '辶'을 사용하였지만 여기서는 '辶'을 사용하였다. 四部叢刊本은 그 부분이 '辶'으로 된 '道'를 사용하였다.

35) 雖의 이체자. 왼쪽 윗부분의 '口'가 '厶'의 형태로 되어있다.

大禁哉？漢[39]典[40]，六藝[41]皆得於散絶殘[42]脫[43]之餘，世[44]復無明先王之道，爲衆說之所蔽，闇而不明，鬱而不發[45]，而怪奇[46]可喜{第2面}之論，各師異見，皆自名家者，誕漫於中國，一切[47]不異於周之末世，其弊至於今[48]尚在也。自斯以來，天下學者知折衷[49]於聖人，而能純於道德之美[50]者，楊[51]雄氏而止耳。如向之徒，皆不免爲衆說之蔽，而不知有折衷者也。孟子曰：「待文王而後興[52]者，凡[53]民也。豪[54]傑之士，雖[55]無文王猶興[56]。」漢之士，豈特無明先王之道以一之者

36) 講의 이체자. 오른쪽 아랫부분의 '冉'이 '冄'의 형태로 되어있다.
37) 況의 俗字. 좌부변의 '氵'가 '冫'의 형태로 되어있다.
38) 世의 이체자. 앞에서 사용한 '世'와는 다르게 맨 아래 가로획이 튀어나와 있지 않다. 四部叢刊本은 다른 형태의 이체자 '丗'를 사용하였다.
39) 漢의 이체자. 오른쪽 윗부분의 '廿'만 '艹'의 형태로 되어있다.
40) 興의 이체자. 조선간본은 윗부분 가운데의 '同'의 형태가 '目'의 형태로 되어있다. 四部叢刊本은 그 부분이 조선간본과 다르게 '𠕁'의 형태로 된 이체자 '興'을 사용하였다.
41) 藝의 이체자. '艹'머리 아래의 왼쪽부분 '坴'의 형태가 '幸'의 형태로 되어있으며 오른쪽의 '丸'이 '九'의 형태로 되어있다.
42) 殘의 이체자. 오른쪽의 '戔'의 윗부분은 그대로 '戈'로 되어있고 아랫부분 '戈'에 '丶'이 빠진 '戔'의 형태로 되어있다.
43) 脫의 이체자. 오른쪽부분의 '兌'가 '兊'로 되어있다.
44) 世의 이체자. 四部叢刊本은 정자로 되어있다.
45) 發의 이체자. '癶'머리의 아랫부분 오른쪽의 '殳'가 '攵'의 형태로 되어있다.
46) 奇의 이체자. 머리의 '大'가 '立'으로 되어있다.
47) 切의 이체자. 왼쪽부분의 '七'이 '土'의 형태로 되어있다.
48) 今의 이체자. 머리 '人' 아랫부분의 '一'이 '丶'의 형태로 되어있고, 그 아랫부분의 '㇇'의 형태가 '丅'의 형태로 되어있다.
49) 衷의 이체자. 글자 맨 위에 '丿'이 첨가되어있다.
50) 美의 이체자. 아랫부분의 '大'가 '火'의 형태로 되어있다.
51) 楊의 이체자. 왼쪽부분의 '昜'이 '昜'의 형태로 되어있다.
52) 興의 이체자. 윗부분 가운데의 '同'의 형태가 '𠕁'의 형태로 되어있다. 조선간본은 앞에서 사용한 '興'과는 다른 형태의 이체자를 사용하였는데, 四部叢刊本도 조선간본과 동일한 형태의 이체자 '興'을 사용하였다.
53) 凡의 이체자. '几' 안쪽의 '丶'이 직선 형태로 되어있으며 그 가로획이 오른쪽 '㇈'획의 밖으로 삐져나와 있다.
54) 豪의 이체자. 윗부분의 '高'의 형태가 '亯'의 형태로 되어있다.

哉？亦其出於是時者，豪傑之士少，故不能特起於流俗之中，絕學之後也。蓋向之序此書，於今[57]最爲近古，雖不能無失，然遠[58]至舜禹，而次及於周秦以[59]來，古人之嘉言善行，亦徃[60]徃而在也，要在愼[61]取之而已{第3面}。故臣旣惜其不可見者，而校其可見者特詳焉，亦足以知臣之志者，豈好辯哉？蓋臣之不得已也。編校書籍臣曽[62]鞏[63]上[64]。

{第4面}[65]

---

55) 앞에서는 조선간본과 四部叢刊本 모두 이체자 '雖'를 사용하였는데, 여기서는 두 판본 모두 정자로 되어있다. 그런데 바로 뒤에서는 다시 이체자를 사용하였다.

56) 興의 이체자. 조선간본은 윗부분 가운데의 '同'의 형태가 '目'의 형태로 되어있다. 四部叢刊本은 그 부분이 조선간본과 다르게 '冃'의 형태로 된 이체자 '興'을 사용하였다.

57) 今의 이체자. 머리 '人' 아랫부분의 '一'이 'ヽ'의 형태로 되어있고, 그 아랫부분의 'ㄱ'의 형태가 'ㄒ'의 형태로 되어있다.

58) 遠의 이체자. 앞에서 사용한 이체자 '遠'과는 형태가 다른데, '辶'의 윗부분의 '袁'이 '表'의 형태로 되어있다.

59) 조선간본은 정자로 되어있는데, 四部叢刊本은 가운데 'ヽ'이 'ㆍ'의 형태로 된 이체자 '㠯'를 사용하였다.

60) 徃의 俗字. 오른쪽부분의 '主'가 '生'의 형태로 되어있다.

61) 愼의 이체자. 오른쪽 윗부분의 '匕'의 아랫부분이 '其'의 형태로 되어있다. 조선간본은 훼손이 심하여 판독이 불가능하여 四部叢刊本의 글자로 대체하였다.

62) 曽의 이체자. 맨 윗부분의 '八'이 'ヽ＇'의 형태로 되어있고 그 아래 '田'의 형태가 '田'의 형태로 되어있다.

63) 鞏의 이체자. 윗부분 오른쪽의 '凡'이 'ヽ'이 빠진 '几'의 형태로 되어있고, 발의 '革'이 '革'의 형태로 되어있다.

64) 曾鞏의 〈序〉는 제3행에서 끝나고 나머지 8행은 모두 빈칸으로 되어있다.

65) 계명대 귀중본과 고본은 모두 이상의 〈目錄〉과 〈序〉가 일실되어있다. 계명대 귀중본에는 표지에 '丁丑重陽月改粧(改粧)'이라고 적어놓았는데, '丁丑'의 정확한 年度는 확정할 수 없지만 원래의 표지를 새로운 표지로 바꾼 것은 확실하다. 책 자체를 새롭게 제본한 이유는 훼손이 심했기 때문이라고 추정할 수 있다. 일실된 〈目錄〉과 〈序〉를 제외하고 새로 제본한 본문의 제1~4면까지도 훼손이 심하여 글자를 알아볼 수 없는 부분들도 있기 때문이다. 새로 제본하기 전부터 〈目錄〉과 〈序〉가 일실되어있었는지 아니면 훼손이 상당히 심각하여 제본하면서 빼버렸는지는 판단할 수 없다. 하지만 표지를 포함하여 〈目錄〉과 〈序〉도 훼손이 심해서 새로 제본하였을 것이다. 고본도 '改粧'했다고 밝히지는 않았지만 새로 제본한 것은 확실하다. 그리고

새로 제본한 본문의 제1~4면까지의 훼손이 귀중본보다도 심하다. 고본을 새로 제본한 이유도
귀중본의 경우와 동일할 것으로 보인다. 어쨌든 계명대 귀중본과 고본은 모두〈目錄〉과
〈序〉가 일실되어서, 그 부분은 일본국회도서관 소장본으로 대체하였다.

劉向新序卷第一

雜事第一[66]

昔者[67], 舜自耕稼陶[68]漁而躬孝友, 父瞽[69]瞍頑, 毋[70]嚚[71], 及弟象傲[72], 皆[73]下愚不移。舜盡孝道, 以供養瞽瞍[74]。瞽瞍與象, 爲浚井塗[75]廩[76]之謀[77], 欲以殺[78]舜, 舜孝益[79]薦[80]。出田則號[81]泣, 年五十猶嬰兒慕, 可謂至孝矣[82]。

---

66) 卷數와 본문은 들여쓰기를 하지 않았는데, 제목은 세 칸을 들여 썼다. 원문에서는 제목과 본문의 크기가 모두 같다. 또한 아래에서 본문의 첫줄로 들여쓰기를 하지 않았다. 이하에서는 이에 대해 따로 주를 달지 않는다.

67) 조선간본과 四部叢刊本 모두 '者'는 'ヽ'이 빠진 '者'를 사용하고 있으며, 부수로 쓸 때도 동일하게 되어있다. 이하에서는 이에 대해서는 주를 달지 않는다.

68) 陶의 이체자. 좌부변의 '阝'가 '卩'의 형태로 되어있으며, 오른쪽부분의 'ㄅ'안의 '缶'가 '缶'의 형태로 되어있다.

69) 瞽의 이체자. 윗부분 오른쪽의 '支'가 '攴'의 형태로 되어있다. 四部叢刊本에는 정자로 되어있다.

70) 母의 이체자. 이 글자는 부정부사 '毋'가 아니라 '母'의 이체자이다. 안쪽의 'ヽ' 두 개가 이어진 'ノ' 형태로 되어있으며 그것이 몸통의 아랫부분 밖으로 튀어나와 있다.

71) 이 부분은 제3행의 제18자에 해당하는데, 이번 행의 마지막 글자이다. 귀중본은 오래되어서 글자가 지워져 있고, 고본은 제17자와 제18자에 해당하는 부분이 찢어져 있다. 두 판본 모두 판독이 불가능하여 일본국회도서관 소장본으로 대체하였다.

72) 傲의 이체자. 가운데 윗부분의 '土'와 아랫부분의 '方'이 결합 형태가 그 윗부분이 '龶'의 형태로 되어있고 아랫부분은 '力'의 형태로 되어있다.

73) 皆의 이체자. 아랫부분의 '白'이 '日'로 되어있다.

74) 이 부분은 제1면의 제4행의 제18자에 해당하는데, 귀중본은 오래되어서 글자가 판독 불가능할 정도로 희미하고, 고본은 해당부분이 찢어져 있다. 두 판본 모두 판독이 불가능하여 일본국회도서관 소장본으로 대체하였다. 四部叢刊本에는 좌부변의 '目'가 '日'의 형태로 된 이체자 '瞍'를 사용하였다. 그런데 여기서 '瞽瞍'는 '舜의 아버지'(劉向 撰, 林東錫 譯註,《신서1》, 동서문화사, 2009. 41쪽)이며 人名이기 때문에 四部叢刊本의 '瞍'는 誤字로 볼 수도 있지만, 부수로 쓰인 '日'과 '目'은 서로 바꾸어 쓴 이체자를 사용하기도 하였다.

75) 塗의 이체자. 윗부분 오른쪽의 '余'가 '余'의 형태로 되어있다. 四部叢刊本은 정자로 되어있다.

76) 廩의 이체자. '广'의 아랫부분의 '㐭'이 '面'의 형태로 되어있고 그 아랫부분의 '禾'가 '示'의 형태로 되어있다.

77) 謀의 이체자. 오른쪽부분의 '某'가 '某'의 형태로 되어있다.

78) 殺의 이체자. 우부방의 '殳'가 '旻'의 형태로 되어있다.

故耕於歷⁸³⁾山，歷⁸⁴⁾山之耕者讓畔陶；於河濱⁸⁵⁾，河濱之陶者，器不苦窳⁸⁶⁾；漁於雷澤，雷澤之漁者分均。及立爲天子，天下化⁸⁷⁾之，蠻夷率服。比⁸⁸⁾發⁸⁹⁾渠搜，南撫交阯⁹⁰⁾，莫不慕義，麟鳳⁹¹⁾在郊。故孔子曰：「孝弟之至，通⁹²⁾於神明，光于⁹³⁾四海⁹⁴⁾。」舜之謂也。孔子在州里{第1面}，篤⁹⁵⁾行孝道，居於闕黨⁹⁶⁾，闕黨之子弟畋漁，分有親者得多，孝以化之也。是⁹⁷⁾以七十二子，自遠⁹⁸⁾方至，服從其德⁹⁹⁾。魯有沈¹⁰⁰⁾猶氏者，旦飮羊飽之，以欺市人。公愼¹⁰¹⁾氏有妻而淫¹⁰²⁾，

79) 益의 이체자. 윗부분의 '八'이 'ㆍㆍ'의 형태로 되어있고 중간부분의 '八'의 오른쪽 획이 휘어진 '儿'의 형태로 되어있다.

80) 篤의 이체자. 머리의 부수를 '艹'로 사용하였다.

81) 號의 이체자. 오른쪽 윗부분의 '虍'가 '严'의 형태로 되어있다.

82) 조선간본은 정자로 되어있는데, 四部叢刊本은 이체자 '矣'로 되어있다.

83) 歷의 이체자. '厂'의 안쪽 윗부분의 '秝'이 '林'의 형태로 되어있다. 四部叢刊本은 정자로 되어있다.

84) 歷의 이체자. 四部叢刊本 정자로 되어있다.

85) 濱의 이체자. 오른쪽부분의 '賓'이 '實'의 형태로 되어있다.

86) 窳의 이체자. 아랫부분의 '瓜'에서 가운데 아랫부분에 'ㆍ'가 빠진 '瓜'의 형태로 되어있다.

87) 化의 이체자. 오른쪽부분의 '匕'에서 'ノ'이 'ㄴ'의 밖으로 나와 있는 '匕'의 형태로 되어있다.

88) 北의 이체자. 왼쪽부분의 'ㅋ'의 형태가 '土'의 형태로 되어있다.

89) 發의 이체자. 머리의 '癶' 아랫부분 오른쪽의 '殳'가 '旻'의 형태로 되어있다.

90) 阯의 이체자. 좌부변의 '阝'가 '卩'의 형태로 되어있다.

91) 鳳의 이체자. '几' 안쪽의 '鳥'에서 맨 윗부분의 가로획 'ㅡ'이 빠져있다.

92) 조선간본은 정자를 사용하였는데, 四部叢刊本은 '辶' 윗부분의 'マ'의 형태가 'コ'의 형태로 된 이체자 '通'을 사용하였다.

93) 조선간본과 四部叢刊本은 모두 '於'와 '于'를 혼용하고 있는데, 조선간본과 四部叢刊本에서 혼용한 글자는 판본 전체적으로 서로 동일하다.

94) 海의 이체자. 오른쪽 아랫부분의 '母'가 '毋'의 형태로 되어있다.

95) 앞에서는 이체자 '篤'을 사용하였는데, 여기서는 조선간본과 四部叢刊本 모두 정자를 사용하였다.

96) 黨의 이체자. 발의 '黑'이 '黒'의 형태로 되어있다.

97) 是의 이체자. 머리의 '日'이 '月' 형태로 되어있으며 그 아랫부분이 '疋'에 붙어 있다. 四部叢刊本은 정자로 되어있다.

98) 遠의 이체자. '辶'의 윗부분에서 '土'의 아랫부분의 '呆'의 형태가 '糸'의 형태로 되어있다.

99) 德의 이체자. 오른쪽부분의 '悳'의 형태가 가운데 가로획이 빠진 '悳'의 형태로 되어있다.

100) 沈의 이체자. 왼쪽부분 '尤'의 오른쪽 가운데에 'ㆍ'가 첨가되어있다.

愼[103]潰氏奢侈驕佚，魯市之鬻[104]牛馬者善[105]豫[106]賈。孔子將爲魯司寇[107]，沈猶氏不敢朝飮其羊，公愼氏出其妻，愼[108]潰氏踰境而徙，魯之鬻馬牛不豫賈，布正以待之也。旣爲司寇，季孟墮[109]郈[110]費之城，齊人歸[111]所侵[112]魯之地，由積正之所致也。故曰：「其身正，不令而行。」

孫叔[113]敖[114]爲嬰兒之時，出遊，見兩[115]頭蛇，殺[116]而埋之。歸而泣，其

---

101) 愼의 이체자. 오른쪽 윗부분의 ‘匕’가 ‘上’의 형태로 되어있고 그 아랫부분이 ‘其’의 형태로 되어있다. 四部叢刊本은 오른쪽 윗부분이 ‘止’의 형태로 된 이체자 ‘愼’으로 되어있다.

102) 淫의 이체자. 오른쪽 아랫부분의 ‘壬’이 ‘舌’의 형태로 되어있다.

103) 愼의 이체자. 오른쪽부분의 ‘眞’이 가로획이 하나 적은 ‘真’의 형태로 되어있다. 四部叢刊本에는 다른 형태의 이체자 ‘愼’으로 되어있다.

104) 鬻의 이체자. 발의 ‘鬲’이 이체자 ‘䰜’의 형태로 되어있다.

105) 善의 이체자. 가운데부분의 ‘丷’의 형태가 ‘卄’의 형태로 되어있다.

106) 조선간본은 정자를 사용하였는데, 四部叢刊本은 왼쪽 윗부분의 ‘マ’의 형태가 ‘그’의 형태로 된 이체자 ‘豫’를 사용하였다.

107) 寇의 이체자. 머리 ‘宀’의 아랫부분 왼쪽의 ‘†’이 ‘夂’이 형태로 되어있다.

108) 愼의 이체자. 오른쪽 윗부분의 ‘匕’의 아랫부분이 ‘其’의 형태로 되어있다. 四部叢刊本에는 다른 형태의 이체자 ‘愼’으로 되어있다.

109) 墮의 이체자. 윗부분 왼쪽의 ‘阝’가 ‘几’의 형태로 되어있다.

110) 四部叢刊本은 ‘郡’으로 되어있는데, 龍溪精舍叢書本은 모두 조선간본과 동일하게 ‘郈’로 되어있다. ‘郈’는 春秋時代 魯나라의 邑이고 지금의 山東省 東平縣 경내(劉向 撰, 林東錫 譯註, 《신서1》, 동서문화사, 2009. 47쪽)이기 때문에 조선간본의 ‘郈’가 맞고 四部叢刊本의 ‘郡’은 誤字이다.

111) 歸의 이체자. 오른쪽 윗부분의 ‘彐’의 형태가 가운데 가로획이 오른쪽 세로획 밖으로 나와 있지 않은 ‘彐’의 형태로 되어있다.

112) 侵의 이체자. 오른쪽 윗부분의 ‘彐’의 형태가 가운데 가로획이 오른쪽 세로획 밖으로 나와 있지 않은 ‘彐’의 형태로 되어있다.

113) 叔의 이체자. 왼쪽 윗부분의 ‘上’이 ‘止’의 형태로 되어있다.

114) 敖의 이체자. 정자는 왼쪽부분이 윗부분의 ‘土’와 아랫부분의 ‘方’이 결합된 형태인데, 이체자는 왼쪽 윗부분이 ‘耂’의 형태로 되어있고 아랫부분은 ‘力’의 형태로 되어있다.

115) 兩의 이체자. 바깥부분 ‘帀’의 안쪽의 ‘入’이 ‘人’의 형태로 되어있으며 그것의 윗부분이 ‘帀’의 밖으로 튀어나와 있다.

116) 殺의 이체자. 왼쪽 윗부분의 ‘乂’과 그 아랫부분의 ‘木’ 사이에 ‘丶’이 빠져있다. 四部叢刊本에는 왼쪽 윗부분이 ‘又’의 형태로 된 이체자 ‘殺’을 사용하였다.

毋[117]問其故，叔敖對[118]曰：「聞見兩頭之蛇{第2面}者死[119]，嚮[120]者吾見之，恐[121]去毋而死也。」其毋曰：「蛇수[122]安在？」曰：「恐他人又見，殺而埋之矣[123]。」其毋曰：「吾聞有陰[124]德者，天報以福，汝不死[125]也。」及長，爲楚令尹，未治，而國人信其仁也。

禹之興[126]也，以塗山；桀之亡也，以末喜。湯[127]之興也，以有莘；紂之亡也，以妲巳[128]。文武之興也，以任姒；幽王之亡也，以褒姒。是[129]以詩正關[130]雎，而春秋褒伯姬[131]也。樊姬[132]，楚國之夫人也，楚莊王罷朝而晏，問其故？莊

---

117) 母의 이체자. 이 글자는 부정부사 '毋'가 아니라 '母'의 이체자이다. 앞에서 사용한 '毋'와는 다르게 안쪽의 'ヽ' 두 개가 직선 형태로 되어있다.
118) 對의 이체자. 왼쪽부분의 '丵'의 형태가 '丵'의 형태로 되어있다.
119) 死의 이체자. 왼쪽부분의 '歹'가 '巳'의 형태로 되어있다.
120) 響의 이체자. 윗부분의 '鄕'이 가운데부분의 'ノ'이 빠진 이체자 '鄉'으로 되어있다.
121) 恐의 이체자. 윗부분 오른쪽의 '凡'이 안쪽의 'ヽ'이 빠진 '几'의 형태로 되어있다.
122) 今의 이체자. 머리 '人' 아랫부분의 '一'이 'ヽ'의 형태로 되어있고, 그 아랫부분의 'ㄱ'의 형태가 'ㄱ'의 형태로 되어있다. 四部叢刊本은 맨 아랫부분이 'ㄱ'의 형태로 된 이체자 '㑆'을 사용하였다.
123) 矣의 이체자. 'ㅿ'의 아랫부분의 '矢'가 '失'의 형태로 되어있다.
124) 陰의 이체자. 좌부변의 '阝'가 '刂'의 형태로 되어있으며, 오른쪽부분의 '侌'은 '㑈'의 형태로 되어있다.
125) 死의 이체자. 오른쪽 부분의 '匕'가 '㠯'의 형태로 되어있다. 四部叢刊本은 그 부분이 '巳'의 형태로 된 이체자 '㲰'를 사용하였다.
126) 興의 이체자. 윗부분 가운데의 '同'의 형태가 '㒼'의 형태로 되어있다.
127) 湯의 이체자. 왼쪽부분의 '昜'이 '昜'의 형태로 되어있다.
128) 조선간본과 四部叢刊本 모두 '巳'로 되어있는데, 龍溪精舍本에는 '己'로 되어있다. '妲己'는 紂의 아내(劉向 撰, 林東錫 譯註,《신서1》, 동서문화사, 2009. 54쪽)이기 때문에 '己'로 써야 하지만, 조선간본과 四部叢刊本은 '己'를 '已'나 '巳'로 쓴 경우가 많다.
129) 是의 이체자. 四部叢刊本은 정자로 되어있다.
130) 關의 이체자. '門'안의 '䌫'의 형태가 '䦒'의 형태로 되어있다. 四部叢刊本은 정자로 되어있다.
131) 姬의 이체자. 오른쪽부분이 '臣'으로 되어있으며 좌부변의 '女'와 '臣' 사이에 세로획 'ㅣ'이 첨가되어있다. 이번 단락의 이하에서 '姬'는 몇 가지 이체자를 혼용하였는데, 조선간본과 四部叢刊本의 글자가 다른 경우는 주를 달아 밝힌다.
132) 姬의 이체자. 앞에서 사용한 '姬'와는 다르게 '臣'의 오른쪽 세로획이 '臣'에 위와 아래가 붙어있다. 四部叢刊本은 앞에서 이체자 '姬'를 그대로 사용하였다.

王曰：「今133)旦與賢134)相語，不知日之晏也。」樊姬曰：「賢相爲誰？」王曰：「爲虞135)丘子。」樊姬136)掩口而笑137)。王問其故。曰：「妾幸138)得執139)巾櫛140)以侍王，非不欲{第3面}專141)貴142)擅143)愛也，以爲傷王之義，故能進與妾同位者數144)人矣。今145)虞146)丘子爲相十數年，未嘗147)進一賢148)，知而不進，是149)不忠

---

133) 今의 이체자. 今의 이제자. 머리 ‘人’ 아랫부분의 ‘一’이 ‘丶’의 형태로 되어있고, 그 아랫부분의 ‘丁’의 형태가 ‘丁’의 형태로 되어있다. 四部叢刊本은 맨 아랫부분이 ‘丁’의 형태로 된 이체자 ‘今’을 사용하였다.

134) 賢의 이체자. 윗부분 왼쪽의 ‘臣’이 ‘目’의 형태로 되어있다.

135) 虞의 이체자. 머리 ‘虍’ 아래의 ‘吳’가 ‘具’의 형태로 되어있다. 四部叢刊本은 그 부분이 조선간본과 다르게 ‘具’의 형태로 된 이체자 ‘虞’를 사용하였다.

136) 姬의 이체자. 앞에서 사용한 ‘姬’와는 다르게 ‘臣’ 왼쪽의 세로획이 위는 붙어 있고 아래는 떨어져 있다.

137) 笑의 이체자. 아랫부분의 ‘夭’가 ‘犬’의 형태로 되어있다.

138) 幸의 이체자. 윗부분의 ‘土’의 아랫부분과 아랫부분의 ‘羊’의 윗부분이 서로 겹쳐 있다.

139) 執의 이체자. 왼쪽부분의 ‘幸’이 ‘幸’의 형태로 되어있고 오른쪽부분의 ‘丸’이 ‘九’의 형태로 되어있다.

140) 櫛의 이체자. 오른쪽부분의 ‘節’에서 윗부분의 ‘⺮’이 글자 전체가 아니라 왼쪽부분 ‘艮’의 위에 있다.

141) 專의 이체자. 가운데부분에서 ‘丶’이 빠져있다. 四部叢刊本에는 정자로 되어있다.

142) 四部叢刊本에는 ‘責’으로 되어있는데, 龍溪精舍本에는 조선간본과 동일하게 ‘貴’로 되어있다. ‘專貴’는 ‘귀함을 독차지하다’(劉向 撰, 林東錫 譯註,《신서1》, 동서문화사, 2009. 57쪽)라는 의미이기 때문에 조선간본의 ‘貴’가 맞고 四部叢刊本의 ‘責’은 誤字이다.

143) 擅의 이체자. 오른쪽 윗부분의 ‘亶’이 ‘面’의 형태로 되어있고 아랫부분의 ‘旦’이 ‘且’의 형태로 되어있다. 그런데 四部叢刊本에는 ‘櫃(檀의 이체자)’으로 되어있는데, 龍溪精舍本에는 조선간본과 동일한 글자인데 정자인 ‘擅’으로 되어있다. ‘擅愛’는 ‘사랑을 독차지하다’(劉向 撰, 林東錫 譯註,《신서1》, 동서문화사, 2009. 57쪽)라는 의미이기 때문에 조선간본의 ‘擅(擅의 이체자)’이 맞고 四部叢刊本의 ‘櫃(檀의 이체자)’은 誤字이다.

144) 數의 이체자. 왼쪽의 ‘婁’가 ‘婁’의 형태로 되어있다.

145) 今의 이체자. 四部叢刊本은 다른 형태의 이체자 ‘今’을 사용하였다.

146) 虞의 이체자. 머리 ‘虍’ 아래의 ‘吳’가 ‘具’의 형태로 되어있다. 四部叢刊本에서 다른 형태의 이체자 ‘虞’로 되어있다.

147) 嘗의 이체자. 아랫부분의 ‘旨’가 ‘甘’의 형태로 되어있다.

148) 賢의 이체자. 윗부분 왼쪽의 ‘臣’이 ‘目’의 형태로 되어있다. 四部叢刊本은 그 부분이 ‘目’의 형태로 된 이체자 ‘賢’을 사용하였다.

也；不知，是150)不智也。安得爲賢151)？」明日朝，王以樊姬之言告虞152)丘子，虞153)丘子稽154)首曰：「如樊姬155)之言。」於是辭156)位，而進孫叔157)敖，孫叔敖相楚，莊王卒以霸，樊姬158)與有力焉。

衛靈159)公之時，蘧160)伯玉賢而不用，彌子瑕不肖而任事。衛大夫史鰌患之，數以諫161)靈162)公而不聽163)。史鰌病且夗，謂其子曰：「我即夗，治喪於北堂。吾不能進蘧伯玉而退彌子瑕，是164)不能正君也，生不能正君者，夗不當成禮，置165)尸於北堂，於我足矣。」史{第4面}鰌夗，靈公徃166)弔，見167)喪在北堂，問其故？其子具以168)父169)言對靈公。靈公蹴然170)易171)容，寢然失位曰：「夫子生則欲進

---

149) 是의 이체자. 四部叢刊本은 정자로 되어있다.

150) 是의 이체자. 四部叢刊本은 정자로 되어있다.

151) 賢의 이체자. 四部叢刊本에는 다른 형태의 이체자 '賢'으로 되어있다.

152) 虞의 이체자. 四部叢刊本에는 다른 형태의 이체자 '虞'로 되어있다.

153) 虞의 이체자. 四部叢刊本에는 다른 형태의 이체자 '虞'로 되어있다.

154) 稽의 이체자. 오른쪽 가운데부분의 '匕'가 'ㅗ'의 형태로 되어있다.

155) 姬의 이체자. 조선간본은 '臣'의 오른쪽부분의 가로획이 위는 붙고 아래가 떨어진 형태의 이체자를 사용하였는데, 四部叢刊本은 가로획의 위와 아래가 모두 떨어진 형태의 이체자 '姬'를 사용하였다.

156) 辭의 이체자. 왼쪽부분의 '𤔔'가 '𤔔'의 형태로 되어있다.

157) 조선간본과 四部叢刊本은 이전 단락과 이번 단락에서는 모두 이체자 '叔'을 사용하였는데, 여기서만 정자를 사용하였다.

158) 姬의 이체자. 四部叢刊本은 다른 형태의 이체자 '姬'를 사용하였다.

159) 靈의 이체자. 가운데부분의 '㗊'의 형태가 '吅'의 형태로 되어있다.

160) 蘧의 이체자. 아랫부분 오른쪽의 '豦'에서 윗부분의 '虍'가 '严'의 형태로 되어있다.

161) 諫의 이체자. 오른쪽부분의 '柬'의 형태가 '東'의 형태로 되어있다.

162) 앞에서는 이체자 '靈'을 사용하였는데, 이번 단락에서 여기부터는 모두 정자를 사용하였다.

163) 聽의 이체자. '耳'의 아래 '王'이 '土'의 형태로 되어있으며 오른쪽부분의 '悳'의 형태가 가운데 가로획이 빠진 '恵'의 형태로 되어있다.

164) 是의 이체자. 四部叢刊本은 정자로 되어있다.

165) 置의 이체자. '罒'의 아랫부분의 '直'이 가로획이 하나 빠진 '直'의 형태로 되어있다.

166) 往의 俗字. 오른쪽부분의 '主'가 '生'의 형태로 되어있다. 조선간본과 四部叢刊本 판본 전체적으로 위의 형태의 俗字만 사용하였다.

167) 조선간본은 정자로 되어있는데, 四部叢刊本은 판본 전체적으로 전혀 사용하지 않은 이체자 '見'을 사용하였다.

賢而退不肖，死且不懈[172]，又以[173]屍[174]諫，可謂忠而不衰矣。」於是乃召蘧伯玉，而進之以[175]爲卿[176]，退彌子瑕。從喪正堂，成禮而後返，衛國以[177]治。史鰌字子魚，論語所謂「直[178]哉史魚」者也。

　　晉[179]大夫祁奚老，晉君問曰：「孰[180]可使嗣？」祁奚對曰：「解[181]狐[182]可。」君曰：「非子之讎邪？」對曰：「君問可，非問讎也。」晉遂舉解狐。後又問：「孰可以爲國尉[183]？」祁奚對曰：「午也可。」君曰：「非子之子邪？」對曰：「君問可，非問子也。」君子謂祁奚能舉善矣，稱[184]其讎不爲諂，立{第5面}其子不爲

---

168) 조선간본은 정자로 되어있는데, 四部叢刊本은 가운데 'ㆍ'이 'ㅄ'의 형태로 된 이체자 '以'를 사용하였다.

169) 父의 이체자. 아랫부분의 'ㄨ'의 형태가 '又'의 형태로 되어있다. 四部叢刊本은 정자를 사용하였다.

170) 然의 이체자. 윗부분 오른쪽의 '犬'이 'ㆍ'이 빠진 '大'의 형태로 되어있다. 四部叢刊本은 윗부분 왼쪽이 '夕'의 형태로 되어있고 그 오른쪽은 '大'의 형태로 된 이체자 '然'을 사용하였다. 그런데 두 판본 모두 이런 이체자를 거의 사용하지 않았으며, 바로 다음에는 정자를 사용하였다.

171) 易의 이체자. 머리의 '日'이 '月'의 형태로 되어있고 이것이 아랫부분의 '勿'위에 바로 붙어 있다. 四部叢刊本은 머리가 '冃'의 형태로 되어있는 이체자 '易'을 사용하였다.

172) 懈의 이체자. 오른쪽의 '解'에서 왼쪽 윗부분이 'ㆍ'가 '力'의 형태로 되어있고 오른쪽 아랫부분의 '牛'가 '牜'의 형태로 되어있다.

173) 以의 이체자. 왼쪽부분이 '山'이 기울어진 형태로 되어있다. 四部叢刊本은 정자를 사용하였다.

174) 屍의 이체자. 밑의 '死'가 이체자 '死'의 형태로 되어있다.

175) 以의 이체자. 四部叢刊本은 정자를 사용하였다.

176) 卿의 이체자. 왼쪽의 'ㄅ'의 형태가 '夕'의 형태로 되어있고 가운데 부분의 '皀'의 형태가 '艮'의 형태로 되어있다.

177) 以의 이체자. 四部叢刊本은 정자를 사용하였다.

178) 直의 이체자. '直'에서 가로획 하나가 빠져있다.

179) 晉의 이체자. 윗부분의 '𡇒'의 형태가 '皿'의 형태로 되어있다.

180) 孰의 이체자. 왼쪽부분의 '享'이 '享'의 형태로 되어있다.

181) 解의 이체자. 오른쪽 아랫부분의 '牛'가 '牜'의 형태로 되어있다.

182) 狐의 이체자. 오른쪽부분의 '瓜'가 '㼸'의 형태로 되어있다. 四部叢刊本은 그 부분이 '瓜'의 형태로 된 이체자 '狐'를 사용하였다.

183) 尉의 이체자. 왼쪽 아랫부분의 '示'가 '禾'의 형태로 되어있다.

184) 稱의 이체자. 오른쪽부분의 '𤔔'이 '𨳕'의 형태로 되어있다.

比。書曰：「不偏不黨，王道蕩[185]蕩。」祁奚之謂也。外擧不避仇讎，內[186]擧不回親戚，可謂至公矣。唯善故能擧其類[187]。詩曰：「唯其有之，是以似之。」祁奚有焉。

楚共王有疾，召令尹曰：「常侍筦蘇與我處，常忠我以道，正我以義，吾與處不安也，不見不思也。雖然，吾有得也，其功不細，必厚爵[188]之。申俟[189]伯與處[190]，常縱恣吾，吾所樂者，勸吾爲之；吾所好子，先吾服之。吾與處歡樂之，不見戚戚也。雖然，吾終無得也，其過[191]不細，必亟[192]遣之。」令尹曰：「諾[193]。」明日，王薨[194]。令尹即拜筦蘇爲上卿，而逐申俟伯出之境{第6面}。

魯[195]子曰：「鳥之將死[196]，其鳴也哀；人之將[197]死，其言也善。」言及[198]其本性，共王之謂也。故孔子曰：「朝聞〖道〗[199]，夕死可矣。」於以聞[200]後嗣，覺來

---

185) 蕩의 이체자. 머리 '艹'아래 오른쪽부분의 '昜'이 '易'의 형태로 되어있다.

186) 內의 이체자. '冂'안의 '入'이 '人'의 형태로 되어있다.

187) 類의 이체자. 왼쪽 아랫부분의 '犬'이 'ヽ'이 빠진 '大'의 형태로 되어있다.

188) 爵의 이체자. 아랫부분 오른쪽의 '寸'이 '艮'의 형태로 되어있다.

189) 俟의 이체자. 오른쪽 윗부분의 'ㄱ'의 형태가 '宀'의 형태로 되어있다.

190) 處의 이체자. 머리 '虍'가 '虎'의 형태로 되어있다. 四部叢刊本에는 정자로 되어있다.

191) 過의 이체자. '辶' 위의 '咼'가 '喎'의 형태로 되어있다.

192) 亟의 이체자. 윗부분의 '丂'의 형태가 '了'의 형태로 되어있다.

193) 諾의 이체자. 오른쪽부분의 '若'이 '苔'의 형태로 되어있다.

194) 薨의 이체자. 발의 '死'가 이체자 '死'의 형태로 되어있다.

195) 曾의 이체자. 맨 윗부분의 '八'이 '丷'의 형태로 되어있고 그 아래 '罒'의 형태가 '田'의 형태로 되어있다.

196) 死의 이체자. 四部叢刊本은 다른 형태의 이체자 '死'로 되어있다.

197) 將의 이체자. 오른쪽부분의 'ㅓ'이 아랫부분의 짧은 세로획이 빠진 'ㅓ'의 형태로 되어있다. 四部叢刊本에는 정자로 되어있다. 조선간본은 바로 앞에서 정자를 사용하였고 이런 형태의 글자는 여기서만 단 한 번 사용하였기 때문에 '將'은 誤字이거나 판각할 때 빠진 것으로 보인다.

198) 反의 이체자. '厂'이 '丁'의 형태로 되어있고 윗부분의 가로획이 비스듬한 형태로 되어있다.

199) '〖 〗'안의 '道'자가 龍溪精舍本에는 있는데, 조선간본과 四部叢刊本은 모두 '道'자가 빠져있다. 《論語》에는 '朝聞道'로 되어있기 때문에 조선간본과 四部叢刊本이 '道'자를 쓰지 않은 것은 오류이다.

200) 龍溪精舍本에는 '開'로 되어있는데, 조선간본과 四部叢刊本은 모두 '聞'으로 되어있다. 여기서

世[201], 猶[202]愈沒[203]身不寤者也。

　　昔者, 魏[204]武侯謀事而當, 群臣莫能逮, 朝而有喜色。吳[205]起[206]進曰：「今者有以楚莊王之語聞者乎？」武[207]侯曰：「未也, 莊王之語奈何？」吳[208]起曰：「楚莊王謀事而當, 群臣莫能逮, 朝而有憂色。申公巫臣進曰：『君朝有憂色, 何也？』莊王曰：『吾聞之, 諸侯自擇師者王, 自擇友者霸, 足已[209]而群臣莫之若[210]者亡。今以不穀[211]之不肖而議於朝, 且群臣莫能逮, 吾[第7面]國其幾於亡矣, 吾是以有憂色也。』莊王之所以憂, 而君獨有喜色, 何也？」武[212]侯逡巡而謝曰：「天使夫子振[213]寡[214]人之過也, 天使夫子振[215]寡人之過也。」

　　는 '뒤를 이를 사람을 열어주다'(劉向 撰, 林東錫 譯註,《신서1》, 동서문화사, 2009. 71쪽)라는 의미이기 때문에 조선간본과 四部叢刊本의 '聞'은 誤字이다.
201) 世의 이체자. 맨 아래 가로획이 왼쪽부분의 세로획 밖으로 튀어나와 있다. 四部叢刊本은 정자를 사용하였다.
202) 조선간본과 四部叢刊本은 판본 전체적으로 오른쪽 윗부분이 'ﾉﾉ'의 형태로 된 '猶'를 사용하였는데, 여기서는 그 부분이 '八'의 형태로 되어있다.
203) 沒의 이체자. 오른쪽부분의 '殳'가 '旻'의 형태로 되어있다.
204) 魏의 이체자. 오른쪽부분의 '鬼'에서 맨 위의 'ﾉ'이 빠져있다.
205) 吳의 이체자. '놋'의 형태가 '夬'의 형태로 되어있다. 四部叢刊本은 그 부분이 '六'의 형태로 된 이체자 '具'를 사용하였다.
206) 起의 이체자. 오른쪽부분의 '己'가 '巳'의 형태로 되어있다.
207) 武의 이체자. 맨 윗부분의 가로획이 '弋'에서 'ﾍﾉ'획의 밖으로 튀어나와 있다. 四部叢刊本은 정자로 되어있다.
208) 吳의 이체자. 四部叢刊本은 이체자 '具'로 되어있다.
209) 龍溪精舍本에는 '己'로 되어있지만, 조선간본과 四部叢刊本 모두 '巳'로 되어있다. 여기서는 '자신'(劉向 撰, 林東錫 譯註,《신서1》, 동서문화사, 2009. 75쪽)이란 의미이기 때문에 '己'로 써야 하지만, 조선간본과 四部叢刊本은 '己'를 '巳'나 '巳'로 쓴 경우가 많다.
210) 若의 이체자. 머리의 '艹' 아랫부분의 '右'가 '石'의 형태로 되어있고, 머리의 '艹'가 아랫부분의 '石'에 붙어 있다.
211) 穀의 이체자. 왼쪽 아랫부분의 '禾'위에 가로획이 빠져있다.
212) 武의 이체자. 四部叢刊本은 정자로 되어있다.
213) 振의 이체자. 오른쪽부분의 '辰'이 '辰'의 형태로 되어있다. 四部叢刊本은 그 부분이 '辰'의 형태로 된 이체자 '振'을 사용하였다.
214) 寡의 이체자. 발의 '刀'가 '力'으로 되어있다. 조선간본과 四部叢刊本 판본 전체적으로 거의 위의 형태의 이체자를 사용하였다.

衛國逐獻216)公, 晋悼公謂師曠217)曰 :「衛人出其君, 不亦甚乎?」對曰 :「㦯218)者, 其君實甚也。夫天生民219)而立之君, 使司牧之, 無使失性。良君將賞善而除220)民患, 愛民如子, 盖221)之如天, 容之若222)地。民奉其君, 愛之如父母223), 仰之如日月, 敬224)之如神明, 畏之若雷霆225)。夫君, 神之主也。而民望之也, 天之愛民甚矣, 豈使一人肆於民上, 以226)縱其淫而弃227)天地之性乎? 必不然矣。若困民之性, 之228)神之祀, 百姓□□229){第8面}, 社稷無主, 將焉用之? 不去何爲?」公曰 :「𠌴230)。」

趙簡子上羊腸231)之坂, 群臣皆偏袒232)推車, 而虎會233)獨擔戟234)行歌, 不推

---

215) 振의 이체자. 四部叢刊本에는 다른 형태의 이체자 '振'으로 되어있다.

216) 獻의 이체자. 머리의 '虍'가 '罒'의 형태로 되어있고 그 아랫부분의 '鬲'이 '鬲'의 형태로 되어있다. 四部叢刊本은 머리의 '虍'만 조선간본과 다르게 그대로 된 이체자 '獻'을 사용하였다.

217) 曠의 이체자. 오른쪽 '厂'안의 '黃'이 '黃'의 형태로 되어있다.

218) 或의 이체자. '戈'의 아랫부분 왼쪽이 '幺'의 형태로 되어있다.

219) 民의 이체자. 오른쪽부분의 '乀'의 획이 윗부분 '口'의 빈 공간을 관통하고 있다.

220) 除의 이체자. 좌부변의 '阝'가 '刂'의 형태로 되어있고 오른쪽부분의 '余'가 '余'의 형태로 되어있다.

221) 蓋의 俗字. '皿'의 윗부분 전체가 '羊'의 형태로 되어있다.

222) 若의 이체자. 四部叢刊本은 판본 전체적으로 거의 사용하지 않는 정자로 되어있다.

223) 母의 이체자. 四部叢刊本에는 다른 형태의 이체자 '毋'로 되어있다.

224) 敬의 이체자. 왼쪽 윗부분의 '卄'가 '爫'의 형태로 되어있다.

225) 霆의 이체자. 아랫부분의 '廷'에서 '夂' 위의 '壬'이 '手'의 형태로 되어있다.

226) 以의 이체자. 四部叢刊本에는 정자로 되어있다.

227) 棄의 略字. 윗부분 '云'의 아랫부분이 '卅'의 형태로 되어있다.

228) 四部叢刊本과 龍溪精舍本 모두 '乏'으로 되어있다. 이 구절은 '신에 대한 제사를 궁핍하게 하다'(劉向 撰, 林東錫 譯註, 《신서1》, 동서문화사, 2009. 79쪽)라는 의미이기 때문에 四部叢刊本의 '乏'이 맞고 조선간본의 '之'는 '乏' 윗부분의 'ノ'이 빠진 誤字이다.

229) 이 빈칸 두 개는 이번 면(제8면) 제11행의 제17~18자에 해당한다. 그런데 조선간본 중에 고본은 두 글자에 해당하는 부분이 흰 빈칸으로 되어있고, 귀중본은 그 빈칸에 '未寧'이라고 필사해놓았다. 四部叢刊本과 龍溪精舍本은 모두 '絶望'으로 되어있다. '絶望(희망이 끊기다)'과 '未寧(편안하지 않다)'은 의미가 통하기는 하지만, 귀중본이 무엇을 근거로 빈칸에 '未寧'이라고 필사해놓았는지 명확하지 않다.

230) 善의 이체자. 맨 윗부분의 '﹀'의 형태가 '八'의 형태로 되어있다.

231) 腸의 이체자. 오른쪽부분의 '昜'이 '易'의 형태로 되어있다. 그런데 四部叢刊本에는 '陽(陽의

車。簡子曰：「寡人上坂，群臣皆推車，會獨擔戟行歌不推車，是會爲人臣侮²³⁵⁾其主，爲人臣侮其主，其罪何若？」虎會對曰：「爲人臣侮其主者，死而又死。」簡子曰「何謂死而又死？」虎會曰：「身死，妻子又死，若是謂死而又死，君旣以聞爲人臣而侮其主之罪矣²³⁶⁾，君亦聞爲人君而侮其臣者乎？」簡子曰：「爲人君而侮其臣者何若？」虎會對曰：「爲人君而侮其臣者，智者不爲謀，辯者不爲使，勇者不爲鬪²³⁷⁾。智者不爲謀，則社稷(第9面)危；辯者不爲使，則使不通；勇²³⁸⁾者不爲鬪，則邊²³⁹⁾境侵。」簡子曰：「善。」乃罷群臣不推車，爲士大夫置²⁴⁰⁾酒，與群臣飮，以虎會爲上客。

　　昔者，周舍事趙簡子，立趙²⁴¹⁾簡子之門，三日三夜。簡子使²⁴²⁾人出問之曰：「夫子將何以令我？」周舍曰：「願爲諤²⁴³⁾諤之臣，墨²⁴⁴⁾筆操牘，隨²⁴⁵⁾君之後，

이체자)'으로 되어있고, 龍溪精舍本에는 조선간본과 동일하게 '腸'로 되어있다. 여기서는 羊의 '창자'(劉向 撰, 林東錫 譯註,《신서1》, 동서문화사, 2009. 81쪽)라는 의미이기 때문에 조선간본의 '腸(腸의 이체자)'이 맞고 四部叢刊本의 '陽(陽의 이체자)'은 誤字이다.

232) 祖의 이체자. 四部叢刊本에는 정자로 되어있다. 四部叢刊本이나 조선간본은 판본 전체적으로 좌부변의 부수 'ネ'를 'ネ'로 사용하였는데, 四部叢刊本은 여기에서 정확한 부수를 사용하였다.

233) 會의 이체자. 중간부분의 '罒'의 형태가 '甶'의 형태로 되어있다.

234) 戟의 이체자. 왼쪽부분의 '卓'의 형태가 '卓'의 형태로 되어있다.

235) 侮의 이체자. 오른쪽 아랫부분의 '母'가 '毋'의 형태로 되어있다. 四部叢刊本은 그 부분이 '毋'의 형태로 된 이체자 '侮'를 사용하였다. 이번 단락의 이하에 나오는 '侮'는 조선간본은 모두 '侮'로 四部叢刊本은 모두 '侮'로 사용하였기 때문에 따로 주를 달지 않는다.

236) 矣의 이체자. 'ム'의 아랫부분의 '矢'가 '失'의 형태로 되어있다.

237) 鬪의 이체자. 윗부분의 '鬥'가 '門'의 형태로 되어있고 그 아랫부분 왼쪽의 '豆'의 형태가 윗부분은 '留'의 형태로 되어있다.

238) 勇의 이체자. 발의 '力'이 '方'의 형태로 되어있다. 四部叢刊本은 정자로 되어있다.

239) 邊의 이체자. '辶'위의 윗부분의 '自'가 '白'의 형태로 되어있다.

240) 置의 이체자. '罒'의 아랫부분의 '直'이 가로획이 하나 빠진 '直'의 형태로 되어있다.

241) 조선간본은 오른쪽 윗부분이 '八'의 형태로 된 '趙'를 사용하였는데, 四部叢刊本은 그 부분이 'ヽ'의 형태로 된 '趙'를 사용하였다. 이하에서 두 판본의 글자 모양이 다른 경우는 주를 달아 밝힌다.

242) 使의 이체자. 오른쪽 가운데부분의 'ㅁ'가 빈 형태로 되어있다. 四部叢刊本은 정자로 되어있다.

243) 諤의 이체자. 오른쪽 아랫부분의 '亐'가 '亏'의 형태로 되어있다.

司君之過而書之，日有記[246]也，月有效也，歲[247]有得也。」簡子悅[248]之，與處，居無幾[249]何而周舍[250]死[251]，簡子厚[252]葬[253]之。三年之後，與諸大夫飲，酒酣，簡子泣，諸大夫起而出曰：「臣有死罪而不自知也。」簡子曰：「大夫反無罪。昔者，吾友周舍有言曰：『百羊之皮，不如一狐[254]之{第10面}【腋[255]。』衆人之唯唯，不■[256]周舍之諤諤。昔紂昬[257]昬而亡[258]，武王諤諤而昌。自周舍之死後，吾未嘗聞吾過也，故人君不聞其非，及聞而不改[259]者亡[260]，吾國其幾[261]於亡[262]

---

244) 墨의 이체자. 윗부분의 '黑'이 '黒'의 형태로 되어있다.

245) 隨의 이체자. 좌부변의 '阝'가 '卩'의 형태로 되어있고 '辶' 위의 '育'의 형태가 '有'의 형태로 되어있다.

246) 記의 이체자. 오른쪽부분의 '己'가 '巳'의 형태로 되어있다.

247) 歲의 이체자. 아랫부분 왼쪽의 '少'가 '小'의 형태로 되어있다.

248) 悅의 이체자. 오른쪽부분의 '兌'가 '兊'로 되어있다.

249) 幾의 이체자. 아랫부분 왼쪽의 '人'의 형태가 '力'의 형태로 되어있고 오른쪽 아랫부분의 'ノ'의 획이 빠져있다. 四部叢刊本은 조선간본과 다르게 그 부분이 '勹'의 형태로 되어있고 나머지부분은 조선간본과 같은 형태의 이체자 '幾'로 되어있다.

250) 舍의 이체자. '人'의 아랫부분의 '舌'의 형태가 '吉'의 형태로 되어있다.

251) 死의 이체자. 오른쪽 부분의 '匕'가 '巳'의 형태로 되어있다. 四部叢刊本에서는 그 부분이 '㔾'의 형태로 된 이체자 '死'를 사용하였다.

252) 조선간본은 정자를 사용하였는데, 四部叢刊本에는 이체자 '厚'로 되어있다.

253) 葬의 이체자. 가운데부분의 '死'가 '死'의 형태로 되어있다.

254) 狐의 이체자. 오른쪽부분의 '瓜'가 '爪'의 형태로 되어있다. 四部叢刊本은 그 부분이 '瓜'의 형태로 된 이체자 '狐'를 사용하였다.

255) 腋의 이체자. 오른쪽 윗부분의 '亠'가 윗부분의 '丶'이 빠진 '一'의 형태로 되어있다. 四部叢刊本에는 정자로 되어있다.

256) 이 검은 빈칸은 이번 면(제11면) 제1행의 제8자에 해당한다. 귀중본은 이번 면(제11면)이 일실되어서 참고할 수 없는데, 고본은 검은 빈칸 옆에 '若'자를 필사해놓았다. 四部叢刊本과 龍溪精舍本에는 '如'로 되어있다. 고본본에 필사해놓은 '若'은 '如'와 뜻이 통하는데, 무엇을 근거로 빈칸에 '若'자를 필사해놓았는지 명확하지 않다.

257) 昬의 이체자. 윗부분의 '民'이 '氏'의 형태로 되어있다.

258) 亡의 이체자. 맨 아래 가로획이 왼쪽부분의 세로획 밖으로 튀어나와 있다. 四部叢刊本은 정자를 사용하였다.

259) 改의 이체자. 왼쪽부분의 '己'가 '巳'의 형태로 되어있다.

260) 亡의 이체자. 四部叢刊本은 정자를 사용하였다.

矣，是以泣也。」

　　魏文侯與士大夫坐，問曰：「寡人何如君也？」群臣皆[263]曰：「君仁君也。」次至翟[264]黃[265]曰：「君非仁君也。」曰：「子何以言之？」對曰：「君伐中山，不以封君之弟[266]，而以封君之長子。臣以此知君之非仁君。」文侯怒，而逐翟黃，■[267]起而出。次至任座，文侯問：「寡人何如君也？」任座對曰：「君仁君也。」曰：「子何以言之？」對曰：「臣聞之，■[268]君仁，其臣直[269]。向翟黃之言直，臣是〔第11面〕[270]以知君仁君也。」文侯曰：「善。」復召直黃[271]，拜爲上卿。

　　中行寅將亡，乃召其太祝，而欲加罪焉。曰：「子爲我祝，犧牲不肥澤耶？且齊[272]戒不敬耶？使吾國亡，何也？」祝簡對曰：「昔者吾先君中行穆[273]子皮車十

---

261) 幾의 이체자. 오른쪽 아랫부분의 ‘丿’의 획이 빠져있다.

262) 亡의 이체자. 四部叢刊本은 정자를 사용하였다.

263) 皆의 이체자. 윗부분 왼쪽의 ‘匕’가 ‘土’의 형태로 되어있고 아랫부분의 ‘白’이 ‘日’의 형태로 되어있다. 四部叢刊本은 판본 전체적으로 자주 사용하는 이체자 ‘皆’로 되어있다.

264) 翟의 이체자. 머리의 ‘羽’가 ‘⺲’의 형태로 되어있다.

265) 黃의 이체자. 윗부분의 ‘廿’이 ‘卅’의 형태로 되어있고 아랫부분의 ‘亩’에서 맨 윗부분의 가로획이 빠진 ‘由’의 형태로 되어있으며 그것이 윗부분의 ‘卅’에 붙어 있다.

266) 弟의 이체자. 윗부분의 ‘丷’의 형태가 ‘八’의 형태로 되어있다.

267) 이 검은 빈칸은 이번 면(제11면) 제9행의 제4자에 해당한다. 四部叢刊本과 龍溪精舍本에는 빈칸에 해당하는 부분이 ‘黃’로 되어있다.

268) 이 검은 빈칸은 이번 면(제11면) 제11행의 제4자에 해당한다. 四部叢刊本과 龍溪精舍本에는 빈칸에 해당하는 부분이 ‘其’로 되어있다.

269) 直의 이체자. 아랫부분에 가로획 하나가 빠진 ‘且’의 형태로 있다

270) ‘【~】’의 부호로 표시한 부분은 모두 한 면에 해당하는데, 귀중본은 괄호(【~】)로 표시한 제11면이 일실되어있다. 반을 접어 한 면씩 제본한 형태에서 한 면만 일실된 것인데, 고본은 두 면 모두 완정하게 남아 있다.

271) 黃의 이체자. 윗부분의 ‘廿’이 ‘卅’의 형태로 되어있고 아랫부분의 ‘亩’이 ‘由’의 형태로 되어있으며 그것이 윗부분의 ‘卅’과 떨어져 있다. 四部叢刊本은 윗부분의 ‘卅’과 아랫부분의 ‘由’이 붙은 형태로 된 이체자 ‘黃’을 사용하였다.

272) 齊의 이체자. ‘亠’의 아래에서 가운데부분의 ‘丫’가 ‘了’의 형태로 되어있다. 조선간본과 四部叢刊本 판본 전체적으로 이런 형태의 이체자만 사용하였으며, ‘齋’나 ‘濟’의 경우도 동일하게 머리 부분에 ‘了’를 사용하였다. 그런데 龍溪精舍本에는 ‘齋’로 되어있으며 ‘齋戒’하다라고 할 때는 ‘齋’라고 쓰기 때문에, 조선간본과 四部叢刊本의 ‘齊(齊의 이체자)’는 誤字이다.

273) 穆의 이체자. 오른쪽 가운데부분의 ‘小’가 ‘一’의 형태로 되어있다. 四部叢刊本은 윗부분의

乘274), 不憂其薄275)也, 憂德義之不足也。今主君有革276)車百乘, 不憂德義之薄也, 唯患車之不足也。夫舟277)車飾278)則賦歛279)厚280), 賦歛厚則民怨謗詛矣281)。且君苟以爲祝有益於國乎? 則詛亦將爲損282)世283)亡矣, 一人祝之, 一國詛之, 一祝不勝萬詛, 國亡284)不亦宜285)乎? 祝其何罪?」中行子乃慚。{第12面}

秦欲286)伐楚, 使使者往287)觀楚之寶288)器289), 楚王聞之, 召令尹子西而問焉曰:「秦欲觀楚之寶器, 吾和氏之璧290), 隨侯之珠, 可以示諸?」令尹子西對曰:「不知也。」召昭奚恤問焉, 昭奚恤對曰:「此欲觀吾國得失而圖291)之, 不在寶器, 在賢292)臣, 珠玉玩好之物, 非寶重者。」王遂使昭奚恤應之。昭奚恤發精兵三百人, 陳293)於西門之內294)。爲東面之壇295)一, 爲南面之壇四, 爲西面296)之

    '白'과 '一'의 형태가 붙은 이체자 '穆'을 사용하였다.

274) 乘의 이체자.

275) 薄의 이체자. 머리 '艹'아래 오른쪽 윗부분의 '甫'가 '甫'의 형태로 되어있다.

276) 革의 이체자. 윗부분의 '廿'이 '丗'의 형태로 되어있다.

277) 舟의 이체자. 몸통 '舟'안의 'ㆍ'과 세로획 'ㅣ'이 서로 연결된 직선 'ㅣ'의 형태로 되어있다.

278) 조선간본은 정자를 사용하였는데, 四部叢刊本은 오른쪽부분이 '布'의 형태로 된 이체자 '飾'을 사용하였다.

279) 歛의 이체자. 좌부변의 아랫부분의 '从'이 'ㅆ'로 되어있다. 그런데 다음에서는 정자를 사용하였다.

280) 厚의 이체자. 부수 '厂' 안의 윗부분의 '日'이 '白'의 형태로 되어있다.

281) 矣의 이체자. 윗부분 '厶'의 아랫부분의 '矢'가 '失'의 형태로 되어있다.

282) 損의 이체자. 오른쪽부분의 '員'이 '貟'의 형태로 되어있다.

283) 世의 이체자. 四部叢刊本에는 정자로 되어있다.

284) 亡의 이체자. 四部叢刊本에는 정자로 되어있다.

285) 宜의 이체자. 머리의 '宀'이 '一'의 형태로 되어있다.

286) 조선간본은 정자를 사용하였는데, 四部叢刊本은 가운데부분의 '八'이 '工'의 형태로 된 이체자 '欲'을 사용하였다.

287) 往의 俗字. 오른쪽부분의 '主'가 '生'의 형태로 되어있다.

288) 寶의 이체자. '宀'의 아랫부분 오른쪽의 '缶'가 '尔'로 되어있다.

289) 器의 이체자. 가운데부분의 '犬'에서 오른쪽 윗부분에 'ㆍ'이 빠진 '大'의 형태로 되어있다.

290) 璧의 이체자. 발의 '玉'이 'ㆍ'이 빠진 '王'의 형태로 되어있다. 四部叢刊本에는 정자로 되어있다.

291) 圖의 이체자. '囗' 안의 아랫부분의 '回'가 '㐭'의 형태로 되어있다.

292) 賢의 이체자. 윗부분 왼쪽의 '臣'이 '目'의 형태로 되어있다.

壇297)一。秦使者至，昭奚恤曰：「君客也，請就298)上位東面。」令尹子西南面299)，太宗子敖次之，葉300)公子高次之，司馬子反301)次之，昭奚恤自居西面302)之壇，稱303)曰：「客欲觀楚國之寶器，楚國之(第13面)所寶者賢臣也。理百姓，實倉廩304)，使民各得其所，令尹子西在此。秦珪璧，使諸侯，解305)忿悁306)之難307)，交兩308)國之歡，使無兵革之憂，太宗子敖在此。守封疆，謹309)境界，不侵鄰國，鄰國亦不見侵，葉公子高在此。理師旅，整兵戎，以當疆310)敵，提枹

---

293) 陳의 이체자. 좌부변의 '阝'가 '冂'의 형태로 되어있다.

294) 內의 이체자. '冂'안의 '入'이 '人'의 형태로 되어있다.

295) 壇의 이체자. 오른쪽 윗부분의 '亩'이 '面'의 형태로 되어있고 그 아랫부분의 '旦'이 '且'의 형태로 되어있다.

296) 面의 이체자. 아랫부분의 '面'의 형태가 '回'의 형태로 되어있다. 조선간본과 四部叢刊本 판본 전체적으로 정자를 주로 사용하였고, 이체자도 간혹 혼용하였다. 이번 단락의 이하에서는 두 판본 모두 정자와 이체자를 혼용하였는데, 글자가 다른 경우에만 주를 달아 밝힌다.

297) 壇의 이체자. 조선간본은 앞에서와 같은 이체자를 사용하였는데, 四部叢刊本은 오른쪽 윗부분의 '亩'안의 작은 '口'의 형태가 '巳'의 형태로 된 이체자 '壇'을 사용하였다.

298) 就의 이체자. 오른쪽부분의 '尤'에서 'ㅅ'이 위쪽이 아닌 중간부분에 찍혀 있다.

299) 面의 이체자. 四部叢刊本에는 정자 '面'으로 되어있다.

300) 葉의 이체자. 머리의 '艹' 아래 '枼'가 '世'의 형태로 되어있다.

301) 조선간본은 정자를 사용하였는데, 四部叢刊本은 이체자 '反'을 사용하였다.

302) 조선간본은 앞에서와 다르게 정자를 사용하였는데, 四部叢刊本은 이체자 '面'를 사용하였다.

303) 稱의 이체자. 오른쪽부분의 '爯'이 '爯'의 형태로 되어있다.

304) 廩의 이체자. '广'의 아랫부분의 '亩'이 '面'의 형태로 되어있고 그 아랫부분의 '禾'가 '示'의 형태로 되어있다.

305) 解의 이체자. 오른쪽 아랫부분의 '牛'가 '牛'의 형태로 되어있다.

306) 悁의 이체자. 오른쪽 윗부분의 '口'가 'ㅿ'의 형태로 되어있다.

307) 難의 이체자. 왼쪽 윗부분의 '廿'이 '艹'의 형태로 되어있다.

308) 兩의 이체자. 바깥부분 '帀'의 안쪽의 '入'이 '人'의 형태로 되어있으며 그것의 윗부분이 '帀'의 밖으로 튀어나와 있다.

309) 謹의 이체자. 왼쪽부분의 '堇'이 아랫부분의 가로획 하나가 빠진 '堇'의 형태로 되어있다.

310) 龍溪精舍本에는 '彊'로 되어있는데, 四部叢刊本은 조선간본과 동일하게 '疆'으로 되어있다. 四部叢刊本과 조선간본은 '疆'과 '强'을 간혹 통용하고 있으나 여기서는 '强敵'(劉向 撰, 林東錫 譯註, 《신서1》, 동서문화사, 2009. 95쪽)이기 때문에 조선간본과 四部叢刊本의 '疆'은 '彊'의 誤字이다.

鼓，以動百萬之衆，所使皆趨湯火，蹈白刃，出萬死，不顧一生之難，司馬子反在此。 懷311)霸312)王之餘313)議，攝治亂314)之遺風，昭奚恤在此，唯大國之所觀。」秦使者懼315)然無以對，昭奚恤遂揖而去。秦使者反，言於秦君曰：「楚多賢臣，未可謀也。」遂不伐楚。詩云：「濟316)濟多士，文王以寧317)。」斯之謂也。〔第14面〕

　　晉平公欲伐齊，使范昭往觀焉。景公賜之酒，酣，范昭曰：「願請君之樽酌。」公曰：「酌寡人之樽318)，進之於客。」范昭已飲，晏子曰：「徹樽更之，鱒319)觶320)具321)矣。」范昭佯醉，不悅322)而起舞，謂太師曰：「能爲我調成周之樂乎？吾爲子舞之。」太師曰：「冥323)臣不習324)。」范昭趨而出。景325)公謂晏子曰：「晉大國也，使人來，將觀吾政也。今子怒大國之使者，將奈何？」晏子曰：「夫范昭之爲人，非陋326)而不識禮也，且欲試吾君臣，故絶之也。」景公謂太師曰：

---

311) 懷의 이체자. 오른쪽의 아랫부분이 '衣'의 형태로 되어있다. 四部叢刊本은 그 부분이 조선간본과 다르게 '衣'의 형태로 된 이체자 '懷'를 사용하였다.

312) 조선간본은 머리의 '雨'가 '雨'의 형태로 되어있는데, 四部叢刊本은 그 부분이 '雨'의 형태로 된 '霸'를 사용하였다.

313) 餘의 이체자. 좌부변은 '飠'으로 되어있고 오른쪽부분의 '余'가 '余'의 형태로 되어있다.

314) 亂의 이체자. 왼쪽부분이 '𤔔'의 형태가 '𤔔'의 형태로 되어있다.

315) 懼의 이체자. 오른쪽 맨 아랫부분의 '又'가 '夂'의 형태로 되어있다.

316) 濟의 이체자. 오른쪽 부분의 '齊'에서 '亠'의 아래 가운데부분의 'Y'가 '了'의 형태로 되어있다.

317) 寧의 이체자. 가운데부분의 '皿'이 '罒'의 형태로 되어있다.

318) 조선간본과 四部叢刊本은 바로 앞에서 오른쪽 윗부분이 'ˇ'의 형태로 된 '樽'을 사용하였는데, 여기서는 두 판본 모두 '八'의 형태로 된 '樽'을 사용하였다.

319) 鱒의 이체자. 좌부변의 '缶'가 '𦈢'의 형태로 되어있다.

320) 觶의 이체자. 오른쪽부분의 '單'이 이체자 '單'의 형태로 되어있다.

321) 具의 이체자. 윗부분이 가로획 하나가 적은 '且'의 형태로 되어있다.

322) 悅의 이체자. 오른쪽부분의 '兌'가 '兑'로 되어있다.

323) 冥의 이체자. 머리 '冖'의 아랫부분이 '𦰩'의 형태로 되어있다. 四部叢刊本은 그 부분이 '具'의 형태로 된 이체자 '冥'을 사용하였다.

324) 習의 이체자. 머리의 '羽'가 '⺵'의 형태로 되어있으며, 아랫부분의 '白'이 '日'로 되어있다.

325) 景의 이체자. 조선간본은 발의 '京'이 '京'으로 되어있다, 四部叢刊本에는 정자로 되어있다. 조선간본은 판본 전체적으로 정자만을 사용하였고, 여기서만 예외적으로 '景'을 사용하였다.

326) 陋의 이체자. 좌부변의 '阝'가 '卩'의 형태로 되어있다.

「子何以不爲客調成周之樂乎?」太師對曰:「夫成周之樂, 天子之樂也, 苟調之, 必人主舞之。今范昭人臣也, 而欲舞天子{第15面}之樂, 臣故不爲也。」范昭歸以告平公曰:「齊未可伐也。臣欲試其君, 而晏子識之;臣欲犯其禮, 而大師327)知之。」仲尼聞之曰:「夫不出於樽俎328)之間, 而知千里之外。」其晏子之謂也。可謂折衝矣, 而太師其與焉。

晉329)平公浮西河, 中流而歎330)曰:「嗟乎!安得賢士與共此樂者乎?」船331)人固桑進對{第16面}曰:「君言過矣。夫劍332)産于越, 珠産于江漢333), 玉産於昆山, 此三寶者, 皆無足而至, 今君苟好士, 則賢士至矣。」平公曰:「固桑, 來。吾門下食客三334)千餘人, 朝食不足, 暮收335)市租;暮食不足, 朝收336)市租, 吾337)尚可謂不好士乎?」固桑對曰:「今夫鴻鵠高飛沖天, 然其所恃者六翮338)

327) 조선간본과 四部叢刊本은 모두 앞에서도 '太師'라고 하였고 뒤에도 '太師'라고 하였는데 여기서만 '大師'라고 썼다. 그런데 龍溪精舍本에는 '太師'로 되어있고, '太師'는 '궁중의 음악을 맡은 악사. 삼공의 지위 중 최고의 관직'(劉向 撰, 林東錫 譯註,《신서1》, 동서문화사, 2009. 100쪽)이기 때문에 조선간본과 四部叢刊本의 '大'는 誤字이다.
328) 俎의 이체자. 왼쪽부분의 '仌'이 '⺀'의 형태로 되어있다.
329) 晉의 이체자. 윗부분의 '䒑'의 형태가 'ㅁㅁ'의 형태로 되어있다. 바로 앞 단락에서는 정자를 사용하였는데 이번 단락에서는 이체자를 사용하였다.
330) 歎의 이체자. 왼쪽 윗부분의 '廿'이 '卄'의 형태로 되어있다.
331) 船의 이체자. 좌부변의 '舟'가 '舟'의 형태로 되어있다.
332) 劍의 이체자. 우부방의 '刂'가 '刃'의 형태로 되어있다.
333) 漢의 이체자. 오른쪽 윗부분의 '廿'만 '卄'의 형태로 되어있다.
334) 四部叢刊本에는 '二'로 되어있고, 龍溪精舍本에는 조선간본과 동일하게 '三'으로 되어있다. '三千餘人'이나 '二千餘人'이나 모두 정확한 숫자를 말하기 보다는 많다는 의미이기 때문에 誤字로 보기는 어렵다.
335) 조선간본은 정자로 되어있는데, 四部叢刊本은 좌부변이 '牜'의 형태로 된 이체자 '牧'를 사용하였다.
336) 收의 이체자. 오른쪽의 '攵'이 아닌 '又'의 형태로 되어있다.
337) 四部叢刊本에는 '君'으로 되어있고, 龍溪精舍本에는 조선간본과 동일하게 '吾'로 되어있다. 이 구절은 '내가 어찌 선비를 좋아하지 않는다고 할 수 있겠소?'(劉向 撰, 林東錫 譯註,《신서1》, 동서문화사, 2009. 103쪽)라는 의미이다. '君'을 이인칭대명사로 번역하여도 뜻은 통하지만 어색하기 때문에 조선간본의 '吾'가 더 적합한 것으로 보인다.
338) 翮의 이체자. 왼쪽부분의 '鬲'을 이체자 '䛒'의 형태로 되어있고 우부방의 '羽'가 '羽'의 형태로

耳。夫腹[339]下之毳, 背[340]上之毛, 增[341]去一把, 飛不爲高下。不知君之食客, 六翮邪？將腹背之毳也？」平公默[342]然而不應焉。

楚威王問於宋玉曰：「先生其有遺行邪？何士民衆庶[343]不譽之甚也？」宋玉對曰：「唯, 然有之, 願大王寬其罪, 使得畢[344]其辭[345]。客有歌於郢中者, 其始曰下里巴人, 國中屬[346]而和者數[347]千人, 其爲陽陵採薇, 國中屬而和者數百人；其爲陽春白雪[348], 國中屬而和者, 數十人而已也；引商刻角, 雜以流徵[349], 國中屬而和者, 不過數人。是[350]其曲彌高者, 其和{第17面}彌寡。故鳥有鳳而魚有鯨, 鳳[351]鳥上擊[352]于九千里, 絶浮雲[353], 負蒼天, 翱[354]翔[355]乎窈[356]冥[357]之

되어있다.

339) 腹의 이체자. 오른쪽 윗부분의 '⺁'의 형태가 '⺈'의 형태로 되어있다.

340) 背의 이체자. 윗부분의 '北'에서 왼쪽부분의 '⺝'의 형태가 '土'의 형태로 되어있다.

341) 增의 이체자. 오른쪽부분의 '曾'이 '曽'의 형태로 되어있다.

342) 黙의 이체자. 윗부분의 '黑'이 '黒'의 형태로 되어있다.

343) 庶의 이체자. '广'안의 윗부분의 '廿'만 '艹'의 형태로 되어있고 아랫부분의 '灬'가 '从'의 형태로 되어있다.

344) 畢의 이체자. 맨 아랫부분에 가로획이 하나가 적다.

345) 辭의 이체자. 왼쪽부분의 '𤔪'가 '𤔲'의 형태로 되어있으며, 우부방의 '辛'이 아랫부분에 가로획 하나가 더 있는 '𦍒'의 형태로 되어있다. 四部叢刊本은 왼쪽부분의 형태가 다른 이체자 '辝'를 사용하였다.

346) 屬의 이체자. '尸' 아래의 '𡊅'의 형태가 '土'의 형태로 되어있다. 四部叢刊本은 정자로 되어있다. 이번 단락에 나오는 '屬'은 조선간본에서는 모두 위의 이체자 '属'을 사용하였고, 四部叢刊本에서는 모두 정자를 사용하였다. 이번 단락의 이하에서는 모두 이런 패턴으로 되어있기 때문에 글자가 달라도 따로 주를 달지 않는다.

347) 數의 이체자. 왼쪽의 '婁'가 '娄'의 형태로 되어있다.

348) 조선간본은 머리의 '雨'가 '甫'의 형태로 되어있는데, 四部叢刊本은 그 부분이 '雨'의 형태로 된 '雪'를 사용하였다.

349) 徵의 이체자. 가운데부분의 '山'과 '王'의 사이에 가로획 '一'이 빠져있다.

350) 是의 이체자. 머리의 '日'이 '月' 형태로 되어있으며 그 아랫부분이 '疋'에 붙어 있다. 四部叢刊本은 정자로 되어있다.

351) 鳳의 이체자. '几' 안쪽의 '鳥'에서 맨 윗부분의 가로획 '一'이 빠져있다. 四部叢刊本은 정자로 되어있다.

352) 擊의 이체자. 윗부분의 오른쪽의 '殳'가 '𠬻'의 형태로 되어있다.

353) 조선간본은 머리의 '雨'가 '甫'의 형태로 되어있는데, 四部叢刊本은 그 부분이 '雨'의 형태로

上，夫糞田之鴳，豈能與之斷天地之高哉！鯨魚朝發崑崙之墟[358]，暴[359]鬐於
碣[360]石，暮宿於孟諸，夫尺澤之鯢[361]，豈能與之量江海[362]之大哉？故非獨鳥有
鳳[363]而魚有鯨也，士亦有之。夫聖人瑰[364]意奇[365]行，超然獨處[366]；世俗之
民[367]，又安知臣之所爲哉！」

晋平公閒居，師曠侍坐。平公曰：「子生無目眹，甚矣！子之墨[368]墨也。」師
曠對曰：「天下有五墨墨，而臣不得與一焉。」平公曰：「何謂也？」師曠曰：「群臣
行賂，以[369]采名譽，百姓侵冤[370]，無所告訴，而君不悟，此一{第18面}墨墨也。
忠臣不用，用臣不忠，下才處[371]高，不肖臨[372]賢，而君不悟，此二墨墨也。姦臣

된 ‘雲’를 사용하였다.

354) 翱의 이체자. 왼쪽 윗부분의 ‘自’가 ‘白’의 형태로 되어있고 우부방의 ‘羽’가 ‘羿’의 형태로 되
어있다.

355) 翔의 이체자. 우부방의 ‘羽’가 ‘羿’의 형태로 되어있다.

356) 窈의 이체자. 아랫부분 오른쪽의 ‘力’이 ‘刀’의 형태로 되어있다.

357) 冥의 이체자. 머리 ‘冖’의 아랫부분이 ‘具’의 형태로 되어있다. 四部叢刊本은 앞에서 그 부분
이 ‘具’의 형태로 된 이체자 ‘冥’을 사용하였는데 여기서는 조선간본과 같은 이체자를 사용하
였다.

358) 墟의 이체자. 오른쪽 윗부분의 ‘虍’에서 맨 위의 짧은 가로획이 빠져있는데, ‘虍’의 경우 이런
형태의 이체자를 사용하지 않았고 여기서만 유일하게 사용하였기 때문에 誤字로 보인다. 四
部叢刊本에는 다른 형태의 이체자 ‘墟’로 되어있다.

359) 暴의 이체자. 발의 ‘氺’가 ‘小’으로 되어있다.

360) 碣의 이체자. 오른쪽부분의 ‘曷’이 ‘昜’의 형태로 되어있다.

361) 鯢의 이체자. 오른쪽부분의 ‘兒’가 ‘兒’의 형태로 되어있는데, ‘兒’의 경우 이런 형태의 이체자
를 사용하지 않았고 여기서만 유일하게 사용하였기 때문에 誤字로 보인다. 四部叢刊本에는
정자로 되어있다.

362) 海의 이체자. 오른쪽 아랫부분의 ‘母’가 ‘毋’의 형태로 되어있다.

363) 鳳의 이체자. 四部叢刊本은 정자로 되어있다.

364) 瑰의 이체자. 오른쪽부분의 ‘鬼’에서 맨 위의 ‘丶’이 빠져있다.

365) 奇의 이체자. 머리의 ‘大’가 ‘亠’으로 되어있다.

366) 處의 이체자. 머리 ‘虍’가 ‘虍’의 형태로 되어있다. 四部叢刊本에는 정자로 되어있다.

367) 조선간본은 정자로 되어있는데, 四部叢刊本은 이체자 ‘民’으로 되어있다.

368) 墨의 이체자. 윗부분의 ‘黑’이 ‘黒’의 형태로 되어있다.

369) 조선간본은 정자로 되어있는데, 四部叢刊本은 이체자 ‘以’를 사용하였다.

370) 冤의 이체자. 아랫부분의 ‘兔’가 오른쪽부분의 ‘丶’이 빠진 ‘免’의 형태로 되어있다.

欺詐，空虛[373]府庫，以其少才，覆塞其惡，賢人逐，姦邪貴，而君不悟，〖此三墨墨也。國貧民罷，上下不和，而好財用兵，嗜[374]〗[375]〖欲無厭，諂諛之人，容容在旁，而君不悟，此四〗[376]墨墨[377]也。至道不明，法令不行，吏民不正，百姓不安，而君不悟，此五墨墨也。國有五墨墨而不危者，未之有也。臣之墨墨，小墨墨耳！何害乎國家哉！」

趙文子問於叔向曰：「晉六將[378]軍，孰[379]先亡乎？」對曰：「其中行氏乎！」文子曰：「何故先亡？」對曰：「中行氏之{第19面}爲政也，以苛爲察[380]，以欺爲明，以[381]刻爲忠，以計多爲善，以聚斂爲良。譬之其猶鞟[382]革者也，大則大矣[383]，裂之道也，當先亡。」

楚莊王旣討陳[384]靈公之賊，殺[385]夏徵[386]舒[387]，得夏姬[388]而悅[389]之。將近

---

371) 處의 이체자. 四部叢刊本에는 정자로 되어있다.

372) 臨의 이체자. 좌부변의 '臣'이 '目'의 형태로 되어있다. 四部叢刊本은 왼쪽부분이 조선간본과 같고 오른쪽 윗부분의 '𠂉'의 형태가 '亠'의 형태로 된 이체자 '臨'을 사용하였다.

373) 虛의 이체자. 부수 '虍'가 '声'의 형태로 되어있다. '虛'는 '虛'와 통용한다.

374) 조선간본은 정자로 되어있는데, 四部叢刊本은 오른쪽 아랫부분의 '日'이 '目'의 형태로 된 이체자 '嗜'를 사용하였다.

375) '〖~〗' 이 부호는 한 행을 뜻한다. 본 판본은 1행에 18자로 되어있는데, '〖~〗'로 표시한 이번 면(제19면)의 제4행은 한 글자가 많은 19자로 되어있다. 四部叢刊本도 조선간본과 동일하게 19자로 되어있다. 조선간본과 四部叢刊本은 간혹 1행에 18자가 아닌 경우가 있는데, 아래에서 이런 경우가 나올 때는 주석에서 모두 밝힌다.

376) '〖~〗'로 표시한 이번 면(제19면)의 제5행은 18자보다 한 글자가 적은 17자로 되어있다.

377) 墨의 이체자. 윗부분의 '黑'이 '黒'의 형태로 되어있다. 四部叢刊本은 이번 단락에서 여기서만 유일하게 정자를 사용하였다.

378) 조선간본은 정자로 되어있는데, 四部叢刊本은 이체자 '將'으로 되어있다.

379) 熟의 이체자. 윗부분 왼쪽의 '享'이 '享'의 형태로 되어있다.

380) 察의 이체자. '宀' 아래의 '祭'의 형태가 '祭'의 형태로 되어있다.

381) 조선간본은 정자로 되어있는데, 四部叢刊本은 이체자 '以'를 사용하였다.

382) 鞟의 이체자. 좌부변의 '革'은 '革'의 형태로 되어있고 오른쪽부분의 '享'이 '享'의 형태로 되어있다.

383) 조선간본은 정자를 사용하였는데, 四部叢刊本은 '厶'의 아랫부분의 '矢'가 '失'의 형태로 된 이체자 '矣'를 사용하였다.

384) 陳의 이체자. 좌부변의 '阝'가 '阝'의 형태로 되어있다.

之, 申公巫臣諫[390]曰：「此女亂[391]陳國, 敗其群臣, 嬖女不可近也。」莊王從之。令尹又欲取, 申公巫臣諫, 令尹從之。後襄尹取之, 至恭王與晉戰[392]于鄢陵, 楚兵敗, 襄尹死, 其尸不反, 數求晉, 不與。夏姬[393]請如晉求尸, 楚方遣之, 申公巫臣將使齊, 私說[394]夏姬[395]與謀。及夏姬[396]行, 而申公巫臣廢使命, 道亡, 隨夏姬之晉。令尹將徙其族[397], 言之於王{第20面}曰：「申公巫臣諫先王以[398]無近夏姬, 今[399]身廢使命[400], 與夏姬[401]逃之晉, 是[402]欺先王也, 請徙其族。」王曰：

---

385) 殺의 이체자. 우부방의 '殳'가 '夂'의 형태로 되어있다.

386) 徵의 이체자. 가운데부분의 '山'과 '王'의 사이에 가로획 '一'이 빠져있다.

387) 舒의 이체자. 왼쪽부분의 '舍'가 '舎'의 형태로 되어있다.

388) 姬의 이체자. 오른쪽부분이 '臣'으로 되어있으며 좌부변의 '女'와 '臣' 사이에 세로획 'ㅣ'이 첨가되어있으며 그 세로획이 '臣'의 왼쪽 위와 아래에 붙어 있다. 이번 단락의 이하에서 '姬'는 몇 가지 이체자를 혼용하였는데, 조선간본과 四部叢刊本의 글자가 다른 경우는 주를 달아 밝힌다.

389) 悅의 이체자. 오른쪽부분의 '兌'가 '兑'로 되어있다.

390) 諫의 이체자. 오른쪽부분의 '柬'의 형태가 '東'의 형태로 되어있다.

391) 조선간본은 정자로 되어있는데, 四部叢刊本에는 이체자 '亂'으로 되어있다.

392) 戰의 이체자. 오른쪽부분의 '單'이 '単'의 형태로 되어있다. 조선간본과 四部叢刊本 판본 전체적으로 거의 위의 이체자만 사용하였다.

393) 姬의 이체자. 四部叢刊本에는 '臣'과 그 왼쪽의 세로획 'ㅣ'이 아래가 떨어진 형태의 이체자 '姬'로 되어있다.

394) 說의 이체자. 오른쪽부분의 '兌'가 '兑'로 되어있다.

395) 姬의 이체자. 앞에서와는 다르게 '臣'과 그 왼쪽의 세로획 'ㅣ'이 위와 아래가 모두 떨어진 형태로 되어있다. 四部叢刊本은 그 왼쪽의 세로획 'ㅣ'이 위와 아래가 모두 붙은 형태의 이체자 '姬'를 사용하였다.

396) 姬의 이체자. 앞에서와는 다르게 '臣'과 그 왼쪽의 세로획 'ㅣ'이 아래가 떨어진 형태로 되어있다. 四部叢刊本은 그 왼쪽의 세로획 'ㅣ'이 위와 아래가 모두 떨어진 형태의 이체자 '姬'를 사용하였다.

397) 族의 이체자. 오른쪽 아랫부분의 '矢'가 '夫'의 형태로 되어있다.

398) 조선간본은 정자로 되어있는데, 四部叢刊本은 이체자 '㠯'를 사용하였다.

399) 今의 이체자. 머리 '人' 아랫부분의 '一'이 'ヽ'의 형태로 되어있고, 그 아랫부분의 'ㄱ'의 형태가 'ㅜ'의 형태로 되어있다. 四部叢刊本은 맨 아랫부분이 'ㄱ'의 형태로 된 이체자 '今'을 사용하였다.

400) 命의 이체자. '人'의 아랫부분 오른쪽의 '卩'이 '几'의 형태로 되어있다. 四部叢刊本은 그 부분

「申公巫臣爲先王謀則忠，自爲謀則不忠，是[403]厚於先王而自薄[404]也，何罪於先王？」遂不徙。

劉向新序卷第一 {第21面}[405]

{第22面}[406]

이 윗부분의 세로획 '一'위에 붙은 '吊'의 형태로 되어있다. 四部叢刊本에는 정자로 되어있다. 조선간본은 판본 전체적으로 유일하게 여기에서만 이 형태의 이체자를 사용하였다.

401) 姬의 이체자. 조선간본은 오른쪽부분의 글자가 뭉개져 있어서 어떤 형태인지 판독이 불가능하여 四部叢刊本의 글자로 대체하였다.

402) 是의 이체자. 머리의 '日'이 '月' 형태로 되어있으며 그 아랫부분이 '疋'에 붙어 있다. 四部叢刊本은 정자로 되어있다.

403) 是의 이체자. 四部叢刊本은 정자로 되어있다.

404) 薄의 이체자. 조선간본은 '艹'아래 오른쪽부분의 '専'가 '専'의 형태로 되어있다. 四部叢刊本은 그 윗부분이 '甫'의 형태로 된 이체자 '薄'으로 되어있다.

405) 이 卷尾의 제목은 마지막 제11행에 해당한다. 이번 면(제21면)은 제4행에서 글이 끝나고, 나머지 6행이 빈칸으로 되어있다.

406) 〈劉向新序卷第一〉은 이전 면인 제21면에서 끝났는데, 각 권은 홀수 면에서 시작하기 때문에 짝수 면인 이번 제22면은 계선만 인쇄되어있고 한 면이 모두 비어 있다.

劉向新序卷第二

雜事第二

昔者，唐虞[407]崇舉九賢[408]，布之於位，而海[409]内[410]大康，要荒[411]來賓[412]，麟鳳[413]在郊。商湯[414]用伊尹，而文武[415]用太公閎夭[416]，成王任周召，而海[417]内大治，越裳重譯，祥瑞並降[418]，遂安千載。皆[419]由任賢[420]之功也。無賢臣，雖五帝三王，不能以興[421]。齊[422]桓[423]公得管仲，有霸[424]諸侯[425]之榮；

---

407) 虞의 이체자. 머리 '虍' 아래의 '吳'가 '㕦'의 형태로 되어있다.

408) 賢의 이체자. 윗부분 왼쪽의 '臣'이 '目'의 형태로 되어있다.

409) 海의 이체자. 오른쪽 아랫부분의 '母'가 '毋'의 형태로 되어있다. 四部叢刊本은 그 부분이 '毋'의 형태로 된 이체자 '海'를 사용하였다.

410) 内의 이체자. '冂'안의 '入'이 '人'의 형태로 되어있다.

411) 荒의 이체자. 가운데부분의 '亡'이 'ㅌ'의 형태로 되어있다.

412) 賓의 이체자. 머리 '宀'의 아랫부분의 '乃'의 형태가 '尸'의 형태로 되어있다.

413) 鳳의 이체자. '几' 안쪽의 '鳥'에서 맨 윗부분의 가로획 'ㅡ'이 빠져있다.

414) 湯의 이체자. 오른쪽부분의 '昜'이 '易'의 형태로 되어있다.

415) 武의 이체자. 맨 윗부분의 가로획이 '弋'에서 '乀'획의 밖으로 튀어나와 있다. 四部叢刊本은 정자로 되어있다.

416) 夭의 이체자. 맨 윗부분 '丿'의 획이 '乛'의 형태로 되어있다. 四部叢刊本에는 정자로 되어 있다.

417) 海의 이체자. 四部叢刊本은 다른 형태의 이체자 '海'로 되어있다.

418) 降의 이체자. 좌부변의 '阝'가 '冂'의 형태로 되어있다.

419) 皆의 이체자. 아랫부분의 '白'이 '日'의 형태로 되어있다.

420) 賢의 이체자. 윗부분 왼쪽의 '臣'이 '目'의 형태로 되어있다. 四部叢刊本은 그 부분이 '目'의 형태로 된 이체자 '賢'을 사용하였다.

421) 興의 이체자. 윗부분 가운데의 '同'의 형태가 '目'의 형태로 되어있다. 四部叢刊本은 그 부분이 조선간본과 다르게 '冃'의 형태로 된 이체자 '興'을 사용하였다.

422) 齊의 이체자. 'ㅗ'의 아래에서 가운데부분의 'Y'가 '了'의 형태로 되어있다.

423) 桓의 이체자. 오른쪽부분 '亘'이 맨 아래의 가로획 하나가 빠진 '亘'의 형태로 되어있다.

424) 조선간본은 머리의 '雨'가 '雨'의 형태로 되어있는데, 四部叢刊本은 그 부분이 '雨'의 형태로 된 '霸'를 사용하였다.

425) 侯의 이체자. 오른쪽 윗부분의 'ユ'의 형태가 'ㄱ'의 형태로 되어있다.

失管仲，而有危亂[426]之辱[427]。虞[428]不用百里奚而亡，秦繆[429]公用之而霸[430]。楚不用伍子胥而破，吳[431]闔廬[432]用之而霸。夫差非徒不用子胥也，又殺[433]之，而國卒以亡。燕[434]昭[435]王用樂毅[436]，推弱燕之兵，破彊[437]齊之{第23面}讎，屠七十城，而惠王廢[438]樂毅[439]，更代以騎[440]刼[441]，兵立破，亡[442]七十城。此

---

426) 조선간본은 글자가 희미해서 확정할 수는 없지만 정자로 보인다. 四部叢刊本에는 이체자 '亂'으로 되어있다.

427) 辱의 이체자. 조선간본은 윗부분의 '辰'이 '辰'의 형태로 되어있다. 四部叢刊本에는 '丿'의 획이 빠진 형태의 이체자 '辱'으로 되어있다.

428) 虞의 이체자. 머리 '虍' 아래의 '吳'가 '呉'의 형태로 되어있다.

429) 繆의 이체자. 오른쪽부분의 윗부분 '羽'가 '彐'의 형태로 되어있다

430) 조선간본은 머리의 '雨'가 '雨'의 형태로 되어있는데, 四部叢刊本은 그 부분이 '雨'의 형태로 된 '霸'를 사용하였다.

431) 吳의 이체자. '吳'의 형태가 '六'의 형태로 되어있다. 四部叢刊本은 그 부분이 '六'의 형태로 된 이체자 '呉'로 되어있다.

432) 廬의 이체자. 부수 '广' 아랫부분의 '虍'가 '严'의 형태로 되어있다.

433) 殺의 이체자. 왼쪽 윗부분의 '乂'가 '又'의 형태로 되어있고 우부방의 '殳'가 '殳'의 형태로 되어있다. 四部叢刊本에는 왼쪽부분이 정자 형태로 된 이체자 '殺'로 되어있다.

434) 燕의 이체자. 가운데부분의 '北'의 형태에서 왼쪽부분의 'ㅋ'의 형태가 '土'의 형태로 되어있다.

435) 昭의 이체자. 오른쪽부분의 윗부분이 '刀'가 아니라 '⺈'의 형태로 되어있다.

436) 毅의 이체자. 왼쪽부분의 '豙'에서 'く'의 형태가 빠져있으며, 우부방의 '殳'가 '殳'의 형태로 되어있다.

437) 四部叢刊本에는 '疆'으로 되어있고, 龍溪精舍本에는 조선간본과 동일하게 '彊'로 되어있다. '推弱燕之兵，破彊齊之讎'에서 '弱'과 '彊'이 대조를 이루고 있기 때문에 '强'의 동의이체자인 조선간본과 龍溪精舍本의 '彊'이 맞고, 四部叢刊本의 '疆'은 誤字이다.

438) 廢의 이체자. 조선간본은 '殳'가 이체자 형태의 '殳'로 되어있는데, 四部叢刊本에는 정자로 되어있다.

439) 毅의 이체자. 앞에서 사용한 '毅'와는 다르게 왼쪽부분의 '豙'는 정자 형태로 되어있고, 우부방의 '殳'만 '殳'의 형태로 되어있다. 四部叢刊本은 앞에서 사용한 이체자 '毅'를 또 다시 사용하였다.

440) 騎의 이체자. 오른쪽부분의 '奇'가 '竒'로 되어있다.

441) 劫의 이체자. 우부방의 '力'이 '刃'으로 되어있다.

442) 亡의 이체자. 맨 아래 가로획이 왼쪽부분의 세로획 밖으로 튀어나와 있다. 四部叢刊本은 정자를 사용하였다.

父443)用之，子不用，其事可見也。故闔廬用子胥以典444)，夫差殺之而以亡；昭王用樂毅445)以446)勝，惠王逐之而敗，此的的然若白黒447)。秦不用叔孫通，項王不用陳平、韓信而皆滅448)，漢449)用之而大典450)，此未逺451)也。夫失賢者，其禍如彼；用賢者，其福如此。人君莫不求賢以自輔，然而國以亂452)亡者，所謂賢者不賢也。或使賢者爲之，與不肖者議之，使智者圖453)之，與愚者謀之。不肖嫉賢454)，愚者嫉智，是賢者之所以鬲455)蔽也，所以千載不合者也。或不肖用賢而不能久456)也，或久而不能終{第24面}也；或不肖子廢賢父457)之忠臣，其禍敗難458)一二録459)也，然其要在於已460)不明而聽461)衆462)口，譖愬不行，斯爲明也。魏

---

443) 父의 이체자. 아랫부분의 '乂'의 형태가 '又'의 형태로 되어있다. 四部叢刊本은 정자를 사용하였다.

444) 興의 이체자. 四部叢刊本은 다른 형태의 이체자 '興'을 사용하였다.

445) 毅의 이체자. 앞에서 사용한 '毅'와 '毅'와는 다르게 왼쪽부분의 '豙'에서 'く'의 형태가 빠져있으며 우부방의 '殳'는 그대로 사용하였다.

446) 조선간본은 정자로 되어있는데, 四部叢刊本은 가운데 '丶'이 'V'의 형태로 된 이체자 '以'를 사용하였다.

447) 黑의 이체자.

448) 滅의 略字. 좌부변의 '氵'가 '冫'의 형태로 되어있다.

449) 漢의 이체자. 오른쪽 윗부분의 '廿'만 '卄'의 형태로 되어있다.

450) 興의 이체자. 四部叢刊本에는 앞에서 사용한 이체자 '興'과는 또 다른 형태의 이체자 '興'으로 되어있다.

451) 遠의 이체자. '辶'의 윗부분에서 '土'의 아랫부분의 '𧘇'의 형태가 '⺲'의 형태로 되어있다.

452) 亂의 이체자. 왼쪽부분이 '𤔔'의 형태가 '𤕫'의 형태로 되어있다.

453) 圖의 이체자. '囗' 안의 윗부분이 '厶'의 형태로 되어있다. 四部叢刊本에는 아랫부분이 조선간본과 다르게 '面'로 된 이체자 '圖'를 사용하였다.

454) 賢의 이체자. 윗부분 왼쪽의 '臣'이 '目'의 형태로 되어있다. 四部叢刊本은 그 부분이 '目'의 형태로 된 이체자 '賢'을 사용하였다.

455) 鬲의 이체자.

456) 久의 이체자. 조선간본과 四部叢刊本 판본 전체적으로 이체자를 주로 사용하였고 간혹 정자도 사용하였다.

457) 父의 이체자. 아랫부분의 '乂'의 형태가 '又'의 형태로 되어있다. 四部叢刊本은 정자를 사용하였다.

458) 難의 이체자. 왼쪽 윗부분의 '廿'이 '卄'의 형태로 되어있다.

459) 錄의 이체자. 오른쪽부분의 '彔'이 '录'의 형태로 되어있다.

龐463)恭與太子質於邯鄲464), 謂魏王曰 :「今465)一人來言市中有虎, 王信之乎 ?」
王曰 :「否。」曰 :「二人言, 王信之乎 ?」曰 :「寡466)人疑467)矣。」曰 :「三人言,
王信之乎 ?」曰 :「寡人信之矣468)。」龐恭曰 :「夫市之無虎明矣, 三人言而成虎。
今邯鄲去魏遠於市, 議臣者過三人, 願王察469)之也。」魏王曰 :「寡人知之
矣470)。」及龐471)恭自邯鄲反, 讒472)口果至, 遂不得見。甘茂473), 下蔡474)人也。
西入秦, 數475)有功, 至武476)王以爲左丞相, 樗477)里子爲右丞相。樗里子及公孫
子, 皆秦諸公子也, 其外家韓{第25面}也, 數攻韓。秦武478)王謂甘茂479)曰 :「寡

---

460) 四部叢刊本에는 조선간본과 다르게 '巳'로 되어있다. 여기서는 '자기 자신'(劉向 撰, 林東錫
　　譯註,《신서1》, 동서문화사, 2009. 54쪽)이기 때문에 '己'로 써야 하지만, 조선간본과 四部叢
　　刊本은 '己'를 '巳'나 '巳'로 쓴 경우가 많다.

461) 聽의 이체자. '耳'의 아래 '王'이 '土'의 형태로 되어있다.

462) 衆의 이체자. 머리 '血'의 아랫부분이 '水'의 형태로 되어있다.

463) 龐의 이체자. '广'의 아래 '龍'의 오른쪽부분이 '皀'로 되어있다.

464) 鄲의 이체자. 오른쪽부분의 '單'이 '單'의 형태로 되어있다.

465) 조선간본은 맨 아랫부분의 형태를 확인할 수 없어서 四部叢刊本의 글자로 대체하였다.

466) 寡의 이체자. 발의 '刀'가 '力'으로 되어있다.

467) 조선간본은 정자로 되어있는데, 四部叢刊本은 이체자 '疑'로 되어있다.

468) 矣의 이체자. 아랫부분의 '矢'가 '失'의 형태로 되어있다.

469) 察의 이체자. '宀' 아래의 '夕'의 형태가 '夊'의 형태로 되어있다.

470) 조선간본은 정자로 되어있는데, 四部叢刊本은 이체자 '矣'로 되어있다.

471) 조선간본은 앞에서와는 달리 정자로 되어있는데, 四部叢刊本은 앞에서 사용한 이체자 '龐'을
　　사용하였다.

472) 讒의 이체자. 오른쪽 윗부분의 '毚'이 '免'의 형태로 되어있으며 아랫부분의 '兔'도 '免'의 형태
　　로 되어있다.

473) 茂의 이체자. 머리의 '艹'가 '丷'의 형태로 되어있다.

474) 蔡의 이체자. '艹' 아래의 '夕'의 형태가 '夊'의 형태로 되어있다.

475) 數의 이체자. 왼쪽의 '婁'가 '婁'의 형태로 되어있다.

476) 조선간본은 정자를 사용하였는데, 四部叢刊本은 이체자 '武'를 사용하였다.

477) 樗의 이체자. 오른쪽 윗부분의 '雨'는 '雨'의 형태로, 아랫부분이 '亐'는 '亐'의 형태로 되어
　　있다.

478) 武의 이체자. 맨 윗부분의 가로획이 '弋'에서 '乀'획의 밖으로 튀어나와 있다. 四部叢刊本은
　　정자로 되어있다.

479) 茂의 이체자. 四部叢刊本에는 다른 형태의 이체자 '茂'로 되어있다. 조선간본은 위의 이체자

人欲容車至周室者，其道乎韓之宜[480]陽[481]。」欲使甘茂伐韓取宜陽，以通道至周室。甘茂[482]曰：「請約魏與[483]伐韓。」令向壽輔[484]行。甘茂[485]既約，魏許，甘茂[486]還至息壤[487]，謂向壽曰：「子歸言之王，魏聽[488]臣矣[489]，然願王勿伐[490]也。」向壽歸以告王，王迎甘茂[491]於息壤，問其故，對曰：「宜陽，大縣[492]也。名爲縣，其實郡也。今王倍數險，行千[493]里攻之難[494]。」昔者，曾[495]參之處[496]，鄭人有與曾[497]參同名姓者殺[498]人，人告其母[499]曰：『曾參殺人。』其

와 정자를 혼용하였으며, 四部叢刊本은 다양한 형태의 이체자를 사용하였다. 이하에서 조선간본과 四部叢刊本이 다른 형태의 글자를 쓴 경우는 주석을 달아 밝힌다.

480) 宜의 이체자. 머리의 '宀'이 '冖'으로 되어있다.

481) 陽의 이체자. 좌부변의 '阝'가 '卩'의 형태로 되어있고, 오른쪽부분의 '昜'이 '昜'의 형태로 되어있다.

482) 조선간본은 정자로 되어있는데, 四部叢刊本에는 이체자 '茂'로 되어있다.

483) 與의 이체자. 몸통 '舁'의 형태가 '舁'의 형태로 되어있다.

484) 輔의 이체자. 오른쪽의 '甫'에서 '丶'이 빠져있다. 四部叢刊本은 정자로 되어있다.

485) 조선간본은 정자로 되어있는데, 四部叢刊本에는 이체자 '茂'로 되어있다.

486) 조선간본은 정자로 되어있는데, 四部叢刊本에는 이체자 '茂'로 되어있다.

487) 壤의 이체자. 오른쪽의 '襄'이 '襄'의 형태로 되어있다.

488) 聽의 이체자. 왼쪽부분의 '耳'의 아래 '王'이 '土'의 형태로 되어있으며 오른쪽부분의 '悳'의 형태가 가운데 가로획이 빠진 '悳'의 형태로 되어있다.

489) 矣의 이체자. '厶' 아랫부분의 '矢'가 '夫'의 형태로 되어있다. 四部叢刊本에는 정자로 되어있다.

490) 조선간본은 정자로 되어있는데, 四部叢刊本에는 왼쪽 윗부분의 '丶'이 빠진 '伐'의 형태로 되어있다.

491) 조선간본은 정자로 되어있는데, 四部叢刊本에는 이체자 '茂'로 되어있다.

492) 縣의 이체자. 왼쪽부분의 '県'이 '県'의 형태로 되어있다.

493) 千의 이체자. 조선간본은 가운데 획이 '丨'의 형태가 아닌 '亅'의 형태로 되어있다. 四部叢刊本에는 정자로 되어있다.

494) 難의 이체자. 왼쪽 윗부분의 '廿'이 '卄'의 형태로 되어있다.

495) 曾의 이체자. 맨 윗부분의 '八'이 '丷'의 형태로 되어있고 그 아래 '四'의 형태가 '田'의 형태로 되어있다. 四部叢刊本은 맨 윗부분의 '八'이 ''의 형태로 된 이체자 '曽'을 사용하였다.

496) 조선간본은 정자로 되어있는데, 四部叢刊本에는 이체자 '處'로 되어있다.

497) 曾의 이체자. 앞에서 사용한 '曾'과는 다르게 맨 윗부분의 '八'이 '丷'의 형태로 되어있고 그 아래 '四'의 형태가 '田'의 형태로 되어있다.

毋[500]織自若也。頃然一人又來告之，其毋[501]曰：『吾子不殺人。』有頃，一人又來告，其毋[502]投杼下機[503]，踰墻[504]而走。夫以曽[505]參{第26面}之賢，與其毋[506]信之也，然三人疑[507]之，其毋[508]懼焉。今[509]臣之賢[510]也不若曽參，王之信臣也，又不如曽參之毋之信曽參也，疑[511]臣者非特三人也，臣恐大王投杼也。魏文矦[512]令樂羊將而攻中山，三年而拔[513]之，樂羊反而語功，文矦示之謗書一篋。樂羊再[514]拜稽[515]首曰：『此非臣之功也，主君之力也。』今[516]臣覊旅也，樗[517]里子，

498) 殺의 이체자. 왼쪽 윗부분의 ‘㐅’가 ‘乂’의 형태로 되어있고 우부방의 ‘殳’가 ‘旻’의 형태로 되어있다. 四部叢刊本에는 왼쪽부분이 정자 형태로 된 이체자 ‘殺’로 되어있다.

499) 母의 이체자. 안쪽의 ‘丶’ 이 ‘丿’의 형태로 되어있다. 四部叢刊本은 안쪽의 ‘丶’ 두 개가 이어진 ‘丿’ 형태로 되어있으며 그것이 몸통의 아랫부분 밖으로 튀어나온 이체자 ‘毋’로 되어있다.

500) 母의 이체자. 안쪽의 ‘丶’ 이 ‘丿’의 형태로 되어있으며 아랫부분의 ‘丿’획이 몸통의 아랫부분 밖으로 튀어나와 있다. 四部叢刊本은 다른 형태의 이체자 ‘毋’로 되어있다.

501) 母의 이체자. 안쪽의 ‘丶’ 두 개가 이어진 직선 형태로 되어있다. 四部叢刊本에는 다른 형태의 이체자 ‘毋’로 되어있다.

502) 母의 이체자. 四部叢刊本에는 다른 형태의 이체자 ‘毋’로 되어있다.

503) 機의 이체자. 왼쪽의 ‘幾’가 오른쪽부분의 ‘丶’과 ‘丿’의 획이 빠진 ‘幾’의 형태로 되어있다.

504) 墻의 이체자. 오른쪽 아랫부분의 ‘回’가 ‘囬’의 형태로 되어있다.

505) 曾의 이체자. 四部叢刊本은 다른 형태의 이체자 ‘曽’을 사용하였다.

506) 母의 이체자. 四部叢刊本에는 다른 형태의 이체자 ‘毋’로 되어있다.

507) 疑의 이체자. 왼쪽 윗부분의 ‘匕’가 ‘上’의 형태로 되어있다

508) 母의 이체자. 四部叢刊本에는 다른 형태의 이체자 ‘毋’로 되어있다.

509) 今의 이체자. 머리 ‘人’ 아랫부분의 가로획 ‘一’이 ‘丶’의 형태로 되어있고, 그 아랫부분의 ‘㇆’의 형태가 ‘丆’의 형태로 되어있다. 四部叢刊本은 머리 ‘人’ 아랫부분의 가로획 ‘一’이 그대로 되어있으며 그 아랫부분은 조선간본과 동일한 형태의 이체자 ‘今’을 사용하였다.

510) 賢의 이체자. 윗부분 왼쪽의 ‘臣’의 ‘目’의 형태로 되어있다. 四部叢刊本은 그 부분이 ‘目’의 형태로 된 이체자 ‘賢’을 사용하였다.

511) 疑의 이체자. 왼쪽 윗부분의 ‘匕’가 ‘上’의 형태로 되어있다.

512) 侯의 古字. 조선간본과 四部叢刊本은 판본 전체적으로 이체자 ‘侯’를 주로 사용하였는데, 이번 단락에서는 古字인 ‘矦’를 사용하였다.

513) 拔의 이체자. 오른쪽부분의 ‘犮’이 ‘犮’의 형태로 되어있다.

514) 再의 이체자. 四部叢刊本에는 다른 형태의 이체자 ‘再’로 되어있다.

515) 稽의 이체자. 오른쪽 윗부분의 ‘尤’가 ‘九’의 형태로 되어있고 그 아랫부분의 ‘匕’가 ‘亠’의 형태로 되어있다.

公孫子二人挾韓而議, 王必信之, 是王欺魏而臣受韓之怨516)也。」王曰：「寡人不聽也。」使伐宜陽, 五月而宜陽末519)扐。樗里子, 公孫子果爭之, 武520)王召甘茂, 欲罷兵。甘茂曰：「息壤在彼。」王曰：「有之。」因悉起521)兵, 使甘茂將擊522)之, 遂扐宜陽(第27面)。及武王薨523), 昭王立, 樗里子, 公孫子讒524)之, 甘茂遇罪, 卒奔齊。故非至明, 其孰525)能毋用讒526)乎？

　　楚王問羣臣曰：「吾聞北527)方528)畏昭奚恤, 亦誠何如？」江乙荅529)曰：「虎求百獸530)食之, 得一狐531)。狐曰：『子毋532)敢食我也, 天帝令我長百獸533), 今子

---

516) 今의 이체자. 四部叢刊本은 다른 형태의 이체자 '㒰'을 사용하였다.

517) 조선간본은 정자를 사용하였는데, 四部叢刊本은 이체자 '樗'를 사용하였다.

518) 怨의 이체자. 윗부분 오른쪽의 '巳'이 '匕'의 형태로 되어있다.

519) 四部叢刊本과 龍溪精舍本은 조선간본과 다르게 '未'로 되어있다. 여기서 '未'는 '않았다'(劉向 撰, 林東錫 譯註,《신서1》, 동서문화사, 2009. 137쪽)라는 부정부사로 쓰였기 때문에 四部叢刊本의 '未'가 맞고 조선간본의 '末'은 誤字이다.

520) 武의 이체자. 맨 윗부분의 가로획이 '弋'에서 '乀'획의 밖으로 튀어나와 있다.

521) 起의 이체자. 오른쪽부분의 '己'가 '巳'의 형태로 되어있다.

522) 擊의 이체자. 위의 오른쪽 부분이 '殳'가 '旻'의 형태로 되어있다. 四部叢刊本은 그 부분이 '攵'의 형태로 된 이체자 '擊'으로 되어있다.

523) 薨의 이체자. 아랫부분의 '死'가 맨 위의 가로획 '一'이 빠진 '死'의 형태로 되어있다.

524) 讒의 이체자. 오른쪽 윗부분의 '毚'이 '兔'의 형태로 되어있으며 아랫부분의 '兔'도 '免'의 형태로 되어있다.

525) 孰의 이체자. 왼쪽부분의 '享'이 '享'의 형태로 되어있다.

526) 讒의 이체자. 오른쪽 윗부분의 '毚'이 '兔'의 형태로 되어있으며, 아랫부분의 '兔'는 '免'의 형태로 되어있다. 四部叢刊本은 바로 앞에서 사용한 이체자 '讒'으로 되어있다.

527) 北의 이체자. 왼쪽부분의 'ㅓ'의 형태가 '土'의 형태로 되어있다. 四部叢刊本은 그 부분이 'ㅓ'의 형태로 된 이체자 '北'을 사용하였다.

528) 조선간본은 정자로 되어있는데, 四部叢刊本은 '亠'의 아랫부분이 '力'의 형태로 된 이체자 '方'을 사용하였다.

529) 荅의 이체자. 머리의 '艹'이 '卝'의 형태로 되어있다.

530) 조선간본은 정자로 되어있는데, 四部叢刊本에는 우부방이 '犬'이 '戈'의 형태로 된 이체자 '獸'를 사용하였다. 이번 단락에서 조선간본과 四部叢刊本은 정자와 이체자를 혼용하였는데, 이하에서 조선간본과 四部叢刊本이 다른 형태의 글자를 쓴 경우는 모두 주석을 달아 밝힌다.

531) 狐의 이체자. 오른쪽부분의 '瓜'가 '瓜'의 형태로 되어있다.

532) 毋의 이체자. 四部叢刊本에는 다른 형태의 이체자 '毌'로 되어있다.

食我，是逆534)帝命也，以我爲不信，吾爲子先行，子随535)我後，觀百獸見我無不
走。』虎以爲然，随而行，獸見之皆走，虎不知獸536)畏已537)而走也，以爲畏狐
也。今538)王地方五千里，帶539)甲百萬，而專540)任之於昭541)奚恤也，比方非畏昭
奚恤也，其實畏王之甲兵也，猶百獸之畏虎。」故人臣而見畏者，是見君之威也，
君不用則{第28面}威亡矣。

　　魯君使宓子賤542)爲單543)父544)宰，子賤辭545)去，因請借善546)書者二人，使
書憲547)爲敎品；魯君子548)之。至單父，使書，子賤從旁引其肘，書醜549)則怒

---

533) 獸의 이체자. 우부방이 '犬'이 '丈'의 형태로 되어있다.

534) 逆의 이체자. '辶'의 위의 '屰'이 '帀'의 형태로 되어있다.

535) 随의 이체자. 좌부변의 'ß'가 '阝'의 형태로 되어있고 '辶' 위의 '肻'의 형태가 '有'의 형태로
되어있다.

536) 조선간본은 정자로 되어있는데, 四部叢刊本에는 이체자 '獸'로 되어있다.

537) 龍溪精舍本에는 '己'로 되어있지만, 조선간본과 四部叢刊本 모두 '巳'로 되어있다. 여기서는
'자신'(劉向 撰, 林東錫 譯註,《신서1》, 동서문화사, 2009. 141쪽)이란 의미이기 때문에 '己'로
써야 하지만, 조선간본과 四部叢刊本은 '己'를 '巳'나 '巳'로 쓴 경우가 많다.

538) 今의 이체자. 머리 '人' 아랫부분의 '一'이 'ヽ'의 형태로 되어있고, 그 아랫부분의 'ㄱ'의 형태
가 '丅'의 형태로 되어있다. 四部叢刊本은 맨 아랫부분이 'フ'의 형태로 된 이체자 '今'을 사용
하였다.

539) 帶의 이체자. 윗부분 '卌'의 형태가 '卅'의 형태로 되어있다.

540) 專의 이체자. 윗부분 '叀'의 형태가 '宙'의 형태로 되어있다.

541) 昭의 이체자. 오른쪽 윗부분의 '刀'가 'ケ'의 형태로 되어있다.

542) 賤의 이체자. 오른쪽의 '戔'이 윗부분은 그대로 '戈'로 되어있고 아랫부분 '戈'에 'ヽ'이 빠진
'㦮'의 형태로 되어있다.

543) 單의 이체자. 아랫부분의 가로획 왼쪽에 점이 첨가된 '甲'의 형태로 되어있다.

544) 父의 이체자. 아랫부분의 '乂'의 형태가 '又'의 형태로 되어있다. 四部叢刊本은 정자를 사용하
였다.

545) 辭의 이체자. 왼쪽부분의 '𤔔'가 '𡈼'의 형태로 되어있다. 四部叢刊本은 그 부분이 '𤔔'의 형태
로 된 이체자 '辭'를 사용하였다.

546) 善의 이체자. '䒑'의 아랫부분이 '古'의 형태로 되어있다.

547) 憲의 이체자. 머리의 '宀'이 '⺆'의 형태로 되어있다.

548) 조선간본과 四部叢刊本은 '子'로 되어있는데, 龍溪精舍本에는 '予'로 되어있다. 여기서는 '노나
라 임금(魯君)이 그것을 주었다'(劉向 原著, 李華年 譯註,《新序全譯》, 貴州人民出版社,
1994. 46쪽)라는 의미이기 때문에 '予'를 쓰는 것이 맞고, 조선간본과 四部叢刊本의 '子'는 誤

之，欲好書則又引之，書者患之，請辭而去。歸以告魯君，魯君曰：「子賤苦550)
吾擾之。使不得施其善551)政也。」乃命有司無得擅552)徵553)發單父554)，單父555)之
化大治。故孔子曰：「君子哉子賤，魯無君子者，斯安取斯？」美556)其德557)也。

楚人有獻558)魚楚王者曰：「今559)日漁獲，食之不盡，賣之不售，弃560)之又
惜，故來獻561)也。」左右曰：「鄙562)哉！辭也。」楚王曰：「子不知漁者仁人也。
蓋563)聞困564)倉粟有餘565){第29面}者，國有餓民 ^{一本作下} 民多飢 566)，後宮多幽女者，下

字이다. 國譯本에서는 '그것을 허락하다'라고 의역하였다.(劉向 撰, 林東錫 譯註,《신서1》, 동
서문화사, 2009. 144쪽)

549) 醜의 이체자. 오른쪽부분의 '鬼'가 맨 위의 한 획이 빠진 '鬼'의 형태로 되어있다.

550) 苦의 이체자. 머리의 '艹'가 '𦬇'의 형태로 되어있다.

551) 善의 이체자. 가운데부분의 '丷'의 형태가 '卄'의 형태로 되어있다.

552) 擅의 이체자. 오른쪽 윗부분의 '亶'이 '面'의 형태로 되어있다.

553) 徵의 이체자. 가운데부분의 '山'과 '王'의 사이에 가로획이 빠져있다.

554) 父의 이체자. 四部叢刊本은 정자를 사용하였다.

555) 父의 이체자. 四部叢刊本은 정자를 사용하였다.

556) 美의 이체자. 아랫부분의 '大'가 '火'의 형태로 되어있다.

557) 德의 이체자. 오른쪽부분의 '悳'의 형태가 가운데 가로획이 빠진 '悳'의 형태로 되어있다.

558) 獻의 이체자. 왼쪽 아랫부분의 '鬲'이 '鬲'의 형태로 되어있다. 四部叢刊本은 왼쪽부분은 조선
간본과 같고 우부방의 '犬'이 '丈'의 형태인 이체자 '獻'으로 되어있다.

559) 今의 이체자. 머리 '人' 아랫부분의 '㇆'의 형태가 'ㄱ'의 형태로 되어있다. 四部叢刊本은 다른
형태의 이체자 '今'을 사용하였다.

560) 棄의 略字. 윗부분 '厺'의 아랫부분이 '卄'의 형태로 되어있다.

561) 獻의 이체자. 四部叢刊本은 다른 형태의 이체자 '獻'을 사용하였다.

562) 鄙의 이체자. 왼쪽 아랫부분의 '回'이 '面'의 형태로 되어있다. 四部叢刊本은 왼쪽 맨 아랫부
분의 '回'가 '囲'의 형태로 된 이체자 '鄙'를 사용하였다.

563) 蓋의 이체자. 아랫부분의 '皿'이 '皿'의 형태로 되어있다. 四部叢刊本은 정자로 되어있다.

564) 龍溪精舍本에는 '困'로 되어있는데, 조선간본과 四部叢刊本 모두 '困'로 되어있다. 여기서는
'困'은 '원형의 곡식창고'(劉向 撰, 林東錫 譯註,《신서1》, 동서문화사, 2009. 148쪽. 劉向 原
著, 李華年 譯註,《新序全譯》, 貴州人民出版社, 1994. 47쪽)라는 의미이기 때문에 조선간본
과 四部叢刊本의 '困'은 '困'의 誤字이다.

565) 餘의 이체자. 좌부변은 '𩙿'으로 되어있고 오른쪽부분의 '余'가 '余'의 형태로 되어있다.

566) 이것은 원문에 달린 주석인데 이번 면(제30면) 제1행의 제6~7자 해당하는 부분을 차지하며,
그 부분에 위와 같이 작은 글자의 주가 雙行으로 달려 있다. 四部叢刊本도 조선간본과 동일

民多曠夫；餘衍之蓄，聚567)於府庫者，境内568)多貧困之民；皆失君人之道。故廚569)庖有肥魚，廐有肥馬，民有餓色，是以亡國之君，藏570)於府庫，寡人聞之久矣，未能行也。漁者知之，其以此諭寡人也，且今行之。」於是乃遣使恤鰥571)寡而存孤獨，出倉粟，發572)幣帛573)而振574)不足，罷去後宮不御者，出以妻鰥夫。楚民欣欣大悦575)，鄰國歸之。故漁者壹獻餘魚，而楚國頼576)之，可謂仁智矣。

　　昔者，鄒忌577)以皷578)琴579)見齊宣王，宣王善之。鄒忌曰：「夫琴所以象580)政也。」遂爲王言琴之象政狀及霸{第30面}王之事。宣王大悦，與語三日，遂拜以爲相。齊有稷下先生，喜議政事，鄒忌既爲齊相，稷下先生淳581)于髡之屬582)七十二人，皆輕忌，以謂設583)以辭，鄒忌不能及。乃相與俱584)往585)見鄒忌。淳于髡之徒禮倨，鄒忌之禮卑586)。淳于髡等曰：「狐白之裘587)，補588)之以弊羊皮，

하게 작은 글자의 주가 雙行으로 달려 있다. 上册에서는 유일하게 이곳에만 小字 雙行의 주가 달려 있는데, 下册에서는 이런 小字 雙行의 주가 몇 군데에 달려 있다.

567) 聚의 이체자. '取'의 아랫부분이 '水'의 형태로 되어있다.
568) 内의 이체자. '冂'안의 '入'이 '人'의 형태로 되어있다.
569) 廚의 이체자. '广'이 '厂'의 형태로 되어있고 그 안의 왼쪽 윗부분의 '士'가 빠져있다.
570) 藏의 이체자. '艹'아래 가운데부분의 '臣'이 '目'의 형태로 되어있다.
571) 鰥의 이체자. 오른쪽 아랫부분이 '水'의 형태로 되어있다.
572) 發의 이체자. 머리의 '癶' 아랫부분 오른쪽의 '殳'가 '殳'의 형태로 되어있다.
573) 帛의 이체자. 아랫부분의 '巾'이 '帀'의 형태로 되어있다. 四部叢刊本은 정자로 되어있다.
574) 振의 이체자. 오른쪽부분의 '辰'이 '辰'의 형태로 되어있다.
575) 悦의 이체자. 오른쪽부분의 '兑'가 '兖'로 되어있다.
576) 頼의 이체자. 오른쪽부분의 '負'가 '頁'의 형태로 되어있다.
577) 忌의 이체자. 윗부분이 '己'가 '巳'의 형태로 되어있다.
578) 皷의 이체자. 오른쪽부분의 '支'가 '皮'의 형태로 되어있다.
579) 琴의 이체자. 아랫부분의 '今'이 '亼'의 형태로 되어있다.
580) 象의 이체자. 윗부분의 '⺈'의 형태가 '彑'의 형태로 되어있다.
581) 淳의 이체자. 오른쪽의 '享'이 '享'의 형태로 되어있다.
582) 조선간본은 정자로 되어있는데, 四部叢刊本에는 이체자 '屬'으로 되어있다.
583) 設의 이체자. 오른쪽부분의 '殳'가 '殳'의 형태로 되어있다.
584) 俱의 이체자. 오른쪽부분의 '具'에서 한 획이 적은 '具'의 형태로 되어있다.
585) 往의 俗字. 오른쪽부분의 '主'가 '生'의 형태로 되어있다.
586) 卑의 이체자. 맨 윗부분의 'ノ'이 빠져있다.

何如？」鄒忌曰：「敬諾[589]，請不敢雜賢以不肖。」淳于髡曰：「方內而貟[590]釭[591]，如何？」鄒忌曰：「敬諾，請謹[592]門內，不敢留賓[593]客。」淳于髡等曰：「三人共牧一羊，羊不得食，人亦不得息，何如？」鄒忌曰：「敬諾，減[594]吏省貟，使無擾民也。」淳于髡等三稱[595]，鄒忌三知之如應嚮[596]。淳于髡等辭[597]屈而去。鄒忌之禮倨，淳于{第31面}髡等之禮甲。故所以[598]尚干將莫邪者，貴其立斷也；所以貴騏驥[599]者，爲其立至也。必且歷[600]日曠从乎？絲[601]氂猶能挈[602]石，駑馬亦能致遠，是以聰[603]明捷敏，人之美材也。子貢曰：「回也，聞一以知十。」美敏捷也。

昔者，燕相得罪於君，將出亡，召門下諸大夫曰：「有能從我出者乎？」三問，諸大夫莫對，燕相曰：「嘻！亦有士之不足養[604]也。」大夫有進者曰：「亦有君之不能養士，安有士之不足養者？凶年飢歲[605]，士糟粕不厭，而君之犬馬，有

---

587) 裘의 이체자. 윗부분의 '求'에 'ヽ'이 빠져있는데, 四部叢刊本은 정자로 되어있다.
588) 補의 이체자. 좌부변의 'ネ'가 'ネ'로 되어있다.
589) 諾의 이체자. 오른쪽의 '若'이 '若'의 형태로 되어있다.
590) 員의 이체자. 윗부분의 '口'가 'ム'의 형태로 되어있다.
591) 조선간본은 정자로 되어있는데, 四部叢刊本에는 이체자 '釭'으로 되어있다.
592) 謹의 이체자. 왼쪽부분의 '堇'이 아랫부분의 가로획 하나가 빠진 '堇'의 형태로 되어있다.
593) 賓의 이체자. 머리 'ハ'의 아랫부분의 '少'의 형태가 '尸'의 형태로 되어있다.
594) 減의 이체자. 좌부변의 'ㅎ'가 'ㅎ'의 형태로 되어있다.
595) 稱의 이체자. 오른쪽부분의 '爯'이 '爯'의 형태로 되어있다.
596) 響의 이체자. 윗부분의 '鄕'이 가운데부분의 'ᅩ'이 빠진 이체자 '鄕'으로 되어있다.
597) 辭의 이체자. 왼쪽부분의 '㕚'가 '㕚'의 형태로 되어있으며, 우부방의 '辛'이 아랫부분에 가로획 하나가 더 있는 '宰'의 형태로 되어있다.
598) 以의 이체자. 왼쪽부분이 '山'이 기울어진 형태로 되어있다. 四部叢刊本은 정자를 사용하였다.
599) 驥의 이체자. 오른쪽의 '冀'가 '糞'의 형태로 되어있다.
600) 歷의 이체자. '厂'의 안쪽 윗부분의 '秝'이 '林'의 형태로 되어있다.
601) 絲의 이체자. 아랫부분이 'ハハ'의 형태로 되어있다.
602) 挈의 이체자. 윗부분 왼쪽의 '丰'이 '青'의 형태로 되어있고 그 오른쪽의 '刀'가 '刃(刃의 이체자)'의 형태로 되어있다.
603) 聰의 이체자. 오른쪽 윗부분의 '囱'이 '勿'의 형태로 되어있다.
604) 養의 이체자. 윗부분의 '羊'의 형태가 '羊'의 형태로 되어있다.

餘穀[606]粟；隆[607]冬烈寒, 士短褐[608]不完, 四躰[609]不蔽, 而君之臺觀, 帷嗛錦繡, 隨風{第32面}飄飄[610]而弊。財者, 君之所輕；死者, 士之所重也。君不能施君之所輕, 而求[611]得士之所重, 不亦難乎？」燕[612]相遂慙, 遁逃不復敢見。

晋[613]文公出獵[614], 前驅曰：「前有大蛇[615], 高如隄[616], 阻[617]道竟之。」文公曰：「寡人聞之, 諸侯夢惡則修德, 大夫夢惡則脩官, 士夢惡則修身, 如是而禍不至矣[618]。今[619]寡人有過, 天以戒寡人。」還車而反。前驅曰：「臣聞之, 喜者無賞, 怒者無刑。今禍福已在前矣, 不可變, 何不遂驅之？」文公曰：「不然, 夫神不勝道, 而妖亦不勝德, 禍福未發, 猶可化也。」還車反, 宿齋[620]三日, 請於廟曰：「孤少犧不肥, 幣不厚, 罪一也。孤好{第33面}弋臘, 無度數, 罪二也。孤多賦斂, 重刑罰, 罪三也。請自今[621]以來者, 關[622]市無征, 澤梁[623]毋[624]賦斂,

---

605) 歲의 이체자. 아랫부분 왼쪽의 '少'의 형태가 '小'의 형태로 되어있다.

606) 穀의 이체자. 왼쪽 아랫부분의 '禾'위에 가로획 하나가 없으며, 우부방의 '殳'가 '夂'의 형태로 되어있다.

607) 隆의 이체자. 좌부변의 'ß'가 '卩'의 형태로 되어있으며, 오른쪽 아랫부분이 '壬'의 형태로 되어있다.

608) 褐의 이체자. 좌부변의 'ネ'가 '礻'로 되어있으며, '曷'이 '曷'의 형태로 되어있다.

609) 體의 俗字.

610) 조선간본은 정자로 되어있는데, 四部叢刊本은 우부방의 '風'이 '風'의 형태로 된 이체자 '飄'를 사용하였다.

611) 조선간본은 정자로 되어있는데, 四部叢刊本에는 오른쪽 윗부분의 'ヽ'이 빠진 이체자 '求'로 되어있다.

612) 조선간본은 정자로 되어있는데, 四部叢刊本에는 이체자 '燕'로 되어있다.

613) 晉의 이체자. 윗부분의 'ㅛ'의 형태가 'ㅠ'의 형태로 되어있다.

614) 獵의 이체자. 오른쪽부분의 '巤'이 '巤'의 형태로 되어있다.

615) 蛇의 이체자. 좌부변의 '虫'이 '宝'의 형태로 되어있다.

616) 隄의 이체자. 좌부변의 'ß'가 '卩'의 형태로 되어있다.

617) 阻의 이체자. 좌부변의 'ß'가 '卩'의 형태로 되어있다.

618) 矣의 이체자. 아랫부분의 '矢'가 '失'의 형태로 되어있다.

619) 今의 이체자. 머리 '人' 아랫부분의 '一'이 'ヽ'의 형태로 되어있고, 그 아랫부분의 'フ'의 형태가 'ㄱ'의 형태로 되어있다. 四部叢刊本은 맨 아랫부분이 'ㄱ'의 형태로 된 이체자 '今'을 사용하였다.

620) 齋의 이체자. 'ㅗ'의 아래에서 가운데부분의 'ㅐ'가 '了'의 형태로 되어있다.

赦罪人，舊田半稅[625]，新田不稅。」行比[626]令[627]未半旬，守虵[628]吏夢天[629]帝殺虵曰：「何故當聖君道爲，而罪當死。」發夢視虵臭腐[630]矣。謁之，文公曰：「然夫神果不勝道，而妖[631]亦不勝德，奈何其無究[632]理而任天也，應之以德而已。」

梁君出臘，見白鴈[633]群，梁君下車，彀[634]弓欲射之。道有行者，梁君謂行者止，行者不止，白鴈群駭。梁君怒，欲射行者。其御[635]公孫襲[636]下車撫矢曰：

---

621) 今의 이체자. 四部叢刊本은 다른 형태의 이체자 '仐'으로 되어있다.

622) 關의 이체자. '門'안의 '䜌'의 형태가 '絆'의 형태로 되어있다.

623) 梁의 이체자. 윗부분 오른쪽의 '刅'의 형태가 '刃'의 형태로 되어있다.

624) 四部叢刊本에는 '毋'로 되어있고, 龍溪精舍本에는 '無'로 되어있다. 여기서는 부정부사(劉向 撰, 林東錫 譯註,《신서1》, 동서문화사, 2009. 159쪽)로 쓰였기 때문에 四部叢刊本의 '毋(母의 이체자)'는 誤字이고, 조선간본의 '毋'는 '母'의 이체자가 아니라 부정부사로 사용한 것 같다.

625) 稅의 이체자. 오른쪽의 '兊'가 '㕣'의 형태로 되어있다.

626) 四部叢刊本과 龍溪精舍本은 모두 조선간본과 다르게 '此'로 되어있다. 여기서는 '이러한'(劉向 撰, 林東錫 譯註,《신서1》, 동서문화사, 2009. 159쪽)이라는 뜻이기 때문에 四部叢刊本의 '此'가 맞고 조선간본의 '比'는 誤字이다.

627) 조선간본은 판본 전체적으로 머리 '人' 아랫부분의 '一'이 '丶'의 형태로 된 '令'을 주로 사용하였는데, 여기서는 '人' 아랫부분이 직선 형태로 된 글자를 사용하였다. 四部叢刊本은 '令'으로 되어있다.

628) 蛇의 이체자. 앞에서 사용한 이체자 '虵'와는 다르게 오른쪽부분의 '它'가 '也'의 형태로 되어있다. 이번단락의 이하에서는 이체자 '虵'만 사용하였다.

629) 四部叢刊本에는 '大'로 되어있는데, 龍溪精舍本은 조선간본과 마찬가지도 '天'으로 되어있다. 여기서 '天帝'는 '하느님'(劉向 撰, 林東錫 譯註,《신서1》, 동서문화사, 2009. 159쪽)이라는 뜻이기 때문에 四部叢刊本의 '大帝'보다는 조선간본의 '天帝'가 더 정확하다.

630) 腐의 이체자. 아랫부분의 '肉'이 '肉'의 형태로 되어있다.

631) 조선간본은 정자로 되어있는데, 四部叢刊本은 오른쪽 윗부분이 삐져나온 형태의 이체자 '妖'로 되어있다.

632) 究의 이체자. 아랫부분의 '九'가 '丸'의 형태로 되어있다.

633) 鴈의 이체자. '厂'안의 왼쪽부분의 '亻'이 가로획 하나가 더 있는 '亻'의 형태로 되어있다. 이번 단락에서 조선간본과 四部叢刊本은 정자와 이체자를 혼용하였는데, 두 판본의 글자가 다른 경우 주를 달아 밝힌다.

634) 彀의 이체자. 오른쪽 아랫부분의 '弓'위에 가로획 하나가 빠져있다.

635) 御의 이체자. 가운데부분의 '缶'의 형태가 '缶'의 형태로 되어있다. 四部叢刊本에는 정자로 되어있다.

「君止。」梁君忿然作色而怒曰：「襲[637]不與其君，而□□□{第34面}□[638]，何也？」公孫襲[639]對曰：「昔齊景公之時，天大旱三年，卜之曰：『必以[640]人祠，乃雨。』景公下堂頓首曰：『凡[641]吾所以求雨者，爲吾民也，今必使吾以[642]人祠乃且雨，寡人將自當之。』言未卒而天大雨方千里者，何也？爲有德於天而惠[643]於民也。今主君以白鴈之故而欲射人，襲[644]謂主君言無異於虎狼。」梁君援其手與上車，歸入廟門，呼萬歲，曰：「幸[645]哉！今日也他人臘，皆得禽獸，吾臘得善言而歸。」

武[646]王勝殷，得二虜[647]而問焉。曰：「而國有妖乎？」一虜咎[648]曰：「吾國有妖，晝見星而天雨[649]血，此吾國之妖也。」一虜咎曰：「此則妖也，雖然，非其大者也。吾國之{第35面}妖，其大者子不聽父，弟不聽兄，君令不行，此妖之大者

---

636) 襲의 이체자. 윗부분의 '龍'이 '龍'의 형태로 되어있다.

637) 조선간본은 정자로 되어있는데, 四部叢刊本은 이체자 '襲'으로 되어있다.

638) 이 빈칸은 제34면의 제16~18자와 그 다음 면의 제35면의 제1자인 네 글자에 해당한다. 계명대의 두 판본은 모두 이 네 글자에 해당하는 부분이 빈칸으로 되어있으며, 그 위에 손으로 네 글자를 적어놓았고, 일본국회도서관 소장본은 네 글자에 해당하는 부분이 모두 빈칸으로 되어있다. 계명대 귀중본은 '與其行者'이라고 적어놓았고, 고본은 '反又撫(撫의 이체자)矢'로 적어놓았다. 四部叢刊本과 龍溪精舍本에는 모두 '顧與他人'로 되어있다. 계명대의 두 판본은 다른 판본을 참고하여 적어놓은 것이 아니라 필사자가 임의로 뜻에 맞추어 적어놓은 것으로 보인다.

639) 조선간본은 정자로 되어있는데, 四部叢刊本은 이체자 '襲'으로 되어있다.

640) 조선간본은 정자로 되어있는데, 四部叢刊本은 이체자 '以'를 사용하였다.

641) 凡의 이체자. '几' 안쪽의 'ヽ'이 직선 형태로 되어있으며 그 가로획이 오른쪽 '乁'획의 밖으로 삐져나와 있다.

642) 조선간본은 정자로 되어있는데, 四部叢刊本은 이체자 '以'를 사용하였다.

643) 惠의 이체자. 윗부분의 '叀'가 '宙'의 형태로 되어있다. 四部叢刊本은 정자를 사용하였다.

644) 조선간본은 정자로 되어있는데, 四部叢刊本은 이체자 '襲'으로 되어있다.

645) 幸의 이체자. 윗부분의 '土'와 아랫부분의 '羊'의 두 형태가 아래와 위로 서로 겹쳐 있다.

646) 武의 이체자. 맨 윗부분의 가로획이 '弋'에서 'ヽ'획의 밖으로 튀어나와 있다.

647) 虜의 이체자. 머리의 '虍'가 '严'의 형태로 되어있다.

648) 咎의 이체자. 머리의 '⺈'이 '⺆'의 형태로 되어있다.

649) 雨의 이체자. '帀' 안의 'ヽ'이 모두 '一'의 형태로 되어있다. 四部叢刊本은 다른 형태의 '雨'를 사용하였다.

也。」

　　晉文公出田逐獸，碭入大澤[650]，迷不知所出，其中有漁者，文公謂曰：「我若君也，道安從出，我且厚賜若。」漁者曰：「臣願有獻。」公曰：「出澤[651]而受之。」於是遂出澤。公令曰：「子之所以教寡[652]人者，何等也？願受之。」漁者曰：「鴻鵠保河海[653]之中，厭而欲移徙之小澤，則必有丸[654]繒[655]之憂，黿[656]鼉[657]保深淵[658]，厭而出之淺[659]渚，則必有羅網釣射之憂。今君逐獸，碭入至此。何行之太遠[660]也？」文公曰：「善哉！」謂從者記漁者名。漁者曰：「君何以名，爲君尊天事地，敬[661]社稷{第36面}，固四國，慈愛萬民，薄[662]賦斂，輕租稅者，臣亦與焉。君不敬社稷，不固四國，外失禮於諸侯，內逆民心，一國流亡，漁者雖得厚賜，不能保也。」遂辭[663]不受。曰：「君亟[664]歸國；臣亦反吾漁所。」

---

650) 澤의 이체자. 오른쪽 아랫부분의 '幸'이 '幸' 형태로 되어있다.

651) 澤의 이체자. 四部叢刊本은 오른쪽 윗부분의 'ㅉ'을 'ㅉ'의 형태로 되어있고 아랫부분은 조선 간본과 같은 형태의 이체자 '澤'을 사용하였다.

652) 寡의 이체자. 발의 '刀'가 '力'으로 되어있다. 그런데 四部叢刊本은 '宀'의 아래 있는 '頁'에 가로획 하나가 빠진 형태의 이체자 '寡'를 사용하였다.

653) 海의 이체자. 오른쪽 아랫부분의 '母'가 '毋'의 형태로 되어있다. 四部叢刊本은 그 부분이 '毋'의 형태로 된 이체자 '海'를 사용하였다.

654) 丸의 이체자. '九' 왼쪽의 'ㄴ'이 직선 형태로 되어있으며 그 가로획이 오른쪽 'ㄱ'획의 밖으로 삐져나와 있다. 그런데 四部叢刊本과 龍溪精舍本 모두 '九'로 되어있다. 여기의 '丸繒'에서 '丸'은 탄환, 繒은 줄이 날린 새 잡는 낚시'(劉向 撰, 林東錫 譯註,《신서1》, 동서문화사, 2009. 168쪽. 劉向 原著, 李華年 譯註,《新序全譯》, 貴州人民出版社, 1994. 55쪽)이기 때문에 조선간본의 '丸'이 맞고 四部叢刊本과 龍溪精舍本의 '九'는 誤字이다.

655) 繒의 이체자. 오른쪽부분의 '曾'이 '曾'의 형태로 되어있다.

656) 黿의 이체자. 발의 '黽'이 '黾'의 형태로 되어있다.

657) 鼉의 이체자. 발의 '黽'이 '黾'의 형태로 되어있다.

658) 淵의 이체자. 오른쪽부분의 '開'이 '開'의 형태로 되어있다.

659) 淺의 이체자. 오른쪽의 '戔'이 윗부분은 그대로 '戈'로 되어있고 아랫부분 '戈'에 'ㆍ'이 빠진 '戋'의 형태로 되어있다.

660) 遠의 이체자. 'ㄴ'의 윗부분의 '袁'이 '表'의 형태로 되어있다.

661) 敬의 이체자. 왼쪽 윗부분의 '艹'가 '丷'의 형태로 되어있다.

662) 薄의 이체자. '艹'의 아래부분 오른쪽의 '甫'가 '宙'의 형태로 되어있다.

663) 辭의 이체자. 왼쪽부분의 '䛐'가 '䛐'의 형태로 되어있으며, 우부방의 '辛'이 아랫부분에 가로획

晋文公逐麋而失之，問農[665]夫老古曰：「吾麋何在？」老古以[666]足指[667]曰：
「如是[668]徃[669]。」公曰：「寡人問，子以足指，何也？」老古振[670]衣而起曰：「一
不意人君如此也，虎豹之居也，厭閑而近人，故得；魚鼈[671]之居也，厭深而之
淺，故得諸俟，厭衆[672]而亡其國。詩云：『維鵲有巢，維鳩居之。』君放不歸，人
將君之。」於是文公恐[673]，歸遇變[674]武[675]子。變武子曰：「臘得獸乎？而有悅[676]
色！」文(第37面)公曰：「寡人逐麋而失之，得善言，故有悅色。」變武子曰：「其
人安在乎？」曰：「吾未與來也。」變武子曰：「居上位而不恤其下，驕也；緩令
急[677]誅，暴[678]也；取人之言而弃其身，盗[679]也。」文公曰：「善。」還載老古，與

하나가 더 있는 '宰'의 형태로 되어있다.

664) 亟의 이체자. 윗부분의 '丂'의 형태가 '了'의 형태로 되어있다.

665) 農의 이체자. 아랫부분의 '辰'이 '層'의 형태로 되어있다.

666) 조선간본은 정자로 되어있는데, 四部叢刊本은 이체자 '㕥'를 사용하였다.

667) 指의 이체자. 오른쪽 윗부분의 '匕'가 '上'의 형태로 되어있다.

668) 是의 이체자. 머리의 '日'이 '月' 형태로 되어있으며 그 아랫부분이 '疋'에 붙어 있다. 四部叢
刊本은 정자를 사용하였다.

669) 徃의 俗字. 오른쪽부분의 '主'가 '生'의 형태로 되어있다.

670) 振의 이체자. 오른쪽의 '辰'이 '層'의 형태로 되어있다.

671) 鼈의 이체자. 발의 '黽'이 '龟'의 형태로 되어있다.

672) 衆의 이체자. 머리 '血'의 아랫부분이 '氺'의 형태로 되어있다. 四部叢刊本은 머리의 '血'이 '血'의
형태로 되어있으며 그 아랫부분은 조선간본과 동일한 형태의 이체자 '衆'을 사용하였다.

673) 恐의 이체자. 윗부분 오른쪽의 '凡'이 'ㅁ'의 형태로 되어있다. 四部叢刊本에는 그 부분이 '几'
의 형태로 된 이체자 '恐'을 사용하였다.

674) 變의 이체자. 발의 '木'이 '𣏗'의 형태로 되어있다. 四部叢刊本에는 정자로 되어있다. 조선간
본도 바로 아래에서는 四部叢刊本과 동일하게 '變'을 사용하였기 때문에 여기의 '變'은 誤字
로 보인다.

675) 武의 이체자. 맨 윗부분의 가로획이 '弋'에서 '㇏'획의 밖으로 튀어나와 있다. 四部叢刊本은
정자로 되어있다.이번 단락에서 조선간본은 모두 이체자 '武'만 사용하였고, 四部叢刊本은 모
두 정자 '武'를 사용하였기 때문에 이번 단락의 이하에서는 따로 주를 달지 않는다.

676) 悅의 이체자. 오른쪽부분의 '兌'가 '㝴'의 형태로 되어있다.

677) 조선간본은 정자로 되어있는데, 四部叢刊本은 윗부분의 '⺈'에 'ㆍ'이 첨가된 형태의 이체자
'急'으로 되어있다.

678) 暴의 이체자. 四部叢刊本에는 다른 형태의 이체자 '㬥'으로 되어있다. 조선간본이 여기서 사
용한 '暴'은 판각한 목판이 훼손되어 글자가 깨진 것으로 보인다.

俱歸。

扁鵲見齊桓[680]侯，立有間，扁鵲曰：「君有疾在腠理，不治，將恐深。」桓侯[681]曰：「寡人無疾。」扁鵲出，桓侯曰：「醫[682]之好利也，欲治不疾以[683]爲功。」居十日，扁鵲復見曰：「君之疾在肌膚[684]，不治將深。」桓侯不應。扁鵲出，桓侯不悅。居十日，扁鵲復[685]見曰：「君之疾在腸胃，不治將深。」桓侯不應。扁鵲出，桓侯不悅。居十日，扁鵲復見，望桓侯而還走。桓侯使人問之{第38面}，扁鵲曰：「疾在腠理，湯熨之所及也；在肌膚，鍼石之所及也；在腸[686]胃，大劑[687]之所及也；在骨髓[688]，司命[689]之所無奈何也；今在骨髓，臣是[690]以無請也。」居五日，桓侯體痛，使人索扁鵲，扁鵲已逃之秦矣。桓侯遂死[691]，故良醫之治疾也，攻之於腠理。此事皆治之於小者也。夫事之禍福，亦有腠理之地。故聖人蚤[692]從事矣。莊辛諫[693]楚襄王曰：「君王左州侯，右夏侯，從新安君與壽陵

---

679) 盜의 俗字. 윗부분 왼쪽의 '氵'가 '冫'의 형태로 되어있다.

680) 桓의 이체자. 오른쪽부분의 '亘'이 맨 아래 가로획이 빠진 '日'의 형태로 되어있다. 조선간본과 四部叢刊本 판본 전체적으로 주로 이체자를 사용하였고, 간혹 정자도 사용하였다. 이하에서는 조선간본과 四部叢刊本이 서로 다른 글자를 쓴 경우에만 주석을 달고, 같은 글자를 쓴 경우에는 따로 주석을 달지 않는다.

681) 侯의 이체자. 앞에서 사용한 이체자 '矦'와는 다르게 오른쪽의 '矢'가 '失'의 형태로 되어있다.

682) 醫의 이체자. 윗부분 오른쪽의 '殳'가 '旻'의 형태로 되어있다.

683) 조선간본은 정자로 되어있는데, 四部叢刊本은 이체자 '㠯'를 사용하였다.

684) 膚의 이체자. 윗부분의 '虍'가 '严'의 형태로 되어있다.

685) 조선간본에는 정자로 되어있는데, 四部叢刊本은 오른쪽 가운데부분의 '日'이 '目'의 형태로 된 이체자 '復'을 사용하였다.

686) 腸의 이체자. 앞에서 사용한 이체자 '腸'과는 다르게 오른쪽부분의 '昜'이 '易'의 형태로 되어있다. 四部叢刊本은 그 부분이 '昜'의 형태로 된 이체자 '腸'을 사용하였다.

687) 劑의 이체자. 오른쪽부분 '亠'의 아랫부분 가운데의 'Y'가 '了'의 형태로 되어있다.

688) 髓의 이체자. 좌부변의 '骨'이 '骨'의 형태로 되어있고, 오른쪽의 '遀'가 '迶'의 형태로 되어있다.

689) 조선간본은 정자로 되어있는데, 四部叢刊本은 이체자 '命'으로 되어있다.

690) 是의 이체자. 머리의 '日'이 '月' 형태로 되어있으며 그 아랫부분이 '疋'에 붙어 있다. 四部叢刊本은 정자를 사용하였다.

691) 조선간본과 四部叢刊本 모두 주로 사용하는 이체자 '死'를 사용하지 않고 정자를 사용하였다.

692) 蚤의 이체자. 윗부분의 '叉'의 형태가 '叉'의 형태로 되어있다.

君同軒[694]，　滛[695]衍侈靡而忘國政，郢其危矣。」王曰：「先生老僭[696]歟？妄爲楚
國妖歟？」莊辛對[697]曰：「臣非敢爲楚妖，誠見之也。君王卒近此四子者，則楚必
亡[698]矣！辛請留於趙[699]以觀{第39面}之。」於是不出十月，王果亡巫山江漢[700]
鄢[701]郢之地。於是王乃使召莊辛至於趙。辛至，王曰：「嘻！先生來邪！寡人
以[702]不用先生言至于此，爲之奈何？」莊辛曰：「君用辛言則可，不用辛言又
將[703]甚乎！此庶[704]人有稱[705]曰：『亡羊而固牢未爲遲[706]，見兎而呼狗未爲晚。』
湯武[707]以百里王，桀紂以天下亡，今楚雖小，絶長繼短，以千里數，豈特百里
哉！且君王獨不見夫青蛉乎？六足四翼[708]，蜚翔乎天地之間，求蚊虻而食之，時
甘露[709]而飮之，自以爲無患，與民無爭也。不知五尺之童子，膠[710]絲[711]竿，加

---

693) 諫의 이체자. 오른쪽부분의 '柬'의 형태가 '東'의 형태로 되어있다.

694) 軒의 이체자. 오른쪽부분의 '干'이 '于'로 되어있다. 四部叢刊本은 정자로 되어있다.

695) 淫의 이체자. 오른쪽 아랫부분의 '壬'이 '舌'의 형태로 되어있다.

696) 僭의 이체자. 이 글자는 일반적으로 '忄'을 부수 사용하지만 여기서는 그것이 '亻'으로 되어있
고, 오른쪽 윗부분의 '旡'이 '民'의 형태로 되어있다.

697) 조선간본과 四部叢刊本은 판본 전체적으로 거의 이체자 '對'를 사용하였는데, 여기서는 정자
를 사용하였다.

698) 亡의 이체자. 맨 윗부분의 'ㆍ'이 직선 '一'의 형태로 되어있다.

699) 조선간본은 오른쪽 윗부분이 'ㆍㆍ'의 형태로 되어있는데, 四部叢刊本은 그 부분이 '八'의 형태
로 된 '趙'로 되어있다.

700) 漢의 이체자. 오른쪽 윗부분의 '廿'이 '芇'의 형태로 되어있다.

701) 鄢의 이체자. 조선간본은 왼쪽 아랫부분의 '灬'가 '一'의 형태로 되어있는데, 四部叢刊本은 정
자로 되어있다.

702) 以의 이체자. 왼쪽부분이 '㠯'이 기울어진 형태로 되어있다. 四部叢刊本은 정자를 사용하였다.

703) 조선간본은 정자로 되어있는데, 四部叢刊本은 이체자 '將'으로 되어있다.

704) 庶의 이체자. '广'안의 윗부분의 '廿'만 '芇'의 형태로 되어있고 아랫부분의 '灬'가 '从'의 형태로
되어있다.

705) 稱의 이체자. 오른쪽부분의 '爯'이 '冉'의 형태로 되어있다. 四部叢刊本은 그 부분이 다른 형
태로 된 이체자 '稱'을 사용하였다.

706) 遲의 이체자. '辶'의 오른쪽부분의 '犀'의 형태가 '㸓'의 형태로 되어있다.

707) 武의 이체자. 四部叢刊本은 정자로 되어있다.

708) 翼의 이체자. 머리의 '羽'가 '王'의 형태로 되어있다.

709) 露의 이체자. 머리의 '雨'가 '雨'의 형태로 되어있다.

之乎四仞[712]之上, 而下爲蟲蛾食已。」青蛉[713]猶其小者也, 夫爵{第40面}俛啄[714]
白粒, 仰棲茂[715]樹[716], 鼓其翼, 奮[717]其身, 自以爲無患, 與民無爭也。不知公
子王孫, 左把彈[718], 右攝丸, 定操持, 審[719]參連, 故晝遊乎茂樹, 夕和乎酸醎。
爵猶其小者也, 鴻鵠嬉遊乎江漢, 息留乎大沼, 俛啄[720]鱣[721]鯉[722], 羽仰奮陵
衡[723], 脩其六翮[724], 而陵清風, 麃搖[725]高翔, 一舉千里, 自以爲無患, 與民無
爭也。不知弋者選其弓弩, 脩其防[726]臀[727], 加繒[728]繳其頸, 投乎百仞[729] 〖之
上, 引纖[730]繳, 揚微[731]波, 折清風而殞[732], 故朝遊乎江河〗[733], 而暮調乎鼎[734]

---

710) 膠의 이체자. 오른쪽 윗부분의 '羽'가 '䎃'의 형태로 되어있다.

711) 絲의 이체자. 오른쪽부분의 '糸'가 '系'의 형태로 되어있다.

712) 仞의 이체자. 오른쪽부분의 '刃'이 '刄'의 형태로 되어있다.

713) 조선간본은 오른쪽부분이 '令'의 형태로 되어있는데, 四部叢刊本은 그 부분이 '令'의 형태로
된 '蛉'을 사용하였다.

714) 조선간본은 오른쪽부분이 '豖'으로 되어있는데, 四部叢刊本은 그 부분이 '豕'로 된 이체자 '啄'
을 사용하였다.

715) 茂의 이체자. 四部叢刊本에는 다른 형태의 이체자 '茂'로 되어있다.

716) 樹의 이체자. 가운데부분이 '荳'의 형태가 '豆'의 형태로 되어있다.

717) 奮의 이체자. 아랫부분의 '田'이 '旧'의 형태로 되어있다.

718) 彈의 이체자. 오른쪽부분의 '單'이 '單'의 형태로 되어있다.

719) 審의 이체자. 머리 '宀' 아랫부분의 ''의 형태로 되어있다.

720) 여기서도 四部叢刊本은 조선간본과 달리 '豖'이 '豕'로 된 이체자 '啄'을 사용하였다.

721) 鱣의 이체자. 좌부변의 '魚'가 '奐'의 형태로 되어있다.

722) 鯉의 이체자. 좌부변의 '魚'가 '奐'의 형태로 되어있다.

723) 衡의 이체자. 가운데부분의 '奐'가 '魚'의 형태로 되어있다.

724) 翮의 이체자. 왼쪽부분의 '鬲'을 이체자 '禹'의 형태로 되어있고 우부방의 '羽'가 '䎃'의 형태로
되어있다. 四部叢刊本은 왼쪽부분은 조선간본과 같고 우부방은 '羽'의 형태로 된 이체자 '翮'
을 사용하였다.

725) 搖의 이체자. 오른쪽부분의 '䍃'에서 윗부분의 '夕'의 형태가 '⺈'의 형태로 되어있고 아랫부분
의 '缶'가 '缶'의 형태로 되어있다.

726) 防의 이체자. 좌부변의 '阝'가 '阞'의 형태로 되어있다.

727) 翳의 이체자. 윗부분 오른쪽의 '殳'가 '殳'의 형태로 되어있다.

728) 繒의 이체자. 오른쪽부분의 '曾'이 '曾'의 형태로 되어있다.

729) 仞의 이체자. 四部叢刊本은 다른 형태의 이체자 '仞'을 사용하였다.

730) 纖의 이체자. 가운데 윗부분의 '从'이 '十'의 형태로 되어있다.

爼735), 鴻鵠猶其小者也, 蔡736)侯之事故是也。蔡侯南遊乎高陵, 比徑乎巫山, 逐麋麑麞鹿, 彍㹀子隨, 時鳥737)嬉遊乎高蔡之囿, 溢浦738)無涯(第41面), 不以739) 國家爲事, 不知子發受令宣王, 厄以淮水, 塡740)以巫山, 庚741)子之朝, 纓以朱 絲, 臣而奏之乎宣王也。蔡侯之〖事猶其小者也, 今君王之事, 遂以左州侯, 右 夏侯〗742), 從新安君與壽陵君, 滛衍侈靡, 康樂遊娛743), 馳騁744)乎雲夢之中, 不以天下與國家爲事, 不知穰侯方745)與秦王謀746), 寘747)之以黽748)厄, 而投之乎 黽塞之外。」襄王大懼, 形體掉栗曰:「謹749)受令。」乃封莊辛爲成陵君, 而用計

---

731) 微의 이체자. 가운데의 아랫부분이 '几'가 아닌 '口'의 형태로 되어있다.

732) 殞의 이체자. 오른쪽의 '員'이 '負'의 형태로 되어있다.

733) '〖~〗' 이 부호는 한 행을 뜻한다. 본 판본은 1행에 18자로 되어있는데, '〖~〗'로 표시한 이 번 면(제41면)의 제8행은 한 글자가 많은 19자로 되어있다. 四部叢刊本도 조선간본과 동일하 게 19자로 되어있다.

734) 鼎의 이체자. 윗부분의 '目'이 '日'의 형태로 되어있고 아랫부분의 '鼎'가 '鼎'의 형태로 되어있 으며 '日'을 감싸지 않고 그냥 아랫부분에 놓여 있다.

735) 爼의 이체자. 왼쪽부분의 '仌'이 '爻'의 형태로 되어있다.

736) 蔡의 이체자. '卄' 아래의 '祭'의 형태가 '祭'의 형태로 되어있다.

737) 鳥의 이체자. 오른쪽부분의 세로획이 아랫부분의 가로획에 닿아 있다.

738) 滿의 이체자. 오른쪽 윗부분의 '廿'이 '艹'의 형태로 되어있고 그것이 아랫부분 전체를 덮고 있으며 그 아랫부분의 '兩'이 '甬'의 형태로 되어있다.

739) 조선간본은 정자로 되어있는데, 四部叢刊本은 이체자 '㠯'로 되어있다.

740) 塡의 이체자. 오른쪽부분의 '眞'이 '真'의 형태로 되어있다.

741) 庚의 이체자. '广' 아래 '夬'이 '夬'의 형태로 되어있다.

742) '〖~〗'로 표시한 부분의 내용이 조선간본과 四部叢刊本에는 빠져있어서 앞뒤 문맥이 잘 통 하지 않는다. '〖~〗'로 표시한 부분은 모두 19자에 해당하는데, 龍溪精舍本을 근거로 '〖~〗' 에 그 내용을 보충하였다.

743) 娛의 이체자. 오른쪽의 '吳'가 '具'의 형태로 되어있다.

744) 騁의 이체자. 오른쪽 아랫부분의 '万'가 '与'의 형태로 되어있다.

745) 조선간본은 정자로 되어있는데, 四部叢刊本은 '亠'의 아랫부분이 '力'의 형태로 된 이체자 '方' 을 사용하였다.

746) 謀의 이체자. 오른쪽부분의 '某'가 '某'의 형태로 되어있다.

747) 寘의 이체자. '宀'의 아랫부분의 '眞'이 '真'의 형태로 되어있다.

748) 黽의 이체자. 四部叢刊本에는 다른 형태의 이체자 '黽'으로 되어있다.

749) 謹의 이체자. 왼쪽부분의 '堇'이 아랫부분의 가로획 하나가 빠진 '堇'의 형태로 되어있다.

焉。與擧淮比750)之地十二諸俟。

魏文俟出遊，見路人反751)裘而負芻。文俟曰：「胡爲及752)裘而負芻。」對曰：「臣愛其毛。」文俟曰：「若不知其喪753)盡，而毛無所恃邪？」明年；東陽上計錢754)布十倍{第42面}，大夫畢755)賀。文俟曰：「此非所以賀我也。譬無異夫路人反裘而負芻也，將愛其毛，不知其裏756)盡，毛無所恃也。今757)吾田不加廣，士民不加衆，而錢十倍，必取之土大夫也。吾聞之下不安者，上不可居也，此非所以賀我也。」

楚莊王問於孫叔敖758)曰：「寡人未得所以爲國是也。」孫叔敖曰：「國之有是，衆非之所惡也。臣恐王之不能定也。」王曰：「不定獨在君乎？亦在臣乎？」孫叔敖曰：「國君驕士曰：『士非我無逌貴富759)。』士驕君曰：『國非士無逌安強。』人君或至失國而不悟，士或至飢寒而不進，君臣不合，國是無逌760)定矣。夏{第43面}桀殷紂，不定國是761)，而以合其取舍者爲是，以爲不合其取舍762)者爲非，故致

---

750) 北의 이체자. 왼쪽부분의 '⺈'의 형태가 '土'의 형태로 되어있다. 四部叢刊本은 그 부분이 '⺈'의 형태로 된 '北'을 사용하였다.

751) 조선간본은 정자를 사용하였는데, 四部叢刊本은 이체자 '反'을 사용하였다.

752) 反의 이체자. '厂'이 '丁'의 형태에서 윗부분의 가로획이 비스듬한 형태로 되어있다. 四部叢刊本은 정자를 사용하였다.

753) 喪의 이체자. 중간부분의 '吅'가 '从'의 형태로 되어있다. 그런데 四部叢刊本은 '裏(裏의 이체자)'로 되어있고, 龍溪精舍本에는 '裏'로 되어있다. 여기서는 '속(안)'(劉向 撰, 林東錫 譯註,《신서1》, 동서문화사, 2009. 184쪽)이라는 뜻이기 때문에 四部叢刊本의 '裏(裏의 이체자)'가 맞고 조선간본의 '喪(喪의 이체자)'은 誤字이다.

754) 錢의 이체자. 좌부변의 '金'이 가운데 세로획이 맨 위의 가로획 위로 튀어나온 '金'의 형태로 되어있고 오른쪽부분의 '戔'이 윗부분은 그대로 '戈'로 되어있고 아랫부분 '戈'에 'ㆍ'이 빠진 '戋'의 형태로 되어있다.

755) 畢의 이체자. 맨 아랫부분에 가로획 하나가 빠져있다.

756) 裏의 이체자. 四部叢刊本이 사용한 이체자 '裏'와는 다르게 윗부분이 '重'의 형태에서 아랫부분의 가로획 하나가 빠져있다.

757) 今의 이체자. 四部叢刊本은 다른 형태의 이체자 '今'을 사용하였다.

758) 敖의 이체자. 정자는 왼쪽부분이 윗부분의 '土'와 아랫부분의 '方'이 결합된 형태인데, 이체자는 왼쪽 윗부분이 '㞢'의 형태로 되어있고 아랫부분은 '方'의 형태로 되어있다.

759) 富의 이체자. 머리의 'ㅗ'이 '一'의 형태로 되어있다.

760) 逌의 이체자. 四部叢刊本은 정자로 되어있다.

亡[763]而不知。」莊王曰：「善哉！願[764]相國與諸侯士大夫共定國是[765]，寡人豈敢以褊[766]國驕士民[767]哉！」

楚莊王蒞政三年，不治，而好隱[768]戲[769]。社稷危，國將亡，士慶問左右群臣曰：「王蒞政三年，不治，而好隱[770]戲，社稷危，國將亡，胡不入諫？」左右曰：「子其入矣。」士慶入再拜而進曰：「隱有大鳥[771]，來止南山之陽，三年不蜚不鳴，不審其故何也？」王曰：「子其去矣，寡人知之矣。」士慶曰：「臣言亦死，不言亦死[772]，願[773]聞其說。」王曰：「此鳥[774]不蜚，以長羽[775]翼；不鳴[776]，以觀群{第44面}臣之愚[777]，是鳥雖不蜚，蜚必冲天；雖不鳴[778]，鳴[779]必驚人。」士慶

---

761) 是의 이체자. 四部叢刊本은 정자를 사용하였다.

762) 舍의 이체자. '人'의 아랫부분의 '舌'의 형태가 '吉'의 형태로 되어있다.

763) 亡의 이체자. 아랫부분 왼쪽의 세로획이 맨 아랫부분 가로획의 밖으로 튀어나와 있다. 四部叢刊本은 정자로 되어있다.

764) 願의 이체자. 왼쪽부분의 '原'에서 '厂' 안의 윗부분의 '白'이 '日'의 형태로 되어있다. 四部叢刊本은 정자를 사용하였다.

765) 是의 이체자. 四部叢刊本은 정자를 사용하였다.

766) 褊의 이체자. 좌부변의 'ネ'가 '衤'로 되어있으며, 오른쪽부분의 '扁'이 맨 윗부분의 한 획이 빠진 '扁'의 형태로 되어있다. 四部叢刊本은 좌부변은 조선간본과 같고 오른쪽부분은 정자 형태로 된 이체자 '褊'을 사용하였다.

767) 조선간본은 정자로 되어있는데, 四部叢刊本은 이체자 '民'으로 되어있다.

768) 隱의 이체자. 좌부변의 '阝'가 '刂'의 형태로 되어있다.

769) 戲의 이체자. 왼쪽부분의 '虛'가 '虛'의 형태로 되어있다.

770) 隱의 이체자. 좌부변의 '阝'가 '刂'의 형태로 되어있으며, 오른쪽 윗부분의 '爫' 아래 '工'이 'コ'의 형태로 되어있다.

771) 조선간본에는 정자로 되어있는데, 四部叢刊本은 이체자 '鳥'를 사용하였다.

772) 조선간본에는 정자로 되어있는데, 四部叢刊本은 이체자 '宛'를 사용하였다.

773) 願의 이체자. 四部叢刊本은 정자를 사용하였다.

774) 조선간본에는 정자로 되어있는데, 四部叢刊本은 이체자 '鳥'를 사용하였다.

775) 羽의 이체자. 안쪽의 획이 '二'의 형태로 되어있다. 四部叢刊本은 그 획이 '冫'의 형태로 된 이체자 '羽'을 사용하였다.

776) 조선간본에는 정자로 되어있는데, 四部叢刊本은 이체자 '鳴'를 사용하였다.

777) 愚의 이체자. 윗부분 '冂' 안의 '若'이 판본 전체적으로 자주 사용하는 이체자 '若'의 형태로 되어있다.

778) 鳴의 이체자. 우부방의 '鳥'가 '鳥'의 형태로 되어있다. 조선간본은 이번 단락에서 여기서만

稽[780]首曰：「所願[781]聞已。」王大悅士慶之問，而拜之以[782]爲令尹，授之相印。士慶喜，出門顧左右笑[783]曰：「吾王成王也。」中庶子聞之，跪而泣曰：「臣尚衣冠御郎[784]十三年矣，前爲豪[785]矢，而後爲藩[786]蔽。王賜士慶相印而不賜臣，臣死將有日矣[787]。」王曰：「寡人居泥塗中，子所與寡人言者，內不及國家，外不及諸侯[788]。如子者，可富而不可貴也。」於是乃出其國寶[789]璧玉以賜之。曰：「忠信者，士之行也；言語者，士之道路也。道路不脩治，士無所行矣。」

〖靖郭君欲城薛；而客多以諫，君告謁者，無爲客通事〗[790]{第45面}。於是有一齊人曰：「臣願[791]一言，過一言，臣請烹[792]。」謁者贊[793]客。客曰：「海大

유일하게 이체자를 사용하였는데, 四部叢刊本은 모두 이체자를 사용하였다.

779) 조선간본에는 정자로 되어있는데, 四部叢刊本은 이체자 '嗚'를 사용하였다.

780) 稽의 이체자. 오른쪽 윗부분의 '尤'가 '九'의 형태로 되어있고 그 아랫부분의 '匕'가 '厶'의 형태로 되어있다.

781) 願의 이체자. 四部叢刊本은 정자를 사용하였다.

782) 以의 이체자. 왼쪽부분이 '山'이 기울어진 형태로 되어있다. 四部叢刊本은 정자를 사용하였다.

783) 笑의 이체자. 아랫부분의 '夭'가 '犬'의 형태로 되어있다.

784) 郎의 이체자. 우부방의 '阝'가 '卩'의 형태로 되어있다. 조선간본과 四部叢刊本은 판본 전체적으로 좌부변의 '阝'는 거의 '卩'의 형태로 사용하였지만 우부방의 '阝' 거의 제 형태로 사용하였는데, 여기서는 예외적으로 '卩'의 형태를 사용하였다.

785) 豪의 이체자. 윗부분의 '亯'의 형태가 '룹'의 형태로 되어있다.

786) 조선간본은 정자로 되어있는데, 四部叢刊本은 머리 '艹'의 아랫부분 오른쪽의 '番'이 '畨'의 형태로 된 이체자 '藩'을 사용하였다.

787) 矣의 이체자. '厶'의 아랫부분의 '矢'가 '失'의 형태로 되어있다. 四部叢刊本은 정자를 사용하였다.

788) 侯의 이체자. 오른쪽 윗부분의 'ユ'의 형태가 '亠'의 형태로 되어있다. 四部叢刊本은 그 부분이 '工'의 형태로 된 이체자 '侯'를 사용하였다.

789) 寶의 이체자. '宀'의 아랫부분 오른쪽의 '缶'가 '尔'로 되어있다.

790) ' 〖~〗 ' 이 부호는 한 행을 뜻한다. 본 판본은 1행에 18자로 되어있는데, ' 〖~〗 '로 표시한 이번 면(제45면)의 제11행은 두 글자가 많은 20자로 되어있다. 四部叢刊本도 조선간본과 동일하게 20자로 되어있다.

791) 願의 이체자. 四部叢刊本은 정자를 사용하였다.

792) 烹의 이체자. 윗부분의 '亨'이 '亯'의 형태로 되어있다.

793) 贊의 이체자. 윗부분의 '先先'이 '夫夫'의 형태로 되어있다.

魚。」因反走。靖郭君曰:「請少進。」客曰:「否。臣不敢以死戲。」靖郭君曰:
「嘻!寡人毋得已,試復道之。」客曰:「君獨不聞海[794]大魚乎?網弗能止,繳不
能牽,碭而失水,陸居則螻[795]蟻得意焉。且夫齊,亦君之水也,君已有齊,奚以
薛爲?君若無齊,城薛猶且無益也。」靖郭[796]君大悅,罷民弗城薛也。

　　齊有婦人,極[797]醜[798]無雙,號[799]曰:「無塩[800]女」。其爲人也,臼[801]頭深
目,長壯大節,昂鼻結喉[802],肥項少髮[803],折腰出胷[804],皮膚若漆[805]。行年三
十,無所容入,衒嫁不售[806],流{第46面}棄[807]莫執,於是乃拂拭短褐[808],自
詣[809]宣王,願一見,謂謁者曰:「妾,齊之[810]不售女也,聞君王之聖德,願備後

---

794) 海의 이체자. 오른쪽 아랫부분의 '母'가 '毋'의 형태로 되어있다. 四部叢刊本은 그 부분이 '毋'
　　의 형태로 된 이체자 '海'를 사용하였다.
795) 螻의 이체자. 오른쪽의 '婁'가 '𡝤'의 형태로 되어있다.
796) 앞에서는 조선간본과 四部叢刊本은 모두 이체자 '郭'을 사용하였는데, 여기서는 두 판본 모두
　　정자를 사용하였다.
797) 極의 이체자. 오른쪽의 '丂'가 '了'의 형태로 되어있다. 조선간본과 四部叢刊本 판본 전체적으
　　로 이 형태의 이체자만 사용하였다.
798) 醜의 이체자. 오른쪽의 '鬼'가 맨 위의 한 획이 빠진 '鬼'의 형태로 되어있다.
799) 號의 이체자. 오른쪽 윗부분의 '虍'가 '严'의 형태로 되어있다.
800) 塩의 이체자. 좌부변의 '土'가 '皿'의 위로 올라와 있다.
801) 조선간본은 맨 아랫부분의 가로획이 붙어 있는데, 四部叢刊本은 그 부분이 떨어진 '臼'로 되
　　어있다.
802) 喉의 이체자. 오른쪽부분의 '侯'가 '𠋫'의 형태로 되어있다.
803) 髮의 이체자. 아랫부분의 '犮'이 '友'의 형태로 되어있다.
804) 胷의 이체자. 윗부분의 '匈'이 '匃'의 형태로 되어있다.
805) 漆의 이체자. 오른쪽 윗부분의 '木'이 '夾'의 형태로 되어있고 아랫부분의 '氺'가 '小'의 형태로
　　되어있다.
806) 四部叢刊本은 '隻'으로 되어있고, 龍溪精舍本에는 조선간본과 동일하게 '售'로 되어있다. 여기
　　서는 '팔리다'(劉向 撰, 林東錫 譯註,《신서1》, 동서문화사, 2009. 196쪽)라는 뜻이기 때문에
　　조선간본의 '售'가 맞고 四部叢刊本의 '隻'은 誤字이다.
807) 조선간본은 정자를 사용하였는데, 四部叢刊本은 略字 '弃'를 사용하였다.
808) 褐의 이체자. 좌부변의 '衤'가 '礻'의 형태로 되어있으며, 오른쪽의 '曷'이 '曷'의 형태로 되어있다.
809) 詣의 이체자. 오른쪽 윗부분의 '匕'가 '上'의 형태로 되어있다.
810) 之의 이체자. 귀중본과 고본 모두 맨 위의 'ㆍ'이 빠져있다. 四部叢刊本에는 정자로 되어있
　　다. 그런데 조선간본은 판본 전체적으로 이런 형태의 글자를 거의 사용하지 않았기 때문에

宮之掃除811), 頓812)首司馬門外, 唯王幸813)許之。」謁者以聞, 宣王方置814)酒於
漸臺, 左右聞之, 莫不掩口而大笑。曰：「此天下强顔女子也。」於是815)宣王乃召
見之, 謂曰：「昔先王爲寡人取妃816)匹, 皆已備817)有列位矣。寡人今日聽818)鄭衛
之聲819)嘔吟820)感傷, 楊821)激楚之遺風。今夫人不容鄕822)里布衣, 而欲干萬
乘823)之主, 亦有奇824)能乎？」無塩女對曰：「無有。直825)竊826)慕大王之美827)義
耳。」王曰：「雖然, 何喜。」良久曰：「竊嘗828)喜隱829)。」王曰：「隱830)固寡人之

이체자가 아니라 誤字이거나 판각 후에 훼손된 것으로 보인다.

811) 除의 이체자. 좌부변의 '阝'가 '刂'의 형태로 되어있고 오른쪽부분의 '余'가 '𣁋'의 형태로 되어
있다. 四部叢刊本은 좌부변은 조선간본과 같고 오른쪽부분은 정자 형태로 된 이체자 '除'를
사용하였다.

812) 조선간본은 정자를 사용하였는데, 四部叢刊本은 이체자 '頃'을 사용하였다.

813) 幸의 이체자. 윗부분의 '土'의 아랫부분과 아랫부분의 '羊'의 윗부분이 서로 겹쳐 있다.

814) 조선간본은 정자를 사용하였는데, 四部叢刊本은 이체자 '置'를 사용하였다.

815) 是의 이체자. 四部叢刊本에는 정자로 되어있다.

816) 妃의 이체자. 오른쪽의 '己'가 '巳'의 형태로 되어있다.

817) 조선간본은 정자를 사용하였는데, 四部叢刊本은 이체자 '備'를 사용하였다.

818) 聽의 이체자. 판본 전체적으로 자주 사용하는 이체자 '聽'과는 다른데, 오른쪽부분의 '耳'의 아
래 '王'이 '土'의 형태로 되어있고 오른쪽부분은 정자 형태로 되어있다.

819) 聲의 이체자. 윗부분 오른쪽의 '殳'가 '𢽬'의 형태로 되어있다.

820) 吟의 이체자. 오른쪽부분의 '今'이 '𫆉'의 형태로 되어있다.

821) 四部叢刊本은 '揚(揚의 이체자)'으로 되어있고, 龍溪精舍本은 '揚(揚의 이체자)'으로 되어있다.
세 판본 모두 이체자로 되어있는데, 결국 조선간본은 '楊'을 사용한 것이고 四部叢刊本과 龍溪精舍
本은 '揚'을 사용한 것이다. 여기서는 '激揚하다'(劉向 撰, 林東錫 譯註,《신서1》, 동서문화사, 2009.
197쪽)라는 뜻이기 때문에 四部叢刊本의 '揚'이 맞고 조선간본의 '楊'은 誤字이다.

822) 鄕의 이체자. 가운데부분의 '皀'에서 윗부분의 '丿'이 빠져있다.

823) 乘의 이체자.

824) 奇의 이체자. 머리의 '大'가 '亠'으로 되어있다.

825) 直의 이체자. 윗부분이 '亠'로 되어있고 아랫부분이 '且'로 되어있다. 四部叢刊本은 다른 형태
의 이체자 '直'으로 되어있다.

826) 竊의 이체자. 머리의 '穴' 아래 왼쪽부분의 '釆'이 '禾'의 형태로 되어있으며, 오른쪽부분의 '卨'
의 형태가 '㕯'의 형태로 되어있다.

827) 美의 이체자. 아랫부분의 '大'가 '火'의 형태로 되어있다.

828) 嘗의 이체자. 아랫부분의 '旨'가 '甘'의 형태로 되어있다.

所願也，試一行之。」言未卒，忽{第47面}然不見矣。宣王大驚，立發[831]隱[832]書
而讀之，退而惟之，又不能明。明日，復更召而問之，又不以隱[833]對，但揚目[834]
銜[835]齒[836]，舉手拊肘曰：「殆哉！殆哉！」如此者四。宣王曰：「願遂聞命[837]。」
無塩女對曰：「今[838]大王之君國也，西有衡[839]秦之患，南有強楚之讎，外有三國
之難[840]，内聚姦臣，衆人不附。春秋四十，壯男不立，不務衆[841]子，而務衆[842]
婦，尊所好而忽所恃，一旦山陵崩弛，社稷不定，此一殆也。漸臺五重，黃[843]

---

829) 隱의 이체자. 좌부변의 'ß'가 'ǁ'의 형태로 되어있다. 조선간본과 四部叢刊本은 판본 전체적
　　으로 이런 패턴으로 되어있는데, 四部叢刊本은 특이하게도 좌부변의 'ß'를 그대로 사용한 정
　　자를 썼다.

830) 隱의 이체자. 좌부변의 'ß'가 'ǁ'의 형태로 되어있으며, 앞에서와는 다르게 오른쪽 윗부분의
　　'冖' 아래 '工'이 'コ'의 형태로 되어있다.

831) 發의 이체자. 머리의 '癶' 아랫부분 오른쪽의 '殳'가 '殳'의 형태로 되어있다.

832) 隱의 이체자. 四部叢刊本은 오른쪽 윗부분의 '冖' 아래 'コ'의 형태가 '工'으로 되어있는 이체
　　자 '隱'을 사용하였다.

833) 隱의 이체자. 여기서도 조선간본은 바로 앞에서와 같은 이체자를 사용하였는데, 四部叢刊本
　　은 오른쪽 윗부분의 '冖' 아래 'コ'의 형태가 '工'으로 되어있는 이체자 '隱'을 사용하였다.

834) 四部叢刊本에는 '目'이 아니라 '自'로 되어있고, 龍溪精舍本에는 조선간본과 동일하게 '目'으로
　　되어있다. 여기서 '揚目'은 '눈을 부릅뜨다'(劉向 撰, 林東錫 譯註,《신서1》, 동서문화사, 2009.
　　196쪽)라는 뜻이기 때문에 조선간본의 '目'이 맞고 四部叢刊本의 '自'은 誤字이다.

835) 銜의 이체자. 가운데부분의 '金'이 '䏍'의 형태로 되어있다.

836) 齒의 이체자. 아랫부분의 '齒'에서 'ㅂ'이 전체가 아니라 아랫부분만 감싼 형태로 되어있다.

837) 命의 이체자. '人'의 아랫부분 오른쪽의 'ㅁ'의 왼쪽 세로획이 '一'위에 붙은 '吅'의 형태로 되
　　어있다. 四部叢刊本은 정자로 되어있다.

838) 今의 이체자. 四部叢刊本은 판본 전체적으로 자주 사용하는 이체자 '今'을 사용하였다.

839) 衡의 이체자. 앞에서와는 반대로 가운데부분의 '㬵'가 '魚'의 형태로 되어있다.

840) 難의 이체자. 조선간본은 왼쪽부분의 '卄' 아래 'ㅁ'의 부분이 비어 있는데, 四部叢刊本에는
　　조선간본과는 다른 형태의 '難'으로 되어있다.

841) 衆의 이체자. 오른쪽부분의 '亨'이 '享'의 형태로 되어있다. 四部叢刊本은 아랫부분 왼쪽에
　　'丿'의 한 획이 적은 이체자 '衆'으로 되어있다.

842) 衆의 이체자. 四部叢刊本은 다른 형태의 이체자 '衆'으로 되어있다.

843) 黃의 이체자. 윗부분의 '卄'이 '艹'의 형태로 되어있고 아랫부분의 '虿'이 '罘'의 형태로 되어있
　　으며 그것이 윗부분의 '艹'과 떨어져 있다. 四部叢刊本은 윗부분의 '艹'과 아랫부분의 '虿'이
　　붙은 형태로 된 이체자 '黃'을 사용하였다.

金[844]白玉，琅玕龍[845]疏，翡翠[846]珠璣[847]，莫落連飾，萬民罷極，此二殆也。賢者伏匿[848]於山林，諂諛[849]強於左右，邪僞立於本朝，諫者不得通入，此三殆也。酒漿流湎，以[850]{第48面}夜續朝，女樂俳優，從横大笑，外不脩諸侯之禮，內不秉國家之治，此四殆也。故曰：『殆哉！殆哉！』。」於是[851]宣王掩然無聲，意入黃泉，忽然而昻，喟然而嘆曰：「痛乎無鹽君之言，吾今乃一聞寡人之殆，寡人之殆幾[852]不全。」於是[853]立停[854]漸臺，罷女樂，退諂諛，去雕琢[855]，選兵馬，實府庫，四闢公門，招進直言，延及側陋[856]，擇[857]吉日，立太子，進慈母[858]，顯隱女，拜無鹽君爲王后，而國大安者，醜女之力也。

劉向新序卷第二{第49面}[859]

---

844) 金의 이체자. 가운데 세로획이 맨 위의 가로획 위로 튀어나와 있다.

845) 조선간본은 정자로 되어있는데, 四部叢刊本은 이체자 '龍'을 사용하였다.

846) 翠의 이체자. 머리의 '羽'가 '彐'의 형태로 되어있다.

847) 璣의 이체자. 오른쪽부분의 '幾'가 아랫부분 왼쪽의 '人'의 형태가 'ㄅ'의 형태로 되어있으며 아랫부분의 오른쪽에 '丿' 한 획이 적다.

848) 匿의 이체자. '匚' 안의 '若'이 '若'의 형태로 되어있다.

849) 諛의 이체자. 오른쪽 부분의 '臼'가 '日'의 형태로 되어있다.

850) 조선간본은 정자로 되어있는데, 四部叢刊本은 이체자 '以'를 사용하였다.

851) 是의 이체자. 四部叢刊本에는 정자로 되어있다.

852) 幾의 이체자. 아랫부분 왼쪽의 '人'의 형태가 'ㄅ'의 형태로 되어있으며, 아랫부분의 오른쪽에는 '丿'의 한 획이 빠져있다.

853) 是의 이체자. 四部叢刊本에는 정자로 되어있다.

854) 停의 이체자. 오른쪽부분의 '亭'이 '亭'의 형태로 되어있다.

855) 조선간본은 정자로 되어있는데, 四部叢刊本은 오른쪽부분의 '豖'이 '豕'의 형태로 된 이체자 '琢'을 사용하였다.

856) 陋의 이체자. 좌부변의 '阝'가 '卩'의 형태로 되어있다.

857) 擇의 이체자. 오른쪽 아랫부분의 '幸'이 '幸'의 형태로 되어있다.

858) 母의 이체자. 안쪽의 '丶' 이 '丿'의 형태로 되어있다. 四部叢刊本은 안쪽의 '丶' 두 개가 이어진 '丿' 형태로 되어있으며 그것이 몸통의 아랫부분 밖으로 튀어나온 이체자 '毋'로 되어있다.

859) 이 卷尾의 제목은 마지막 제11행에 해당한다. 이번 면은 제8행에서 글이 끝나고, 나머지 2행이 빈칸으로 되어있다.

{第50面}860)

---

860) 〈劉向新序卷第二〉은 이전 면인 제49면에서 끝났는데, 각 권은 홀수 면에서 시작하기 때문에 짝수 면인 이번 제50면은 계선만 인쇄되어있고 한 면이 모두 비어 있다.

劉向新序卷第三

雜事第三

梁861)惠862)王謂孟子曰:「寡863)人有疾, 寡人好色。」孟子曰:「王誠好色, 於王何有?」王曰:「若864)之865)何? 好色可以王?」孟子曰:「大王好色。詩曰:『古公亶866)父, 来867)朝走馬, 率西水滸, 至於岐下。爰及姜女, 聿来相宇。』大王愛厥妃868), 出入必與之偕869)。是870)時, 内871)無怨872)女, 外無曠夫。王若好色, 與百姓同之, 民873)唯恐874)王之不好色也。」王曰:「寡人有疾, 寡人好勇。」孟子曰:「王若好勇875), 於王何有?」王曰:「若之何? 好勇可以王?」孟子曰:「詩曰:『王赫斯怒, 爰整其旅, 必按徂旅, 以篤周祐, 以對876)〔第51面〕于天下。』」此文王之勇也。文王一怒, 而安天下之民。今877)王亦一怒, 而安天下之民, 民唯恐

---

861) 梁의 이체자. 윗부분 오른쪽의 '刄'의 형태가 '刃'의 형태로 되어있다.

862) 惠의 이체자. 윗부분의 '叀'가 '宙'의 형태로 되어있다. 四部叢刊本은 정자를 사용하였다.

863) 寡의 이체자. 발의 '刀'가 '力'으로 되어있다.

864) 若의 이체자. 머리의 '艹' 아랫부분의 '右'가 '石'의 형태로 되어있고, 머리의 '艹'가 아랫부분의 '石'에 붙어 있다.

865) 之의 이체자. 귀중본과 고본 모두 맨 위의 'ㆍ'이 빠져있다. 四部叢刊本에는 정자로 되어있다. 그런데 조선간본은 판본 전체적으로 이런 형태의 글자를 거의 사용하지 않았기 때문에 이체자가 아니라 誤字이거나 판각 후에 훼손된 것으로 보인다.

866) 亶의 이체자. 윗부분의 'ㆍ' 아래 '回'가 '囬'의 형태로 되어있다.

867) 來의 略字. 조선간본과 四部叢刊本은 판본 전체적으로 정자를 주로 사용하였는데, 이번 단락에서는 略字만 사용하였다.

868) 妃의 이체자. 오른쪽의 '己'가 '巳'의 형태로 되어있다.

869) 偕의 이체자. 오른쪽부분의 '皆'에서 아랫부분의 '白'이 '日'의 형태로 되어있다.

870) 是의 이체자. 머리의 '日'이 '月' 형태로 되어있으며 그 아랫부분이 '疋'에 붙어 있다.

871) 内의 이체자. '冂'안의 '入'이 '人'의 형태로 되어있다.

872) 怨의 이체자. 윗부분의 '夗'이 '宛'의 형태로 되어있다. 四部叢刊本은 정자를 사용하였다.

873) 民의 이체자. 오른쪽부분의 'ㄴ'의 획이 윗부분 'ㅁ'의 빈 공간을 관통하고 있다.

874) 恐의 이체자. 윗부분 오른쪽의 '凡'이 안쪽의 'ㆍ'이 빠진 '几'의 형태로 되어있다.

875) 勇의 이체자. 윗부분의 'マ'의 형태가 'ㅛ'의 형태로 되어있다. 四部叢刊本은 정자를 사용하였다.

876) 對의 이체자. 왼쪽부분의 '丵'의 형태가 '圶'의 형태로 되어있다.

王之不好勇也。」

　　孫卿[878]與臨[879]武君議兵於趙孝成王前。王曰：「請問兵要？」臨武君對曰：「上得天時，下得地利，後之發[880]，先之至，此用兵之要術[881]也。」孫卿曰：「不然。臣之所聞，古之道，凡戰[882]，用兵之術，在於一民，弓矢不調，羿[883]不能以中，六馬不和，造父不能以御[884]遠[885]；士民不親附[886]，湯[887]武不能以勝。故善[888]用兵者，務在於善附民[889]而已。」臨武君曰：「不然，夫兵之所貴者，勢[890]利也；所上者，變詐攻奪也。善用之者，奄忽焉莫知(第52面)所從出，孫吳[891]用之，無敵[892]於天下。由此觀之，豈必待附民哉！」孫卿曰：「不然，臣之所言者，王者之兵，君人之事也。君之所言者，勢利也；所上者，變詐攻奪也。仁人之兵不可詐也，彼可詐者，怠慢者也，落單[893]者也。君臣上下之間，渙然有離德[894]者也。若以桀詐桀，猶[895]有幸[896]焉，若以桀詐堯[897]，譬之若以

---

877) 今의 이체자. 머리 '人' 아랫부분의 가로획 'ㅡ'이 'ㆍ'의 형태로 되어있고, 그 아랫부분의 'ㄱ'의 형태가 'ㅜ'의 형태로 되어있다. 四部叢刊本은 다른 형태의 이체자 '今'으로 되어있다.

878) 卿의 이체자. 가운데 부분의 '皀'의 형태가 '㫠'의 형태로 되어있다.

879) 臨의 이체자. 좌부변의 '臣'이 '目'의 형태로 되어있다.

880) 發의 이체자. 머리의 '癶' 아랫부분 오른쪽의 '殳'가 '叟'의 형태로 되어있다.

881) 術의 이체자. 가운데부분의 '朮' 위에 'ㆍ'이 빠져있다.

882) 戰의 이체자. 오른쪽부분의 '單'이 '单'의 형태로 되어있다.

883) 羿의 이체자. 머리의 '羽'가 '羽'의 형태로 되어있다.

884) 御의 이체자. 가운데부분의 '缶'의 형태가 '缶'의 형태로 되어있다.

885) 遠의 이체자. '辶'의 윗부분에서 '土'의 아랫부분의 '尕'의 형태가 '朩'의 형태로 되어있다.

886) 附의 이체자. 좌부변의 '阝'가 '卩'의 형태로 되어있다.

887) 湯의 이체자. 왼쪽 아랫부분의 '昜'이 '易'의 형태로 되어있다.

888) 善의 이체자. 가운데부분의 '丷'의 형태가 '廾'의 형태로 되어있다. 조선간본과 四部叢刊本 판본 전체적으로 위의 형태의 이체자만 사용하였다.

889) 조선간본은 정자로 되어있는데, 四部叢刊本에는 이체자 '民'으로 되어있다.

890) 勢의 이체자. 윗부분 왼쪽의 '坴'이 '幸'의 형태로 되어있다.

891) 吳의 이체자. 아랫부분의 '夨'의 형태가 '㐅'의 형태로 되어있다.

892) 敵의 이체자. 왼쪽부분의 '啇'이 '啇'의 윗부분에 가로획 하나가 더 있는 '啇'의 형태로 되어있다. 四部叢刊本은 정자를 사용하였다.

893) 單의 이체자. 아랫부분의 가로획 왼쪽에 점이 첨가된 '甼'의 형태로 되어있다.

894) 德의 이체자. 오른쪽부분의 '悳'의 형태가 가운데 가로획이 빠진 '悳'의 형태로 되어있다.

卵898)投899)石，若以指900)撓901)沸，若羽蹈902)烈火，入則焦沒903)耳，夫又何可詐
也。故仁人之兵，鋌904)則若莫邪之利刃905)，嬰之者斷，銳906)則若莫邪之利
鋒907)，當之者潰。圓908)居而方止，若盤909)石然，觸之者龍910)種而退耳。夫又何
可詐也？」故仁人之兵，或將三軍同力，上下一(第53面)心，臣之於君也，下之於
上911)也，𦏵912)子之事父913)也，𦏵弟914)之事兄也，𦏵手足之捍915)頭目而覆胷腹

---

895) 조선간본 오른쪽 윗부분이 'ゝ'의 형태로 된 글자를 사용하였는데, 四部叢刊本은 그 부분이
　　　 '八'의 형태로 된 '猶'를 사용하였다.

896) 幸의 이체자. 아랫부분의 '羊'이 '羊'의 형태로 되어있고, 윗부분의 '土'의 아랫부분과 아랫부분
　　　 의 '羊'의 윗부분이 서로 겹쳐 있다.

897) 堯의 이체자. 조선간본은 아랫부분의 '兀'이 '儿'의 형태로 되어있는데, 四部叢刊本은 '儿'의
　　　 형태로 된 이체자 '堯'을 사용하였다.

898) 卵의 이체자. 왼쪽부분의 '𠃲'의 형태가 '夕'의 형태로 되어있고, 오른쪽부분의 '卩'의 형태는
　　　 '𠃌'의 형태로 되어있다. 四部叢刊本은 왼쪽은 조선간본과 같고 오른쪽은 정자 형태로 된 이
　　　 체자 '卵'을 사용하였다.

899) 投의 이체자. 오른쪽부분의 '殳'가 '𠬢'의 형태로 되어있다. 四部叢刊本은 정자를 사용하였다.

900) 指의 이체자. 오른쪽 윗부분의 '匕'가 '上'의 형태로 되어있다.

901) 撓의 이체자. 오른쪽 아랫부분의 '兀'이 '儿'의 형태로 되어있다.

902) 蹈의 이체자. 오른쪽 아랫부분의 '臼'가 '旧'의 형태로 되어있다.

903) 沒의 이체자. 오른쪽부분의 '殳'가 '𠬢'의 형태로 되어있다.

904) 鋌의 이체자. 맨 오른쪽부분의 '壬'이 '手'의 형태로 되어있다.

905) 刃의 이체자. 왼쪽부분의 'ヽ'이 직선 형태로 되어있다.

906) 銳의 이체자. 좌부변의 '金'이 '金'의 형태로 되어있고 오른쪽부분의 '兌'가 '㲋'의 형태로 되어
　　　 있다.

907) 鋒의 이체자. 좌부변의 '金'이 '金'의 형태로 되어있다.

908) 圓의 이체자. '囗' 안의 '員'에서 윗부분의 '口'가 '厶'의 형태로 되어있다.

909) 盤의 이체자. 윗부분 오른쪽의 '殳'가 자주 사용하는 '𠬢'의 형태가 아니라 '모'의 형태로 되어
　　　 있다. 四部叢刊本은 자주 사용하는 형태의 이체자 '盤'으로 되어있다.

910) 龍의 이체자. 四部叢刊本은 隴(隴의 이체자)'을 사용하였고 龍溪精舍本 정자 '隴'을 사용하였
　　　 다. 두 판본은 모두 조선간본과 다르게 '隴'으로 되어있다. 여기서 '隴種'은 '잃어버리고 실패
　　　 하여 용기를 잃은 모습'(劉向 撰, 林東錫 譯註,《신서1》, 동서문화사, 2009. 215쪽. 劉向 原
　　　 著, 李華年 譯註,《新序全譯》, 貴州人民出版社, 1994. 77쪽)이라는 뜻이기 때문에 四部叢刊
　　　 本의 '隴(隴의 이체자)'이 맞고 조선간본의 '龍(龍의 이체자)'은 誤字이다.

911) 고본은 '丄'으로 되어있는데, 귀중본은 거기에 가필을 하여 '上'으로 만들어 놓았다. 四部叢刊
　　　 本에는 '上'으로 되어있다.

也。詐而襲[916]之，與先驚而後擊[917]之一也，夫又何可詐也？且[918]夫暴[919]亂[920]之君，將誰與至哉？彼其所與至者，必其民也，民之親[921]我，驩然如父毋[922]，好我芳如椒蘭[923]，反[924]顧其上，如灼黥[925]，如仇[926]讎。人之情，雖桀跖豈有[927]肯爲其所惡，而賊其所好者哉！是猶使人之孫子，自賊其父毋[928]也。詩曰：『武[929]王載旆，有虔[930]秉鉞，如火烈烈，則莫我敢曷[931]。』此之謂也。」孝成王

912) 若의 이체자. 조선간본과 四部叢刊本은 판본 전체적으로 이체자 '若'을 주로 사용하였는데, 여기서는 전혀 다른 형태의 이체자 사용하였다. 그런데 이 이체자 '若'은 이번 단락에서만 사용하고 이후에는 거의 사용하지 않았다.

913) 父의 이체자. 아랫부분의 '乂'의 형태가 '又'의 형태로 되어있다. 四部叢刊本은 정자를 사용하였다.

914) 弟의 이체자. 윗부분의 '丷'의 형태가 '八'의 형태로 되어있다.

915) 조선간본은 정자를 사용하였는데, 四部叢刊本은 오른쪽부분의 '旱'이 '导'의 형태로 된 이체자 '挦'을 사용하였다.

916) 襲의 이체자. 윗부분 오른쪽의 '啚'의 형태가 '直'의 형태로 되어있다. 四部叢刊本은 그 부분이 '啚'의 형태로 된 이체자 '襲'을 사용하였다.

917) 擊의 이체자. 윗부분 오른쪽의 '殳'가 '殳'의 형태로 되어있다.

918) 且의 이체자. 조선간본은 가로획 하나가 더 들어가 있다. 四部叢刊本은 정자로 되어있다.

919) 暴의 이체자. 발의 '氺'가 '小'으로 되어있다.

920) 亂의 이체자. 왼쪽부분의 '𤔔'의 형태가 '𤔔'의 형태로 되어있다.

921) 親의 이체자. 오른쪽부분의 '立' 아래의 '木'이 '未'의 형태로 되어있다.

922) 母의 이체자. 안쪽의 '丶' 두 개가 직선 형태로 되어있다. 四部叢刊本은 그 부분이 '丿'의 형태로 되어있으며 그것이 몸통의 아랫부분 밖으로 튀어나온 이체자 '毋'로 되어있다.

923) 蘭의 이체자. '艹'아래 '門' 안의 '柬'이 '東'의 형태로 되어있다.

924) 反의 이체자. '厂'이 '丆'의 형태로 되어있고 윗부분의 가로획이 비스듬한 형태로 되어있다.

925) 黥의 이체자. 좌부변의 '黑'이 '黒'의 형태로 되어있으며, '京'이 '灬'의 형태 위에 있다.

926) 조선간본은 정자로 되어있는데, 四部叢刊本은 오른쪽부분이 '丸'으로 된 이체자 '仇'를 사용하였다.

927) 有의 이체자. 아랫부분의 '月'이 가로획 하나가 더 들어간 '目'의 형태로 되어있다. 四部叢刊本은 정자로 되어있다.

928) 母의 이체자. 안쪽의 '丶' 이 '丿'의 형태로 되어있다. 四部叢刊本은 다른 형태의 이체자 '毋'를 사용하였다.

929) 武의 이체자. 맨 윗부분의 가로획이 '弋'에서 '乚'획의 밖으로 튀어나와 있다. 四部叢刊本은 정자로 되어있다.

930) 虔의 이체자. 머리의 '虍'가 '声'의 형태로 되어있다. 四部叢刊本은 그 부분이 '声'의 형태로

臨武君曰：「善。請問王者之兵。」孫卿[932]曰：「將率者，末[933]事也。臣■[934]列王者之事，君人之法。」昔者，秦魏[935]爲與國，齊[936]{第54面}楚約而欲攻魏，魏使人求救[937]於秦[938]，冠蓋相望，秦[939]救不出。魏人有唐且者，年九十餘[940]，謂魏王曰：「老臣請西說[941]秦[942]，令兵先臣出，可乎？」魏王曰：「敬諾[943]。」遂約車而遣之。且見秦[944]王。秦[945]王曰：「丈[946]人罔然乃遂至此，甚苦矣。魏來求救數[947]矣[948]，寡人知魏之急矣。」唐且咨[949]曰：「大王已知魏之急而救不至，是大

된 이체자 '處'를 사용하였다.

931) 曷의 이체자. 아랫부분의 '匃'가 '匃'의 형태로 되어있다.

932) 卿의 이체자. 앞에서 사용한 이체자 '卿'과는 다르게 왼쪽의 'ㅌ'의 형태가 '夕'의 형태로 되어 있고 가운데 부분의 '皀'의 형태가 '皀'의 형태로 되어있다.

933) 四部叢刊本에는 '末'로 되어있는데, 龍溪精舍本에는 조선간본과 동일하게 '末'로 되어있다. 여기서는 '本事가 아닌 末事'(劉向 撰, 林東錫 譯註, 《신서1》, 동서문화사, 2009. 213쪽)라는 뜻이기 때문에 조선간본의 '末'이 맞고 四部叢刊本의 '末'는 誤字이다.

934) 계명대 귀중본과 고본은 모두 검은 빈칸으로 되어있는데, 이번 면(제54면) 제11행 제1자에 해당한다. 四部叢刊本과 龍溪精舍本에는 모두 '請'으로 되어있다. 그런데 귀중본은 빈칸 위에 '請'이란 글자를 손으로 적어놓았으며, 고본은 검은 빈칸을 그대로 두었다.

935) 魏의 이체자. 오른쪽부분의 '鬼'에서 맨 위의 'ㅣ'이 빠져있다.

936) 齊의 이체자. 'ㅗ'의 아래에서 가운데부분의 'Y'가 '了'의 형태로 되어있다.

937) 救의 이체자. 왼쪽의 '求'에 'ㅣ'이 빠져있다. 조선간본과 四部叢刊本은 판본 전체적으로 정자와 이체자를 혼용하였는데, 이번 단락에서는 이체자만을 사용하였다.

938) 조선간본은 정자로 되어있는데, 四部叢刊本은 발의 '禾'가 '未'의 형태로 된 이체자 '秦'을 사용하였다. 이번 단락에서 조선간본과 四部叢刊本은 정자와 이체자를 혼용하였는데, 두 판본의 글자가 다른 경우에는 주를 달아 밝힌다.

939) 조선간본은 정자로 되어있는데, 四部叢刊本은 이체자 '秦'을 사용하였다.

940) 餘의 이체자. 오른쪽부분의 '余'가 '余'의 형태로 되어있다.

941) 說의 이체자. 오른쪽부분의 '兌'가 '쓧'의 형태로 되어있다.

942) 조선간본은 정자로 되어있는데, 四部叢刊本은 이체자 '秦'을 사용하였다.

943) 諾의 이체자. 오른쪽의 '若'이 '若'의 형태로 되어있다.

944) 秦의 이체자. 발의 '禾'가 '未'의 형태로 되어있다. 四部叢刊本은 정자를 사용하였다.

945) 秦의 이체자. 四部叢刊本은 정자를 사용하였다.

946) 丈의 이체자. 윗부분에 'ㅣ'이 첨가되어있다.

947) 數의 이체자. 왼쪽부분의 '婁'가 '婁'의 형태로 되어있다.

948) 矣의 이체자. 'ㅿ'의 아랫부분의 '矢'가 '失'의 형태로 되어있다.

王籌筴⁹⁴⁹⁾之臣失之也。且夫魏一萬乘⁹⁵⁰⁾之國也。稱⁹⁵¹⁾東藩⁹⁵²⁾，受冠帶⁹⁵³⁾，祠春秋者，爲秦之強，足以爲與也。今齊楚之兵已在魏郊矣，大王之救不至，魏急則割地而約齊楚，王雖欲救之，豈有及哉？是亡一萬乘之魏，而强⁹⁵⁴⁾二敵之齊楚也。竊⁹⁵⁵⁾以爲大王〔第55面〕籌筴之臣失之矣。」秦⁹⁵⁶⁾王懼然而悟，遍⁹⁵⁷⁾發兵救之，馳騖而往⁹⁵⁸⁾，齊楚聞之，引兵而去，魏氏復故。唐且一說，定疆秦之莢⁹⁵⁹⁾，解⁹⁶⁰⁾魏國之患，散齊楚之兵，一舉而折衝消難⁹⁶¹⁾，辭⁹⁶²⁾之功也。孔子曰：「言語宰⁹⁶³⁾我、子貢。」故詩曰：「辭之集矣，民之洽矣；辭之懌矣，民之莫矣。」唐且有辭⁹⁶⁴⁾，魏國賴⁹⁶⁵⁾之，故不可以已。

燕⁹⁶⁶⁾易⁹⁶⁷⁾王時，國大亂⁹⁶⁸⁾，齊閔王興⁹⁶⁹⁾師伐燕，屠燕國，載其寶⁹⁷⁰⁾器⁹⁷¹⁾

---

949) 筴의 이체자. 머리의 '竹'이 '艹'의 형태로 되어있다.
950) 乘의 이체자.
951) 稱의 이체자. 오른쪽 아랫부분의 '冉'이 '冊'의 형태로 되어있다.
952) 藩의 이체자. 머리 '艹'의 아랫부분 오른쪽의 '番'이 '畨'의 형태로 되어있다.
953) 帶의 이체자. 윗부분의 '卅'의 형태가 '冊'의 형태로 되어있다. 四部叢刊本은 윗부분이 '卌'의 형태로 된 이체자 '帶'를 사용하였다.
954) 조선간본은 정자를 사용하였는데, 四部叢刊本은 이체자 '強'을 사용하였다.
955) 竊의 이체자. 머리의 '穴' 아래 왼쪽부분의 '釆'이 '耒'의 형태로 되어있으며, 오른쪽부분의 '禼'의 형태가 '离'의 형태로 되어있다.
956) 조선간본은 정자로 되어있는데, 四部叢刊本에는 이체자 '秦'으로 되어있다.
957) 遍의 이체자. '辶' 위의 '虎'가 '严'의 형태로 되어있으며, 그 아래 '豖'이 '匆'의 형태로 되어있다.
958) 往의 俗字. 오른쪽부분의 '主'가 '生'의 형태로 되어있다.
959) 莢의 이체자. 앞에서는 정자를 사용하였는데, 여기서는 머리의 '竹'이 '艹'의 형태로 된 이체자를 사용하였다.
960) 解의 이체자. 오른쪽 아랫부분의 '牛'가 '牜'의 형태로 되어있다.
961) 難의 이체자. 왼쪽 윗부분의 '廿'이 '丗'의 형태로 되어있다.
962) 辭의 이체자. 왼쪽부분의 '濁'가 '濁'의 형태로 되어있으며, 우부방의 '辛'이 아랫부분에 가로획 하나가 더 첨가된 '辛'의 형태로 되어있다.
963) 宰의 이체자. 머리 '宀'의 아랫부분의 '辛'이 아랫부분에 가로획 하나가 더 첨가된 '辛'의 형태로 되어있다.
964) 辭의 이체자. 앞에서 사용한 이체자 '辭'와는 다르게 왼쪽부분의 '濁'가 '濁'의 형태로 되어있고 우부방은 정자 형태로 되어있다.
965) 賴의 이체자. 오른쪽의 '負'가 '頁'의 형태로 되어있다.

而歸。易王歿[972]，及燕國復，太子立爲燕王，是[973]爲燕昭[974]王。昭王賢[975]，即位甲[976]身厚[977]弊[978]，以招[979]賢者。謂郭[980]隗[981]曰：「齊因孤[982]國之亂[983]，而襲[984]破燕、孤[985]極[986]知燕小力少，不足以報，然得賢士與共國，以雪[987]先王

---

966) 燕의 이체자. 가운데부분의 '㳀'의 형태에서 왼쪽부분의 'ㅓ'의 형태가 '土'의 형태로 되어있다.

967) 易의 이체자. 머리의 '日'이 '月'의 형태로 되어있고 아랫부분의 '勿'위에 바로 붙어 있다.

968) 亂의 이체자. 왼쪽부분의 '𤔔'의 모양이 '𠬜'의 형태로 되어있으며, 우부방의 'ㄴ'이 '乙'의 형태로 되어있다. 四部叢刊本은 왼쪽부분이 조선간본과 같은 형태로 되어있고, 우부방은 정자 형태의 'ㄴ'을 그대로 사용한 이체자 '亂'으로 되어있다.

969) 興의 이체자. 조선간본은 윗부분 가운데의 '同'의 형태가 '目'의 형태로 되어있다. 四部叢刊本은 그 부분이 조선간본과 다르게 '同'의 형태로 된 이체자 '興'을 사용하였다.

970) 寶의 이체자. '宀'의 아랫부분 오른쪽의 '缶'가 '尔'로 되어있다.

971) 조선간본은 정자로 되어있는데, 四部叢刊本에는 가운데부분에 'ヽ'이 빠진 형태의 이체자 '器'로 되어있다.

972) 死의 이체자. 오른쪽 부분의 '匕'가 '已'의 형태로 되어있다. 四部叢刊本에서는 그 부분이 '匕'의 형태로 된 이체자 '死'를 사용하였다.

973) 是의 이체자. 머리의 '日'이 '月' 형태로 되어있으며 그 아랫부분이 '疋'에 붙어 있다. 四部叢刊本은 정자를 사용하였다.

974) 昭의 이체자. 오른쪽 윗부분의 '刀'가 'ク'의 형태로 되어있다.

975) 賢의 이체자. 윗부분 왼쪽의 '臣'이 '目'의 형태로 되어있다.

976) 卑의 이체자. 맨 윗부분의 'ノ'이 빠져있다.

977) 厚의 이체자. 부수 '厂' 안의 윗부분의 '日'이 '白'의 형태로 되어있다.

978) 조선간본과 四部叢刊本은 '弊'로 되어있는데, 龍溪精舍本은 '幣'로 되어있다. 여기서는 '예물'(劉向 撰, 林東錫 譯註,《신서1》, 동서문화사, 2009. 222쪽)이라는 뜻이기 때문에 조선간본과 四部叢刊本의 '弊'는 '幣'의 誤字이다.

979) 招의 이체자. 오른쪽 윗부분의 '刀'가 'ク'의 형태로 되어있다.

980) 郭의 이체자. 왼쪽부분의 '享'이 '享'의 형태로 되어있다.

981) 隗의 이체자. 좌부변의 '阝'가 'ㅏ'의 형태로 되어있으며, 오른쪽부분의 '鬼'가 맨 위의 한 획이 빠진 '鬼'의 형태로 되어있다.

982) 孤의 이체자. 오른쪽부분의 '瓜'가 '㼌'의 형태로 되어있다. 四部叢刊本은 그 부분이 '瓜'의 형태로 된 이체자 '孤'를 사용하였다.

983) 亂의 이체자. 四部叢刊本에는 형태의 이체자 '亂'으로 되어있다.

984) 襲의 이체자. 四部叢刊本에는 윗부분의 '龍'이 다른 형태의 이체자 '襲'으로 되어있다.

985) 孤의 이체자. 四部叢刊本은 다른 형태의 이체자 '孤'를 사용하였다.

986) 極의 이체자. 오른쪽의 '丂'가 '了'의 형태로 되어있다.

{第56面}之醜988)，孤之顧989)也。先生視可者得身事之。」隗曰：「臣聞古人之君，有‵以990)千金991)求千里馬者，三年不能得，涓992)人言於君曰：「請求之。」君遣之，三月得千里馬，馬已死993)，買其骨五百金994)，反995)以報君。君大怒曰：「所求者生馬，安用死馬捐996)五百金997)。」涓人對曰：「死馬且市之五百金，況998)生馬乎？天下必以王爲能市馬，馬今至矣。」於是不碁年，千里馬至者二。今999)王誠欲必致士，請從隗1000)始。隗且見事，況賢於隗者乎？豈遠1001)千里哉？」於是昭王爲隗築1002)宮而師之。樂毅1003)自魏往，鄒衍自齊往，劇1004)辛1005)自趙往1006)，士爭走燕。燕王弔死問孤，與百姓同甘苦二十八年，燕{第57面}國殷

---

987) 雪의 이체자. 머리의 '雨'가 '雨'의 형태로 되어있다.

988) 醜의 이체자. 오른쪽부분의의 '鬼'가 맨 위의 한 획이 빠진 '鬼'의 형태로 되어있다.

989) 顧의 이체자. 오른쪽부분의 '原'이 '原'의 형태로 되어있다. 四部叢刊本에는 정자로 되어있다.

990) 以의 이체자. 왼쪽부분이 'ヽ'의 형태로 되어있다. 四部叢刊本에는 정자로 되어있다. 그런데 조선간본은 판본 전체에서 여기서만 유일하게 'ヾ'의 형태를 사용하였기 때문에 이체자가 아니라 誤字이거나 판각한 후에 훼손된 것으로 보인다.

991) 조선간본은 정자로 되어있는데, 四部叢刊本은 이체자 '金'으로 되어있다.

992) 涓의 이체자. 오른쪽 윗부분의 '口'가 'ム'의 형태로 되어있다.

993) 死의 이체자. 四部叢刊本은 다른 형태의 이체자 '死'를 사용하였다.

994) 金의 이체자. 가운데 세로획이 맨 위의 가로획 위로 튀어나와 있다.

995) 조선간본은 정자로 되어있는데, 四部叢刊本은 이체자 '反'으로 되어있다.

996) 捐의 이체자. 오른쪽 윗부분의 '口'가 'ム'의 형태로 되어있다.

997) 조선간본은 정자로 되어있는데, 四部叢刊本은 이체자 '金'으로 되어있다.

998) 況의 俗字. 좌부변의 'シ'가 'ㆌ'의 형태로 되어있다.

999) 今의 이체자. 四部叢刊本은 다른 형태의 이체자 '今'을 사용하였다.

1000) 隗의 이체자. 앞에서 사용한 이체자 '隗'와는 다르게 좌부변에 'ß'는 그대로 되어있고 오른쪽부분은 '鬼'의 형태로 되어있다. 四部叢刊本은 좌부변이 'ㄗ'의 형태로 된 이체자 '隗'를 사용하였다. 조선간본과 四部叢刊本 판본 전체적으로 좌부변의 'ß'는 거의 'ㄗ'의 형태를 사용하였는데, 조선간본은 특이하게도 여기서는 좌부변의 'ß'를 그대로 사용하였다.

1001) 遠의 이체자. '辶'의 윗부분에서 '土'의 아랫부분의 '哀'의 형태가 '衣'의 형태로 되어있다.

1002) 築의 이체자. 가운데 오른쪽부분의 '凡'에서 'ヽ'이 빠진 '几'의 형태로 되어있다.

1003) 毅의 이체자. 우부방의 '殳'가 '旻'의 형태로 되어있다.

1004) 劇의 이체자. 왼쪽 윗부분의 '虍'가 '严'의 형태로 되어있으며, 그 아래 '豕'가 '勿'의 형태로 되어있다.

1005) 辛의 이체자. 아랫부분에 가로획 하나가 더 첨가되어있다.

富[1007]，士卒樂軼輕戰。於是遂以樂毅爲上將軍，與秦楚三晉合謀[1008]以伐齊。樂毅之筴，得賢之功也。

　樂毅爲昭[1009]王謀，必待諸侯兵，齊乃可伐[1010]也。於是乃使樂毅使諸侯，遂合連四國之兵以伐齊，大破之。閔王亡逃，僅[1011]以身脫[1012]，匿[1013]莒，樂毅追之，遂屠七十餘城，臨[1014]淄盡降[1015]，唯莒即墨[1016]未下，盡復收燕寶器[1017]而歸，復易[1018]王之辱[1019]。樂毅謝罷諸侯之兵，而獨圍莒即墨，時田單[1020]爲即墨令，患樂毅善用兵，田單不能詐也，欲法[1021]之，昭王又賢[1022]，不肯聽[1023]

1006) 조선간본이나 四部叢刊本은 판본 전체적으로 거의 俗字 '姓'을 사용하였는데, 여기서는 두 판본 모두 정자로 되어있다.

1007) 富의 이체자. 머리의 'ㅛ'이 'ㅡ'의 형태로 되어있다.

1008) 謀의 이체자. 오른쪽부분의 '某'가 '某'의 형태로 되어있다.

1009) 조선간본과 四部叢刊本은 앞에서 이체자 '昭'를 사용하였는데, 여기서는 정자를 사용하였다.

1010) 伐의 이체자. 오른쪽부분의 '戈'에서 'ㆍ'가 빠져있다. 四部叢刊本에는 정자로 되어있다.

1011) 僅의 이체자. 오른쪽부분의 '堇'에서 아랫부분에 가로획 하나가 적은 '堇'의 형태로 되어있다.

1012) 脫의 이체자. 오른쪽부분의 '兌'가 '兊'로 되어있다.

1013) 匿의 이체자. 'ㄷ' 안의 '若'이 '若'의 형태로 되어있다.

1014) 臨의 이체자. 좌부변의 '臣'이 '目'의 형태로 되어있다. 四部叢刊本은 왼쪽부분이 조선간본과 같고 오른쪽 윗부분의 'ㅅ'의 형태가 'ㅗ'의 형태로 된 이체자 '臨'을 사용하였다.

1015) 降의 이체자. 좌부변의 'ㅸ'는 'ㅐ'의 형태의 형태로 되어있다.

1016) 墨의 이체자. 윗부분의 '黑'이 '黒'의 형태로 되어있다.

1017) 器의 이체자. 가운데부분의 '犬'의 형태가 '尤'의 형태로 되어있다.

1018) 易의 이체자. 머리의 '日'이 '月'의 형태로 되어있고 아랫부분의 '勿'에서 맨 왼쪽의 'ノ'획이 빠져있다. 四部叢刊本에는 조선간본과 전혀 다른 형태의 이체자 '毿'으로 되어있다.

1019) 辱의 이체자. 'ㄏ'의 왼쪽부분이 잘려나갔고 그 안쪽의 윗부분의 '辰'이 '辰'의 형태로 되어있으며 그 아랫부분의 '寸'은 'ㆍ'가 빠져있다. 四部叢刊本에는 이체자 '辱'으로 되어있다. 조선간본은 글자가 완전한 형태가 아닌 것으로 미루어보면 판각한 후에 훼손되었을 가능성이 높아 보인다.

1020) 單의 이체자. 아랫부분의 가로획 왼쪽에 점이 첨가된 '甲'의 형태로 되어있다.

1021) 조선간본과 四部叢刊本은 모두 '法'으로 되어있으나, 龍溪精舍本은 '去'로 되어있다. 여기서는 '그(樂毅)를 제거하다'(劉向 撰, 林東錫 譯註, 《신서1》, 동서문화사, 2009. 228쪽)라는 뜻이기 때문에 조선간본과 四部叢刊本의 '法'은 '去'의 誤字이다.

1022) 賢의 이체자. 윗부분 왼쪽의 '臣'이 '目'의 형태로 되어있다. 四部叢刊本은 그 부분이 '目'의 형태로 된 이체자 '賢'을 사용하였다.

讒1024)。 會1025)昭王旡1026), 惠1027)王立, 田單1028)使人讒1029)之惠1030)王, 惠1031)王使騎1032){第58面}劫代樂毅, 樂毅去之趙1033)不歸。 燕1034)騎劫既爲將軍, 田單大喜, 設詐大破燕1035)軍, 殺騎劫, 盡復收七十餘城。 是時齊閔公已旡1036), 田單得太子於莒, 立1037)爲齊襄王。 而燕惠王大慙、自悔1038)易1039)樂毅, 以致此禍1040)。 惠王乃使人遺樂毅書曰:「寡人不佞1041), 不能奉順君志, 故1042)君捐國

1023) 聽의 이체자. '耳'의 아래 '王'이 '土'의 형태로 되어있으며 오른쪽부분의 '悳'의 형태가 가운데 가로획이 빠진 '悳'의 형태로 되어있다.

1024) 讒의 이체자. 오른쪽 윗부분의 '毚'이 '免'의 형태로 되어있으며, 아랫부분의 '兔'는 '兔'의 형태로 되어있다. 四部叢刊本은 조선간본과 다르게 오른쪽의 위와 아랫부분이 모두 '免'의 형태로 된 이체자 '讒'을 사용하였다.

1025) 曾의 이체자. 중간부분의 '囪'의 형태가 '宙'의 형태로 되어있다.

1026) 死의 이체자. 오른쪽 부분의 '匕'가 '㠯'의 형태로 되어있다. 四部叢刊本에서는 그 부분이 '巳'의 형태로 된 이체자 '死'를 사용하였다.

1027) 惠의 이체자. 윗부분의 '叀'가 '宙'의 형태로 되어있다. 四部叢刊本은 정자를 사용하였다.

1028) 조선간본은 정자로 되어있는데, 四部叢刊本은 이체자 '單'으로 되어있다.

1029) 讒의 이체자. 오른쪽 윗부분의 '毚'이 '毚'의 형태로 되어있으며, 아랫부분의 '兔'는 '免'의 형태로 되어있다. 四部叢刊本은 앞에서 사용한 이체자 '讒'을 사용하였다.

1030) 惠의 이체자. 四部叢刊本은 정자를 사용하였다.

1031) 惠의 이체자. 四部叢刊本은 정자를 사용하였다.

1032) 騎의 이체자. 오른쪽부분의 '奇'가 '竒'의 형태로 되어있다.

1033) 조선간본은 오른쪽 윗부분이 '丷'의 형태로 되어있고, 四部叢刊本은 그 부분이 '八'의 형태로 된 '趙'를 사용하였다.

1034) 조선간본은 정자로 되어있는데, 四部叢刊本은 이체자 '燕'으로 되어있다.

1035) 조선간본은 정자로 되어있는데, 四部叢刊本은 이체자 '燕'으로 되어있다.

1036) 死의 이체자. 四部叢刊本은 다른 형태의 이체자 '死'를 사용하였다.

1037) 四部叢刊本은 '土'로 되어있는데, 龍溪精舍本은 조선간본과 동일하게 '立'로 되어있다. 여기서는 '세우다'(劉向 撰, 林東錫 譯註,《신서1》, 동서문화사, 2009. 229쪽)라는 뜻이기 때문에 조선간본의 '立'이 맞고 四部叢刊本의 '土'는 誤字이다.

1038) 悔의 이체자. 오른쪽 아랫부분의 '母'가 '毋'의 형태로 되어있다. 四部叢刊本은 그 부분이 '毋'의 형태로 된 이체자 '悔'를 사용하였다.

1039) 조선간본은 정자로 되어있는데, 四部叢刊本은 이체자 '易'으로 되어있다.

1040) 禍의 이체자. 오른쪽부분의 '咼'가 '咼'의 형태로 되어있다. 四部叢刊本은 정자로 되어있다.

1041) 佞의 이체자. 오른쪽 윗부분의 '二'의 형태가 'ㅗ'의 형태로 되어있다.

1042) 四部叢刊本에는 '故'로 되어있는데, 조선간본은 오른쪽부분의 '古'가 '占'의 형태로 되어있다.

而去, 寡人不肖明矣, 敢謁[1043]其願而而[1044]君弗肯[1045]聽也, 故使使者陳[1046]愚志, 君誠諭之。語曰：『仁不輕絶, 智不輕怨[1047]』。君於先王, 世[1048]之所明知也, 寡人望有非, 則君覆蓋之, 不虞[1049]君明棄之〚也；望有過則君教誨之, 不虞[1050]君明[1051]罪之也, 寡人之〛[1052]〚罪, 百姓弗聞, 君微[1053]出明怨, 以棄寡[1054]人, 寡人必有罪〛[1055]{第59面}矣, 然恐君之未盡厚矣。諺語曰：『厚[1056]者

조선간본은 이번 면(제59면)에서 여러 군데의 인쇄가 뭉그러진 부분들이 있는데, '故'을 유일하게 여기서만 사용하였기 때문에 이 글자는 이체자가 아니라 정자 '故'로 되어있던 것이 판각 후에 훼손되었을 가능성이 높다.

1043) 謁의 이체자. 오른쪽부분의 '曷'이 '曷'의 형태로 되어있다.

1044) 조선간본과 四部叢刊本 모두 '而'를 연이어 '而而'로 사용하였는데, 龍溪精舍本에는 '而'로 되어있다. 여기서 '而'는 접속사 역할을 하는데 반복해서 사용할 필요가 없기 때문에 '而而'는 오류로 같은 글자 하나를 더 첨가한 것으로 보인다.

1045) 四部叢刊本에는 '肯'로 되어있는데, 조선간본은 윗부분의 '止'가 '上'의 형태로 되어있다. 여기서도 위에서 '故(故)'의 형태를 설명한 것과 마찬가지 이유로, '肯'은 이체자가 아니라 정자 '肯'으로 되어있던 것이 판각 후에 훼손되었을 가능성이 있다.

1046) 陳의 이체자. 좌부변의 부수 '阝'를 '刂'로 사용하였다.

1047) 怨의 이체자. 윗부분 오른쪽의 '巳'의 형태가 '匕'의 형태로 되어있다.

1048) 世의 이체자. 四部叢刊本에는 정자 '世'로 되어있다.

1049) 虞의 이체자. '虍'가 '严'의 형태로 되어있으며, '吳'가 '吴'의 형태로 되어있다. '虍'와 '吳'가 모두 다양한 형태의 이체자가 있기 때문에, '虞'의 경우 조선간본이나 四部叢刊本 판본 전체적으로 다양한 형태의 이체자를 혼용하였다.

1050) 虞의 이체자. 여기서는 앞의 경우와 다르게 '虍'가 '严'의 형태로 되어있으며, '吳'가 '具'의 형태로 되어있다.

1051) 明의 이체자. 좌부변의 '日'이 '目'의 형태로 되어있다. 四部叢刊本은 정자를 사용하였다.

1052) '〚~〛' 이 부호는 한 행을 뜻한다. 본 판본은 1행에 18자로 되어있는데, '〚~〛'로 표시한 이번 면(제59면)의 제10행은 한 글자가 많은 19자로 되어있다. 四部叢刊本도 조선간본과 동일하게 19자로 되어있다.

1053) 微의 이체자. 가운데 아랫부분이 '丌'의 형태로 되어있다. 四部叢刊本은 가운데 맨 아랫부분이 '儿'의 형태로 된 이체자 '微'를 사용하였다.

1054) 寡의 이체자. 발의 '刀'가 '力'으로 되어있다. 그런데 四部叢刊本은 '宀'의 아래 있는 '頁'에 가로획 하나가 빠진 형태의 이체자 '寡'를 사용하였다.

1055) '〚~〛' 이 부호는 한 행을 뜻한다. 본 판본은 1행에 18자로 되어있는데, '〚~〛'로 표시한 이번 면(제59면)의 제11행도 바로 앞의 제10행과 동일하게 한 글자가 많은 19자로 되어있다. 四部叢刊本도 조선간본과 동일하게 19자로 되어있다.

不損[1057]人以[1058]自益，仁者不危軀[1059]以要名。』故覆人之邪者，厚之行也，救人之過者，仁之道也。世[1060]有覆寡人之邪，救寡人之過，非君惡所望之。今君厚受德於先王之成[1061]尊，輕棄寡人以[1062]快心，則覆邪救過，難[1063]得於君矣。且世有厚薄[1064]，故施異；行有得失，故患同。今寡人任不肖之罪，而君有失厚之累，於爲君擇[1065]無所取。國有封疆，猶家之有垣墻[1066]，所以合好覆惡也。室不能相和，出訟鄰家、未爲通計也。怨惡未見而明棄之，未爲盡厚也。寡人雖不肖，未如殷[1067]紂之亂也；君雖未得志，未如商[1068]容箕子之累{第60面}也。然不內[1069]盡寡[1070]人，明怨於外，恐其適足以傷高義而薄[1071]於行也。非然，苟可以

1056) 厚의 이체자. '厂'이 '广'의 형태로 되어있는데, 四部叢刊本은 정자로 되어있다.

1057) 損의 이체자. 오른쪽부분의 '員'이 '負'의 형태로 되어있다.

1058) 조선간본은 정자로 되어있는데, 四部叢刊本은 가운데 '丶'이 'V'의 형태로 된 이체자 '以'를 사용하였다. 이번 단락의 이하에서 조선간본은 모두 정자를 사용하였고 四部叢刊本은 모두 이 이체자를 사용하였기 때문에 두 판본의 글자가 다르더라도 따로 주를 달아 밝히지 않는다.

1059) 軀의 이체자. 좌부변의 '身'이 '身'의 형태로 되어있다.

1060) 조선간본은 정자를 사용하였는데, 四部叢刊本은 이체자 '丗'를 사용하였다.

1061) 成의 이체자. 왼쪽부분의 '𠃌' 형태가 'ㅋ'의 형태로 되어있는데, 四部叢刊本은 정자로 되어있다. 조선간본은 판본 전체적으로 여기를 제외하고는 모두 정자를 사용하기 때문에 이체자가 아니라 誤字로 보인다.

1062) 以의 이체자. 왼쪽부분이 '山'이 기울어진 형태로 되어있다. 四部叢刊本은 이체자 '以'를 사용하였다.

1063) 難의 이체자. 왼쪽 윗부분의 '廿'이 '䒑'의 형태로 되어있다.

1064) 薄의 이체자. 머리 '艹'아래 오른쪽 윗부분의 '甫'가 '亩'의 형태로 되어있다.

1065) 擇의 이체자. 오른쪽 아랫부분의 '幸'이 '幸'의 형태로 되어있다. 四部叢刊本은 정자로 되어있다.

1066) 墻의 이체자. 오른쪽 아랫부분의 '回'가 '囬'의 형태로 되어있다.

1067) 殷의 이체자. 우부방의 '殳'가 '旻'의 형태로 되어있다. 四部叢刊本은 정자로 되어있다.

1068) 龍溪精舍本에는 '商'으로 되어있는데, 조선간본과 四部叢刊本 모두 '啇'로 되어있다. '啇'은 '밑동'이란 뜻으로 '商'과 다른 글자이지만, 여기서는 誤字가 아니라 '商'의 이체자로 쓴 것 같다.

1069) 內의 이체자. '冂'안의 '入'이 '人'의 형태로 되어있다.

1070) 寡의 이체자. 판본 전체적으로 자주 사용하는 이체자 '寡'와는 다른데, '宀'의 아랫부분 '頁'이 '頁'의 형태로 되어있으며, 그 아래의 '刀'가 '力'의 형태로 되어있다. 四部叢刊本은 판본 전

成君之髙，明君之義，寡人雖惡名，不難受也。本以爲明寡人之薄，而君不得厚；揚寡人之毀，而君不得榮，是一舉而兩[1072]失[1073]也。義者不毀人以自益，況傷人以自損乎？顧君無以寡人之不肖，累徃[1074]事之美[1075]。昔者，柳[1076]下季爲理於魯，三絀而不去，或[1077]曰可以去矣。柳下[1078]曰：『苟與人異，惡徃而不絀乎？猶且絀也，寧[1079]故國耳。』柳下季不以絀自累，故自前業不忘，不以去爲心，故遠近無議，寡人之罪，國人不知，而議寡人者天下，諺曰：『仁不輕絕，知不簡功。』簡功棄{第61面}大者[1080]，仇也；輕絕厚利者，怨也。仇而棄之，怨而累之，宜[1081]在遠者，不望之乎君。今寡人無罪，君豈怨之乎？顧君捐忿和怒，追順先王，以復教寡人，寡人意君之曰：「余[1082]將快心以成而過，不顧先王以明而惡。』使寡人進不得循初[1083]，退不得變過，此君所制，唯君圖[1084]之。此寡人之

체적으로 자주 사용하는 이체자 '寡'로 되어있다.

1071) 薄의 이체자. 앞에서 사용한 이체자 '薄'과는 다르게 '尃'에서 오른쪽 윗부분의 '丶'이 빠진 '尃'의 형태로 되어있다.

1072) 兩의 이체자. 바깥부분 '帀'의 안쪽의 '入'이 '人'의 형태로 되어있으며 그것의 윗부분이 '帀'의 밖으로 튀어나와 있다.

1073) 四部叢刊本에는 '夫'로 되어있는데, 龍溪精舍本에는 조선간본과 동일하게 '失'로 되어있다. 여기서는 '잃다'(劉向 撰, 林東錫 譯註,《신서1》, 동서문화사, 2009. 230쪽)라는 뜻이기 때문에 조선간본의 '失'이 맞고 四部叢刊本의 '夫'는 誤字이다.

1074) 往의 俗字. 오른쪽부분의 '主'가 '生'의 형태로 되어있다.

1075) 美의 이체자. 아랫부분의 '大'가 '火'의 형태로 되어있다.

1076) 柳의 이체자. 오른쪽부분의 '卯'에서 왼쪽부분이 '夕'의 형태로 되어있다.

1077) 或의 이체자. '戈'의 아랫부분 왼쪽이 '幺'의 형태로 되어있다.

1078) 龍溪精舍本에는 '柳下季'로 되어있는데, 柳下季는 '春秋時代 魯나라 사람'(劉向 撰, 林東錫 譯註,《신서1》, 동서문화사, 2009. 239쪽)이다. 그런데 조선간본과 四部叢刊本은 모두 '柳下'로만 되어있으므로 '季'가 탈자이다.

1079) 寧의 이체자. 가운데부분의 '皿'이 '罒'의 형태로 되어있다.

1080) 조선간본은 정자를 사용하였는데, 四部叢刊本은 이체자 '者'를 사용하였다.

1081) 宜의 이체자. 머리의 '宀'이 '一'으로 되어있다.

1082) 余의 이체자. 머리 아랫부분의 '禾'의 형태가 '未'의 형태로 되어있다. 四部叢刊本은 정자를 사용하였다. '余'가 단독으로 쓰이거나 다른 글자와 결합된 경우에도 조선간본과 四部叢刊本은 판본 전체적으로 거의 이체자 '余'의 형태를 사용하였는데, 四部叢刊本은 여기서 정자를 사용하였다.

愚志，敬[1085]以書謁之。」樂毅[1086]使人獻[1087]書燕王報曰：「臣不肖，不能奉承[1088]王命，以順左右之心，恐抵斧[1089]鉞之罪，以傷先王之明，有害足下之義，故遁逃自負，以不肖之罪，而不敢有辭說。今[1090]王數之以罪，恐侍御者不察[1091]先王之所以畜臣之理，不白乎臣之所以事先王之{第62面}心，故不敢不以書對。臣聞賢聖之君，不以禄[1092]私[1093]親，功多者授之；不以官随[1094]愛，而當者處之。故曰：『察[1095]能而授官者，成功之君也；論行而結交者，立名之士也。』臣以所學，觀先王舉措，有高世[1096]主之心，故假節於魏，以身得察[1097]於燕，先王過舉，擢[1098]之賔[1099]客之中，立之群臣之上，不謀父兄，以爲亞卿[1100]，臣自以爲

1083) 初의 이체자. 좌부변의 '衤'가 '衣'로 되어있다.

1084) 圖의 이체자. '囗' 안의 아랫부분의 '回'가 '田'의 형태로 되어있다.

1085) 조선간본은 오른쪽 윗부분이 '卝'의 형태로 되어있는데, 四部叢刊本은 그 부분이 '艹'의 형태로 된 '敬'으로 되어있다.

1086) 앞에서는 줄곧 이체자 '毅'를 사용하였는데, 여기서는 조선간본과 四部叢刊本 모두 정자를 사용하였다.

1087) 獻의 이체자. 머리의 '虍'가 '声'의 형태로 되어있고 그 아랫부분의 '鬲'이 '鬲'의 형태로 되어있으며 우부방의 '犬'이 '犮'의 형태로 되어있다.

1088) 承의 이체자. 가운데 부분에 가로획 하나가 빠져있다. 四部叢刊本은 정자를 사용하였다.

1089) 斧의 이체자. 윗부분의 '父'에서 아랫부분의 '乂'의 형태가 '又'의 형태로 되어있다. 四部叢刊本은 정자를 사용하였다.

1090) 今의 이체자. 자주 사용하는 이체자 '今'과는 달리 아랫부분의 세로획이 직선 형태로 되어있다.

1091) 察의 이체자. '宀' 아래의 '夗'의 형태가 '癶'의 형태로 되어있다.

1092) 祿의 이체자. 오른쪽부분의 '彔'이 '录'의 형태로 되어있다.

1093) 조선간본에는 정자로 되어있는데, 四部叢刊本에는 이체자 '私'로 되어있다.

1094) 隨의 이체자. 좌부변의 '阝'는 '卩'의 형태의 형태로 되어있다.

1095) 察의 이체자. 머리의 '宀'이 '冖'의 형태로 되어있고 그 아래의 '夗'의 형태가 '癶'의 형태로 되어있다. 四部叢刊本은 바로 앞에서 사용한 이체자 '察'로 되어있다.

1096) 世의 이체자. 四部叢刊本은 정자로 되어있다.

1097) 조선간본은 이체자 '察'로 되어있는데, 四部叢刊本은 아랫부분의 '示'가 '木'의 형태로 된 이체자 '察'을 사용하였다.

1098) 擢의 이체자. 오른쪽 윗부분의 '羽'가 '彐'의 형태로 되어있다.

1099) 賓의 이체자. 머리 '宀'의 아랫부분의 '疋'의 형태가 '尸'의 형태로 되어있다.

1100) 卿의 이체자. 왼쪽의 '乡'의 형태가 '夕'의 형태로 되어있고 가운데 부분의 '皀'의 형태가 '艮'의 형태로 되어있다.

奉令承[1101]教[1102], 可幸[1103]無罪, 故受命[1104]不辭。先王命臣曰:『我有積怨深怒於齊, 不量輕弱[1105], 欲以齊爲事。』臣對曰:『夫齊者霸王之餘業, 戰[1106]勝之遺事, 閑於兵革[1107], 習[1108]於戰攻, 王若欲攻之, 必與天下圖之, 圖[1109]之莫若徑結趙, 且淮北宋地, 楚、魏之{第63面}願也。趙若許, 約楚、魏盡力, 四國攻之, 齊可大破也。』王曰:『善。』臣乃受命具[1110]符節南使趙, 顧反, 起兵攻齊。以天下之道, 先王之靈, 河北之地, 隨先王而擧之, 濟[1111]上之兵, 受命而勝之, 輕卒銳[1112]兵, 長驅至齊, 齊王遁逃走莒[1113], 僅[1114]以身免, 珠玉貨寶, 車甲珍器[1115], 皆收[1116]入燕。大呂[1117]陳[1118]於元英, 故鼎[1119]反於歷[1120]室, 齊器[1121]

1101) 承의 이체자. 가운데 부분에 가로획 하나가 빠져있다. 四部叢刊本은 정자를 사용하였다.

1102) 조선간본과 四部叢刊本 모두 왼쪽 윗부분의 '土'가 '乂'의 형태로 된 '敎'를 사용하였다.

1103) 幸의 이체자. 아랫부분의 '羊'의 형태가 '羊'의 형태로 되어있다. 四部叢刊本은 조선간본과 다르게 '羊'의 형태로 된 이체자 '幸'을 사용하였다.

1104) 命의 이체자. '人'의 아랫부분 오른쪽의 '卩'의 왼쪽 세로획이 '一'위에 붙은 '叩'의 형태로 되어있다. 四部叢刊本은 정자로 되어있다;.

1105) 弱의 이체자. 좌우양쪽의 모양이 다른데, 왼쪽부분은 '弓'안의 획이 '冫'의 형태로 되어있고, 오른쪽부분은 '二'의 형태로 되어있다. 四部叢刊本은 좌우양쪽이 조선간본의 왼쪽부분과 모양이 같은 형태의 이체자 '弱'을 사용하였다.

1106) 戰의 이체자. 오른쪽부분의 '單'이 '單'의 형태로 되어있다. 四部叢刊本은 정자로 되어있다.

1107) 革의 이체자. 윗부분의 '廿'이 '卄'의 형태로 되어있다. 四部叢刊本은 다른 형태의 이체자 '革'을 사용하였다.

1108) 習의 이체자. 머리의 '羽'가 '彐彐'의 형태로 되어있으며, 아랫부분의 '白'이 '日'로 되어있다.

1109) 圖의 이체자. 앞에서 사용한 이체자 '圖'와는 다른데, '囗' 안의 아랫부분의 '回'가 '面'의 형태가 아니라 '面'의 형태로 되어있다.

1110) 具의 이체자. 윗부분이 가로획 하나가 적은 '且'의 형태로 되어있다.

1111) 濟의 이체자. 오른쪽 부분의 '齊'에서 '亠'의 아래 가운데부분의 'Y'가 '了'의 형태로 되어있다.

1112) 銳의 이체자. 좌부변의 '金'이 '金'의 형태로 되어있고 오른쪽부분의 '兌'가 '兊'의 형태로 되어있다.

1113) 조선간본은 정자로 되어있는데, 四部叢刊本은 머리의 '艹'가 '卄'의 형태이고 아랫부분의 '呂'가 '吕'의 형태로 된 이체자 '莒'를 사용하였다.

1114) 僅의 이체자. 오른쪽부분의 '堇'에서 아랫부분에 가로획 하나가 적은 '堇'의 형태로 되어있다.

1115) 器의 이체자. 가운데부분의 '犬'에서 오른쪽 윗부분에 '丶'이 빠진 '大'의 형태로 되어있다.

1116) 收의 이체자. 왼쪽의 '丩'가 '丬'의 형태로 되어있고, 우부방의 '攵'이 '又'의 형태로 되어있다. 四部叢刊本은 조선간본과 다르게 왼쪽의 '丩'는 그대로 사용하였고 우부방의 '攵'이 '又'의 형

設於寧臺，薊丘之植[1122]，植於汶篁。五伯以来[1123]，功業之盛，未有及先王者也。先王以爲快其志，以臣不損令，故裂地而封臣，使比[1124]小國諸侯。臣聞賢[1125]聖之君，功立不廢[1126]，故著於春秋；蚤[1127]知之士；名成而不毁，故稱於後世。若先王之報怨雪醜，夷{第64面}萬乘之齊，収[1128]八百年之積，及其棄群臣之日，餘令詔後嗣之義法，執[1129]政任事，循法令，順庶[1130]孽，施及萌隷[1131]，皆可以教後世[1132]。臣聞善作者不必善成，善始者不必善終。昔伍子胥說聽於闔閭[1133]，呉[1134]爲遠迹至郢，夫差不是也，賜之鴟夷，沉[1135]之江，故夫差不計先

태로 된 이체자 '収'를 사용하였다.

1117) 조선간본은 정자로 되어있는데, 四部叢刊本은 이체자 '吕'로 되어있다.

1118) 陳의 이체자. 좌부변의 부수 '阝'를 '卩'의 형태로 사용하였다.

1119) 鼎의 이체자. 鼎의 이체자. 윗부분의 '目'이 '日'의 형태로 되어있고 아랫부분의 '爿'가 '爿'의 형태로 되어있으며 '目'을 감싸지 않고 아랫부분에 놓여 있다. 四部叢刊本은 윗부분이 '目'의 형태 그대로 된 이체자 '鼎'으로 되어있다.

1120) 歷의 이체자. '厂'이 '广'의 형태로 되어있으며 그 아래 '秝'이 '林'의 형태로 되어있다.

1121) 조선간본은 정자로 되어있는데, 四部叢刊本은 이체자 '器'로 되어있다.

1122) 植의 이체자. 오른쪽의 '直'이 가로획 하나가 빠진 '直'의 형태로 되어있다.

1123) 來의 俗字. 조선간본과 四部叢刊本은 판본 전체적으로 거의 정자를 사용하였는데, 간혹 이 俗字도 사용하였다.

1124) 四部叢刊本에는 '北(北의 이체자)'으로 되어있는데, 龍溪精舍本은 조선간본과 동일하게 '比'로 되어있다. 여기서는 '비길 만하다'(劉向 撰, 林東錫 譯註,《신서1》, 동서문화사, 2009. 233쪽)이라는 뜻이기 때문에 조선간본의 '比'가 맞고 四部叢刊本의 '北(北의 이체자)'은 誤字이다.

1125) 賢의 이체자. 윗부분 왼쪽의 '臣'이 '目'의 형태로 되어있다. 四部叢刊本은 그 부분이 '日'의 형태로 된 이체자 '賢'을 사용하였다.

1126) 廢의 이체자. '广' 아래 오른쪽부분의 '殳'가 '旻'의 형태로 되어있다. 四部叢刊本은 정자로 되어있다.

1127) 蚤의 이체자. 윗부분의 '叉'의 형태가 '䍃'의 형태로 되어있다.

1128) 收의 이체자. 앞에서 사용한 이체자 '収'와는 다르게 왼쪽의 '丩'는 그대로 사용하였고 우부방의 '攵'이 '又'의 형태로 되어있다. 四部叢刊本은 정자를 사용하였다.

1129) 執의 이체자. 왼쪽부분의 '幸'이 '幸'의 형태로 되어있다.

1130) 庶의 이체자. '广'아래쪽 윗부분의 '廿'이 '艹'의 형태로 되어있다.

1131) 隷의 이체자. 왼쪽 윗부분의 '士'가 '上'의 형태로 되어있다.

1132) 世의 이체자. 四部叢刊本에는 정자 '世'로 되어있다.

論之可以立功也，沉[1136]子胥而不悔，子胥不蚤見王之不同量也，故入江而不化。夫免身而全功，以明先王之迹，臣之上計也；離蠜[1137]辱[1138]之誹，堕[1139]先王之明，臣之大恐也。臨不測之罪，以幸爲利，義之所不敢出也。臣聞君子絶交無惡言，去臣無惡聲[1140]。臣雖不肖，數奉教於君子，臣恐{第65面}侍御者親交之說，不察疏[1141]遠之行，故敢以書謝。」

　齊人鄒陽客游於梁[1142]，人或讒[1143]之於孝王，孝王怒，繫[1144]而將[1145]欲殺[1146]之。鄒陽客游，見讒自冤[1147]，乃從獄中上書，其辭曰：「臣聞忠無不報，信不見疑[1148]。臣常以爲然，徒虛[1149]言爾。昔者，荆[1150]軻慕燕丹之義，白虹貫日，太子畏之；衛先生爲秦[1151]畫長平之計，太白食昴，昭[1152]王疑之。夫精變天

1133) 조선간본은 정자로 되어있는데, 四部叢刊本은 조선간본과는 다르게 이체자 '間'를 사용하였다.

1134) 吳의 이체자. '吳'의 형태가 '吴'의 형태로 되어있다.

1135) 沈의 이체자. 오른쪽 '冖'의 아랫부분이 '儿'의 형태로 되어있다. 四部叢刊本은 그 부분이 조선간본과 다르게 '几'의 형태로 된 이체자 '沉'을 사용하였다.

1136) 沈의 이체자. 四部叢刊本은 다른 형태의 이체자 '沉'을 사용하였다.

1137) 蠜의 이체자. '虍'가 이체자 '严'의 형태로 되어있고 그 아래 '隹'가 '业'의 형태로 되어있다.

1138) 辱의 이체자. 윗부분의 '辰'이 '𠨪'의 형태로 되어있다.

1139) 墮의 이체자. 윗부분 왼쪽의 '阝'가 '冂'의 형태로 되어있고 오른쪽의 '脊'의 형태가 '有'의 형태로 되어있다.

1140) 聲의 이체자. 윗부분 오른쪽의 '殳'가 '夂'의 형태로 되어있다.

1141) 疏의 이체자. 좌부변의 '疋'이 '足'의 형태로 되어있다.

1142) 梁의 이체자. 윗부분 오른쪽의 '刅'의 형태가 '刃'의 형태로 되어있다.

1143) 讒의 이체자. 오른쪽 윗부분의 '毚'이 '免'의 형태로 되어있으며 아랫부분의 '兔'도 '免'의 형태로 되어있다.

1144) 繫의 이체자. 윗부분 오른쪽 '殳'가 '殳'의 형태로 되어있다.

1145) 조선간본은 정자로 되어있는데, 四部叢刊本은 이체자 '將'의 형태로 되어있다.

1146) 殺의 이체자. 우부방의 '殳'가 '夂'의 형태로 되어있다.

1147) 冤의 이체자. 머리의 '冖' 아래 '兔'에서 오른쪽의 '丶'이 빠진 '免'의 형태로 되어있다.

1148) 疑의 이체자. 왼쪽 윗부분의 '匕'가 '上'의 형태로 되어있고 아랫부분의 '矢'가 '夫'의 형태로 되어있다.

1149) 虛의 이체자. '虍'가 이체자 형태의 '严'로 되어있고 그 아래 '㐄'가 '业'의 형태로 되어있다.

1150) 荆의 이체자. 머리의 '艹'가 글자 전체의 윗부분이 아닌 '开'의 위에만 있다.

1151) 秦의 이체자. 발의 '禾'가 '朩'의 형태로 되어있다.

地，而信不諭兩主，豈不哀哉？今臣盡[1153]忠竭[1154]誠，畢[1155]義願知，左右不明，卒從吏訊，爲世[1156]所疑[1157]，是使荊軻衛先生復起，而燕秦[1158]不悟也，願大王熟[1159]察之。昔者，玉人獻[1160]寶，楚王誅之；李斯竭忠，胡亥極刑。是以[1161]箕子佯狂，接輿避{第66面}世，恐遭此變也。願大王熟察玉人李斯之意，而後楚王胡亥之聽[1162]，無使臣爲箕子接輿所歎[1163]。臣聞比干剖心，子胥鴟夷，臣始不信，乃今[1164]知之，願大王熟察之，少加憐焉。諺曰：『有白頭而新，傾盖[1165]而故。』何則？知與[1166]不知也。昔者，樊於期逃秦之燕[1167]，藉荊軻首以奉丹[1168]之事；王奢去齊之魏，臨[1169]城自剄，以卻齊而存魏。王奢樊於期，非新於

1152) 昭의 이체자. 오른쪽 윗부분의 '刀'가 '⺈'의 형태로 되어있다.
1153) 盡의 이체자. 윗부분의 아래쪽에 가로획 하나가 더 첨가된 '⺻'의 형태로 되어있다.
1154) 竭의 이체자. 오른쪽부분의 '曷'이 '曷'의 형태로 되어있다.
1155) 畢의 이체자. 맨 아래의 가로획 하나가 빠져있다.
1156) 世의 이체자. 四部叢刊本에는 정자로 되어있다.
1157) 疑의 이체자. 왼쪽 윗부분의 '匕'가 '上'의 형태로 되어있고 아랫부분의 '矢'는 앞에서와는 다르게 정자 형태로 되어있다.
1158) 조선간본은 정자로 되어있는데, 四部叢刊本은 이체자 '秦'의 형태로 되어있다.
1159) 熟의 이체자. 윗부분 왼쪽의 '享'이 '享'의 형태로 되어있고 그 오른쪽부분의 '丸'이 '九'의 형태로 되어있다. 四部叢刊本은 왼쪽부분은 조선간본과 동일하고 오른쪽부분은 '丸'의 형태 그대로 된 이체자 '熟'을 사용하였다.
1160) 獻의 이체자. 머리의 '虍'가 '⻁'의 형태로 되어있고 그 아랫부분의 '鬲'이 '鬲'의 형태로 되어있다.
1161) 以의 이체자. 왼쪽부분이 '山'이 기울어진 형태로 되어있다. 四部叢刊本은 이체자 '以'로 되어있다. 이번 단락에서 조선간본은 정자만 사용하였고 四部叢刊本은 이체자 '以'만 사용하였기 때문에 이하에서는 따로 주를 달지 않는다.
1162) 聽의 이체자. '耳'의 아래 '王'이 '士'의 형태로 되어있으며 오른쪽은 정자 '悳'의 형태로 되어있다.
1163) 歎의 이체자. 왼쪽 윗부분의 '廿'이 '卄'의 형태로 되어있고 아랫부분이 '昊'의 형태로 되어있다.
1164) 今의 이체자. 四部叢刊本은 다른 형태의 이체자 '今'을 사용하였다.
1165) 蓋의 俗字. 맨 아래 '皿'의 윗부분이 '羊'의 형태로 되어있다.
1166) 與의 이체자. 몸통 '𦥑'의 형태가 '𦥑'의 형태로 되어있고, 그 안의 '与'의 형태가 '与'의 형태로 되어있다.
1167) 조선간본은 정자를 사용하였는데, 四部叢刊本은 이체자 '燕'을 사용하였다.
1168) 조선간본은 정자를 사용하였는데, 四部叢刊本은 이체자 '丹'을 사용하였다.

齊秦, 而故於燕魏也, 所以去二國, 夗兩君者, 行合於志, 而慕義無窮也。是以
蘇秦不信於天下, 爲燕[1170]尾生, 白圭戰亡[1171]六城, 爲魏取中山, 何則？誠有以
相知也。蘇秦相燕[1172], 燕[1173]人惡之於燕王, 燕王按劒[1174]而{第67面}怒, 食之以
駃[1175]騠；白圭顯於中山, 中山人惡之於魏文矦[1176], 投[1177]以夜光之璧[1178]。何
則？兩主二臣, 剖心析肝相信, 豈移於浮辭哉！故女無美惡, 居官[1179]見妬；士無
賢不肖, 入朝見嫉。昔司馬喜臏[1180]於宋, 卒相中山；范睢拉脇折齒於魏, 卒爲應
矦。此二人者, 皆信必然之畫, 捐朋黨[1181]之私[1182], 挾孤獨之交, 故不能自免於
嫉妬之人也。是以申徒狄蹈[1183]流之河, 徐[1184]衍負[1185]石入海, 不容於世[1186],

1169) 臨의 이체자. 좌부변의 '臣'이 '𦣞'의 형태를 사용하였다. 四部叢刊本에는 그 부분이 '日'의
　　　 형태를 된 이체자 '臨'을 사용하였다.

1170) 조선간본은 정자를 사용하였는데, 四部叢刊本은 이체자 '燕'을 사용하였다.

1171) 조선간본은 맨 아래의 가로획이 삐져나와 있는데, 四部叢刊本에는 정자 형태의 '亡'으로 되
　　　 어있다.

1172) 조선간본은 정자를 사용하였는데, 四部叢刊本은 이체자 '燕'을 사용하였다.

1173) 조선간본은 정자를 사용하였는데, 四部叢刊本은 이체자 '燕'을 사용하였다.

1174) 劍의 이체자. 우부방의 '刂'가 '刃'의 형태로 되어있다.

1175) 四部叢刊本에는 '駃'로 되어있는데, 龍溪精舍本에는 조선간본과 동일하게 '駃'로 되어있다.
　　　 여기서 '駃騠'는 '駿馬'(劉向 撰, 林東錫 譯註,《신서1》, 동서문화사, 2009. 256쪽. 劉向 原
　　　 著, 李華年 譯註,《新序全譯》, 貴州人民出版社, 1994. 97쪽)리기 때문에 조선간본의 '駃'이
　　　 맞고 四部叢刊本의 '駃'는 誤字이거나 '駃'의 이체자로 보인다.

1176) 矦의 이체자. '𠂆'의 안쪽에 있는 '矢'가 '夫'의 형태로 되어있다.

1177) 投의 이체자. 오른쪽부분의 '殳'가 '𢽳'의 형태로 되어있다.

1178) 璧의 이체자. 발의 '玉'이 'ヽ'이 빠진 '王'의 형태로 되어있다.

1179) 四部叢刊本과 龍溪精舍本은 모두 조선간본과 다르게 "宮"으로 되어있다. 여기서는 '여자가
　　　 예쁘건 밉건 관계없이 "궁궐"에 발탁되어 들어가면'(劉向 撰, 林東錫 譯註,《신서1》, 동서문
　　　 화사, 2009. 246쪽)이라는 뜻이기 때문에 四部叢刊本의 '宮'이 맞고 조선간본의 '官'은 誤字
　　　 이다.

1180) 臏의 이체자. 오른쪽부분의 '賓'이 자주 사용하는 이체자 '賔'의 형태로 되어있다.

1181) 黨의 이체자. 발의 '黑'이 '黒'의 형태로 되어있다.

1182) 私의 이체자. 오른쪽 부분의 'ム'가 '厶'의 형태로 되어있다.

1183) 조선간본에는 정자로 되어있는데, 四部叢刊本은 오른쪽 아랫부분의 '臼'가 '旧'의 형태로 된
　　　 이체자 '蹈'를 사용하였다.

1184) 徐의 이체자. 오른쪽부분의 '余'가 '余'의 형태로 되어있다.

義不苟取，比周於朝，以移主上之心。故百里奚乞食於道路，繆1187)公委之以政，甯1188)戚1189)飯牛車下，而桓公任之以國。此二人者，藉官於朝，假譽於左右，然後二主用之{第68面}【哉1190)！感於心，合於行，堅於膠1191)漆1192)，昆弟不能離，豈惑於衆口哉！故偏聽生姦，獨任成亂。昔魯聽1193)季孫之說逐孔子，宋信子冄1194)之計逐墨翟1195)。夫以孔墨之辯，而不能自免。何則？衆口鑠金1196)，積毀1197)消骨，是1198)以秦用由余而霸中國，齊用越人子臧而強威宣，此一1199)國豈拘於俗，牽於世，繫奇偏之辭哉！公聽共觀，垂1200)名當世1201)，故意合，則胡越

1185) 조선간본에는 정자로 되어있는데, 四部叢刊本은 윗부분의 'ㄥ'가 '刀'의 형태로 된 이체자 '貧'를 사용하였다.

1186) 世의 이체자. 四部叢刊本은 정자로 되어있다.

1187) 繆의 이체자. 오른쪽 윗부분의 '羽'가 '⺕'의 형태로 되어있다.

1188) 甯의 이체자. '甯'은 원래 '寗'의 俗字인데, '寗'의 가운데부분의 '必'이 '心'의 형태로 되어있다. 四部叢刊本은 '寗'의 俗字인 '甯'을 사용하였다. '여기서 '甯戚'은 '목동 출신으로 齊 桓公에게 발탁된 인물'(劉向 撰, 林東錫 譯註,《신서1》, 동서문화사, 2009. 257쪽)이다.

1189) 조선간본은 정자로 되어있는데, 四部叢刊本은 '朮'이 '末'의 형태로 된 이체자 '戚'을 사용하였다.

1190) 조선간본은 정자로 되어있는데, 四部叢刊本은 이체자 '哉'로 되어있다.

1191) 膠의 이체자. 오른쪽 윗부분의 '羽'가 '⺕'의 형태로 되어있다.

1192) 漆의 이체자. 오른쪽 윗부분의 '木'이 '夾'의 형태로 되어있고 그 아랫부분의 '氺'가 '小'의 형태로 되어있다.

1193) 聽의 이체자. 왼쪽부분 '耳'의 아래 '王'이 '土'의 형태로 되어있으며 오른쪽부분의 '悳'의 형태가 가운데 가로획이 빠진 '惪'의 형태로 되어있다. 四部叢刊本은 왼쪽부분은 조선간본과 같고 오른쪽부분은 정자 형태로 된 이체자 '聽'을 사용하였다.

1194) 冄의 이체자. 四部叢刊本은 정자로 되어있다.

1195) 翟의 이체자. 머리 '羽'가 '⺕'의 형태로 되어있다.

1196) 金의 이체자. 가운데 세로획이 맨 위의 가로획 위로 튀어나와 있다. 四部叢刊本은 정자로 되어있다.

1197) 毀의 이체자. 우부방의 '殳'가 '爻'의 형태로 되어있다.

1198) 是의 이체자. 머리의 '日'이 '月' 형태로 되어있으며 그 아랫부분이 '疋'에 붙어 있다. 四部叢刊本은 정자를 사용하였다.

1199) 四部叢刊本과 龍溪精舍本은 모두 조선간본과 다르게 '二'로 되어있다. 여기서는 앞서 언급한 '秦'과 '齊' 두 나라를 가리키기 때문에(劉向 撰, 林東錫 譯註,《신서1》, 동서문화사, 2009. 247쪽) 四部叢刊本의 '二'가 맞고 조선간본의 '一'은 誤字이다.

爲兄弟，由余子臧[1202]是[1203]也；不合，則骨肉爲仇讎，朱象[1204]、管蔡[1205]是也。今人主如能用齊秦之明，後宋魯之聽，則五伯不足侔，三王易[1206]爲比也。是以聖王覺悟[1207]，捐子之心，能不說於田常之賢，封比干之後，脩孕婦[第69面]之墓，故功業覆於天下。何則？欲善無猒也。夫晉[1208]文公親其讎，而強霸諸侯[1209]；齊桓公用其仇，而一匡[1210]天下，何則？慈仁殷勤[1211]，誠加於心，不可以虛[1212]辭[1213]借也。至夫秦用商鞅之法，東弱[1214]韓魏，立強[1215]天下，〖而卒車

1200) 垂의 이체자. 맨 아랫부분의 가로획 '一'이 'ㄴ'의 형태로 되어있다.

1201) 世의 이체자. 四部叢刊本에는 정자 '世'로 되어있다.

1202) 臧의 이체자. 앞에서 사용한 이체자 '臧'과는 다르게 왼쪽부분의 '爿'이 'ㅓ'의 형태로 되어있으며 부수 '臣'이 '目'의 형태로 되어있다.

1203) 是의 이체자.四部叢刊本은 정자를 사용하였다.

1204) 象의 이체자. 윗부분의 '⺈'의 형태가 '夕'의 형태로 되어있다.

1205) 蔡의 이체자. '艹' 아래의 '癶'의 형태가 '氺'의 형태로 되어있다.

1206) 易의 이체자. 머리의 '日'이 '月'의 형태로 되어있고 아랫부분의 '勿'위에 바로 붙어 있다. 四部叢刊本은 정자로 되어있다.

1207) 四部叢刊本과 龍溪精舍本은 모두 조선간본과 다르게 '悟'로 되어있다. 여기서는 '깨닫다'(劉向 撰，林東錫 譯註，《신서1》, 동서문화사, 2009. 248쪽)라는 뜻이기 때문에 四部叢刊本의 '悟'가 맞고 조선간본의 '俉'는 誤字이다.

1208) 晉의 이체자. 윗부분의 '厸'의 형태가 'ㅠ'의 형태로 되어있다.

1209) 侯의 이체자. 자주 사용하는 이체자 '俟'와는 다르게 왼쪽 아랫부분의 '矢'가 '失'의 형태로 되어있다.

1210) 匡의 이체자. 글자 전체 위에 'ヽ'이 첨가되어있다. 四部叢刊本은 정자에서 맨 아래 가로획이 빠진 형태의 이체자 '匡'으로 되어있다.

1211) 勤의 이체자. 왼쪽부분의 '堇'이 아랫부분의 가로획 하나가 빠진 '菫'의 형태로 되어있다.

1212) 虛의 이체자. 머리의 '虍'가 '严'의 형태로 되어있다. 四部叢刊本은 머리는 조선간본과 같고 그 아랫부분이 '业'의 형태로 된 이체자 '虗'를 사용하였다.

1213) 辭의 이체자. 왼쪽부분의 '𤔔'가 '𤔔'의 형태로 되어있으며, 우부방의 '辛'이 아랫부분에 가로획 하나가 더 있는 '𨐊'의 형태로 되어있다. 四部叢刊本은 왼쪽부분이 '𤔔'의 형태로 되어있으며 우부방은 조선간본과 동일한 이체자 '辭'를 사용하였다.

1214) 弱의 이체자. 왼쪽부분은 '�'의 형태로 되어있고, 오른쪽부분은 이와 다르게 '弓'의 형태로 되어있다.

1215) 強의 이체자. 좌부변의 '弓'이 '吕'의 형태로 되어있으며, 오른쪽부분은 '虽'의 형태로 되어있다. 四部叢刊本은 조선간본과 다르게 좌부변의 '弓'이 제대로 된 이체자 '強'을 사용하였다.

裂商君；越用大夫種之謀，擒勁吳，霸中國〗1216)，卒誅1217)其身，是以孫叔1218)

敖三去相而不悔；於陵仲子辭1219)三公，爲人灌園。今1220)世主誠能去驕傲之心，

懷1221)可報之意，披心腹，見情素，墮1222)肝膽，施德厚，終與之窮通，無變於

士，則桀之狗，可使吠堯1223)；跖之客，可使刺1224)由。況因萬乘之權，假聖王之

資乎？然則荊軻之沉七族1225)，要離燔1226)妻子，豈足爲大王道｛第70面｝〗1227)

【哉！明月之珠，夜光之璧，以闇投1228)入於道路，衆無不按劍相眄1229)者，何

1216) ‘〖~〗’이 부호는 한 행을 뜻한다. 본 판본은 1행에 18자로 되어있는데, ‘〖~〗’로 표시한
　　　이번 면(제70면)의 제5행이 한 글자가 많은 19자로 되어있다. 四部叢刊本도 조선간본과 동
　　　일하게 19자로 되어있다.

1217) 誅의 이체자. 오른쪽부분의 ‘朱’가 ‘丿’획이 빠진 ‘未’의 형태로 되어있다. 四部叢刊本은 정자
　　　로 되어있다. 계명대 귀중본은 형태를 단정할 수는 없지만 ‘誅’로 보이기 때문에 이번 면을
　　　보각한 고본의 ‘誅’는 이체자가 아니라 誤字로 보인다.

1218) 叔의 이체자. 왼쪽 윗부분의 ‘上’이 ‘止’의 형태로 되어있다. 四部叢刊本은 정자로 되어있다.

1219) 辭의 이체자. 四部叢刊本은 다른 형태의 이체자 ‘辝’를 사용하였다.

1220) 今의 이체자. 四部叢刊本에는 다른 형태의 이체자 ‘仐’으로 되어있다.

1221) 懷의 이체자. 오른쪽의 아랫부분이 ‘衣’의 형태로 되어있다. 四部叢刊本은 조선간본과 다르
　　　게 그 부분이 ‘衣’의 형태로 된 이체자 ‘懐’를 사용하였다.

1222) 墮의 이체자. 윗부분 왼쪽의 ‘阝’가 ‘冂’의 형태로 되어있고, 오른쪽의 ‘育’의 형태가 ‘有’의 형
　　　태로 되어있다.

1223) 堯의 이체자. 윗부분의 ‘垚’가 겹쳐진 형태로 되어있고 아랫부분의 ‘兀’이 ‘儿’의 형태로 되어
　　　있다.

1224) 刺의 이체자. 왼쪽부분의 ‘束’의 형태가 ‘朿’의 형태로 되어있다.

1225) 族의 이체자. 오른쪽 아랫부분의 ‘矢’가 ‘夫’의 형태로 되어있다.

1226) 燔의 이체자. 오른쪽 윗부분의 ‘采’의 형태가 ‘米’의 형태로 되어있다.

1227) ‘【~】’의 부호로 표시한 부분은 모두 두 면에 해당하는데, 上册의 제69면과 제70면이다. 계
　　　명대 귀중본은 전체적으로 글자가 뭉그러져 판독할 수 없는 부분이 많고, 고본은 이 두 면
　　　이 모두 누락되어있다. 그래서 일본국회도서관 소장본으로 대조를 진행하였다. 그런데 전체
　　　판본의 테두리는 ‘四周雙邊’으로 되어있는데, 귀중본은 ‘四周雙邊’으로 되어있지만 일본국회
　　　도서관 소장본은 테두리가 ‘四周單邊’으로 되어있다. 두 판본은 테두리는 다른 형태이지만,
　　　그 안의 판식은 모두 동일하며 제70면이 19자로 되어있는 것도 동일하다. 이것은 원판이 훼
　　　손되거나 혹은 일실되어 나중에 補刻한 것으로 볼 수 있다. 판본 전체적으로 補刻한 부분이
　　　몇 군데 있는데, 이하에서 그것에 해당하는 면이 나오면 따로 주를 달아 밝히도록 한다. 그
　　　런데 다음의 두 면(제72~72면)도 계명대 고본과 일본국회도서관 소장본은 테두리가 ‘四周單
　　　邊’으로 된 것으로 보아 나중에 補刻한 것으로 보인다.

則？無因至前也。蟠[1230]木根柢[1231]，輪囷[1232]離奇，而爲萬乘噐[1233]者，以左右
先爲之容也。故無因而至前，雖出随侯之珠，夜光之璧[1234]，秖[1235]足以結怨而不
見得。故有人先游，則以枯木朽株，尌[1236]功而不志[1237]，今使天下布衣窮居之
士，雖蒙[1238]堯舜之術，挾伊管之辯[1239]，素無根柢[1240]之容，而欲竭精神，開忠
信，輔[1241]人主之治，則人主必襲[1242]按劒相眄之迹矣，是使布衣不得當枯木朽株

1228) 投의 이체자. 오른쪽 아랫부분의 '又'가 '攵'의 형태로 되어있는데, '殳'를 '旻'나 '夂'의 형태가
　　　아닌 '旻'의 형태로 쓴 경우는 여기가 유일하다. 四部叢刊本은 다른 형태의 이체자 '投'를
　　　사용하였다.

1229) 眄의 이체자. 오른쪽의 '丏'이 '丐'의 형태로 되어있다. 四部叢刊本은 정자로 되어있다.

1230) 蟠의 이체자. 오른쪽 윗부분의 '釆'의 형태가 '米'의 형태로 되어있다.

1231) 柢의 이체자. 오른쪽부분의 '氐'가 맨 아래의 가로획 하나가 빠진 '氏'의 형태로 되어있다.
　　　四部叢刊本은 정자로 되어있다. 그런데 龍溪精舍本에는 '柢'로 되어있는데, 여기서는 '根柢'
　　　(劉向 撰, 林東錫 譯註,《신서1》, 동서문화사, 2009. 249쪽)이기 때문에 조선간본의 '柢(柢의
　　　이체자)'와 四部叢刊本의 '柢'는 모두 誤字이다.

1232) 四部叢刊本과 龍溪精舍本은 모두 조선간본과 다르게 '囷'으로 되어있다. 여기서는 '輪囷'은
　　　'구불구불하고 뒤틀린 모습은 표현한 말'(劉向 撰, 林東錫 譯註,《신서1》, 동서문화사, 2009.
　　　259쪽의 주석 참조)이기 때문에 四部叢刊本의 '囷'이 맞고 조선간본의 '困'은 誤字이다. 그런
　　　데 계명대 귀중본은 뭉그러진 글자 위에 가필을 하여 '困'의 형태로 만들어놓았다.

1233) 噐의 이체자. 가운데부분의 '犬'의 형태가 '尤'의 형태로 되어있다.

1234) 璧의 이체자. 발의 '玉'이 'ヽ'이 빠진 '王'의 형태로 되어있다. 四部叢刊本은 정자를 사용하
　　　였다.

1235) 秖의 이체자. 오른쪽부분의 '氐'가 맨 아래의 가로획 하나가 빠진 '氏'의 형태로 되어있다.
　　　四部叢刊本 정자로 되어있다.

1236) 樹의 이체자. 가운데 윗부분의 '士'가 빠지고 그 자리에 좌부변의 '木'이 있는 형태이다.

1237) 四部叢刊本과 龍溪精舍本에는 모두 조선간본과 다르게 '忘'으로 되어있다. 여기서는 '다하
　　　다'(劉向 撰, 林東錫 譯註,《신서1》, 동서문화사, 2009. 249쪽)라는 뜻이기 때문에 四部叢刊
　　　本의 '忘'이 맞고 조선간본의 '志'는 誤字이다. 그런데 계명대 귀중본은 글자를 확정할 수는
　　　없지만 '忘'의 형태로 되어있는 것 같다.

1238) 蒙의 이체자. 윗부분이 '业'의 형태로 되어있고, 아랫부분의 '豕'가 맨 위의 가로획이 빠진
　　　'豖'의 형태로 되어있다.

1239) 辯의 이체자. '言'의 양쪽 옆에 있는 '辛'이 아랫부분에 가로획 하나가 더 있는 '𡘙'의 형태로
　　　되어있다.

1240) 앞에서는 조선간본이 '根柢'로 되어있고 四部叢刊本은 '根柢'로 되어있었는데, 여기서는 조선
　　　간본과 四部叢刊本은 모두 정자 '根柢'를 사용하였다.

之資也。是¹²⁴³⁾以聖王制丗¹²⁴⁴⁾御俗，獨化於陶¹²⁴⁵⁾鈞之上，能不牽乎甲¹²⁴⁶⁾亂¹²⁴⁷⁾之言，不惑乎衆多之口，故秦皇帝任中庶¹²⁴⁸⁾子{第71面}蒙恬之言，以信荊軻之說¹²⁴⁹⁾，故匕¹²⁵⁰⁾首竊¹²⁵¹⁾發。周文王校獵¹²⁵²⁾涇渭，載呂¹²⁵³⁾尚¹²⁵⁴⁾而歸，以王天下。秦信左右而秡¹²⁵⁵⁾，周用烏集而王。何則？以其能越攣拘之語，馳域外之議，獨觀於昭曠之道也。今人主沉於諂諛¹²⁵⁶⁾之辭¹²⁵⁷⁾，牽於帷墻¹²⁵⁸⁾之制，使不覇之

1241) 輔의 이체자. 오른쪽의 '甫'에서 'ヽ'이 빠져있다. 四部叢刊本은 정자로 되어있다.

1242) 襄의 이체자. 윗부분의 '龍'이 '龍'의 형태로 되어있다.

1243) 是의 이체자. 머리의 '日'이 '月' 형태로 되어있으며 그 아랫부분이 '疋'에 붙어 있다. 四部叢刊本은 정자를 사용하였다.

1244) 世의 이체자.

1245) 陶의 이체자. 좌부변의 '阝'가 '冂'의 형태로 되어있다.

1246) 卑의 이체자. 맨 윗부분의 'ノ'이 빠져있다.

1247) 조선간본은 정자로 되어있는데, 四部叢刊本에는 이체자 '亂'로 되어있다.

1248) 庶의 이체자. '广'안의 윗부분의 '廿'만 '茻'의 형태로 되어있고 아랫부분의 '灬'가 '从'의 형태로 되어있다.

1249) 說의 이체자. 오른쪽부분의 '兌'가 '兊'의 형태로 되어있다. 四部叢刊本은 조선간본과 다르게 그 부분이 '兌'의 형태로 된 이체자 '說'을 사용하였다.

1250) 匕의 이체자. 'ノ'의 형태가 'ㄴ'의 세로획 밖으로 나와 있는데, 숫자 '七'이 아닌 '匕'의 이체자이다.

1251) 竊의 이체자. 머리의 '穴' 아래 왼쪽부분의 '釆'이 '耒'의 형태로 되어있으며, 오른쪽부분의 '离'의 형태가 '禸'의 형태로 되어있다. 四部叢刊本은 그 부분이 '卨'의 형태로 된 이체자 '竊'을 사용하였다.

1252) 獵의 이체자. 오른쪽부분의 '巤'이 '巤'의 형태로 되어있다.

1253) 조선간본은 정자로 되어있는데, 四部叢刊本은 이체자 '吕'로 되어있다.

1254) 조선간본은 윗부분이 'ヽノ'의 형태로 되어있는데, 四部叢刊本은 그것의 방향이 아래로 향한 '尙'을 사용하였다.

1255) 弑의 이체자. 오른쪽부분의 '式'이 '弋'안의 '工'이 '二'의 형태로 되어있다. 四部叢刊本은 정자를 사용하였다.

1256) 諛의 이체자. 오른쪽 부분의 '臾'가 '臾'의 형태로 되어있다.

1257) 辭의 이체자. 왼쪽부분이 정자의 형태로 되어있으며, 우부방의 '辛'이 아랫부분에 가로획 하나가 더 있는 '辛'의 형태로 되어있다. 四部叢刊本은 왼쪽부분이 조선간본과 다르게 '𤔔'의 형태이며, 우부방은 조선간본과 동일하게 '辛'으로 된 이체자 '辤'를 사용하였다.

1258) 墻의 이체자. 왼쪽 아랫부분의 '回'가 '皿'의 형태로 되어있다.

士, 與牛[1259]同皁, 此鮑焦之所以忿於世[1260], 而不留於富貴之樂也。臣聞盛
飾[1261]以朝者, 不以私行義；砥礪[1262]名號[1263]者, 不以利傷[1264]行。故里名勝
母[1265], 而曾[1266]子不入；邑號[1267]朝歌, 墨子回[1268]車[1269]。今使天下廖[1270]
廓[1271]之士, 籠於威重之權, 脅於勢位之貴, 回面汙行, 以事諂諛之人, 求親近於
左右, 則士[1272]有伏死崛穴[1273]巖藪[1274]之中耳, 安{第72面}】[1275]有盡精神而趨闕

1259) 驥의 이체자. 좌부변의 '馬'가 '馬'의 형태로 되어있고 오른쪽부분의 '冀'가 '冀'의 형태로 되
      어있다. 四部叢刊本은 좌부변이 정자 형태이고 오른쪽부분은 조선간본과 같은 형태의 이체
      자 '驥'으로 되어있다.

1260) 世의 이체자. 四部叢刊本은 다른 형태의 이체자 '丗'로 되어있다.

1261) 조선간본은 정자로 되어있는데, 四部叢刊本은 오른쪽부분이 '布'의 형태로 된 이체자 '飾'을
      사용하였다.

1262) 礪의 이체자. 왼쪽부분의 '厂'이 '厃'의 형태로 되어있다. 四部叢刊本은 정자를 사용하였다.

1263) 號의 이체자. 오른쪽부분의 '虎'가 '㢆'의 형태로 되어있다. 조선판본 3종은 모두 글자의 오른
      쪽부분이 어떤 형태인지 판독이 불가능하여 四部叢刊本의 글자를 그대로 옮겼다.

1264) 傷의 이체자. 四部叢刊本은 다른 형태의 이체자 '傷'을 사용하였다.

1265) 母의 이체자. 四部叢刊本은 다른 형태의 이체자 '毋'를 사용하였다.

1266) 曾의 이체자. 맨 윗부분의 '八'이 'ﺤ'의 형태로 되어있고 그 아래 '囧'의 형태가 '田'의 형태
      로 되어있다. 四部叢刊本은 맨 윗부분이 'ﺤ'의 형태로 된 이체자 '曽'을 사용하였다.

1267) 號의 이체자. 오른쪽 윗부분의 '虍'가 '严'의 형태로 되어있다.

1268) 回의 이체자.

1269) 조선간본은 정자로 되어있는데, 四部叢刊本은 '車'의 아랫부분에 '八'의 형태가 첨가된 이체
      자 '東'를 사용하였다.

1270) 廖의 이체자. '广'안의 윗부분의 '羽'가 '⺕'의 형태로 되어있다.

1271) 廓의 이체자. '广'안의 오른쪽부분의 '享'이 '享'의 형태로 되어있다.

1272) 四部叢刊本에는 '王'으로 되어있는데, 龍溪精舍本은 조선간본과 동일하게 '士'로 되어있다.
      여기서는 '선비'(劉向 撰, 林東錫 譯註,《신서1》, 동서문화사, 2009. 251쪽)를 대하는 태도에
      대하여 이야기하고 있기 때문에 조선간본의 '士'가 맞고 四部叢刊本의 '王'은 誤字이다.

1273) 穴의 이체자. 'ﬤ' 아래의 '八'이 '几'의 형태로 되어있다. 四部叢刊本은 그 부분이 '儿'의 형
      태로 된 이체자 '宂'을 사용하였다.

1274) 藪의 이체자. '艹' 아래 오른쪽부분의 '婁'가 '婁'의 형태로 되어있다.

1275) '【~】'의 부호로 표시한 부분은 모두 두 면에 해당하는데, 上冊의 제71면과 제72면이다. 계
      명대 귀중본은 전체적으로 글자가 뭉그러져 판독할 수 없는 부분이 많고, 고본은 앞의 두
      면과는 달리 이번 두 면이 남아 있어서 고본으로 대조를 진행하였고 일본국회도서관 소장본
      은 참고하였다. 그런데 전체 판본의 테두리는 '四周雙邊'으로 되어있는데, 귀중본은 '四周雙

下者哉！」書奏孝王，孝王立出之，卒爲上客。

劉向新序卷第二[1276]{第73面}[1277]

{第74面}[1278]

邊'으로 되어있지만 고본과 일본국회도서관 소장본은 테두리가 '四周單邊'으로 되어있다. 두
판본은 테두리는 다른 형태이지만, 테두리 안의 판식은 서로 동일하다. 이것도 역시 원판이
훼손되거나 혹은 일실되어 나중에 補刻한 것으로 볼 수 있다.

1276) 四部叢刊本에는 '三'으로 되어있으며, 조선간본도 원래는 '三'으로 되어있어야 하지만 계명대
고본에는 '二'로 잘못되어있다. 계명대 귀중본과 일본국회도서관 소장본은 모두 '二'의 중간
에 붓으로 가필하여 '三'으로 만들어놓았다. 원래부터 誤字인지 판각 후에 훼손된 것인지는
판단하기 어렵다.

1277) 이 卷尾의 제목은 마지막 제11행에 해당한다. 이번 면(제73면)은 제2행에서 글이 모두 끝나
고, 나머지 8행이 빈칸으로 되어있다.

1278) 〈劉向新序卷第三〉은 이전 면인 제73면에서 끝났는데, 각 권은 홀수 면에서 시작하기 때문
에 짝수 면인 이번 제74면은 계선만 인쇄되어있고 한 면이 모두 비어 있다.

劉向新序卷第四

雜事第四

　　管仲言齊[1279]桓[1280]公曰：「夫墾田剏[1281]邑，闢田殖[1282]穀[1283]，盡地之利，則臣不若甯[1284]戚，請置[1285]以爲田官。登降[1286]揖讓，進退閑習[1287]，臣不如隰[1288]朋，請置以爲大行。蚤[1289]入晏出，犯君顏色，進諫[1290]必忠，不重富貴，不避死亡，則臣不若東郭[1291]牙，請置以爲諫臣。決獄折中，不誣無罪，不殺無辜，則臣不若弦寧，請置以爲大理。平原[1292]廣[1293]囿，車不結軌[1294]，士不旋踵，鼓[1295]之而三軍之士，視死[1296]若[1297]歸，則臣不若王子成甫[1298]，請置以爲

1279) 齊의 이체자. 'ㅗ'의 아래에서 가운데부분의 'Ｙ'가 '了'의 형태로 되어있다.

1280) 桓의 이체자. 오른쪽부분의 '亘'이 맨 아래 가로획이 빠진 '亘'의 형태로 되어있다.

1281) 剏의 이체자. '創'과 同字이다. 우부방의 '刀'이 '双'의 형태로 되어있다. 四部叢刊本은 '刀'로 된 이체자 '刱'을 사용하였다.

1282) 殖의 이체자. 오른쪽부분의 '直'가 가로획 하나가 빠진 '直'으로 되어있다. 四部叢刊本은 정 자로 되어있다.

1283) 穀의 이체자. 왼쪽 아랫부분의 '禾'위에 가로획 하나가 없으며, 우부방의 '殳'가 '旻'의 형태로 되어있다. 四部叢刊本은 왼쪽부분은 조서간본과 같고 우부방은 정자 형태로 된 이체자 '穀' 을 사용하였다.

1284) 조선간본은 아랫부분이 '冊'으로 되어있는데, 四部叢刊本은 그 부분이 '冉'의 형태로 된 '甯' 을 사용하였다.

1285) 置의 이체자. 머리 '皿'의 아랫부분이 '直'으로 되어있다.

1286) 降의 이체자. 좌부변의 '阝'는 '冂'의 형태의 형태로 되어있다.

1287) 習의 이체자. 머리의 '羽'가 '羽'의 형태로 되어있으며, 아랫부분의 '白'이 '日'로 되어있다.

1288) 隰의 이체자. 좌부변의 '阝'는 '冂'의 형태의 형태로 되어있다.

1289) 蚤의 이체자. 윗부분의 '叉'의 형태가 '叉'의 형태로 되어있다.

1290) 諫의 이체자. 오른쪽부분의 '柬'의 형태가 '東'의 형태로 되어있다.

1291) 郭의 이체자. 왼쪽부분의 '享'이 '享'의 형태로 되어있다.

1292) 原의 이체자. '厂' 안의 윗부분의 '白'이 '日'의 형태로 되어있다.

1293) 廣의 이체자. 머리의 '广'아랫부분의 '黃'이 '黄'의 형태로 되어있다.

1294) 軌의 이체자. 오른쪽부분의 '九'가 '丸'의 형태로 되어있다.

1295) 鼓의 이체자. 오른쪽부분의 '支'가 '皮'의 형태로 되어있다.

1296) 死의 이체자. 왼쪽부분의 '歹'가 '巨'의 형태로 되어있다.

大司馬。君如欲治國强[1299]兵，則此五子者足矣，如欲[第75面]霸王，則夷吾在此。」夫管仲能知人，桓公能任賢[1300]，所以九合諸侯[1301]，一匡[1302]天下，不用兵車，管仲之功也。詩曰：「濟濟多士，文王以寧。」桓公其似之矣[1303]。

有司請吏於齊桓公，桓公曰：「以告仲父[1304]。」有司又請，桓公曰：「以告仲父。」若是者二[1305]。在側者曰：「一則告仲父，二則告仲父，易[1306]哉爲君。」桓公曰：「吾未得仲父則難[1307]，已得仲父，曷[1308]爲其不易也。」故王者勞於求人，佚於得賢。舜擧衆[1309]賢在位，垂衣裳，恭巳[1310]無爲，而天下治。湯文用伊、呂，成王用周、邵，而刑措不用，兵偃而不動，用衆賢也。桓公用管仲則小也，

1297) 若의 이체자. 머리의 '艹' 아랫부분의 '右'가 '石'의 형태로 되어있고, 머리의 '艹'가 아랫부분의 '石'에 붙어 있다.

1298) 甫의 이체자. 오른쪽 윗부분의 'ㆍ'이 빠져있다. 四部叢刊本은 정자로 되어있다.

1299) 조선간본은 정자로 되어있는데, 四部叢刊本은 이체자 '強'으로 되어있다.

1300) 賢의 이체자. 윗부분 왼쪽의 '臣'이 '目'의 형태로 되어있다. 四部叢刊本은 그 부분이 '目'의 형태로 된 이체자 '賢'을 사용하였다.

1301) 侯의 이체자. 오른쪽 윗부분의 'ㄱ'의 형태가 'ㅗ'의 형태로 되어있다.

1302) 조선간본에는 정자로 되어있는데, 四部叢刊本에는 '匚'에서 맨 아래 가로획이 빠진 이체자 '匤'을 사용하였다.

1303) 矣의 이체자. 'ㅿ'의 아랫부분의 '矢'가 '失'의 형태로 되어있다.

1304) 父의 이체자. 아랫부분의 'ㄨ'의 형태가 'ㄨ'의 형태로 되어있다. 四部叢刊本은 정자를 사용하였다. 이번 단락에서 조선간본은 모두 이체자를 사용하였고 四部叢刊本은 모두 정자를 사용하였기 때문에 이하에서는 두 판본의 글자가 달라도 따로 주를 달지 않는다.

1305) 조선간본과 四部叢刊本은 모두 '二'로 되어있는데, 龍溪精舍本에는 '三'으로 되어있다. 여기서는 '이렇게 하기를 세 번'(劉向 撰, 林東錫 譯註,《신서1》, 동서문화사, 2009. 274쪽)이라는 의미인데, 실제 횟수보다는 행위의 반복성을 강조하는 것이기 때문에 '두 번'이나 '세 번' 모두 의미가 통한다. 그러므로 조선간본과 四部叢刊本의 '二'는 '三'의 誤字라고 단정할 수 없다.

1306) 易의 이체자. 머리의 '日'이 '月'의 형태로 되어있고 아랫부분의 '勿'위에 바로 붙어 있다.

1307) 難의 이체자. 왼쪽 윗부분의 '廿'이 'ㅛ'의 형태로 되어있다.

1308) 曷의 이체자. 아랫부분의 '匃'가 '匂'의 형태로 되어있다.

1309) 衆의 이체자. 머리 '血'의 아랫부분이 '氺'의 형태로 되어있다.

1310) 四部叢刊本에는 '巳'로 되어있으며, 龍溪精舍本에는 '己'로 되어있다. 여기서는 '자기 자신'(劉向 撰, 林東錫 譯註,《신서1》, 동서문화사, 2009. 274쪽)이란 의미이기 때문에 '己'로 써야 하지만, 조선간본과 四部叢刊本은 '己'를 '巳'나 '巳'로 쓴 경우가 많다.

故至於霸，而不能以王。故孔子曰：「小哉，管{第76面}仲之器[1311]。」蓋[1312]善[1313]其遇桓[1314]公，惜其不能以王也。至明主則不然，所用大矣。詩曰：「濟濟多士，文王以寧[1315]。」此之謂也。

　　〖公孫成謂魏[1316]文侯[1317]曰：「田子方雖賢人，然而非有土之〗[1318]〖君也，君常與之齊禮，假[1319]有賢於子方者；君又何以〗[1320]〖加之？」文侯曰：「如子方〗者，非成所得議也。子方，仁人〗[1321]〖也。仁人也者，國[1322]之寶[1323]也，智士也者，國[1324]之噐[1325]也；博[1326]通〗[1327]〖士也者，國之尊也，故國[1328]有仁人，

1311) 噐의 이체자. 가운데부분의 '犬'에서 오른쪽 윗부분에 'ヽ'이 빠진 '大'의 형태로 되어있다.

1312) 蓋의 俗字. 맨 아래 '皿'의 윗부분이 '羊'의 형태로 되어있다.

1313) 善의 이체자. 가운데부분의 'ᅭ'의 형태가 '廾'의 형태로 되어있다.

1314) 조선간본은 이체자로 되어있는데, 四部叢刊本은 정자 '桓'으로 되어있다.

1315) 조선간본은 정자로 되어있는데, 四部叢刊本은 맨 아랫부분의 '丁'이 '一'의 형태로 된 이체자 '寍'을 사용하였다.

1316) 魏의 이체자. 오른쪽부분의 '鬼'에서 맨 위의 'ヽ'이 빠져있다.

1317) 侯의 이체자. 오른쪽 윗부분의 'ㄱ'의 형태가 'ㅗ'의 형태로 되어있고 그 아랫부분의 '矢'가 '失'의 형태로 되어있다. 3종의 조선간본은 모두 글자가 뭉그러져 있어서 정확한 형태를 구분할 수 없다. 그래서 四部叢刊本의 글자로 대체하였다. 이번 단락과 다음 단락에서는 모두 이 형태의 이체자만 사용하였다.

1318) '〖~〗' 이 부호는 한 행을 뜻한다. 본 판본은 1행에 18자로 되어있는데, '〖~〗'로 표시한 이번 면의 제4행이 두 글자가 많은 20자로 되어있다. 四部叢刊本도 조선간본과 동일하게 20자로 되어있다.

1319) 조선간본은 정자로 되어있는데, 四部叢刊本은 가장 오른쪽의 'ㅋ'의 형태가 'ㅌ'의 형태로 된 이체자 '假'를 사용하였다.

1320) '〖~〗' 이 부호는 한 행을 뜻한다. 본 판본은 1행에 18자로 되어있는데, '〖~〗'로 표시한 이번 면의 제5행이 한 글자가 많은 19자로 되어있다. 四部叢刊本도 조선간본과 동일하게 19자로 되어있다. 그런데 이번 면의 이번 제5행부터 10행까지는 모두 한행에 19자로 되어있으며, 마지막 행인 제11행부터는 다시 18자로 되어있다. 四部叢刊本도 이번 면의 한 행에 해당하는 모든 글자의 수가 조선간본과 정확히 일치한다.

1321) '〖~〗'로 표시한 제6행도 한 글자가 많은 19자로 되어있다.

1322) 國의 이체자. '口' 안의 '或'이 '戜'의 형태로 되어있다. 3종의 조선간본은 모두 글자가 뭉그러져 있어서 정확한 형태를 구분할 수 없다. 그래서 四部叢刊本의 글자로 대체하였다.

1323) 寶의 이체자. 'ᆢ'의 아랫부분 오른쪽의 '缶'가 '尒'로 되어있다.

1324) 조선간본은 이체자로 되어있는데, 四部叢刊本은 정자 '國'으로 되어있다.

則群臣不爭，國有〗 1329) 〖智士，則無四鄰諸侯之患，國有博通之士，則人主〗 1330) 〖尊固，非成之所議也。」公季或1331)自退於郊三日請罪〗 1332)。

　　魏文侯弟曰季成，友曰翟1333)黃，文侯欲相之而未〖第77面〗能決，以問李克。克對1334)曰：「君者1335)置相，則問樂商與王孫苟端孰1336)賢？」文侯曰：「善。」以王孫苟端爲不肖，翟黃進之；樂商爲賢，季成進之，故相季1337)成。故知人則哲，進賢受上賞，季成以知賢，故文侯以爲相。季成，翟黃，皆1338)近臣親1339)屬也，

1325) 器의 이체자. 가운데부분의 '太'가 '工'의 형태로 되어있다.

1326) 博의 이체자. 오른쪽 윗부분의 '甫'가 '宙'의 형태로 되어있다.

1327) '〖~〗'로 표시한 제7행도 한 글자가 많은 19자로 되어있다.

1328) 조선간본은 이체자로 되어있는데, 四部叢刊本에는 정자 '國'으로 되어있다.

1329) '〖~〗'로 표시한 제8행도 한 글자가 많은 19자로 되어있다.

1330) '〖~〗'로 표시한 제9행도 한 글자가 많은 19자로 되어있다.

1331) 조선간본과 四部叢刊本에는 모두 '或'으로 되어있는데, 龍溪精舍本에는 '成'으로 되어있다. '公季成'은 '魏 成子. 이름이 成이며, 文侯의 아우'(劉向 撰, 林東錫 譯註,《신서1》, 동서문화사, 2009. 278쪽)이다. 앞에서는 조선간본과 四部叢刊本이 모두 '公季成'이라고 했는데, 여기서는 '成'이 아니라 '或'자를 썼기 때문에 두 판본의 '或'은 모두 誤字이다. 계명대 귀중본은 붓으로 가필하여 억지로 '成'자를 만들어 놓았다.

1332) '〖~〗'로 표시한 제10행도 한 글자가 많은 19자로 되어있다. 제11행과 그 뒤에서부터는 모두 1행에 18자인 원래의 형식대로 되어있다.

1333) 翟의 이체자. 머리 '羽'가 '㸚'의 형태로 되어있다.

1334) 對의 이체자. 왼쪽부분의 '丵'의 형태가 '墅'의 형태로 되어있다. 四部叢刊本은 정자를 사용하였다.

1335) 四部叢刊本에는 '若(若의 이체자)'으로 되어있고 龍溪精舍本에도 '若'으로 되어있다. 여기서는 '만약'(劉向 撰, 林東錫 譯註,《신서1》, 동서문화사, 2009. 279쪽)이라는 의미이기 때문에 四部叢刊本의 '若(若의 이체자)'이 맞고 조선간본의 '者'는 誤字이다.

1336) 孰의 이체자. 왼쪽부분의 '享'이 '享'의 형태로 되어있고 오른쪽부분의 '丸'이 '九'의 형태로 되어있다. 四部叢刊本은 왼쪽부분은 조선간본과 같고 오른쪽부분은 정자 형태로 된 이체자 '孰'을 사용하였다.

1337) 四部叢刊本은 조선간본과 다르게 '李'로 되어있다. 여기서 '季成'은 위에서 주를 단 '公季成'이고 四部叢刊本도 앞에서는 '季成'이라고 썼기 때문에, 조선간본의 '季'가 맞고 四部叢刊本의 '李'는 誤字이다.

1338) 皆의 이체자. 아랫부분의 '白'이 '日'로 되어있다.

1339) 親의 이체자. 오른쪽부분의 '立' 아래의 '木'이 '末'의 형태로 되어있다.

以所進者賢別之，故李克之言是也。

孟嘗[1340]君問於白圭曰：「魏文侯名過於桓[1341]公，而功不及五伯，何也？」白圭對曰：「魏文侯師子夏，友田子方，敬[1342]段干木，此名之所以過於桓[1343]公也。卜相則曰：『成與黃執可？』此功之所以不及王伯也。以私愛妨公舉，在職者不堪其事，故功廢，然而名{第78面}號[1344]顯榮者，三士翊之也，如相三士，則王功成，豈特霸哉！」

晋[1345]平公問於叔[1346]向曰：「昔者齊桓公九合諸侯，一匡[1347]天下，不識其君之力乎？其臣之力乎？」叔向對曰：「管仲善制割，隰[1348]朋善削[1349]縫，賓[1350]胥無善純緣[1351]，桓[1352]公知衣而已。亦其臣之力也。」師曠侍曰：「臣請譬之以五味，管仲善斷割之，隰朋善煎熬之，賓胥無善齊和之。羹[1353]以熟矣[1354]，奉而進之，而君不食，誰能彊之，亦君之力也。」

1340) 嘗의 이체자. 아랫부분의 '旨'가 '甘'의 형태로 되어있다.

1341) 계명대 귀중본과 고본은 모두 글자 전체를 붓으로 가필하였으며, 일본국회도서관 소장본은 글자가 뭉그러져 있어서 판독할 수 없다. 四部叢刊本에는 앞에서 사용한 이체자 '桓'으로 되어있다. 조선간본은 이체자에 가필을 하였거나 원래 정자로 되어있는 글자가 흐릿하여 위에 가필을 한 것인지는 확정할 수 없다.

1342) 敬의 이체자. 왼쪽 윗부분의 '艹'가 '⺍'의 형태로 되어있다.

1343) 계명대 고본은 이체자로 되어있고, 귀중본은 가로획 하나를 가필하여 정자 '桓'의 형태로 되어있다. 四部叢刊本은 여기서도 이체자 '桓'을 사용하였다.

1344) 號의 이체자. 오른쪽 윗부분의 '虍'가 '严'의 형태로 되어있다.

1345) 晋의 이체자. 윗부분의 '丛'의 형태가 '皿'의 형태로 되어있다.

1346) 叔의 이체자. 왼쪽 윗부분의 '上'이 '止'의 형태로 되어있다. 四部叢刊本은 정자로 되어있다.

1347) 匡의 이체자. '匚'에서 맨 아래 가로획이 빠져있다. 四部叢刊本은 이체자 '匡'로 되어있다.

1348) 隰의 이체자. 좌부변의 '阝'는 '卩'의 형태의 형태로 되어있다.

1349) 조선간본은 왼쪽 윗부분이 '八'의 형태로 되어있는데, 四部叢刊本은 그 부분이 '丷'의 형태로 된 '削'를 사용하였다.

1350) 賓의 이체자. 머리 '宀'의 아랫부분의 '𡖀'의 형태가 '尸'의 형태로 되어있다.

1351) 緣의 이체자. 오른쪽부분의 '彖'이 '录'의 형태로 되어있다.

1352) 계명대 귀중본은 이체자 그대로 되어있고, 고본은 가필하여 정자 '桓'의 형태를 만들어 놓았다. 四部叢刊本은 여기서도 이체자 '桓'을 사용하였다.

1353) 羹의 이체자. '羔'의 아래 '美'의 형태가 '天'의 형태로 되어있다.

1354) 조선간본은 정자로 되어있는데, 四部叢刊本은 이체자 '矣'로 되어있다.

昔者，齊桓公與魯莊公爲柯之盟，魯大夫曹劌謂莊公曰：「齊之侵魯，至於下城，城壞[1355]壓境，君不{第79面}圖[1356]與？」莊公曰：「嘻！寡人之生不若死。」曹劌曰：「然，則君請當其君，臣請當其臣。」及會[1357]，兩[1358]君就[1359]壇[1360]，兩相相揖，曹劌手劍拔[1361]刀[1362]而進，迫桓公於壇上曰：「城壞壓境，君不圖與？」管仲曰：「然，則君何求？」曹劌曰：「願[1363]請汶陽[1364]田。」管仲謂桓公曰：「君其許之。」桓公許之，曹劌請盟，桓公遂與之盟。已盟，標劍[1365]而去。左右曰：「要盟可倍，曹劌可讎，請倍盟而討曹劌。」管仲曰：「要盟可負，而君不負；曹劌可讎，而君不讎，著信天下矣。」遂不倍[1366]。天下諸侯，翕[1367]然而歸之，爲鄄之會，幽之盟，諸侯莫不至焉。爲陽穀[1368]之會，貫澤之盟，遠[1369]國皆

1355) 壞의 이체자. 오른쪽 가운데 부분의 '士'가 '一'의 형태로 되어있으며 그 아랫부분이 '糸'의 형태로 되어있다.

1356) 圖의 이체자. '囗' 안의 아랫부분의 '回'가 '面'의 형태로 되어있다.

1357) 會의 이체자. 중간부분의 '罒'의 형태가 '宙'의 형태로 되어있다.

1358) 兩의 이체자. 바깥부분 '帀'의 안쪽의 '入'이 '人'의 형태로 되어있으며 그것의 윗부분이 '帀'의 밖으로 삐져나와 있다.

1359) 就의 이체자. 오른쪽부분의 '尤'에서 'ㆍ'이 위쪽이 아닌 중간부분에 찍혀 있다.

1360) 壇의 이체자. 오른쪽 '亠'의 아랫부분의 '回'가 '田'의 형태로 되어있고 그 아랫부분의 '旦'이 '且'의 형태로 되어있다.

1361) 拔의 이체자. 오른쪽부분의 '犮'이 '爰'의 형태로 되어있다.

1362) 刃의 이체자. 왼쪽의 'ㆍ'이 직선 형태로 되어있다.

1363) 願의 이체자. 오른쪽부분의 '原'이 '原'의 형태로 되어있다.

1364) 陽의 이체자. 좌부변의 '阝'가 '卩'의 형태로 되어있고, 오른쪽부분의 '昜'이 '易'의 형태로 되어있다.

1365) 劍의 이체자. 우부방의 '刂'가 '刄'의 형태로 되어있다.

1366) 倍의 이체자. 오른쪽 아랫부분의 '口'가 '匕'의 형태로 되어있다. 四部叢刊本은 정자로 되어있다.

1367) 翕의 이체자. 발의 '羽'가 '卅'의 형태로 되어있다.

1368) 穀의 이체자. 왼쪽 아랫부분의 '禾' 위에 가로획 하나가 없으며, 우부방의 '殳'가 '旻'의 형태로 되어있다. 四部叢刊本은 조선간본과 왼쪽의 형태는 같고 오른쪽은 정자 형태인 이체자 '穀'을 사용하였다.

1369) 遠의 이체자. '辶'의 윗부분에서 '土'의 아랫부분의 '哀'의 형태가 '糸'의 형태로 되어있다. 四部叢刊本은 그 부분이 '糸'의 형태로 된 이체자 '遠'을 사용하였다.

來，南伐強楚，以致菁茅之貢；北[1370]{第80面}伐山戎，爲燕[1371]開[1372]路，三存亡[1373]國，一繼[1374]絶世[1375]，尊事周室，九合諸侯，一匡[1376]天下，功次三王，爲五伯長，本信起[1377]乎柯之盟也。

晋文公伐原，與大夫期五日，五日而原不降[1378]，文公令去之。吏曰：「原不過三日，將[1379]降矣[1380]，君不如待之？」君曰：「得原失信，吾不爲也。」原人聞之曰：「有君義若此，不可不降也。」遂降，温[1381]人聞之，亦請降。故曰：「伐原而温降。」此之謂也。於是諸侯[1382]歸之，遂侵曹伐衛，爲踐[1383]土之會，温之盟後南破強楚，尊事周室，遂成霸功，上次齊桓[1384]，本信由伐原也。

昔者，趙之中牟叛，趙襄子率師伐之，圍未合而{第81面}城自壞[1385]者十堵，襄子擊[1386][1387]金而退。士軍吏曰：「君誅中牟之罪，而城自壞[1388]，是天助也，君

1370) 北의 이체자. 왼쪽부분의 ‘ㅋ’의 형태가 ‘土’의 형태로 되어있다.
1371) 燕의 이체자. 가운데부분의 ‘北’의 형태가 ‘丗’의 형태로 되어있다.
1372) 開의 이체자. ‘門’ 안의 ‘开’가 ‘井’의 형태로 되어있다.
1373) 亡의 이체자. 맨 아래의 가로획이 왼쪽으로 튀어나와 있다. 四部叢刊本은 정자로 되어있다.
1374) 繼의 이체자. 오른쪽의 ‘㡭’의 형태가 ‘㡭’의 형태로 되어있다. 四部叢刊本은 조선간본과 다르게 그 부분이 ‘㡭’의 형태로 된 ‘継’를 사용하였다.
1375) 世의 이체자.
1376) 匡의 이체자. ‘匚’에서 맨 아래 가로획이 빠져있다.
1377) 起의 이체자. 오른쪽부분의 ‘己’가 ‘巳’의 형태로 되어있다.
1378) 降의 이체자. 좌부변의 ‘阝’는 ‘卩’의 형태로 되어있다.
1379) 조선간본은 정자로 되어있는데, 四部叢刊本은 이체자 ‘將’으로 되어있다.
1380) 조선간본은 정자로 되어있는데, 四部叢刊本은 이체자 ‘矣’로 되어있다.
1381) 溫의 이체자. 오른쪽 위의 ‘囚’의 형태가 ‘日’의 형태로 되어있다.
1382) 侯의 이체자. 四部叢刊本은 다른 형태의 이체자 ‘侯’를 사용하였다.
1383) 踐의 이체자. 오른쪽의 ‘戔’이 윗부분은 그대로 ‘戈’로 썼으며 아랫부분 ‘戈’에는 ‘丶’이 빠진 ‘戋’의 형태로 되어있다.
1384) 여기서는 조선간본과 四部叢刊本 모두 정자를 사용하였다.
1385) 壞의 이체자. 앞에서 사용한 ‘壞’와는 아랫부분의 모양이 다른데, 그 부분이 ‘衣’의 형태로 되어있다.
1386) 擊의 이체자. 윗부분 오른쪽의 ‘殳’가 ‘殳’의 형태로 되어있다. 四部叢刊本은 그 부분이 된 이체자 ‘擊’을 사용하였다.
1387) 擊의 이체자. 위의 오른쪽 부분이 ‘殳’가 ‘殳’의 형태로 되어있다.

曷¹³⁸⁹⁾爲去之？」襄子曰：「吾聞之於叔向曰：『君子不乘¹³⁹⁰⁾人於利，不迫人於
隘¹³⁹¹⁾。』使之城而後攻。」中牟聞其義，乃請降。詩曰：「王猶允塞，徐¹³⁹²⁾方既
來。」此之謂也。襄子遂滅¹³⁹³⁾知氏，并代爲天下彊，本由伐中牟也。

　　楚莊王伐鄭，克之。鄭伯肉袒¹³⁹⁴⁾，左執旄旌，右執¹³⁹⁵⁾鸞刀，以迎莊王。
曰：「寡¹³⁹⁶⁾人無良邊¹³⁹⁷⁾陲¹³⁹⁸⁾之臣，以干天之禍。是以使君王眛焉，辱¹³⁹⁹⁾到弊
邑，君如憐此喪人，錫¹⁴⁰⁰⁾之不毛之地，唯君王之命¹⁴⁰¹⁾。」莊王曰：「君之不令臣
交易¹⁴⁰²⁾爲言，是以使寡人得見君之玉面¹⁴⁰³⁾也，而{第82面}微至乎此！」莊¹⁴⁰⁴⁾王

1388) 壞의 이체자. 四部叢刊本은 여기서는 정자를 사용하였다.

1389) 조선간본 3종은 모두 판독이 불가능한 상태로 되어있어서 四部叢刊本의 글자로 대체하였다.
그런데 四部叢刊本은 자주 사용하는 이체자 '曷'이 아니라 정자를 사용하였다.

1390) 乘의 이체자. 四部叢刊本은 가운데부분의 '北'이 서로 이어진 '比'의 형태로 된 이체자 '乘'
을 사용하였다.

1391) 隘의 이체자. 좌부변의 '阝'는 '卪'의 형태로 되어있고, 오른쪽 맨 아랫부분의 '从'이 'ᄴ'의 형
태로 되어있다

1392) 徐의 이체자. 오른쪽부분의 '余'가 '余'의 형태로 되어있다.

1393) 滅의 略字. 좌부변의 '氵'가 '冫'의 형태로 되어있다.

1394) 袒의 이체자. 좌부변의 '衤'가 '示'의 형태로 되어있다. 四部叢刊本은 정자로 되어있다. 조선
간본이나 四部叢刊本은 판본 전체적으로 좌부변의 '衤'를 '示'로 사용하였는데, 四部叢刊本
은 여기서 제대로 된 부수 '衤'를 사용하였다.

1395) 執의 이체자. 執의 이체자. 왼쪽부분의 '幸'이 '幸'의 형태로 되어있고 오른쪽부분의 '丸'이
'九'의 형태로 되어있다.

1396) 寡의 이체자. 발의 '刀'가 '力'으로 되어있다.

1397) 邊의 이체자. '辶' 안의 윗부분 '自'가 '白'의 형태로 되어있고 맨 아래의 '方'이 '口'의 형태로
되어있다.

1398) 陲의 이체자. 좌부변의 '阝'는 '卪'의 형태로 되어있다.

1399) 辱의 이체자. 윗부분의 '辰'이 '辰'의 형태로 되어있다. 四部叢刊本은 정자로 되어있다.

1400) 錫의 이체자. 왼쪽부분의 '易'이 '易'의 형태도 되어있다. 四部叢刊本은 조선간본과 다르게
왼쪽부분이 '易'의 형태로 된 이체자 '錫'를 사용하였다.

1401) 命의 이체자. '人'의 아랫부분 오른쪽의 '卪'의 왼쪽 세로획이 '一'위에 붙은 '叩'의 형태로 되
어있다.

1402) 易의 이체자. 四部叢刊本은 다른 형태의 이체자 '易'를 사용하였다.

1403) 面의 이체자. 아랫부분의 '面'가 '回'의 형태로 되어있다.

1404) 莊의 이체자. 머리 '艹' 아래 왼쪽부분의 '爿'이 '丬'의 형태로 되어있다. 四部叢刊本은 정자

親自手旌，左右麾軍，還舍[1405]七里。將軍子重進諫曰：「夫南郢之與鄭相去數[1406]千里，諸大夫死者數人，斯役[1407]死者數百人，今剋[1408]而不有，無乃失民力乎？」莊[1409]王曰：「吾聞之，古者盂不穿，皮不蠹[1410]，不出四方，以[1411]是見君子重禮而賤[1412]利也，要其人不要其土，人告從而不赦，不祥也，吾[1413]以不祥立乎天下，菑之及吾身，何日之有矣。」既而晉人之救[1414]鄭者至，請戰[1415]，莊王許之，將軍子重進諫曰：「晉，強國也，道近力新，楚師疲勞，君請勿許。」莊王曰：「不可。強者我避之，弱者我威之，是寡人無以立乎天下也。」遂還師以逆晉寇[1416]，莊王援枹〔第83面〕而皷[1417]之，晉師大敗，晉人來渡河而南，及敗，犇走欲度而北，卒爭舟[1418]，而以刀[1419]擊[1420]引，舟中之指[1421]可掬也，莊王曰：

로 되어있다.

1405) 舍의 이체자. '人'의 아랫부분의 '舌'의 형태가 '吉'의 형태로 되어있다.

1406) 數의 이체자. 왼쪽의 '婁'가 '婁'의 형태로 되어있다.

1407) 役의 이체자. 오른쪽부분의 '殳'가 '夋'의 형태로 되어있다.

1408) 조선간본은 정자로 되어있는데, 四部叢刊本은 '克'의 오른쪽에 'リ'이 '寸'의 형태로 된 이체자 '尅'을 사용하였다.

1409) 莊의 이체자. 四部叢刊本은 정자로 되어있다.

1410) 蠹의 이체자. 윗부분의 '耂'의 형태가 '𠀑'의 형태로 되어있고 맨 아랫부분의 '蚰'의 형태가 '砳'의 형태로 되어있다. 四部叢刊本은 윗부분은 정자 형태로 되어있고 아랫부분은 조선간본과 같은 형태의 '蠹'를 사용하였다.

1411) 조선간본은 정자로 되어있는데, 四部叢刊本은 가운데 'ヽ'이 'V'의 형태로 된 이체자 '以'를 사용하였다. 이번 단락에서 조선간본은 모두 정자를 사용하였고 四部叢刊本은 모두 이체자를 사용하였기 때문에 이하에서는 두 판본의 글자가 달라도 따로 주를 달지 않는다.

1412) 賤의 이체자. 오른쪽의 '戔'이 윗부분은 그대로 '戈'로 되어있고 아랫부분 '戈'에 'ヽ'이 빠져있다.

1413) 四部叢刊本에는 '君'으로 되어있는데, 龍溪精舍本은 조선간본과 동일하게 '吾'로 되어있다. 여기서는 1인칭 대명사 '나'(劉向 撰, 林東錫 譯註,《신서1》, 동서문화사, 2009. 300쪽)로 莊王이 자신을 지칭하는 것이기 때문에 2인칭 대명사인 '君'은 문맥에 맞지 않는다. 그러므로 조선간본의 '吾'가 맞고 四部叢刊本의 '君'은 誤字이다.

1414) 救의 이체자. 왼쪽의 '求'에 'ヽ'이 빠져있다.

1415) 戰의 이체자. 오른쪽부분의 '單'이 '単'의 형태로 되어있다.

1416) 寇의 이체자. 머리의 '宀'이 '冖'의 형태로 되어있고 그 아래 오른쪽부분의 '攴'이 '女'의 형태로 되어있다.

1417) 鼓의 이체자. 오른쪽부분의 '支'가 '皮'의 형태로 되어있다.

「嘻，吾两[1422]君之不相能也，百姓何罪。」乃退師，以軼晋寇。詩曰：「柔亦不茹，剛亦不吐。不侮[1423]鰥[1424]寡，不畏強禦[1425]。」莊王之謂也。

晋人伐楚，三舍不止。大夫曰：「請擊之。」莊王曰：「先君之時，晋不伐楚，及孤[1426]之身，而晋伐楚，是寡人之過也。如何其辱諸大夫也？」大夫曰：「先君之時[1427]，晋不伐楚，及臣之身，而晋伐楚，是臣之罪也。請擊之。」莊王俛泣而起，拜諸大夫。晋人聞之曰：「君臣爭以過爲在巳[1428]，且君下其臣猶如此，所謂上{第84面}【[1429]下一心，三軍同力，未可攻也。」乃夜還師。孔子聞之曰：「楚莊王霸其有方矣。下士以一言而敵還，以安社稷，其霸不亦宜乎？」詩曰：「柔遠能邇，以定我王。」此之謂也。

晋文公將伐鄴，趙衰言所以勝鄴，文公用之而勝鄴，將賞趙衰。趙衰曰：「君將賞其末乎？賞其本乎？賞其末則騎乘者存；賞其本則臣聞之郄虎。」公召郄虎曰：「衰言所以勝鄴，遂勝，將賞之。曰：『蓋聞之子，子當賞郤虎。』」對曰：

1418) 舟의 이체자. 몸통 '丹'안의 '丶'과 가로획이 서로 연결된 직선 '丨'의 형태로 되어있다.
1419) 刃의 이체자. 왼쪽부분의 '丶'이 직선 형태로 되어있다. 四部叢刊本은 '刄'으로 되어있다.
1420) 擊의 이체자. 윗부분 오른쪽의 '殳'가 '殳'의 형태로 되어있다. 四部叢刊本은 그 부분이 '攵'의 형태로 된 이체자 '擊'를 사용하였다.
1421) 指의 이체자. 오른쪽 윗부분의 'ㄈ'가 '上'의 형태로 되어있다.
1422) 兩의 俗字.
1423) 侮의 이체자. 오른쪽 아랫부분의 '母'가 '毋'의 형태로 되어있다. 四部叢刊本은 그 부분이 '毋'의 형태로 된 이체자 '侮'를 사용하였다.
1424) 鰥의 이체자. 좌부변의 '魚'가 '奐'의 형태로 되어있고 오른쪽 아랫부분이 '氺'의 형태로 되어있다.
1425) 禦의 이체자. 발의 '示' 위의 '御'의 가운데부분이 '缶'의 형태로 되어있다.
1426) 孤의 이체자. 오른쪽부분의 '瓜'가 '爪'의 형태로 되어있다. 四部叢刊本은 그 부분이 '瓜'의 형태로 된 이체자 '孤'를 사용하였다.
1427) 時의 이체자. 좌부변의 '日'이 '目'의 형태로 되어있다. 四部叢刊本은 정자로 되어있다.
1428) 조선간본과 四部叢刊本에는 '巳'로 되어있는데, 龍溪精舍本에는 '己'로 되어있다. 여기서는 '자기'(劉向 撰, 林東錫 譯註,《신서1》, 동서문화사, 2009. 274쪽)이란 의미이기 때문에 '己'로 써야 하지만, 조선간본과 四部叢刊本은 '己'를 '已'나 '巳'로 쓴 경우가 많다.
1429) '【~】'의 부호로 표시한 부분은 모두 한 면에 해당하는데, 제85면과 제86면이다. 계명대 귀중본과 고본과 일본국회도서관 소장본 모두 누락되어있어서 四部叢刊本으로 대체한다. 본문의 글자는 모두 四部叢刊本의 글자를 따랐으며 따로 주를 달지 않는다.

「言之易，行之難，臣言之者也。」公曰：「子無辭。」郤虎不敢固辭，乃受賞。

梁大夫有宋就者，嘗爲邊縣令，與楚鄰界。梁之】{第85面}【邊亭，與楚之口亭，皆種瓜，各有數。梁之邊亭人，劬力數灌其瓜，瓜美。楚人窳而稀灌其瓜，瓜惡。楚令因以梁瓜之美，怒其亭瓜之惡也。楚亭人心惡梁亭之賢已，因往夜竊搔梁亭之瓜，皆有死焦者矣。梁亭覺之，因請其尉，亦欲竊往報搔楚亭之瓜，尉以請宋就。就曰：「惡是何可 ^{太上御名} 1430)怨禍之道也，人惡亦惡，何徧之甚也。若我教子必每暮令人往竊爲楚亭夜善灌其瓜，勿令知也。」於是梁亭乃每暮夜竊灌楚亭之瓜，楚亭旦而行瓜，則又皆以灌矣，瓜日以美，楚亭怪而察之，則乃梁亭之爲也。楚令聞之大悅，因具以聞楚王，楚王】1431){第86面}聞之，怒1432)然愧1433)以意自閔也，告吏曰：「徵1434)搔1435)瓜者，得無有他罪乎？此梁之陰1436)讓也。」乃謝以重幣，而請交於梁王，楚王時稱1437)則祝，梁王以爲信，故梁楚之歡，由宋就始。語曰：「轉1438)敗而爲功，因禍而爲福。」老子曰：「報怨以德1439)。」此之謂也。夫人既不善，胡足効哉！

梁嘗有疑1440)獄，群臣半以爲當罪，半以爲無罪，雖梁王亦疑。梁王曰：

1430) 이것은 원문에 달린 주석인데 이번 면(제86면) 제6행의 제16자 해당하는 부분을 차지하며, 그 부분에 위와 같이 작은 글자의 주가 雙行으로 달려 있다.

1431) '【~】'의 부호로 표시한 부분은 모두 한 면에 해당하는데, 제85면과 제86면이다. 앞에서 밝혔듯이 조선간본 3종은 이 두 면이 모두 누락되어있어서 四部叢刊本으로 대체하였다. 제87면부터 조선간본과 四部叢刊本은 판식과 내용이 일치하는데, 일실된 조선간본의 제85면과 제86면도 四部叢刊本과 글자의 형태는 달라도 내용은 일치할 것이 확실하다.

1432) 怒의 이체자. 윗부분의 '奴'이 '叔'으로 되어있다.

1433) 愧의 이체자. 오른쪽부분의 '鬼'에서 맨 위의 한 획이 빠진 '鬼'의 형태로 되어있다.

1434) 徵의 이체자. 가운데부분의 '山'과 '王'의 사이에 가로획 '一'이 빠져있다.

1435) 搔의 이체자. 오른쪽부분의 '蚤'에서 윗부분의 '叉'의 형태가 '又'의 형태로 되어있다. 四部叢刊本은 조선간본과 다르게 그 부분이 '叉'의 형태로 된 이체자 '搔'를 사용하였다.

1436) 陰의 이체자. 좌부변의 '阝'가 '卩'의 형태로 되어있으며, 오른쪽부분의 '侌'은 '套'의 형태로 되어있다.

1437) 稱의 이체자. 오른쪽부분의 '爯'이 '冉'의 형태로 되어있다.

1438) 轉의 이체자. 오른쪽 윗부분의 '叀'이 '宙'의 형태로 되어있다.

1439) 德의 이체자. 오른쪽부분의 '悳'의 형태가 가운데 가로획이 빠진 '悳'의 형태로 되어있다.

1440) 疑의 이체자. 왼쪽 윗부분의 '匕'가 '上'의 형태로 되어있다.

「陶[1441]之朱公，以布衣富[1442]侔國，是必有奇智。」乃召朱公而問曰：「梁有疑獄，獄吏半以爲當罪，半以爲不當罪，雖寡人亦疑，吾子決是奈何？」朱公曰：「臣鄙[1443]民也，不知當獄，雖然，臣之{第87面}家有二白璧[1444]，其色相如也，其徑[1445]相如也，其澤[1446]相如也。然其價一者千金[1447]，一者五百金[1448]。」王曰：「徑與色澤相如也，一者千金、一者五百金，何也？」朱公曰：「側而視之，一者厚[1449]倍，是以千金。」梁王曰：「善。」故獄疑則從去，賞疑則從與，梁國大悅。由此觀之，墙薄[1450]則亟[1451]壞，繒[1452]薄則亟裂，器薄則亟毀[1453]，酒薄則亟酸。夫薄而可以曠日持久[1454]者，殆未有也。故有國畜[1455]民施政教[1456]者，宜厚[1457]之而可耳。

　　楚惠王食寒菹[1458]而得蛭，因遂吞之，腹有疾而不能食。令尹入問曰：「王安

1441) 陶의 이체자. 좌부변의 '阝'가 '刂'의 형태로 되어있다.

1442) 富의 이체자. 머리의 '宀'이 '一'의 형태로 되어있다.

1443) 鄙의 이체자. 왼쪽 아랫부분의 '亯'이 '面'의 형태로 되어있다.

1444) 璧의 이체자. 발의 '玉'이 'ヽ'이 빠진 '王'의 형태로 되어있다. 四部叢刊本은 정자를 사용하였다.

1445) 徑의 이체자. 오른쪽부분의 '巠'이 '坙'의 형태로 되어있다.

1446) 澤의 이체자. 오른쪽 아랫부분의 '幸'이 '羍'의 형태로 되어있다.

1447) 조선간본은 정자로 되어있는데, 四部叢刊本은 이체자 '金'으로 되어있다.

1448) 金의 이체자. 가운데 세로획이 맨 위의 가로획 위로 튀어나와 있다. 四部叢刊本은 정자로 되어있다.

1449) 조선간본에는 정자로 되어있는데, 四部叢刊本은 '厂' 안의 윗부분의 '日'이 '白'의 형태로 된 이체자 '厚'를 사용하였다.

1450) 薄의 이체자. 머리 '艹'아래 오른쪽 윗부분의 '甫'가 '宙'의 형태로 되어있다.

1451) 亟의 이체자. 윗부분의 '丂'의 형태가 '了'의 형태로 되어있다.

1452) 繒의 이체자. 오른쪽부분의 '曾'이 '曽'의 형태로 되어있다.

1453) 毀의 이체자. 왼쪽 윗부분의 '臼'가 '旧'의 형태로 되어있고, 우부방의 '殳'가 '夂'의 형태로 되어있다.

1454) 久의 이체자.

1455) 畜의 이체자. 발의 '田'이 '日'의 형태로 되어있다. 四部叢刊本은 정자를 사용하였다.

1456) 敎의 이체자. 우부방의 '攵'이 '夊'의 형태로 되어있다. 四部叢刊本은 정자로 되어있다.

1457) 조선간본에는 정자로 되어있는데, 四部叢刊本은 여기서도 '厂' 안의 윗부분의 '日'이 '白'의 형태로 된 이체자 '厚'를 사용하였다.

得此疾也?」王曰:「我食寒菹[1459]而得蛭, 念[1460]譴之而不行其罪乎? 是法廢而威 {第88面}不立也, 非所以使國聞也；譴而行其誅乎? 則庖宰食監[1461]法皆當死, 心又不忍[1462]也, 故吾恐[1463]蛭之見也, 因遂吞之?」令尹避席再[1464]拜[1465]而賀曰:「臣聞天道無親, 惟德是輔。君有仁德, 天之所奉也, 病不爲傷。」是夕也, 惠王之後蛭出, 故其久病心腹之疾皆愈[1466], 天之視聽[1467], 不可不察也。

　鄭人游于鄉[1468]校, 以議執政之善否? 然明謂子産曰:「何不毀[1469]鄉校?」子産曰:「胡爲? 夫人朝夕游焉, 以議執政之善否。其所善者, 吾將[1470]行之；其所惡者, 吾將改[1471]之。是吾師也, 如之何毀之? 吾聞爲國忠信以損[1472]怨, 不聞作威以防[1473]怨。譬之若防川也, 大{第89面}決所犯, 傷人必多, 吾不能救[1474]也,

---

1458) 菹의 이체자. ‘艹’ 아래의 왼쪽부분의 ‘仌’이 ‘爻’의 형태로 되어있다.

1459) 조선간본은 인쇄가 흐릿해서 불확실하지만 이체자를 그대로 사용한 것 같고, 四部叢刊本은 앞에서와 달리 정자 ‘菹’를 사용하였다.

1460) 念의 이체자. 윗부분의 ‘今’이 ‘厶’의 형태로 되어있다.

1461) 監의 이체자. 윗부분 오른쪽의 ‘臣’이 ‘冃’의 형태로 되어있으며 그 오른쪽의 ‘亡’의 형태가 ‘亇’의 형태로 되어있다.

1462) 忍의 이체자. 윗부분의 ‘刃’이 ‘刀’의 형태로 되어있다. 四部叢刊本은 그 부분이 ‘刃’의 형태로 된 ‘忍’을 사용하였다.

1463) 恐의 이체자. 윗부분 오른쪽의 ‘凡’이 안쪽의 ‘丶’이 빠진 ‘几’의 형태로 되어있다.

1464) 再의 이체자. 가운데부분의 가로획이 양쪽으로 모두 튀어나와 있고 가운데부분의 세로획도 맨 아래 가로획 아래로 튀어나와 있다.

1465) 拜의 이체자. 오른쪽의 아랫부분에 ‘丶’이 첨가되어있다.

1466) 愈의 이체자. 위의 ‘兪’에서 아랫부분 오른쪽의 ‘月’이 ‘日’의 그 오른쪽부분이 ‘刂’의 형태로 되어있다. 四部叢刊本은 ‘愈’로 되어있다.

1467) 聽의 이체자. ‘耳’의 아래 ‘王’이 ‘土’의 형태로 되어있으며 오른쪽부분의 ‘悳’의 형태는 그대로이다.

1468) 鄉의 이체자. 가운데부분의 ‘皀’에서 윗부분의 ‘丷’이 빠져있다.

1469) 毀의 이체자. 앞에서 사용한 ‘毇’와는 다르게 왼쪽부분은 정자 형태로 되어있고 우부방의 ‘殳’가 ‘旻’의 형태로 되어있다.

1470) 조선간본은 정자로 되어있는데, 四部叢刊本은 이체자 ‘將’으로 되어있다.

1471) 改의 이체자. 왼쪽부분의 ‘己’가 ‘巳’의 형태로 되어있다.

1472) 損의 이체자. 오른쪽부분의 ‘員’이 ‘貟’의 형태로 되어있다.

1473) 防의 이체자. 좌부변의 ‘阝’가 ‘卩’의 형태로 되어있다.

不如小決之，使導吾聞而藥之也。」然明曰：「蔑也，乃今[1475]知吾子之信可事也。小人實不材，若果行，此其鄭國實賴[1476]之，豈惟二三臣。」仲尼聞是語也，曰：「以是觀之人，謂子產不仁，吾不信也。」

桓公與管仲，鮑叔，甯戚飲酒。桓公謂鮑叔：「姑爲寡人祝乎？」鮑叔奉酒而起曰：「祝吾君無忘其出而在莒也，使管仲無忘其束縛[1477]而從魯，使甯[1478]子無忘其飯牛於車下也。」桓公辟席再拜曰：「寡人與二大夫，皆無忘夫子之言，齊之社稷，必不廢[1479]矣。」此言常思困阨[1480]之時，必不驕矣。{第90面}

桓公田，至於麥丘，見麥丘邑人，問之：「子何爲者也？」對曰：「麥丘邑人也。」公曰：「年幾[1481]何？」對曰：「八十有三矣[1482]。」公曰：「美哉壽乎！子其以子壽祝寡人。」麥丘邑人曰：「祝主君，使主君甚壽，金王[1483]是[1484]賤，人爲寶。」桓公曰：「善哉！至德不孤[1485]，善言必再，吾子其復之。」麥丘邑人曰：

1474) 救의 이체자. 왼쪽의 '求'에서 윗부분의 'ヽ'이 빠져있다.

1475) 今의 이체자.

1476) 賴의 이체자. 오른쪽의 '貝'가 '頁'의 형태로 되어있다.

1477) 縛의 이체자. 오른쪽 윗부분의 '甫'가 '甪'의 형태로 되어있다.

1478) 조선간본은 정자를 사용하였는데, 四部叢刊本은 이체자 '甯'을 사용하였다.

1479) 廢의 이체자. '广' 아래 오른쪽부분의 '癹'가 '叝'의 형태로 되어있다. 四部叢刊本은 정자로 되어있다.

1480) 阨의 이체자. 좌부변의 'ß'가 '卩'의 형태로 되어있고 오른쪽부분의 '益'이 '益'의 형태로 되어있다.

1481) 幾의 이체자. 아랫부분 왼쪽의 '人'의 형태가 'ケ'의 형태로 되어있으며 아랫부분의 오른쪽에 'ノ' 한 획이 적다.

1482) 조선간본은 정자로 되어있는데, 四部叢刊本은 이체자 '矣'으로 되어있다.

1483) 四部叢刊本과 龍溪精舍本은 모두 조선간본과 다르게 '玉'으로 되어있다. 여기서는 '金'과 '玉'(劉向 撰, 林東錫 譯註,《신서1》, 동서문화사, 2009. 323쪽)이기 때문에 四部叢刊本의 '玉'이 맞고 조선간본의 '王'은 誤字이다. 그런데 계명대 귀중본은 붓으로 '王'자 옆에 'ヽ'을 가필하여 '玉'으로 만들어놓았다. 그래서 원래부터 誤字인지 아니면 나중에 원판이 훼손되어 'ヽ'이 사라진 것인지는 단정할 수 없다.

1484) 是의 이체자. 머리의 '日'이 '月' 형태로 되어있으며 그 아랫부분이 '疋'에 붙어 있다. 四部叢刊本은 정자를 사용하였다.

1485) 孤의 이체자. 오른쪽부분의 '瓜'가 '爪'의 형태로 되어있다. 四部叢刊本은 그 부분이 '爪'의 형태로 된 이체자 '孤'를 사용하였다.

「祝主君，使主君無羞學[1486]，無惡下問，賢者在傍，諫者得人。」桓公曰：「善哉！至德不孤，善〖言必三，吾子其復之。」麥丘邑人曰：「祝主君，使主君〗[1487]〖無得罪群臣百姓。」桓公怫然作色曰：「吾聞〗[1488]〖之，子得罪於父，臣得罪於君，未嘗聞君得〗[1489]〖罪於臣者也，此一言者，非夫二言者之匹也〗[1490]{第91面}，〖子更之。」麥丘邑人坐拜而起曰：「此一言者，夫二〗[1491]〖言之長也，子得罪於父，可以因姑姊[1492]叔父而〗[1493]〖解[1494]之，父[1495]能赦之。臣得罪於君，可以因便辟左〗[1496]〖右而謝之，君能赦之。昔桀得罪於湯，紂得〗[1497]〖罪於武王，此則君之得罪於其臣者也。莫爲〗[1498]〖謝，至今不赦。」公曰：「善，賴國家之福，社稷之靈〗[1499]，〖使寡人得吾子於此。」扶而載之，自衛[1500]以歸，禮〗[1501]之於朝，封之以麥丘，而斷[1502]政焉。

1486) 學의 이체자. 윗부분의 '𦥑'의 형태가 '𦥯'의 형태로 되어있다. 四部叢刊本은 정자로 되어있다.

1487) '〖~〗' 이 부호는 한 행을 뜻한다. 본 판본은 1행에 18자로 되어있는데, '〖~〗'로 표시한 이번 면(제91면)의 제8행은 한 글자가 많은 19자로 되어있다. 四部叢刊本도 조선간본과 동일하게 19자로 되어있다. 이하의 여러 행에 걸쳐서 글자 수가 일정하지 않은데, 四部叢刊本의 글자 수는 모두 조선간본과 동일하다.

1488) '〖~〗'로 표시한 제9행은 원래의 18자보다 한 글자가 적은 17자로 되어있다.

1489) '〖~〗'로 표시한 제10행은 원래의 18자보다 두 글자가 적은 16자로 되어있다.

1490) '〖~〗'로 표시한 마지막 행인 제11행은 원래의 18자보다 한 글자가 적은 17자로 되어있다.

1491) '〖~〗'로 표시한 이번 면(제92면)의 제1행은 원래의 18자로 되어있다.

1492) 조선간본은 인쇄된 글자가 희미하지만 정자로 되어있는 것 같은데, 四部叢刊本에는 이체자 '姉'로 되어있다.

1493) '〖~〗'로 표시한 제2행은 원래의 18자보다 한 글자가 적은 17자로 되어있다.

1494) 解의 이체자. 오른쪽 아랫부분의 '牛'가 '牜'의 형태로 되어있다.

1495) 父의 이체자. 아랫부분의 '乂'의 형태가 '又'의 형태로 되어있다. 四部叢刊本은 정자를 사용하였다.

1496) '〖~〗'로 표시한 제3행은 원래의 18자보다 한 글자가 적은 17자로 되어있다.

1497) '〖~〗'로 표시한 제4행은 원래의 18자보다 두 글자가 적은 16자로 되어있다.

1498) '〖~〗'로 표시한 제5행은 원래의 18자보다 한 글자가 적은 17자로 되어있다.

1499) '〖~〗'로 표시한 제6행은 원래의 18자보다 한 글자가 적은 17자로 되어있다.

1500) 御의 이체자. 가운데부분의 '缶'의 형태가 '缶'의 형태로 되어있다. 四部叢刊本은 정자로 되어있다.

1501) '〖~〗'로 표시한 제7행은 원래의 18자보다 한 글자가 적은 17자로 되어있다.

〖哀公問孔子曰：「寡人生乎深宮之中，長於婦[1503]〗[1504] 〖人之手，寡人未嘗知哀也，未嘗知憂也，未嘗〗[1505] 〖知勞也，未嘗知懼也，未嘗知危也。」孔子辟席〗[1506]{第92面}曰：「吾君之問，乃聖君之問也，丘小人也，何足以言之？」哀公曰：「否。吾子就席，微吾子，無所聞之矣。」孔子就席曰：「君入廟門，升[1507]自阼[1508]階[1509]，仰見榱[1510]棟，俯見几筵，其器存，其人亡，君以此思哀，則哀將安不至矣？君昧爽[1511]而櫛[1512]冠，平旦而聽朝，一物不應，亂之端也，君以[1513]此思憂，則憂將安不至矣[1514]？君平旦而聽[1515]朝，日昃[1516]而退，諸侯[1517]之子孫，必有在君之門廷[1518]者，君以此思勞，則勞將安不至矣？君出魯之四門，以望

1502) 斷의 이체자. 왼쪽부분의 '㡭'의 형태가 '㡭'의 형태로 되어있다.

1503) 조선간본은 오른쪽 윗부분이 'ヨ'의 형태로 되어있는데, 四部叢刊本은 그 부분이 'ㅋ'의 형태로 된 '婦'를 사용하였다.

1504) '〖~〗'로 표시한 제9행은 원래의 18자보다 한 글자가 적은 17자로 되어있다.

1505) '〖~〗'로 표시한 제10행은 원래의 18자보다 한 글자가 적은 17자로 되어있다.

1506) '〖~〗'로 표시한 마지막 행인 제11행은 원래 판식의 18자보다 한 글자가 적은 17자로 되어있다. 다음 면(제93면)부터는 원래의 판식대로 18자로 되어있다.

1507) 升의 이체자. 오른쪽 아랫부분에 '丶'가 첨가되어있다.

1508) 阼의 이체자. 좌부변의 '阝'가 '卩'의 형태로 되어있다.

1509) 階의 이체자. 좌부변의 '阝'가 '卩'의 형태로 되어있고 오른쪽 아랫부분의 '白'이 '月'의 형태로 되어있다. 四部叢刊本은 좌부변의 '阝'가 '卩'의 형태로 되어있고 오른쪽 아랫부분의 '白'이 '日'의 형태로 된 이체자 '階'를 사용하였다.

1510) 榱의 이체자. 오른쪽부분의 '衰'가 '衰'의 형태로 되어있다.

1511) 爽의 이체자. 아랫부분에 가로획 하나가 첨가되어있다.

1512) 櫛의 이체자. 오른쪽부분의 '節'에서 윗부분의 '⺮'이 글자 전체가 아니라 왼쪽부분 '良'의 위에 있다.

1513) 조선간본은 정자로 되어있는데, 四部叢刊本은 이체자 '㠯'를 사용하였다.

1514) 矣의 이체자. '厶'의 아랫부분의 '矢'가 '天'의 형태로 되어있다. 四部叢刊本은 그 부분이 '失'의 형태로 된 이체자 '矣'를 사용하였다. 조선간본은 이번 면(제93면)의 인쇄가 대체로 흐릿한데, '矢'에서 '丿'획이 빠진 것은 판이 훼손된 문제일 수도 있다.

1515) 聽의 이체자. '耳'의 아래 '王'이 '土'의 형태로 되어있으며 오른쪽의 '悳'의 형태는 그대로이다.

1516) 昃의 이체자. '日'의 아랫부분의 '仄'이 '六'의 형태로 되어있다.

1517) 侯의 이체자. 四部叢刊本은 다른 형태의 이체자 '侯'를 사용하였다.

1518) 廷의 이체자. '廴' 위의 '壬'이 '手'의 형태로 되어있다.

魯之四郊，亡國之墟[1519]，列必有數矣，君以此思懼，則懼將[1520]安不至矣？丘聞之君者舟[1521]也，庶[1522]人者水也，水則載舟，水則覆舟，君以此{第93面}思危，則危將[1523]安不至矣。夫執國之柄，履民之上，懍[1524]乎如腐索御犇馬。易[1525]曰：『履虎[1526]尾。』詩曰：『如履薄冰。』不亦危乎？」哀公再拜曰：「寡人雖不敏[1527]，請事斯語矣。」

　　昔者，齊桓[1528]公出遊於野，見亡國故城郭氏之墟。問於野人曰：「是爲何墟？」野人曰：「是爲郭[1529]氏之墟。」桓公曰：「郭[1530]氏者曷[1531]爲墟？」野人曰：「郭[1532]氏者善善而惡惡。」桓公曰：「善善而惡惡，人之善行也，其所以爲墟

1519) 墟의 이체자. 오른쪽 윗부분의 '虍'가 '严'의 형태로 되어있고 그 아래 '业'가 '业'의 형태로 되어있다.

1520) 조선간본은 정자로 되어있는데, 四部叢刊本은 이체자 '將'으로 되어있다.

1521) 舟의 이체자. 몸통 '丹'안의 '丶'과 세로획 'ㅣ'이 서로 연결된 직선 'ㅣ'의 형태로 되어있다.

1522) 庶의 이체자. '广'안의 윗부분의 '廿'만 '艹'의 형태로 되어있고 아랫부분의 '灬'가 '从'의 형태로 되어있다.

1523) 조선간본은 정자로 되어있는데, 四部叢刊本은 이체자 '將'으로 되어있다.

1524) 懍의 이체자. 오른쪽 아랫부분의 '禾'가 '示'의 형태로 되어있다.

1525) 易의 이체자. 머리의 '日'이 '旦'의 형태로 되어있고 그것이 '勿'의 위에 붙어 있다. 四部叢刊本은 다른 글자인 '易'으로 되어있다.

1526) 虎의 이체자. 머리의 '虍'가 '严'의 형태로 되어있고 그 아래 '几'가 '几'의 형태로 되어있다.

1527) 敏의 이체자. 왼쪽 아랫부분의 '母'가 '毋'의 형태로 되어있다. 四部叢刊本은 조선간본과 다르게 그 부분이 '毋'의 형태로 된 이체자 '敏'을 사용하였다.

1528) 조선판본 중에서 계명대 귀중본과 일본국회도서관 소장본은 모두 이체자로 되어있고, 계명대 고본은 원래 이체자로 된 '桓'에 붓으로 오른쪽부분 '亘'의 아랫부분에 가로획 '一'을 가필하여 정자 '桓'의 형태로 만들어놓았다. 이번 단락에서 조선간본에 쓰인 '桓'이 모두 이런 방식으로 되어있다. 四部叢刊本은 계명대 귀중본과 일본국회도서관 소장본과 동일하게 이체자 '桓'을 사용하였다.

1529) 조선간본은 앞에서는 이체자를 사용하였지만 여기서는 정자를 사용하였다. 四部叢刊本은 이체자 '郭'을 사용하였다.

1530) 조선간본은 여기서도 정자를 사용하였는데, 四部叢刊本은 이체자 '郭'을 사용하였다.

1531) 曷의 이체자. 아랫부분의 '匃'가 '旬'의 형태로 되어있다. 조선간본과 四部叢刊本은 판본 전체적으로 거의 '匃'가 '匂'의 형태로 된 이체자 '曷'을 사용하였는데, 여기서는 거의 쓰지 않는 형태의 이체자를 사용하였다.

1532) 조선간본은 앞에서 정자 '郭'을 사용하였는데, 여기서와 이번 단락의 이하에서 모두 이체자

者，何也？」野人曰：「善善而不能行，惡惡而不能去，是以爲墟也。」桓公歸，以語管仲，曰：「其人爲誰？」桓公曰：「不知也。」管仲曰：「君亦一郭氏也。」於是(第94面)桓公招[1533]野人而賞焉。

晋文公田於虢[1534]，遇一老夫而問曰：「虢之爲虢久矣，子處此故矣，虢[1535]亡其有說乎？」對曰：「虢君斷[1536]則不能，諫則無與也。不能斷又不能用人，此虢之所以亡。」文公以輟田而歸，遇趙衰而告之。趙衰曰：「今其人安在？」君曰：「吾不與之來也。」趙衰曰：「古之君子，聽其言而用其人，今[1537]之君子，聽其言而棄其身，哀哉！晋國之憂也。」文公乃召賞之，於是[1538]晋國樂納善言，文公卒以霸。

晋平公過九原而歎[1539]曰：「嗟呼！此地之蘊[1540]吾良臣多矣[1541]，若使死者起也，吾將誰與歸乎？」叔向(第95面)對曰：「其趙武乎？」平公曰：「子黨[1542]於子之師也。」對曰：「臣敢言趙武之爲人也，立若不勝衣，言若不出於口，然其身舉[1543]士於白屋下者四十六人，皆得其意，而公家甚賴之。及文子之死也，四十六人皆就[1544]賓[1545]位，是其無私德也。臣故以爲賢也。」平公曰：「善。」夫趙武賢臣

를 사용하였다. 四部叢刊本은 줄곧 이체자 ‘郭’을 사용하였다.

1533) 招의 이체자. 오른쪽 윗부분의 ‘刀’가 ‘ク’의 형태로 되어있다.

1534) 虢의 이체자. 왼쪽 아랫부분의 ‘寸’이 ‘ち’의 형태로 되어있다.

1535) 조선간본은 앞에서와 동일한 이체자를 사용하였는데, 四部叢刊本은 조선간본과 다르게 우부방의 ‘虎’가 ‘声’의 형태로 된 이체자 ‘號’을 사용하였다.

1536) 斷의 이체자. 왼쪽부분의 ‘𢇍’의 형태가 ‘㡭’의 형태로 되어있다.

1537) 今의 이체자. 조선간본은 아랫부분이 직선 형태로 되어있는데, 四部叢刊本은 아랫부분이 곡선 형태로 된 이체자 ‘今’을 사용하였다.

1538) 是의 이체자. 머리의 ‘日’이 ‘月’ 형태로 되어있으며 그 아랫부분이 ‘疋’에 붙어 있다. 四部叢刊本은 정자를 사용하였다.

1539) 歎의 이체자. 왼쪽 윗부분의 ‘廿’이 ‘卝’의 형태로 되어있다.

1540) 蘊의 이체자. ‘艹’ 아래 오른쪽부분의 ‘𥁕’의 형태로 되어있다.

1541) 조선간본은 여기서도 정자를 사용하였는데, 四部叢刊本은 이체자 ‘矣’을 사용하였다.

1542) 黨의 이체자. 발의 ‘黑’이 ‘黒’의 형태로 되어있다.

1543) 舉의 이체자. 윗부분의 ‘與’가 ‘與’의 형태로 되어있다.

1544) 就의 이체자. 조선간본은 오른쪽부분의 ‘尤’에서 ‘丶’이 가운데부분에 찍혀있다. 四部叢刊本은 정자로 되어있다.

也，相晉，天下無兵革者九年。春秋曰：「晉趙武之力盡得人也。」

　　葉1546)公諸梁問樂王鮒曰：「晉大夫趙文子爲人何若？」對曰：「好學而受規諫。」葉1547)公曰：「疑1548)未盡之矣。」對曰：「好學！智也；受規諫，仁也。江出汶山，其源1549)若甕1550)口，至楚國，其廣1551)十里，無他故，其下流多也。人而{第96面}好學受規諫，宜哉其立也。」詩曰：「其維1552)哲人，告之話言，順德之行。」此之謂也。

　　鍾子期夜聞擊1553)磬1554)聲1555)者而悲旦召問之曰：「何哉！子之擊1556)磬1557)若此之悲也。」對曰：「臣之父1558)殺人而不得，臣之毋1559)得而爲公家隸1560)，臣

1545) 賓의 이체자. 머리 'ᄀ'의 아랫부분의 '尗'의 형태가 '尸'의 형태로 되어있다.

1546) 葉의 이체자. 가운데부분의 '世'가 '丗'의 형태로 되어있다. 四部叢刊本은 정자를 사용하였다.

1547) 葉의 이체자. 조선간본은 위와 동일한 이체자를 사용하였는데, 四部叢刊本은 정자를 사용하였다.

1548) 疑의 이체자. 왼쪽 윗부분의 '匕'가 '上'의 형태로 되어있다. 四部叢刊本은 정자를 사용하였다.

1549) 源의 이체자. 오른쪽부분의 '原'에서 '厂' 안의 윗부분의 '白'이 '日'의 형태로 되어있다.

1550) 甕의 이체자. 발의 '瓦'가 '瓦'의 형태로 되어있다.

1551) 廣의 이체자. 머리의 '广'아랫부분의 '黃'이 '黄'의 형태로 되어있다. 四部叢刊本은 그 부분이 '黄'의 형태로 된 이체자 '廣'을 사용하였다.

1552) 조선간본은 좌부변이 '糹'로 되어있는데, 四部叢刊本은 그 부분이 '忄'의 형태로 된 '惟'를 사용하였다.

1553) 擊의 이체자. 윗부분 왼쪽의 '軎'가 '軣'의 형태로 되어있다. 四部叢刊本은 그 부분이 조선간본과 동일하고 그 오른쪽부분의 '殳'가 다른 '夊'의 형태로 된 이체자 '擊'을 사용하였다.

1554) 조선간본은 글자가 뭉그러져서 정확히 판독할 수가 없어서 四部叢刊本의 글자로 대체했다. 四部叢刊本은 윗부분 오른쪽의 '殳'가 '夊'의 형태로 된 이체자 '磬'을 사용하였다.

1555) 조선간본은 이 글자도 뭉그러져서 정확히 판독할 수가 없어서 四部叢刊本의 글자로 대체했다. 四部叢刊本은 윗부분 오른쪽의 '殳'가 다른 '殳'의 형태로 된 이체자 '聲'을 사용하였다.

1556) 擊의 이체자. 四部叢刊本은 다른 형태의 이체자 '擊'을 사용하였다.

1557) 磬의 이체자. 윗부분 오른쪽이 '殳'가 '殳'의 형태로 되어있다. 四部叢刊本은 그 부분이 '夊'의 형태로 된 이체자 '磬'을 사용하였다.

1558) 父의 이체자. 아랫부분의 'ㄨ'의 형태가 '又'의 형태로 되어있다. 四部叢刊本은 정자를 사용하였다.

1559) 毋의 이체자. 안쪽의 'ㆍ' 두 개가 이어진 직선 형태로 되어있다. 四部叢刊本에는 다른 형태의 이체자 '毌'로 되어있다.

1560) 隸의 이체자. 왼쪽 윗부분의 '士'가 '上'의 형태로 되어있다.

得而爲公家擊¹⁵⁶¹⁾磬¹⁵⁶²⁾。臣不睹臣之毋三年於此矣，昨日爲舍市而睹之，意欲贖
之而無財，身又公家之有也，是以悲也。」鍾子期曰：「悲在心也，非在手也，非
木非石也，悲於心而木石應之，以至誠故也。」人君苟能¹⁵⁶³⁾至誠動於內¹⁵⁶⁴⁾。萬
民必應而感移，堯¹⁵⁶⁵⁾舜之誠，感於萬國，動於天地，故荒¹⁵⁶⁶⁾外從風，鳳¹⁵⁶⁷⁾麟
翔舞，下及微¹⁵⁶⁸⁾物，咸(第97面)得其所。易¹⁵⁶⁹⁾曰：「中孚豚魚吉。」此之謂也。

　　勇¹⁵⁷⁰⁾士一呼，三軍皆辟，士之誠也。昔者，楚熊渠子夜行，見寢石以爲伏
虎，關弓射之，滅¹⁵⁷¹⁾矢飮羽，下視，知石也。却復射之，矢摧無迹。熊渠子見其
誠心而金石爲之開¹⁵⁷²⁾，況人心乎？唱而不和，動而不隨，中必有不全者矣。夫不
降席而匡¹⁵⁷³⁾天下者，求之已¹⁵⁷⁴⁾也。孔子曰：「其身正，不令而行；其身不正，
雖令不從。」先王之所以拱揖指¹⁵⁷⁵⁾揮，而四海賓者，誠德之至，已形於外。故詩
曰：「王猶允塞，徐方旣¹⁵⁷⁶⁾來。」此之謂也。

1561) 擊의 이체자. 四部叢刊本은 다른 형태의 이체자 '擊'을 사용하였다.
1562) 磬의 이체자. 四部叢刊本은 다른 형태의 이체자 '磬'을 사용하였다.
1563) 能의 이체자. 오른쪽부분의 '㠯'가 '长'의 형태로 되어있다.
1564) 內의 이체자. '冂'안의 '入'이 '人'의 형태로 되어있다.
1565) 堯의 이체자. 아랫부분의 '兀'이 '儿'의 형태로 되어있다.
1566) 荒의 이체자. 가운데부분의 '亡'이 '㐬'의 형태로 되어있다. 四部叢刊本은 그 부분이 '㐬'의 형태로 된 이체자 '荒'을 사용하였다.
1567) 鳳의 이체자. '几' 안쪽의 '鳥'에서 맨 윗부분의 가로획 '一'이 빠져있다.
1568) 微의 이체자. 가운데 아랫부분의 '几'가 '口'의 형태로 되어있다.
1569) 조선간본은 정자로 되어있는데, 四部叢刊本은 이체자 '易'으로 되어있다.
1570) 勇의 이체자. 윗부분의 'マ'가 'コ'의 형태로 되어있고 발의 '力'이 '万'의 형태로 되어있다. 四部叢刊本은 정자를 사용하였다.
1571) 滅의 略字. 좌부변의 'ㆍ氵'가 'ㆍ冫'의 형태로 되어있다.
1572) 開의 이체자. '門' 안의 '开'가 '井'의 형태로 되어있다. 四部叢刊本은 정자로 되어있다.
1573) 匡의 이체자. '匚'에서 맨 아래 가로획이 빠져있다.
1574) 조선간본과 四部叢刊本에는 '已'로 되어있는데, 龍溪精舍本에는 '己'로 되어있다. 여기서는 '자기'(劉向 撰, 林東錫 譯註,《신서1》, 동서문화사, 2009. 344쪽)이란 의미이기 때문에 '己'로 써야 하지만, 조선간본과 四部叢刊本은 '己'를 '已'나 '巳'로 쓴 경우가 많다.
1575) 指의 이체자. 오른쪽 윗부분의 '匕'가 '上'의 형태로 되어있다.
1576) 旣의 이체자. 오른쪽부분의 '旡'가 '无'의 형태로 되어있다.

齊有彗星，齊侯使祝禳之。晏子曰：「無益也，祇[1577]取{第98面}誣焉。天道不謟，不貳[1578]其命，若之何禳之也？且天之有彗，以[1579]除[1580]穢也，君無穢德，又何禳焉？若德之穢[1581]也，禳之何損？詩云：『惟此文王，小心翼[1582]翼，昭[1583]事上帝，聿懷多福，厥德不回，以[1584]受方國。』君無違德，方國將至，何患於彗？詩曰：『我無所監，夏后及商，用亂之故，民卒流亡。』若德之回，亂民將流亡。祝史之無能補[1585]也。」公說[1586]，乃止。

宋景公時，熒惑在心，懼，召子韋而問曰：「熒惑在心，何也？」子韋曰：「熒惑，天罰也；心，宋分野也，禍當君身。雖然，可移於宰相。」公曰：「宰相，所使治國也，而移死焉，不祥，寡人請自當也。」子韋曰：「可移於{第99面}民！」公曰：「民死，將誰君乎？寧獨死耳。」子韋曰：「可移於民。」公曰：「歲[1587]饑[1588]，民餓必死[1589]，爲人君欲殺[1590]其民以自[1591]活，其誰以我爲君乎？是寡

1577) 祇의 이체자. 오른쪽부분의 '氐'가 '氏'의 형태로 되어있다. 四部叢刊本은 정자를 사용하였다.
1578) 貳의 이체자. 오른쪽부분의 '丶'이 위쪽이 아닌 중간에 찍혀 있다.
1579) 조선간본은 정자로 되어있는데, 四部叢刊本은 이체자 '㠯'를 사용하였다.
1580) 除의 이체자. 좌부변의 '阝'가 '卩'의 형태로 되어있고 오른쪽부분의 '余'가 'espect'의 형태로 되어있다.
1581) 穢의 이체자. 오른쪽부분의 '歲'에서 윗부분의 '止'가 '山'의 형태로 되어있다.
1582) 翼의 이체자. 머리 '羽'가 '彐'의 형태로 되어있다.
1583) 昭의 이체자. 오른쪽 윗부분의 '刀'가 '⺈'의 형태로 되어있다.
1584) 조선간본은 정자로 되어있는데, 四部叢刊本은 이체자 '㠯'를 사용하였다.
1585) 補의 이체자. 좌부변의 '衤'가 '礻'로 되어있다.
1586) 說의 이체자. 오른쪽부분의 '兌'가 '兊'의 형태로 되어있다.
1587) 歲의 이체자. 머리의 '止'가 '山'의 형태로 되어있다.
1588) 饑의 이체자. 오른쪽부분의 '幾'에서 아랫부분 왼쪽의 '人'의 형태가 '㇉'의 형태로 되어있으며 아랫부분의 오른쪽에는 '丿' 한 획이 적은 '幾'의 형태로 되어있다
1589) 死의 이체자. 오른쪽 부분의 '匕'가 '巳'의 형태로 되어있다. 四部叢刊本에서는 그 부분이 '㔾'의 형태로 된 이체자 '死'를 사용하였다.
1590) 殺의 이체자. 우부방의 殳'가 '殳'의 형태로 되어있다.
1591) 四部叢刊本은 '目'으로 되어있는데, 龍溪精舍本은 조선간본과 동일하게 '自'로 되어있다. 여기서는 '자기'(劉向 撰, 林東錫 譯註,《신서1》, 동서문화사, 2009. 353쪽)라는 뜻이기 때문에 조선간본의 '自'가 맞고 四部叢刊本의 '目'은 誤字이다.

人之命固[1592]盡矣。子無復言矣。」子韋還走，比面[1593]再拜[1594]曰：「臣敢賀君，天之處高而聽卑[1595]，君有仁人之言三，天必三賞君，今夕星必徙舍，君延壽二十一歲。」公曰：「子何以知之？」對曰：「君有三善，故三賞，星必三舍，舍行七〚星，星當一年，三七二十一，故曰延壽二十一年，臣〛[1596]請伏於陛下，以司之，星不徙，臣請死之。」公曰：「可。」是夕也，星三徙舍，如子韋言。老子曰：「能受國之不祥，是謂天下之王[1597]也。」｛第100面｝

　　宋康王時有爵生鷃[1598]於城之陬[1599]，使史占之，曰：「小而生巨，必霸天下。」康王大喜，於是滅滕伐薛，取淮比之地，乃愈自信，欲霸[1600]之亟成，故射天笞地，斬社稷而焚之，曰：「威嚴伏天地鬼[1601]神。」罵國老之諫者，爲無頭之棺以[1602]示有勇[1603]，剖傴者之背[1604]，鍥朝涉[1605]之脛，而國人大駭。齊聞而伐

1592) 四部叢刊本은 '國'으로 되어있는데, 龍溪精舍本은 조선간본과 동일하게 '固'로 되어있다. 여기서는 '결국'(劉向 撰, 林東錫 譯註, 《신서1》, 동서문화사, 2009. 353쪽) 혹은 '지금'(劉向 原著, 李華年 譯註, 《新序全譯》, 貴州人民出版社, 1994. 143쪽)라는 뜻이기 때문에 조선간본의 '固'가 맞고 四部叢刊本의 '國'은 誤字이다.

1593) 面의 이체자. 아랫부분의 '囬'가 '回'의 형태로 되어있다.

1594) 拜의 이체자. 오른쪽 아랫부분에 '丶'이 첨가되어있다.

1595) 卑의 이체자. 맨 윗부분의 '丿'이 빠져있다.

1596) '〚~〛' 이 부호는 한 행을 뜻한다. 본 판본은 1행에 18자로 되어있는데, '〚~〛'로 표시한 이번 면(제100면)의 제8행은 한 글자가 많은 19자로 되어있다. 四部叢刊本도 조선간본과 동일하게 19자로 되어있다.

1597) 일본국회도서관 소장본은 아무 가필이 없는 원래 인쇄된 그대로인데, 불완전한 '王'의 형태로 되어있다. 그런데 계명대 귀중본은 붓으로 가운데 가로획에 가필을 하여 '王'자를 만들어 놓았고, 고본은 왼쪽에 세로획을 가필을 하여 '正'자를 만들어놓았다. 여기서는 가필한 계명대 귀중본과 고본의 글자가 다르기 때문에 일본국회도서관 소장본의 원래 인쇄된 글자를 사용하였다. 四部叢刊本과 龍溪精舍本에는 모두 '王'으로 되어있는데, 조선간본의 가필한 형태를 기준으로 하면 계명대 귀중본의 '王'이 맞고 계명대 고본의 '正'은 誤字이다.

1598) 鷃의 이체자. 왼쪽 아랫부분의 '旦'이 '且'의 형태로 되어있다. 四部叢刊本은 정자를 사용하였다.

1599) 陬의 이체자. 좌부변의 'ß'가 'リ'의 형태로 되어있다.

1600) 조선간본은 머리의 '雨'가 '朿'의 형태로 되어있는데, 四部叢刊本은 그 부분이 '雨'의 형태로 된 '霸'를 사용하였다.

1601) 鬼의 이체자. 맨 위의 한 획이 빠진 형태로 되어있다.

之，民散城不守，王乃逃兒俠之館，遂得病而死[1606]，故見祥而爲不可，祥及爲禍。臣向愚以鴻範傳推之，宋史之占非也，此黑祥傳所謂黑眚[1607]者也，猶魯之有鸜鵒爲黑祥也。属[1608]於不謀其咎急也。鵩者，黑色食爵，大於爵害。爵也，攫[1609]擊之物，貪[1610]叼之類[1611]，爵而生鵩[1612]{第101面}者，是宋君且行急暴[1613]擊[1614]伐貪叼之行，距諫以生大禍，以自害也。故爵生鵩[1615]於城阤者，以亡國也，明禍且害國也，康王不悟，遂以滅亡，此其効也。

劉向新序卷第四{第102面}[1616]

1602) 조선간본은 정자로 되어있는데, 四部叢刊本은 이체자 '以'를 사용하였다.

1603) 勇의 이체자. 앞에서 사용한 '勇'과는 다르게 발의 '力'만 '力'의 형태로 되어있다. 四部叢刊本은 정자를 사용하였다.

1604) 背의 이체자. 윗부분의 '北'에서 왼쪽부분의 '丬'의 형태가 '土'의 형태로 되어있다.

1605) 涉의 이체자. 오른쪽부분의 '步'가 왼쪽 아랫부분에 'ヽ'이 첨가된 '步'의 형태로 되어있다.

1606) 死의 이체자. 四部叢刊本은 다른 형태의 이체자 '死'를 사용하였다.

1607) 眚의 이체자. 발의 '目'이 '月'의 형태로 되어있다. 四部叢刊本은 정자로 되어있다.

1608) 屬의 俗字. 머리 '尸'의 아랫부분이 '禹'의 형태로 되어있다.

1609) 攫의 이체자. 오른쪽 맨 아랫부분의 '又'가 '攵'의 형태로 되어있다. 四部叢刊本은 정자로 되어있다.

1610) 貪의 이체자. 윗부분의 '今'이 '令'의 형태로 되어있다.

1611) 類의 이체자. 왼쪽 아랫부분의 '犬'이 '大'의 형태로 되어있다.

1612) 鵩의 이체자. 왼쪽 윗부분의 '亩'이 '面'의 형태로 되어있고, 왼쪽 아랫부분은 정자 형태인 '旦'으로 되어있다. 四部叢刊本은 왼쪽 윗부분이 조선간본과 같은 그 아랫부분은 '且'의 형태로 된 이체자 '鵩'을 사용하였다.

1613) 暴의 이체자. 발의 '氺'가 '小'으로 되어있다.

1614) 擊의 이체자. 四部叢刊本은 다른 형태의 이체자 '擊'을 사용하였다.

1615) 조선간본은 앞에서와는 다르게 정자로 되어있는데, 四部叢刊本은 왼쪽 아랫부분의 '旦'이 '口'의 형태로 된 이체자 '鵩'를 사용하였다.

1616) 이 卷尾의 제목은 마지막 제11행에 해당한다. 이번 면은 제3행에서 글이 끝나고, 나머지 7행이 빈칸으로 되어있다.

劉向新序卷第五

雜事第五

魯哀公問子夏曰：「必學而後可以[1617]安國保民[1618]乎？」子夏曰：「不學[1619]而能安國保民者，未嘗[1620]聞也。」哀公曰：「然則五帝有師[1621]乎？」子夏曰：「有。臣聞黃[1622]帝學[1623]乎大眞[1624]，顓頊學[1625]乎綠[1626]圖[1627]，帝嚳學[1628]乎赤松子，堯[1629]學[1630]乎尹壽，舜學乎務成跗，禹學[1631]乎西王國，湯[1632]學乎威子伯，文王學乎鉸時子斯，武[1633]王學乎郭[1634]叔[1635]，周公學乎太公，仲尼

1617) 以의 이체자. 왼쪽부분이 '山'이 기울어진 형태로 되어있다. 四部叢刊本은 가운데 '丶'이 '∨'의 형태로 된 이체자 '以'를 사용하였다.

1618) 조선간본은 정자로 되어있는데, 四部叢刊本은 자주 사용하는 이체자 '民'으로 되어있다.

1619) 學의 이체자. 윗부분의 '𦥯'의 형태가 '𦥯'의 형태로 되어있다. 四部叢刊本은 그 부분이 '𦥯'의 형태로 된 이체자 '學'을 사용하였다. 조선간본과 四部叢刊本은 판본 전체적으로 거의 정자를 사용하였는데, 이번 단락에서는 정자와 여러 형태의 이체자를 혼용하고 있다. 아래에서 조선간본과 四部叢刊本의 글자가 다른 경우 주를 달아 모두 밝힌다. 새로운 형태가 나오지 않으면 형태에 대한 설명은 덧붙이지 않는다.

1620) 嘗의 이체자. 정자의 가운데부분의 '匕'가 '𠂉'의 형태로 되어있다.

1621) 師의 이체자. 왼쪽 맨 윗부분의 '丿'의 형태가 빠져있다.

1622) 黃의 이체자. 윗부분의 '廿'이 '艹'의 형태로 되어있고 '由'에서 맨 윗부분의 가로획이 빠진 '由'의 형태로 되어있으며 그것이 윗부분의 '艹'에 붙어 있다.

1623) 學의 이체자. 四部叢刊本은 다른 형태의 이체자 '學'을 사용하였다.

1624) 眞의 이체자. 윗부분의 '匕'가 '上'의 형태로 되어있고 아랫부분은 '具'의 형태로 되어있다.

1625) 學의 이체자. 四部叢刊本은 다른 형태의 이체자 '學'을 사용하였다.

1626) 綠의 이체자. 오른쪽부분의 '彔'이 '录'의 형태로 되어있다.

1627) 圖의 이체자. '囗' 안의 아랫부분의 '回'가 '面'의 형태로 로 되어있다.

1628) 學의 이체자. 四部叢刊本은 정자를 사용하였다.

1629) 堯의 이체자. 아랫부분의 '兀'이 '儿'의 형태로 되어있다.

1630) 學의 이체자. 四部叢刊本은 다른 형태의 이체자 '學'을 사용하였다.

1631) 學의 이체자. 四部叢刊本은 윗부분이 '𦥯'의 형태로 된 이체자 '學'을 사용하였다.

1632) 湯의 이체자. 왼쪽부분의 '昜'이 '易'의 형태로 되어있다.

1633) 武의 이체자. 맨 윗부분의 가로획이 '弋'에서 '乚'획의 밖으로 튀어나와 있다. 四部叢刊本은 정자로 되어있다.

學1636)乎老聃1637)。此十一聖人，未遭此師，則功業不著乎天下，名號不傳乎千世1638)。」詩曰：「不愆1639)不忘，率1640)由舊1641)章1642)。」此之謂也。夫不學1643)不明古(第103面)道，而能安國家者，未之有也。

呂子曰：「神農1644)學悉老，黄帝學大眞，顓頊學1645)伯夷父1646)，帝嚳學伯招1647)，帝堯學1648)州文父1649)，帝舜學許由，禹學1650)大成執，湯學小臣，文王武1651)王學太公望周公旦，齊桓公學1652)管夷吾隰1653)朋，晉文公學1654)咎犯随1655)會1656)，秦穆1657)公學百里奚公孫1658)支，楚莊王學孫叔敖1659)沈1660)尹竺，具1661)

1634) 郭의 이체자. 왼쪽부분의 '享'이 '享'의 형태로 되어있다.
1635) 叔의 이체자. 왼쪽 윗부분의 '上'이 '止'의 형태로 되어있다.
1636) 學의 이체자. 四部叢刊本은 정자를 사용하였다.
1637) 聃의 이체자. 오른쪽분의 '冉'이 '冉'의 형태로 되어있다.
1638) 世의 이체자. 四部叢刊本에는 정자로 되어있다.
1639) 愆의 이체자. 윗부분 '行'의 가운데부분의 '彳'가 '彡'의 형태로 되어있다.
1640) 率의 이체자. 아랫부분의 '十'의 형태가 '木'의 형태로 되어있다.
1641) 舊의 이체자. 가운데부분의 '隹'의 왼쪽에 '亻'이 첨가되어있고 아랫부분의 '臼'가 '旧'의 형태로 되어있다.
1642) 章의 이체자. 머리 '立'의 아랫부분의 '早'가 '卑'의 형태로 되어있다.
1643) 學의 이체자. 四部叢刊本은 윗부분이 '與'의 형태로 된 이체자 '學'을 사용하였다.
1644) 農의 이체자. 발의 '辰'이 '辰'의 형태로 되어있다.
1645) 조선간본은 글자가 뭉그러져서 판독이 불가능하여 四部叢刊本의 글자로 대체하였다.
1646) 父의 이체자. 아랫부분의 '乂'의 형태가 '又'의 형태로 되어있다.
1647) 招의 이체자. 오른쪽 윗부분의 '刀'가 '勹'의 형태로 되어있다.
1648) 學의 이체자. 四部叢刊本은 다른 형태의 이체자 '學'을 사용하였다.
1649) 父의 이체자. 四部叢刊本은 아랫부분이 '又'의 형태로 된 이체자 '父'를 사용하였다.
1650) 學의 이체자. 四部叢刊本은 다른 형태의 이체자 '學'을 사용하였다.
1651) 武의 이체자. 四部叢刊本은 정자로 되어있다.
1652) 學의 이체자. 四部叢刊本은 다른 형태의 이체자 '學'을 사용하였다.
1653) 隰의 이체자. 좌부변의 '阝'는 '阝'의 형태의 형태로 되어있다.
1654) 學의 이체자. 四部叢刊本은 다른 형태의 이체자 '學'을 사용하였다.
1655) 随의 이체자. 좌부변의 '阝'는 '阝'의 형태로 되어있고 '辶' 위의 '肓'의 형태가 '有'의 형태로 되어있다.
1656) 會의 이체자. 중간부분의 '皿'의 형태가 '甶'의 형태로 되어있다.
1657) 穆의 이체자. 오른쪽 가운데부분의 '小'가 '一'의 형태로 되어있다.

王闔閭學伍子胥文之儀，越王勾踐1662)學范蠡1663)大夫種，此皆1664)聖王之所學也。且夫天生人而使其耳可以聞，不學其聞則不若聾1665)；使其目可以見，不學其見則不若肓1666)；使其口可以言，不學其言則不若暗；使其心可以智，不學1667)其智則{第104面}不若1668)狂，故凡1669)學1670)非能益1671)之也，達1672)天性也，能全天之所生而勿敗之，可謂善1673)學1674)者矣1675)。」

湯1676)見祝網者置1677)四面，其祝曰：「從天墜1678)者，從地出者，從四方來

1658) 孫의 이체자. 오른쪽부분의 '系'가 윗부분 'ノ'의 획이 빠진 '糸'의 형태로 되어있다. 四部叢刊本은 정자로 되어있다.

1659) 敖의 이체자. 정자는 왼쪽부분이 윗부분의 '土'와 아랫부분의 '方'이 결합된 형태인데, 이체자는 왼쪽 윗부분이 '生'의 형태로 되어있고 아랫부분은 '力'의 형태로 되어있다.

1660) 沈의 이체자. 왼쪽부분 '尤'의 오른쪽 가운데에 'ヽ'가 첨가되어있다.

1661) 昊의 이체자. 아랫부분의 '놋'의 형태가 '六'의 형태로 되어있다.

1662) 踐의 이체자. 오른쪽의 '戔'이 윗부분은 그대로 '戈'로 썼으며 아랫부분 '戈'에는 'ヽ'이 빠진 '戋'의 형태로 되어있다.

1663) 蠡의 이체자. 맨 윗부분의 '彑'이 'ㅋ'의 형태로 되어있다.

1664) 皆의 이체자. 아랫부분의 '白'이 '日'로 되어있다.

1665) 聾의 이체자. 윗부분의 '龍'이 '龍'의 형태로 되어있다. 四部叢刊本은 그 부분이 '龍'의 형태로 된 이체자 '聾'을 사용하였다.

1666) 四部叢刊本에는 정자 '盲'으로 되어있는데, 조선간본은 밑의 '目'이 '月'의 형태로 되어있다. 조선간본은 부수를 아예 잘못 썼기 때문에 이체자가 아니라 誤字인 것 같다.

1667) 學의 이체자. 四部叢刊本은 다른 형태의 이체자 '學'을 사용하였다.

1668) 若의 이체자. 머리의 '艹' 아랫부분의 '右'가 '石'의 형태로 되어있고, 머리의 '艹'가 아랫부분의 '石'에 붙어 있다. 조선간본과 四部叢刊本은 판본 전체적으로 이 이체자를 주로 사용하였는데, 이번 〈卷第五〉에서는 정자를 주로 사용하였다.

1669) 凡의 이체자. '几' 안의 'ヽ'이 안쪽이 아닌 위쪽에 붙어 있다.

1670) 學의 이체자. 조선간본은 윗부분의 '𦥯'의 형태가 '𦥯'의 형태로 되어있다. 四部叢刊本은 정자를 사용하였다.

1671) 益의 이체자. 윗부분의 '八'이 'ヽ'의 형태로 되어있고 중간부분의 '八'의 오른쪽 획이 휘어진 '儿'로 되어있다.

1672) 達의 이체자. '辶' 옆의 아랫부분의 '羊'이 '𦍌'의 형태로 되어있다.

1673) 善의 이체자. 가운데부분의 '丷'의 형태가 '卄'의 형태로 되어있다.

1674) 學의 이체자. 四部叢刊本은 다른 형태의 이체자 '學'을 사용하였다.

1675) 矣의 이체자. 'ム'의 아랫부분의 '矢'가 '失'의 형태로 되어있다.

者，皆離吾網。」湯[1679]曰：「嘻！盡之矣，非桀孰[1680]爲此？」湯乃解[1681]其三
面，置其一面，更教之祝曰：「昔蛛蝥作網，今[1682]之人循序，欲左者左，欲右者
右，欲高[1683]者高，欲下者下，吾取其犯命[1684]者。」漢[1685]南之國[1686]聞之曰：
「湯之德[1687]及禽獸矣。」四十國歸[1688]之。人置四面，未必得鳥，湯[1689]去三
面，置其一面，以[1690]網四十國，非徒網鳥也。

〚周文王作靈臺及爲池沼[1691]，掘地得死人之骨，吏以〛[1692]｛第105面｝〚聞於
文王。文王曰：「更葬[1693]之。」吏曰：「此無主矣。」文王曰〛[1694]：〚「有天下者，

1676) 湯의 이체자. 왼쪽부분의 '昜'이 '易'의 형태로 되어있다. 四部叢刊本은 그 부분이 '易'의 형
태로 된 이체자 '湯'을 사용하였다.
1677) 置의 이체자. 머리 'ㅠ'의 아랫부분의 '直'이 가로획이 하나 빠진 '𥄉'의 형태로 되어있다.
1678) 墜의 이체자. 윗부분 왼쪽의 '阝'가 '卪'의 형태의 형태로 되어있다.
1679) 湯의 이체자. 四部叢刊本은 다른 형태의 이체자 '湯'을 사용하였다.
1680) 孰의 이체자. 왼쪽부분의 '享'이 '享'의 형태로 되어있다.
1681) 解의 이체자. 오른쪽 아랫부분의 '牛'가 '牛'의 형태로 되어있다.
1682) 今의 이체자. 머리 '人' 아랫부분의 가로획 '一'이 'ヽ'의 형태로 되어있고, 그 아랫부분의 '㇆'
의 형태가 'フ'의 형태로 되어있다.
1683) 高의 이체자. 윗부분의 '亠'의 형태가 '丷'의 형태로 되어있다.
1684) 命의 이체자. '人'의 아랫부분 오른쪽의 '卪'의 왼쪽 세로획이 '一'위에 붙은 '叩'의 형태로 되
어있다.
1685) 漢의 이체자. 오른쪽 윗부분의 '廿'만 '卝'의 형태로 되어있다.
1686) 國의 이체자. '囗' 안의 '或'이 '戓'의 형태로 되어있다.
1687) 德의 이체자. 오른쪽부분의 '悳'의 형태가 가운데 가로획이 빠진 '恵'의 형태로 되어있다.
1688) 歸의 이체자. 왼쪽 맨 윗부분의 'ㅡ'이 빠져있다. 四部叢刊本은 정자로 되어있다.
1689) 湯의 이체자. 四部叢刊本은 다른 형태의 이체자 '湯'을 사용하였다.
1690) 以의 이체자. 四部叢刊本에는 '以'로 되어있다.
1691) 沼의 이체자. 오른쪽 윗부분의 '刀'가 '勹'의 형태로 되어있다.
1692) '〚~〛' 이 부호는 한 행을 뜻한다. 본 판본은 1행에 18자로 되어있는데, '〚~〛'로 표시한
이번 면(제105면)의 제11행은 한 글자가 많은 19자로 되어있다. 四部叢刊本도 조선간본과
동일하게 19자로 되어있다. 다음 면은 여러 행에 걸쳐서 글자 수가 일정하지 않은데, 四部
叢刊本의 글자 수는 모두 조선간본과 동일하다.
1693) 葬의 이체자. 가운데부분의 '死'에서 맨 윗부분의 가로획이 빠진 '歹'의 형태로 되어있다.
1694) '〚~〛'로 표시한 이번 면(제106면)의 제1행은 원래의 18자보다 한 글자가 많은 19자로 되어
있다.

天下之主也；有一國者，一國之主也。寡[1695]人〗[1696] 〖固其主，又安求主？」遂令吏以衣棺更葬[1697]之。天下聞之〗[1698]，〖皆曰：「文王賢[1699]矣，澤及朽骨，又況於人乎？」或得寶[1700]〗[1701] 〖以危國，文王得朽骨，以喻其意，而天下歸[1702]心焉〗[1703]。

　　　　〖管仲傅[1704]齊公子糾[1705]，鮑叔傅公子小白，齊公孫〗[1706] 〖無知殺[1707]襄[1708]公，公子糾[1709]奔魯，小白奔莒。齊人誅〗[1710] 〖無知迎公子糾於魯，公子糾與小白争入，管〗[1711] 〖仲射小白，中其帶[1712]鈎，小白佯死[1713]，遂先入，是爲〗[1714] 〖齊桓公。公子糾死，管仲奔魯，桓公立國定，使〗[1715]人迎管仲於魯，

1695) 寡의 이체자. 밑의 '刀'가 '力'으로 되어있다.

1696) '〖~〗'로 표시한 제2행은 원래의 18자보다 두 글자가 많은 20자로 되어있다.

1697) 葬의 이체자. 가운데부분의 '死'가 이체자 '死'로 되어있다.

1698) '〖~〗'로 표시한 이번 면의 제3행은 원래의 18자보다 두 글자가 많은 20자로 되어있다.

1699) 賢의 이체자. 윗부분 왼쪽의 '臣'이 '目'의 형태로 되어있다.

1700) 寶의 이체자. 'ㅡ'의 아랫부분 오른쪽의 '缶'가 '尓'로 되어있다.

1701) '〖~〗'로 표시한 이번 면의 제4행은 원래의 판식대로 18자로 되어있다.

1702) 歸의 이체자. 왼쪽 맨 윗부분의 'ㅡ'이 빠져있다.

1703) '〖~〗'로 표시한 이번 면의 제5행은 원래의 판식대로 18자로 되어있다.

1704) 傅의 이체자. 오른쪽 윗부분의 '甫'가 '宙'의 형태로 되어있다.

1705) 糾의 이체자. 오른쪽부분의 'ㄐ'가 '斗'의 형태로 되어있다.

1706) '〖~〗'로 표시한 이번 면의 제6행은 원래의 18자보다 한 글자가 적은 17자로 되어있다.

1707) 殺의 이체자. 왼쪽 윗부분의 'ㄨ'의 형태가 '又'의 형태로 되어있고 우부방의 '殳'가 '癶'의 형태로 되어있다. 四部叢刊本은 왼쪽 윗부분의 'ㄨ'는 조선간본과 다르게 그대로 되어있고 우부방은 조선간본과 동일한 형태로 된 이체자 '殺'을 사용하였다.

1708) 襄의 이체자. 'ㅗ'의 아래 'ㅁㅁ'가 '厸'의 형태로 되어있다.

1709) 糾의 이체자. 오른쪽부분의 'ㄐ'가 'ㄴ'의 형태로 되어있다. 계명대 귀중본은 오른쪽부분의 'ㄴ'에 세로획을 붓으로 가필하여 정자와 비슷한 형태의 '糾'로 만들어놓았다. 조선간본과 四部叢刊本은 이하에서 모두 이체자 '糺'만 사용하였는데, 계명대 귀중본은 모두 가필한 형태의 '糾'로 되어있다. 龍溪精舍本에는 일관되게 '糾'자를 사용하고 있다.

1710) '〖~〗'로 표시한 이번 면의 제7행은 원래의 18자보다 한 글자가 적은 17자로 되어있다.

1711) '〖~〗'로 표시한 이번 면의 제8행은 원래의 18자보다 한 글자가 적은 17자로 되어있다.

1712) 帶의 이체자. 윗부분의 '卌'의 형태가 '卌'의 형태로 되어있다.

1713) 死의 이체자. 오른쪽 부분의 '匕'가 '巳'의 형태로 되어있다. 四部叢刊本에서는 그 부분이 '巳'의 형태로 된 이체자 '死'를 사용하였다.

遂立以爲仲父，委國而聽[1716]之，九[第106面]合諸侯[1717]，一匡[1718]天下，爲五伯
長。里鳧湏，晉公子重耳之守府者也。公子重耳出亡於晉，里鳧湏竊[1719]其寶貨而
逃。公子重耳反國，立爲君，里鳧湏造門願[1720]見，文公方沐，其謁[1721]者復，文
公握髮[1722]而應之曰：「吾鳧湏邪？」曰：「然。」謂鳧湏曰：「若猶有以面目而復見
我乎？」謁者謂里鳧湏。鳧湏對曰：「臣聞之沐者其心覆，心覆者言悖，君意沐
邪？何悖也？」謁者復文公，見之曰：「若竊我貨寶而逃，我謂汝猶有面目而見我
邪？汝曰：『君何悖也？』是何也？」鳧湏曰：「然。君反國，國之半不自安也，
君寧弃[1723]國之半乎？其寧[1724]有全晉乎？」文公曰：「何謂也？」鳧湏曰：「得罪
於[第107面]君者，莫大於鳧湏矣，君謂赦鳧湏，顯出以爲右，如鳧湏之罪重也，
君猶赦之，況[1725]有輕於鳧湏者乎？」文公曰：「聞命[1726]矣。」遂赦之，明日出行
國，使爲右，翕然晉國皆安。語曰：「桓[1727]公任其賊，而文公用其盜[1728]。」故

1714) ‘〖~〗’로 표시한 이번 면의 제9행은 원래의 18자보다 한 글자가 적은 17자로 되어있다.

1715) ‘〖~〗’로 표시한 이번 면의 제10행은 원래의 18자보다 한 글자가 적은 17자로 되어있다. 이
　　 번 면의 마지막 행인 제11행부터는 원래의 판식대로 18자로 되어있다.

1716) 聽의 이체자. 왼쪽부분의 ‘耳’의 아래 ‘王’이 ‘土’의 형태로 되어있으며 오른쪽부분의 ‘悳’의
　　 형태가 가운데 가로획이 빠진 ‘悳’의 형태로 되어있다.

1717) 侯의 이체자. 四部叢刊本은 다른 형태의 이체자 ‘俟’를 사용하였다.

1718) 匡의 이체자. 윗부분에 ‘丶’이 첨가되어있고 맨 아래 가로획은 빠져있다. 四部叢刊本은 다른
　　 형태의 이체자 ‘匡’은 사용하였다.

1719) 竊의 이체자. 머리의 ‘穴’ 아래 왼쪽부분의 ‘釆’이 ‘耒’의 형태로 되어있으며, 오른쪽부분의
　　 ‘卨’의 형태가 ‘卨’의 형태로 되어있다.

1720) 願의 이체자. 왼쪽부분의 ‘原’에서 ‘厂’ 안의 윗부분의 ‘白’이 ‘日’의 형태로 되어있다. 四部叢
　　 刊本은 정자를 사용하였다.

1721) 謁의 이체자. 오른쪽부분의 ‘曷’이 ‘曷’의 형태로 되어있다.

1722) 髮의 이체자. 아랫부분의 ‘犮’이 ‘发’의 형태로 되어있다.

1723) 棄의 俗字. 윗부분 ‘厺’의 아랫부분이 ‘廾’의 형태로 되어있다.

1724) 寧의 이체자. 머리 ‘宀’ 아랫부분의 ‘心’이 ‘丁’의 형태로 되어있다.

1725) 조선간본 3종은 모두 글자가 뭉그러져 있어서 판독이 불가능하여 四部叢刊本의 글자로 대
　　 체하였다. 그런데 조선간본과 四部叢刊本은 판본 전체적으로 거의 俗字 ‘況’을 사용하였는데
　　 여기서는 정자를 사용하였다.

1726) 조선간본은 정자로 되어있는데, 四部叢刊本은 이체자 ‘命’으로 되어있다.

1727) 桓의 이체자. 오른쪽부분의 ‘亘’이 맨 아래 가로획이 빠진 ‘亘’의 형태로 되어있다. 조선간본

曰：「明主任計不任怒，闇主任怒不任計。計勝怒者興[1729]，怒勝計者亡。」此之謂也。

　　甯戚欲干齊桓公，窮[1730]困無以自進，於是爲商旅[1731]，賃車以進[1732]齊，暮宿於郭門之外。桓公郊迎客，夜開[1733]門，辟賃車者執火甚盛從者甚衆，甯戚飯[1734]牛於車下，望桓公而悲，擊[1735]牛角，疾商歌。桓公聞之，撫其僕之手曰：「異哉！此歌者非常人也。」命後[第108面]車載之。桓[1736]公反至，從者以請。桓公曰：「賜[1737]之衣冠，將見之。」甯戚見，說[1738]桓公以合境內。明日復見，說桓公以爲天下，桓公大說，將任之。群臣争之曰：「客衛人，去齊五百里，不遠[1739]，不若使人問之，固賢人也，任之未晚也。」桓公曰：「不然，問之，恐[1740]

과 四部叢刊本은 판본 전체적으로 이 이체자를 주로 사용하였는데, 이번 〈卷第五〉에서는 정자와 이체자를 혼용하였다.

1728) 盜의 俗字. 윗부분 왼쪽의 'ⅰ'가 'ⅰ'의 형태로 되어있다.

1729) 興의 이체자. 계명대 고본과 일본국회도서관 소장본은 이번 면의 중간부분이 뭉그러져 있어 글자를 판독하기 어렵다. 계명대 귀중본은 인쇄상태가 앞의 두 판본보다는 조금 낫고 또한 알아보기 어려운 글자들은 군데군데 글자위에 붓으로 가필을 해놓았다. 이 글자는 계명대 고본과 일본국회도서관 소장본으로는 판독하기 힘든데, 계명대 귀중본은 '興'의 이체자 형태로 가필해 놓았다. 그런데 四部叢刊本은 '强(强의 이체자)'으로 되어있고 龍溪精舍本도 '彊(强과 同字)'으로 되어있다. 여기서는 '강하다'(劉向 撰, 林東錫 譯註,《신서1》, 동서문화사, 2009. 380쪽)라는 의미이기 때문에 '强'을 써야 맞지만, 계명대 간본1에 가필한 사람은 글자가 보이지 않아 어느 정도 뜻이 통하는 '興'을 적어놓은 것으로 보인다.

1730) 窮의 이체자. '穴' 아랫부분 왼쪽의 '身'이 '身'의 형태로 되어있다.

1731) 旅의 이체자. 오른쪽 아랫부분의 '氏'의 형태가 '衣'의 형태로 되어있다.

1732) 앞의 상황과 마찬가지로 계명대 고본과 일본국회도서관 소장본은 글자가 뭉그러져 있어 판독하기 어렵다. 계명대 귀중본은 붓으로 '進'자를 가필해 놓았다. 그런데 四部叢刊本과 龍溪精舍本은 모두 '適'으로 되어있다. 여기서는 '가다'(劉向 撰, 林東錫 譯註,《신서1》, 동서문화사, 2009. 383쪽)라는 뜻이기 때문에 '適'을 써야 맞지만, 계명대 간본1에 가필한 사람은 뜻이 통하는 '들어가다'라는 의미의 '進'자를 적어놓았다.

1733) 開의 이체자. '門' 안의 '开'가 '井'의 형태로 되어있다.

1734) 飯의 이체자. 왼쪽부분의 '反'이 '卜'의 형태로 되어있다. 四部叢刊本은 정자로 되어있다.

1735) 擊의 이체자. 윗부분 오른쪽의 '殳'가 '夂'의 형태로 되어있다.

1736) 桓의 이체자. 四部叢刊本은 정자로 되어있다.

1737) 賜의 이체자. 오른쪽부분의 '易'이 '昜'의 형태로 되어있다.

1738) 說의 이체자. 오른쪽부분의 '兌'가 '允'의 형태로 되어있다.

其有小惡，〖 以其小惡 〗[1741]，忘人之大美，此人主所以失天下之士也。且[1742]人固難[1743]全，權用其長者。」遂擧[1744]大用之，而授之以爲卿[1745]。當此擧也，桓公得之矣，所以[1746]霸[1747]也。

　　齊桓[1748]公見卜[1749]臣稷，一日三至不得見也，從者曰：「萬乘[1750]之主，布衣之士，一日三至不得見，亦可以止矣[1751]。」桓公曰：「不然，士之傲爵禄[1752]者，固輕其主；其{第109面}主傲霸王者，亦輕其士，縱夫子傲爵禄，吾庸敢傲霸王乎？」五往[1753]而後得見，天下聞之，皆曰：「桓公猶下布衣之士，而況國君乎？」

1739) 遠의 이체자. ‘辶’의 윗부분에서 ‘土’의 아랫부분의 ‘󰀀’의 형태가 ‘糸’의 형태로 되어있다. 四部叢刊本은 그 부분이 ‘糸’의 형태로 된 이체자 ‘遠’을 사용하였다.

1740) 恐의 이체자. 윗부분 오른쪽의 ‘凡’에서 ‘丶’이 빠진 ‘几’의 형태로 되어있다. 四部叢刊本은 그 부분이 ‘口’의 형태로 된 이체자 ‘恐’을 사용하였다.

1741) 조선간본과 四部叢刊本은 ‘〖 〗’ 안의 ‘以其小惡’이란 네 글자가 빠져있어서 문맥이 잘 통하지 않는다. 龍溪精舍本을 근거로 ‘以其小惡’을 첨가했는데, 이 네 글자는 탈자이다.

1742) 且의 이체자. 四部叢刊本은 정자로 되어있다. 조선간본은 여기를 제외하고 판본 전체적으로 이체자 ‘且’를 한 번도 사용하지 않았는데, 원래 이체자를 사용한 것인지 아니면 원판이 훼손되어 이체자 형태가 된 것인지는 확정할 수 없다.

1743) 難의 이체자. 왼쪽 윗부분의 ‘廿’이 ‘艹’의 형태로 되어있다.

1744) 擧의 이체자. 윗부분의 ‘與’의 형태가 ‘與’의 형태로 되어있다.

1745) 卿의 이체자. 왼쪽의 ‘󰀀’의 형태가 ‘夕’의 형태로 되어있고 가운데 부분의 ‘皀’의 형태가 ‘艮’의 형태로 되어있다.

1746) 以의 이체자. 四部叢刊本은 정자로 되어있다.

1747) 霸의 俗字. 머리의 ‘雨’가 ‘西’의 형태로 되어있다.

1748) 桓의 이체자. 四部叢刊本은 정자로 되어있다.

1749) 이 글자는 四部叢刊本에는 ‘十’으로 되어있으며, 조선간본은 바로 앞의 글자도 불완전한 형태로 인쇄되어있기 때문에 ‘卜’이 아니라 ‘十’이 훼손된 형태로 인쇄된 것 같다. 그런데 龍溪精舍本에는 ‘小’로 되어있다. 여기서 ‘小臣稷’은 人名으로 ‘齊 桓公 때의 處士(劉向 撰, 林東錫 譯註,《신서1》, 동서문화사, 2009. 388쪽)이다. ‘小臣稷’이란 인명을 ‘十臣稷’이라고 할 수 없기 때문에 조선간본의 ‘卜(十이 훼손된 것으로 추정됨)’의 형태와 四部叢刊本의 ‘十’은 誤字이다.

1750) 乘의 이체자. 가운데부분의 ‘北’이 ‘比’의 형태로 되어있다.

1751) 조선간본은 정자로 되어있는데, 四部叢刊本은 이체자 ‘矣’로 되어있다.

1752) 禄의 이체자. 오른쪽부분의 ‘彔’이 ‘录’의 형태로 되어있다.

1753) 往의 俗字. 오른쪽부분의 ‘主’가 ‘生’의 형태로 되어있다.

於是相率而朝，靡有不至。桓[1754]公所以九合諸侯，一匡[1755]天下者，遇士於是也。詩云：「有覺德行，四國順之。」桓公其恤[1756]之矣。

魏文侯過段[1757]干木之閭而軾，其僕曰：「君何爲軾？」曰：「此非段[1758]干木之閭乎？段干木盖賢者也，吾安敢不軾？且吾聞段干木未嘗[1759]肯以巳[1760]易[1761]寡人也，吾安敢髙之？段[1762]干木光乎德，寡人光乎地；段[1763]干木富乎義，寡人富乎財。地不如德，財不如義。寡{第110面}人當事之者也。」遂致[1764]禄百萬，而時往問之，國人皆喜，相與[1765]誦之曰：「吾君好正，段[1766]干木之敬；吾君好忠，段干木之隆[1767]。」居無幾[1768]何，秦興[1769]兵欲攻魏，司馬唐且諫秦君曰：

1754) 桓의 이체자. 四部叢刊本은 정자로 되어있다.

1755) 匡의 이체자. 'ㄷ'에서 맨 아래 가로획이 빠져있다.

1756) 四部叢刊本은 조선간본과 동일하게 '恤'로 되어있고, 龍溪精舍本은 '以'로 되어있다. 여기서 '以'는 '까닭'(劉向 撰, 林東錫 譯註,《신서1》, 동서문화사, 2009. 387쪽) 혹은 '획득하다'(劉向 原著, 李華年 譯註,《新序全譯》, 貴州人民出版社, 1994. 157쪽)라는 뜻이기 때문에 조선간본과 四部叢刊本의 '恤'는 誤字이다.

1757) 段의 이체자. 왼쪽부분의 '𣪊'의 형태가 '𣪊'의 형태로 되어있고 우부방의 '殳'가 '㲋'의 형태로 되어있다. 四部叢刊本은 왼쪽부분이 조선간본과는 다르게 '𣪊'의 형태로 되어있으며 우부방은 조선간본과 동일한 이체자 '叚'을 사용하였다. 이번 단락에서 조선간본과 四部叢刊本은 다양한 형태의 이체자를 사용하였는데, 두 판본의 글자가 다른 경우 모두 주를 달아 밝힌다.

1758) 段의 이체자. 왼쪽부분의 '𣪊'의 형태가 '𣪊'의 형태로 되어있고 우부방의 '殳'는 그대로 되어있다. 四部叢刊本은 조선간본이 바로 앞에서 사용한 이체자 '叚'과 동일한 형태로 되어있다.

1759) 嘗의 이체자. 가운데부분의 '匕'가 'ㄴ'의 형태로 되어있다. 四部叢刊本은 그 부분이 조선간본과 다르게 '一'의 형태로 된 이체자 '嘗'을 사용하였다.

1760) 조선간본과 四部叢刊本에는 '巳'로 되어있는데, 龍溪精舍本에는 '己'로 되어있다. 여기서는 '자기 자신'(劉向 撰, 林東錫 譯註,《신서1》, 동서문화사, 2009. 390쪽)이란 의미이기 때문에 '己'로 써야 하지만, 조선간본과 四部叢刊本은 '己'를 '已'나 '巳'로 쓴 경우가 많다.

1761) 易의 이체자. 머리의 '日'이 '冃'의 형태로 되어있고 이것이 아랫부분 '勿'의 위에 바로 붙어있다.

1762) 段의 이체자. 四部叢刊本은 다른 형태의 이체자 '叚'을 사용하였다.

1763) 段의 이체자. 왼쪽부분의 '𣪊'의 형태가 '𣪊'의 형태로 되어있고 우부방의 '殳'가 '㲋'의 형태로 되어있다. 四部叢刊本은 우부방의 '殳'가 그대로 되어있는 형태의 이체자 '叚'을 사용하였다.

1764) 致의 이체자. 오른쪽 부분의 '攵'이 '支'의 형태로 되어있다.

1765) 與의 이체자. 몸통 '𦥑'의 형태가 '𦥑'의 형태로 되어있다.

1766) 段의 이체자. 四部叢刊本은 다른 형태의 이체자 '叚'을 사용하였다.

「叚[1770]干木, 賢[1771]者也, 而魏禮之, 天下莫不聞, 無乃不可加兵乎？」秦君以爲然, 乃案兵而輟, 不攻魏。文侯可謂善用兵矣。夫君子善用兵也, 不見其形[1772], 而攻已成, 其此之謂也。野人之用兵, 鼓聲[1773]則似雷, 號呼則動地, 塵氣充[1774]天, 流[1775]矢如雨。扶傷擧[1776]死, 履[1777]腸涉[1778]血, 無罪之民, 其死者已量於澤矣[1779], 而國之存亡, 主之死生, 猶未可知也, 其離仁義亦遠[1780]矣。
{第111面}

　　秦昭[1781]王問孫卿曰：「儒無益於人之國。」孫卿曰：「儒者法先王, 隆[1782]禮義, 謹[1783]乎臣子, 而能致貴其上者也。人主用之, 則進在本朝；置而不用, 則退

1767) 隆의 이체자. 좌부변의 ‘阝’가 ‘冂’의 형태로 되어있고, 오른쪽 아랫부분의 ‘生’의 형태가 ‘正’의 형태로 되어있다.

1768) 幾의 이체자. 아랫부분 왼쪽의 ‘人’의 형태가 ‘�’의 형태로 되어있다. 四部叢刊本은 조선간본의 ‘幾’에서 아랫부분의 오른쪽에 ‘丿’ 한 획이 적은 ‘𢆶’의 형태로 되어있다.

1769) 興의 이체자. 몸통 ‘𦥔’의 형태가 ‘𦥑’의 형태로 되어있고 가운데부분의 ‘同’의 형태가 ‘月’의 형태로 되어있다.

1770) 四部叢刊本은 다른 형태의 이체자 ‘叚’을 사용하였다.

1771) 賢의 이체자. 윗부분 왼쪽의 ‘臣’이 ‘𦣞’의 형태로 되어있다. 四部叢刊本은 그 부분이 ‘目’의 형태로 된 이체자 ‘賢’을 사용하였다.

1772) 形의 이체자. 우부방의 ‘彡’이 ‘≡’의 형태로 되어있다. 四部叢刊本은 정자로 되어있다.

1773) 조선간본은 정자로 되어있는데, 四部叢刊本은 윗부분 오른쪽의 ‘殳’가 ‘𠬪’의 형태로 된 이체자 ‘聲’을 사용하였다.

1774) 充의 이체자. ‘亠’의 아랫부분의 ‘允’이 ‘兂’의 형태로 되어있다.

1775) 流의 이체자. 오른쪽 윗부분의 ‘ㄊ’의 형태가 ‘云’의 형태로 되어있다. 四部叢刊本은 정자를 사용하였다.

1776) 擧의 이체자. 윗부분의 ‘與’가 ‘𦥯’의 형태로 되어있다.

1777) 履의 이체자. ‘尸’의 아랫부분 왼쪽의 ‘彳’이 ‘ㅓ’의 형태로 되어있다. 四部叢刊本은 그 부분이 조선간본과 다르게 ‘ㄴ’의 형태로 된 ‘履’를 사용하였다.

1778) 涉의 이체자. 오른쪽부분의 ‘步’가 왼쪽 아랫부분에 ‘丶’이 첨가된 ‘步’의 형태로 되어있다.

1779) 조선간본은 정자로 되어있는데, 四部叢刊本은 이체자 ‘矣’로 되어있다.

1780) 遠의 이체자. ‘辶’의 윗부분에서 ‘土’의 아랫부분의 ‘㕙’의 형태가 ‘袁’의 형태로 되어있다. 四部叢刊本은 그 부분이 조선간본과 다르게 ‘衣’의 형태로 이체자 ‘遠’을 사용하였다.

1781) 昭의 이체자. 오른쪽 윗부분의 ‘刀’가 ‘勹’의 형태로 되어있다.

1782) 隆의 이체자. 앞에서 사용한 이체자 ‘隆’과는 다르게 좌부변의 ‘阝’가 ‘冂’의 형태로 되어있고 오른쪽부분의 형태는 정자 그대로이다.

編[1784]百姓，而敵必爲順下矣。雖窮困凍餧，必不以邪道爲食，無置錐[1785]之地，而明於持社稷之大計，叫[1786]呼而莫之能應，然而通乎裁萬物，養百姓之經紀[1787]。勢[1788]在人上，則王公之才也；在人下，則社稷之臣，國君之寶也。雖[1789]隱[1790]於窮間漏[1791]屋，人莫不貴之，道誠存也。仲尼爲魯司寇[1792]，沈[1793]猶氏不敢朝飮其羊，公愼[1794]氏出其妻，愼潰氏踰境而走，魯之鬻[1795]牛馬〖不豫賈，布正以待之也。居於闕黨[1796]，闕黨之子弟，罔罟[1797]〗[1798]{第112面}分有親者取多，孝悌[1799]以化之也。儒[1800]者在本朝則美政，在下位則美俗，儒[1801]之爲

1783) 謹의 이체자. 왼쪽부분의 '堇'이 아랫부분의 가로획 하나가 빠진 '菫'의 형태로 되어있다.

1784) 編의 이체자. 오른쪽 윗부분에 'ノ'이 빠져있다. 四部叢刊本은 오른쪽부분이 '扁'의 형태로 된 '編'을 사용하였다.

1785) 錐의 이체자. 좌부변의 '金'이 가운데 세로획이 맨 위의 가로획 위로 튀어나온 '金'의 형태로 되어있다.

1786) 조선간본은 정자로 되어있는데, 四部叢刊本은 오른쪽부분이 '斗'의 형태로 된 이체자 '吗'를 사용하였다.

1787) 紀의 이체자. 오른쪽부분의 '己'가 '巳'의 형태로 되어있다.

1788) 勢의 이체자. 윗부분 왼쪽의 '坴'이 '幸'의 형태로 되어있다.

1789) 雖의 이체자. 왼쪽 윗부분의 '口'가 'ム'의 형태로 되어있다.

1790) 隱의 이체자. 좌부변의 'ß'가 '卩'의 형태로 되어있고, 오른쪽 윗부분이 '王'의 형태로 되어있다. 四部叢刊本은 좌부변은 조선간본과 같고 오른쪽 윗부분이 '正'의 형태로 된 이체자 '隱'을 사용하였다.

1791) 漏의 이체자. 왼쪽 '尸'의 아랫부분의 '雨'가 '甬'의 형태로 되어있다.

1792) 寇의 이체자. 머리의 'ᅳ'이 'ᅳ'의 형태로 되어있고 그 아래 오른쪽부분의 '攴'이 '女'의 형태로 되어있다. 四部叢刊本은 머리의 'ᅳ'은 그대로 되어있고 그 아래 오른쪽부분은 '攵'의 형태로 된 이체자 '寇'를 사용하였다.

1793) 沈의 이체자. 왼쪽부분 '尤'의 오른쪽 가운데에 'ヽ'이 첨가되어있다.

1794) 愼의 이체자. 오른쪽 윗부분의 'ᄂ'가 '上'의 형태로 되어있고, 그 아랫부분이 '具'의 형태로 되어있다.

1795) 鬻의 이체자. 발의 '鬲'을 이체자 '鬲'의 형태로 되어있다.

1796) 黨의 이체자. 발의 '黑'이 '黒'의 형태로 되어있다.

1797) 罟의 이체자. 머리의 'ᄪ'이 'ᄶ'의 형태로 되어있다.

1798) '〖~〗' 이 부호는 한 행을 뜻한다. 본 판본은 1행에 18자로 되어있는데, '〖~〗'로 표시한 이번 면(제112면)의 제11행은 두 글자가 많은 20자로 되어있다. 四部叢刊本도 조선간본과 동일하게 20자로 되어있다.

人下如是矣。」王曰：「然則其爲人上何如？」孫卿[1802]對曰：「其爲人也廣大矣。志意定乎内，禮節修乎朝，法則度量正乎官，忠信愛利刑[1803]乎下，行一不義，殺一無罪而得天下，不爲也。若義信乎人矣，通於四海，則天下之外，應之而懷[1804]之，是[1805]何也？則貴名白而天下治也。故近者謌謳而樂之，遠者竭[1806]走而趨之，四海之内若一家，通達[1807]之属[1808]，莫不從服，夫是[1809]之謂人師[1810]。詩曰：『自西自東，自南自北[1811]，無思不服。』此之謂也。夫其爲人下也，如彼爲人上也，如此何爲其無矣益人之國乎？」昭王曰：「善。」

田賛衣儒[1812]衣而見荆[1813]王，荆[1814]王曰：「先生之衣，何其惡也？」賛對

1799) 悌의 이체자. 오른쪽 윗부분의 'ヽノ'의 형태가 방향이 아래쪽으로 된 '八'의 형태로 되어있다.

1800) 조선간본은 오른쪽 윗부분의 '雨'가 '甫'의 형태로 되어있는데, 四部叢刊本은 그 부분이 '雨'의 형태로 된 '儒'를 사용하였다.

1801) 조선간본은 오른쪽 윗부분의 '雨'가 '甫'의 형태로 되어있는데, 四部叢刊本은 그 부분이 '雨'의 형태로 된 '儒'를 사용하였다.

1802) 卿의 이체자. 왼쪽의 'タノ'의 형태가 '夕'의 형태로 되어있고 가운데 부분의 '皀'의 형태가 '艮'의 형태로 되어있다.

1803) 形의 이체자. 조선간본은 앞에서와 다르게 우부방의 '彡'이 'ㅌ'의 형태로 되어있다. 四部叢刊本은 우부방이 다른 'ゝ'로 된 이체자 '形'을 사용하였다.

1804) 懷의 이체자. 오른쪽의 아랫부분이 '衣'의 형태로 되어있다.

1805) 是의 이체자. 四部叢刊本에는 정자로 되어있다.

1806) 竭의 이체자. 오른쪽부분의 '曷'이 '曷'의 형태로 되어있다.

1807) 達의 이체자. '辶' 옆의 아랫부분의 '羊'이 '羊'의 형태로 되어있다.

1808) 屬의 俗字. 머리 '尸'의 아랫부분이 '禹'의 형태로 되어있다.

1809) 是의 이체자. 머리의 '日'이 '月' 형태로 되어있으며 그 아랫부분이 '疋'에 붙어 있다. 四部叢刊本은 정자를 사용하였다.

1810) 師의 이체자. 왼쪽 맨 윗부분의 'ノ'의 형태가 빠져있다.

1811) 北의 이체자. 왼쪽부분의 'ㅋ'의 형태가 '土'의 형태로 되어있다.

1812) 조선간본은 오른쪽 윗부분의 '雨'가 '甫'의 형태로 되어있는데, 四部叢刊本은 그 부분이 '雨'의 형태로 된 '儒'를 사용하였다.

1813) 荊의 이체자. 머리의 '艹'가 '亠'의 형태로 되어있으며 글자 전체의 윗부분이 아닌 '开'의 위에만 있다.

1814) 荊의 이체자. 앞에서 사용한 이체자 '荆'과는 다르게 머리의 '艹'는 그대로이지만, 그 부수가 글자 전체의 윗부분이 아닌 '开'의 위에만 있다. 이번 단락의 이하에서는 이번에 사용한 이체자 '荆'만 사용하였다.

曰：「衣又有惡此者。」荆王曰：「可得而聞邪？」對曰：「甲惡於此。」王曰：「何謂
也？」對曰：「冬日則寒，夏日則熱[1815]，衣無惡於甲者矣[1816]。賛貧，故衣惡也。
今大王，萬乘[1817]之主也，富[1818]厚無敵，而好衣人以甲，臣竊[1819]爲大王不取
也。意者爲其義耶？甲兵之事；析人之首，刳[1820]人之腹，墮[1821]人城郭，係人子
女，其名尢[1822]甚不榮。意者爲其貴邪？苟慮[1823]害人，人亦必慮害之；苟慮危
人，人亦必慮危之，其貴人甚不安之，二者爲大王無取焉。」荆王無以應也。昔衛
靈[1824]公{第114面}問陣[1825]，孔子言俎[1826]豆，賤[1827]兵而貴禮也。夫儒服先王之
服也，而荆王惡之。兵者，國之凶器[1828]也，而荆王喜之，所以屈於田賛，而危其
國也。故春秋曰：「善爲國者不師。」比[1829]之謂也。

1815) 熱의 이체자. 윗부분 왼쪽 '埶'의 '幸'의 형태로 되어있고, 그 오른쪽의 '丸'이 '九'의 형태로
되어있다.

1816) 조선간본은 정자로 되어있는데, 四部叢刊本은 이체자 '矣'로 되어있다.

1817) 乘의 이체자. 조선간본과 가운데부분의 '北'이 '比'의 형태로 된 이체자를 사용하였는데. 四
部叢刊本은 판본 전체적으로 자주 사용하는 이체자 '乗'을 사용하였다.

1818) 富의 이체자. 머리의 '宀'이 '冖'의 형태로 되어있다.

1819) 竊의 이체자. 머리의 '穴' 아래 왼쪽부분의 '釆'이 '未'의 형태로 되어있으며, 오른쪽부분의
'禼'의 형태가 '髙'의 형태로 되어있다.

1820) 刳의 이체자. 왼쪽 윗부분의 '大'가 '夾'의 형태로 되어있다.

1821) 墮의 이체자. 윗부분 왼쪽의 '阝'가 '卩'의 형태로 되어있고 오른쪽의 '育'의 형태가 '有'의 형
태로 되어있다.

1822) 尤의 이체자. 오른쪽 윗부분의 '丶'이 가운데부분에 찍혀 있다.

1823) 慮의 이체자. 윗부분의 '虍'가 '严'의 형태로 되어있다.

1824) 조선간본은 오른쪽 윗부분의 '雨'가 '甪'의 형태로 되어있는데, 四部叢刊本은 그 부분이 '雨'
의 형태로 된 '靈'를 사용하였다.

1825) 陣의 이체자. 좌부변의 '阝'가 '卩'의 형태로 되어있다.

1826) 俎의 이체자. 왼쪽부분의 '仌'이 '爻'의 형태로 되어있다.

1827) 賤의 이체자. 오른쪽의 '戔'이 윗부분은 그대로 '戈'로 되어있고 아랫부분 '戈'에 '丶'이 빠진
'𢦏'의 형태로 되어있다.

1828) 器의 이체자. 가운데부분의 '犬'에서 오른쪽 윗부분에 '丶'이 빠진 '大'의 형태로 되어있다.

1829) 四部叢刊本과 龍溪精舍本은 모두 조선간본과 다르게 '此'로 되어있다. 여기서는 '이것'(劉向
撰, 林東錫 譯註, 《신서1》, 동서문화사, 2009. 400쪽)이라는 뜻이기 때문에 四部叢刊本의
'此'가 맞고 조선간본의 '比'는 '此'의 誤字이다.

哀公問於孔子曰：「寡人聞之，東益宅不祥，信有之乎？」孔子曰：「不祥有五，而東益不與[1830]焉。夫損[1831]人而益己[1832]，身之不祥也；弃老取幼[1833]，家之不祥也；釋賢用不肖，國之不祥也；老者不教，幼[1834]者不學，俗之不祥也；聖人伏匿[1835]，天下之不祥也。故不祥有五，而東益不與[1836]焉。詩曰：『各敬爾儀，天命不又。』未聞東益之與爲命也。」｛第115面｝

顏淵[1837]侍魯定公于臺，東野畢[1838]御[1839]馬于臺下。定公曰：「善哉！東野畢之御[1840]。」顏淵曰：「善則善矣，雖然，其馬將失。」定公不悅[1841]，以告左右曰：「吾聞之，君子不讒[1842]人，君子亦讒[1843]人乎？」顏淵不悅，歷[1844]階[1845]而

1830) 與의 이체자. 몸통 '틼'의 형태가 '봐'의 형태로 되어있고 그 가운데부분이 '安'의 형태로 되어있다. 四部叢刊本은 그 부분이 정자 형태로 된 이체자 '與'를 사용하였다.

1831) 損의 이체자. 오른쪽부분의 '員'이 '貟'의 형태로 되어있다.

1832) 조선간본과 四部叢刊本에는 '巳'로 되어있는데, 龍溪精舍本에는 '己'로 되어있다. 여기서는 '자기 자신'(劉向 撰, 林東錫 譯註,《신서1》, 동서문화사, 2009. 403쪽)이란 의미이기 때문에 '己'로 써야 하지만, 조선간본과 四部叢刊本은 '己'를 '已'나 '巳'로 쓴 경우가 많다.

1833) 幼의 이체자. 왼쪽부분의 '力'이 '刀'의 형태로 되어있다. 四部叢刊本은 정자를 사용하였다.

1834) 여기서는 四部叢刊本도 조선간본과 동일하게 이체자를 사용하였다.

1835) 匿의 이체자. 부수 '匸' 안의 '若'이 이체자 '若'의 형태로 되어있다.

1836) 與의 이체자. 四部叢刊本은 다른 형태의 이체자 '與'를 사용하였다.

1837) 淵의 이체자. 오른쪽부분의 '囦'이 '𣶒'의 형태로 되어있다.

1838) 畢의 이체자. 맨 아래의 가로획 하나가 빠져있다.

1839) 御의 이체자. 가운데부분의 '缶'의 형태가 '缶'의 형태로 되어있다.

1840) 御의 이체자. 四部叢刊本은 가운데부분의 '缶'에서 중간의 가로획이 빠진 '御'의 형태로 되어있다.

1841) 悅의 이체자. 오른쪽부분의 '兌'가 '兊'의 형태로 되어있다.

1842) 讒의 이체자. 오른쪽 윗부분의 '㲋'이 '毚'의 형태로 되어있으며, 아랫부분의 '兔'는 '免'의 형태로 되어있다.

1843) 讒의 이체자. 앞의 글자와는 다르게 오른쪽 윗부분의 오른쪽 윗부분의 '㲋'이 '免'의 형태로 되어있으며 '免'을 위와 아래로 두 번 쓴 형태로 되어있다.

1844) 歷의 이체자. '厂'의 안쪽 윗부분의 '秝'이 '林'의 형태로 되어있다. 四部叢刊本은 정자로 되어있다.

1845) 階의 이체자. 좌부변의 '阝'가 '冂'의 형태로 되어있고 오른쪽 아랫부분의 '白'이 '日'의 형태로 되어있다.

去。湏史[1846]馬敗聞矣[1847]，定公躐[1848]席而起[1849]曰：「趨駕請顔淵。」顔淵
〖至，定公曰：「向寡人曰：『善哉，東野畢術也。』吾子曰：『善〗[1850] 〖則善
矣[1851]，雖然，其馬將失矣。』不識君子何以知之也〗[1852]？」顔淵曰：「臣以政知
之。昔者，舜工窮於使人，造父工於使馬。舜不窮其民，造父不盡其馬，是以舜
無失民，造父無失馬。今東野畢之術也，上車執轡，術體正矣，周旋步[1853]驟；
朝禮畢矣，歴險[1854]致遠[1855]，而〖第116面〗馬力殫[1856]矣[1857]，然求不已，是以知
其失矣。」定公曰：「善，可少進與？」顔淵曰：「獸窮則觸，鳥[1858]窮則啄，人窮
則詐。自古及今，有窮其下能無危者，未之有也。詩曰：『執轡如組，兩[1859]驂如
舞。』善御之謂也。」定公曰：「善哉！寡人之過也。」

　　孔子比之山戎氏，有婦人哭於路者，其哭甚哀，孔子立輿而問曰：「曷[1860]爲

1846) 臾의 이체자. 부수 '臼'가 '⊟'의 형태로 되어있으며 오른쪽 아래 '乀'획이 어긋나 있다.
1847) 조선간본은 정자로 되어있는데, 四部叢刊本은 이체자 '矣'로 되어있다.
1848) 躐의 이체자. 오른쪽부분의 '巤'이 '𤆍'의 형태로 되어있다.
1849) 起의 이체자. 오른쪽부분의 '己'가 '巳'의 형태로 되어있다.
1850) '〖~〗' 이 부호는 한 행을 뜻한다. 본 판본은 1행에 18자로 되어있는데, '〖~〗'로 표시한
　　　이번 면(제116면)의 제6행은 한 글자가 많은 19자로 되어있다. 四部叢刊本도 조선간본과 동
　　　일하게 19자로 되어있다.
1851) 조선간본은 정자로 되어있는데, 四部叢刊本은 이체자 '矣'로 되어있다.
1852) '〖~〗'로 표시한 이번 면의 제7행도 한 글자가 많은 19자로 되어있다. 四部叢刊本도 조선
　　　간본과 동일하게 19자로 되어있다.
1853) 步의 이체자. 글자의 왼쪽 아랫부분에 'ヽ'이 첨가되어있다.
1854) 險의 이체자. 좌부변의 '阝'는 '𠂤'의 형태로 되어있다.
1855) 遠의 이체자. '辶'의 윗부분에서 '土'의 아랫부분의 '㐅'의 형태가 '糸'의 형태로 되어있다. 四
　　　部叢刊本은 그 부분이 '糸'의 형태로 된 이체자 '遠'을 사용하였다.
1856) 殫의 이체자. 오른쪽부분의 '單'이 '單'의 형태로 되어있다. 四部叢刊本은 그 부분이 '單'의
　　　정자 형태로 된 이체자 '殫'을 사용하였다.
1857) 조선간본은 정자로 되어있는데, 四部叢刊本은 이체자 '矣'로 되어있다.
1858) 鳥의 이체자. 오른쪽부분의 세로획이 아랫부분의 가로획에 닿아 있다. 四部叢刊本은 정자로
　　　되어있다.
1859) 兩의 이체자. 바깥부분 '帀'의 안쪽의 '入'이 '人'의 형태로 되어있으며 그것의 윗부분이 '帀'
　　　의 밖으로 삐져나와 있다.
1860) 曷의 이체자. 아랫부분의 '匃'가 '匂'의 형태로 되어있다.

哭哀至於此也。」婦人對曰：「徃[1861]年虎食我夫，今虎食我子，是以哀也。」孔子曰：「嘻，若是[1862]，則曷爲不去也？」曰：「其政平，其吏不苛[1863]，吾以是不能去也。」孔子顧子貢曰：「弟子記[1864]之，夫政之不平而吏苛，乃甚於虎狼矣。」詩曰：「降喪[1865]飢{第117面}饉[1866]，斬伐四國。」夫政不平也，乃斬伐四國，而況二人乎？其不去冝[1867]哉？

魏文侯問李克曰：「吴[1868]之所以亡者，何也？」李克對曰：「數[1869]戰[1870]數勝則民疲[1871]。」「數戰數勝，國之福也，其所以亡，何也？」李克曰：「數戰則民疲，數勝則主驕。以驕主治疲民，此其所以亡也。」是[1872]故好戰窮兵，未有不亡者也。

1861) 往의 俗字. 오른쪽부분의 '主'가 '生'의 형태로 되어있다.

1862) 是의 이체자. 四部叢刊本은 정자로 되어있다.

1863) 苛의 이체자. 머리의 '艹'가 '卄'의 형태로 되어있다. 四部叢刊本은 정자를 사용하였다.

1864) 記의 이체자. 오른쪽부분의 '己'가 '巳'의 형태로 되어있다.

1865) 喪의 이체자. 중간부분의 '吅'가 '从'의 형태로 되어있다.

1866) 饉의 이체자. 오른쪽부분의 '堇'이 아랫부분의 가로획 하나가 빠진 '菫'의 형태로 되어있다.

1867) 宜의 이체자. 머리의 '宀'이 '冖'으로 되어있고 아랫부분의 '且'에 가로획 하나가 더 첨가된 '且'의 형태로 되어있다. 四部叢刊本은 정자로 되어있다.

1868) 吳의 이체자. 四部叢刊本은 다른 형태의 이체자 '呉'를 사용하였다.

1869) 數의 이체자. 왼쪽의 '婁'가 '婁'의 형태로 되어있다.

1870) 戰의 이체자. 오른쪽부분의 '單'이 '單'의 형태로 되어있다.

1871) 조선간본의 '則民(民의 이체자)疲'라는 세 글자가 四部叢刊本에는 '文侯(侯의 이체자)曰'로 되어있고 龍溪精舍本에는 '文侯(侯의 이체자)曰'로 되어있다. 四部叢刊本과 龍溪精舍本은 모두 '文侯曰'로 되어있는 셈인데, 뒤의 말은 '李克'이 계속 말하는 것이 아니라 '文侯'가 말하는 것이기 때문에 '文侯曰'이 필요하다. 문맥을 살펴보면 文侯가 李克에게 吳나라의 멸망 원인을 묻자 李克이 文侯에게 '자주 싸워 자주 승리한 데 있다.'라고 대답하자 文侯가 승리는 나라의 복인데 왜 멸망 원인이 되냐고 되묻는다. 李克이 다시 대답하면서 '자주 싸우면 백성이 피로해진다(數戰則民疲).'(劉向 撰, 林東錫 譯註,《신서1》, 동서문화사, 2009. 413쪽)라고 말할 때, 조선간본의 '則民疲'라는 부분이 나온다. 문맥상 이 부분에서는 조선간본의 '則民疲'는 전혀 필요가 없고 '文侯曰'이 필요하기 때문에 조선간본의 '則民疲'는 오류이다. 조선간본과 四部叢刊本은 서로 한 글자가 다른 경우는 있으나 이렇게 세 글자가 다른 경우는 판본 전체적으로 찾아볼 수 없는 특이한 경우이다.

1872) 조선간본은 정자로 되어있는데, 四部叢刊本은 이체자 '是'로 되어있다.

趙[1873]襄子問於王子維曰：「吳之所以亡者，何也？」對曰：「吳君奢而不忍。」襄子曰：「宜[1874]哉吳[1875]之亡也。奢則不能賞賢[1876]，不忍則不能罰奸。賢者不賞，有罪不能罰，不亡何待？」{第118面}

孔子侍坐於季孫，季孫之宰通曰：「君使人假馬，其與之乎？」孔子曰：「吾聞取於臣謂之取，不曰假。」季孫悟，告宰曰：「自今以來，君有取謂之取，無曰假[1877]。」故孔子正假[1878]馬之名，而君臣之義定矣。論語曰：「必也正名。」詩曰：「無易由言，無曰苟[1879]矣。」可不慎[1880]乎？

君子曰：「天子居闈闥之中，帷帳之内，廣厦之下，旌[1881]茵之上，不出檐[1882]幄，而知天下者，以[1883]有賢左右也。」故獨視不如與衆視之明也，獨聽不如與衆聽之聰[1884]也。

〖晉平公問於叔向曰：「國家之患，孰爲大？」對[1885]曰：「大臣〗 [1886]{第119面}

1873) 조선간본은 오른쪽 윗부분이 '八'의 형태로 되어있는데, 四部叢刊本은 그 부분이 '丷'의 형태로 된 '趙'를 사용하였다.

1874) 宜의 이체자. 앞에서 사용한 이체자 '冝'와는 다르게 머리의 '宀'은 그대로 되어있고 아랫부분의 '且'에 가로획 하나가 더 첨가된 '且'의 형태로 되어있다. 四部叢刊本은 정자로 되어있다.

1875) 吳의 이체자. 四部叢刊本은 다른 형태의 이체자 '呉'를 사용하였다.

1876) 賢의 이체자. 윗부분 왼쪽의 '臣'이 '臣'의 형태로 되어있다. 四部叢刊本은 그 부분이 '自'의 형태로 된 이체자 '賢'을 사용하였다.

1877) 假의 이체자. 오른쪽부분의 '叚'의 형태가 '叚'의 형태로 되어있다. 四部叢刊本은 정자를 사용하였다.

1878) 조선간본은 정자로 되어있는데, 四部叢刊本은 이체자 '假'를 사용하였다.

1879) 苟의 이체자. 머리의 '艹'가 '⺾'의 형태로 되어있다. 四部叢刊本은 정자를 사용하였다.

1880) 愼의 이체자. 오른쪽 윗부분의 '匕'가 '上'의 형태로 되어있고, 그 아랫부분이 '具'의 형태로 되어있다. 四部叢刊本은 오른쪽 윗부분은 조선간본과 같고 아랫부분이 '具'의 형태로 된 이체자 '愼'을 사용하였다.

1881) 旍의 이체자. 오른쪽 아랫부분의 '丹'이 '舟'의 이체자 '舟'의 형태로 되어있다. 四部叢刊本은 그 부분이 '冊'의 형태로 된 이체자 '旌'을 사용하였다.

1882) 襜의 이체자. 좌부변의 '衤'가 '礻'의 형태로 되어있다. 四部叢刊本이나 조선간본은 판본 전체적으로 부수 '衤'를 '礻'로 사용하였는데, 四部叢刊本은 여기에서 정확한 부수로 된 정자를 사용하였다.

1883) 조선간본은 정자로 되어있는데, 四部叢刊本은 이체자 '以'를 사용하였다.

1884) 聰의 이체자. 오른쪽 윗부분의 '囱'이 '勿'의 형태로 되어있다.

重禄[1887]而不極[1888]諫，近臣畏罰而不敢言，下情不上通，此患之大者也。」公曰：「善。」於是令國曰：「欲進善言，謁[1889]者不通，罪當死。」

楚人有善相人，所言無遺策[1890]，聞於國。莊王見而問於情，對曰：「臣非能相人，能觀人之交也。布衣也，其交皆孝悌[1891]，篤謹[1892]畏令，如此者其家必日益，身必日安，此所謂吉人也。官事君者也，其交皆誠信，有好善如此者，事君日益，官職日益[1893]，此所謂吉士也。主明臣賢，左右多忠，主有失皆敢分争正諫，如此者國日安，主日尊，天下日富[1894]，此之謂吉主也。臣非能相人，能觀人之交也。」莊王曰{第120面}：「善。」於是[1895]乃招[1896]聘四方之士，夙夜不懈[1897]，遂得孫叔敖[1898]，將軍子重之属[1899]，以備卿[1900]相，遂成霸功。詩曰：

1885) 조선간본은 정자로 되어있는데, 四部叢刊本은 이체자 ‘對’로 되어있다.

1886) ‘〖~〗’ 이 부호는 한 행을 뜻한다. 본 판본은 1행에 18자로 되어있는데, ‘〖~〗’로 표시한 이번 면의 제11행은 한 글자가 많은 19자로 되어있다. 四部叢刊本도 조선간본과 동일하게 19자로 되어있다.

1887) 祿의 이체자. 오른쪽부분의 ‘彔’이 ‘录’의 형태로 되어있다.

1888) 極의 이체자. 오른쪽의 ‘丂’가 ‘了’의 형태로 되어있다.

1889) 謁의 이체자. 오른쪽부분의 ‘曷’이 ‘曷’의 형태로 되어있다.

1890) 策의 이체자. 머리 ‘竹’ 아래의 ‘朿’가 ‘束’의 형태로 되어있다.

1891) 悌의 이체자. 오른쪽 윗부분의 ‘丷’의 형태가 방향이 아래쪽으로 된 ‘八’의 형태로 되어있다.

1892) 謹의 이체자. 왼쪽부분의 ‘堇’이 아랫부분의 가로획 하나가 빠진 ‘堇’의 형태로 되어있다.

1893) 四部叢刊本과 龍溪精舍本은 모두 조선간본과 다르게 ‘進’으로 되어있다. 여기서는 ‘높아지다’(劉向 撰, 林東錫 譯註, 《신서1》, 동서문화사, 2009. 423쪽)라는 뜻이므로 四部叢刊本의 ‘進’으로 쓰는 것이 맞지만 조선간본의 ‘益(益의 이체자)’도 뜻이 통한다.

1894) 조선간본은 정자로 되어있는데, 四部叢刊本은 머리의 ‘丷’이 ‘一’의 형태로 된 이체자 ‘冨’를 사용하였다.

1895) 是의 이체자. 머리의 ‘日’이 ‘月’ 형태로 되어있으며 그 아랫부분이 ‘疋’에 붙어 있다. 四部叢刊本은 정자를 사용하였다.

1896) 招의 이체자. 오른쪽 윗부분의 ‘刀’가 ‘勺’의 형태로 되어있다.

1897) 懈의 이체자. 오른쪽의 ‘解’에서 왼쪽 윗부분이 ‘刀’가 ‘力’의 형태로 되어있고 오른쪽 아랫부분의 ‘牛’가 ‘牜’의 형태로 되어있다.

1898) 조선간본은 정자로 되어있는데, 四部叢刊本은 이체자 ‘敖’로 되어있다.

1899) 屬의 俗字. 머리 ‘尸’의 아랫부분이 ‘禹’의 형태로 되어있다. 四部叢刊本에는 다른 형태의 이체자 ‘屬’으로 되어있다.

「濟[1901]濟多士，文王以寧。」此之謂也。

　　齊閔王亡居衛，晝日步[1902]走，謂公玉丹[1903]曰；「我已亡矣，而不知其故？吾所以亡者，其何哉？」公玉丹[1904]對曰：「臣以王爲已知之矣，王故尚未之知邪？王之所以亡者，以賢也，以天下之主皆不肖，而惡王之賢也，因相與[1905]合兵而攻王，此王之所以亡也。」閔王慨然大[1906]息曰：「賢固若是之苦邪？」丹[1907]又謂閔王曰：「古人有辭，天下無憂色者，臣聞其聲，於王見其實，王名稱東帝，實有天下，去國居衛，容貌[1908]尢[1909]{第121面}盈[1910]，顏色發揚，無重國之意。」王曰：「甚善。丹[1911]知寡人自去國而居衛也，帶三益矣。」遂以自賢，驕盈[1912]不止。閔王亡走衛，衛君避宮舍[1913]之，稱臣而供具[1914]，閔王不遜，衛人

1900) 卿의 이체자. 왼쪽의 '夘'의 형태가 '夕'의 형태로 되어있고 가운데 부분의 '皀'의 형태가 '艮'의 형태로 되어있다.

1901) 濟의 이체자. 오른쪽 부분의 '齊'에서 '亠'의 아래 가운데부분의 'Y'가 '了'의 형태로 되어있다.

1902) 步의 이체자. 글자의 왼쪽 아랫부분에 '丶'이 첨가되어있다.

1903) 丹의 이체자. '丹'안의 '丶'이 '丨'의 형태로 되어있으며 가운데 가로획을 관통하여 아래쪽까지 나와 있다.

1904) 丹의 이체자. 앞의 이체자와는 다르게 '丹'안의 '丶'이 직선 형태로 되어있으며 가로획을 관통하지 않고 그 안에 있다. 四部叢刊本은 다른 형태의 이체자 '冊'을 사용하였다.

1905) 與의 이체자. 위쪽 가운데부분이 '攵'의 형태로 되어있다. 四部叢刊本은 그 부분이 조선간본과 다르게 '与'의 형태로 된 이체자 '輿'를 사용하였다.

1906) 四部叢刊本과 龍溪精舍本은 모두 조선간본과 다르게 '太'으로 되어있다. 여기서는 '크다'(劉向 撰, 林東錫 譯註,《신서1》, 동서문화사, 2009. 426쪽)라는 뜻이므로 四部叢刊本의 '太'나 조선간본의 '大'는 의미는 같지만 글자가 다르다.

1907) 丹의 이체자. 四部叢刊本은 다른 형태의 이체자 '冊'을 사용하였다.

1908) 貌의 이체자. 오른쪽 아랫부분의 '儿'이 '几'의 형태로 되어있다. 四部叢刊本은 정자로 되어있다.

1909) 充의 이체자. '亠'의 아랫부분의 '允'이 '尢'의 형태로 되어있다.

1910) 盈의 이체자. 윗부분 '乃'안의 '又'의 형태가 '卂'의 형태로 되어있다.

1911) 丹의 이체자. 四部叢刊本은 다른 형태의 이체자 '冊'을 사용하였다.

1912) 盈의 이체자. 앞에서 사용한 이체자 '盈'과는 다르게 윗부분 '乃'안의 '又'의 형태가 '夕'의 형태로 되어있다.

1913) 舍의 이체자. '人'의 아랫부분의 '舌'의 형태가 '吉'의 형태로 되어있다.

侵之, 閔王去走鄒、魯, 有驕色, 鄒、魯不納, 遂走莒, 楚使淖齒将兵救[1915]
齊, 因相閔王, 淖齒擢[1916]閔王之筋, 而懸[1917]之廟梁, 宿昔而殺[1918]之, 而
與[1919]燕[1920]共分齊地。悲夫！閔王臨[1921]大齊之國, 地方數千里, 然而兵敗於諸
侯[1922], 地奪於燕昭, 宗廟喪亡, 社稷不祀, 宮室空虛[1923], 身亡逃竄[1924], 甚於
徒隷[1925], 尚不知所以亡, 甚可痛也, 猶自以爲賢, 豈不哀哉！公玉丹[1926]徒隷之
中, 而道之謟[1927]佞[1928], 甚矣！閔王不覺, 追而[第122面]善之, 以辱[1929]爲榮,
以憂爲樂, 其亡晩矣[1930], 而卒見殺。

先是靖郭君殘[1931]賊其百姓, 害傷其群臣, 國人將背[1932]叛共逐之, 其衛[1933]

1914) 具의 이체자. 윗부분이 가로획 하나가 적은 '且'의 형태로 되어있다. 四部叢刊本은 정자로
되어있다.
1915) 救의 이체자. 왼쪽의 '求'에서 윗부분의 'ヽ'이 빠져있다.
1916) 擢의 이체자. 오른쪽 윗부분의 '羽'가 '扟'의 형태로 되어있다.
1917) 懸의 이체자. 윗부분의 '縣'에서 왼쪽부분의 '県'이 '景'의 형태로 되어있다.
1918) 殺의 이체자. 우부방의 '殳'가 '殳'의 형태로 되어있다.
1919) 與의 이체자. 이번 면부터 계명대 귀중본만 남아 있고 고본은 뒷부분 전체가 일실되어 하나
도 남아 있지 않다. 그런데 귀중본은 이번 면의 마지막 부분 해당하는 제18자의 글자들이
인쇄가 희미하여 붓으로 제4·5·6·8·9·10·11행은 붓으로 가필하였다. 이번 글자는 제6
행의 제18자에 해당하는데 붓으로 가필을 해놓았지만 정확한 형태는 판독이 불가능하다. 그
래서 일본국회도서관 소장본을 참고하였으나 정확한 형태를 판독할 수 없어서 四部叢刊本
의 글자로 대체하였다.
1920) 燕의 이체자. 가운데부분의 '北'의 형태에서 왼쪽부분의 'ㅓ'의 형태가 '土'의 형태로 되어있다.
1921) 臨의 이체자. 왼쪽부분의 '臣'이 '目'의 형태로 되어있다. 四部叢刊本은 그 부분이 '目'의 형
태로 된 이체자 '臨'을 사용하였다.
1922) 侯의 이체자. 四部叢刊本은 오른쪽 아랫부분의 '矢'가 '失'의 형태로 된 이체자 '俟'를 사용하
였다.
1923) 虛의 이체자. '虍'가 이체자 형태의 '严'로 되어있고 그 아래 '业'가 '业'의 형태로 되어있다.
1924) 竄의 이체자. 맨 아랫부분이 '鼠'의 형태가 '鼡'의 형태로 되어있다.
1925) 隷의 이체자. 왼쪽 윗부분의 '士'가 '上'의 형태로 되어있다. 四部叢刊本에는 정자로 되어있다.
1926) 丹의 이체자. 四部叢刊本은 다른 형태의 이체자 '丹'을 사용하였다.
1927) 謟의 이체자. 四部叢刊本에는 정자로 되어있다.
1928) 佞의 이체자. 오른쪽 윗부분의 '二'의 형태가 'ㅗ'의 형태로 되어있다.
1929) 辱의 이체자. 윗부분의 '辰'이 '辰'의 형태로 되어있다.
1930) 矣의 이체자. 四部叢刊本은 정자로 되어있다.

知之，豫[1934]裝齋[1935]食，及亂[1936]作，靖郭君出亡，至於野而飢，其衛出所裝食進之。靖郭君曰：「何以知之而齎食？」對曰：「君之暴[1937]虐[1938]，其臣下之謀欠矣。」靖郭[1939]君怒，不食。曰：「以吾賢至聞也，何謂暴虐[1940]？」其衛懼曰：「臣言過也，君實賢，唯群臣不肖共害賢。」然後靖郭君悅[1941]，然後食。故齊閔王、靖郭君，雖至死亡，終身不諭者也。悲夫！

　　宋昭公出亡至於鄙[1942]，喟然歎[1943]曰：「吾知所以亡矣。吾朝臣千人，發政舉[1944]事，無不曰吾君聖者；待[1945]衛{第123面}數百人，被[1946]服以立，無不曰吾

1931) 殘의 이체자. 오른쪽의 '戔'이 윗부분은 그대로 '戈'로 되어있고 아랫부분 '戈'에 'ヽ'이 빠진 '戋'의 형태로 되어있다.

1932) 背의 이체자. 윗부분의 '北'에서 왼쪽부분의 '爿'의 형태가 '土'의 형태로 되어있다.

1933) 御의 이체자. 가운데부분의 '缶'의 형태가 '缶'의 형태로 되어있다.

1934) 豫의 이체자. 오른쪽 윗부분의 'ノ'의 형태가 'ヽノ'의 형태로 되어있다. 四部叢刊本은 그 부분은 조선간본과 같고 그 아랫부분이 '罒'의 형태로 된 이체자 '豫'를 사용하였다.

1935) 齋의 이체자. 'ㅗ'의 아래에서 가운데부분의 'Y'가 '了'의 형태로 되어있다.

1936) 亂의 이체자. 왼쪽부분의 '甬'의 형태가 '湧'의 형태로 되어있고 오른쪽부분의 'ㄴ'이 '乙'의 형태로 되어있다.

1937) 暴의 이체자. 발의 '氺'가 '小'으로 되어있다.

1938) 虐의 이체자. 머리 '虍'의 아랫부분의 'ㅌ'의 형태가 'E'의 형태로 되어있다.

1939) 郭의 이체자. 四部叢刊本은 이번 단락에서 여기에서만 정자를 사용하였다.

1940) 虐의 이체자. 앞에서와는 다르게 머리의 '虍'가 '严'의 형태로 되어있고 그 아랫부분은 'ㅌ'의 형태가 'E'의 형태로 되어있다. 四部叢刊本은 머리는 조선간본과 동일하게 '严'의 형태로 되어있고 그 아랫부분은 조선간본과 다르게 'E'의 형태로 된 이체자 '虐'을 사용하였다.

1941) 悅의 이체자. 오른쪽부분의 '兌'가 '兑'의 형태로 되어있다.

1942) 鄙의 이체자. 오른쪽 윗부분의 '口'가 '厶'의 형태로 되어있고 아랫부분의 '啇'이 '面'의 형태로 되어있다.

1943) 歎의 이체자. 왼쪽 윗부분의 '廿'이 '丗'의 형태로 되어있다.

1944) 擧의 이체자. 윗부분의 '與'의 형태가 '與'의 형태로 되어있다. 조선간본 중 계명대 귀중본과 일본국회도서관 소장본 모두 인쇄가 흐릿하여 정확한 형태를 판독할 수 없어서 四部叢刊本의 글자로 대체하였다.

1945) 四部叢刊本과 龍溪精舍本은 모두 조선간본과 다르게 '侍'로 되어있다. 여기서는 '侍御'는 '임금 곁에서 모시는 신하들'(劉向 撰, 林東錫 譯註, 《신서1》, 동서문화사, 2009. 434쪽)을 뜻하기 때문에 四部叢刊本의 '侍'가 맞고 조선간본의 '待'는 誤字이다.

1946) 被의 이체자. 좌부변의 'ネ'가 '衤'의 형태로 되어있다. 四部叢刊本은 조선간본과 다르게 제

君麗者。内外不聞吾過，是[1947]以至此。」由宋君觀之，人主之所以離國家，失社稷者，諂[1948]諛[1949]者衆也。故宋昭亡而能悟，盖得反國云。

　　秦二世[1950]胡亥之爲公子也，昆弟數人，詔[1951]置[1952]酒饗[1953]群臣，召[1954]諸子，諸子賜食先罷，胡亥下堦[1955]視群臣，陳履[1956]狀[1957]善者，因行踐[1958]敗而去。諸子聞見之者，莫不太息。及二世即位，皆知天下必弃之也。故二世惑於趙高，輕大臣，不顧卜民。是以陳勝奮臂於關[1959]東，閻[1960]樂作亂[1961]於望夷。閻[1962]樂，趙高之婿也，爲咸陽令，詐爲逐賊，將吏卒入望夷宮，攻射二世(第124面)，就數二世，欲加刃[1963]，二世懼，入將自殺[1964]，有一宦者從之，二世謂：

대로 된 부수 '衤'를 쓴 정자를 사용하였다.

1947) 是의 이체자. 四部叢刊本은 정자를 사용하였다.

1948) 諂의 이체자. 四部叢刊本은 정자로 되어있다.

1949) 諛의 이체자. 오른쪽 부분의 '臾'가 '𦣞'의 형태로 되어있다.

1950) 世의 이체자. 四部叢刊本에는 정자로 되어있다.

1951) 詔의 이체자. 오른쪽 윗부분의 '刀'가 '𠂊'의 형태로 되어있다.

1952) 置의 이체자. 머리 'ㅉ'의 아랫부분의 '直'이 가로획이 하나 빠진 '直'의 형태로 되어있다.

1953) 饗의 이체자. 윗부분의 '鄕'에서 가운데부분의 '皀'이 '㠯'의 형태로 되어있다.

1954) 召의 이체자. 윗부분의 '刀'가 '𠂊'의 형태로 되어있다. 四部叢刊本에는 정자로 되어있다.

1955) 堦의 이체자. 오른쪽 아랫부분의 '白'이 '日'의 형태로 되어있다.

1956) 조선간본은 정자로 되어있는데, 四部叢刊本은 '尸'의 아랫부분 왼쪽의 '彳'이 '衤'의 형태로 된 이체자 '履'를 사용하였다.

1957) 狀의 이체자. 우부방의 '犬'에서 윗부분의 'ㆍ'이 빠진 '大'의 형태로 되어있다. 四部叢刊本은 정자를 사용하였다.

1958) 踐의 이체자. 오른쪽의 '戔'이 윗부분은 그대로 '戈'로 썼으며 아랫부분 '戈'에는 'ㆍ'이 빠진 '㦰'의 형태로 되어있다.

1959) 關의 이체자. '門'안의 '䜌'의 형태가 '䏁'의 형태로 되어있다.

1960) 閻의 이체자. '門'안의 '臽'이 '䏁'의 형태로 되어있다. 四部叢刊本은 정자를 사용하였다.

1961) 亂의 이체자. 왼쪽부분의 '𤔔'의 형태가 '𤔖'의 형태로 되어있다.

1962) 閻의 이체자. 四部叢刊本은 다른 형태의 이체자 '閭'을 사용하였다.

1963) 刃의 이체자. 왼쪽부분의 'ㆍ'이 직선 형태로 되어있다.

1964) 殺의 이체자. 왼쪽 윗부분의 '乂'가 '又'의 형태로 되어있고 우부방의 '殳'가 '夊'의 형태로 되어있다. 四部叢刊本은 오른쪽부분이 정자의 형태이고 우부방은 조선간본과 동일한 형태로 된 이체자 '殺'을 사용하였다.

「何謂至於此也？」竆者曰：「知此久矣。」二世曰：「子何不早言？」對曰：「臣以不言，故得至於此，使臣言，死久矣。」然後二世喟然悔[1965]之，遂自殺[1966]。

　齊侯問於晏子曰：「忠臣之事君也，何若？」對曰：「有難[1967]不死[1968]，出亡不送。」君曰：「裂[1969]地而與之，疏爵而貴之，君有難[1970]不死，出亡不送，可謂忠乎？」對曰：「言而見用，終身無難，臣奚死[1971]焉？諫[1972]而見從，終身不亡，臣奚送焉？若言不見用，有難[1973]而死[1974]，是妄死[1975]也；諫[1976]不見從，出亡而送，是詐爲也。故忠臣也者，能盡[1977]善{第125面}與君，而不能與[1978]陷[1979]於難。

　宋玉因其友以見於楚襄[1980]王，襄王待之無以異。宋玉讓[1981]其友。其友曰：

1965) 悔의 이체자. 오른쪽 아랫부분의 '母'가 '毋'의 형태로 되어있다. 四部叢刊本은 그 부분이 '毋'의 형태로 된 이체자 '悔'를 사용하였다.

1966) 殺의 이체자. 四部叢刊本은 다른 형태의 이체자 '殺'을 사용하였다.

1967) 難의 이체자. 왼쪽 윗부분의 '廿'이 '丷'의 형태로 되어있다.

1968) 死의 이체자. 오른쪽 부분의 '匕'가 '乚'의 형태로 되어있다. 四部叢刊本은 정자로 되어있다.

1969) 四部叢刊本과 龍溪精舍本은 모두 조선간본과 다르게 '列'로 되어있다. 여기서는 '列'은 '裂'과 같고, '列地'는 땅을 분할하여 封邑으로 삼아 신하에게 주는 것(劉向 原著, 李華年 譯註, 《新序全譯》, 貴州人民出版社, 1994. 180쪽)을 의미하기 때문에 四部叢刊本의 '列'과 조선간본의 '裂'은 의미는 같지만 글자가 다르다.

1970) 難의 이체자. 왼쪽 윗부분의 '廿'이 '卝'의 형태로 되어있다.

1971) 死의 이체자. 四部叢刊本은 정자로 되어있다.

1972) 諫의 이체자. 오른쪽부분의 '柬'의 형태가 '東'의 형태로 되어있다. 四部叢刊本은 정자로 되어있다.

1973) 難의 이체자. 왼쪽 윗부분의 '廿'이 '卄'의 형태로 되어있다.

1974) 死의 이체자. 四部叢刊本은 정자로 되어있다.

1975) 死의 이체자. 四部叢刊本은 정자로 되어있다.

1976) 諫의 이체자. 四部叢刊本은 정자로 되어있다.

1977) 盡의 이체자. 윗부분의 아래쪽에 가로획 하나가 더 첨가된 '盡'의 형태로 되어있다.

1978) 與의 이체자. 四部叢刊本은 정자를 사용하였다.

1979) 陷의 이체자. 좌부변의 'ß'는 'リ'의 형태로 되어있다. 四部叢刊本은 조선간본과 다르게 '陥'의 이체자인 '陷'을 사용하였다.

1980) 襄의 이체자. 'ㅗ'의 아래 'ㅃ'가 'ㅆ'의 형태로 되어있다.

1981) 讓의 이체자. 오른쪽부분의 '襄'에서 'ㅗ'의 아래 'ㅃ'가 'ㅆ'의 형태로 되어있다.

「夫薑桂因地而生，不因地而辛；婦人因媒[1982]而嫁，不因媒而親。子之事王未耳，何怨於我？」宋玉曰：「不然，昔者，齊有良兎曰東郭逡[1983]，盖一旦而走五百里，於是齊有良狗曰韓[1984]盧[1985]，亦一旦而走五百里，使之遙[1986]見而指[1987]属[1988]，則雖韓盧不及衆兎之塵，若躓迹而縱緤[1989]，則雖東郭逡[1990]亦不能離。今子之属[1991]臣也，躓迹而縱緤與？遥[1992]見而指属[1993]與？詩曰：『將安將樂，弃我如遺。』此之謂也。」其友人曰：「僕人有過，僕人有過。」〔第126面〕

宋玉事楚襄王而不見察[1994]，意氣不得形於顏色；或謂曰：「先生何談說之不揚，計畫之疑也。」宋玉曰：「不然。子獨不見夫玄蝯乎？當其居桂林之中，峻葉之上，從容游[1995]戲[1996]，超[1997]騰往[1998]來，龍[1999]興[2000]而鳥[2001]集，悲嘯長

1982) 媒의 이체자. 오른쪽부분의 '某'가 '某'의 형태로 되어있다.
1983) 逡의 이체자. 오른쪽부분의 '兎'에서 'ヽ'이 빠진 '兎'의 형태로 되어있다. 四部叢刊本은 'ヽ'이 'ム'의 형태로 된 '兎'의 형태로 된 이체자 '逡'을 사용하였다.
1984) 韓의 이체자. 우부방 '韋'의 아랫부분의 '牛'가 '巾'의 형태로 되어있다.
1985) 盧의 이체자. 윗부분의 '虍'가 '严'의 형태로 되어있다.
1986) 遙의 이체자. 오른쪽 '䍃'에서 아랫부분의 '缶'가 '击'의 형태로 되어있다. 四部叢刊本은 오른쪽 윗부분이 조선간본과 다르게 '夕'의 형태로 되어있고 그 아랫부분은 조선간본과 동일한 형태로 된 이체자 '遙'를 사용하였다.
1987) 指의 이체자. 오른쪽 윗부분의 '匕'가 '上'의 형태로 되어있다.
1988) 屬의 略字. 머리 '尸'의 아랫부분이 '禹'의 형태로 되어있다. 四部叢刊本에는 다른 형태의 이체자 '屬'으로 되어있다.
1989) 緤의 이체자. 오른쪽 윗부분의 '世'가 '丗'의 형태로 되어있다.
1990) 逡의 이체자. 四部叢刊本은 다른 형태의 이체자 '逡'을 사용하였다.
1991) 屬의 略字. 四部叢刊本에는 다른 형태의 이체자 '屬'으로 되어있다.
1992) 遙의 이체자. 앞에서와는 다르게 '䍃'의 윗부분의 '夕'의 형태가 'ᅲ'의 형태로 되어있고 아랫부분의 '缶'가 '击'의 형태로 되어있다.
1993) 屬의 略字. 머리 '尸'의 아랫부분이 '禹'의 형태로 되어있다. 四部叢刊本은 다른 형태의 이체자 '屬'를 사용하였다.
1994) 察의 이체자. 'ᅲ' 아래의 '夕'의 형태가 '夕'의 형태로 되어있으며, 아랫부분의 '示'가 '禾'의 형태로 되어있다.
1995) 游의 이체자. 가운데부분의 '方'이 '扌'의 형태로 되어있다.
1996) 戲의 이체자. 왼쪽부분의 '虚'가 '虚'의 형태로 되어있다.
1997) 超의 이체자. 오른쪽 윗부분의 '刀'가 'ク'의 형태로 되어있다.

吟2002），當此之時，雖羿2003)逢2004)蒙2005)，不得正目而視也。及其在枳棘2006)之中也，恐2007)懼而掉慄，危視而蹟行，衆人皆得意焉。此皮筋非加急而體益2008)短也，處勢不便故也。夫處勢不便，豈何以量功校能哉？詩不云乎？『駕彼四牡，四牡項領。』夫久駕而長，不得行項領，不亦宜乎？易2009)曰：『臀2010)無膚，其行趑趄。』此之謂也。」〔第127面〕

田饒2011)事魯哀公而不見察。田饒謂哀公曰：「臣將去君而鴻鵠舉矣2012)。」哀公曰：「何謂也？」田饒2013)曰：「君獨不見夫雞乎？頭戴冠者，文也；足傅距者，武也；敵在前敢鬪2014)者，勇也；見食相呼，仁也；守夜不失時，信也。雞雖有此五者，君猶日瀹而食之，何則？以其所從來近也。夫鴻鵠一舉2015)千里，止君

1998) 往의 俗字. 오른쪽부분의 '主'가 '生'의 형태로 되어있다.

1999) 龍의 이체자. 오른쪽부분의 '𮥶'의 형태가 '𮥶'의 형태로 되어있다.

2000) 興의 이체자. 조선간본은 윗부분 가운데의 '同'의 형태가 '目'의 형태로 되어있다. 四部叢刊本은 그 부분이 조선간본과 다르게 '冃'의 형태로 된 이체자 '興'을 사용하였다.

2001) 조선간본은 정자로 되어있는데, 四部叢刊本은 이체자 '鳥'로 되어있다.

2002) 吟의 이체자. 오른쪽부분의 '今'이 '㐱'의 형태로 되어있다.

2003) 羿의 이체자. 머리의 '羽'가 '𦍋'의 형태로 되어있다.

2004) 逢의 이체자. 오른쪽 아랫부분의 '丰'의 형태가 '牟'의 형태로 되어있다. 四部叢刊本은 정자로 되어있다.

2005) 蒙의 이체자. 아랫부분의 '豕'이 '冖' 아래 가로획이 빠진 '豖'의 형태로 되어있다. 四部叢刊本은 아랫부분이 '豕'의 형태로 된 이체자 '蒙'을 사용하였다.

2006) 棘의 이체자. 양쪽의 '朿'의 형태가 모두 '束'의 형태로 되어있다.

2007) 恐의 이체자. 판본 전체적으로 자주 사용하는 이체자 '恐'과는 다르게 윗부분 오른쪽의 '凡'이 '口'의 형태로 되어있다.

2008) 조선간본은 정자로 되어있는데, 四部叢刊本은 이체자 '益'으로 되어있다.

2009) 易의 이체자. 머리의 '日'이 '冃'의 형태로 되어있고 이것이 아랫부분의 '勿' 위에 바로 붙어있다. 四部叢刊本은 다른 형태의 이체자 '易'으로 되어있다.

2010) 臀의 이체자. 윗부분 오른쪽의 '殳'가 '𠬝'의 형태로 되어있다.

2011) 饒의 이체자. 오른쪽부분의 '堯'에서 아랫부분의 '兀'이 '几'의 형태로 되어있다.

2012) 조선간본은 정자로 되어있는데, 四部叢刊本은 이체자 '矣'로 되어있다.

2013) 饒의 이체자. 오른쪽부분의 '堯'에서 아랫부분의 '兀'이 '几'의 형태로 되어있다.

2014) 鬪의 이체자. 부수 '鬥'가 '門'의 형태로 되어있다.

2015) 舉의 이체자. 윗부분의 '與'가 '𦥔'의 형태로 되어있다.

園[2016)]池，食君魚鼈[2017)]，啄君菽粟，無此五者，君猶貴之，以其所從來遠[2018)]也。臣請鴻鵠擧矣[2019)]。」哀公曰：「止、吾書子之言也。」田饒曰：「臣聞食其食者，不毁[2020)]其器[2021)]；蔭[2022)]其樹者，不析其枝。有士不用，何書其言爲？」遂去之燕，燕立爲相。三年，燕之政太平，國無盗賊。哀{第128面}公聞之，慨然太息，爲之避寢三月，抽捐[2023)]上服，曰：「不慎[2024)]其前，而悔其後，何可復得？」詩曰：「逝將去汝，適彼樂土；適彼樂土，爰得我所？」春秋曰：「少長於君，則君輕之。」此之謂也。

　子張見魯哀公，七日而哀公不禮，託僕夫而去曰：「臣聞君好士，故不遠千里之外，犯霜露，冒[2025)]塵垢，百舍重趼，不敢休息以見君，七日而君不禮，君之好士也，有似葉[2026)]公子髙之好龍也，葉公子髙好龍[2027)]，鈎以寫龍，鑿[2028)]以寫

2016) 園의 이체자. '囗'안의 '土' 아랫부분의 '尓'의 형태가 '糸'의 형태로 되어있다.

2017) 鼈의 이체자. 부수 '黽'이 '黽'의 형태로 되어있다.

2018) 遠의 이체자. '辶'의 윗부분에서 '土'의 아랫부분의 '尓'의 형태가 '糸'의 형태로 되어있다. 四部叢刊本은 그 부분이 '糸'의 형태로 된 이체자 '遠'을 사용하였다.

2019) 조선간본은 정자로 되어있는데, 四部叢刊本은 이체자 '矣'로 되어있다.

2020) 毁의 이체자. 우부방의 '殳'가 '攵'의 형태로 되어있다. 四部叢刊本은 조선간본과 다르게 왼쪽 윗부분의 '臼'가 '日'의 형태로 되어있고 우부방은 조선간본과 같은 '攵'의 형태로 된 이체자 '致'를 사용하였다.

2021) 器의 이체자. 가운데부분의 '大'가 '工'의 형태로 되어있다.

2022) 蔭의 이체자. 머리 '艹' 아래 왼쪽부분의 '阝'는 '冂'의 형태로 되어있고 오른쪽부분의 '佘'은 '套'의 형태로 되어있다.

2023) 損의 이체자. 오른쪽부분의 '員'이 '貟'의 형태로 되어있다. 조선간본과 四部叢刊本 판본 전체적으로 정자와 이체자를 혼용하였다.

2024) 愼의 이체자. 오른쪽 윗부분의 '匕'가 '上'의 형태로 되어있고, 그 아랫부분이 '具'의 형태로 되어있다.

2025) 冒의 이체자. 아랫부분의 '目'이 '月'의 형태로 되어있다.

2026) 葉의 이체자. 머리의 '艹' 아래 '世'가 '丗'의 형태로 되어있다. 四部叢刊本은 다른 형태의 이체자 '葉'으로 되어있다.

2027) 조선간본은 정자를 사용하였는데, 四部叢刊本은 이체자 '龍'을 사용하였다. 이번 단락에서 조선간본은 모두 정자를 사용하였고, 四部叢刊本은 한 군데의 예외도 없이 이체자 '龍'만 사용하였다. 이번 단락은 모두 이런 패턴으로 되어있기 때문에 이하에서는 따로 주를 달지 않는다.

龍, 屋室雕文以寫[2029]龍, 於是夫龍聞而下之, 窺頭於牖, 拖尾於堂, 葉公見之, 弃而還走, 失其魂[2030]魄[2031], 五色無主, 是葉公非{第129面}好龍也, 好夫似龍而非龍者也。今臣聞君好士, 不遠千里之外以見君, 七日不禮, 君非好士也, 好夫似士而非士者也。詩曰：『中心藏[2032]之, 何日忘之。』敢託而去。」

　　昔者, 楚丘先生行年七十, 披裘[2033]帶索, 往[2034]見孟嘗[2035]君, 欲趨不能進。孟嘗君曰：「先生老矣[2036], 春秋高矣[2037], 何以教之？」楚丘先生曰：「噫！將我而老乎？噫！將使我追車而赴馬乎？投石而超距乎？逐麋鹿而搏[2038]豹虎乎？吾已疕矣！何暇[2039]老哉！噫！將使我出正辭[2040]而當諸侯[2041]乎？決[2042]嫌疑[2043]

2028) 鑿의 이체자. 윗부분 왼쪽의 '丵'의 형태가 '丵'의 형태로 되어있다.

2029) 寫의 이체자. 머리 '宀' 아랫부분이 '舃'의 형태로 되어있다. 四部叢刊本은 그 부분이 '舄'의 형태로 된 이체자 '寫'를 사용하였다.

2030) 魂의 이체자. 오른쪽부분의 '鬼'가 맨 위의 한 획이 빠진 '鬼'의 형태로 되어있다.

2031) 魄의 이체자. 오른쪽부분의 '鬼'가 맨 위의 한 획이 빠진 '鬼'의 형태로 되어있다.

2032) 藏의 이체자. '艹'아래 가운데부분의 '臣'이 '目'의 형태로 되어있다.

2033) 裘의 이체자. 윗부분 '求'에서 윗부분의 'ㅣ'이 빠져있다. 四部叢刊本은 정자로 되어있다.

2034) 往의 俗字. 오른쪽부분의 '主'가 '生'의 형태로 되어있다.

2035) 嘗의 이체자. 가운데부분의 '匕'가 'ㄴ'의 형태로 되어있다.

2036) 조선간본은 정자로 되어있는데, 四部叢刊本은 이체자 '矣'로 되어있다.

2037) 조선간본은 정자로 되어있는데, 四部叢刊本은 이체자 '矣'로 되어있다.

2038) 搏의 이체자. 오른쪽 윗부분의 '甫'가 'ㅣ'이 빠진 '甫'의 형태로 되어있다.

2039) 조선간본과 四部叢刊本은 모두 '暇'로 되어있고, 龍溪精舍本은 '暇'로 되어있다. 여기서는 '겨를'(劉向 撰, 林東錫 譯註,《신서1》, 동서문화사, 2009. 452쪽)이라는 뜻이기 때문에 조선간본과 四部叢刊本의 '천천히 보다'라는 뜻의 '暇'는 誤字이다. 하지만 조선간본이나 四部叢刊本은 간혹 '日'이 '目'의 형태로 된 이체자를 사용하기 때문에(예를 들면, '明'의 이체자로 '明'을 사용하기도 하였다.) 여기서는 '暇'는 '暇'의 이체자로 볼 수도 있다.

2040) 辭의 이체자. 왼쪽부분의 '𤔥'가 '𤔔'의 형태로 되어있다. 조선간본은 판독이 불가능하여 四部叢刊本의 글자로 대체하였다.

2041) 侯의 이체자. 오른쪽 윗부분의 '𠃌'의 형태가 '冖'의 형태로 되어있고 오른쪽 아랫부분의 '矢'가 '失'의 형태로 되어있다.

2042) 決의 俗字. 좌부변의 '氵'가 'ㄱ'의 형태로 되어있다. 四部叢刊本은 정자로 되어있다.

2043) 疑의 이체자. 왼쪽 윗부분의 '匕'가 'ㄷ'의 형태로 되어있고 아랫부분의 '矢'가 '天'의 형태로 되어있으며, 오른쪽부분의 '龰'이 '龰'의 형태로 되어있다. 四部叢刊本은 왼쪽 윗부분의 '匕'가 '上'의 형태로 되어있고 아랫부분은 그대로 '矢'로 되어있으며, 오른쪽부분은 조선간본과

而定猶豫[2044]乎？吾始壯矣[2045]，何老之有！」孟嘗君逡巡避席，面有愧色。詩曰：「老夫{第130面}灌灌，小子蹻蹻。」言老夫欲盡其謀，而少者驕而不受也。秦穆[2046]公所以敗其師，殷紂所以亡天下也。故書曰：「黃髮[2047]之言，則無所愆[2048]。」詩曰：「壽胥與試。」美用老人之言以安國也。

　　齊有閭丘卬[2049]年七[2050]八，道遮[2051]宣王曰：「家貧親老，願得小仕。」宣王曰：「子年尚稚，未可也。」閭丘卬對曰：「不然，昔[2052]有顓頊行年十二而治天下，秦項橐七歲爲聖人師，由此觀之，卬不肖耳，年不稚矣[2053]。」宣王曰：「未有咫角驂駒而能服重致[2054]遠者也，由此觀之，夫士亦華髮墮[2055]顚[2056]而後可用耳。」閭丘卬曰：「不然。夫尺有所短，寸有所長，驊騮騄[2057]驥[2058]，天下之{第131面}俊馬也，使之與貍鼬[2059]試於釜竈[2060]之間，其疾未必能過貍鼬也；黃鵠白

　　같은 형태로 된 이체자 '疑'를 사용하였다.

2044) 조선간본은 정자로 되어있는데, 四部叢刊本은 오른쪽부분의 '象'이 '象'의 형태로 된 이체자 '豫'를 사용하였다.

2045) 조선간본은 정자로 되어있는데, 四部叢刊本은 이체자 '矣'로 되어있다.

2046) 穆의 이체자. 오른쪽 가운데부분의 '小'가 'ㅡ'의 형태로 되어있다.

2047) 髮의 이체자. 아랫부분의 '犮'이 '友'의 형태로 되어있다.

2048) 愆의 이체자. 윗부분 '行'의 가운데부분의 'ㅓ'가 '彡'의 형태로 되어있다.

2049) 卬의 이체자. 우부방의 'ㅏ'이 '卩'의 형태로 되어있다.

2050) 四部叢刊本과 龍溪精舍本은 모두 조선간본과 다르게 '十'으로 되어있다. 여기서는 '나이가 열여덟'(劉向 撰, 林東錫 譯註,《신서1》, 동서문화사, 2009. 434쪽)이라는 숫자이기 때문에 四部叢刊本의 '十'이 맞고 조선간본의 '七'은 誤字이다.

2051) 遮의 이체자. '辶'의 위에 있는 '庶'에서 '广'안의 맨 아랫부분의 '灬'가 '从'의 형태로 되어있다.

2052) 조선간본은 정자로 되어있는데, 四部叢刊本은 윗부분이 '北'의 형태로 되어있는 이체자 '昔'을 사용하였다.

2053) 조선간본은 정자로 되어있는데, 四部叢刊本은 이체자 '矣'로 되어있다.

2054) 致의 이체자. 오른쪽 부분의 '攵'이 '攴'의 형태로 되어있다.

2055) 墮의 이체자. 윗부분 왼쪽의 'ㅏ'가 '卩'의 형태로 되어있고 오른쪽의 '育'의 형태가 '有'의 형태로 되어있다.

2056) 顚의 이체자. 왼쪽 아랫부분이 '其'의 형태로 되어있다.

2057) 騄의 이체자. 오른쪽부분의 '彔'이 '录'의 형태로 되어있다.

2058) 驥의 이체자. 오른쪽부분의 '冀'가 '巽'의 형태로 되어있다.

2059) 鼬의 이체자. 좌부변의 '鼠'가 '鼡'의 형태로 되어있다.

鶴, 一擧[2061]千里, 使之與燕服翼, 試之堂廡之下, 廬[2062]室之間, 其便未必能過
燕服翼也。辟閭巨闕, 天下之利器[2063]也, 擊[2064]石不缺[2065], 刺[2066]石不鑹, 使
之與菅[2067]蒢[2068]決目出眯, 其便未必能過管蒢也, 由此觀之, 華髮[2069]墮顚與
卬, 何以異哉？」宣王曰：「善。子有善言, 何見寡人之晚也？」卬對曰：「夫雞豚
讙噭, 卽奪鐘鼓之音；雲霞[2070]充[2071]咽則奪日月之明, 讒[2072]人在側, 是見晚
也。詩曰：『聽[2073]言則對, 譖言則退。』庸[2074]得進乎？」宣王拊軾曰：「寡人有
過。」遂載與之俱[2075]歸[2076]而用焉。故孔子曰：「後生可畏, 安知來〔第132面〕者之
不如今？」此之謂也。

　　荊[2077]人卞和得玉璞而獻[2078]之, 荊厲王使玉尹相之曰：「石也。」王以和爲

2060) 竈의 이체자. 아랫부분의 '黽'이 '䜌'의 형태로 되어있다.

2061) 擧의 이체자. 윗부분의 '與'의 형태가 '舁'의 형태로 되어있다.

2062) 廬의 이체자. 부수 '广' 아랫부분의 '虍'가 '严'의 형태로 되어있다.

2063) 器의 이체자. 가운데부분의 '犬'에서 오른쪽 윗부분에 'ヽ'이 빠진 '大'의 형태로 되어있다.

2064) 擊의 이체자. 윗부분 오른쪽의 '殳'가 '殳'의 형태로 되어있다.

2065) 缺의 이체자. 좌부변의 '缶'가 '𦉾'의 형태로 되어있다.

2066) 刺의 이체자. 왼쪽부분의 '朿'의 형태가 '束'의 형태로 되어있다.

2067) 管의 이체자. 머리의 '⺮'이 '艹'의 형태로 되어있다. 四部叢刊本은 정자를 사용하였다. 조선
　　　간본도 뒤에서는 정자를 사용하였다.

2068) 蒢의 이체자. 윗부분의 '高'가 이체자 '髙'의 형태로 되어있다.

2069) 髮의 이체자. 아랫부분의 '犮'에 '发'의 형태로 되어있다.

2070) 霞의 이체자. 아랫부분 '叚'의 오른쪽부분의 '𢼸'의 형태가 '𠬶'의 형태로 되어있다. 四部叢刊
　　　本은 정자를 사용하였다.

2071) 充의 이체자. '亠'의 아랫부분의 '㐬'이 '兂'의 형태로 되어있다.

2072) 讒의 이체자. 오른쪽 윗부분의 '毚'이 '㲋'의 형태로 되어있으며, 아랫부분의 '兔'는 '免'의 형
　　　태로 되어있다.

2073) 聽의 이체자. 판본 전체적으로 자주 사용하는 '聴'의 형태가 아니라 왼쪽부분이 '耳'로만 되
　　　어있고 오른쪽 부분의 '悳'의 형태가 가운데 가로획이 빠진 '恧'의 형태로 되어있다.

2074) 庸의 이체자. 조선간본과 四部叢刊本 모두 오른쪽부분에 'ヽ'이 첨가되어있다.

2075) 俱의 이체자. 오른쪽부분의 '具'가 한 획이 적은 '貝'의 형태로 되어있다.

2076) 歸의 이체자. 왼쪽 맨 윗부분의 'ノ'이 빠져있다.

2077) 荊의 이체자. 머리의 '艹'가 글자 전체의 윗부분이 아닌 '开'의 위에만 있다.

2078) 獻의 이체자. 머리의 '虍' 아랫부분의 '鬲'이 '鬲'의 형태로 되어있으며 우부방의 '犬'이 '丈'의

謾，而斷[2079]其左足。厲王薨[2080]，武王即位，和復奉玉璞而獻之武王。武王使玉尹相之曰：「石也。」又以爲謾，而斷其右足。武王薨，共王即位，和乃奉玉璞而哭於荆山中，三日三夜，泣盡，而繼之以血，共王聞之，使人問之曰：「天下刑之者[2081]衆矣，子獨何哭之悲也？」對曰：「寶玉而名之曰石，貞士而戮之以謾，此臣之所以悲也。」共[2082]王曰：「惜矣，吾先王之聽難，剖石而易[2083]，斬人之足！夫死者不可生，斷者不可屬，何聽之殊也？」乃使人{第133面}理其璞而得寶焉。故名之曰和氏之璧。故曰珠玉者，人主之所貴也，和雖獻寶，而美[2084]未爲玉尹用也。進寶且若彼之難也，況進賢[2085]人乎？賢人與姦臣，猶仇讎也，於庸君意不合。夫欲使姦臣進其讎於不合意之君，其難[2086]萬倍於和氏之璧，又無斷兩[2087]足

형태로 되어있다.

2079) 斷의 이체자. 왼쪽부분의 '䜌'의 형태가 '㦯'의 형태로 되어있다. 이번 단락의 이하에서는 조선간본과 四部叢刊本 모두 정자만 사용하였다.

2080) 薨의 이체자. 맨 아랫부분의 '死'가 자주 사용하는 이체자 '死'의 형태로 되어있다. 四部叢刊本은 정자를 사용하였다.

2081) 조선간본은 정자로 되어있는데, 四部叢刊本은 아랫부분의 '日'이 '月'의 형태로 된 이체자 '耆'를 사용하였다.

2082) 四部叢刊本은 '其'로 되어있는데, 龍溪精舍本은 조선간본과 동일하게 '共'으로 되어있다. 여기서 '共王'은 '楚나라 군주'(劉向 撰, 林東錫 譯註,《신서1》, 동서문화사, 2009. 434쪽)이고 앞에서도 등장한 인물이기 때문에 조선간본의 '共'이 맞다. 四部叢刊本의 '其'는 '"그" 임금'이라고 해도 뜻은 통하지만 판본 전체적으로 구체적인 임금을 대명사로 사용하지 않았기 때문에 誤字라고 할 수 있다.

2083) 易의 이체자. 머리의 '日'이 '曰'의 형태로 되어있고 이것이 아랫부분의 '勿'위에 바로 붙어 있다. 四部叢刊本은 다른 형태의 이체자 '易'을 사용하였다.

2084) 美의 이체자. 아랫부분의 '大'가 '火'의 형태로 되어있다.

2085) 賢의 이체자. 윗부분 왼쪽의 '臣'이 '日'의 형태로 되어있고 그 오른쪽부분의 '又'가 'メ'의 형태로 되어있다. 이번 면은 上卷의 마지막 면(제134면)에 해당하는데, 계명대 귀중본은 너무 낡아서 글자들이 전체적으로 희미하고 계명대 고본은 앞에서 밝혔듯이 일실되어있으며, 일본국회도서관 소장본은 전체면의 가장자리를 제외한 중간부분의 글자들이 심하게 뭉그러져 있다. 그래서 이 글자는 어느 조선간본으로도 판독이 불가능하여 四部叢刊本의 글자로 대체하였다.

2086) 難의 이체자. 왼쪽부분의 '莫'에서 중간의 'ㅁ'가 관통된 형태가 아니라 빈 형태로 되어있다. 조선간본은 판독이 불가능하여 四部叢刊本의 글자로 대체하였다.

2087) 兩의 이체자. 바깥부분 '帀'의 안쪽의 '入'이 '人'의 형태로 되어있으며 그것의 윗부분이 '帀'

之臣以推其難[2088]，猶扱[2089]山也，千歲一合，昔繼踵，然後□[2090]王之君興[2091]焉。其賢而不用，不可勝載，故有道□[2092]之不豰也，宜白玉之璞未獻耳。

劉向新序卷第[2093]五[2094]{第134面}

　　의 밖으로 삐져나와 있다.

2088) 難의 이체자. 왼쪽 윗부분의 '卄'이 '⺌'의 형태로 되어있다.

2089) 扱의 이체자. 오른쪽부분의 '犮'이 '犮'의 형태로 되어있다.

2090) 계명대 귀중본과 일본국회도서관 소장본 모두 이번 면(제134면) 제7행의 제6자에 해당하는 부분이 빈칸으로 되어있다. 四部叢刊本에는 이에 해당하는 글자가 '賢'으로 되어있다.

2091) 興의 이체자. 조선간본은 윗부분 가운데의 '同'의 형태가 '月'의 형태로 되어있다. 四部叢刊本은 그 부분이 조선간본과 다르게 '同'의 형태로 된 이체자 '興'을 사용하였다.

2092) 계명대 귀중본과 일본국회도서관 소장본 모두 이번 면(제134면) 제8행의 제6자에 해당하는 부분이 빈칸으로 되어있다. 四部叢刊本에는 이에 해당하는 글자가 '者'로 되어있다.

2093) 조선간본은 정자로 되어있는데, 四部叢刊本은 誤字인 '弟'로 되어있다.

2094) 이 卷尾의 제목은 마지막 제11행에 해당한다. 이번 면은 제8행에서 글이 끝나고, 나머지 2행이 빈칸으로 되어있다.

《下冊》

劉向新序卷第六

刺[1]奢第六

桀作瑤[2]臺，罷民[3]力，殫民財，爲酒池糟隄[4]，縱靡靡之樂，一鼓[5]而牛飲者三千人，群臣相持歌曰：「江水沛沛兮[6]，舟楫敗兮，我王廢兮，趣歸薄[7]兮，薄亦大兮。」又曰：「樂兮樂兮，四牡蹻兮，六轡沃兮，去不善[8]而從善，何不樂兮？」伊尹知天命之至，擧[9]觴[10]而告桀曰：「君王不聽[11]臣之言，亡無日矣[12]。」桀拍然而作，啞然而笑[13]曰：「子何妖言，吾有天下，如天之有日也，日有亡乎？日亡吾亦亡矣。」於是接履而趣[14]，遂適[15]湯[16]，湯立爲相。故伊尹去官入殷，殷王[17]而夏(第1面)亡。

---

1) 刺의 이체자. 왼쪽부분의 ‘束’의 형태가 ‘朿’의 형태로 되어있다.
2) 瑤의 이체자. ‘䍃’의 윗부분이 ‘爫’의 형태로 되어있고 아랫부분의 ‘缶’가 ‘岳’의 형태로 되어있다.
3) 民의 이체자. 오른쪽부분의 ‘乀’의 획이 윗부분 ‘口’의 빈 공간을 관통하고 있다.
4) 隄의 이체자. 좌부변의 ‘阝’이 ‘冂’의 형태로 되어있다.
5) 鼓의 이체자. 오른쪽부분의 ‘支’가 ‘皮’의 형태로 되어있다.
6) 兮의 이체자. 머리의 부수 ‘八’이 방향이 위쪽을 향하도록 된 ‘丷’의 형태로 되어있다. 조선간본과 四部叢刊本은 모두 이번 단락에서 모두 이체자 ‘兮’만 사용하였다.
7) 薄의 이체자. ‘艹’ 아래 오른쪽부분의 ‘尃’가 윗부분의 ‘丶’이 빠진 ‘尃’의 형태로 되어있다.
8) 善의 이체자. 가운데부분의 ‘䒑’의 형태가 ‘卝’의 형태로 되어있다.
9) 擧의 이체자. 윗부분의 ‘與’의 형태가 ‘𦥑’의 형태로 되어있다.
10) 觴의 이체자. 오른쪽부분의 ‘昜’이 ‘易’의 형태로 되어있다.
11) 聽의 이체자. ‘耳’의 아래 ‘王’이 ‘土’의 형태로 되어있으며 오른쪽부분의 ‘悳’의 형태가 가운데 가로획이 빠진 ‘悳’의 형태로 되어있다.
12) 矣의 이체자. ‘厶’의 아랫부분의 ‘矢’가 ‘失’의 형태로 되어있다.
13) 笑의 이체자. 아랫부분의 ‘夭’가 ‘大’의 형태로 되어있다.
14) 趣의 이체자. 앞에서는 정자를 사용하였는데 여기서는 오른쪽부분의 ‘取’가 ‘耴’의 형태로 된 이체자를 사용하였다. 조선간본과 四部叢刊本은 모두 ‘趣(趣의 이체자)’로 되어있고, 龍溪精舍叢書本에는 ‘趨’로 되어있다. 여기서는 ‘달리다’(劉向 撰，林東錫 譯註，《신서2》, 동서문화사, 2009. 501쪽)라는 의미로 쓰였기 때문에 ‘趣’와 ‘趨’는 서로 뜻이 통한다.
15) 適의 이체자. ‘辶’ 위의 ‘啇’에서 안쪽의 ‘古’가 ‘口’의 형태로 되어있다. 四部叢刊本은 정자를 사용하였다.
16) 湯의 이체자. 오른쪽부분의 ‘昜’이 ‘易’의 형태로 되어있다.

紂爲鹿臺，七年而成，其大三里高[18]千尺，臨[19]望雲兩[20]。作炮烙之刑，戮[21]無辜，奪民力。寃[22]暴[23]施於百姓，慘毒加於大臣，天下叛之，願[24]臣文王。及周師至，令不行於左右。悲夫！當是時，求爲匹夫不可得也，紂自取之也。

　　魏[25]王將[26]起[27]中天臺，令曰：「敢諫[28]者死[29]。」許綰負操鍤[30]入曰：「聞大王將起中天臺，臣願加一力。」王曰：「子何力有加？」綰曰：「雖無力，能商[31]臺。」王曰：「若[32]何？」曰：「臣聞天與[33]地相去萬五千里，今[34]王因而半之，當

---

17) 四部叢刊本은 조선간본과 다르게 '正'으로 되어있고, 龍溪精舍本은 조선간본과 동일하게 '王'으로 되어있다. 여기서는 '왕업을 이루었다'(劉向 撰, 林東錫 譯註,《신서2》, 동서문화사, 2009. 501쪽)라는 뜻이기 때문에 조선간본의 '王'이 맞다. 四部叢刊本의 '正'은 뒤에 나오는 '亡'과 대조를 이루기 때문에 어느 정도 뜻이 통한다.

18) 高의 이체자. 윗부분의 '亯'의 형태가 '宀'의 형태로 되어있다.

19) 臨의 이체자. 왼쪽부분의 '臣'이 '目'의 형태의 형태로 되어있다. 四部叢刊本에는 조선간본과 다르게 '目'의 형태를 사용한 이체자 '臨'으로 되어있다.

20) 雨의 이체자. 四部叢刊本에 다른 형태의 이체자 '雨'를 사용하였다.

21) 戮의 이체자. 왼쪽 윗부분의 '𦏡'가 '羽'의 형태로 되어있다.

22) 寃의 이체자. 머리의 '宀' 아래 '兔'에서 오른쪽의 '丶'이 빠진 '免'의 형태로 되어있다.

23) 暴의 이체자. 발의 '氺'가 '小'으로 되어있다.

24) 願의 이체자. 오른쪽부분의 '原'이 '厡'의 형태로 되어있다.

25) 魏의 이체자. 오른쪽부분의 '鬼'가 맨 위의 '丶'이 '鬼'로 되어있다.

26) 將의 이체자. 오른쪽 윗부분의 '夕'의 형태가 '宀'의 형태로 되어있다. 四部叢刊本은 정자로 되어있다.

27) 起의 이체자. 오른쪽부분의 '己'가 '巳'의 형태로 되어있다.

28) 諫의 이체자. 오른쪽부분의 '柬'의 형태가 '東'의 형태로 되어있다.

29) 死의 이체자. 왼쪽부분의 '歹'가 '歺'의 형태로 되어있다.

30) 鍤의 이체자. 오른쪽부분의 '臿'이 '甶'의 형태로 되어있다.

31) 龍溪精舍本에는 '商'으로 되어있는데, 조선간본과 四部叢刊本 모두 '啇'로 되어있다. '啇'은 '밑동'이란 뜻으로 '商'과 다른 글자이지만, 여기서는 誤字가 아니라 '商'의 이체자로 쓴 것 같다.

32) 若의 이체자. 머리의 '艹' 아랫부분의 '右'가 '石'의 형태로 되어있고, 머리의 '艹'가 아랫부분의 '石'에 붙어 있다.

33) 與의 이체자. 몸통 '臾'의 형태가 '𦥑'의 형태로 되어있다.

34) 今의 이체자. 머리 '人' 아랫부분의 '一'이 '丶'의 형태로 되어있고, 그 아랫부분의 '㇆'의 형태가 '丁'의 형태로 되어있다. 四部叢刊本은 아랫부분이 '㇆'의 형태로 된 이체자 '今'을 사용하였다.

起七阡35)五百里之臺，髙旣36)如是，其趾湏37)方八千里{第2面}，盡王之地，不足
以爲臺趾。古者堯38)舜建諸俟39)，地方五千里，王必起此臺，先以兵伐諸俟，盡
有其地猶不足，又伐四夷，得方八千里乃足以爲臺趾，林40)木之積，人徒之衆，
倉廩41)之儲，數42)以萬億度。八千里之外，當定農43)畝44)之地，足以奉給王之臺
者，臺具45)以備，乃可以46)作。」魏王黙47)然無以應，乃罷起臺。

衛靈公以天寒鑿48)池，宛49)春諫曰：「天寒起役，恐50)傷民。」公曰：「天寒
乎？」宛春曰：「君衣狐51)裘，坐熊52)席，隩53)隅54)有竈55)，是以不寒，今民衣弊

---

35) 阡의 이체자. 좌부변의 '阝'이 '卩'의 형태로 되어있다.

36) 旣의 이체자. 왼쪽부분의 맨 위에 'ノ'이 첨가되어있다.

37) 須의 이체자. 조선간본과 四部叢刊本은 모두 이체자 '湏'로 되어있는데, 龍溪精舍本은 정자 '須'로 되어있다.

38) 堯의 이체자. 아랫부분의 '兀'이 '几'의 형태로 되어있다.

39) 侯의 이체자. 오른쪽 윗부분의 '그'의 형태가 'ㄱ'의 형태로 되어있다.

40) 조선간본과 四部叢刊本에는 '林'으로 되어있는데, 龍溪精舍本에는 '材'로 되어있다. 여기서는 '材木(劉向 撰, 林東錫 譯註,《신서2》, 동서문화사, 2009. 508쪽)이라고 해야 하기 때문에 조선간본과 四部叢刊本의 '林'은 誤字이다.

41) 廩의 이체자. '广'의 아랫부분의 '㐭'이 '面'의 형태로 되어있고 그 아랫부분의 '禾'가 '示'의 형태로 되어있다.

42) 數의 이체자. 왼쪽의 '婁'가 '婁'의 형태로 되어있다.

43) 農의 이체자. 아랫부분의 '辰'이 '㲾'의 형태로 되어있다.

44) 畝의 이체자. 오른쪽부분의 '久'가 '人'의 형태로 되어있다.

45) 具의 이체자. 윗부분이 가로획 하나가 적은 '且'의 형태로 되어있다.

46) 以의 이체자. 왼쪽부분이 '山'이 기울어진 형태로 되어있다. 四部叢刊本은 정자를 사용하였다.

47) 黙의 이체자. 윗부분의 '黑'이 '黒'의 형태로 되어있다.

48) 鑿의 이체자. 윗부분 왼쪽의 '鑿'의 형태가 '𦥑'의 형태로 되어있으며 그 오른쪽의 '殳'는 '夂'의 형태로 되어있다.

49) 宛의 이체자. 'ᅲ' 아래부분 오른쪽의 '㔾'이 'ㄴ'의 형태로 되어있다. 四部叢刊本은 정자로 되어있다.

50) 恐의 이체자. 윗부분 오른쪽의 '凡'이 안쪽의 'ヽ'이 빠진 '几'의 형태로 되어있다.

51) 狐의 이체자. 오른쪽부분의 '瓜'가 '爪'의 형태로 되어있다.

52) 조선간본은 정자로 되어있는데, 四部叢刊本은 이체자 '熊'을 사용하였다.

53) 隩의 이체자. 좌부변의 '阝'이 '卩'의 형태로 되어있다.

54) 隅의 이체자. 좌부변의 '阝'이 '卩'의 형태로 되어있다.

不補[56]，履決不苴。君則不寒，民誠寒矣。」公曰：「善。」令罷役[57]。左右諫曰：
「君鑿{第3面}池不知天寒，以宛春知而罷役，是德[58]歸宛春，怨歸[59]於君。」公
曰：「不然。宛春，魯國之匹夫，吾舉[60]之，民未有見焉，今將令民[61]，以此見
之。且春也有善，寡[62]人有春之善，非寡人之善與？」靈公論宛春，可謂知君之
道矣。

　　齊[63]宣王爲大室，大盖百畝，堂上三百戶，以齊國之大，具之三年而未能
成，群臣莫敢諫者。香居[64]問宣王曰：「荊[65]王釋先王之禮樂而爲滛[66]樂，敢問荊
邦[67]爲有主乎？」王曰：「爲無主。」「敢問荊邦爲有臣乎？」王曰：「爲無臣。」
居[68]曰：「今王爲大室，三年不能成，而群臣莫敢諫者，敢問王爲有臣乎？」王
曰：「爲無{第4面}臣。」香居[69]曰：「臣請避矣。」趨而出。王曰：「香子留，何諫
寡[70]人之晚也？」遽召尚書曰：「書之，寡人不肖，好爲大室，香子止寡人也。」

---

55) 竈의 이체자. 아랫부분의 ‘黽’이 ‘𪓷’의 형태로 되어있다. 四部叢刊本은 그 부분이 조선간본과
　　다르게 ‘𪓸’의 형태로 된 이체자 ‘竈’를 사용하였다.

56) 補의 이체자. 좌부변의 ‘衤’가 ‘礻’로 되어있다

57) 役의 이체자. 오른쪽부분의 ‘殳’가 ‘爻’의 형태로 되어있다.

58) 德의 이체자. 오른쪽부분의 ‘悳’의 형태가 가운데 가로획이 빠진 ‘悳’의 형태로 되어있다.

59) 歸의 이체자. 왼쪽부분의 부수 ‘止’가 ‘㐱’와 비슷한 형태로 되어있다. 四部叢刊本은 정자를 사
　　용하였다.

60) 舉의 이체자. 윗부분의 ‘與’의 형태가 ‘𦥑’의 형태로 되어있다.

61) 조선간본은 정자로 되어있는데, 四部叢刊本은 이체자 ‘民’으로 되어있다.

62) 寡의 이체자. 발의 ‘刀’가 ‘力’으로 되어있다.

63) 齊의 이체자. ‘亠’의 아래에서 가운데부분의 ‘丫’가 ‘了’의 형태로 되어있다.

64) 四部叢刊本에는 ‘車’로 되어있고, 龍溪精舍本에는 조선간본과 동일하게 ‘居’로 되어있다. 香居
　　는 ‘齊나라 大夫. 香車로도 쓴다.’(劉向 撰, 林東錫 譯註,《신서2》, 동서문화사, 2009. 514쪽)
　　그러므로 四部叢刊本의 ‘香車’는 誤字가 아니지만 조선간본의 ‘香居’와는 글자가 다르다.

65) 荊의 이체자. 머리의 ‘艹’가 글자 전체의 윗부분이 아닌 ‘开’의 위에만 있다.

66) 滛의 이체자. 오른쪽 아랫부분의 ‘壬’이 ‘舌’의 형태로 되어있다.

67) 邦의 이체자. 왼쪽부분의 ‘丰’의 형태가 ‘手’의 형태로 되어있다.

68) ‘居’는 ‘香居’를 가리킨다. 四部叢刊本은 ‘香車’라고 썼지만, 여기서는 ‘車’라고 쓰지 않고 조선
　　간본과 동일하게 ‘居’라고 썼다.

69) 四部叢刊本은 앞에서 ‘香車’로 썼는데 여기서는 조선간본과 동일하게 ‘香居’로 썼다. 조선간본은
　　일관되게 ‘香居’라고 썼는데 四部叢刊本은 ‘香車’와 ‘香居’를 일관성 없이 뒤섞어 사용하였다.

趙襄子飲酒五日五夜，不廢[71]酒，謂侍者曰：「我誠邦士也。夫飲酒五日五夜矣，而殊不病。」優莫曰：「君勉之，不及紂二日耳。紂七日七夜，今君五日。」襄子懼，謂優莫曰：「然則吾亡乎？」優莫曰：「不亡。」襄子曰：「不及紂二日耳，不亡何待？」優莫曰：「桀紂之亡也遇湯武，今天下盡桀也，而君紂也，桀紂並世，焉能相亡，然亦殆矣。」

齊景公飲酒而樂，釋衣冠自鼓缶[72]，謂侍者曰：「仁{第5面}人亦樂是夫？」梁[73]丘子曰：「仁人耳目亦猶人也？奚爲獨不樂此也。」公曰：「速駕迎晏子。」晏子朝服以至。公曰：「寡人甚樂此樂也，願與夫子共之，請去禮。」晏子對曰：「君之言過[74]矣，齊國五尺之童子，力盡勝嬰而又勝君，所以不敢亂[75]者，畏禮也。上若無禮，無以使其下；下若無禮，無以事其上。夫麋鹿唯無禮，故父子同麀。人之所以貴於禽獸者，以有禮也，詩曰：『人而無禮，胡不遄死？』故禮不可去也。」公曰：「寡[76]人無良，左右淹湎寡人，以至於此，請殺[77]之。」晏子曰：「左右何罪？君若好禮，左右有禮者至，無禮者去。君若惡禮，亦將如之。」公曰：「善。請{第6面}革[78]衣冠，更受命。」乃廢酒而更尊朝服而坐，觴三行，晏子趨出。

魏文侯見箕季其墻[79]壞[80]而不築[81]，文侯曰：「何爲不築[82]？」對[83]曰：「不

---

70) 寡의 이체자. 발의 ‘刀’가 ‘力’으로 되어있다.
71) 廢의 이체자. ‘广’ 아래 오른쪽부분의 ‘殳’가 ‘殳’의 형태로 되어있는데, 四部叢刊本은 정자로 되어있다.
72) 缶의 이체자.
73) 梁의 이체자. 윗부분 오른쪽의 ‘刅’의 형태가 ‘刃’의 형태로 되어있다.
74) 過의 이체자. ‘辶’ 위의 ‘咼’가 ‘咼’의 형태로 되어있다.
75) 亂의 이체자. 왼쪽부분의 ‘𤔔’의 형태가 ‘𡿺’의 형태로 되어있다.
76) 조선간본은 정자로 되어있는데, 四部叢刊本에는 이체자 ‘寡’로 되어있다.
77) 殺의 이체자. 우부방의 ‘殳’가 ‘殳’의 형태로 되어있다.
78) 革의 이체자. 윗부분의 ‘廿’이 ‘卄’의 형태로 되어있다.
79) 墻의 이체자. 왼쪽 아랫부분의 ‘回’가 ‘𠮛’의 형태로 되어있다. 四部叢刊本에는 정자 ‘墻’으로 되어있다. 이번 단락에서 조선간본은 이체자 ‘墻’만 사용하였는데, 四部叢刊本은 모두 정자와 이체자를 혼용하였다. 조선간본과 四部叢刊本의 글자가 다른 경우는 주를 달아 밝힌다.
80) 壞의 이체자. 오른쪽 ‘𠂤’의 아랫부분이 ‘衣’의 형태로 되어있다.

時，其墻枉而不端。」問曰：「何不端？」曰：「固然。」從者食其園84)之桃，箕季禁之。少焉日晏，進糲飱85)之食，瓜86)瓠87)之羹。文侯出，其僕曰：「君亦無得於箕季矣。曩者進食，臣竊88)窺之，糲飱之食，瓜瓠之羹。」文侯曰：「吾何無得於季也？吾□89)見季而得四焉。其墻壞90)不築91)，云待時者，教我無奪農92)時也。墻93)枉而不端，對曰固然者，是教我無侵封疆也。從者食園桃，箕季禁之，豈愛桃哉！是教我下無侵{第7面}上也。食我以糲飱者，季豈不能具五味哉！教我無多歛於百姓，以省飲食之養也。」

士尹池爲荊使於宋，司城子罕止而觴之，南家之墻94)，擁於前而不直，西家之潦，經其宮而不止。士尹池問其故，司城子罕曰：「南家，工人也，爲鞍者也，吾

---

81) 築의 이체자. 머리 ‘竹’ 아래의 왼쪽부분의 ‘工’이 ‘工’의 형태로 되어있고 오른쪽부분의 ‘凡’이 ‘口’의 형태로 되어있다. 四部叢刊本은 조선간본과 다르게 왼쪽부분은 ‘工’의 형태 그대로 되어있고 오른쪽부분은 ‘凡’의 형태로 된 이체자 ‘築’을 사용하였다.

82) 築의 이체자. 四部叢刊本은 다른 형태의 이체자 ‘築’을 사용하였다.

83) 對의 이체자. 왼쪽부분의 ‘丵’의 형태가 ‘丵’의 형태로 되어있다.

84) 園의 이체자. ‘囗’안의 ‘土’ 아랫부분의 ‘呆’의 형태가 ‘糸’의 형태로 되어있다.

85) 飱의 이체자. 윗부분의 ‘夕’에서 왼쪽 윗부분의 ‘丨’의 형태가 ‘止’의 형태로 되어있다.

86) 瓜의 이체자. 가운데 아랫부분에 ‘丶’가 빠져있다.

87) 瓠의 이체자. 왼쪽부분의 ‘夸’가 ‘夸’의 형태로 되어있으며 오른쪽부분의 ‘瓜’가 가운데 아랫부분에 ‘丶’가 빠진 ‘瓜’의 형태로 되어있다.

88) 竊의 이체자. 머리의 ‘穴’ 아래 왼쪽부분의 ‘釆’이 ‘未’의 형태로 되어있으며, 오른쪽부분의 ‘卨’의 형태가 ‘卨’의 형태로 되어있다.

89) 한국학중앙연구원 소장본인 이 판본에서는 빈칸으로 되어있다. 특이한 점은 같은 조선간본인 후조당본에는 빈칸이 아니라 ‘一’로 되어있다는 것이다. 四部叢刊本에는 후조당본과 동일하게 ‘一’로 되어있다.

90) 壞의 이체자. 앞에서 사용한 이체자 ‘壞’와는 다르게 오른쪽 가운데 부분의 ‘土’가 빠져있으며 그 아랫부분이 ‘衣’의 형태로 되어있다.

91) 築의 이체자. 앞에서 사용한 이체자 ‘築’과는 형태가 약간 다른데, 머리 ‘竹’ 아래의 왼쪽부분의 ‘工’이 ‘工’의 형태로 되어있고 오른쪽부분의 ‘凡’이 ‘几’의 형태로 되어있다. 四部叢刊本은 조선간본과 다르게 앞에서 사용한 이체자 ‘築’을 사용하였다.

92) 農의 이체자. 앞에서 사용한 이체자 ‘農’과는 다르게 아랫부분의 ‘辰’이 ‘辰’의 형태로 되어있다.

93) 墻의 이체자. 四部叢刊本에는 정자 ‘墻’으로 되어있다.

94) 墻의 이체자. 四部叢刊本에는 정자 ‘墻’으로 되어있다.

將徙之，其父曰：『吾恃爲鞔，已食三世矣，今[95]徙，是宋邦之束鞔者，不知吾處也，吾將不食，願相國之憂吾不食也。』爲是[96]故吾不徙。西家高，吾宮庳[97]，潦之經吾宮也利，爲是故不禁也。」士尹池歸荊，適興[98]兵欲攻宋，士尹池諫於王曰：「宋不可攻也，其主賢[99]，其相仁。賢[100]者得民，仁者能用人(第8面)，攻之無功，爲天下笑[101]。」楚釋宋而攻鄭。孔子聞之曰：「夫修之於廟堂之上，而折衝於千里之外者，司城子罕之謂也」。

魯孟獻[102]子聘於晉，宣[103]子觴之三徙，鍾石之懸[104]，不移而具。獻[105]子曰：「富哉家！」宣子曰：「子之家孰[106]與我家富[107]？」獻子曰：「吾家甚貧，惟有二士，曰顏回，茲無靈者，使吾邦家安平，百姓和恊，惟此二者耳！吾盡於此矣。」客出，宣子曰：「彼君子也，以養賢爲富。我鄙[108]人也，以鐘[109]石金玉爲

---

95) 今의 이체자. 四部叢刊本은 다른 형태의 이체자 '今'을 사용하였다.

96) 是의 이체자. 머리의 '日'이 '月' 형태로 되어있으며 그 아랫부분이 '疋'에 붙어 있다.

97) 卑의 이체자. 맨 윗부분의 'ノ'이 빠져있다.

98) 興의 이체자. 조선간본은 윗부분 가운데의 '同'의 형태가 '月'의 형태로 되어있다. 四部叢刊本은 그 부분이 조선간본과 다르게 '同'의 형태로 된 이체자 '興'을 사용하였다.

99) 賢의 이체자. 윗부분 왼쪽의 '臣'이 '目'의 형태로 되어있다.

100) 賢의 이체자. 윗부분 왼쪽의 '臣'이 '臣'의 형태로 되어있다. 四部叢刊本은 그 부분이 '目'의 형태로 된 이체자 '賢'을 사용하였다.

101) 笑의 이체자. 앞에서 사용한 이체자 '笑'와는 다르게 아랫부분의 '夭'가 '犬'이 아니라 '大'의 형태로 되어있다.

102) 獻의 이체자. 왼쪽 '虍' 아랫부분의 '鬲'이 '曷'의 형태로 되어있다.

103) 宣의 이체자. '宀'의 아랫부분의 '亘'이 '耳'의 형태로 되어있다. 四部叢刊本은 정자를 사용하였다.

104) 懸의 이체자. '心'의 윗부분의 '縣'에서 왼쪽부분의 '県'이 '景'의 형태로 되어있다.

105) 조선간본은 앞에서와 같은 형태의 이체자를 사용하였는데, 四部叢刊本은 다른 부분은 조선간본과 같지만 머리의 '虍'가 다른 '虍'의 형태로 된 이체자 '獻'을 사용하였다.

106) 孰의 이체자. 왼쪽부분의 '享'이 '享'의 형태로 되어있고 오른쪽부분의 '丸'이 '九'의 형태로 되어있다. 四部叢刊本은 왼쪽부분이 조선간본과 같고 오른쪽부분의 '丸'은 조선간본과 다르게 그대로 된 형태의 이체자 '孰'을 사용하였다.

107) 富의 이체자. 머리의 '宀'이 '冖'의 형태로 되어있다.

108) 鄙의 이체자. 왼쪽 아랫부분의 '口'이 '面'의 형태로 되어있다.

109) 조선간본과 四部叢刊本 모두 앞에서는 '鍾'자를 썼는데 여기서는 '鐘'자를 썼다.

冨。」孔子曰：「孟獻子之冨，可著於春秋。」

　　鄒穆110)公有令食鳧鴈111)必以粃，無得以粟，於是倉{第9面}無粃，而求易112)於民，二石粟而得一石粃，吏以爲費，請以粟食之。穆113)公曰：「去，非汝所知也！夫百姓飽牛而耕，暴背114)而耘，勤115)而不惰者，豈爲鳥116)獸哉？粟米，人之上食，奈何其以養鳥？且爾知小計，不知大會117)。周諺曰：『囊漏118)貯中。』而獨不聞歟？夫君者，民之父毌119)，取食之粟，移之於民，此非吾之粟乎？鳥120)苟倉鄒之粃，不害鄒之粟也，粟之在倉與在民，於我何擇？」鄒民聞之，皆121)知私122)積與公家爲一體123)也，此之謂知冨邦。

劉向新序卷第六{第10面}124)

---

110) 穆의 이체자. 오른쪽 가운데부분의 '小'가 '厂'의 형태로 되어있다

111) 鴈의 이체자. '厂' 안의 왼쪽부분의 '亻'이 세로획 하나가 첨가된 '彳'의 형태로 되어있다.

112) 조선간본에는 정자로 되어있는데, 四部叢刊本은 이체자 '昜'을 사용하였다.

113) 穆의 이체자. 앞의 이체자 '穆'과는 형태가 다른데, 오른쪽 가운데부분의 '小'가 '一'의 형태로 되어있다.

114) 背의 이체자. 윗부분의 '北'에서 왼쪽부분의 '킈'의 형태가 '土'의 형태로 되어있다.

115) 勤의 이체자. 왼쪽부분의 '堇'이 아랫부분의 가로획 하나가 빠진 '茰'의 형태로 되어있다.

116) 조선간본은 정자로 되어있는데, 四部叢刊本은 이체자 '鳥'로 되어있다.

117) 會의 이체자. 중간부분의 '罒'의 형태가 '甶'의 형태로 되어있다.

118) 한국학중앙연구원 소장본은 제대로 인쇄가 되어있는데, 후조당 소장본은 '囊漏'라는 두 글자가 검은 색 빈칸인 '■■'으로 인쇄되어있다.

119) 母의 이체자. 안쪽의 'ヽ' 두 개가 이어진 직선 형태로 되어있다.

120) 조선간본은 정자로 되어있는데, 四部叢刊本은 이체자 '鳥'로 되어있다.

121) 皆의 이체자. 아랫부분의 '白'이 '日'로 되어있다.

122) 私의 이체자. 오른쪽 부분의 'ム'가 '幺'의 형태로 되어있다.

123) 體의 이체자. 좌부변의 '骨'이 '骨'의 형태로 되어있다.

124) 이 卷尾의 제목은 마지막 제11행에 해당한다. 이번 면은 제9행에서 글이 끝나고, 나머지 1행이 빈칸으로 되어있다.

劉向新序卷第七

節[125]士第七

堯[126]治天下，伯成子高爲諸侯焉。堯授舜，舜授禹，伯成子高辭[127]爲諸侯[128]而耕，禹往[129]見之，則耕在野，禹趨就[130]下位而問焉，曰：「昔者堯[131]治天下，吾子立爲諸侯焉，堯授舜，吾子猶存焉。及吾在位，子辭[132]諸侯而耕，何故？」伯成子高曰：「昔堯之治天下，舉天下而傳之他人，至無欲也，擇賢[133]而與之其位，至公也。以至無欲至公之行示天下，故不賞而民勸，不罰而民畏，舜亦猶然。今[134]君賞罰而民欲且多私[135]，是君之所懷[136]者私也，百姓知之，貪[137]爭之(第11面)端，自此始矣。德至此衰，刑自此繁矣，吾不忍見，以是處[138]野也。

---

125) 節의 이체자. 머리의 '艹'이 글자 전체가 아니라 '艮'의 위에 있다.

126) 堯의 이체자. 아랫부분의 '兀'이 '儿'의 형태로 되어있다.

127) 辭의 이체자. 왼쪽부분의 '𤔔'가 '𡭔'의 형태로 되어있으며, 우부방의 '辛'이 아랫부분에 가로획 하나가 더 있는 '𨐌'의 형태로 되어있다. 四部叢刊本은 왼쪽부분이 조선간본과 다르게 '𧮫'의 형태로 되어있으며 우부방도 조선간본과 다르게 '辛'의 형태로 된 이체자 '辭'를 사용하였다.

128) 侯의 이체자. 四部叢刊本은 오른쪽 아랫부분의 '矢'가 '失'의 형태로 된 이체자 '俟'를 사용하였다.

129) 往의 俗字. 오른쪽부분의 '主'가 '生'의 형태로 되어있다.

130) 就의 이체자. 오른쪽부분의 '尤'에서 '丶'이 위쪽이 아닌 중간부분에 찍혀 있다.

131) 堯의 이체자. 앞에서 사용한 이체자 '堯'와는 다르게 아랫부분의 '兀'이 '儿'의 형태로 되어있다. 四部叢刊本은 조선간본과 다르게 앞에서 사용한 이체자 '堯'를 사용하였다. 이번 단락에서 조선간본과 四部叢刊本은 위의 두 가지 형태의 이체자를 혼용하였는데, 이하에서는 서로 다른 형태의 글자를 사용한 경우에만 주를 달아 밝힌다.

132) 辭의 이체자. 四部叢刊本은 다른 형태의 이체자 '辝'를 사용하였다.

133) 賢의 이체자. 윗부분 왼쪽의 '臣'이 '目'의 형태로 되어있다.

134) 今의 이체자. 머리 '人' 아랫부분의 '一'이 '丶'의 형태로 되어있고, 그 아랫부분의 '𠃌'의 형태가 '丁'의 형태로 되어있다.

135) 私의 이체자. 오른쪽 부분의 '厶'가 '么'의 형태로 되어있다.

136) 懷의 이체자. 오른쪽의 아랫부분이 '衣'의 형태로 되어있다. 四部叢刊本은 그 부분이 조선간본과 다르게 '衣'의 형태로 된 이체자 '懐'를 사용하였다.

137) 貪의 이체자. 윗부분의 '今'이 판본 전체적으로 자주 사용하는 '今'의 형태로 되어있다. 四部叢刊本은 그 부분이 '今'의 이체자가 아닌 '令'의 형태로 된 이체자 '貪'을 사용하였다.

今君又何求而見我？君行矣，無留吾事。」耕而不顧。書曰：「旁施象，刑維明，及禹不能。」春秋曰：「五帝不告誓。」信厚[139]也。

桀爲酒池，足以運舟[140]，糟丘，足以望七里，一鼓而牛飲者三千人。關龍[141]逢[142]進諫曰：「爲人君，身行禮義，愛民節財，故國安而身壽也。今君用財若無盡，用人若恐[143]不能死[144]，不革，天禍[145]必降[146]，而誅必至矣[147]，君其革之。」立而不去朝，桀因囚拘之，君子聞之曰：「末之命矣[148]夫。」

紂作炮烙之刑，王子比干曰：「主暴不諫，非忠臣{第12面}也；畏死不言，非勇士也。見過則諫，不用則死，忠之至也。」遂進諫，三日不去朝，紂因而殺[149]之。詩曰：「昊天太憮，予慎無辜。」無辜而死，不亦哀哉！

曹公子喜時，字子臧[150]，曹宣公子也。宣公與諸侯伐秦，卒於師，曹人使子臧迎喪，使公子負[151]芻，與太子留守，負[152]芻殺太子而自立，子臧見負芻之當

---

138) 處의 이체자. 부수 '虍'가 '严'의 형태로 되어있다.

139) 조선간본은 정자를 사용하였는데, 四部叢刊本은 부수 '厂' 안의 윗부분의 '日'이 '白'의 형태로 된 이체자 '厚'를 사용하였다.

140) 舟의 이체자. 몸통 '丹'안의 'ヽ'과 세로획 'ㅣ'이 서로 연결된 직선의 형태로 되어있다.

141) 龍의 이체자. 오른쪽부분의 '틑'의 형태가 '旹'의 형태로 되어있다.

142) 逢의 이체자. 오른쪽 아랫부분의 '丰'의 형태가 '牛'의 형태로 되어있다.

143) 恐의 이체자. 윗부분 오른쪽의 '凡'이 안쪽의 'ヽ'이 빠진 '几'의 형태로 되어있다.

144) 死의 이체자. 오른쪽 부분의 '匕'가 '巳'의 형태로 되어있다. 四部叢刊本에서는 그 부분이 조선간본과 다르게 '匕'의 형태로 된 이체자 '死'를 사용하였다.

145) 禍의 이체자. 오른쪽부분의 '咼'가 '呙'의 형태로 되어있다.

146) 降의 이체자. 좌부변의 '阝'는 '卩'의 형태로 되어있다.

147) 조선간본은 정자를 사용하였는데, 四部叢刊本은 'ム'의 아랫부분이 '失'로 된 이체자 '矣'를 사용하였다.

148) 조선간본은 정자를 사용하였는데, 四部叢刊本은 이체자 '矣'를 사용하였다.

149) 殺의 이체자. 우부방의 '殳'가 '夂'의 형태로 되어있다.

150) 臧의 이체자. 부수 '臣'이 '目'의 형태로 되어있다. 이번 단락에서 조선간본과 四部叢刊本은 모두 위의 위의 이체자만 사용하였다.

151) 負의 이체자. 윗부분의 'ク'가 '刀'의 형태로 되어있다.

152) 앞에서는 이체자를 사용하였는데, 여기서는 정자를 사용하였다. 여기를 제외하고 이번 단락의 이하에서는 모두 이체자 '負'만 사용하였다.

立153)也，宣公既葬154)，子臧將亡，國人皆155)從之，貞芻立，是爲曹成公，成公懼，告罪，且請子臧，子臧乃反156)，成公遂爲君。其後晉157)俟會諸俟，執曹成公，歸之京師，將158)見子臧於周天子而立之。子臧曰：「前記159)有之，聖達160)節，次守節，下失節，爲君非吾節{第13面}也，雖不能聖，敢失守乎？」遂亡奔宋，曹人數161)請晉俟謂：「子臧反國，吾歸爾君。」於是子臧反國，晉乃言天子歸成公於曹，子臧遂以國致162)成公，成公爲君，子臧不出，曹國乃安，子臧讓163)千乘164)之國，可謂賢矣，故春秋賢而褒其後。

延陵季子者，具165)王之子也，嫡同毌昆弟四人，長曰遏166)，次曰餘祭167)，次曰夷昧168)，次曰札。札即季子，最小而賢，兄弟皆愛之。既除169)喪，將立季

---

153) 四部叢刊本과 龍溪精舍本은 모두 조선간본과 다르게 '主'로 되어있다. 여기서 '當主'는 '왕이되다'(劉向 撰, 林東錫 譯註,《신서2》, 동서문화사, 2009. 544쪽)라는 뜻이기 때문에 四部叢刊本의 '主'가 맞고 조간간본의 '立'은 誤字이다.

154) 葬의 이체자. 가운데부분의 '死'가 맨 윗부분의 가로획이 빠진 '兂'의 형태로 되어있다.

155) 皆의 이체자. 아랫부분의 '白'이 '日'의 형태로 되어있다.

156) 反의 이체자. 'ㄈ'이 'ㄱ'의 형태에서 윗부분의 가로획이 비스듬한 형태로 되어있다.

157) 晉의 이체자. 윗부분의 '𡭅'의 형태가 'ㅠ'의 형태로 되어있다.

158) 將의 이체자. 오른쪽 윗부분의 '夕'의 형태가 'ㅡ'의 형태로 되어있다. 四部叢刊本은 정자로 되어있다.

159) 記의 이체자. 오른쪽부분의 '己'가 '巳'의 형태로 되어있다.

160) 達의 이체자. '辶' 위의 '羍'의 형태에서 아랫부분의 '羊'이 '𦍌'의 형태로 되어있다.

161) 數의 이체자. 왼쪽의 '婁'가 '婁'의 형태로 되어있다. '婁'의 경우 조선간본과 四部叢刊本 판본 전체적으로 위의 형태의 이체자만 사용하였다.

162) 致의 이체자. 오른쪽 부분의 '攵'이 '支'의 형태로 되어있다.

163) 讓의 이체자. 오른쪽부분의 '襄'에서 'ㅗ'의 아래 'ㅠ'가 '𠔔'의 형태로 되어있다.

164) 乘의 이체자. 가운데부분의 '北'이 '比'의 형태로 되어있다.

165) 吳의 이체자. 아랫부분의 '놋'의 형태가 '굿'의 형태로 되어있다.

166) 遏의 이체자. '辶' 위의 '曷'에서 아랫부분의 '匃'가 '匂'의 형태로 되어있다.

167) 祭의 이체자. 위숩분의 '癶'의 형태가 '𣥠'의 형태로 되어있다.

168) 四部叢刊本에는 '眛'로 되어있다. 夷昧는 '《穀梁傳》에는 夷末, 《史記》에는 餘昧로 되어있다. 재위 4년(B.C. 530~527)이다.'(劉向 撰, 林東錫 譯註,《신서2》, 동서문화사, 2009. 550쪽) 그러므로 四部叢刊本의 '眛'는 誤字이고 조선간본이 '昧'가 맞다. 또한 四部叢刊本에서도 이후에 등장하는 夷昧는 모두 맞게 썼다.

子, 季子辭170)曰:「曹宣公之卒也, 諸侯與曹人不義曹君, 將立子臧, 子臧去之, 遂不爲也, 以成曹君, 君子曰能守節義。君義嗣也, 誰敢干君? 有國非吾節也。札{第14面}雖不才, 願附171)子臧, 以無失節。」固立之, 弃其室而耕, 乃舍之。遏曰:「今172)若是作而與季子, 季子必不受, 請無與子而與弟, 弟兄迭爲君而致諸侯173)乎季子。」皆曰:「諾174)。」故諸其爲君者皆輕死爲勇175), 飲食必祝曰:「天若有吾國, 必疾有禍予身。」故遏也死176), 餘祭立;餘祭死, 夷昧立;夷昧死, 而國宜177)之季子也, 季子使而未還。僚者, 長子之庶178)兄也, 自立爲具王, 季子使而還, 至則君事之。遏之子曰王子光, 號179)曰闔閭。不悅180)曰:「先君之所爲, 不與子而與弟者, 凡爲季子也, 將從先君之命, 則國宜之季子也, 如不從先君之命而與子, 我宜當立者也{第15面}, 僚惡得爲君?」於是使專181)諸刺僚, 而致國乎季子。季子曰:「爾殺吾君, 吾授爾國, 是吾與爾爲亂182)也。爾殺我兄, 吾又殺爾, 是父子兄弟相殺, 終身無已也。」去而之延陵, 終身不入具國,

---

169) 除의 이체자. 좌부변의 '阝'가 '卪'의 형태로 되어있고 오른쪽부분의 '余'가 '余'의 형태로 되어 있다.

170) 辭의 이체자. 四部叢刊本은 다른 형태의 이체자 '辤'를 사용하였다.

171) 附의 이체자. 좌부변의 '阝'가 '卪'의 형태로 되어있다.

172) 今의 이체자. 四部叢刊本은 다른 형태의 이체자 '今'을 사용하였다.

173) 侯의 이체자. 판본 전체적으로 자주 사용하는 '侯'와는 다르게 좌부변이 '亻'으로 되어있다. 四部叢刊本은 다른 형태의 이체자 '矦'를 사용하였다.

174) 諾의 이체자. 오른쪽의 '若'이 '若'의 형태로 되어있다.

175) 조선간본은 정자로 되어있는데, 四部叢刊本은 발의 '力'이 '刀'의 형태로 된 이체자 '勇'을 사용하였다.

176) 死의 이체자. 오른쪽 부분의 '匕'가 이제까지 한 번도 사용하지 않은 '㔫'의 형태로 되어있다. 四部叢刊本에서는 그 부분이 '匕'의 형태로 된 이체자 '死'를 사용하였다.

177) 宜의 이체자. 머리의 'ㅗ'이 'ㅡ'의 형태로 되어있다.

178) 庶의 이체자. '广'안의 윗부분의 '廿'만 '卄'의 형태로 되어있고 아랫부분의 '灬'가 '从'의 형태로 되어있다.

179) 號의 이체자. 오른쪽 윗부분의 '虍'가 '严'의 형태로 되어있다.

180) 悅의 이체자. 오른쪽부분의 '兌'가 '兊'로 되어있다.

181) 專의 이체자. 윗부분의 '叀'에서 맨 아랫부분의 'ㄟ'이 빠져있다.

182) 亂의 이체자. 왼쪽부분의 '䏌'의 형태가 '肾'의 형태로 되어있다.

故號曰延陵季子。君子以其不受國爲義，以其不殺爲仁，是以春秋賢[183]季子而尊貴之也。

延陵季子將西聘晉，帶[184]寶[185]劒[186]以過徐君，徐君觀劒，不言而色欲之。延陵季子爲有上國之使，未獻[187]也，然其心許之矣，致使於晉，故反，則徐君死[188]於楚，於是脫[189]劒致之嗣君。從者止之曰：「此吳國之寶，非所以贈[190]也。」延陵季子曰：「吾非贈之也，先(第16面)日吾來，徐君觀吾劒，不言而其色欲之，吾爲有上國之使，未獻[191]也。雖[192]然，吾心許之矣。今死而不進，是欺心也。愛劒偽心，廉者不爲也。」遂脫劒致[193]之嗣君。嗣君曰：「先君無命，孤不敢受劒。」於是季子以劒帶[194]徐君墓樹而去。徐人嘉而歌之曰：「延陵季子兮[195]不忘故，脫千金之劒兮帶[196]丘墓。」

---

183) 賢의 이체자. 윗부분 왼쪽의 '臣'이 '目'의 형태로 되어있다. 四部叢刊本은 그 부분이 '目'의 형태로 된 이체자 '賢'을 사용하였다.

184) 帶의 이체자. 윗부분의 '卅'의 형태가 '卌'의 형태로 되어있다. 四部叢刊本은 그 부분이 '卌'의 형태로 된 이체자 '帶'를 사용하였다.

185) 寶의 이체자. '宀'의 아랫부분 오른쪽의 '缶'가 '尔'로 되어있다.

186) 劍의 이체자. 우부방의 '刂'가 '刃'의 형태로 되어있다.

187) 獻의 이체자. 머리의 '虍'가 '严'의 형태로 되어있고 그 아랫부분의 '鬲'이 '䰜'의 형태로 되어 있으며 우부방의 '犬'이 '丈'의 형태로 되어있다.

188) 死의 이체자. 오른쪽 부분의 '匕'가 '巳'의 형태로 되어있다. 四部叢刊本에서는 그 부분이 조선간본과 다르게 '㔾'의 형태로 된 이체자 '死'를 사용하였다.

189) 脫의 이체자. 오른쪽부분의 '兌'가 '兑'로 되어있다.

190) 贈의 이체자. 오른쪽부분의 '曾'에서 맨 윗부분의 '八'이 '丷'의 형태로 되어있고 그 아래 '罒'의 형태가 '田'의 형태로 되어있다.

191) 獻의 이체자. 앞에서 사용한 이체자 '獻'과 비교하면 왼쪽부분은 동일하고 우부방의 '犬'은 그대로 되어있다.

192) 雖의 이체자. 왼쪽 윗부분의 '口'가 '厶'의 형태로 되어있다.

193) 致의 이체자. 오른쪽 부분의 '攵'이 '攴'의 형태로 되어있다.

194) 帶의 이체자. 四部叢刊本은 정자를 사용하였다.

195) 四部叢刊本에는 '首'(首의 이체자)로 되어있고, 龍溪精舍本에는 조선간본과 동일하게 '兮'로 되어있다. 여기서는 조선간본의 '兮'(兮의 이체자)가 맞고, 四部叢刊本의 '首'(首의 이체자)는 誤字이다.

196) 帶의 이체자. 四部叢刊本은 정자를 사용하였다.

　　許悼公疾瘧197）, 飲藥毒而死, 太子止自責不嘗198）藥, 不立其位。與其弟緯專
哭199）泣, 啜飦200）粥, 嗌不容粒, 痛巳201）之不嘗藥, 未逾年而死, 故春秋義之。
　　衛宣公之子伋也, 壽也, 朔202）也。伋前母子也。壽與朔後母203）子也, 壽之
母204）與朔謀, 欲殺太子伋而[第17面]壽也, 使人與伋乘舟於河中, 將沉而殺之,
壽知不能止也, 因與之同舟, 舟人不得殺伋。方乘舟時, 伋傅205）母恐其死也, 閔
而作詩, 二子乘舟之詩是也。其詩曰：「二子乘舟, 汎206）汎其景, 顧言思子, 中
心養養。」於是壽閔其兄之且見害, 作憂思之詩, 黍207）離之詩是208）也。其詩曰：
「行邁靡靡, 中心搖209）搖210）, 知我者謂我心憂；不知我者, 謂我何求？悠悠蒼
天, 此何人哉？」又使伋之齊, 將211）使, 盜見載旍, 要而殺212）之, 壽止伋, 伋

197）瘧의 이체자. ‘疒’안의 ‘虐’가 ‘虘’의 형태로 되어있다.

198）嘗의 이체자. 아랫부분의 ‘旨’가 ‘甘’의 형태로 되어있다.

199）哭의 이체자. 아랫부분의 ‘犬’이 ‘丶’이 빠진 ‘大’의 형태로 되어있다.

200）飦의 이체자. 오른쪽부분의 ‘衍’에서 가운데부분의 ‘氵’가 ‘彡’의 형태로 되어있다.

201）조선간본과 四部叢刊本에는 ‘巳’로 되어있는데, 龍溪精舍本에는 ‘己’로 되어있다. 여기서는 ‘자기 자신’(劉向 撰, 林東錫 譯註,《신서2》, 동서문화사, 2009. 557쪽)이란 의미이기 때문에 ‘己’로 써야 하지만, 조선간본과 四部叢刊本은 ‘己’를 ‘已’나 ‘巳’로 쓴 경우가 많다.

202）朔의 이체자. 왼쪽부분의 ‘屰’이 ‘羊’의 형태로 되어있다.

203）母의 이체자. 四部叢刊本은 가운데 세로획이 삐져나온 형태의 이체자 ‘毋’를 사용하였다.

204）母의 이체자. 四部叢刊本은 다른 형태의 이체자 ‘毋’를 사용하였다.

205）傅의 이체자. 오른쪽 윗부분이 ‘甫’가 ‘宙’의 형태로 되어있다. 四部叢刊本은 조선간본과 다르게 ‘宙’의 형태로 된 이체자 ‘傅’를 사용하였다.

206）汎의 이체자. 오른쪽부분의 ‘凡’이 ‘凢’의 형태로 되어있다.

207）黍의 이체자. 아랫부분의 ‘氺’가 ‘米’의 형태로 되어있다.

208）是의 이체자. 머리의 ‘日’이 ‘月’ 형태로 되어있으며 그 아랫부분이 ‘疋’에 붙어 있다. 四部叢刊本은 정자를 사용하였다.

209）搖의 이체자. 오른쪽부분의 ‘䍃’에서 윗부분의 ‘夕’의 형태가 ‘⺈’의 형태로 되어있고 아랫부분의 ‘缶’가 ‘舌’의 형태로 되어있다.

210）搖의 이체자. 오른쪽 아랫부분의 ‘缶’만 ‘舌’의 형태로 되어있다. 四部叢刊本은 다른 형태의 이체자 ‘摇’를 또 사용하였다.

211）조선간본은 정자를 사용하였는데, 四部叢刊本은 이체자 ‘将’을 사용하였다.

212）殺의 이체자. 우부방의 ‘殳’가 ‘殳’의 형태로 되어있다. 四部叢刊本은 우부방이 ‘攵’의 형태로 된 이체자 ‘殺’을 사용하였다.

曰 :「弃父之命, 非子道也, 不可。」壽又與之偕213)行, 壽之毋214)不能止也, 因戒
之曰 :「壽無爲前也。」壽又爲前, 竊215)伋旌以先行, 幾216)及齊矣, 盜(第18面)見
而殺之, 伋至, 見壽之死, 痛其代己死217), 涕泣悲哀, 遂載其屍218)還, 至境而
自殺, 兄弟俱219)死, 故君子義此二人, 而傷220)宣公之聽讒221)也。

　　魯宣222)公者, 魯文公之子弟也, 文公薨223), 文公之子子赤立爲魯俟。宣224)
公殺子赤而奪之國, 立爲魯俟。公子肹225)者, 宣226)公之同毋弟也, 宣227)公殺子
赤而肹非之, 宣公與之祿228), 則曰 :「我足矣229)！何以兄之食爲哉？」織屨230)而

---

213) 偕의 이체자. 오른쪽부분의 '皆'에서 아랫부분의 '白'이 '日'의 형태로 되어있다.

214) 毋의 이체자. 四部叢刊本은 다른 형태의 이체자 '毋'를 사용하였다.

215) 竊의 이체자. 머리의 '穴' 아래 왼쪽부분의 '釆'이 '未'의 형태로 되어있으며, 오른쪽부분의 '卨'
의 형태가 '卨'의 형태로 되어있다. 四部叢刊本은 머리의 '穴' 아래 왼쪽부분은 조선간본과 동
일하고 오른쪽부분은 '卨'의 형태로 된 이체자 '竊'을 사용하였다.

216) 幾의 이체자. 오른쪽 가운데부분의 'ヽ'이 빠져있고 아랫부분 왼쪽의 '人'의 형태가 'ㅅ'의 형태
로 되어있다.

217) 死의 이체자. 오른쪽 부분의 '匕'가 '㔾'의 형태로 되어있다. 四部叢刊本에서는 그 부분이 '匕'
의 형태로 된 이체자 '死'를 사용하였다.

218) 屍의 이체자. 발의 '死'가 이체자 '死'의 형태로 되어있다.

219) 俱의 이체자. 오른쪽부분의 '具'가 한 획이 적은 '貝'의 형태로 되어있다.

220) 傷의 이체자. 왼쪽부분의 '昜'이 '易'의 형태로 되어있다.

221) 讒의 이체자. '毚'이 '毚'의 형태로 되어있으며, 아랫부분의 '兔'는 '免'의 형태로 되어있다.

222) 宣의 이체자. 'ᅳ'의 아랫부분의 '亘'이 '冝'의 형태로 되어있다. 四部叢刊本은 정자를 사용하
였다.

223) 薨의 이체자. 아랫부분의 '死'가 이체자 '死'의 형태로 되어있다.

224) 宣의 이체자. 四部叢刊本은 정자를 사용하였다.

225) 肹의 이체자. 龍溪精舍本은 조선간본과 四部叢刊本과는 다르게 '肸'로 되어있다. 여기서 '肸'
은 '叔儷, 文公의 아들, 宣公의 아우'(劉向 撰, 林東錫 譯註,《신서2》, 동서문화사, 2009. 550
쪽)인데, 조선간본과 四部叢刊本은 '肹(肹의 이체자)'을 사용하였다.

226) 조선간본은 이체자를 사용하였고 四部叢刊本은 정자를 사용하였다.

227) 이번 단락에서 조선간본은 여기서만 정자를 사용하였다.

228) 祿의 이체자. 오른쪽부분의 '彔'이 '录'의 형태로 되어있다.

229) 조선간본은 정자를 사용하였는데, 四部叢刊本은 'ㅿ'의 아랫부분이 '失'로 된 이체자 '矢'를 사
용하였다.

230) 屨의 이체자. '尸'의 아랫부분 오른쪽의 '婁'가 '娄'의 형태로 되어있다.

食，終身不食宣公之食，其仁恩厚矣，其守節固矣231)，故春秋美而貴之。

　　晉獻公太子之至靈臺，虵繞232)左輪，御233)曰：「太子下拜。吾聞國君之子
虵，繞左輪者速得國。」太子水{第19面}不行，返乎舍234)。御人見太子，太子曰：
「吾聞爲人子者，盡和順君，不行私欲；恭嚴承命235)，不逆君安。今吾得國，
是236)君失安也，見國之利而忘君安，非子道也；聞得國而拜其聲237)，非君欲也。
廢238)子道，不孝；逆君欲，不忠。而使我行之，殆欲吾國之危明也。」拔239)劍240)
將死。御止之曰：「夫機241)祥妖孽天之道也；恭嚴承命，人之行也。拜祥戒孽，
禮也；嚴恭承命242)，不以身恨君，孝也。今太子見福不拜，失禮；殺身恨君，失
孝。從僻心，棄正行，非臣之所聞也。」太子曰：「不然，我得國，君之孽243)也。
拜君之孽，不可謂禮。見機祥而忘君之安，之賊也，懷244)賊心以事君，不{第20

---

231) 조선간본은 정자를 사용하였는데, 四部叢刊本은 이체자 '矣'를 사용하였다.

232) 繞의 이체자. 오른쪽 아랫부분의 '兀'이 '儿'의 형태로 되어있다.

233) 御의 이체자. 가운데부분의 '缶'의 형태가 '缶'의 형태로 되어있다.

234) 舍의 이체자. '人'의 아랫부분의 '舌'의 형태가 '吉'의 형태로 되어있다.

235) 命의 이체자. '人'의 아랫부분 오른쪽의 '卩'의 왼쪽 세로획이 '一'위에 붙은 '叩'의 형태로 되어있다.

236) 是의 이체자. 머리의 '日'이 '月' 형태로 되어있으며 그 아랫부분이 '疋'에 붙어 있다. 四部叢刊本은 정자를 사용하였다.

237) 聲의 이체자. 윗부분 오른쪽의 '殳'가 '夂'의 형태로 되어있다.

238) 廢의 이체자. '广' 아래 오른쪽부분의 '殳'가 '夂'의 형태로 되어있다.

239) 拔의 이체자. 오른쪽부분의 '友'이 '反'의 형태로 되어있다.

240) 劍의 이체자. 우부방의 '刂'가 '刄'의 형태로 되어있다. 四部叢刊本은 오른쪽부분의 '僉'에서 중간부분의 'III'이 'ㅁㅁ'의 형태로 된 이체자 '劒'을 사용하였다.

241) 禨의 이체자. 왼쪽부분의 '幾'에서 아랫부분의 오른쪽에 ' ノ' 한 획이 적은 '幾'의 형태로 되어 있다.

242) 앞의 두 번은 '恭嚴承命'이라고 하였는데 여기서는 순서를 바꿔 '嚴恭承命'이라고 하였다. 龍溪精舍本에는 조선간본과 四部叢刊本과는 다르게 모두 '恭嚴承命'이라고 하였다. '恭嚴承命'은 '공경하고 엄하게 하여 명령을 받듦'(劉向 撰, 林東錫 譯註,《신서2》, 동서문화사, 2009. 567쪽)이라는 뜻이기 때문에 '恭'과 '嚴'의 순서가 바뀌어도 뜻은 통한다.

243) 孽의 이체자. 맨 아랫부분의 '子'가 '女'의 형태로 되어있다. 앞에서는 정자로 사용하였는데 여기서는 이체자를 이체자를 사용하였다.

244) 懷의 이체자. 오른쪽의 아랫부분이 '衣'의 형태로 되어있다. 四部叢刊本은 그 부분이 조선간

面}可謂孝。挾僞意以御²⁴⁵⁾天下，懷賊心以²⁴⁶⁾事君，邪之大者也，而使我行之，是²⁴⁷⁾欲國之危明也。」遂伏劍而死²⁴⁸⁾。君子曰：「晉太子徒衛使之拜虵，祥猶惡之，至於自殺²⁴⁹⁾者，爲見疑²⁵⁰⁾於欲國也，已²⁵¹⁾之不欲國以安君，亦以明矣。爲一愚御²⁵²⁾過言之故，至於身死，廢²⁵³⁾子道，絶祭祀，不可謂孝，可謂遠嫌，一節之士也。」

申包胥者，楚人也。吳敗楚兵於栢舉²⁵⁴⁾，遂入郢，昭²⁵⁵⁾王出亡在隨²⁵⁶⁾，申包胥不受命而赴於秦乞師，曰：「吳爲無道行，封豕長虵，蠶²⁵⁷⁾食天下，從上國始於楚，寡君失社稷，越在草莽，使下臣告急曰：『吳，夷{第21面}狄也。夷狄之求無猒，滅楚則西與君接境，若鄰於君，疆場²⁵⁸⁾之患也，逮吳之未定，君其圖之，若得君之靈，存撫楚國，世以事君。』」秦伯使辭²⁵⁹⁾焉。曰：「寡君聞命²⁶⁰⁾

본과 다르게 '衣'의 형태로 된 이체자 '懷'를 사용하였다.

245) 御의 이체자. 가운데부분의 '缶'의 형태가 판본 전체적으로 한 번도 사용하지 않은 '缶'의 형태로 되어있다. 四部叢刊本은 그 부분이 '缶'의 형태로 된 이체자 '御'를 사용하였다.

246) 以의 이체자. 왼쪽부분이 '以'이 기울어진 형태로 되어있다. 四部叢刊本은 정자를 사용하였다.

247) 是의 이체자. 四部叢刊本은 정자를 사용하였다.

248) 死의 이체자. 四部叢刊本에서는 다른 형태의 이체자 '死'를 사용하였다.

249) 殺의 이체자. 우부방의 '殳'가 '殳'의 형태로 되어있다. 四部叢刊本은 우부방이 '殳'의 형태로 된 이체자 '殺'을 사용하였다.

250) 疑의 이체자. 왼쪽 아랫부분의 '矢'가 '天'의 형태로 되어있다.

251) 조선간본과 四部叢刊本에는 '已'로 되어있는데, 龍溪精舍本에는 '己'로 되어있다. 여기서는 '자기 자신'(劉向 撰, 林東錫 譯註,《신서2》, 동서문화사, 2009. 557쪽)이란 의미이기 때문에 '己'로 써야 하지만, 조선간본과 四部叢刊本은 '己'를 '已'나 '巳'로 쓴 경우가 많다.

252) 御의 이체자. 가운데부분의 '缶'의 형태가 판본 전체적으로 한 번도 사용하지 않은 '缶'의 형태로 되어있다. 四部叢刊本은 그 부분이 '缶'의 형태로 된 이체자 '御'를 사용하였다.

253) 廢의 이체자. '广' 아래 오른쪽부분의 '殳'가 '殳'의 형태로 되어있다. 四部叢刊本은 정자를 사용하였다.

254) 舉의 이체자. 윗부분의 '與'가 '與'의 형태로 되어있다.

255) 昭의 이체자. 오른쪽 윗부분의 '刀'가 '𠂇'의 형태로 되어있다.

256) 隨의 이체자. 좌부변의 '阝'가 '卩'의 형태로 되어있다.

257) 蠶의 이체자. 윗부분의 '旡'가 '夫'의 형태로 되어있다.

258) 場의 이체자. 왼쪽부분의 '昜'이 '易'의 형태로 되어있다.

259) 辭의 이체자. 四部叢刊本은 다른 형태의 이체자 '辭'를 사용하였다.

矣，子其就館，將圖而告子。」對曰：「寡君越在草莽，未獲所休，下臣何敢即安。」倚[261]於庭[262]牆[263]立哭，日夜不絶聲[264]，水漿不入口，七日七夜。秦哀公爲賦無衣之詩，言兵今出。包胥九頓首而坐，秦哀公曰：「楚有臣若此而亡，吾無臣若此，吾亡無日矣。」於是[265]乃出師[266]救楚。申包胥以秦師至楚，秦大夫子滿[267]，子虎師車五百乘，子滿[268]曰：「吾未知具道。」使楚人先與具人戰[269]而會之。大敗具師[270]，具師〔第22面〕既退，昭王復國，而賞始於包胥。包胥曰：「輔君安國，非爲身也；救[271]急除[272]害，非爲名也，功成而受賞，是[273]賣勇也。君既定，又何求焉？」遂逃賞，終身不見。君子曰：「申子之不受命赴秦，忠矣，七日七夜不絶聲[274]，厚矣，不受賞，不伐矣。然賞所以勸善[275]也，辭賞，亦非常法也。」

齊崔杼者，齊之相也，弑莊公。止太史無書君弑及賊，太史不聽，遂[276]書賊

---

260) 조선간본은 정자를 사용하였는데, 四部叢刊本은 이체자 '命'을 사용하였다.

261) 倚의 이체자. 왼쪽부분의 '奇'에서 윗부분의 '大'가 '立'으로 되어있다.

262) 庭의 이체자. '广' 안의 '廷'에서 '廴' 위의 '壬'이 '手'의 형태로 되어있다.

263) 牆의 이체자. 왼쪽 아랫부분의 '回'가 '靣'의 형태로 되어있다.

264) 聲의 이체자. 윗부분 오른쪽의 '殳'가 '攵'의 형태로 되어있다.

265) 是의 이체자. 四部叢刊本은 정자를 사용하였다.

266) 師의 이체자. 왼쪽 맨 윗부분의 'ノ'의 형태가 빠져있다.

267) 滿의 이체자. 오른쪽부분의 '㒼'에서 윗부분이 '⺌'의 형태로 되어있고, 아랫부분이 '用'의 형태로 되어있다.

268) 滿의 이체자. 앞에서 사용한 이체자 '滿'과는 약간형태가 다르다. 오른쪽부분의 '㒼'에서 윗부분이 '⺌'의 형태로 되어있고, 아랫부분이 앞에서와 다르게 '雨'의 형태로 되어있다.

269) 戰의 이체자. 오른쪽부분의 '單'이 '単'의 형태로 되어있다.

270) 師의 이체자. 四部叢刊本은 정자를 사용하였다.

271) 救의 이체자. 왼쪽의 '求'에서 윗부분의 'ヽ'이 빠져있다.

272) 除의 이체자. 좌부변의 '阝'가 '冂'의 형태로 되어있고 오른쪽부분의 '余'가 '余'의 형태로 되어 있다.

273) 是의 이체자. 四部叢刊本은 정자를 사용하였다.

274) 聲의 이체자. 윗부분 오른쪽의 '殳'가 '殳'의 형태로 되어있다. 四部叢刊本은 그 부분이 조선간본과 다르게 '攵'의 형태로 된 이체자 '聲'를 사용하였다.

275) 善의 이체자. 가운데부분의 '䒑'의 형태가 '卄'의 형태로 되어있다.

276) 조선간본과 四部叢刊本은 판본 전체적으로 '八'의 방향이 위쪽을 향하도록 된 'ヽ''의 형태로

曰：「崔杼弑其君。」崔子殺之，其弟又嗣書之，崔子又殺[277]之，死者二人，其弟又嗣復書之，乃舍之。南史氏是[278]其族[279]也，聞太史盡[280]死，執簡以往[281]，將復書之，聞旣書矣[282]，乃還。君子{第23面}曰：「古之良史。」

　　齊攻魯，求岑[283]鼎[284]，魯公載岑鼎往，齊侯不信而反之，以爲非也，使人告魯君，柳[285]下惠以爲是，因請受之，請魯君請於柳下惠，柳下惠對曰：「君之欲以爲岑鼎也，以免國也，臣亦有國於此，破臣之國，以免君之國，此臣所難[286]也。」魯君乃以眞岑鼎往。柳下惠可謂守信矣，非獨存巳[287]之國也，又存魯君之國。信之於人，重矣，猶輿之輗[288]軏也。故孔子曰：「大輿無輗，小輿無軏，其何以行之哉！」此之謂也。

　　宋人有得玉者，獻諸司城子罕，子罕不受。獻玉{第24面}寶曰：「以示玉人，玉人以爲寶，故敢獻[289]之。」子罕曰：「我以不貪[290]爲寶，爾以玉爲寶，若與我

　　된 '遂'를 사용하였는데, 여기서는 아래쪽 방향으로 된 '遂'를 사용하였다.

277) 殺의 이체자. 우부방의 '殳'가 '爻'의 형태로 되어있다. 四部叢刊本은 왼쪽 윗부분의 'ㄨ'가 조선간본과 다르게 '又'의 형태로 되어있고 우부방의 조선간본과 동일한 형태로 된 이체자 '殺'을 사용하였다.

278) 是의 이체자. 四部叢刊本은 정자를 사용하였다.

279) 族의 이체자. 오른쪽부분의 아랫부분이 '矢'가 아니라 '夫'로 되어있다.

280) 盡의 이체자. 윗부분의 '聿'의 형태가 '書'의 형태로 되어있다.

281) 往의 俗字. 오른쪽부분의 '主'가 '生'의 형태로 되어있다.

282) 조선간본은 정자를 사용하였는데, 四部叢刊本은 지금까지 한 번도 사용하지 않은 윗부분의 'ム'가 '八'의 형태로 된 이체자 '矣'를 사용하였다.

283) 岑의 이체자. 머리 '山' 아래의 '今'이 이체자 '夲'의 형태로 되어있다.

284) 鼎의 이체자. 정자는 아랫부분의 '爿片'가 '目'을 감싸고 있는 형태로 되어있는데, 아랫부분이 '爿片'의 형태로 되어있으며 '目'을 감싸지 않고 아랫부분에 놓여 있다.

285) 柳의 이체자. 가운데부분의 'ㄠ'의 형태가 '夕'의 형태로 되어있다.

286) 難의 이체자. 왼쪽 윗부분의 '廿'이 '丷'의 형태로 되어있다.

287) 조선간본과 四部叢刊本에는 '巳'로 되어있는데, 龍溪精舍本에는 '己'로 되어있다. 여기서는 '자기 자신'(劉向 撰, 林東錫 譯註, 《신서2》, 동서문화사, 2009. 557쪽)이란 의미이기 때문에 '己'로 써야 하지만, 조선간본과 四部叢刊本은 '己'를 '已'나 '巳'로 쓴 경우가 많다.

288) 輗의 이체자. 오른쪽 윗부분의 '臼'가 '日'의 형태로 되어있다. 四部叢刊本은 정자 '輗'를 사용하였다.

289) 獻의 이체자. 머리의 '虍'가 '严'의 형태로 되어있고 그 아랫부분의 '鬲'이 '帚'의 형태로 되어

者，皆喪寶也，不若人有其寶。」故宋國之長者曰：「子罕非無寶也，所寶者異也。今以百金與搏291)黍292)以示兒子，兒子必取搏293)黍矣；以和氏之璧與百金以示鄙人，鄙人必取百金矣294)，以和氏之璧與道德295)之至言，以示賢者296)，賢者必取至言矣。其知彌精，其取彌精；其知彌觕，其取彌觕。子罕之所寶者至矣297)。」

　　昔者，有餽298)魚於鄭相者，鄭相不受。或謂鄭相曰：「子嗜魚，何故不受？」對曰：「吾以嗜魚，故不受魚。受魚失祿299)，無以食魚；不受得祿，終身食魚﹝第25面﹞。」

　　原300)憲居魯，環301)堵之室，茨以生蒿302)，蓬戶甕303)牖，揉桑以爲樞，上漏304)下濕，匡305)坐而弦歌。子贛聞之，乘肥馬，衣輕裘306)，中紺而表素，軒車

　　　있으며 앞에서와는 달리 우부방의 ‘犬’이 ‘丈’의 형태로 되어있다.
290)　貪의 이체자. 윗부분의 ‘今’이 이체자 ‘今’의 형태로 되어있다.
291)　搏의 이체자. 오른쪽 윗부분의 ‘叀’이 ‘宙’의 형태로 되어있다.
292)　黍의 이체자. 앞에서 사용한 이체자 ‘柔’와는 다르게 아랫부분의 ‘水’가 ‘小’의 형태로 되어있다.
293)　搏의 이체자. 오른쪽 윗부분의 ‘叀’이 앞에서와는 다르게 ‘丶’이 빠진 ‘宙’의 형태로 되어있다.
294)　조선간본은 정자를 사용하였는데, 四部叢刊本은 이체자 ‘矣’를 사용하였다.
295)　德의 이체자. 오른쪽부분의 ‘悳’의 형태가 가운데 가로획이 빠진 ‘悳’의 형태로 되어있다.
296)　者의 이체자. 윗부분의 ‘士’의 형태가 ‘上’의 형태로 되어있다. 四部叢刊本은 정자 ‘者’로 되어있다.
297)　矣의 이체자. 四部叢刊本은 정자를 사용하였다.
298)　餽의 이체자. 오른쪽부분의 ‘鬼’가 맨 위의 ‘丶’이 빠진 이체자 ‘鬼’로 되어있다.
299)　祿의 이체자. 오른쪽부분의 ‘彔’이 ‘录’의 형태로 되어있다.
300)　原의 이체자. ‘厂’ 안의 윗부분의 ‘白’이 ‘日’의 형태로 되어있다. 四部叢刊本은 정자를 사용하였다. 이번 단락에서 조선간본은 이체자만 사용하였고 四部叢刊本은 정자와 이체자를 혼용하였다. 이하에서 조선간본과 四部叢刊本의 글자가 다른 경우만 주를 달아 밝힌다.
301)　環의 이체자. 오른쪽부분에서 ‘罒’의 아랫부분의 ‘袤’의 형태가 ‘糸’의 형태로 되어있다. 四部叢刊本은 그 부분이 ‘𧘇’의 형태로 된 이체자 ‘環’을 사용하였다.
302)　蒿의 이체자. 머리 ‘艹’ 아랫부분의 ‘高’가 이체자 ‘髙’의 형태로 되어있다.
303)　甕의 이체자. 발의 ‘瓦’가 ‘瓦’의 형태로 되어있다.
304)　漏의 이체자. 왼쪽 ‘尸’의 아랫부분의 ‘雨’가 ‘雨’의 형태로 되어있다.
305)　匡의 이체자. 한국학중앙연구원 소장본은 ‘匚’에서 맨 아래 가로획이 빠진 이체자로 되어있고，

不容巷，往見原憲。原憲冠桑葉307)冠，杖308)藜309)杖而應門，正冠則纓絕，袵310)襟311)則肘見，納履則踵決。子贛曰：「嘻，先生何病也？」原憲仰而應之曰：「憲聞之無財之謂貧，學而不能行之謂病。憲貧也，非病也。若夫希世而行，比周而交，學以爲人，敎以爲巳312)，仁義之慝313)，輿馬之飾314)，憲315)不忍316)爲也。」子贛逡巡，面有愧317)色，不辭而去。原318)憲曳319)杖320)拖履，行歌商頌而反，聲321)淊322)天地，如出金石，天子不得而臣也，諸侯不得而友也。故養(第26面)志者忘身，身且不愛，孰323)能累之。詩曰：「我心匪石，不可轉324)也；我心

후조당 소장본에는 정자 '匪'으로 되어있다. 한국학중앙연구원본이 인쇄가 희미하게 되어 '匪'에서 가로획이 빠진 것인지 아니면 후조당본이 원래 이체자 '匡'에 가로획을 붓으로 가필을 한 것인지 단정하기 힘들다. 四部叢刊本에는 이체자 '匡'으로 되어있다.

306) 裘의 이체자. 윗부분 '求'에서 윗부분의 'ヽ'이 빠져있다.

307) 葉의 이체자. 머리의 '艹' 아래 '世'가 '丗'의 형태로 되어있다.

308) 杖의 이체자. 오른쪽부분의 '丈'이 'ヽ'이 첨가된 '丈'의 형태로 되어있다.

309) 藜의 이체자. 맨 아랫부분의 '氺'가 '小'의 형태로 되어있다.

310) 袵의 이체자. 왼쪽의 부수 'ネ'가 '衤'의 형태로 되어있다. 四部叢刊本에는 정자로 되어있다.

311) 襟의 이체자. 왼쪽의 부수 'ネ'가 '衤'의 형태로 되어있다. 四部叢刊本에는 정자로 되어있다. 四部叢刊本이나 조선간본은 판본 전체적으로 부수 'ネ'를 '衤'로 사용하였는데, 四部叢刊本은 여기의 '袵襟' 두 글자에서 정확한 부수를 사용하였다.

312) 조선간본과 '巳'로 되어있고 四部叢刊本은 '巳'로 되어있는데, 龍溪精舍本에는 '己'로 되어있다. 여기서는 '자기 자신'(劉向 撰, 林東錫 譯註,《신서2》, 동서문화사, 2009. 588쪽)이란 의미이기 때문에 '己'로 써야 하지만, 조선간본과 四部叢刊本은 '己'를 '巳'나 '巳'로 쓴 경우가 많다.

313) 慝의 이체자. 윗부분 '匸' 안의 '若'이 이체자 '若'의 형태로 되어있다.

314) 飾의 이체자. 오른쪽부분의 '布'의 형태가 '帀'의 형태로 되어있다.

315) 憲의 이체자. 윗부분의 '宀'이 '一'의 형태로 되어있다. 四部叢刊本은 정자로 되어있다.

316) 忍의 이체자. 윗부분의 '刃'이 '刄'의 형태로 되어있다.

317) 愧의 이체자. 오른쪽부분의 '鬼'가 맨 위의 'ヽ'이 빠진 이체자 '鬼'로 되어있다.

318) 原의 이체자. 四部叢刊本에는 정자로 되어있다.

319) 曳의 이체자. 오른쪽부분에 'ヽ'이 첨가되어있다.

320) 조선간본은 정자로 되어있는데, 四部叢刊本에는 이체자 '杖'으로 되어있다.

321) 조선간본은 정자로 되어있는데, 四部叢刊本에는 이체자 '聲'으로 되어있다.

322) 滿의 이체자. 오른쪽부분의 '㒼'에서 윗부분이 'ⅲ'의 형태로 되어있고 아랫부분이 '雨'의 형태로 되어있다.

323) 孰의 이체자. 왼쪽부분의 '享'이 '享'의 형태로 되어있다.

匪席，不可卷也。」此之謂也。

晏子之晉，見披裘負芻息於途[325]者，以[326]爲君子也，使人問焉。曰：「曷[327]爲而至此？」對曰：「齊人纍之。吾名曰越石甫。」晏子曰：「嘻。」遽[328]解左驂以贖之，載而與歸，至舍，不辭而入，越石甫怒而請絶，晏子使人應之曰：「嬰未嘗[329]得交也，今免子於患，吾於子猶未可邪？」越石甫曰：「吾聞君子詘乎不知已[330]，而信乎知已[331]者，吾是[332]以請絶也。」晏子乃出見之曰：「向也見客之容，而今也見客之意。嬰聞察[333]實者不留聲，觀行者不幾[334]辭[335]，嬰可以辭[336]而無弃乎？」越石{第27面}甫曰：「夫子禮之，敢不敬[337]從。」晏子遂以爲上客。俗人之有功則德，德則驕。晏子有功，免人於危，而反詘下之，其去俗亦遠矣，此全功之道也。

子列子窮容貌，有飢色。客有言於鄭子陽[338]者曰：「子列子禦[339]冦[340]，蓋有

---

324) 轉의 이체자. 오른쪽 윗부분의 '叀'이 '亩'의 형태로 되어있다.

325) 途의 이체자. '辶' 위의 '余'가 '余'의 형태로 되어있다.

326) 以의 이체자. 왼쪽부분이 '山'이 기울어진 형태로 되어있다. 四部叢刊本은 정자를 사용하였다.

327) 曷의 이체자. 아랫부분의 '匃'가 '匂'의 형태로 되어있다.

328) 遽의 이체자. '辶' 위의 '虍'가 '声'의 형태로 되어있으며, 그 아래 '豕'이 '夗'의 형태로 되어있다.

329) 嘗의 이체자. 아랫부분의 '旨'가 '甘'의 형태로 되어있다.

330) 조선간본과 '巳'로 되어있고 四部叢刊本은 '已'로 되어있는데, 龍溪精舍本에는 '己'로 되어있다. 여기서는 '자기 자신'(劉向 撰, 林東錫 譯註,《신서2》, 동서문화사, 2009. 591쪽)이란 의미이기 때문에 '己'로 써야 하지만, 조선간본과 四部叢刊本은 '己'를 '已'나 '巳'로 쓴 경우가 많다.

331) 위와 마찬가지로 조선간본과 '巳'로 되어있고 四部叢刊本은 '已'로 되어있는데, 龍溪精舍本에는 '己'로 되어있다. 여기서는 '자기 자신'(劉向 撰, 林東錫 譯註,《신서2》, 동서문화사, 2009. 591쪽)이란 의미이기 때문에 '己'로 써야 하지만, 조선간본과 四部叢刊本은 '己'를 '已'나 '巳'로 쓴 경우가 많다.

332) 是의 이체자. 四部叢刊本은 정자를 사용하였다.

333) 察의 이체자. '宀' 아래의 '癶'의 형태가 '癶'의 형태로 되어있다. 四部叢刊本은 그 부분이 조선간본과 다르게 '癶'의 형태로 된 이체자 '察'을 사용하였다.

334) 幾의 이체자. 아랫부분의 오른쪽에 '丿'의 한 획이 빠져있다.

335) 辭의 이체자. 四部叢刊本은 다른 형태의 이체자 '辭'를 사용하였다.

336) 辭의 이체자. 四部叢刊本은 다른 형태의 이체자 '辭'를 사용하였다.

337) 敬의 이체자. 왼쪽 윗부분의 '艹'가 '䒑'의 형태로 되어있다.

338) 陽의 이체자. 좌부변의 부수 '阝'가 '卩'의 형태로 되어있고, 오른쪽부분의 '昜'이 '昜'의 형태로

道之士也，居君之國而窮，君無乃爲不好士乎？」子陽令官遺之粟數十乘，子列子
出見使者，再³⁴¹⁾拜而辭。使者去，子列子入，其妻望而拊心曰：「聞爲有道者，
妻子皆得佚樂，令³⁴²⁾妻子皆有飢色矣，君過而遺先生，先生又辭，豈非命³⁴³⁾也
哉！」子列子笑³⁴⁴⁾而謂之曰：「君非自知我者也，以³⁴⁵⁾人之言而知我，以人之言
而遺我粟也，其{第28面}罪我也，又將³⁴⁶⁾以人之言，此吾所以不受■³⁴⁷⁾。且受人
之養，不死其難³⁴⁸⁾，不義也；死其難³⁴⁹⁾，是³⁵⁰⁾死無道之人，豈義哉！」其後，
民果作難，殺子陽。子列子之見微³⁵¹⁾除不義遠矣。且子列子内³⁵²⁾有飢寒之憂，
猶不苟取，見得思義，見利思害，況其在富³⁵³⁾貴乎？故子列子通乎性命³⁵⁴⁾之情，

되어있다.

339) 禦의 이체자. 발의 '示' 위의 '御'의 가운데부분이 '缶'의 형태로 되어있다.

340) 寇의 이체자. 머리의 'ᅮ'이 '宀'의 형태로 되어있고 그 아래 오른쪽부분의 '攴'이 '攵'의 형태로 되어있다. 四部叢刊本은 조선간본과 다르게 머리의 'ᅮ'은 그대로 되어있고 그 아래 오른쪽부분은 조선간본과 동일한 '攵'의 형태로 된 이체자 '宼'를 사용하였다.

341) 조선간본은 정자로 되어있는데, 四部叢刊本은 가운데 세로획이 삐져나온 형태의 이체자 '再'로 되어있다.

342) 四部叢刊本은 '今(今의 이체자)'로 되어있고, 龍溪精舍本도 '今(今의 이체자)'로 되어있다. 여기서는 '지금'(劉向 撰, 林東錫 譯註,《신서2》, 동서문화사, 2009. 595쪽)이라는 뜻이기 때문에 四部叢刊本의 '今'이 맞고 조선간본의 '令'은 誤字이다.

343) 조선간본은 정자로 되어있는데, 四部叢刊本은 이체자 '命'을 사용하였다.

344) 笑의 이체자. 아랫부분의 '夭'가 '大'의 형태로 되어있다.

345) 조선간본은 정자로 되어있는데, 四部叢刊本은 가운데 'ヽ'이 '∨'의 형태로 된 이체자 '㠯'를 사용하였다.

346) 조선간본은 정자로 되어있는데, 四部叢刊本은 이체자 '將'으로 되어있다.

347) 이 글자는 이번 면(제29면) 제1행의 제16번째 글자에 해당한다. 조선간본만 검은 빈칸인 '■'로 되어있는데, 四部叢刊本에는 '也'로 되어있다.

348) 難의 이체자. 왼쪽 윗부분의 '廿'이 'ᅭ'의 형태로 되어있다.

349) 難의 이체자. 왼쪽 윗부분의 '廿'이 앞에서와는 다르게 '卝'의 형태로 되어있다.

350) 是의 이체자. 四部叢刊本은 정자를 사용하였다.

351) 微의 이체자. 가운데 아랫부분이 '干'의 형태로 되어있다.

352) 內의 이체자. '冂'안의 '入'이 '人'의 형태로 되어있다.

353) 富의 이체자. 머리의 'ᅮ'이 '宀'의 형태로 되어있다.

354) 조선간본은 정자로 되어있는데, 四部叢刊本은 이체자 '命'을 사용하였다.

可謂能守節矣。

屈原者，名平，楚之同姓大夫。有博通之知，清潔[355]之行，懷王用之。秦欲吞滅諸侯，并兼天下。屈原爲楚東使於齊，以結強黨[356]。秦國患之，使張儀之■[357]，貨楚貴臣上官大夫靳尚之屬[358]，上及令子■[359]，司馬子椒；内略夫人鄭袖[360]，共譖屈原。屈原遂{第29面}放於外，乃作離騷[361]。張儀因使楚絶齊，許謝地六白里，懷王信左右之姦謀，聽張儀之邪說[362]，遂絶強齊之大輔[363]。楚既絶齊，而秦欺以六里。懷王大怒，舉兵伐秦，大戰者數，秦兵大敗楚師，斬首數萬級。秦使人願以漢中地謝懷王，不聽，願得張儀而甘心焉。張儀曰：「以一儀而易[364]漢中地，何愛儀！」請行，遂至楚，楚囚之。上官大夫之屬[365]共言之王，王歸之。是[366]時懷王悔不用屈原之策[367]，以至於此，於是復用屈原。屈原使齊，還[368]聞張儀已去，大爲王言張儀之罪，懷王使人追之，不及。後秦嫁安[369]于楚，

---

355) 潔의 이체자. 좌부변의 ‘氵’가 윗부분으로 올라와 있다.

356) 黨의 이체자. 발의 ‘黑’이 ‘黒’의 형태로 되어있다.

357) 이 글자는 이번 면(제29면) 제10행의 첫 번째 글자에 해당한다. 조선간본만 검은 빈칸(■)으로 되어있는데, 四部叢刊本에는 ‘楚’로 되어있다.

358) 屬의 이체자. ‘尸’ 아래의 ‘㐀’에 해당하는 부분의 세로획이 빠진 ‘㐁’의 형태로 되어있다. 四部叢刊本은 정자로 되어있다.

359) 이 글자는 이번 면(제29면) 제11행의 첫 번째 글자에 해당한다. 조선간본 검은 빈칸(■)으로 되어있는데, 四部叢刊本에는 ‘闌’의 이체자인 ‘闌’으로 되어있다.

360) 袖의 이체자. 왼쪽의 부수 ‘衤’가 ‘礻’의 형태로 되어있다.

361) 騷의 이체자. 오른쪽부분의 ‘蚤’에서 윗부분의 ‘叉’의 형태가 ‘又’의 형태로 되어있다.

362) 說의 이체자. 오른쪽부분의 ‘兌’가 ‘兌’의 형태로 되어있다.

363) 輔의 이체자. 오른쪽부분의 ‘甫’에서 오른쪽 윗부분의 ‘丶’이 빠져있다. 四部叢刊本에는 정자로 되어있다.

364) 易의 이체자. 머리의 ‘日’이 ‘曰’의 형태로 되어있고 그것이 ‘勿’의 위에 붙어 있다.

365) 屬의 이체자. 四部叢刊本은 정자로 되어있다.

366) 是의 이체자. 四部叢刊本은 정자를 사용하였다.

367) 策의 이체자. 머리 ‘竹’ 아래의 ‘朿’가 ‘束’의 형태로 되어있다.

368) 還의 이체자. 四部叢刊本은 다른 형태의 이체자 ‘還’을 사용하였다.

369) 四部叢刊本과 龍溪精舍本 모두 조선간본과 다르게 ‘女’로 되어있다. 여기서 ‘嫁女’는 ‘딸을 시집보내다’(劉向 撰, 林東錫 譯註, 《신서2》, 동서문화사, 2009. 600쪽)라는 뜻이기 때문에 四部叢刊本의 ‘今’이 맞고 조선간본의 ‘安’은 誤字이다.

與懷王歡，爲藍370)田之會，屈原以爲秦不{第30面}可信，顧371)勿會，群臣皆以爲可會，懷372)王遂會，果見囚拘，客死於秦，爲天下笑373)。懷王子頃襄王，亦知群臣諂誤374)懷王，不察其罪，及聽群讒375)之口，復放屈原376)。屈原疾闇王亂377)俗，汶汶嘿嘿，以是爲非，以清爲濁，不忍見于世，將自投378)於淵379)，漁父止之。屈原曰：「世380)皆醉，我獨醒；世皆濁，我獨清。吾獨聞之，新浴者必振381)衣，新沐者必彈382)冠。又惡能以其泠泠，更事之嘿383)嘿者哉？吾寧投淵384)而

---

370) 藍의 이체자. 머리 '艹' 아랫부분 왼쪽의 '臣'이 '目'의 형태로 되어있으며 그 오른쪽의 '𠃌'의 형태가 '𠆢'의 형태로 되어있다. 四部叢刊本은 '臣'이 조선간본과 다르게 '臣'로 되어있으며 그 오른쪽부분은 조선간본과 동일한 형태의 이체자 '藍'을 사용하였다.

371) 顧의 이체자. 오른쪽부분의 '原'이 '原'의 형태로 되어있다. 四部叢刊本은 정자를 사용하였다.

372) 懷의 이체자. 오른쪽의 아랫부분이 '衣'의 형태로 되어있다. 四部叢刊本은 그 부분이 조선간본과 다르게 '衣'의 형태로 된 이체자 '懷'를 사용하였다. 이번 단락에서 조선간본은 모두 이체자 '懷'을 사용하였고 四部叢刊本은 모두 이체자 '懷'을 사용하였다. 이번 단락은 한 번의 예외도 없이 모두 이런 패턴으로 되어있기 때문에 글자가 달라도 서로 따로 주를 달아 밝히지 않는다.

373) 笑의 이체자. 아랫부분의 '夭'가 '大'이 아니라 '犬'의 형태로 되어있다.

374) 誤의 이체자. 오른쪽부분의 '吳'가 이체자 '具'의 형태로 되어있다.

375) 讒의 이체자. 오른쪽 윗부분의 '㲋'이 '免'의 형태로 되어있으며 아랫부분의 '兔'도 '免'의 형태로 되어있다.

376) 原의 이체자. '厂' 안의 윗부분의 '白'이 '日'의 형태로 되어있다. 四部叢刊本은 정자를 사용하였다. 이번 단락에서 조선간본은 모두 이체자 '原'을 사용하였고 四部叢刊本은 모두 정자 '原'을 사용하였다. 이번 단락은 한 번의 예외도 없이 모두 이런 패턴으로 되어있기 때문에 글자가 서로 달라도 따로 주를 달아 밝히지 않는다.

377) 亂의 이체자. 왼쪽부분의 '𤔔'의 형태가 '𡆵'의 형태로 되어있다. 四部叢刊本은 그 부분이 조선간본과 다르게 '𡆵'의 형태로 된 이체자 '亂'을 사용하였다.

378) 投의 이체자. 오른쪽부분의 '殳'가 '𠬻'의 형태로 되어있다.

379) 淵의 이체자. 오른쪽부분의 '開'이 '㸯'의 형태로 되어있다. 四部叢刊本은 그 부분이 조선간본과 다르게 '㸋'의 형태로 된 이체자 '淵'을 사용하였다.

380) 世의 이체자. 맨 아랫부분의 가로획이 왼쪽 세로획 밖으로 튀어나와 있다. 四部叢刊本은 정자로 되어있다.

381) 振의 이체자. 오른쪽의 辰'이 '辰'의 형태로 되어있다. 四部叢刊本은 그 부분이 '辰'의 형태로 된 이체자 '振'을 사용하였다.

382) 彈의 이체자. 오른쪽부분의 '單'이 '単'의 형태로 되어있다.

383) 嘿의 이체자. 오른쪽부분의 '黑'이 '黒'의 형태로 되어있다.

死385)。」遂自投湘水汨羅之中而死。

　　楚昭王有士曰石奢，其爲人也，公正而好義，王使爲理，於是386)廷有殺人者，石奢追之，則其父387)也(第31面)，遂反於廷曰：「殺人者，僕之父也，以父成政，不孝，不行君法，不忠。弛罪廢388)法而伏其辜，僕之所守也。伏斧389)鑕命390)在君。」君曰：「追而不及，庸391)有罪乎？子其治事矣392)。」石奢曰：「不私其父393)，非孝也；不行394)君法，非忠也；以死罪生，非廉也。君赦之，上之惠395)也，臣不敢失法，下之行也。」遂不離鈇396)鑕。刎頸而死于廷397)中。君子聞之曰：「貞夫法哉！」孔子曰：「子爲父隱398)，父爲子隱399)，直直400)在其中

---

384) 淵의 이체자. 앞에서 사용한 '淵'과는 다르게 오른쪽부분의 '쀼'이 '쀼'의 형태로 되어있다.

385) 死의 이체자. 四部叢刊本은 다른 형태의 이체자 '死'를 사용하였다.

386) 是의 이체자. 四部叢刊本은 정자를 사용하였다.

387) 父의 이체자. 아랫부분의 '乂'의 형태가 '又'의 형태로 되어있다. 四部叢刊本은 정자를 사용하였다. 이번 단락에서 조선간본은 한 번을 제외하고 모두 이체자 '父'를 사용하였고 四部叢刊本은 예외 없이 모두 정자 '父'를 사용하였다. 이번 단락에서는 한 번을 제외하고 모두 이런 패턴으로 되어있기 때문에 그 한 번을 제외하고는 따로 주를 달아 밝히지 않는다.

388) 廢의 이체자. '广' 아래 오른쪽부분의 '癶'가 '叺'의 형태로 되어있다. 四部叢刊本은 정자로 되어있다.

389) 斧의 이체자. 윗부분의 '父'에서 아랫부분의 '乂'의 형태가 '又'의 형태로 되어있다. 四部叢刊本은 정자를 사용하였다.

390) 조선간본은 정자로 되어있는데, 四部叢刊本은 이체자 '命'을 사용하였다.

391) 庸의 이체자. 오른쪽부분에 'ヽ'이 첨가되어있다. 四部叢刊本은 정자로 되어있다.

392) 조선간본은 정자를 사용하였는데, 四部叢刊本은 이체자 '矣'를 사용하였다.

393) 父의 이체자. 이번 단락에서는 유일하게 여기서만 앞에서 사용한 이체자 '父'와는 다르게 아랫부분의 '乂'의 형태가 '又'의 형태로 되어있다. 四部叢刊本은 정자를 사용하였다.

394) 行의 이체자. 오른쪽부분의 '亍'의 형태가 '于'의 형태로 되어있다. 四部叢刊本은 정자를 사용하였다.

395) 惠의 이체자. 윗부분의 '車'가 '宙'의 형태로 되어있다. 四部叢刊本은 그 부분이 '叀'의 형태로 된 이체자 '惠'를 사용하였다.

396) 四部叢刊本에는 '鉄'로 되어있고, 龍溪精舍本에는 조선간본과 동일하게 '鈇'로 되어있다. 조선간본의 '鈇'는 '도끼'라는 뜻이고 四部叢刊本의 '鉄'은 '쇠(철)'라는 뜻인데, 앞에서 '斧鑕'이란 단어를 사용하였기 때문에 조선간본의 '鈇'가 맞고 四部叢刊本의 '鉄'은 誤字이다.

397) 廷의 이체자. '爻' 위의 '壬'이 '手'의 형태로 되어있다.

398) 隱의 이체자. 좌부변의 '阝'가 'ㅔ'의 형태로 되어있으며, 오른쪽 윗부분의 '爫' 아래 '工'이 빠

矣[401]。」詩曰：「彼巳[402]之子，邦[403]之司直。」石子之謂也。

晉文公反國[404]，李離爲大理，過殺不辜，自繫[405]曰：「臣之罪當死。」文公令之曰：「官有上下，罰有輕重，是[第32面]下吏之罪也，非子之過也。」李離曰：「臣居官爲長，不與下讓位；受祿爲多，不與下分利。過聽殺[406]無辜，委下畏死，非義也，臣之罪當死矣。」文公曰：「子必自以爲有罪，則寡人亦有過矣。」李離曰：「君量能而授官，臣奉職而任事，臣受印綬之日，君命曰：『必以仁義輔政，寧過於生，無失於殺。』臣受命不稱[407]，壅惠[408]蔽恩，如臣之罪乃當死[409]，君何過之有？且理有法，失生即生，失殺[410]即死[411]，君以臣爲能聽微[412]決疑[413]，故任臣以理，今離刻深，不顧仁義，信文墨[414]，不察是非，聽[415]他

져있다.

399) 隱의 이체자. 앞에서 사용한 이체자 '隱'과는 다르게 좌부변의 'ß'가 'ㅏ'의 형태로 되어있고 오른쪽 윗부분이 '正'의 형태로 되어있다.

400) 直의 이체자. 아래부분이 가로획 하나가 빠진 '且'의 형태로 되어있다.

401) 조선간본은 정자를 사용하였는데, 四部叢刊本은 이체자 '矣'를 사용하였다.

402) 조선간본과 四部叢刊本은 모두 '巳'로 되어있는데, 龍溪精舍本에는 '己'로 되어있다. 여기서는 '자기 자신'(劉向 撰, 林東錫 譯註, 《신서2》, 동서문화사, 2009. 606쪽)이란 의미이기 때문에 '己'로 써야 하지만, 조선간본과 四部叢刊本은 '己'를 '巳'나 '巳'로 쓴 경우가 많다.

403) 邦의 이체자. 왼쪽부분의 '丯'의 형태가 '丮'의 형태로 되어있다.

404) 國의 이체자. '口' 안의 '或'이 '戓'의 형태로 되어있다.

405) 繫의 이체자. 윗부분 오른쪽의 '殳'가 '艮'의 형태로 되어있다. 四部叢刊本은 그 부분이 조선간본과 다르게 '夂'의 형태로 된 이체자 '繋'를 사용하였다.

406) 殺의 이체자. 四部叢刊本은 다른 형태의 이체자 '殺'를 사용하였다.

407) 稱의 이체자. 오른쪽부분의 '爯'이 '冓'의 형태로 되어있다.

408) 惠의 이체자. 윗부분의 '叀'가 '宙'의 형태로 되어있다. 四部叢刊本은 그 부분이 '叀'의 형태로 된 이체자 '惠'를 사용하였다.

409) 死의 이체자. 四部叢刊本은 다른 형태의 이체자 '死'를 사용하였다.

410) 殺의 이체자. 四部叢刊本은 다른 형태의 이체자 '殺'을 사용하였다.

411) 死의 이체자. 四部叢刊本은 다른 형태의 이체자 '死'를 사용하였다.

412) 微의 이체자. 가운데 아랫부분이 '平'의 형태로 되어있다.

413) 조선간본은 정자를 사용하였는데, 四部叢刊本은 왼쪽 윗부분의 '匕'가 '上'의 형태로 된 이체자 '疑'를 사용하였다.

414) 墨의 이체자. 윗부분의 '黑'이 '黒'의 형태로 되어있다.

辭416), 不精事實, 掠服無罪, 使百姓怨, 天下聞之, 必議吾君, 諸侯聞之, 必輕吾國{第33面}。怨積於百姓, 惡揚417)於天下, 權輕於諸侯, 如臣之罪, 是當重死。」文公曰：「吾聞之也, 直而不枉, 不可與往418)；方而不圓419), 不可與長存, 願420)子以此聽寡人也。」李離曰：「吾以所私421)害公法, 殺422)無罪而生當死, 二者非所以教於國也, 離不敢受命。」文公曰：「子獨不聞管仲之爲人臣邪？身辱423)而君肆, 行汙而霸成。」李離曰：「臣無管仲之賢424), 而有辱汙之名, 無霸王之功, 而有射鉤之累。夫無能以臨425)官, 籍汙以治人, 君雖不忍加之於法, 臣亦不敢汙官亂治以生, 臣聞命矣。」遂伏劍而死426)。

晉文公反國, 酌士大夫酒, 召咎犯而將427)之, 召艾428){第34面}陵429)而相之, 授田百萬。介子推無爵齒而就位, 觴三行, 介子推奉觴而起曰：「有龍430)矯431)矯, 將失其所, 有蛇從之, 周流天下, 龍432)旣入深淵, 得其安所, 蛇脂433)盡

---

415) 聽의 이체자. 판본 전체적으로 자주 사용하는 '聽'의 형태가 아니라 왼쪽부분이 '耳'로만 되어 있고 오른쪽 부분의 '悳'의 형태가 가운데 가로획이 빠진 '悳'의 형태로 되어있다.

416) 辭의 이체자. 四部叢刊本은 다른 형태의 이체자 '辝'를 사용하였다.

417) 揚의 이체자. 오른쪽부분의 '昜'이 '易'의 형태로 되어있다.

418) 往의 俗字. 오른쪽부분의 '主'가 '生'의 형태로 되어있다.

419) 圓의 이체자. '囗' 안의 '員'에서 윗부분의 '口'가 'ㅿ'의 형태로 되어있다.

420) 조선간본은 이체자로 되어있는데, 四部叢刊本에는 정자인 '願'으로 되어있다.

421) 私의 이체자. 오른쪽 부분의 'ㅿ'가 'ㄥ'의 형태로 되어있다.

422) 殺의 이체자. 四部叢刊本은 다른 형태의 이체자 '殺'를 사용하였다.

423) 辱의 이체자. 윗부분의 '辰'이 '辰'의 형태로 되어있다.

424) 賢의 이체자. 윗부분 왼쪽의 '臣'이 '目'의 형태로 되어있다. 四部叢刊本은 그 부분이 '目'의 형태로 된 이체자 '賢'을 사용하였다.

425) 臨의 이체자. 왼쪽부분의 '臣'이 '目'의 형태의 형태로 되어있다.

426) 死의 이체자. 四部叢刊本은 다른 형태의 이체자 '死'를 사용하였다.

427) 將의 이체자. 四部叢刊本은 정자를 사용하였다.

428) 艾의 이체자. 머리 '艹'의 아랫부분의 'ㄨ'의 형태가 '又'의 형태로 되어있다.

429) 陵의 이체자. 좌부변의 '阝'가 '卩'의 형태로 되어있다.

430) 龍의 이체자. 오른쪽부분의 '㡣'의 형태가 '㡳'의 형태로 되어있다.

431) 矯의 이체자. 좌부변의 '矢'가 '夫'의 형태로 되어있다. 四部叢刊本과 龍溪精舍本에는 모두 정자인 '矯'로 되어있다. 같은 글자를 연이어 썼는데도 조선간본은 특이하게 한 글자는 이체자를 사용하였다.

乾，獨不得甘雨434)，此何謂也？」文公曰：「嘻！是435)寡人之過也。吾爲子爵，
與待旦之朝也；吾爲子田，與河東陽之閒。」介子推曰：「推聞君子之道，謁436)而
得位，道士不居也；爭而得財，廉士不受也。」文公曰：「使我得反國者，子也，
吾將以成子之名。」介子推曰：「推聞君子之道，爲人子而不能承其父437)者，則不
敢當其後；爲人臣而不見察於其君者，則不敢立於其朝，然推亦無索於天下矣。」
遂去而〔第35面〕之介山之上。文公使人求之不得，爲之避438)寢三月，號呼朞年。
詩曰：「逝將去汝，適彼樂郊。適彼樂郊，誰之永439)號440)。」此之謂也。文公待
之不肯出，求之不能得，以謂焚其山宜441)出，及焚其山，遂不出而焚死442)。

申徒狄非其世443)，將自投444)於河，崔嘉聞而止之曰：「吾聞聖人仁士之於天
地之間445)，民之父毋也，今爲濡446)足之故，不救447)溺448)人，可乎？」申徒狄

---

432) 龍의 이체자. 앞에서 사용한 이체자 '龍'과는 다르게 오른쪽부분의 '睘'의 형태가 '眞'의 형태
　　 로 되어있다.

433) 脂의 이체자. 오른쪽 윗부분의 '匕'가 '上'의 형태로 되어있다.

434) 雨의 이체자. 四部叢刊本에는 다른 형태의 이체자 '雨'로 되어있다.

435) 是의 이체자. 四部叢刊本은 정자를 사용하였다.

436) 謁의 이체자. 오른쪽부분의 '曷'이 '曷'의 형태로 되어있다.

437) 父의 이체자. 아랫부분의 'ㄨ'의 형태가 '又'의 형태로 되어있다. 四部叢刊本은 앞에서 정자만
　　 을 사용하였는데 여기서는 조선간본과 동일한 이체자를 사용하였다.

438) 避의 이체자. '辶' 위의 '辟'에서 오른쪽부분의 '辛'이 아랫부분에 가로획 하나가 더 있는 '𡊄'의
　　 형태로 되어있다.

439) 永의 이체자. 윗부분이 '亠'의 형태로 되어있고 그 아랫부분은 '氺'의 형태로 되어있다.

440) 號의 이체자. 오른쪽 윗부분의 '虍'가 '严'의 형태로 되어있다.

441) 宜의 이체자. 머리의 '宀'이 '冖'의 형태로 되어있다.

442) 死의 이체자. 四部叢刊本은 다른 형태의 이체자 '宛'를 사용하였다.

443) 世의 이체자. 四部叢刊本은 정자를 사용하였다.

444) 投의 이체자. 오른쪽부분의 '殳'가 '𠬹'의 형태로 되어있다.

445) 四部叢刊本과 龍溪精舍本은 모두 조선간본과 다르게 '閒'으로 되어있다. 여기서는 조선간본
　　 의 '天地之間'이라고 하는 것이 맞지만 四部叢刊本의 '閒'에도 '사이'라는 뜻이 있기 때문에
　　 誤字로 볼 수는 없다.

446) 조선간본은 오른쪽 윗부분의 '雨'가 '雨'의 형태로 되어있는데, 四部叢刊本은 그 부분이 '雨'의
　　 형태로 된 이체자 '濡'를 사용하였다.

447) 救의 이체자. 왼쪽의 '求'에서 윗부분의 '�丶'이 빠져있다.

曰：「不然。昔者，桀殺關龍逢，紂殺王子比干而亡天下；具[449]殺子胥，陳[450]殺[451]洩[452]治而滅[453]其國。故亡國殘[454]家，非聖智也，不用故也。」遂負[455]石沉於河。君子聞之曰：「廉[456]矣[457]{第36面}乎，如仁與智，吾未見也。」詩曰：「天實爲之，謂之何哉？」此之謂也。

齊大飢，黔[458]敖爲食於路，以待餓者而食之，有餓者蒙[459]袂[460]接履貿貿然來，黔敖左奉食，右執飮曰：「嗟！來食！」餓者揚其目而視之曰：「予唯不食嗟來之食，以[461]至於此也。」從而謝焉，終不食而死。曾[462]子聞之曰：「微[463]與，其

448) 溺의 이체자. 오른쪽부분의 '弱'이 양쪽 모두 '弓'의 형태로 되어있다. 四部叢刊本은 그 왼쪽부분은 조선간본과 동일하고 오른쪽부분은 조선간본과 다르게 '弓'의 형태된 이체자 '溺'을 사용하였다.

449) 吳의 이체자. 四部叢刊本은 다른 형태의 이체자 '吴'로 되어있다.

450) 陳의 이체자. 좌부변의 부수 '阝'를 '卩'의 형태로 사용하였다.

451) 殺의 이체자. 왼쪽 윗부분의 '乂'가 '又'의 형태로 되어있고 우부방의 '殳'가 '殳'의 형태로 되어있다. 四部叢刊本은 다른 형태의 이체자 '殺'로 되어있다.

452) 洩의 이체자. 오른쪽부분의 '曳'가 오른쪽부분에 '丶'이 첨가된 '曳'의 형태로 되어있다.

453) 滅의 俗字. 좌부변의 '氵'가 '冫'의 형태로 되어있다.

454) 殘의 이체자. 오른쪽의 '戔'이 윗부분은 그대로 '戈'로 되어있고 아랫부분 '戈'에 '丶'이 빠진 '戔'의 형태로 되어있다.

455) 負의 이체자. 윗부분의 '⺈'가 '刀'의 형태로 되어있다.

456) 廉의 이체자. '广' 안의 '兼'이 윗부분의 '八'이 빠진 '兼'의 형태로 되어있다.

457) 矣의 이체자. '厶'의 아랫부분의 '矢'가 '夫'의 형태로 되어있다. 四部叢刊本은 그 부분이 '失'의 형태로 된 이체자 '矣'를 사용하였다.

458) 黔의 이체자. 좌부변의 '黑'이 '黒'의 형태로 되어있고 오른쪽부분이 '今'이 아니라 '令'의 형태로 되어있으며 '令'이 '灬'의 형태 위로 올라와 있다.

459) 蒙의 이체자. 머리의 '艹'가 '卝'의 형태로 되어있고 중간부분의 '冖'이 '宀'의 형태로 되어있으며 아랫부분의 '豕'의 형태는 맨 위의 가로획이 빠진 '豕'의 형태로 되어있다.

460) 袂의 이체자. 조선간본은 왼쪽부분의 부수 '衤'가 '礻'로 되어있는데, 이것은 판본 전체적으로 사용하는 패턴이다. 四部叢刊本에는 '快'로 되어있고, 龍溪精舍本에는 '袂'로 되어있다. 여기서 '蒙袂'는 '소매로 얼굴을 가리다'(劉向 撰, 林東錫 譯註,《신서2》, 동서문화사, 2009. 623쪽)라는 뜻이기 때문에 조선간본의 '袂(袂의 이체자)'는 맞고 四部叢刊本의 '快'은 誤字이다.

461) 以의 이체자. 왼쪽부분이 '山'이 기울어진 형태로 되어있다. 四部叢刊本은 정자를 사용하였다.

462) 曾의 이체자. 맨 윗부분의 '八'이 '⺈'의 형태로 되어있고 그 아래 '罒'의 형태가 '田'의 형태로 되어있다.

嗟也可去，其謝也可食。」

　　東方有士曰袁[464]族[465]目，将有所適，而飢於道，孤[466]父[467]之盜丘人也見之，下壺[468]餐[469]以與之。袁族目三餔而能視，仰而問焉。曰：「子誰也？」曰：「我孤[470]父之盜丘人也。」袁族月[471]曰：「嘻！汝乃盜也，何爲而食我？以吾{第37面}不食也。」兩[472]手據地而歐[473]之，不出，喀喀然，水伏地而死。縣[474]名爲勝毋，曾子不入，邑[475]號朝歌，墨子囬[476]車。故孔子席不正不坐，割不正不食，不飲盜泉之水，積正也。族目不食而死[477]，絜[478]之正[479]也。

---

463) 微의 이체자. 가운데 아랫부분이 '平'의 형태로 되어있다.

464) 袁의 이체자. '土'의 아랫부분의 '﬩'의 형태가 '糸'의 형태로 되어있다.

465) 族의 이체자. 오른쪽부분의 아랫부분이 '矢'가 아니라 '夫'로 되어있다.

466) 孤의 이체자. 오른쪽부분의 '瓜'가 '爪'의 형태로 되어있다. 四部叢刊本에는 부수가 다른 '狐(狐의 이체자)'로 되어있고, 龍溪精舍本도 동일하게 '狐'로 되어있다. '狐父'는 '지금의 安徽省 碭山縣 남쪽(劉向 原著, 李華年 譯註,《新序全譯》, 貴州人民出版社, 1994. 254쪽)을 가리키는 地名이기 때문에 四部叢刊本의 '狐(狐의 이체자)'가 맞고 조선간본의 '孤(孤의 이체자)'는 誤字이다.

467) 父의 이체자. 四部叢刊本은 정자를 사용하였다.

468) 壺의 이체자. 아랫부분의 '亞'가 '亜'의 형태로 되어있다. 四部叢刊本은 그 부분이 조선간본과 다르게 '亜'의 형태로 된 이체자 '壷'를 사용하였다.

469) 餐의 이체자. 윗부분의 '奴'에서 왼쪽 윗부분의 '卜'의 형태가 '止'의 형태로 되어있다.

470) 孤의 이체자. 앞에서 사용한 이체자 '孤'와는 다르게 오른쪽부분의 '瓜'가 '爪'의 형태로 되어있다. 四部叢刊本에는 부수가 다른 '狐(狐의 이체자)'로 되어있다. 위에서 설명한 것처럼 '狐父'는 地名이기 때문에 四部叢刊本의 '狐(狐의 이체자)'가 맞고 조선간본의 '孤(孤의 이체자)'는 誤字이다.

471) 四部叢刊本과 龍溪精舍本에는 모두 '目'으로 되어있다. 여기서 '袁族目'은 人名(劉向 撰, 林東錫 譯註,《신서2》, 동서문화사, 2009. 649쪽)이고, 조선간본도 앞에서 두 번은 '目'이라고 썼는데 여기서 '月'이라고 쓴 것은 誤字이다.

472) 兩의 이체자. 바깥부분 '帀'의 안쪽의 '入'이 '人'의 형태로 되어있으며 그것의 윗부분이 '帀'의 밖으로 튀어나와 있다.

473) 歐의 이체자. 왼쪽부분 '匸'안의 '品'이 '吕'의 형태로 되어있다.

474) 縣의 이체자. 왼쪽부분의 '県'이 '㬎'의 형태로 되어있다.

475) 邑의 이체자. 아랫부분의 '巴'가 '㔾'의 형태로 되어있다.

476) 回의 이체자.

477) 死의 이체자. 四部叢刊本은 정자를 사용하였다.

鮑焦衣弊膚480)見，潔奮將蔬481)，遇子贛482)將於道。子贛483)曰：「吾子何以至此也？」焦曰：「天下之遺德教者衆矣！吾何以484)不至於此也。吾聞之，世485)不己486)知，而行之不已者，是爽487)行也；上不已488)知，而干之不止者，是489)毀廉也。行爽廉毀，然且不舍，惑於利者也。」子贛曰：「吾聞之，非其世490)者不生其利，汙其君者，不履其土。今吾子汙其君而履其土，非其世491)而將其{第38面}蔬，此誰之有哉？」鮑焦曰：「嗚呀！吾聞賢者重進而輕退，廉者易醜492)而輕

---

478) 潔의 이체자. 좌부변의 ‘氵’가 윗부분으로 올라와 있다.

479) 四部叢刊本도 조선간본과 동일하게 ‘正’으로 되어있는데, 龍溪精舍本에는 ‘至’로 되어있다. 여기서 ‘潔之至’는 ‘결백의 지극함’(劉向 撰, 林東錫 譯註,《신서2》, 동서문화사, 2009. 625쪽)이라는 뜻이기 때문에 조선간본이나 四部叢刊의 ‘결백의 바름’이라는 ‘正’보다는 龍溪精舍本의 ‘至’가 타당하게 보인다.

480) 膚의 이체자. 윗부분의 ‘虍’가 ‘严’의 형태로 되어있다.

481) 蔬의 이체자. 머리 ‘艹’ 아랫부분 왼쪽의 ‘疋’의 형태가 ‘足’의 형태로 되어있다. 四部叢刊本은 정자를 사용하였다.

482) 贛의 이체자. 왼쪽부분의 ‘章’이 ‘童’의 형태로 되어있다.

483) 贛의 이체자. 四部叢刊本은 앞에서는 조선간본과 동일한 이체자를 사용하였으나 여기서는 정자를 사용하였다.

484) 조선간본은 정자로 되어있는데, 四部叢刊本은 가운데 ‘丶’이 ‘ソ’의 형태로 된 이체자 ‘以’를 사용하였다.

485) 世의 이체자. 四部叢刊本에는 약간 다른 형태의 이체자인 ‘丗’로 되어있다.

486) 四部叢刊本에는 ‘巳’로 되어있고 龍溪精舍本에는 조선간본과 동일하게 ‘己’로 되어있다. 여기서는 ‘자기’(劉向 撰, 林東錫 譯註,《신서2》, 동서문화사, 2009. 628쪽)라는 뜻이기 때문에 조선간본의 ‘己’가 맞고 四部叢刊本의 ‘巳’는 誤字이다. 하지만 조선간본과 四部叢刊本은 ‘己’를 ‘已’나 ‘巳’로 쓴 경우가 많다.

487) 爽의 이체자. 아랫부분에 가로획 하나가 첨가되어있다.

488) 위와 마찬가지로 四部叢刊本에는 ‘巳’로 되어있고 龍溪精舍本에는 조선간본과 동일하게 ‘己’로 되어있다. 여기서는 ‘자기’(劉向 撰, 林東錫 譯註,《신서2》, 동서문화사, 2009. 628쪽)라는 뜻이기 때문에 조선간본의 ‘己’가 맞고 四部叢刊本의 ‘巳’는 誤字이다. 하지만 조선간본과 四部叢刊本은 ‘己’를 ‘已’나 ‘巳’로 쓴 경우가 많다.

489) 조선간본은 정자를 사용하였는데, 四部叢刊本은 이체자 ‘是’를 사용하였다.

490) 世의 이체자. 四部叢刊本은 정자를 사용하였다.

491) 世의 이체자. 앞에서 사용한 이체자 ‘丗’와 ‘丗’와는 형태가 또 다르다. 四部叢刊本은 정자를 사용하였다.

死。」乃弃其蔬而立, 槁⁴⁹³⁾死於洛水之上。君子聞之曰：「廉夫剛哉！夫山銳⁴⁹⁴⁾則不高，水狹則不深，行特者其德不厚⁴⁹⁵⁾，志與天地疑⁴⁹⁶⁾者，其爲人不祥。鮑子可謂不祥矣，其節度淺⁴⁹⁷⁾深，適至而止矣。」詩曰：「已焉哉！天實爲之，謂之何哉？」

　　公孫杵臼⁴⁹⁸⁾，程嬰者，晉大夫趙朔客也。晉趙穿弑⁴⁹⁹⁾靈⁵⁰⁰⁾公，趙盾時爲貴大夫，亡不出境，還不討賊，故春秋責之，以盾爲弑君。屠岸賈者，幸於靈公，晉景公時，賈爲司寇⁵⁰¹⁾，欲討靈公之賊，盾已死，欲誅盾之子時⁵⁰²⁾朔，徧告諸將⁵⁰³⁾曰：「盾雖不知，猶爲首賊(第39面)，賊臣弑君，子孫在朝，何以懲⁵⁰⁴⁾罪？請誅之。」韓厥⁵⁰⁵⁾曰：「靈⁵⁰⁶⁾公遇賊，趙盾在外，吾先君以爲無罪，故不誅。今

---

492) 醜의 이체자. 오른쪽부분의 '鬼'가 맨 위의 한 획이 빠진 '鬼'의 형태로 되어있다.

493) 槁의 이체자. 오른쪽부분의 '高'가 '高'의 형태로 되어있다.

494) 銳의 이체자. 오른쪽 '兌'의 아랫부분의 '兄'의 형태가 '㕙'의 형태로 되어있다.

495) 조선간본은 정자를 사용하였는데, 四部叢刊本은 이체자 '厚'를 사용하였다.

496) 疑의 이체자. 왼쪽 윗부분의 '匕'가 '上'의 형태로 되어있다. 四部叢刊本은 정자를 사용하였다.

497) 淺의 이체자. 오른쪽의 '戔'이 윗부분은 그대로 '戈'로 되어있고 아랫부분 '戈'에 'ﾉ'이 빠진 '㦮'의 형태로 되어있다.

498) 臼의 이체자. 좌우양쪽이 떨어져 있다. 四部叢刊本은 정자를 사용하였다. 이번 단락에서 조선간본은 모두 이체자 '臼'를 사용하였고 四部叢刊本은 모두 정자 '臼'를 사용하였다. 이번 단락은 모두 이런 패턴으로 되어있기 때문에 글자가 서로 달라도 따로 주를 달지 않는다.

499) 弑의 이체자. 오른쪽 윗부분의 '乂'가 '又'의 형태로 되어있다. 四部叢刊本은 정자를 사용하였다. 이번 단락에서 조선간본은 모두 이체자 '弑'를 사용하였고 四部叢刊本은 모두 정자 '弑'를 사용하였다. 이번 단락은 모두 이런 패턴으로 되어있기 때문에 글자가 서로 달라도 따로 주를 달지 않는다.

500) 조선간본은 머리의 '雨'가 '雨'의 형태로 되어있는데, 四部叢刊本은 '雨'의 형태로 된 '靈'을 사용하였다.

501) 寇의 이체자. 머리의 'ﾃ'이 'ﾗ'의 형태로 되어있고 그 아래 오른쪽부분의 '攴'이 '攵'의 형태로 되어있다. 四部叢刊本은 조선간본과 다르게 머리의 'ﾃ'은 그대로 되어있고 그 아래 오른쪽부분은 조선간본과 동일한 '攵'의 형태로 된 이체자 '寇'를 사용하였다.

502) 四部叢刊本도 조선간본과 동일하게 '時'으로 되어있는데, 龍溪精舍本에는 '趙'로 되어있다. 여기서 '趙朔'은 '春秋時代 晉나라 六卿의 하나. 趙盾의 아들'(劉向 撰, 林東錫 譯註,《신서2》, 동서문화사, 2009. 639쪽)이기 때문에 조선간본과 四部叢刊本의 '時朔'의 '時'는 '趙'의 誤字이다.

503) 將의 이체자. 四部叢刊本은 정자를 사용하였다.

504) 懲의 이체자. 위쪽 가운데부분에서 '山'과 '王' 중간에 가로획이 빠져있다.

諸君將妄誅，妄誅謂之亂臣，有大事君不聞，是無君也。」屠岸賈不德[507]，韓厥告趙朔趣[508]亡，趙朔不肯。曰：「子必不絶趙祀，予死[509]不恨。」韓厥許諾[510]，稱[511]疾不出。賈不請而擅[512]與諸將攻趙氏於下宮，殺[513]趙朔，趙同，趙括，趙嬰齊，皆滅[514]其族。趙朔妻成公姊[515]，有遺腹，走公宮匿[516]。公孫杵臼謂程嬰曰：「胡不死。」嬰曰：「朔之妻有遺腹，若幸而男[517]，吾奉之，即女也，吾徐死[518]耳。」無何而朔妻免生男[519]。屠岸賈聞之，索於宮，朔妻置[520]兒袴[521]中，

---

505) 厥의 이체자. '厂' 안의 오른쪽부분의 '屰'이 '羊'의 형태로 되어있다.

506) 조선간본은 머리의 '雨'가 '雨'의 형태로 되어있는데, 四部叢刊本은 '雨'의 형태로 된 '靈'을 사용하였다.

507) 四部叢刊本에는 '聴(聽의 이체자)'으로 되어있고, 龍溪精舍本도 '聴(聽의 이체자)'으로 되어있다. 여기서는 '듣다'(劉向 撰, 林東錫 譯註,《신서2》, 동서문화사, 2009. 632쪽)라는 뜻이기 때문에 四部叢刊本의 '聴(聽의 이체자)'이 맞고 조선간본의 '德'은 誤字이다.

508) 趣의 이체자. 오른쪽부분의 '取'가 '耴'의 형태로 되어있다.

509) 死의 이체자. 四部叢刊本은 정자를 사용하였다.

510) 諾의 이체자. 오른쪽의 '若'이 '苦'의 형태로 되어있다.

511) 稱의 이체자. 오른쪽 아랫부분의 '冉'이 '井'의 형태로 되어있다. 四部叢刊本은 그 부분이 '再'의 형태로 된 이체자 '稱'을 사용하였다.

512) 擅의 이체자. 오른쪽 윗부분의 '亠'이 '面'의 형태로 되어있다.

513) 殺의 이체자. 四部叢刊本은 다른 형태의 이체자 '殺'을 사용하였다.

514) 滅의 略字. 좌부변의 '氵'가 '冫'의 형태로 되어있다. 조선간본과 四部叢刊本은 판본 전체적으로 주로 이체자를 사용하였고 간혹 간체자도 혼용하였다.

515) 조선간본은 정자를 사용하였는데, 四部叢刊本은 이체자 '姊'를 사용하였다.

516) 匿의 이체자. '匚' 안의 '若'에서 머리의 '艹'가 '丷'의 형태로 되어있고 아랫부분의 '右'가 '石'의 형태로 되어있으며 머리의 '丷'이 아랫부분의 '石'에 붙어 있다. 四部叢刊本은 '匚' 안의 '若'이 판본 전체적으로 자주 사용하는 '若'의 형태로 된 이체자 '匿'을 사용하였다.

517) 男의 이체자. 머리 '田' 아래 '力'이 '刀'의 형태로 되어있다. 四部叢刊本은 정자를 사용하였다.

518) 死의 이체자. 四部叢刊本은 다른 형태의 이체자 '冗'를 사용하였다.

519) 男의 이체자. 四部叢刊本에는 정자로 되어있다.

520) 置의 이체자. 머리 '罒'의 아랫부분의 '直'이 가로획이 하나 빠진 '直'의 형태로 되어있다.

521) 袴의 이체자. 좌부변의 '衤'가 '礻'의 형태로 되어있고 오른쪽 윗부분의 '大'가 '夾'의 형태로 되어있다. 四部叢刊本은 좌부변의 '衤'가 그대로 되어있고 오른쪽부분의 형태는 조선간본과 동일한 이체자 '袴'를 사용하였다. 四部叢刊本은 조선간본과 동일하게 판본 전체적으로 부수 '衤'를 '礻'로 사용하였는데, 여기서는 조선간본과 달리 제대로 된 부수를 사용하였다.

祝曰 :「趙宗滅乎, 若號 ; 即不{第40面}滅乎, 若無聲[522]。」及索, 兒竟無聲[523]。
已脫[524], 程嬰謂杵臼曰 :「今一索不得, 後必且復之, 奈[525]何 ?」杵臼曰 :「立孤與
死, 孰難[526] ?」嬰曰 :「立孤亦難耳 !」杵臼曰 :「趙氏先君遇子厚[527], 子強爲其
難者, 吾爲其易者, 吾請先死。」而二人謀取他嬰兒, 負以文褓[528]匿[529]山中。嬰
謂諸將曰 :「嬰不肖, 不能立孤[530], 誰能予吾千金, 吾告趙氏孤處[531]。」諸將皆
喜, 許之, 發師隨[532]嬰攻杵臼。杵臼曰 :「小人哉程嬰 ! 下宮之難不能死, 與我
謀匿趙氏孤兒, 今又賣之。縱不能立孤兒, 忍賣之乎 ?」抱而呼天乎 :「趙氏孤兒
何罪 ? 請活之, 獨殺[533]杵臼也。」諸將不許, 遂并殺[534]杵臼與兒。諸將以爲趙氏
孤{第41面}兒已死, 皆喜。然趙氏真孤兒乃在, 程嬰卒與俱[535]匿山中, 居十五

---

522) 聲의 이체자. 윗부분 오른쪽의 '殳'가 '亥'의 형태로 되어있다. 四部叢刊本은 정자를 사용하였다.

523) 聲의 이체자. 四部叢刊本에는 정자로 되어있다.

524) 脫의 이체자. 오른쪽부분의 '兌'가 '允'로 되어있다.

525) 奈의 이체자. 윗부분의 '大'가 '丈'의 형태로 되어있다.

526) 難의 이체자. 왼쪽 윗부분의 '廿'이 '艹'의 형태로 되어있고 그 아랫부분이 빈 '口'의 형태로
되어있다.

527) 厚의 이체자. 부수 '厂' 안의 윗부분의 '日'이 '白'의 형태로 되어있다.

528) 褓의 이체자. 좌부변의 '衤'가 '礻'의 형태로 되어있다. 四部叢刊本은 정자를 사용하였다. 四
部叢刊本은 조선간본과 동일하게 판본 전체적으로 부수 '衤'를 '礻'로 사용하였는데, 여기서는
조선간본과 달리 제대로 된 부수를 사용하였다.

529) 匿의 이체자. 부수 '匚' 안의 '若'이 이체자 '若'의 형태로 되어있다.

530) 孤의 이체자. 오른쪽부분의 '瓜'가 '爪'의 형태로 되어있다. 四部叢刊本은 그 부분이 조선간본
과 다르게 '爪'의 형태로 된 이체자 '孤'를 사용하였다. 조선간본은 이번 단락에서 이체자 '孤'
만을 사용하였는데, 四部叢刊本은 대체로 조선간본과 동일한 이체자를 사용하였지만 몇 군데
는 다른 형태의 이체자를 사용하였다. 조선간본과 四部叢刊本의 글자가 다른 경우에만 주를
달아 밝힌다.

531) 處의 이체자. 부수 '虍'가 '严'의 형태로 되어있다. 四部叢刊本은 그 부분이 '严'의 형태로 된
이체자 '處'를 사용하였다.

532) 隨의 이체자. 좌부변의 '阝'가 '冂'의 형태로 되어있다.

533) 殺의 이체자. 왼쪽 윗부분의 '乂'가 '又'의 형태로 되어있다. 四部叢刊本은 왼쪽 가운데부분에
'丶'이 빠진 '殺'을 사용하였다.

534) 殺의 이체자. 바로 앞에서 사용한 이체자 '殺'과는 다르게 왼쪽부분은 동일하지만 우부방의
'殳'는 '戈'의 형태로 되어있다. 四部叢刊本은 다른 형태의 이체자 '殺'로 되어있다.

535) 俱의 이체자. 오른쪽부분의 '具'가 한 획이 적은 '具'의 형태로 되어있다.

年。晉景公病，卜536)之，大業之胄者爲祟，景公問韓厥537)，韓厥知趙孤538)存，乃曰：「大業之後，在晉絶祀者，其趙氏乎？夫自中行衍539)皆嬴540)姓也。中行衍人面鳥噣，降541)佐帝大戊及周天子，皆有明德，下及幽厲無道，而叔帶542)去周適晉，事先君繆543)侯544)，至于成公，世545)有立功，未嘗546)絶祀。今及吾君，獨滅之趙宗，國人哀之，故見龜547)筴，唯君圖之。」景公問趙尚有後子孫乎？韓厥具548)以實告。景公乃以韓厥謀立趙氏孤549)兒，召匿之宮中。諸將入問病，景公因韓厥之衆以脅諸將，而見趙氏孤550)兒，孤551){第42面}兒名武，諸將552)不得巳553)

---

536) 四部叢刊本에는 '十'으로 되어있고, 龍溪精舍本에는 조선간본과 동일하게 '卜'으로 되어있다. 여기서는 '점치다'(劉向 撰, 林東錫 譯註, 《신서2》, 동서문화사, 2009. 635쪽)라는 의미이기 때문에 조선간본의 '卜'이 맞고 四部叢刊本의 '十'은 誤字이다.

537) 앞에서는 조선간본이나 四部叢刊本 모두 이체자 '厥'을 사용하였는데, 이번 면(제42면)부터는 모두 정자만 사용하였다.

538) 孤의 이체자. 四部叢刊本은 다른 형태의 이체자 '孤'를 사용하였다.

539) 衍의 이체자. 가운데부분의 '彳'가 '彡'의 형태로 되어있다.

540) 嬴의 이체자. 윗부분 '亡'의 아랫부분의 '口'가 '灬'의 형태로 되어있다. 四部叢刊本은 그 부분은 조선간본과 같지만 그 아랫부분의 맨 오른쪽의 '凡'이 '几'의 형태로 된 이체자 '嬴'을 사용하였다.

541) 降의 이체자. 좌부변의 '阝'는 '叮'의 형태로 되어있다.

542) 帶의 이체자. 윗부분의 '卌'의 형태가 '卌'의 형태로 되어있다.

543) 繆의 이체자. 오른쪽부분의 윗부분 '羽'가 '㲋'의 형태로 되어있다.

544) 侯의 이체자. 자주 사용하는 이체자 '侯'와는 다르게 오른쪽 아랫부분의 '矢'가 '失'의 형태로 되어있다.

545) 世의 이체자. 맨 아랫부분의 가로획이 왼쪽 세로획 밖으로 튀어나와 있다. 四部叢刊本은 정자를 사용하였다.

546) 嘗의 이체자. 아랫부분의 '旨'가 '甘'의 형태로 되어있다.

547) 龜의 이체자.

548) 具의 이체자. 윗부분이 가로획 하나가 적은 '且'의 형태로 되어있다. 四部叢刊本은 정자를 사용하였다.

549) 孤의 이체자. 四部叢刊本은 다른 형태의 이체자 '孤'를 사용하였다.

550) 孤의 이체자. 四部叢刊本은 다른 형태의 이체자 '孤'를 사용하였다.

551) 孤의 이체자. 四部叢刊本은 다른 형태의 이체자 '孤'를 사용하였다.

552) 조선간본은 정자를 사용하였는데, 四部叢刊本은 이체자 '將'을 사용하였다.

553) 四部叢刊本도 조선간본과 동일하게 '巳'로 되어있다. 여기서는 '어쩔 수 없다(不得已)'라는 뜻

乃曰：「昔下宮之難554), 屠岸賈爲之, 矯以555)君命, 并命群臣。非然, 孰敢作
難556)？微君之病, 群臣固將請立趙後, 今君有命, 群臣願之。」於是召趙氏, 程
嬰徧拜諸將557), 遂俱558)與程嬰趙氏攻屠岸賈, 滅559)其族。復與趙氏田邑如故。
趙武冠爲成人, 程嬰乃辭560)大夫, 謂趙武曰：「昔下宮之難561)皆能死, 我非不能
死, 思立趙氏後, 今子旣立爲成人, 趙宗復故, 我將562)不報趙孟與公孫杵臼。」
趙武號泣, 固請曰：「武願苦筋骨以報子至死, 而子忍棄我死563)乎？」程嬰曰：
「不可, 彼以我爲能成事故, 皆先我死, 今我不下報之, 是564)以我事爲不成也
{第43面}。」遂自殺565)。趙武服衰三年, 爲祭566)邑, 春秋祠之, 世567)不絕。君子

이기 때문에 '已'를 써야 한다. 하지만 조선간본과 四部叢刊本은 '己'나 '已'를 '已'나 '巳'로 쓴
경우가 많다.

554) 難의 이체자. 앞에서 사용한 이체자 '難'이나 '難'과는 다르게 왼쪽 윗부분의 '卄'이 '++'의 형
태로 되어있고 그 아랫부분이 빈 '口'의 형태로 되어있다.

555) 以의 이체자. 왼쪽부분이 '山'이 기울어진 형태로 되어있다. 四部叢刊本은 정자를 사용하였
다. 이번 단락과 다음 단락에서 조선간본은 이체자 '以'를 주로 사용하였고 정자도 혼용하였
는데, 四部叢刊本은 예외 없이 정자만 사용하였다. 그래서 이하에서 따로 주를 달지 않아도
본문에 이체자 '以'가 나오면 조선간본만 이체자를 사용한 것이고 四部叢刊本은 정자를 사용
한 것이다.

556) 難의 이체자. 앞에서 사용한 이체자 '難'과는 다르게 왼쪽 윗부분의 '卄'이 '艹'의 형태로 되어
있고 그 아랫부분이 빈 '口'의 형태로 되어있다. 四部叢刊本에는 왼쪽 윗부분이 '++'로 된 정
자 '難'으로 되어있다.

557) 조선간본은 정자를 사용하였는데, 四部叢刊本은 이체자 '將'을 사용하였다.

558) 俱의 이체자. 四部叢刊本은 정자를 사용하였다.

559) 滅의 略字. 좌부변의 '氵'가 '冫'의 형태로 되어있다.

560) 辭의 이체자. 四部叢刊本 다른 형태의 이체자 '辝'를 사용하였다.

561) 조선간본은 앞에서 여러 형태의 이체자 '難'·'難'·'難'를 사용하였는데, 여기서는 정자를 사
용하였고 四部叢刊本도 정자를 사용하였다.

562) 조선간본은 정자를 사용하였는데, 四部叢刊本은 이체자 '將'을 사용하였다.

563) 死의 이체자. 四部叢刊本은 다른 형태의 이체자 '死'를 사용하였다.

564) 是의 이체자. 四部叢刊本은 정자를 사용하였다.

565) 殺의 이체자. 四部叢刊本은 다른 형태의 이체자 '殺'로 되어있다.

566) 祭의 이체자. 위숩분의 '癶'의 형태가 '𣥂'의 형태로 되어있다.

567) 世의 이체자. 맨 아랫부분의 가로획이 왼쪽 세로획 밖으로 튀어나와 있다. 四部叢刊本은 정
자를 사용하였다.

曰：「程嬰公孫杵臼，可謂信交厚士矣。嬰之自殺[568]下報亦過矣。」

具[569]有士曰張胥鄙[570]，譚[571]夫吾，前交而後絶。張胥鄙有罪，拘將[572]死。譚夫吾合徒而取之，出至於道，而後乃知其夫吾也。輟行而辭[573]曰：「義不同於子，故前交而後絶。吾聞之君子不爲危易行，今吾從子，是安則肆志，危則易行也。與吾因子而生，不若反拘而死[574]。」闔閭聞之，令吏釋之。張胥鄙曰：「吾義不同於譚夫吾，故不受其任矣，今吏以是出我，以譚夫吾故免也，吾庸遽[575]受之乎？」遂觸墻[576]而{第44面}死。譚夫吾聞之曰：「我任而不受，佞[577]也；不知而出之，愚也。佞不可以接士，愚不可以事君，吾行虛[578]矣。人惡以吾力生，吾亦耻以此立於世[579]。」乃絶頸而死。君子曰：「譚夫吾其以失士矣，張胥鄙亦爲得也，可謂剛勇[580]矣，未可謂得節也。」

蘇武者，故右將[581]軍平陵侯蘇建子也。孝武皇帝時，以武爲移[582]中監[583]使

---

568) 四部叢刊本에는 다른 형태의 이체자 '殺'로 되어있다.

569) 吳의 이체자. 조선간본은 정자와 비슷한 형태로 되어있는데, 四部叢刊本은 다른 형태의 이체자 '呉'로 되어있다.

570) 鄙의 이체자. 왼쪽 아랫부분의 '啚'이 '面'의 형태로 되어있다.

571) 譚의 이체자. 오른쪽 아랫부분의 '早'가 '甲'의 형태로 되어있다.

572) 조선간본은 정자를 사용하였는데, 四部叢刊本은 이체자 '將'을 사용하였다.

573) 辭의 이체자. 四部叢刊本은 다른 형태의 이체자 '辭'를 사용하였다.

574) 死의 이체자. 四部叢刊本은 다른 형태의 이체자 '死'를 사용하였다.

575) 遽의 이체자. '辶' 위의 '虍'가 '声'의 형태로 되어있으며, 그 아래 '豕'이 '豖'의 형태로 되어있다.

576) 墻의 이체자. 왼쪽 아랫부분의 '回'가 '囬'의 형태로 되어있다.

577) 佞의 이체자. 오른쪽 윗부분의 '二'의 형태가 '亠'의 형태로 되어있다.

578) 虛의 이체자. 부수 '虍'가 이체자 형태의 '声'로 되어있고 그 아래 '业'가 '业'의 형태로 되어있다. 四部叢刊本은 윗부분이 '虍'의 형태로 되어있고 아랫부분은 조선간본과 동일한 형태의 이체자 '虛'를 사용하였다.

579) 世의 이체자. 四部叢刊本은 정자를 사용하였다.

580) 勇의 이체자. 발의 '力'이 '方'의 형태로 되어있다.

581) 조선간본은 정자를 사용하였는데, 四部叢刊本은 이체자 '將'을 사용하였다.

582) 四部叢刊本은 조선간본과 동일하게 '移'로 되어있는데, 龍溪精舍本에는 '栘'로 되어있다. 여기에서 '栘中監'은 '《漢書》〈蘇武傳〉에는 '栘中廐監'이라고 하였는데, 말을 감독하는 관리'(劉向 撰, 林東錫 譯註,《신서2》, 동서문화사, 2009. 626쪽 참조)이기 때문에 조선간본과 四部叢刊本의 '移'는 誤字이다.

匈奴，是時匈奴使者數降漢[584]，故匈奴亦欲降武以取當。單[585]于使貴人故漢[586]人衛律說[587]武，武不從，乃設以貴爵，重禄尊位，終不聽，於是律絶不與飲食，武數日不降。又當盛暑，以旃[588]厚衣并束之日暴[589]，武心意愈堅[590]，終不屈{第45面}撓[591]。稱[592]曰：「臣事君，由子事父也。子爲父死無所恨，守節不移，雖有鐵鉞湯鑊之誅而不懼也，尊官顯位而不榮也。」匈奴亦由此重之。武留十餘歲，竟不降下，可謂守節臣矣。詩云：「我心匪石，不可轉[593]也；我心匪席，不可卷也。」蘇武之謂也。匈奴紿言武死，其後漢[594]聞武在，使使者求武，匈奴欲慕[595]義歸武，漢[596]尊武爲典属[597]國，顯異於他臣也。

劉向新序卷第七{第46面}[598]

---

583) 監의 이체자. 윗부분 왼쪽의 '臣'이 '𦥯'의 형태로 되어있으며 그 오른쪽의 '𠃜'의 형태가 '𠂆'의 형태로 되어있다. 四部叢刊本은 윗부분 왼쪽이 '𦥯'의 형태로 된 이체자 '監'을 사용하였다.

584) 漢의 이체자. 오른쪽 윗부분의 '廿'의 형태가 '++'의 형태로 되어있고 중간의 'ㅁ'가 관통된 형태가 아니라 빈 형태로 되어있다.

585) 單의 이체자. 아랫부분의 가로획 왼쪽에 점이 첨가된 '甼'의 형태로 되어있다.

586) 漢의 이체자. 四部叢刊本은 다른 형태의 이체자 '漢'을 사용하였다.

587) 說의 이체자. 오른쪽부분의 '兌'가 '兌'의 형태로 되어있다.

588) 旃의 이체자. 오른쪽 아랫부분의 '丹'이 '冊'의 형태로 되어있다. 四部叢刊本은 정자를 사용하였다.

589) 暴의 이체자. 중간부분의 '共'이 '𦱔'의 형태로 되어있고 아랫부분의 '氺'가 '米'의 형태로 되어있다.

590) 堅의 이체자. 윗부분 왼쪽의 臣이 '𦥯'의 형태로 되어있다.

591) 撓의 이체자. 오른쪽부분의 '堯'의 아랫부분의 '兀'이 '几'의 형태로 되어있다.

592) 稱의 이체자. 오른쪽 아랫부분의 '冉'이 '𦫵'의 형태로 되어있다.

593) 轉의 이체자. 오른쪽부분의 '專'이 '專'의 형태로 되어있다.

594) 漢의 이체자. 위에서 사용한 이체자 '漢'과는 다르게 오른쪽 윗부분의 '廿'만 '卄'의 형태로 되어있다.

595) 慕의 이체자. 아랫부분의 '小'의 형태가 '氺'의 형태로 되어있다.

596) 漢의 이체자. 오른쪽 윗부분의 '廿'이 '++'의 형태로 되어있다. 四部叢刊本은 정자를 사용하였다.

597) 屬의 略字. 머리 '尸'의 아랫부분이 '禹'의 형태로 되어있다.

598) 이 卷尾의 제목은 마지막 제11행에 해당한다. 이번 면은 제7행에서 글이 끝나고, 나머지 3행이 빈칸으로 되어있다.

劉向新序卷第八

義勇599)第八

陳600)恒601)弒602)簡公而盟603), 者604)皆605)完其家, 不盟者殺606)之。石他人曰：「昔之事其君者, 皆得其君而事之, 今607)謂他人曰：『舍608)而君而事我。』他人不能, 雖609)然, 不盟則殺父母610)也, 從而盟, 是無君臣之禮也。生於亂611)

---

599) 勇의 이체자. 발의 '力'이 '刀'의 형태로 되어있다. 四部叢刊本은 정자로 되어있다.

600) 陳의 이체자. 좌부변의 부수 'β'를 'リ'의 형태로 사용하였다.

601) 恒의 이체자. 오른쪽부분의 '亘'이 맨 아래 가로획이 빠진 '亙'의 형태로 되어있다.

602) 弒의 이체자. 오른쪽 윗부분의 'メ'가 '又'의 형태로 되어있다. 四部叢刊本은 정자를 사용하였다. 이번 단락에서 조선간본은 모두 이체자 '弒'를 사용하였고 四部叢刊本은 모두 정자 '弒'를 사용하였다. 이번 〈卷第八〉에서는 모두 이런 패턴으로 되어있기 때문에 이하에서는 따로 주를 달지 않는다.

603) 盟의 이체자. 윗부분의 '明'에서 왼쪽부분의 '日'이 '目'의 형태로 되어있다. 이하에서 조선간본과 四部叢刊本 모두 이체자 '盟'과 정자 '盟'을 혼용하고 있다. 조선간본과 四部叢刊本의 글자가 다른 경우 주를 달아 밝힌다.

604) 龍溪精舍本은 조선간본과 四部叢刊本과는 다르게 '盟者'로 되어있다. 앞의 구절과 연이어서 번역한다면, '맹약을 맺었고, 맹약을 맺은 사람들(劉向 撰, 林東錫 譯註,《신서2》, 동서문화사, 2009. 654쪽 참조)'이라고 해야 한다. 그런데 조선간본은 '盟'자가 탈락되어있지만, 四部叢刊本은 '盟'자와 '者'자의 위아래사이에(세로쓰기이기 때문임) 'ㄴ'의 부호를 그려놓고 그 부호의 오른쪽에 작은 글자로 '盟'자를 첨가해놓았다. 마침 제목이 제7자에서 끝나고 제8자에 해당하는 공간이 비어 있기 때문에 이런 형식으로 한 글자를 첨가하는 것이 가능하였다. 그런데 이런 교정은 붓으로 적어놓은 것이 아니라 원래의 목판에 교정을 하여 인쇄된 것이다. 四部叢刊本이 이렇게 교정해 놓은 것을 보면, 조선간본은 盟자가 탈락한 오류를 범하고 있는데, 四部叢刊本은 그 오류를 교정해놓았다고 할 수 있다.

605) 皆의 이체자. 아랫부분의 '白'이 '日'의 형태로 되어있다.

606) 殺의 이체자. 왼쪽 윗부분의 'メ'가 '又'의 형태로 되어있고 우부방의 '殳'가 '殳'의 형태로 되어있다. 四部叢刊本은 왼쪽부분은 조선간본과 다르고 오른쪽부분은 조선간본과 같은 형태의 이체자 '殺'을 사용하였다. 이번 단락과 다음 단락은 모두 이런 패턴으로 되어있기 때문에 따로 주를 달지 않는다.

607) 今의 이체자. 앞에서 자주 사용한 이체자 '今'과는 다르게 맨 아랫부분의 세로획 직선 형태로 되어있다.

608) 舍의 이체자. '人'의 아랫부분의 '舌'의 형태가 '吉'의 형태로 되어있다.

世[612]，不得正行；劫於暴[613]上，不得道義。故雖盟[614]，不以父毌之死，不如退而自殺，以禮其君。」乃自殺。

陳恒弑君，使勇[615]士六人劫子淵[616]棲，子淵棲曰：「子之欲與我，以我爲知乎？臣弑君，非知也！以我爲仁乎？見利而背[617]君，非仁也！以我爲勇乎？劫我以{第47面}兵，懼而與子，非勇[618]也。使吾無此三者，與何補[619]於子？若吾有此三者，終不從子矣！」乃舍之。

宋閔公臣長萬以勇力聞，萬與魯戰[620]，師敗，爲魯所獲[621]，囚之宮中，數[622]月歸[623]之宋。與閔公博[624]，婦人在側，公謂萬曰：「魯君執[625]與寡[626]人

---

609) 雖의 이체자. 왼쪽 윗부분의 ‘口’가 ‘厶’의 형태로 되어있다.

610) 毋의 이체자. 四部叢刊本은 조선간본과 다르게 가운데 ‘丿’이 삐져나온 형태의 이체자 ‘毌’를 사용하였다.

611) 亂의 이체자. 왼쪽부분의 ‘𤔔’의 형태가 ‘𠬹’의 형태로 되어있다.

612) 조선간본은 정자를 사용하였는데, 四部叢刊本은 이체자 ‘丗’를 사용하였다.

613) 暴의 이체자. 발의 ‘氺’가 ‘小’으로 되어있다.

614) 조선간본은 앞에서와 다르게 정자를 사용하였는데, 四部叢刊本은 이체자 ‘盟’을 사용하였다.

615) 勇의 이체자. 발의 ‘力’이 ‘万’의 형태로 되어있다. 四部叢刊本은 정자로 되어있다. 이번 단락과 다음 단락은 모두 이런 패턴으로 되어있기 때문에 두 판본의 글자가 서로 다른 경우를 제외하고 이하에서는 따로 주를 달지 않는다.

616) 淵의 이체자. 오른쪽부분의 ‘開’이 ‘𣲁’의 형태로 되어있다.

617) 조선간본은 정자를 사용하였는데, 四部叢刊本은 윗부분의 ‘北’에서 왼쪽부분의 ‘⺕’의 형태가 ‘土’의 형태로 된 이체자 ‘背’을 사용하였다.

618) 勇의 이체자. 앞에서 사용한 ‘勇’과는 다르게 발의 ‘力’은 그대로이고 윗부분은 ‘丷’의 형태로 되어있다. 四部叢刊本은 정자로 되어있다.

619) 補의 이체자. 좌부변의 ‘衤’가 ‘礻’로 되어있다.

620) 조선간본은 거의 사용하지 않는 정자를 사용하였는데, 四部叢刊本은 판본 전체적으로 자주 사용하는 이체자 ‘戰’을 사용하였다.

621) 獲의 이체자. 오른쪽 윗부분의 ‘艹’가 글자 전체 위에 있다.

622) 數의 이체자. 왼쪽의 ‘婁’가 ‘㜻’의 형태로 되어있다.

623) 歸의 이체자. 왼쪽 맨 윗부분의 ‘丶’이 빠져있다. 四部叢刊本에는 정자로 되어있다.

624) 四部叢刊本에는 부수가 다른 ‘愽’으로 되어있다.

625) 執의 이체자. 왼쪽부분의 ‘㚔’이 ‘𡴆’의 형태로 되어있다.

626) 寡의 이체자. 발의 ‘刀’가 ‘力’으로 되어있다.

美(627)？」萬曰：「魯君美。天下諸俟(628)，唯魯君耳。宜(629)其爲君也。」閔公
矜(630)，婦人妬，因言曰：「爾魯之囚虜爾，何知？」萬怒，遂搏閔(631)公頰，齒(632)
落於■(633)，絶吭而死。仇(634)牧聞君死，趍(635)而至，遇萬於門，攜(636)劍(637)而叱
之，萬臂繫(638)仇牧而殺之，齒著於門闔。仇牧可謂不畏强禦矣，趍君之難(639)，
顧不旋踵。〔第48面〕

　　崔杼弒莊公，令士大夫盟者，皆脱(640)劍而入，言不疾指(641)不至血者死，所殺
十人。次及晏子，晏子奉栝血仰天歎曰：「惡乎崔子，將爲無道，殺其君。」盟(642)
者皆視之。崔杼謂晏子曰：「子與我，我與子分國；子不吾與，吾將殺子。直兵
將(643)推之，曲兵將勾之，唯子圖之。」晏子曰：「嬰聞囘(644)以(645)利而背(646)其君

---

627) 美의 이체자. 아랫부분의 ‘大’가 ‘火’의 형태로 되어있다.
628) 俟의 이체자. 오른쪽 윗부분의 ‘コ’의 형태가 ‘亠’의 형태로 되어있다.
629) 宜의 이체자. 머리의 ‘宀’이 ‘一’의 형태로 되어있다.
630) 矜의 이체자. 오른쪽부분의 ‘今’이 판본 전체적으로 자주 사용하는 이체자 ‘今’의 형태로 되어 있다.
631) 閔의 이체자. ‘門’ 안의 ‘文’이 ‘大’의 형태로 되어있다. 조선간본도 앞에서는 정자 ‘閔’이라고 썼기 때문에 아마도 ‘亠’의 아래 ‘乂’의 윗부분이 너무 붙어 있어서 ‘大’처럼 보이는 것 같다. 四部叢刊本에는 정자로 되어있다.
632) 齒의 이체자. 아랫부분의 ‘㡀’에서 ‘凵’이 전체가 아니라 아랫부분만 감싼 형태로 되어있다.
633) 이 글자는 이번 면(제48면) 제10행의 첫 번째 글자에 해당한다. 조선간본만 검은 빈칸(■)으로 되어있는데, 四部叢刊本에는 ‘口’로 되어있다.
634) 仇의 이체자. 오른쪽부분의 ‘九’가 ‘丸’의 형태로 되어있다. 四部叢刊本은 정자를 사용하였다.
635) 여기서 ‘趍’는 ‘달리다’라는 뜻으로 쓰였는데, 龍溪精舍本은 조선간본과 四部叢刊本과는 다르게 ‘趨’를 사용하였다.
636) 攜의 이체자. 오른쪽 아랫부분의 ‘乃’가 글자 전체의 아래에 있다.
637) 劍의 이체자. 우부방의 ‘刂’가 ‘刃’의 형태로 되어있다.
638) 繫의 이체자. 윗부분 오른쪽의 ‘殳’가 ‘臰’의 형태로 되어있다.
639) 難의 이체자. 왼쪽 윗부분의 ‘廿’이 ‘艹’의 형태로 되어있고 그 아랫부분이 빈 ‘口’의 형태로 되어있다.
640) 脱의 이체자. 오른쪽부분의 ‘兑’가 ‘兊’로 되어있다.
641) 指의 이체자. 오른쪽 윗부분의 ‘匕’가 ‘上’의 형태로 되어있다.
642) 盟의 이체자. 윗부분의 ‘明’에서 왼쪽부분의 ‘日’이 ‘目’의 형태로 되어있다. 四部叢刊本은 정자 ‘盟’을 사용하였다.

者，非仁也；劫以刀[647]而失其志者，非勇也。」詩云：「愷悌[648]君子，求福不回。」嬰可謂不回矣。直[649]兵推之，曲兵鈎之，嬰不之囲也。崔子舍之，晏子趍出，授綏而垂[650]，其僕將馳，晏子拊其手曰：「虎[651]豹在山林，其命在庖厨[652]，馳不益[653]生，緩不益死，按之成節，然後去之{第49面}。」詩云：「彼己之子，舍命不渝。」晏子之謂也。

佛肸[654]以中牟叛，置[655]鼎[656]於庭[657]，致士大夫曰：「與我者受邑，不吾與者烹[658]。」大夫皆從之。至於田卑[659]^{田卑中牟之邑人也} [660]，曰：「義死不避[661]斧鉞之罪，

---

(643) 조선간본은 정자로 되어있는데, 四部叢刊本은 이체자 '將'으로 되어있다.

(644) 回의 이체자.

(645) 조선간본은 정자로 되어있는데, 四部叢刊本은 가운데 'ヽ'이 '∨'의 형태로 된 이체자 '以'를 사용하였다.

(646) 背의 이체자. 윗부분의 '北'에서 왼쪽부분의 '⺆'의 형태가 '土'의 형태로 되어있다.

(647) 刃의 이체자. 왼쪽의 'ヽ'이 직선 형태로 되어있다. 四部叢刊本은 그 부분이 다른 형태의 이체자 '刄'을 사용하였다.

(648) 悌의 이체자. 오른쪽 윗부분의 'ヽィ'의 형태가 '八'의 형태로 되어있다.

(649) 直의 이체자. 아랫부분에 가로획 하나가 빠진 '且'의 형태로 있다. 四部叢刊本은 정자를 사용하였다.

(650) 垂의 이체자. 맨 아랫부분의 가로획 'ㅡ'이 '凵'의 형태로 되어있다.

(651) 虎의 이체자. 머리의 '虍'가 '严'의 형태로 되어있고 그 아래 '儿'가 '几'의 형태로 되어있다.

(652) 廚의 이체자. '厂'이 '厂'의 형태로 되어있고 그 안의 왼쪽 윗부분의 '土'가 빠져있다.

(653) 益의 이체자. 윗부분의 '八'이 'ヽィ'의 형태로 되어있고 중간부분의 '八'의 오른쪽 획이 휘어진 '儿'로 되어있다.

(654) 肸의 이체자. 오른쪽 아랫부분의 '十'이 '丁'의 형태로 되어있다.

(655) 置의 이체자. 머리 '罒'의 아랫부분의 '直'이 가로획이 하나 빠진 '直'의 형태로 되어있다. 四部叢刊本은 정자 '置'를 사용하였다.

(656) 鼎의 이체자. 윗부분의 '目'이 '日'의 형태로 되어있고 아랫부분의 '鼎'가 '鼎'의 형태로 되어있으며 '日'을 감싸지 않고 아랫부분에 놓여 있다.

(657) 庭의 이체자. '厂' 안의 '廷'에서 '廴' 위의 '壬'이 '手'의 형태로 되어있다.

(658) 烹의 이체자. 윗부분의 '亨'이 '亨'의 형태로 되어있다.

(659) 卑의 이체자. 맨 윗부분의 'ノ'이 빠져있다.

(660) 이것은 원문에 달린 주석인데 이번 면(제50면) 제3행의 제16~18자 해당하는 부분을 차지하며, 그 부분에 위와 같이 작은 글자의 주가 雙行으로 달려 있다.

(661) 避의 이체자. '辶' 윗부분 오른쪽의 '辟'의 형태가 '㕸'의 형태로 되어있다.

義窮不受軒冕之服。無〖義而生，不仁而富[662]，不如烹。〗褰衣將[663]就[664]鼎，佛肸脫屨[665]〗[666]而生之。趙氏聞其叛也，攻而取之；聞田甲不肯與也，求[667]而賞之。田甲曰：「不可也，一人舉而萬夫俛首，智者不爲也。賞一人以憨[668]萬夫，義者不取也。我受賞，使中牟之士，懷[669]恥不義。」辭[670]賞從處[671]曰：「以行臨[672]人，不道，吾去矣。」遂南之楚。

楚太子建以[673]費無極[674]之譖見逐。建有子曰勝，在〔第50面〕外，了西召勝，使治白，號[675]曰白公^{子西太子建之
弟勝之叔父也}[676]。勝怨楚逐其父，將弒惠王及子西^{惠王亦子西之
姪惠王之叔也}[677]，欲得易[678]甲^{人姓名}[679]，陳[680]士勒[681]兵，以示易甲曰：「與我，無患不富貴；不吾

---

662) 富의 이체자. 머리의 '宀'이 '冖'의 형태로 되어있다. 四部叢刊本은 정자로 되어있다.

663) 조선간본은 정자로 되어있는데, 四部叢刊本은 이체자 '將'으로 되어있다.

664) 就의 이체자. 오른쪽 윗부분의 'ㆍ'이 중간부분에 찍혀 있다.

665) 屨의 이체자. '尸'의 아랫부분 오른쪽의 '婁'가 '婁'의 형태로 되어있다.

666) '〖~〗'이 부호는 한 행을 뜻한다. 본 판본은 1행에 18자로 되어있는데, '〖~〗'로 표시한 이번 면의 제5행은 한 글자가 많은 19자로 되어있다. 四部叢刊本도 조선간본과 동일하게 19자로 되어있다.

667) 求의 이체자. 오른쪽 윗부분의 'ㆍ'이 빠져있다. 四部叢刊本은 정자로 되어있다.

668) 憨의 이체자. 윗부분 왼쪽의 '車'가 '卓'의 형태로 되어있다. 四部叢刊本은 정자로 되어있다.

669) 懷의 이체자. 오른쪽의 아랫부분이 '衣'의 형태로 되어있다.

670) 辭의 이체자. 왼쪽부분의 '䛅'가 '䛅'의 형태로 되어있으며, 우부방의 '辛'이 아랫부분에 가로획 하나가 더 있는 '䇂'의 형태로 되어있다.

671) 處의 이체자. 부수 '虍'가 '严'의 형태로 되어있다.

672) 臨의 이체자. 좌부변의 '臣'이 '目'의 형태로 되어있다.

673) 조선간본은 정자로 되어있는데, 四部叢刊本은 이체자 '以'를 사용하였다.

674) 極의 이체자. 오른쪽의 '丂'가 '了'의 형태로 되어있다. 조선간본과 四部叢刊本 판본 전체적으로 이 형태의 이체자만 사용하였다.

675) 號의 이체자. 오른쪽 윗부분의 '虍'가 '严'의 형태로 되어있다. 四部叢刊本은 그 부분이 조선간본과 다르게 '严'의 형태로 된 이체자 '號'를 사용하였다.

676) 이것은 원문에 달린 주석인데 이번 면(제51면) 제1행의 제13~15자 해당하는 부분을 차지하며, 그 부분에 위와 같이 작은 글자의 주가 雙行으로 달려 있다.

677) 이것은 원문에 달린 주석인데 이번 면(제51면) 제2행의 제11~13자 해당하는 부분을 차지하며, 그 부분에 위와 같이 작은 글자의 주가 雙行으로 달려 있다.

678) 易의 이체자. 머리의 '日'이 '月'의 형태로 되어있고 이것이 아랫부분의 '勿'위에 바로 붙어 있다.

與，則此是也。」易甲笑682)曰：「嘗683)言吾義矣，吾子忘之乎？立得天下，不義，吾不敢也；威吾以兵，不義，吾不從也。今子將弑子之君，而使我從子，非吾前義也。子雖告我以利，威我以兵，吾不忍684)爲也。子行子之威，則吾亦得明吾義。逆子以兵爭685)也，應子以聲686)鄙687)也，吾聞士立義不爭，行死不鄙，拱而待兵，顏色不變也。」

　白公勝將688)弑楚惠689)王，王出亡，令尹司馬皆死，拔[第51面]劍而屬之於屈廬690)曰：「子與我，將舍子；子不與我，必殺691)子。」廬692)曰：「子殺叔父而求福於廬693)也，可乎？吾聞知命之士，見利不動，臨死不恐。爲人臣者，時生則生，時死694)則死695)，是謂人臣之禮。故上知天命696)，下知臣道，其有可劫乎？子胡

---

679) 이것은 원문에 달린 주석인데 이번 면(제51면) 제2행의 제18자 해당하는 부분을 차지하며, 그 부분에 위와 같이 작은 글자의 주가 雙行으로 달려 있다.

680) 조선간본과 四部叢刊本은 판본 전체적으로 좌부변의 '阝'는 '卩'의 형태로 사용하였는데, 조선간본은 여기서 한 번도 사용하지 않은 정자를 사용하였다. 四部叢刊本은 이체자 '陳'을 사용하였다.

681) 勒의 이체자. 오른쪽 윗부분의 '廿'이 '业'의 형태로 되어있다. 四部叢刊本은 조선간본과 다르게 그 부분이 '艹'의 형태로 된 이체자를 사용하였다.

682) 笑의 이체자. 아랫부분의 '夭'가 '犬'의 형태로 되어있다.

683) 嘗의 이체자. 아랫부분의 '旨'가 '甘'의 형태로 되어있다.

684) 忍의 이체자. 윗부분의 '刃'이 '刄'의 형태로 되어있다.

685) 爭의 略字. 윗부분의 '爫'의 형태가 '〃'의 형태로 되어있다.

686) 聲의 이체자. 윗부분 오른쪽의 '殳'가 '旻'의 형태로 되어있다.

687) 鄙의 이체자. '囗' 안의 윗부분이 'ㅿ'의 형태로 되어있고 아랫부분의 '回'가 '面'의 형태로 되어있다.

688) 將의 이체자. 四部叢刊本은 정자로 되어있다.

689) 惠의 이체자. 윗부분의 '叀'에서 맨 아랫부분의 '丶'이 빠져있다. 四部叢刊本은 정자로 되어있다.

690) 廬의 이체자. '广' 안의 '虍'가 '严'의 형태로 되어있다.

691) 조선간본과 四部叢刊本 모두 사용하는 이체자 '殺'이 아닌 정자를 사용하였다.

692) 廬의 이체자. '广' 안의 '虍'가 '严'의 형태로 되어있다. 四部叢刊本은 그 부분이 조선간본과 다르게 '严'의 형태로 된 이체자 '廬'를 사용하였다.

693) 廬의 이체자. '广' 안의 '虍'가 '严'의 형태로 되어있다. 四部叢刊本은 앞에서와 다르게 조선간본과 같은 이체자를 사용하였다.

694) 조선간본과 四部叢刊本은 모두 판본 전체적으로 이체자 '死'를 주로 사용하였는데 여기서는 정자를 사용하였다.

不推之?」白公勝乃内⁶⁹⁷⁾其劒。

　　白公勝既殺⁶⁹⁸⁾令尹司馬，欲立王子閭以爲王。王子閭不肯，劫之以刃，王子閭曰：「王孫輔⁶⁹⁹⁾相楚國，匡正王室，而后自庇焉，閭之願也。今子假⁷⁰⁰⁾威以暴王室，殺⁷⁰¹⁾伐以亂⁷⁰²⁾國家，吾雖死，不子從也。」白公勝曰：「楚國之重，天下無有。天以與子，子何不受(第52面)也?」王子閭⁷⁰³⁾曰：「吾聞辭⁷⁰⁴⁾天下子，非輕其利也，以⁷⁰⁵⁾明其德也；不爲諸侯者，非惡其位也，以絜⁷⁰⁶⁾其行也。今⁷⁰⁷⁾吾見

---

695) 死의 이체자. 오른쪽 부분의 ‘匕’가 ‘㔾’의 형태로 되어있다. 四部叢刊本에서는 그 부분이 ‘巳’의 형태로 된 이체자 ‘𣦸’를 사용하였다.

696) 命의 이체자. ‘人’의 아랫부분 오른쪽의 ‘卩’의 왼쪽 세로획이 ‘一’위에 붙은 ‘叩’의 형태로 되어있다. 四部叢刊本은 정자로 되어있다.

697) 內의 이체자. ‘冂’안의 ‘入’이 ‘人’의 형태로 되어있다.

698) 殺의 이체자. 우부방의 ‘殳’가 ‘旻’의 형태로 되어있다. 四部叢刊本은 왼쪽부분의 ‘丶’이 빠진 ‘殺’로 되어있다.

699) 輔의 이체자. 오른쪽부분의 ‘甫’에서 오른쪽 윗부분의 ‘丶’이 빠져있다. 四部叢刊本은 정자로 되어있다.

700) 假의 이체자. 오른쪽부분의 ‘𧢲’의 형태가 ‘𢵀’의 형태로 되어있다.

701) 조선간본은 판본 전체적으로 거의 사용하지 않는 정자를 사용하였는데, 四部叢刊本은 조선간본과 다르게 왼쪽부분의 ‘丶’이 빠진 ‘殺’을 사용하였다.

702) 亂의 이체자. 조선간본은 판본 전체적으로 거의 사용하지 않는 이체자를 사용하였는데, 왼쪽부분의 ‘𤔔’의 형태가 ‘𠕂’의 형태로 되어있다. 四部叢刊本은 그 부분이 조선간본과 다르게 ‘𤔔’의 형태로 된 이체자 ‘亂’을 사용하였다.

703) 閭의 이체자. ‘門’의 아래 ‘呂’가 가운데부분의 위와 아래를 연결하는 획이 없는 ‘吕’의 형태로 되어있다. 四部叢刊本은 앞에서와 다르게 그 부분이 ‘呂’의 형태로 된 ‘閭’를 사용하였다.

704) 辭의 이체자. 왼쪽부분의 ‘𤔔’가 ‘𠕂’의 형태로 되어있으며, 우부방의 ‘辛’이 아랫부분에 가로획 하나가 더 있는 ‘𨐫’의 형태로 되어있다. 四部叢刊本은 왼쪽부분이 조선간본과 다르게 ‘𤔔’의 형태로 되어있으며 우부방은 조선간본과 동일한 형태로 된 이체자 ‘辭’를 사용하였다.

705) 以의 이체자. 왼쪽부분이 ‘㠯’이 기울어진 형태로 되어있다. 四部叢刊本은 정자를 사용하였다. 이번 〈卷第八〉에서 조선간본은 정자를 주로 사용하였고, 간혹 이체자 ‘㠯’도 혼용하였는데, 四部叢刊本은 예외 없이 정자만 사용하였다. 그래서 이하에서 따로 주를 달지 않는데, 본문에 이체자 ‘㠯’가 나오면 조선간본만 이체자를 사용한 것이고 四部叢刊本은 정자를 사용한 것이다.

706) 絜의 이체자. 윗부분 오른쪽의 ‘刀’가 ‘刃’의 형태로 되어있다.

707) 今의 이체자. 앞에서 자주 사용한 이체자 ‘수’과는 다르게 맨 아랫부분의 세로획 직선 형태로 되어있다. 四部叢刊本은 조선간본과 약간 다른 형태의 이체자 ‘수’을 사용하였다.

國而忘主，不仁也；刦[708]白刃[709]而失義，不勇也。子雖告我以利，威我以兵，吾不爲也。」白公強[710]之，不可，遂殺之。葉公髙率衆誅白公，而反惠[711]王於國。

白公之難[712]，楚人有莊善[713]者，辭[714]其母[715]將往[716]死之，其母曰：「棄其親[717]而死其君，可謂義乎？」莊善曰：「吾聞事君者，内其禄[718]而外其身，今所以養母者，君之禄也。身安得無死乎！」遂辭[719]而行，比至公門，三廢[720]〖車中，其僕曰：「子懼矣。」曰：「懼。」「既懼，何不返？」莊善〗[721]{第53面}曰：「懼者，吾私[722]也；死義，吾公也。聞君子不以私害公。」及公門，刎頸而死。君子曰：「好義乎哉！」

---

708) 劫의 이체자. 우부방의 '力'이 '刄'으로 되어있다.

709) 刃의 이체자. 왼쪽의 'ヽ'이 직선 형태로 되어있다. 四部叢刊本은 그 부분이 다른 형태의 이체자 '刄'을 사용하였다.

710) 强의 이체자. 오른쪽부분의 '虽'가 '虽'의 형태로 되어있다.

711) 惠의 이체자. 윗부분의 '車'의 아랫부분이 'ム'의 형태로 되어있다. 四部叢刊本은 정자로 되어있다.

712) 難의 이체자. 왼쪽 윗부분의 '廿'이 '艹'의 형태로 되어있고 그 아랫부분이 빈 '口'의 형태로 되어있다. 四部叢刊本에는 왼쪽 윗부분이 '艹'로 된 정자 '難'으로 되어있다.

713) 善의 이체자. 가운데부분의 '丷'의 형태가 '卄'의 형태로 되어있다. 조선간본과 四部叢刊本 판본 전체적으로 위의 형태의 이체자만 사용하였다.

714) 辭의 이체자. 조선간본은 위에서와 같은 이체자를 사용하였는데, 四部叢刊本은 위에서는 다른 이체자 '辝'를 사용하였으나 여기서는 동일한 형태의 이체자를 사용하였다.

715) 母의 이체자.

716) 往의 俗字. 오른쪽부분의 '主'가 '生'의 형태로 되어있다.

717) 親의 이체자. 오른쪽부분의 '立' 아래의 '木'이 '未'의 형태로 되어있다.

718) 祿의 이체자. 오른쪽부분의 '彔'이 '录'의 형태로 되어있다.

719) 辭의 이체자. 왼쪽부분의 '啻'가 '啇'의 형태로 되어있으며, 우부방의 '辛'이 아랫부분에 가로획 하나가 더 있는 '辛'의 형태로 되어있다. 四部叢刊本은 왼쪽부분이 조선간본과 다르게 '啻'의 형태로 되어있으며 우부방은 조선간본과 동일한 형태로 된 이체자 '辭'를 사용하였다.

720) 廢의 이체자. '广' 아래 오른쪽부분의 '癹'가 '殳'의 형태로 되어있다

721) 본 판본은 1행에 18자로 되어있는데, '〖~〗'로 표시한 이번 면의 제11행은 17자로 되어있다. 四部叢刊本도 조선간본과 동일하게 17자로 되어있다.

722) 私의 이체자. 오른쪽 부분의 'ム'가 '幺'의 형태로 되어있다. 여기를 제외하고 뒤에 나오는 '私'는 모두 정자를 사용하였다.

齊崔杼弑莊公也, 有陳不占者, 聞君難[723], 將赴之, 比去, 餐[724]則失
匕[725], 上車失軾。御者曰：「怯如是, 去有益[726]乎？」不占曰：「死君, 義也；無
勇[727], 私也。不以私害公。」遂徃[728], 聞戰鬪之聲, 恐[729]駭而死。人曰：「不占
可謂仁者之勇[730]也。」

知伯嚻[731]之時, 有士曰長兒子魚, 絶知伯而去之。三年, 將[732]東之越, 而道
聞知伯嚻之見殺也, 謂衙[733]曰：「還車反[734], 吾將死之。」衙曰：「夫子絶知伯而
去之三年矣, 今[735]反死之, 是絶属[736]無別也。」長兒子魚曰(第54面)：「不然, 吾
聞仁者無餘[737]禄愛, 忠臣無餘禄。吾聞知伯之死而動吾心, 餘禄之加於我者, 至
今尚存, 吾將徃依之。」反而死。

衛懿公有臣曰弘演, 遠使未還[738]。狄人攻衛, 其民曰：「君之所與禄位者, 鶴

---

723) 難의 이체자. 앞에서 사용한 이체자 '難'과는 다른 이체자를 사용하였는데, 왼쪽 윗부분의 '廿'
이 다르게 '艹'의 형태로 되어있다.
724) 餐의 이체자. 윗부분의 '奴'에서 왼쪽 윗부분의 'ㅏ'의 형태가 '止'의 형태로 되어있다.
725) 匕의 이체자. 숫자 '七'이 아닌데, 오른쪽의 '丿'획이 'ㄴ'의 밖으로 튀어나와 있다.
726) 조선간본과 四部叢刊本 모두 주로 사용하는 이체자 '益'이 아니라 정자를 사용하였다.
727) 勇의 이체자. 발의 '力'이 '方'의 형태로 되어있다. 〈卷第八〉에서 조선간본은 이체자만 사용
하였는데, 四部叢刊本은 거의 정자만 사용하였다. 그런데 여기서는 四部叢刊本도 조선간본과
같은 이체자 '勇'을 사용하였다.
728) 徃의 俗字. 오른쪽부분의 '主'가 '生'의 형태로 되어있다.
729) 恐의 이체자. 윗부분 오른쪽의 '凡'이 안쪽의 'ㆍ'이 빠진 '几'의 형태로 되어있다.
730) 勇의 이체자. 조선간본은 여전히 이체자를 사용하였는데, 四部叢刊本은 바로 앞에서는 조선
간본과 같은 이체자를 사용하였다가 여기서는 다시 정자를 사용하였다.
731) 嚻의 이체자. 위와 아래의 'ㅁㅁ' 사이에 '頁'이 '貢'에서 가로획 하나가 빠진 '頁'의 형태로 되어
있다. 四部叢刊本은 그 부분이 '貢'의 형태로 된 이체자를 사용하였다. 바로 뒤에 나오는 '嚻'
도 같은 패턴으로 되어있기 때문에 주를 달지 않는다.
732) 조선간본은 정자로 되어있는데, 四部叢刊本은 이체자 '將'으로 되어있다.
733) 御의 이체자. 가운데부분의 '缶'의 형태가 '缶'의 형태로 되어있다.
734) 反의 이체자. '厂'에서 윗부분의 가로획이 비스듬하고 세로획 밖으로 삐져나와 있다.
735) 今의 이체자. 四部叢刊本은 다른 형태의 이체자 '今'을 사용하였다.
736) 屬의 略字. 머리 '尸'의 아랫부분이 '禹'의 형태로 되어있다.
737) 餘의 이체자. 오른쪽부분의 '余'가 '余'의 형태로 되어있다.
738) 還의 이체자. '辶'의 윗부분에서 '罒'의 아랫부분의 '呆'의 형태가 '朱'의 형태로 되어있다. 四

也；所富者，宮人也。君使宮人與鶴戰[739]，余焉能戰？」遂潰而去。狄人追及懿公於榮澤，殺之，盡食其肉，獨舍其肝。弘演至，報使於肝畢[740]，呼天而號，盡哀而止。曰：「臣請爲表。」因自刺[741]其腹[742]，内懿公之肝而死。齊桓[743]公聞之曰：「衛之亡也以無道，今有臣若此，不可不存。」於是救衛於楚丘。(第55面)

　芊尹文者，荆[744]之歐鹿麀[745]者也。司馬子期臘[746]於雲夢[747]，載旗之長拖地。芊尹文拔[748]劒齊諸軫而斷之，貳[749]車抽弓於韔，援矢於箭，引而未發[750]也。司馬子期伏軾而問曰：「吾有罪於夫子乎？」對曰：「臣以君旗拽地故也。國君之旗齊於軫，大夫之旗齊於軾。今子荆國有名大夫而滅[751]三等，文之斷也，不亦可乎？」子期悅[752]，載之王所，王曰：「吾聞有斷子之旗者，其人安在？吾將殺之。」子期以文之言告，王悅，使爲江南令，而大治。

　卞莊子好勇[753]，養毋[754]，戰而三北[755]，交遊非之，國君辱[756]之，及毋[757]

　部叢刊本도 앞에서는 조선간본과 같은 이체자를 사용하였는데, 여기서는 '皿'의 아랫부분이 '纟'의 형태로 된 이체자 '還'을 사용하였다.

739) 戰의 이체자. 오른쪽부분의 '單'이 '単'의 형태로 되어있다.

740) 畢의 이체자. 맨 아래의 가로획 하나가 빠져있다.

741) 刺의 이체자. 왼쪽부분의 '朿'의 형태가 '束'의 형태로 되어있다.

742) 腹의 이체자. 왼쪽 윗부분의 '⺈'의 형태가 '亠'의 형태로 되어있다.

743) 桓의 이체자. 오른쪽부분의 '亘'이 맨 아래 가로획이 빠진 '㫗'의 형태로 되어있다.

744) 荊의 이체자. 머리의 '艹'가 글자 전체의 윗부분이 아닌 '开'의 위에만 있다.

745) 麂의 이체자. 윗부분의 '丘'의 형태가 '⺕'의 형태로 되어있으며 아랫부분 '比'에서 왼쪽부분이 '土'의 형태로 되어있다.

746) 臘의 이체자. 오른쪽부분의 '巤'이 '巤'의 형태로 되어있다.

747) 夢의 이체자. 윗부분의 '艹'가 '厷'의 형태로 되어있다.

748) 拔의 이체자. 오른쪽부분의 '犮'이 '反'의 오른쪽 윗부분에 'ヽ'이 첨가된 '犮'의 형태로 되어있다.

749) 貳의 이체자. 오른쪽부분의 'ヽ'이 위쪽이 아닌 중간에 찍혀 있다.

750) 發의 이체자. 머리의 '癶' 아랫부분 오른쪽의 '殳'가 '⺇'의 형태로 되어있다.

751) 滅의 略字. 좌부변의 '氵'가 'ㅋ'의 형태로 되어있다.

752) 悅의 이체자. 오른쪽부분의 '兌'가 '兑'의 형태로 되어있다.

753) 勇의 이체자. 발의 '力'이 '刀'의 형태로 되어있다. 〈卷第八〉에서 조선간본은 이체자만 사용하였는데, 四部叢刊本은 거의 정자만 사용하다 여기서는 조선간본과 같은 이체자 '勇'을 사용하였다.

754) 毋의 이체자. 四部叢刊本은 다른 형태의 이체자 '毋'를 사용하였다. 이번 단락에서 조선간본과

死三年，冬與魯戰，卞莊子請從，見於魯{第56面}將軍曰：「初758)與毌處759)，是以三北，今毌宛，請塞責而神有所歸。」遂赴敵，獲一甲首而獻760)之。曰：「此塞一北。」又入，獲一甲首而獻761)之。曰：「此塞再762)北。」又入，獲一甲首而獻之。曰：「此塞三北。」將軍曰：「毌沒爾家，宜止之，請爲兄弟。」莊子曰：「三北以養毌也，是子道也，今763)士節小具而塞責矣。吾聞之節士不以厚生。」遂反敵殺764)十人而宛。君子曰：「三北又塞責，滅世斷家，於孝不終也。」

劉向新序卷第八765){第57面}

{第58面}766)

四部叢刊本은 몇 가지 이체자를 혼용하였는데, 두 판본의 글자가 다른 경우는 주를 달아 밝힌다.

755) 北의 이체자. 왼쪽부분의 '彐'의 형태가 '土'의 형태로 되어있다.

756) 辱의 이체자. 윗부분의 '辰'이 '辰의 형태로 되어있다.

757) 母의 이체자. 四部叢刊本은 조선간본과 다르게 가운데 '丿'이 삐져나온 형태의 이체자 '毋'를 사용하였다.

758) 조선간본은 판본 전체적으로 부수 '礻'를 '衤'로 사용하였는데, 여기서는 제대로 된 부수를 사용하였다. 그런데 四部叢刊本은 부수가 '衤'로 된 이체자 '初'를 사용하였다.

759) 處의 이체자. 부수 '虍'가 '严'의 형태로 되어있다. 四部叢刊本은 그 부분이 조선간본과 다르게 '严'의 형태로 된 이체자 '處'를 사용하였다.

760) 獻의 이체자. 머리의 '虍' 아랫부분의 '鬲'이 '鬲'의 형태로 되어있으며 우부방의 '犬'이 '丈'의 형태로 되어있다.

761) 獻의 이체자. 머리의 '虍' 아랫부분의 '鬲'이 '鬲'의 형태로 되어있으며 앞에서와는 달리 우부방의 '犬'의 그대로 된 형태로 되어있다. 四部叢刊本에는 왼쪽부분은 조선간본과 같고 우부방이 조선간본과 다르게 '丈'의 형태로 된 이체자 '獻'을 사용하였다.

762) 再의 이체자. 중간부분의 가로획이 양쪽으로 모두 튀어나와 있다.

763) 今의 이체자. 四部叢刊本은 조선간본과 다르게 아랫부분이 직선 형태로 된 이체자 '今'을 사용하였다.

764) 殺의 이체자. 왼쪽 윗부분의 'ㄨ'가 '又'의 형태로 되어있고 우부방의 '殳'가 '殳'의 형태로 되어있다. 四部叢刊本은 왼쪽부분은 조선간본과 다르고 오른쪽부분은 조선간본과 같은 형태의 이체자 '殺'을 사용하였다.

765) 이 卷尾의 제목은 마지막 제11행에 해당한다. 이번 면은 제8행에서 글이 끝나고, 나머지 2행이 빈칸으로 되어있다.

766) 〈劉向新序卷第八〉은 이전 면인 제57면에서 끝났는데, 각 권은 홀수 면에서 시작하기 때문에 짝수 면인 이번 제58면은 계선만 인쇄되어있고 한 면이 모두 비어 있다.

劉向新序卷第九

善[767]謀[768]第九

齊[769]桓[770]公時，江國，黃國，小國也，在江淮之間。近楚，楚，大國也，數[771]侵伐，欲滅[772]取之；江人黃人患楚。齊桓公方存亡繼絶，救[773]危扶傾[774]；尊周室，攘夷狄，爲陽[775]穀[776]之會[777]，貫澤之盟，與諸侯將伐楚。江人、黃人慕桓公之義，來會盟於貫澤。管仲曰：「江、黃遠[778]齊而近楚，楚爲利之國[779]也，若[780]伐而不能救，無以宗數侯[781]，不可受也。」桓公不聽[782]，遂之盟。管仲死，楚人伐江滅黃，桓公不能救，君子閔之。是後桓公信壞[783]德[784]衰，諸侯不附[785]，遂陵[786]遲[787]不能復興[788]。夫仁智(第59面)之謀，即事有漸，力所不能

---

767) 善의 이체자. 가운데부분의 '丷'의 형태가 '卝'의 형태로 되어있다.

768) 謀의 이체자. 오른쪽부분의 '某'가 '菓'의 형태로 되어있다.

769) 齊의 이체자. '亠'의 아랫부분 가운데의 '丫'가 '了'의 형태로 되어있다.

770) 桓의 이체자. 오른쪽부분의 '亘'이 맨 아래 가로획이 빠진 '㫔'의 형태로 되어있다.

771) 數의 이체자. 왼쪽의 '婁'가 '娄'의 형태로 되어있다.

772) 滅의 略字. 좌부변의 '氵'가 '冫'의 형태로 되어있다. 조선간본과 四部叢刊本은 판본 전체적으로 주로 이체자를 사용하였고 간혹 간체자도 혼용하였다.

773) 救의 이체자. 왼쪽의 '求'에서 윗부분의 '丶'이 빠져있다.

774) 傾의 이체자. 가운데부분의 '匕'의 형태가 '匚'의 형태로 되어있다.

775) 戰의 이체자. 오른쪽부분의 '單'이 '単'의 형태로 되어있다.

776) 穀의 이체자. 왼쪽 아랫부분의 '禾'위에 가로획 하나가 없다.

777) 會의 이체자. 중간부분의 '▥'의 형태가 '甶'의 형태로 되어있다.

778) 遠의 이체자. '辶'의 윗부분에서 '土'의 아랫부분의 '㖾'의 형태가 '糸'의 형태로 되어있다. 四部叢刊本은 그 부분이 조선간본과 다르게 '糸'의 형태로 된 이체자 '逺'을 사용하였다.

779) 國의 이체자. '囗' 안의 '或'이 '戓'의 형태로 되어있다.

780) 若의 이체자. 머리의 '艹' 아랫부분의 '右'가 '石'의 형태로 되어있고, 머리의 '艹'가 아랫부분의 '石'에 붙어 있다.

781) 侯의 이체자. 오른쪽 윗부분의 '그'의 형태가 '亠'의 형태로 되어있다.

782) 聽의 이체자. '耳'의 아래 '王'이 '土'의 형태로 되어있으며 오른쪽부분의 '悳'의 형태가 가운데 가로획이 빠진 '悳'의 형태로 되어있다.

783) 壞의 이체자. 오른쪽부분에서 '罒'의 아랫부분이 '表'의 형태로 되어있다.

784) 德의 이체자. 오른쪽부분의 '悳'의 형태가 가운데 가로획이 빠진 '悳'의 형태로 되어있다.

救，未可以受其質，桓公受之過也，管仲可謂善謀矣。詩云：「魯789)是莫聽，大命以傾。」此之謂也。

晉文公時，周襄王有弟790)太叔之難791)，出亡居於鄭，不得入，使告難于魯、于晉、于秦792)。其明793)年春，秦伯師于河上，將納王。狐794)偃言於晉文公曰：「求795)諸侯，莫如勤796)王，且大義也，諸侯信之，繼文之業，而信宣於諸侯，今爲可矣。」卜，偃卜之曰：「吉。遇黃帝戰797)於阪798)泉之兆。」公曰：「吾不堪也。」對799)曰：「周禮未改800)，今801)之王，古之帝也。」公曰：「筮之。」筮之，遇大有之睽802)，曰：「吉。遇公用享于天子之卦，戰克而王享，吉□803){第60面}大

---

785) 附의 이체자. 좌부변의 '阝'가 '卩'의 형태로 되어있다.

786) 陵의 이체자. 좌부변의 '阝'가 '卩'의 형태로 되어있다.

787) 조선간본은 정자로 되어있는데, 四部叢刊本은 '辶' 위쪽 아랫부분의 '牛'가 '牜'의 형태로 된 이체자를 사용하였다.

788) 興의 이체자. 윗부분 가운데의 '同'의 형태가 '𦥑'의 형태로 되어있다.

789) 曾의 이체자. 맨 윗부분의 '八'이 '丷'의 형태로 되어있고 그 아래 '罒'의 형태가 '田'의 형태로 되어있다.

790) 弟의 이체자. 윗부분의 '丷'의 형태가 '丷'의 형태로 되어있다. 조선간본은 이제까지 한 번도 사용하지 않은 이체자를 사용하였는데, 四部叢刊本은 판본 전체적으로 자주 사용하는 이체자 '弟'를 사용하였다.

791) 難의 이체자. 왼쪽 윗부분의 '廿'이 '艹'의 형태로 되어있다.

792) 秦의 이체자. 발의 '禾'가 '未'의 형태로 되어있다. 四部叢刊本은 정자를 사용하였다.

793) 明의 이체자. 좌부변의 '日'이 '目'의 형태로 되어있는데, 조선간본은 下冊에서 이곳을 제외하고는 이체자를 사용하지 않고 정자만 사용하였다. 四部叢刊本은 정자 '明'을 사용하였다.

794) 狐의 이체자. 오른쪽부분의 '瓜'가 '爪'의 형태로 되어있다.

795) 四部叢刊本에는 정자 '求'를 사용하였는데, 조선간본에서는 'ヽ'이 빠져있다.

796) 勤의 이체자. 왼쪽부분의 '堇'이 아랫부분의 가로획 하나가 빠진 '𦰩'의 형태로 되어있다.

797) 戰의 이체자. 오른쪽부분의 '單'이 '単'의 형태로 되어있다.

798) 阪의 이체자. 좌부변의 '阝'가 '卩'의 형태로 되어있다.

799) 對의 이체자. 왼쪽부분의 '丵'의 형태가 '𡭴'의 형태로 되어있다.

800) 四部叢刊本에는 '故'로 되어있는데, 龍溪精舍本에는 조선간본과 동일하게 '改(改이 이체자)'로 되어있다. 여기서는 '周禮가 아직 바뀌지 않았다.'(劉向 撰, 林東錫 譯註, 《신서2》, 동서문화사, 2009. 699쪽)라는 뜻이기 때문에 조선간본의 '改(改이 이체자)'가 맞고 四部叢刊本의 '故'는 誤字이다.

801) 今의 이체자.

焉。且是[804]卦也，天爲澤以當日，天子降心以迎公，不亦可乎？大有去睽[805]而復，亦其所也。」晉矦辭[806]秦師而下，三月甲辰[807]，次于陽樊，右師圍溫[808]，左師逆王。夏，四月丁巳，王入于王城。取太叔于溫，而殺之干[809]隰[810]城。戊午，晉矦朝王，王享醴，命[811]之侑，予之陽樊，溫原[812]、攢茅之田。晉於是始開南陽之地。『其後三年，文公遂再[813]會諸矦以朝天子，天子錫[814]之』[815]弓矢秬鬯，以爲方伯。晉文公之命[816]是也，卒成霸道，狐偃之善謀也。夫秦、魯皆[817]疑[818]

---

802) 조선간본은 정자로 되어있는데, 四部叢刊本은 오른쪽 아랫부분의 '天'이 '禾'의 형태로 된 이체자 '睽'를 사용하였다. '睽'는 '《周易》의 제38번째의 괘'(劉向 撰, 林東錫 譯註, 《신서2》, 동서문화사, 2009. 702쪽 참조)인데, 四部叢刊本도 아래에서는 정자를 사용하였기 때문에 '睽'는 이체자가 아니라 誤字인 것 같다.

803) 조선간본은 이번 면(제60면) 제11행의 제18자에 해당하는 부분이 빈칸으로 되어있는데, 四部叢刊本에는 '謀'로 되어있다. 그런데 이체자 '謀'를 사용하지 않고 정자를 사용하였는데, 특이한 점은 판본 전체적에서 여기서만 거의 유일하게 정자를 사용하였다는 것이다.

804) 是의 이체자. 머리의 '日'이 '月' 형태로 되어있으며 그 아랫부분이 '疋'에 붙어 있다.

805) 四部叢刊本은 앞에서 '睽'를 썼는데, 여기서는 조선간본과 동일하게 정자 '睽'를 사용하였다.

806) 辭의 이체자. 왼쪽부분의 '䖔'가 '䖖'의 형태로 되어있으며, 우부방의 '辛'이 아랫부분에 가로획 하나가 더 있는 '䇂'의 형태로 되어있다.

807) 辰의 이체자. 이 형태는 판본 전체에서 거의 유일하게 여기서만 사용하였는데, 자주 사용하는 이체자 '辰'이 변형된 형태이다. 四部叢刊本에는 다른 형태의 이체자 '辰'으로 되어있다.

808) 溫의 이체자. 오른쪽부분의 '昷'의 형태가 '显'의 형태로 되어있다.

809) 조선간본과 四部叢刊本 모두 '干'으로 되어있는데, 龍溪精舍本에는 '于'로 되어있다. 여기서는 '~에서'(劉向 撰, 林東錫 譯註, 《신서2》, 동서문화사, 2009. 699쪽)라는 뜻이기 때문에 조선간본과 四部叢刊本의 '干'은 '于'의 誤字이다.

810) 隰의 이체자. 좌부변의 '阝'가 '卩'의 형태로 되어있다.

811) 命의 이체자. '人'의 아랫부분 오른쪽의 '卩'의 왼쪽 세로획이 '一'위에 붙은 '叩'의 형태로 되어있다.

812) 原의 이체자. '厂' 안의 윗부분의 '白'이 '日'의 형태로 되어있다.

813) 再의 이체자. 가운데부분의 가로획이 양쪽으로 모두 튀어나와 있고 가운데부분의 세로획도 맨 아래 가로획 아래로 튀어나와 있다.

814) 錫의 이체자. 왼쪽부분의 '昜'이 '易'의 형태도 되어있다.

815) 본 판본은 1행에 18자로 되어있는데, '『~』'로 표시한 이번 면(제61면)의 제7행은 19자로 되어있다. 四部叢刊本도 조선간본과 동일하게 19자로 되어있다.

816) 命의 이체자. '人'의 아랫부분 오른쪽의 '卩'의 왼쪽 세로획이 '一'위에 붙은 '叩'의 형태로 되

晉有狐偃之善謀以成覇功。故謀得於帷幄, 則功施於天下, 狐偃之謂也[第61面]。

虞[819]、虢[820], 皆小國也。虞[821]有夏陽之阻[822]塞, 虞、虢[823]共守之, 晉不能禽也。故晉獻[824]公欲伐虞、虢, 荀息曰：「君胡不以屈産之乘[825], 與垂[826]棘[827]之璧, 假道於虞？」公曰：「此晉國之寶[828]也, 彼受吾璧, 不借吾道, 則如之何？」荀息曰：「此小之所以事大國也, 彼不借吾道, 必不敢受吾弊。受吾幣而借吾道, 則是我取之中府, 置[829]之外府；取之中廐, 置之外廐。」公曰：「宮之奇[830]存焉, 必不使受也。」荀息曰：「宮之奇知固知矣, 雖然, 其爲人也, 通心而

어있다. 四部叢刊本은 정자로 되어있다.

817) 皆의 이체자. 아랫부분의 '白'이 '日'의 형태로 되어있다.

818) 疑의 이체자. 왼쪽 윗부분의 'ヒ'가 '上'의 형태로 되어있고 오른쪽부분이 '龺'의 형태로 되어있다. 四部叢刊本은 왼쪽부분이 조선간본과 같고 오른쪽부분은 정자 형태로 된 이체자 '疑'를 사용하였다.

819) 虞의 이체자. 머리 '虍' 아래의 '吳'가 '𡋆'의 형태로 되어있다.

820) 虢의 이체자. 왼쪽 아랫부분의 '寸'이 '𠂢'의 형태로 되어있다.

821) 虞의 이체자. 머리 '虍' 아래의 '吳'가 '𡋆'의 형태로 되어있다. 四部叢刊本은 그 부분이 조선간본과 다르게 '𡗾'의 형태로 된 이체자 '虞'를 사용하였다. 이번 단락의 이하에서는 조선간본은 '虞'를 사용하고 四部叢刊本은 '虞'를 사용하였기 때문에 따로 주를 달지 않는다. 이하에서는 이런 패턴으로 되어있기 때문에 본문에 '虞'로 되어있으면 四部叢刊本은 '虞'를 사용한 것이다.

822) 阻의 이체자. 좌부변의 'ß'가 'ᄆ'의 형태로 되어있다.

823) 虢의 이체자. 왼쪽 아랫부분의 '寸'이 '𠂢'의 형태로 되어있으며 오른쪽부분의 '虎'가 '虎'의 형태로 되어있다. 四部叢刊本은 왼쪽부분이 조선간본과 같고 오른쪽부분은 '虎'의 형태로 된 이체자 '虢'를 사용하였다. 이번 단락에서는 몇 가지 이체자를 혼용하고 있는데, 조선간본과 四部叢刊本의 글자가 다른 경우에는 주를 달아 밝힌다.

824) 獻의 이체자. 머리의 '虍' 아랫부분의 '鬲'이 '鬲'의 형태로 되어있으며 앞에서와는 달리 우부방의 '犬'의 그대로 된 형태로 되어있다. 四部叢刊本에는 왼쪽부분은 조선간본과 같고 우부방이 조선간본과 다르게 '丈'의 형태로 된 이체자 '獻'을 사용하였다.

825) 乘의 이체자.

826) 垂의 이체자. 맨 아랫부분의 가로획 '一'이 'ㄴ'의 형태로 되어있다.

827) 棘의 이체자. 양쪽의 '朿'의 형태가 모두 '束'의 형태로 되어있다.

828) 寶의 이체자. 'ᅲ'의 아랫부분 오른쪽의 '缶'가 '尓'로 되어있다.

829) 置의 이체자. 머리 'ㄓ'의 아랫부분의 '直'이 가로획이 하나 빠진 '直'의 형태로 되어있다.

830) 奇의 이체자. 머리의 '大'가 'ㅗ'으로 되어있다.

懦，又少長於君。通心則其言之略，懦[831]則不能强諫[832]，少長於君，則君輕之，
且夫玩好在耳目之前，而患在一國之後。中知以上{第62面}，乃能慮之，臣料
虞[833]君中知之下也。」公遂借道而伐虢。宮之奇諫曰：「晉之使者，其弊[834]重，其
辭[835]卑[836]，必不便於虞。語曰：『脣[837]亡則齒[838]寒矣。』故虞、虢相救，非相
爲賜[839]也。今[840]日亡虢；而明日亡虞矣。」公不聽，遂受其弊[841]而借之道，旋
歸。四年，及[842]取虞。荀息牽馬抱璧[843]而前曰：「臣之謀如何？」獻[844]公曰：
「璧[845]則猶[846]是，而吾馬之齒加長矣。」晉獻[847]公用荀息之謀而禽虞[848]，虞不

---

831) 儒의 이체자. 앞에서와는 다르게 '雨'가 '雨'의 형태로 되어있다.

832) 諫의 이체자. 오른쪽부분의 '柬'의 형태가 '東'의 형태로 되어있다.

833) 虞의 이체자. 조선간본은 앞에서 사용한 이체자 '虞'와는 다르게, 머리 '虍' 아래의 '吳'가 '具'
의 형태로 되어있다. 四部叢刊本은 이제까지 사용한 조선간본과 같은 이체자 '虞'를 사용하였
다. 여기서부터는 조선간본이 '虞'와 '虞'를 혼용하고 있기 때문에 四部叢刊本과 글자가 다른
경우 주를 달아 밝힌다.

834) 弊의 이체자. 윗부분 오른쪽의 '攵'가 '尙'의 형태로 되어있다. 四部叢刊本은 정자로 되어있다.

835) 辭의 이체자. 왼쪽부분의 '𤔔'가 '𤔔'의 형태로 되어있으며, 우부방의 '辛'이 아랫부분에 가로획
하나가 더 첨가된 '𢂿'의 형태로 되어있다.

836) 卑의 이체자. 맨 윗부분의 'ノ'이 빠져있다.

837) 脣의 이체자. 윗부분의 '辰'이 '𠨷'의 형태로 되어있다. 四部叢刊本은 그 부분이 조선간본과
다르게 '辰'으로 된 이체자 '脣'을 사용하였다.

838) 齒의 이체자. 아랫부분의 '齒'에서 '凵'이 전체가 아니라 아랫부분만 감싼 형태로 되어있다.

839) 오른쪽부분의 '昜'이 '易'의 형태로 되어있다.

840) 今의 이체자. 四部叢刊本은 아랫부분이 직선 형태로 된 이체자 '今'을 사용하였다.

841) 弊의 이체자. 四部叢刊本은 정자로 되어있다.

842) 反의 이체자. '厂'에서 윗부분의 가로획이 비스듬하고 세로획 밖으로 삐져나와 있다.

843) 璧의 이체자. 발의 '玉'이 'ㆍ'이 빠진 '王'의 형태로 되어있다. 四部叢刊本은 정자를 사용하였다.

844) 獻의 이체자. 四部叢刊本도 다른 형태의 이체자 '獻'을 사용하였다.

845) 조선간본은 앞에서 이체자 '璧'을 사용하였는데 여기서는 정자를 사용하였다.

846) 조선간본과 四部叢刊本은 판본 전체적으로 오른쪽 윗부분이 'ㆍㆍ'의 형태로 된 '猶'를 사용하였
는데, 여기서는 그 부분이 '八'의 형태로 되어있다.

847) 獻의 이체자. 조선간본은 앞에서 사용한 이체자와 같은 이체자를 사용하였고, 四部叢刊本도
조선간본과 다르지만 앞에서 사용한 이체자 '獻'을 사용하였다.

848) 虞의 이체자. 머리 '虍' 아래의 '吳'가 '具'의 형태로 되어있는데, 이번 단락에서 여기서만 유일
하게 이 이체자를 사용하였다. 四部叢刊本은 그 부분이 조선간본과 다르게 '具'의 형태로 된

用宮之奇謀而亡，故荀息非霸王之佐，戰國并兼⁸⁴⁹⁾之臣也，若宮之奇則可謂忠臣之謀也。

　晉文公、秦穆⁸⁵⁰⁾公共圍鄭，以⁸⁵¹⁾其無禮而附於楚，鄭⁸⁵²⁾{第63面}大夫佚之狐言於鄭君曰：「若使燭之武⁸⁵³⁾見秦君，圍必解。」鄭君從之，召燭之武⁸⁵⁴⁾；使之，辭⁸⁵⁵⁾曰：「臣之壯⁸⁵⁶⁾也，猶⁸⁵⁷⁾不如人，今老矣⁸⁵⁸⁾，無能爲也。」鄭⁸⁵⁹⁾君曰：「吾不能蚤⁸⁶⁰⁾用子，今急而求子，是⁸⁶¹⁾寡⁸⁶²⁾人之過⁸⁶³⁾也。然鄭亡，子亦有

이체자 '眞'를 사용하였다.

849) 龍溪精舍本은 조선간본과 四部叢刊本과는 다르게 '兼幷'으로 되어있다. 그런데 四部叢刊本은 '幷兼'이란 두 글자의 위아래에(세로쓰기이기 때문임) 'ㄹ'의 부호가 위아래로 한 글자씩 감싸고 있다. 'ㄹ'이란 부호는 가로쓰기에서 '자리 바꾸기' 부호인 '∽'에 해당한다고 볼 수 있다. 그리고 그 부호 오른쪽에 '幷'의 옆에는 작은 글씨로 '兼'을 '兼'의 옆에도 작은 글씨로 '幷'이라고 적어놓았다. 이런 교정은 붓으로 적어놓은 것이 아니라 원래의 목판에 교정을 하여 인쇄된 것이다. 그런데 '兼'과 '幷'이 바뀌어도 뜻은 달라지지 않기 때문에 조선간본이 오류라고 볼 수는 없다.

850) 穆의 이체자. 오른쪽 가운데부분의 '小'가 '宀'의 형태로 되어있다

851) 以의 이체자. 왼쪽부분이 '山'이 기울어진 형태로 되어있다. 四部叢刊本은 정자를 사용하였다.

852) 조선간본과 四部叢刊本은 판본 전체적으로 오른쪽 윗부분이 '丷'의 형태로 된 '鄭'을 사용하였는데, 여기서는 그 부분이 '八'의 형태로 되어있다. 이번 단락에서는 두 가지 형태의 글자를 혼용하고 있는데, 여기서는 조선간본과 四部叢刊本은 동일한 형태의 글자를 사용하였다. 이하에서는 두 판본의 글자가 다른 경우 주를 달아 밝힌다.

853) 武의 이체자. 맨 윗부분의 가로획이 '弋'에서 '乀'획의 밖으로 튀어나와 있다. 四部叢刊本은 정자로 되어있다.

854) 武의 이체자. 조선간본은 앞에서와 동일한 이체자를 사용하였는데, 四部叢刊本은 정자를 사용하였다.

855) 辭의 이체자. 앞에서 사용한 이체자 '辭'와는 다른데, 왼쪽부분의 '䛊'가 '䛡'의 형태로 되어있다.

856) 四部叢刊本에는 '莊'으로 되어있는데, 龍溪精舍本에는 조선간본과 동일하게 '壯'으로 되어있다. 여기서는 '한창 나이 때'(劉向 撰, 林東錫 譯註,《신서2》, 동서문화사, 2009. 710쪽)라는 뜻이기 때문에 조선간본의 '壯'이 맞고 四部叢刊本의 '莊'은 誤字이다.

857) 조선간본과 四部叢刊本은 판본 전체적으로 오른쪽 윗부분이 '丷'의 형태로 된 '猶'를 사용하였는데, 여기서는 그 부분이 '八'의 형태로 되어있다.

858) 矣의 이체자. '厶'의 아랫부분의 '矢'가 '失'의 형태로 되어있다.

859) 조선간본과 四部叢刊本은 판본 전체적으로 오른쪽 윗부분이 '丷'의 형태로 된 '鄭'을 사용하였는데, 여기서는 그 부분이 '八'의 형태로 되어있다.

不利焉。」燭之武[864]許諾[865]。夜出見秦君曰：「秦晉圍鄭，鄭知亡矣，若亡而有益於君，敢以煩執事。鄭在晉之東，秦在晉[866]之西，越晉而取鄭，君知其難[867]也，焉用亡鄭以陪[868]晉。晉，秦之鄰也，鄰之強，君之憂也。若舍鄭以[869]爲東道主，行李之往[870]來，共其資粮，亦無所害。且君立晉君，晉許君焦瑕，朝得入，夕設版而畫界焉，君之所知也。夫晉[871]何{第64面}厭之有，既東取鄭，又欲廣其西境，不闕秦將焉取之？闕[872]秦而利晉，顧[873]君圖[874]之。」秦君說[875]，引兵而還。晉咎犯請擊[876]之，文公曰：「不可，微夫人之力不能弊鄭，因人之力以弊之，不仁；失其所與，不知；以亂[877]易[878]整，不武[879]。吾其還矣。」亦去，

---

860) 蚤의 이체자. 윗부분의 '叉'의 형태가 '夂'의 형태로 되어있다.

861) 是의 이체자. 머리의 '日'이 '月' 형태로 되어있으며 그 아랫부분이 '疋'에 붙어 있다. 四部叢刊本은 정자를 사용하였다.

862) 寡의 이체자. 발의 '刀'가 '力'으로 되어있다.

863) 過의 이체자. '辶' 위의 '咼'가 '咼'의 형태로 되어있다.

864) 武의 이체자. 四部叢刊本은 정자를 사용하였다.

865) 諾의 이체자. 오른쪽의 '若'이 '若'의 형태로 되어있다.

866) 晉의 이체자. 발의 '日'이 '目'의 형태로 되어있다. 四部叢刊本은 정자를 사용하였다.

867) 難의 이체자. 왼쪽 윗부분의 '廿'이 '卄'의 형태로 되어있다.

868) 陪의 이체자. 좌부변의 'β'가 '卩'의 형태로 되어있다.

869) 以의 이체자. 왼쪽부분이 '山'이 기울어진 형태로 되어있다. 四部叢刊本은 정자를 사용하였다.

870) 往의 俗字. 오른쪽부분의 '主'가 '生'의 형태로 되어있다.

871) 晉의 이체자. 윗부분이 '亜'의 형태로 되어있다. 四部叢刊本은 정자를 사용하였다.

872) 闕의 이체자. 바로 앞에서 정자를 썼는데, '門'안의 왼쪽부분의 '屰'이 '羊'의 형태로 되어있다. 四部叢刊本에서는 정자를 사용하였다.

873) 顧의 이체자. 오른쪽부분의 '原'이 '原'의 형태로 되어있다.

874) 圖의 이체자. '口' 안의 윗부분이 '厶'의 형태로 되어있고 아랫부분의 '回'가 '田'의 형태로 되어있다. 四部叢刊本에는 조선간본과 다르게 윗부분이 정자 형태로 되어있고 아랫부분이 '田'로 된 이체자 '圖'를 사용하였다.

875) 說의 이체자. 오른쪽부분의 '兌'가 '兊'의 형태로 되어있다.

876) 擊의 이체자. 윗부분의 왼쪽의 '軎'가 '車'의 형태로 되어있고, 그 오른쪽부분의 '殳'가 '윳'의 형태로 되어있다.

877) 亂의 이체자. 왼쪽부분의 '𤔔'의 형태가 '𤔔'의 형태로 되어있고 오른쪽부분의 'ㄥ'이 'ㄥ'의 형태로 되어있다. 四部叢刊本은 왼쪽부분이 조선간본과 같고 오른쪽부분은 정자 형태로 된 이체자 '亂'을 사용하였다.

鄭[880]圍遂解。燭之武可謂善謀，一言而存鄭安秦。鄭君不蚤[881]用善謀，所以削國也，困而覺[882]焉，所以得存。

　　楚靈王即位，欲爲霸，會諸侯，使椒舉如晉求諸侯。椒舉致命[883]曰：「寡君使舉曰：君有惠[884]，賜盟于宋。曰：『晉、楚之從，交相見也。』以歲之不易[885]，寡人願結驩[886]於二三君。使舉請問[887]，君若筍[888]無四方之虞，則{第65面}顧假寵以請於諸侯。」晉君欲勿許。司馬侯曰：「不可。楚王方侈，天其或者欲盈[889]其心，以厚[890]其毒[891]而降之罰，未可知也。其使能終，亦未可知也。唯天所相，不可與爭。君其許之，修德以待其歸。若歸於德，吾猶將事之，況諸侯乎？若適淫[892]虐，楚將[893]弃[894]之，吾誰與爭？」公曰：「晉有三不殆，其何敵[895]之有？國

險[896]而多馬，齊、楚多難[897]，有是三者，何嚮[898]而不濟[899]？」對[900]曰：「恃馬與險，而虞隣[901]之難，是三殆也。四嶽三塗[902]，陽城大室，荊[903]山終南，九州之險[904]也，是[905]不一姓，冀[906]之北土，馬之所生也，無興[907]國焉。恃險與馬，不足以爲固也，從古以然，是[908]以先王務德音以享[909]神{第66面}人，不聞其務險與馬也。或多難以固其國，開其疆[910]土；或無難以喪[911]其國，失其守宇，若何虞難？齊有仲孫之難[912]而獲桓[913]公，至今賴[914]之；晉有里克之難而獲文公，是

893) 조선간본은 정자를 사용하였는데, 四部叢刊本은 이체자 '將'을 사용하였다.
894) 棄의 略字. 윗부분 '厶'의 아랫부분이 '廾'의 형태로 되어있다.
895) 조선간본은 정자로 되어있는데, 四部叢刊本에는 판본 전체적으로 한 번도 사용하지 않은 이체자 '敵'으로 되어있다.
896) 險의 이체자. 좌부변의 '阝'는 '卩'의 형태로 되어있다.
897) 難의 이체자. 왼쪽 윗부분의 '廿'이 '卄'의 형태로 되어있다.
898) 嚮의 이체자. 윗부분의 '鄕'이 가운데부분의 '㇀'이 빠진 이체자 '鄉'으로 되어있다.
899) 濟의 이체자. 오른쪽 부분의 '齊'에서 '亠'의 아래 가운데부분의 'Y'가 '了'의 형태로 되어있다.
900) 조선간본과 四部叢刊本은 판본 전체적으로 거의 이체자 '對'를 사용하였는데, 여기서는 두 판본 모두 정자를 사용하였다.
901) 隣의 이체자. 좌부변의 '阝'는 '卩'의 형태로 되어있다.
902) 塗의 이체자. 윗부분 오른쪽의 '余'가 '余'의 형태로 되어있다. 조선간본과 四部叢刊本은 판본 전체적으로 거의 이체자를 사용하였는데, 여기서는 四部叢刊本만 정자로 되어있다.
903) 荊의 이체자. 머리의 '艹'가 글자 전체의 윗부분이 아닌 '开'의 위에만 있다.
904) 險의 이체자. 좌부변의 '阝'는 '卩'의 형태로 되어있고, 오른쪽 맨 아랫부분의 '从'이 '灬'의 형태로 되어있다. 앞에서는 다른 형태의 이체자 '險'을 사용하였는데, 이하에서는 이체자 '険'을 사용하였다.
905) 是의 이체자. 머리의 '日'이 '月' 형태로 되어있으며 그 아랫부분이 '疋'에 붙어 있다. 四部叢刊本은 정자를 사용하였다.
906) 冀의 이체자. 윗부분의 '北'이 '丷'의 형태로 되어있다.
907) 興의 이체자. 윗부분 가운데의 '同'의 형태가 '目'의 형태로 되어있다. 四部叢刊本은 그 부분이 조선간본과 다르게 '冋'의 형태로 된 이체자 '興'을 사용하였다.
908) 是의 이체자. 머리의 '日'이 '月' 형태로 되어있으며 그 아랫부분이 '疋'에 붙어 있다. 四部叢刊本은 정자를 사용하였다.
909) 享의 이체자.
910) 조선간본은 정자를 사용하였는데, 四部叢刊本에는 이체자 '彊'로 되어있다.
911) 喪의 이체자. 중간부분의 '吅'가 '从'의 형태로 되어있다.

以爲盟主。衛、邢無難，狄亦喪之，故人之難不可虞也。恃此三者而不修政德，亡於不暇，有何能濟，君其許之。紂作淫虐915)，文王惠和，殷是以霣916)，周是以興917)，夫豈爭諸侯哉？」乃許楚靈王，遂爲申之會，與諸侯伐吳918)，起919)章華之臺，爲乾谿之役，百姓罷勞怨懟於下，群臣倍畔於上，公子弃疾作亂920)，靈王亡逃，卒死於野。故曰：「晉不頓一戟，而楚人自亡。」司馬侯之謀也。{第67面}

楚平王殺伍子胥之父，子胥出亡，挾弓而干闔閭，大之甚，勇921)之。爲是而欲興922)師伐楚。子胥諫曰：「不可，臣聞之，君子不爲匹夫興923)師，且事君猶事父也，虧君之義，復父之讎，臣不爲也。」於是止。蔡924)昭公朝於楚，有美925)裘，楚令尹囊无926)求之，昭公不予，於是拘昭公於郢。數年而后歸927)之，昭公

---

912) 難의 이체자. 왼쪽 윗부분의 '廿'이 '艹'의 형태로 되어있고 그 아랫부분이 빈 '口'의 형태로 되어있다.

913) 조선간본은 정자를 사용하였는데, 四部叢刊本은 이체자 '栢'을 사용하였다.

914) 賴의 이체자.

915) 虐의 이체자. 머리의 '虍'가 '虍'의 형태로 되어있다.

916) 霣의 이체자. 아랫부분의 '員'이 '貟'의 형태로 되어있다.

917) 興의 이체자. 四部叢刊本은 정자 '興'을 사용하였다.

918) 吳의 이체자. '夨'의 형태가 '六'의 형태로 되어있다.

919) 起의 이체자. 오른쪽부분의 '己'가 '巳'의 형태로 되어있다.

920) 亂의 이체자. 왼쪽부분의 '𤔔'의 형태가 '𤔔'의 형태로 되어있고 오른쪽부분의 '乚'이 '乚'의 형태로 되어있다. 四部叢刊本은 조선간본과 다르게 왼쪽부분이 '𤔔'의 형태로 되고 오른쪽부분은 정자 '乚'의 형태로 된 이체자 '亂'을 사용하였다.

921) 勇의 이체자. 발의 '力'이 '力'의 형태로 되어있다. 四部叢刊本은 정자를 사용하였다.

922) 興의 이체자. 앞에서 사용한 이체자 '興'과는 다르게 윗부분 가운데의 '同'의 형태가 '冃'의 형태로 되어있다. 四部叢刊本은 조선간본과 같은 이체자를 사용하였다.

923) 興의 이체자. 조선간본은 바로 앞에서 사용한 이체자 '興'과는 다르게 윗부분 가운데의 '同'의 형태가 '冄'의 형태로 되어있다. 四部叢刊本은 그 부분이 조선간본과 다르게 '冃'의 형태로 된 이체자 '興'을 사용하였다.

924) 蔡의 이체자. '艹' 아래의 '癶'의 형태가 '𡗗'의 형태로 되어있다.

925) 美의 이체자. 四部叢刊本에는 '美'의 아랫부분 왼쪽에 'ヽ'이 첨가되어있다. 그런데 조선간본은 한 번도 사용하지 않은 이체자를 사용하였는데, '美'에 덧붙은 'ヽ'이 원판본의 오류인지 인쇄된 후에 가필인지 구별할 수 없다. 또한 후조당본은 이 부분이 뭉그러져 있어서 참고할 수가 없었다. 四部叢刊本은 아랫부분의 '大'가 '火'의 형태로 된 이체자 '羙'를 사용하였다.

濟漢水，沉璧928)曰：「諸俟有伐楚者，寡人請爲前列。」楚人聞之怒，於是興929)
師伐蔡，蔡請救于吳，子胥諫曰：「蔡非有罪也，楚人無道也，君若有憂中國之
心，則君此時可矣。」於是興師伐楚，遂敗楚人於栢舉而成覇道，子胥之謀也。故
春秋美而襃930)之。■{第(68面)}931)

　　秦孝公欲用衛鞅之言，更爲嚴刑峻法，易932)古三代之制度933)，恐934)大臣不
從，於是935)召衛鞅，甘龍936)、杜摯三大夫衙937)於君，慮世938)事之變計，正法之
本，使民之道。君曰：「代位不亡社稷，君之道也；錯法務明主，長臣之行也。
今939)吾欲更法以教民，吾恐天下之議我也。」公孫鞅曰：「臣聞疑940)行無名，疑
事無功，君亟941)定變法之慮，行之無疑，殆無顧天下之議，且942)夫有髙人之行
者，固負943)非於世；有獨知之慮者，必見謷於民。語曰：『愚者暗成事，知者見

---

926) 瓦의 이체자.

927) 歸의 이체자. 왼쪽 맨 윗부분의 ‘丿’이 빠져있다. 四部叢刊本은 정자로 되어있다.

928) 璧의 이체자. 발의 ‘玉’이 ‘丶’이 빠진 ‘王’의 형태로 되어있다. 四部叢刊本은 정자를 사용하였다.

929) 興의 이체자. 앞에서 사용한 이체자 ‘興’과는 다르게 윗부분 가운데의 ‘同’의 형태가 ‘𦥯’의 형태로 되어있다.

930) 襃의 이체자. 가운데 ‘保’에서 왼쪽부분의 ‘亻’이 ‘㠯’의 형태로 되어있다.

931) 이 부분은 이번 면(제68면)의 제11행 제18자의 위치에 해당하는데, 四部叢刊本은 제17자에서 문단이 끝나기 때문에 한 글자에 해당하는 부분을 빈칸으로 두었다. 그런데 조선간본은 그냥 빈칸이 아니라 한 글자에 해당하는 부분이 검은 빈칸인 ‘■’으로 인쇄되어있다.

932) 조선간본은 정자를 사용하였는데, 四部叢刊本은 이체자 ‘易’를 사용하였다.

933) 度의 이체자. ‘广’ 안의 윗부분의 ‘廿’이 ‘卅’의 형태로 되어있다.

934) 恐의 이체자. 윗부분 오른쪽의 ‘凡’이 안쪽의 ‘丶’이 빠진 ‘几’의 형태로 되어있다.

935) 是의 이체자. 머리의 ‘日’이 ‘月’ 형태로 되어있으며 그 아랫부분이 ‘正’에 붙어 있다. 四部叢刊本은 정자를 사용하였다.

936) 조선간본은 정자를 사용하였는데, 四部叢刊本은 오른쪽부분이 ‘㐬’의 형태로 된 이체자 ‘龍’을 사용하였다.

937) 御의 이체자. 가운데부분의 ‘缶’의 형태가 ‘缶’의 형태로 되어있다.

938) 世의 이체자. 맨 아랫부분의 가로획이 왼쪽 세로획 밖으로 튀어나와 있다.

939) 今의 이체자. 四部叢刊本은 다른 형태의 이체자 ‘今’을 사용하였다.

940) 疑의 이체자. 왼쪽 윗부분의 ‘匕’가 ‘上’의 형태로 되어있다.

941) 亟의 이체자. 윗부분의 ‘丂’의 형태가 ‘了’의 형태로 되어있다.

942) 且의 이체자. 조선간본은 가로획 하나가 더 들어가 있는데, 四部叢刊本은 정자로 되어있다.

未萌。』民不可與慮始，可與樂成功。郭944)偃之法曰：『論至德者，不和於俗；成大功者，不謀於衆945)。』法者所以{第69面}愛民也，禮者所以便事也。是以聖人苟可以治國，不法其故；苟可以利民，不循其禮。」孝公曰：「善。」甘龍946)曰：「不然。臣聞聖人不易947)民而教，知者不變法而治。因民而教者，不勞而功成，據948)法而治者，吏習949)而民安之。今950)君變法不循故，更禮以教民，臣恐天下之議君，願君熟951)慮之。」公孫鞅曰：「子之所言者，世俗之所知也。常人安於所習，學952)者溺953)於所聞，此兩954)者所以居官而守法也，非所與論於典法之外也。三代不同道而王，五霸不同法而霸。知者作法，而愚者制焉；賢955)者更禮，不肖者拘焉。更禮之人，不足與言事；制法之人，不足與{第70面}論治。君及疑矣956)。」杜摯曰：「利不百不變法，功不■957)不易958)器959)。■960)聞之法古無過，循禮無

---

943) 負의 이체자. 윗부분의 '⺈'가 '刀'의 형태로 되어있다.

944) 郭의 이체자. 왼쪽부분의 '享'이 '亯'의 형태로 되어있다.

945) 衆의 이체자. 머리 '血'의 아랫부분이 '氺'의 형태로 되어있다.

946) 龍의 이체자. 오른쪽부분의 '⻳'의 형태가 '䶹'의 형태로 되어있다.

947) 조선간본은 정자를 사용하였는데, 四部叢刊本은 이체자 '易'을 사용하였다.

948) 據의 이체자. 오른쪽 윗부분의 '虍'가 '严'의 형태로 되어있다.

949) 習의 이체자. 머리의 '羽'가 '⺘⺘'의 형태로 되어있으며, 아랫부분의 '白'이 '日'로 되어있다.

950) 今의 이체자. 四部叢刊本은 다른 형태의 이체자 '今'을 사용하였다.

951) 熟의 이체자. 윗부분 왼쪽의 '享'이 '亯'의 형태로 되어있다.

952) 學의 이체자. 윗부분의 '臼'의 형태가 '𦥑'의 형태로 되어있다. 四部叢刊本은 정자를 사용하였다.

953) 溺의 이체자. 오른쪽부분의 '弱'에서 앞과 뒤의 모양이 다른 '𣸹'의 형태로 되어있다.

954) 兩의 이체자. 바깥부분 '帀'의 안쪽의 '入'이 '人'의 형태로 되어있다.

955) 賢의 이체자. 윗부분 왼쪽의 '臣'이 '目'의 형태로 되어있다.

956) 矣의 이체자. '厶'의 아랫부분의 '矢'가 '失'의 형태로 되어있다. 四部叢刊本은 정자를 사용하였다.

957) 이 글자는 이번 면(제71면) 제1행의 제18번째 글자에 해당한다. 조선간본만 검은 빈칸 '■'으로 되어있는데, 四部叢刊本에는 '什'으로 되어있다.

958) 易의 이체자. 아랫부분의 '勿'에서 'ノ'의 한 획이 빠져있다. 四部叢刊本은 다른 형태의 이체자 '易'을 사용하였다.

959) 器의 이체자. 가운데부분의 '犬'이 '工'의 형태로 되어있다.

960) 이 글자는 이번 면(제71면) 제2행의 제4번째 글자에 해당한다. 조선간본만 검은 빈칸 '■'으로 되어있는데, 四部叢刊本에는 '臣'으로 되어있다.

邪, 君其鄙⁹⁶¹⁾之。」公孫鞅曰：「前世不同教, 何古之法？帝王者不相復, 何禮之循？伏犧神農⁹⁶²⁾, 攻而不誅；黃帝堯⁹⁶³⁾舜, 誅而不怒；及至文武⁹⁶⁴⁾, 各當其時而立法因事制禮。禮法兩定, 制令各宜⁹⁶⁵⁾, 甲兵器備, 各便其用。臣故曰治世不一道, 便國不必古。故湯⁹⁶⁶⁾武⁹⁶⁷⁾之王也不循古, 殷⁹⁶⁸⁾夏之滅⁹⁶⁹⁾也不易⁹⁷⁰⁾禮。然則反古者未可非也, 循禮者未足多也, 君無疑■■■⁹⁷¹⁾公曰：「善。吾聞窮鄉⁹⁷²⁾多怪, 曲學⁹⁷³⁾多辯。愚者之笑⁹⁷⁴⁾, 和者哀焉；狂夫⁹⁷⁵⁾之樂, 賢⁹⁷⁶⁾者憂焉。拘世⁹⁷⁷⁾之議, 人心不疑矣⁹⁷⁸⁾。」於是{第71面}孝公違龍⁹⁷⁹⁾摯之善謀, 遂徙⁹⁸⁰⁾

---

961) 鄙의 이체자. 왼쪽 아랫부분의 '靣'이 '面'의 형태로 되어있다.

962) 農의 이체자. 발의 '辰'이 '厎'의 형태로 되어있다.

963) 堯의 이체자. 아랫부분의 '兀'이 '儿'의 형태로 되어있다.

964) 武의 이체자. 맨 윗부분의 가로획이 '弋'에서 'ㄴ'획의 밖으로 튀어나와 있다. 四部叢刊本은 정자로 되어있다.

965) 宜의 이체자. 머리의 'ﾍ'이 '一'의 형태로 되어있다.

966) 湯의 이체자. 오른쪽부분의 '昜'이 '易'의 형태로 되어있다.

967) 武의 이체자. 四部叢刊本은 정자를 사용하였다.

968) 殷의 이체자. 우부방의 '殳'가 '爻'의 형태로 되어있다.

969) 滅의 略字. 좌부변의 'ﾏ'가 'ﾉ'의 형태로 되어있다.

970) 易의 이체자. 四部叢刊本은 정자를 사용하였다.

971) 이 글자들은 이번 면(제71면) 제9행의 제14~16번째의 세 글자에 해당한다. 조선간본만 세 개의 검은 빈칸(■)이 연이어 붙어 있는 형태로 되어있는데, 四部叢刊本에는 '矣孝公' 세 글자로 되어있다.

972) 鄕의 이체자. 왼쪽부분의 'ﾅ'에서 'ﾉ'의 형태가 빠져있고 가운데부분의 '皀'에서 윗부분의 'ﾉ'이 빠져있다. 四部叢刊本에는 자주 사용하는 이체자 '鄕'으로 되어있다. 조선간본은 판본 전체적으로 이런 형태의 글자를 한 번도 사용한 적이 없기 때문에 이체자라기보다는 'ﾅ'에서 'ﾉ'의 형태가 빠진 誤字로 보인다.

973) 學의 이체자. 윗부분의 '與'의 형태가 '興'의 형태로 되어있다. 四部叢刊本은 정자를 사용하였다.

974) 笑의 이체자. 아랫부분의 '夭'가 '大'의 형태로 되어있다. 四部叢刊本은 그 부분이 조선간본과 다르게 '犬'의 형태로 된 이체자 '笑'를 사용하였다.

975) 四部叢刊本에는 '天'으로 되어있는데, 龍溪精舍本에는 조선간본과 동일하게 '夫'로 되어있다. 여기의 '狂夫'는 '미친 사람'(劉向 撰, 林東錫 譯註,《신서2》, 동서문화사, 2009. 727쪽)라는 뜻이기 때문에 四部叢刊本의 '天'은 誤字이다.

976) 賢의 이체자. 윗부분 왼쪽의 '臣'이 '目'의 형태로 되어있다.

977) 世의 이체자. 四部叢刊本에는 정자로 되어있다.

衞鞅之過言, 法嚴而酷刑深, 而必守之以981)公, 當時取強982), 遂封鞅爲商君。及
孝公始, 國人怨商君, 至於車裂之, 其患流漸, 至始皇赤衣塞路, 群盜滿983)山,
卒以亂亡, 削刻無恩之所致也。三代積德而王, 齊桓984)繼985)絶而霸, 秦皇986)嚴
暴987)而亡, 漢988)王垂989)仁而帝, 故仁恩, 謀之本也。

　　秦惠990)王時蜀亂991), 國人相攻擊992), 告急於秦。秦惠王欲發993)兵伐蜀, 以

---

978) 矣의 이체자. 'ㅿ'의 아랫부분의 '矢'가 '夫'의 형태로 되어있다. 四部叢刊本은 그 부분이 '天'
　　의 형태로 된 이체자 '矣'를 사용하였다.

979) 조선간본은 정자를 사용하였는데, 四部叢刊本은 오른쪽부분이 '𣄼'의 형태로 된 이체자 '龍'을
　　사용하였다.

980) 從의 이체자. 조선간본은 판본 전체적으로 정자를 사용하였는데 여기서는 한 번도 사용하지
　　않은 이체자를 사용하였다. 四部叢刊本에서는 정자를 사용하였다.

981) 조선간본은 정자로 되어있는데, 四部叢刊本은 가운데 'ㆍ'이 'ㆍ'의 형태로 된 이체자 '以'를
　　사용하였다.

982) 強의 이체자. 이체자 '強'의 'ㅿ'에서 윗부분의 양쪽이 빠지고 가로획 'ㅡ'만 남은 형태로 되어
　　있다. 四部叢刊本은 다른 형태의 이체자 '強'으로 되어있다. 조선간본은 판본 전체적으로 한
　　번도 사용하지 않은 글자로 되어있는데, 誤字이거나 인쇄상의 오류로 보인다. 후조당본은 이
　　부분이 뭉그러져 있어서 글자의 형태를 참고할 수가 없다.

983) 滿의 이체자. 오른쪽부분의 '㒼'이 '㒼'의 형태로 되어있다. 四部叢刊本은 다른 형태의 이체자
　　'蒲'으로 되어있다.

984) 조선간본은 정자를 사용하였는데, 四部叢刊本은 이체자 '桓'을 사용하였다.

985) 繼의 이체자. 오른쪽부분의 '𢇍'가 '迷'의 형태로 되어있다. 四部叢刊本은 정자를 사용하였다.

986) 四部叢刊本은 '夏'로 되어있고, 龍溪精舍本에는 '項'으로 되어있는데, 두 판본 모두 조선간본
　　과 글자가 다르다. 그런데 여기서 '秦項'은 秦始皇과 項羽를 가리키기(劉向 撰, 林東錫 譯註,
　　《신서2》, 동서문화사, 2009. 730쪽) 때문에 조선간본의 '皇'과 四部叢刊本의 '夏'는 모두 '項'
　　의 誤字이다.

987) 暴의 이체자. 발의 '氺'가 '小'으로 되어있다.

988) 漢의 이체자. 오른쪽 윗부분의 '廿'이 '艹'의 형태로 되어있다.

989) 垂의 이체자. 맨 아랫부분의 가로획 'ㅡ'이 'ㄴ'의 형태로 되어있다. 四部叢刊本은 정자를 사
　　용하였다.

990) 惠의 이체자. 윗부분의 '叀'가 '甫'의 형태로 되어있다. 四部叢刊本은 정자를 사용하였다.

991) 亂의 이체자. 왼쪽부분의 '𤔔'의 형태가 앞에서는 전혀 사용하지 않은 형태로 되어있다. 四部
　　叢刊本은 그 부분이 '𤔔'의 형태로 된 이체자 '亂'을 사용하였다.

992) 擊의 이체자. 위의 오른쪽 부분이 '殳'가 '夂'의 형태로 되어있다.

993) 發의 이체자. 머리의 '癶' 아랫부분 오른쪽의 '殳'가 '叚'의 형태로 되어있다.

爲道險[994]狹難[995]至，而韓人來侵秦。秦惠[996]王欲先伐韓，恐[997]蜀亂[998]；先伐蜀，恐韓襲[999]秦之弊[1000]，猶與未決。司馬錯與張子爭論於惠[1001]王之前，司{第72面}馬錯欲伐蜀，張子曰：「不如伐韓。」王曰：「請聞其說[1002]。」對[1003]曰：「親魏善楚，下兵三川，塞什谷之口，當屯留之道；魏絶南陽，楚臨[1004]南鄭，秦攻新城，宜陽，以臨二周之郊，誅周王之罪，侵楚、魏之地。周自知不救[1005]，九鼎[1006]寶[1007]器必出。據[1008]九鼎，按圖[1009]籍，挾天子以令於天下，天下莫敢不聽，此王業也，今夫蜀西僻之國，而戎狄之偷[1010]也，弊兵勞衆，不足以成名，得

---

994) 險의 이체자. 좌부변의 '阝'는 'ß'의 형태로 되어있고, 오른쪽 맨 아랫부분의 '从'이 '灬'의 형태로 되어있다.

995) 難의 이체자. 왼쪽 윗부분의 '廿'이 '艹'의 형태로 되어있다.

996) 惠의 이체자. 윗부분의 '叀'에서 맨 아랫부분의 '丶'이 빠져있다. 四部叢刊本은 정자로 되어있다.

997) 恐의 이체자. 조선간본은 판본 전체적으로 사용하지 않은 형태의 이체자를 썼는데, 四部叢刊本에는 자주 사용하는 이체자 '恐'으로 되어있다.

998) 亂의 이체자. 四部叢刊本도 다른 형태의 이체자 '亂'을 사용하였다.

999) 襲의 이체자. 윗부분의 '龍'에서 오른쪽부분의 '㠯'의 형태가 '巨'의 형태로 되어있으며, 발의 '衣'가 '衤'의 형태로 되어있다. 四部叢刊本은 윗부분은 조선간본과 같고 아랫부분은 조선간본과 다르게 '衣'의 형태로 된 이체자 '襲'을 사용하였다.

1000) 弊의 이체자. 四部叢刊本은 정자로 되어있다.

1001) 惠의 이체자. 四部叢刊本은 정자를 사용하였다.

1002) 說의 이체자. 오른쪽부분의 '兌'가 '㕣'의 형태로 되어있다.

1003) 조선간본과 四部叢刊本은 판본 전체적으로 거의 이체자 '對'를 사용하였는데, 여기서는 두 판본 모두 정자를 사용하였다.

1004) 臨의 이체자. 왼쪽부분의 '臣'이 '目'의 형태로 되어있다.

1005) 救의 이체자. 왼쪽부분의 '求'에서 오른쪽 윗부분의 '丶'이 빠져있다.

1006) 鼎의 이체자. 아랫부분의 '𣱼'가 '丬片'의 형태로 되어있으며 윗부분의 '目'을 감싸지 않고 그냥 아랫부분에 놓여 있다.

1007) 寶의 이체자. '宀'의 아랫부분 오른쪽의 '缶'가 '尔'로 되어있다.

1008) 據의 이체자. 오른쪽 윗부분의 '虍'가 '声'의 형태로 되어있고 아랫부분의 '豕'가 '豸'의 형태로 되어있으며 그 옆에 '丶'이 찍혀 있다.

1009) 圖의 이체자. '囗' 안의 아랫부분의 '回'가 '面'의 형태로 되어있다.

1010) 조선간본·四部叢刊本·龍溪精舍本 모두 '偷'로 되어있는데, 漢魏叢書本에는 '倫'으로 되어있다.(劉向 原著, 李華年 譯註,《新序全譯》, 貴州人民出版社, 1994. 313쪽 참조) 여기서는

其地不足以爲利，臣聞爭名者於朝，爭利者於市，今三川周室，天下之朝市也，
而王不爭焉，顧爭於戎狄，去王遠[1011]矣。」司馬錯曰：「不然。臣聞之欲富[1012]者
務廣其地，欲強者務富其民[1013]，欲王者務博[1014]{第73面}其德，三資者備而王
隨[1015]之矣。今[1016]王地小民[1017]貧，故臣願先從事於易[1018]。夫蜀西僻之國，而
戎狄之長也，有桀紂之亂，以秦攻之，譬如以豺[1019]狼逐群羊也。得其地足以
廣[1020]國，取其財足以富民[1021]繕兵，不傷[1022]衆而服焉。服一國而天下不以爲
暴，利盡西海[1023]而諸侯不以爲貪[1024]，是我一舉而名實附[1025]也，又有禁暴正
亂[1026]之名。今[1027]攻韓劫天子，惡[1028]名也，而未必利也。有不義之名，而攻天

‘무리’라는 뜻으로 써야하기 때문에 조선간본과 四部叢刊本의 ‘偸’는 誤字이다.

1011) 遠의 이체자. ‘辶’의 윗부분에서 ‘土’의 아랫부분의 ‘𧘇’의 형태가 ‘糸’의 형태로 되어있다. 四
　　　部叢刊本은 그 부분이 조선간본과 다르게 ‘衣’의 형태로 된 이체자 ‘遠’을 용하였다.

1012) 富의 이체자. 머리의 ‘宀’이 ‘冖’의 형태로 되어있다.

1013) 民의 이체자. 오른쪽부분의 ‘乀’의 획이 윗부분 ‘口’의 빈 공간을 관통하고 있다. 四部叢刊
　　　本은 정자를 사용하였다.

1014) 博의 이체자. 오른쪽 윗부분의 ‘甫’가 ‘宙’의 형태로 되어있다.

1015) 隨의 이체자. 좌부변의 ‘阝’는 ‘刂’의 형태의 형태로 되어있다.

1016) 今의 이체자. 四部叢刊本은 다른 형태의 이체자 ‘今’을 사용하였다.

1017) 民의 이체자. 四部叢刊本에는 정자로 되어있다.

1018) 易의 이체자. 이번 단락에서는 정자와 여러 가지 이체자를 혼용하고 있는데, 이하에서는 조
　　　선간본과 四部叢刊本의 글자가 다른 경우에만 주를 달아 밝힌다.

1019) 豺의 이체자. 좌부변의 ‘豸’가 ‘犭’의 형태로 되어있다.

1020) 廣의 이체자. 머리의 ‘广’아랫부분의 ‘黃’이 ‘黄’의 형태로 되어있다.

1021) 民의 이체자. 四部叢刊本에는 정자로 되어있다.

1022) 傷의 이체자. 오른쪽 아랫부분의 ‘昜’이 ‘易’의 형태로 되어있다.

1023) 海의 이체자. 오른쪽 아랫부분의 ‘母’가 ‘毋’의 형태로 되어있다.

1024) 貪의 이체자. 윗부분의 ‘今’이 판본 전체적으로 자주 사용하는 ‘今’의 형태로 되어있다. 四部
　　　叢刊本은 그 부분이 ‘令’의 형태로 된 ‘貪’의 형태로 되어있다.

1025) 附의 이체자. 좌부변의 ‘阝’가 ‘刂’의 형태로 되어있다.

1026) 亂의 이체자. 왼쪽부분이 ‘䥯’의 형태가 ‘爵’의 형태로 되어있다. 四部叢刊本은 그 부분이
　　　‘䥯’의 형태로 된 이체자 ‘亂’를 사용하였다.

1027) 今의 이체자. 四部叢刊本은 다른 형태의 이체자 ‘今’을 사용하였다.

1028) 惡의 이체자. 윗부분부분의 ‘亞’가 ‘西’의 형태로 되어있다.

下所不欲，危矣。臣請謁[1029]其故：周，天下之宗室也；齊，韓之與國也。周自知
失九鼎，韓自知亡三川，將二國并力合謀，以因乎齊，趙，而求解[1030]乎楚、
魏，以鼎予楚，以[1031]地予{第74面}魏，以鼎予楚，以地予魏，王不能止，此臣所
謂危也，不如伐蜀完秦。」惠[1032]王曰：「善。寡人請聽子。」卒起兵伐蜀，十月取
之，遂定蜀，蜀王更號[1033]爲諸侯，而使陳[1034]叔相蜀，蜀旣属[1035]秦，秦日益強
富厚而制諸侯，司馬錯之謀也。

　　楚使黃歇[1036]於秦，秦昭王使白起攻韓、魏，韓、魏服事秦，昭王方令白起與
韓、魏共伐楚。黃歇適至，聞其計，是時秦已使白起攻楚數[1037]縣[1038]，楚頃襄王
東徙。黃歇上書於秦昭王，欲使秦遠交楚而攻韓、魏以解[1039]楚。其書曰：「天下
莫強於秦、楚，今聞王欲伐楚，此猶[1040]兩[1041]虎[1042]相與鬪，兩虎相與鬪，而駑
{第75面}犬[1043]受其弊也，不如善楚。臣請言其說[1044]：臣聞之，物至則反，冬夏

1029) 謁의 이체자. 오른쪽부분의 '曷'이 '昌'의 형태로 되어있다.

1030) 解의 이체자. 오른쪽 아랫부분의 '牛'가 '牛'의 형태로 되어있다.

1031) 조선간본은 정자로 되어있는데, 四部叢刊本은 이체자 '以'를 사용하였다.

1032) 惠의 이체자. 윗부분의 '叀'가 '宙'의 형태로 되어있다.

1033) 號의 이체자. 오른쪽 윗부분의 '虍'가 '严'의 형태로 되어있다.

1034) 陳의 이체자. 좌부변의 부수 '阝'를 '冂'의 형태로 사용하였다.

1035) 屬의 略字. 머리 '尸'의 아랫부분이 '禹'의 형태로 되어있다.

1036) 歇의 이체자. 오른쪽의 '曷'이 '昌'의 형태로 되어있다.

1037) 數의 이체자. 왼쪽의 '婁'가 '婁'의 형태로 되어있다.

1038) 縣의 이체자. 왼쪽부분의 '県'이 '県'의 형태로 되어있다.

1039) 解의 이체자. 오른쪽 아랫부분의 '牛'가 '牛'의 형태로 되어있다.

1040) 조선간본과 四部叢刊本은 판본 전체적으로 오른쪽 윗부분이 'ヽノ'의 형태로 된 '猶'를 사용하
였는데, 여기서는 그 부분이 '八'의 형태로 되어있다.

1041) 兩의 이체자. 바깥부분 '市'의 안쪽의 '入'이 '人'의 형태로 되어있다.

1042) 虎의 이체자. 머리 '虍' 아랫부분의 '儿'이 '几'의 형태로 되어있다.

1043) 四部叢刊本에는 '大'로 되어있는데, 龍溪精舍本은 조선간본과 동일하게 '犬'으로 되어있다.
여기서는 '호랑이 두 마리가 싸우면 늙은 "개"가 이익을 얻는다.'(劉向 撰, 林東錫 譯註,《신
서2》, 동서문화사, 2009. 740쪽)라는 내용이기 때문에 조선간본의 '犬'이 맞고 四部叢刊本의
'大'는 誤字이다.

1044) 說의 이체자. 오른쪽부분의 '兌'가 '兑'의 형태로 되어있다.

是也；致高則危，累碁是也。今大國之地偏天下，有其二垂，此從生民以來，萬乘[1045]之地，未嘗[1046]有也。今王使盛橋守事於韓，盛橋以其地入秦，是王不用甲不信威，而得百里之地也，〖王可謂能矣。王又舉甲而攻魏，杜大梁[1047]之門〗[1048]，舉河內[1049]，扳[1050]燕[1051]、酸棗[1052]、虛[1053]、桃、入邢，魏之兵雲翔[1054]而不敢救，王之功亦多矣。王休甲息衆，二年而復之，有取滿[1055] 史記作蒲[1056]、衍[1057]、首、垣，以臨仁，平丘，黃，濟陽、甄[1058] 史作甄[1059]城，而魏氏服，王又割濮，

1045) 乘의 이체자.

1046) 嘗의 이체자. 아랫부분의 '旨'가 '甘'의 형태로 되어있다.

1047) 梁의 이체자. 윗부분 오른쪽의 '刄'의 형태가 '刃'의 형태로 되어있다.

1048) 본 판본은 1행에 18자로 되어있는데, '〖~〗'로 표시한 이번 면(제76면)의 제6행은 한 글자가 적은 17자로 되어있다. 四部叢刊本도 조선간본과 동일하게 17자로 되어있다.

1049) 內의 이체자. '冂'안의 '入'이 '人'의 형태로 되어있다.

1050) 拔의 이체자. 오른쪽부분의 '犮'이 '反'의 형태로 되어있다. 그런데 四部叢刊本은 '枚(枚의 이체자)'로 되어있고, 龍溪精舍本은 '拔'로 되어있는데 조선간본은 이체자 '扳'을 썼으므로 두 판본은 같은 글자를 사용한 것이다. 여기서 '拔'은 '공격하다'(劉向 撰, 林東錫 譯註,《신서 2》, 동서문화사, 2009. 741쪽)라는 뜻이다. 그런데 四部叢刊本의 '枚(枚)'은 '무성하다'라는 뜻이기 때문에 조선간본의 '扳(拔의 이체자)'이 맞고 四部叢刊本의 '枚(枚의 이체자)'은 誤字이다.

1051) 燕의 이체자. 가운데부분의 '北'의 형태가 '址'의 형태로 되어있다.

1052) 棗의 이체자. 위와 아랫부분의 '朿'의 형태가 모두 '東'의 형태로 되어있다.

1053) 조선간본은 정자를 사용하였는데, 四部叢刊本은 이체자 '虗'를 사용하였다.

1054) 翔의 이체자. 우부방의 '羽'가 '羽'의 형태로 되어있다.

1055) 滿의 이체자. 四部叢刊本에는 다른 형태의 이체자 '潃'으로 되어있다.

1056) 이것은 원문에 달린 주석인데 이번 면(제76면) 제9행의 제4~5자의 두 글자에 해당하는 부분을 차지하며, 그 부분에 작은 글자의 주가 두 글자씩 雙行으로 달려 있다. 그런데 작은 두 글자가 원문의 큰 두 글자에 해당하는 부분에 적혀 있기 때문에 글자 사이의 공간이 넓다.

1057) 衍의 이체자. 가운데부분의 'ㅕ'가 '彡'의 형태로 되어있다.

1058) 甄의 이체자. 우부방의 '瓦'가 '瓦'의 형태로 되어있다.

1059) 이것은 원문에 달린 주석인데 이번 면(제76면) 제9행의 제18자의 한 글자에 해당하는 부분을 차지하며, 그 부분에 작은 글자의 주가 雙行으로 달려 있다. 그런데 바로 위의 주와 비교하여 작은 두 글자가 원문의 큰 한 글자에 해당하는 부분에 적혀 있기 때문에 글자 사이의 공간이 좁다.

歴[1060) 史記作磨 1061)]之，北注之秦、齊之要，絶楚、趙之脊[1062)]，天下五合六聚而不敢相救[1063)]{第76面}，王之威亦单[1064)]矣[1065)]。王若能持功守威，挾戰功之心，而肥仁義之地，使無後患，三王不𧾷[1066)]四，五伯不足六也。王若負人徒之衆，兵革[1067)]之彊，乗毁[1068)]魏之威，而欲以力臣天下之主，臣恐其有後患也。詩曰：『靡不有初[1069)]，鮮克有終。』易曰：『狐涉[1070)]水，濡其尾。』此言始之易終之難也。何以知其然也。智伯見伐趙之利，不知榆次之禍[1071)]；呉見伐齊之便，而不知干遂之敗。此二國者，非無大功也，没[1072)]利於前，而易[1073)]患於後也。呉之親[1074)]越也，從而伐齊，既勝齊人於艾[1075)]陵，爲越人所禽於三渚之浦。知伯之信

1060) 歴의 이체자. '厂'의 안쪽 윗부분의 '秝'이 '林'의 형태로 되어있다. 四部叢刊本은 정자로 되어있다.

1061) 이것은 원문에 달린 주석인데 이번 면(제76면) 제10행의 제11~12자의 두 글자에 해당하는 부분을 차지하며, 그 부분에 작은 글자의 주가 두 글자씩 雙行으로 달려 있다. 그런데 작은 두 글자가 원문의 큰 두 글자에 해당하는 부분에 적혀 있기 때문에 글자 사이의 공간이 넓다.

1062) 脊의 이체자. 윗부분이 '夫'의 형태로 되어있다.

1063) 조선간본은 정자를 사용하였는데, 四部叢刊本은 왼쪽부분의 '求'에서 오른쪽 윗부분의 '丶'이 빠진 형태의 이체자 '救'를 사용하였다.

1064) 單의 이체자. 아랫부분의 가로획 왼쪽에 점이 첨가된 '甲'의 형태로 되어있다.

1065) 조선간본은 정자를 사용하였는데, 四部叢刊本은 '厶'의 아랫부분의 '矢'가 '失'의 형태로 된 이체자 '矣'를 사용하였다.

1066) 足의 이체자. 윗부분 '口'의 아랫부분의 '龰'이 '疋'의 형태로 되어있다. 四部叢刊本은 정자로 되어있다. 조선간본은 판본 전체적으로 여기서만 유일하게 '𧾷'이란 글자를 사용하였고, 바로 뒤에서는 정자 '足'을 사용하였고 때문에 '𧾷'는 이체자가 아니라 誤字로 보인다.

1067) 革의 이체자. 윗부분의 '廿'이 '艹'의 형태로 되어있다.

1068) 毁의 이체자. 왼쪽 아랫부분의 '工'이 '土'의 형태로 되어있고 우부방의 '殳'가 '旻'의 형태로 되어있다.

1069) 조선간본과 四部叢刊本 모두 판본 전체적으로 좌부변의 '衤'를 '礻'의 형태로 사용하였는데, 여기서는 두 판본 모두 이체자 '初'를 사용하지 않고 정자를 사용하였다.

1070) 涉의 이체자. 오른쪽부분의 '步'가 왼쪽 아랫부분에 '丶'이 첨가된 '步'의 형태로 되어있다.

1071) 禍의 이체자. 오른쪽부분의 '咼'가 '咼'의 형태로 되어있다.

1072) 沒의 이체자. 오른쪽부분의 '殳'이 '殳'의 형태로 되어있다.

1073) 조선간본은 정자로 되어있는데, 四部叢刊本은 이체자 '昜'으로 되어있다.

韓、魏也，從而伐趙攻晉陽之城，勝有日矣，韓、魏畔{第77面}之，殺¹⁰⁷⁶⁾知伯瑤¹⁰⁷⁷⁾於叢臺之上。수¹⁰⁷⁸⁾王妬楚之不毀¹⁰⁷⁹⁾也，而忘毀¹⁰⁸⁰⁾楚之強韓、魏也，臣爲王慮而不取也。詩曰：『大武¹⁰⁸¹⁾遠宅而不涉。』從此觀之，楚國，援也；鄰國，敵也。詩曰：『躍¹⁰⁸²⁾躍毚¹⁰⁸³⁾兔¹⁰⁸⁴⁾，遇犬¹⁰⁸⁵⁾獲¹⁰⁸⁶⁾之。他人有心，予忖度之。』今王中道而信韓、魏之善王也，此具之親¹⁰⁸⁷⁾越也。臣聞之，敵不可假，時不可失。臣恐韓、魏卑¹⁰⁸⁸⁾辭¹⁰⁸⁹⁾除¹⁰⁹⁰⁾患，而實欺大國也。何則？土無重世¹⁰⁹¹⁾

1074) 親의 이체자. 오른쪽부분의 '立' 아래의 '木'이 '末'의 형태로 되어있다. 四部叢刊本은 정자로 되어있다.

1075) 艾의 이체자. 머리 '艹'의 아랫부분의 '乂'가 '又'의 형태로 되어있다.

1076) 殺의 이체자. 왼쪽 윗부분의 '乂'가 '又'의 형태로 되어있고 우부방의 '殳'가 '旻'의 형태로 되어있다. 四部叢刊本은 왼쪽부분은 조선간본과 다르고 오른쪽부분은 조선간본과 같은 형태의 이체자 '殺'을 사용하였다.

1077) 瑤의 이체자. 오른쪽부분의 '䍃'에서 윗부분의 '夕'의 형태가 '⺈'의 형태로 되어있고 아랫부분의 '缶'가 '舌'의 형태로 되어있다.

1078) 今의 이체자. 四部叢刊本은 다른 형태의 이체자 '今'을 사용하였다.

1079) 毀의 이체자. 왼쪽 아랫부분의 '工'이 '土'의 형태로 되어있다.

1080) 毀의 이체자. 왼쪽 윗부분의 '臼'가 '日'의 형태로 되어있고 아랫부분의 '工'이 '土'의 형태로 되어있으며 우부방의 '殳'가 '旻'의 형태로 되어있다. 四部叢刊本은 다른 이체자 '毇'를 사용하였다.

1081) 武의 이체자. 四部叢刊本은 정자를 사용하였다.

1082) 躍의 이체자. 오른쪽 윗부분의 '羽'가 'ヨヨ'의 형태로 되어있다.

1083) 毚의 이체자. 윗부분의 '㲋'이 '㲋'의 형태로 되어있고 아랫부분의 '兔'는 '免'의 형태로 되어있다.

1084) 兔의 이체자. 四部叢刊本에는 정자로 되어있다.

1085) 四部叢刊本에는 '大'로 되어있는데, 龍溪精舍本은 조선간본과 동일하게 '犬'으로 되어있다. 여기서는 '토끼가 "개"에게 잡힌다.'(劉向 撰, 林東錫 譯註,《신서2》, 동서문화사, 2009. 742쪽)라는 내용이기 때문에 조선간본의 '犬'이 맞고 四部叢刊本의 '大'는 誤字이다. 四部叢刊本은 앞(제76면)에서도 '犬'을 '大'로 썼는데 여기서도 똑같은 오류를 범하고 있다.

1086) 조선간본과 四部叢刊本은 앞에서 오른쪽 윗부분의 '艹'가 글자 전체 위에 있는 이체자 '獲'을 사용하였는데 여기서는 정자를 사용하였다.

1087) 親의 이체자. 오른쪽부분의 '立' 아래의 '木'이 '末'의 형태로 되어있다.

1088) 卑의 이체자. 맨 윗부분의 'ノ'이 빠져있다.

1089) 辭의 이체자. 왼쪽부분은 정자 형태로 되어있으며, 우부방의 '辛'이 아랫부분에 가로획 하나

之德於韓、魏，而有累世[1092]之怨焉。夫韓、魏父子兄弟，接踵而死[1093]于秦者，將十世矣，本國殘[1094]，社稷壞[1095]，宗廟隳[1096]，刳[1097]腹絶腸，折頸摺[1098]頸，身首分離，暴骨草澤，頭顱僵仆[1099]，相望[1100]于境，係臣束子爲群虜者，相及於路{第78面}，鬼[1101]神潢[1102]洋無所食，民不聊生，族類[1103]離散，流亡爲僕妾者，盈[1104]海內矣，故韓、魏之不亡，秦社稷之憂也。今王齎[1105]之與攻楚，不亦過乎！且王攻楚，將惡出兵？王將[1106]藉路於仇讎之韓、魏乎？出兵之日，而王憂其不反也，是[1107]王以兵資於仇讎之韓、魏也。王若不借[1108]路於仇讎之韓、

가 더 있는 '䇂'의 형태로 되어있다.

1090) 除의 이체자. 좌부변의 '阝'가 '卩'의 형태로 되어있고 오른쪽부분의 '余'가 '余'의 형태로 되어있다.

1091) 世의 이체자. 맨 아랫부분의 가로획이 왼쪽 세로획 밖으로 튀어나와 있다. 四部叢刊本은 정자로 되어있다.

1092) 世의 이체자. 四部叢刊本은 정자로 되어있다.

1093) 死의 이체자. 오른쪽 부분의 '匕'가 '㔾'의 형태로 되어있다. 四部叢刊本에서는 그 부분이 '巳'의 형태로 된 이체자 '死'를 사용하였다.

1094) 殘의 이체자. 오른쪽의 '戔'이 윗부분은 그대로 '戈'로 되어있고 아랫부분 '戈'에 '丶'이 빠진 '戋'의 형태로 되어있다..

1095) 壞의 이체자. 오른쪽 '罒'의 아랫부분이 '衣'의 형태로 되어있다.

1096) 隳의 이체자. 윗부분 왼쪽의 '阝'가 '卩'의 형태로 되어있고, 그 오른쪽의 '育'의 형태가 '有'의 형태로 되어있다.

1097) 刳의 이체자. 왼쪽 아랫부분의 '亐'가 '亏'의 형태로 되어있다.

1098) 摺의 이체자. 오른쪽 윗부분의 '羽'가 '习习'의 형태로 되어있으며, 아랫부분의 '白'이 '日'로 되어있다.

1099) 四部叢刊本에는 '什'으로 되어있는데, 龍溪精舍本은 조선간본과 동일하게 '仆'로 되어있다. 여기서는 '거꾸로 처박히다'(劉向 撰, 林東錫 譯註,《신서2》, 동서문화사, 2009. 742쪽 참조)라는 뜻이기 때문에 조선간본의 '仆'이 맞고 四部叢刊本의 '什'은 誤字이다.

1100) 望의 이체자. 윗부분 왼쪽의 '亡'이 '土'의 형태로 되어있다.

1101) 鬼의 이체자. 맨 위의 한 획이 빠진 형태로 되어있다.

1102) 潢의 이체자. 오른쪽부분의 '黃'이 '黄'의 형태로 되어있다.

1103) 類의 이체자. 왼쪽 아랫부분의 '犬'이 '大'의 형태로 되어있다.

1104) 盈의 이체자. 윗부분 '乃'안의 '又'의 형태가 '夫'의 형태로 되어있다.

1105) 齎의 이체자. '亠'의 아래에서 가운데부분의 'Y'가 '了'의 형태로 되어있다.

1106) 조선간본은 정자로 되어있는데, 四部叢刊本은 이체자 '將'으로 되어있다.

魏, 必攻随[1109]水右壤, 此皆廣[1110]川大水, 山林谿谷, 不食之地也。王雖有之, 不爲得地, 是[1111]王有毀[1112]楚之名, 而無得地之實也。且王攻楚之日, 四國必悉起兵以應王, 秦楚之兵構[1113]而不離, 韓、魏氏将出兵而攻留、方、與銍、胡陵、碭[1114]、蕭[1115]、相, 故宋必盡。齊人南面〔史記南 囬攻楚 1116〕, 泗比必舉〔第79面〕, 此皆平原四達膏[1117]腴[1118]之地也, 而使獨攻。王破楚以肥韓、魏於中國而勁齊。韓、魏之彊, 足以枝於秦, 齊南以泗水爲境, 東負[1119]海, 比倚[1120]河而無後患。天下之國, 莫彊於齊、魏, 齊、魏得地保利而詳事下吏, 一年之後, 爲帝未能, 其於楚王之爲帝有餘[1121]矣[1122]。夫以王壤土之博[1123], 人徒之衆, 兵革[1124]之

1107) 조선간본은 정자로 되어있는데, 四部叢刊本은 이체자 '是'로 되어있다.

1108) 龍溪精舍本에는 '藉'로 되어있다. 조선간본과 四部叢刊本은 바로 앞에서 '藉路'라고 썼는데 여기서는 '借路'라고 썼다.

1109) 隨의 이체자. 좌부변의 'ß'는 '卪'의 형태로 되어있고 '辶' 위의 '隋'의 형태가 '有'의 형태로 되어있다.

1110) 廣의 이체자. 머리의 '广'아랫부분의 '黄'이 '黄'의 형태로 되어있다.

1111) 조선간본은 정자로 되어있는데, 四部叢刊本은 이체자 '是'로 되어있다.

1112) 毀의 이체자. 왼쪽 아랫부분의 '工'이 '土'의 형태로 되어있고 우부방의 '殳'가 '旻'의 형태로 되어있다. 四部叢刊本은 왼쪽부분이 조선간본과 같고 우부방의 '殳'는 정자 형태 그대로인 이체자 '毀'를 사용하였다.

1113) 構의 이체자. 오른쪽 아랫부분의 '冉'이 '爯'의 형태로 되어있다.

1114) 錫의 이체자. 왼쪽부분의 '昜'이 '易'의 형태도 되어있다.

1115) 蕭의 이체자. 머리 '艹'가 '丷'의 형태로 되어있고 아랫부분의 '⺕'가 '彐'의 형태로 되어있으며 그것이 아랫부분과 붙어 있다. 四部叢刊本은 가운데부분만 조선간본과 다르게 ⺕의 형태로 된 이체자 '蕭'를 사용하였다.

1116) 이것은 원문에 달린 주석인데 이번 면(제79면) 제11행의 제13~14자의 두 글자에 해당하는 부분을 차지하며, 그 부분에 작은 글자의 주가 세 글자씩 雙行으로 달려 있다.

1117) 膏의 이체자. 윗부분의 '高'가 '髙'의 형태로 되어있다.

1118) 腴의 이체자. 오른쪽부분의 '臾'가 '叟'의 형태로 되어있다.

1119) 負의 이체자. 윗부분의 '⺈'가 '刀'의 형태로 되어있다.

1120) 倚의 이체자. 오른쪽 윗부분의 '大'가 '立'의 형태로 되어있다.

1121) 餘의 이체자. 오른쪽부분의 '余'가 '余'의 형태로 되어있다.

1122) 矣의 이체자. 'ム'의 아랫부분의 '矢'가 '失'의 형태로 되어있다.

1123) 博의 이체자. 오른쪽 윗부분의 '甫'가 오른쪽 윗부분에 'ㆍ'이 빠진 '甫'의 형태로 되어있다.

彊，一舉1125)事而樹怨於楚，出令韓、魏歸帝重齊，是1126)王失計也。臣爲主慮，
莫若善楚，秦、楚合爲一而以臨1127)韓，韓必拱手，王施之以東山之險1128)，
帶1129)以曲河之利，韓必爲關內之候1130)，若1131)是而王以十萬伐鄭，梁氏寒1132)
心，許鄢1133)陵、嬰城，而上蔡1134)、召陵不往1135)來也，如{第80面}此而魏亦關
內候1136)矣。王一善楚而關內兩1137)萬乘之王，注入地於齊，齊右壤可拱手而取
也。王之地一桎 經^{史作} 1138)兩海，要約天下，是燕1139)、趙無齊、楚；齊、楚無

四部叢刊本은 오른쪽부분은 조선간본과 같고 부수가 다른 이체자 '博'을 사용하였다.

1124) 革의 이체자. 윗부분의 '廿'이 '艹'의 형태로 되어있다.

1125) 舉의 이체자. 윗부분의 '與'가 '與'의 형태로 되어있다.

1126) 是의 이체자. 머리의 '日'이 '月' 형태로 되어있으며 그 아랫부분이 '疋'에 붙어 있다. 四部叢
刊本은 정자를 사용하였다.

1127) 臨의 이체자. 왼쪽부분의 '臣'이 '旨'의 형태로 되어있다.

1128) 險의 이체자. 좌부변의 'ß'는 'П'의 형태로 되어있다.

1129) 帶의 이체자. 윗부분의 '卌'의 형태가 '卌'의 형태로 되어있다. 四部叢刊本은 윗부분이 다른
'卌'의 형태로 된 이체자 '帶'를 사용하였다.

1130) 候의 이체자. 좌부변 'ㅓ'옆의 세로획 'ㅣ'이 'ㅓ'보다 길게 되어있고 오른쪽 윗부분 'ㄱ'의 형
태가 'ㅗ'의 형태로 되어있다. 그런데 龍溪精舍本은 조선간본과 四部叢刊本과는 다르게 '侯'
로 되어있다. 여기서는 '제후'(劉向 撰, 林東錫 譯註,《신서2》, 동서문화사, 2009. 744쪽 참
조)라는 뜻이기 때문에 조선간본과 四部叢刊本의 '候(候의 이체자)'는 誤字이다.

1131) 若의 이체자. 머리의 '艹' 아랫부분의 '右'가 '石'의 형태로 되어있고, 머리의 '艹'가 아랫부분
의 '石'에 붙어 있다. 四部叢刊本은 다른 형태의 이체자 '若'으로 되어있다.

1132) 寒의 이체자. 아랫부분의 'ㆍ'의 형태가 방향이 반대인 'ㆍ'의 형태로 되어있다. 四部叢刊本
은 정자로 되어있다.

1133) 鄢의 이체자. 좌부변의 'ß'는 'П'의 형태로 되어있다.

1134) 蔡의 이체자. '艹' 아래의 '癶'의 형태가 '癶'의 형태로 되어있다.

1135) 往의 俗字. 오른쪽부분의 '主'가 '生'의 형태로 되어있다.

1136) 앞에서와 동일하게 여기서도 '제후'(劉向 撰, 林東錫 譯註,《신서2》, 동서문화사, 2009. 744
쪽 참조)라는 뜻이기 때문에 조선간본과 四部叢刊本의 '候(候의 이체자)'는 誤字이다.

1137) 兩의 이체자. 바깥부분 '帀'의 안쪽의 '人'이 '人'의 형태로 되어있다.

1138) 이것은 원문에 달린 주석인데 이번 면(제81면) 제3행의 제4~5자의 두 글자에 해당하는 부분
을 차지하며, 그 부분에 작은 글자의 주가 두 글자씩 雙行으로 달려 있다. 그런데 작은 두
글자가 원문의 큰 두 글자에 해당하는 부분에 적혀 있기 때문에 글자 사이의 공간이 넓다.

1139) 燕의 이체자. 가운데부분의 '쌘'의 형태에서 왼쪽부분의 'ㅋ'의 형태가 '土'의 형태로 되어있

燕、趙，然後危動燕、趙，直摇[1140]齊、楚，此四國者，不待痛而服也。」昭王曰：「善。」於是乃止白起，謝韓、魏，發[1141]使賂楚，約爲與國。黃歇受約歸楚，解[1142]弱[1143]楚之禍，全彊秦之兵，黃歇之謀也。

　秦、趙戰[1144]於長平，趙不勝，亡一都尉。趙王召樓[1145]昌與虞[1146]卿曰：「軍戰不勝，尉係死，寡人將束甲而赴之。」樓昌曰：「無益也，不如發[1147]重寶使而爲構[1148]。」與虞[1149]卿曰：「昌言構者，以爲不構，軍必破也，而制構者在〔第81面〕秦，且王之論秦也，欲破王之軍乎？不邪？」王曰：「秦不遺餘力矣，必且破趙軍。」虞卿曰：「王聽臣發使，出重寶以附楚、魏，楚、魏欲王之重寶，必内吾使，〖吾使入楚、魏，秦必疑[1150]天下，恐[1151]天下之合從必一心，如〗 [1152]此，

다.

1140) 搖의 이체자. 오른쪽부분의 '䍃'에서 윗부분의 '夕'의 형태가 '⺈'의 형태로 되어있고 아랫부분의 '缶'가 '舌'의 형태로 되어있다.

1141) 發의 이체자. 머리의 '癶' 아랫부분 오른쪽의 '殳'가 '旻'의 형태로 되어있다.

1142) 解의 이체자. 오른쪽 아랫부분의 '牛'가 '牜'의 형태로 되어있다.

1143) 弱의 이체자. 좌우양쪽의 모양이 다른데, 왼쪽부분은 '弓'안의 획이 '㇌'의 형태로 되어있고, 오른쪽부분은 '二'의 형태로 되어있다. 四部叢刊本은 좌우양쪽이 조선간본의 왼쪽부분과 모양이 같은 형태의 이체자 '弱'을 사용하였다.

1144) 戰의 이체자. 오른쪽부분의 '單'이 '單'의 형태로 되어있다.

1145) 樓의 이체자. 왼쪽의 '婁'가 '妻'의 형태로 되어있다. 이번 단락에서는 조선간본과 四部叢刊本 모두 이체자 '樓'만 사용하였다.

1146) 虞의 이체자. 머리 '虍' 아래의 '吳'가 '㤝'의 형태로 되어있다. 四部叢刊本은 그 부분이 조선간본과 다르게 '具'의 형태로 된 이체자 '虞'를 사용하였다. 이번 단락에서는 조선간본과 四部叢刊本 모두 몇 가지 형태의 이체자를 사용하였는데, 두 판본의 글자가 다른 경우 주를 달아 밝힌다.

1147) 發의 이체자. 머리의 '癶' 아랫부분 오른쪽의 '殳'가 '旻'의 형태로 되어있다.

1148) 構의 이체자. 오른쪽 아랫부분의 '冓'의 가운데 가로획과 세로획이 모두 튀어나온 '冓'의 형태로 되어있다.

1149) 虞의 이체자. 앞에서 사용한 이체자 '虞'와는 다르게 머리 '虍' 아래의 '㤝'가 '具'의 형태로 되어있다.

1150) 조선간본과 四部叢刊本은 이체자 '疑'를 주로 사용하였는데, 여기서는 두 판본 모두 정자를 사용하였다.

1151) 恐의 이체자. 윗부분 오른쪽의 '凡'이 안쪽의 '㇔'이 빠진 '几'의 형태로 되어있다.

1152) 본 판본은 1행에 18자로 되어있는데, '〖~〗'로 표시한 이번 면의 제4행은 20자로 되어있다.

則構乃可爲也。」趙王不聽，與平陽君爲構，發鄭朱入秦，秦內之。趙王召虞卿曰：「寡人使平陽君爲構秦，秦已內鄭朱矣，虞卿以爲如何？」對曰：「王不得構，軍必破矣！天下之賀戰[1153]勝者皆在秦。鄭朱，貴人也。而入秦，秦王與應侯必顯重以示天下，楚、魏以趙爲構，必不救王。則構[1154]不可得也。」應侯果顯鄭朱以示天下，賀戰[1155]勝者終不肯構[1156]{第82面}，長平大敗，遂圍邯鄲[1157]，爲天下笑[1158]，不從虞[1159]卿之謀也。秦既解圍[1160]邯鄲，而趙王入朝，使趙郝約事於秦，割六縣[1161]而構。虞[1162]卿謂趙王曰：「秦之攻王也，倦而歸乎？亡其力尚能進之，愛王而不攻乎？」王曰：「秦之攻我也，不遺餘力矣，必以倦歸也。」虞卿曰：「秦以其力攻其所不能取，倦而歸，王又攻其力之所不能取以送之，是[1163]助[1164]秦自攻也。來年秦復攻王，王無救[1165]矣。」王以虞卿之言告趙郝曰：「虞卿

四部叢刊本도 조선간본과 동일하게 20자로 되어있다. 다른 행에 비해 두 글자가 더 많은데, '吾使入楚魏秦必疑'라는 여덟 자가 여섯 자에 해당하는 부분을 차지하고 있기 때문에 글자들 사이의 공간이 매우 좁다.

1153) 조선간본과 四部叢刊本은 판본 전체적으로 이체자 '戰'을 사용하였는데, 여기서는 두 판본 모두 정자를 사용하였다.

1154) 構의 이체자. 오른쪽 아랫부분의 '冉'이 '㕱'의 형태로 되어있다. 四部叢刊本은 다른 형태의 이체자 '構'를 사용하였다.

1155) 조선간본은 정자로 되어있는데, 四部叢刊本은 이체자 '戰'으로 되어있다.

1156) 構의 이체자. 四部叢刊本은 다른 형태의 이체자 '構'를 사용하였다.

1157) 鄲의 이체자. 오른쪽부분의 '單'이 '單'의 형태로 되어있다.

1158) 笑의 이체자. 아랫부분의 '夭'가 '犬'의 형태로 되어있다.

1159) 虞의 이체자. 머리 '虍' 아래의 '吳'가 '㕃'의 형태로 되어있다. 四部叢刊本은 그 부분이 조선간본과 다르게 '㕥'의 형태로 된 이체자 '虞'를 사용하였다.

1160) 圍의 이체자. '口'안의 '韋'에서 아랫부분의 '牛'가 '巾'의 형태로 되어있다.

1161) 縣의 이체자. 왼쪽부분의 '県'이 '㬎'의 형태로 되어있다. 四部叢刊本은 그 부분이 '㬎'의 형태로 된 이체자 '縣'을 사용하였다.

1162) 虞의 이체자. 머리 '虍' 아래의 '吳'가 '㕥'의 형태로 되어있다. 四部叢刊本은 그 부분이 조선간본과 다르게 '㕃'의 형태로 된 이체자 '虞'를 사용하였다.

1163) 是의 이체자. 머리의 '日'이 '月' 형태로 되어있으며 그 아랫부분이 '疋'에 붙어 있다.

1164) 조선간본은 정자로 되어있는데, 四部叢刊本에는 왼쪽부분이 '耳'의 형태로 된 이체자 '助'를 사용하였다.

1165) 조선간본은 정자로 되어있는데, 四部叢刊本에는 왼쪽부분의 '求'에서 'ㆍ'이 빠진 형태로 된

能量秦力之所至乎？誠知秦力之所不進，此彈¹¹⁶⁶⁾九¹¹⁶⁷⁾之地不予，令秦年來復攻
於王，王得無割其内而構¹¹⁶⁸⁾乎？」王曰：「請聽¹¹⁶⁹⁾子割矣，子能必來年秦之〔第
83面〕【¹¹⁷⁰⁾不復攻乎？」趙郝曰：「此非臣所敢任也。他日三晉之交於秦相若也，
今秦善韓、魏而攻王，王之所以事秦者，必不如韓、魏也。今臣之爲足下解¹¹⁷¹⁾
負¹¹⁷²⁾親之攻，開關通弊，齊交韓、魏，至來年而獨取攻於秦，王之所以事秦，必
在韓、魏之後也，此非臣之所敢任也。」王以告虞¹¹⁷³⁾卿，虞¹¹⁷⁴⁾卿對曰：「郝言
『不構¹¹⁷⁵⁾，來年，秦復攻王，王得無復割其内¹¹⁷⁶⁾而構乎』。今構，郝又不能必
秦之不復攻也，雖割何益？來年復攻，又割其力之所不能取以構¹¹⁷⁷⁾，此自盡之術
也，不如無構¹¹⁷⁸⁾。秦雖善攻，不能取六縣¹¹⁷⁹⁾，趙雖不能守，亦不失六城，秦倦

이체자 '救'를 사용하였다.

1166) 彈의 이체자. 오른쪽부분의 '單'이 '單'의 형태로 되어있다.

1167) 丸의 이체자. 왼쪽 획 '丿'에 붙은 '丶'이 직선으로 되어있으며 그것이 오른쪽 획 '乀'의 밖으로 삐져나와 있다. 四部叢刊本에는 정자로 되어있다.

1168) 構의 이체자. 四部叢刊本은 다른 형태의 이체자 '構'를 사용하였다.

1169) 聽의 이체자. 왼쪽부분이 '耳'로만 되어있고 오른쪽 부분의 '悳'의 형태가 가운데 가로획이 빠진 '悳'의 형태로 되어있다. 四部叢刊本은 다른 형태의 이체자 '聽'을 사용하였다.

1170) '【~】'의 부호로 표시한 부분은 모두 한 면에 해당하는데, 한국학중앙연구원본은 괄호 '【 '를 사용한 여기서부터 제84~85면의 두 면이 누락되어있다. 후조당본은 그 두면이 남아 있어서 대조가 가능한데, 글자가 뭉그러진 부분이 있지만 대부분이 판독 가능한 수준이다.

1171) 解의 이체자. 오른쪽 아랫부분의 '牛'가 '牜'의 형태로 되어있다.

1172) 조선간본은 정자로 되어있는데, 四部叢刊本은 윗부분의 '⺈'가 '刀'의 형태로 된 이체자 '貟'를 사용하였다.

1173) 虞의 이체자. 머리 '虍' 아래의 '吳'가 '具'의 형태로 되어있다. 후조당본은 글자가 약간 뭉그러져 있기는 하지만 이체자 '虞'로 되어있는 것 같다. 四部叢刊本은 '吳'가 조선간본과 다르게 '吳'의 형태로 된 이체자 '虞'를 사용하였다.

1174) 虞의 이체자. 후조당본은 이 글자도 약간 뭉그러져 있기는 하지만 바로 앞에서 사용한 이체자 '虞'로 되어있는 것 같다. 四部叢刊本은 조선간본과는 다르지만 자기 판본에서 바로 앞에서 사용한 이체자 '虞'를 사용하였다.

1175) 構의 이체자. 四部叢刊本은 다른 형태의 이체자 '構'를 사용하였다.

1176) 内의 이체자. '冂'안의 '入'이 '人'의 형태로 되어있다.

1177) 構의 이체자. 四部叢刊本은 다른 형태의 이체자 '構'를 사용하였다.

1178) 構의 이체자. 四部叢刊本은 다른 형태의 이체자 '構'를 사용하였다.

而歸，兵必疲，我以五縣¹¹⁸⁰⁾收天】{第84面}【下以攻罷秦，是¹¹⁸¹⁾我失之於天下，而取償於秦也。吾國尚利，孰¹¹⁸²⁾與坐而割地，自弱¹¹⁸³⁾以彊秦？今郝曰『秦善韓、魏而攻趙者，必王之事秦不如韓、魏也』，是使王歲以六城事秦也，坐而地盡，來年，秦復來割，王將¹¹⁸⁴⁾予之乎？不予，是弃¹¹⁸⁵⁾前功而挑秦禍也，予之，即無地而給之。語曰：『彊者善攻，而弱¹¹⁸⁶⁾者不能守』。今坐而聽秦，秦兵不弊而多得地，是彊秦而弱¹¹⁸⁷⁾趙也，以益¹¹⁸⁸⁾彊之秦，而割愈弱¹¹⁸⁹⁾之趙，兵計固不止矣。且王之地有盡，而秦之求無已，以有盡之地，給無已之求，其勢¹¹⁹⁰⁾必無趙矣。」計未定，樓緩從秦來，趙王與樓緩計之曰：「予秦地與無予，孰】{第85面}¹¹⁹¹⁾吉？」緩辭¹¹⁹²⁾讓曰：「此非臣之所能知也。」王曰：「雖¹¹⁹³⁾然，試言公之

1179) 縣의 이체자. 왼쪽부분의 '県'이 '景'의 형태로 되어있다. 四部叢刊本은 그 부분이 '県'의 형태로 된 이체자 '縣'을 사용하였다.

1180) 縣의 이체자. 四部叢刊本은 다른 형태의 이체자 '縣'을 사용하였다.

1181) 是의 이체자. 머리의 '日'이 '月'의 형태로 되어있으며 그 아랫부분이 '疋'에 붙어 있다. 이번 면에서는 조선간본과 四部叢刊本 모두 이체자를 사용하였다.

1182) 孰의 이체자. 왼쪽부분의 '享'이 '享'의 형태로 되어있다.

1183) 弱의 이체자. 좌우양쪽의 모양이 다른데, 왼쪽부분은 '弓'안의 획이 'ﾉ'의 형태로 되어있고, 오른쪽부분은 '二'의 형태로 되어있다. 四部叢刊本은 조선간본의 오른쪽부분과 모양이 같은데, 그 형태가 좌우양쪽에 똑같이 쓰인 이체자 '弱'을 사용하였다.

1184) 조선간본은 정자로 되어있는데, 四部叢刊本은 이체자 '將'으로 되어있다.

1185) 棄의 略字. 윗부분 '厶'의 아랫부분이 '廾'의 형태로 되어있다.

1186) 弱의 이체자. 四部叢刊本은 다른 형태의 이체자 '弱'을 사용하였다.

1187) 弱의 이체자. 四部叢刊本은 다른 형태의 이체자 '弱'을 사용하였다.

1188) 조선간본과 四部叢刊本은 판본 전체적으로 거의 이체자 '益'을 사용하였는데, 여기서는 정자를 사용하였다.

1189) 弱의 이체자. 앞에서 사용한 이체자 '弱'과는 다르게 오른쪽부분의 모양을 좌우양쪽에 똑같이 사용하였다. 四部叢刊本은 다른 형태의 이체자 '弱'를 사용하였다. 그런데 왼쪽부분이 '弓'안에 작은 'ㆍ'만 찍혀 있는데, 誤字이거나 인쇄 과정에서의 오류로 보인다.

1190) 勢의 이체자. 윗부분 왼쪽의 '坴'이 '幸'의 형태로 되어있다.

1191) 앞에서 한국학중앙연구원본은 두 면이 누락되어있다고 했는데, 누락된 부분은 여기까지이다. 그 누락된 두 면의 대조는 후조당본을 이용했는데, 이하에서는 한국학중앙연구원본을 우선으로 대조를 진행한다.

1192) 辭의 이체자. 왼쪽부분의 '𤔔'가 '𤔔'의 형태로 되어있으며, 우부방의 '辛'이 아랫부분에 가로

私。」樓緩對曰：「亦聞夫公父[1194]文伯毌乎，公父文伯仕於魯，病死，女子爲自殺於房中者二人，其毌聞之，不肯哭也。其相室曰：『焉有子死而不哭[1195]者乎？』其毌曰：『孔子，賢[1196]人也，逐於魯，而是人不随[1197]也。今[1198]死而婦人爲自殺[1199]者二人，若是[1200]者必其於長者薄[1201]，而於婦人厚也。』故從毌[1202]言，是爲賢[1203]毌，從妻言，是必不免爲妒婦。其言一也，言者異則人心變矣。今臣新從秦來而言勿予，則非計也：言予之，恐王以臣爲秦也，故不敢對。使臣得爲大王計，不如予之。」王曰：「諾[1204]。」虞[1205]卿聞之曰：「此飾{第86面}說[1206]也，王慎[1207]勿予。」樓緩聞之，往是[1208]王，王又以虞[1209]卿之言告樓緩，

획 하나가 더 있는 '窂'의 형태로 되어있다.

1193) 雖의 이체자. 왼쪽 윗부분의 '口'가 'ㅿ'의 형태로 되어있다.

1194) 父의 이체자. 아랫부분의 'ㄨ'의 형태가 '又'의 형태로 되어있다. 四部叢刊本은 정자를 사용하였다.

1195) 哭의 이체자. 아랫부분의 '犬'이 'ㆍ'이 빠진 '大'의 형태로 되어있다.

1196) 賢의 이체자. 윗부분 왼쪽의 '臣'이 '目'의 형태로 되어있다.

1197) 隨의 이체자. 좌부변의 '阝'가 '冂'의 형태로 되어있고 '辶' 위의 '隋'의 형태가 '有'의 형태로 되어있다.

1198) 今의 이체자. 四部叢刊本은 다른 형태의 이체자 '今'을 사용하였다.

1199) 殺의 이체자. 왼쪽 윗부분의 'ㄨ'가 '又'의 형태로 되어있고 우부방의 '殳'가 '旻'의 형태로 되어있다. 四部叢刊本에는 다른 형태의 이체자 '殺'로 되어있다.

1200) 조선간본은 정자로 되어있는데, 四部叢刊本은 이체자 '昰'를 사용하였다.

1201) 薄의 이체자. 머리 '艹'아래 오른쪽 윗부분의 '甫'가 '宙'의 형태로 되어있다.

1202) 母의 이체자. 안쪽의 'ㆍ' 두 개가 직선 형태로 되어있다. 四部叢刊本은 'ノ'의 획이 몸통의 아랫부분 밖으로 튀어나온 형태의 이체자 '毋'로 되어있다.

1203) 賢의 이체자. 윗부분 오른쪽의 '臣'이 '目'의 형태로 되어있다. 四部叢刊本은 그 부분이 '臣'의 형태로 된 이체자 '賢'을 사용하였다.

1204) 諾의 이체자. 오른쪽부분의 '若'이 자주 사용하는 이체자 '若'으로 되어있다.

1205) 虞의 이체자. 머리 '虍' 아래의 '吳'가 '旲'의 형태로 되어있다. 四部叢刊本은 그 부분이 조선간본과 다르게 '吳'의 형태로 된 이체자 '虞'를 사용하였다.

1206) 說의 이체자. 오른쪽부분의 '兌'가 '兊'의 형태로 되어있다.

1207) 愼의 이체자. 오른쪽부분의 '眞'이 가로획 하나가 빠진 '眞'의 형태로 되어있다.

1208) 四部叢刊本과 龍溪精舍本 모두 조선간본과 다르게 '見'으로 되어있다. 여기서는 임금을 '만나다'(劉向 撰, 林東錫 譯註,《신서2》, 동서문화사, 2009. 757쪽)라는 뜻이기 때문에 四部叢刊本의 '見'이 맞고 조선간본의 '是'는 誤字이다.

樓緩對曰：「不然，虞[1210]卿曰得其一，不得其二。夫秦、趙[1211]構[1212]難[1213]而天下皆說，何也？曰：『吾且因彊而乘弱[1214]矣。』今趙[1215]兵困於秦，天下之賀戰[1216]者，必盡在於秦矣，故不如亟[1217]割地爲和，以疑[1218]天下而慰秦之心。不然，天下將因秦之怒，乘趙[1219]之弊而瓜[1220]分之，趙見亡，何秦之圖[1221]乎？故曰虞[1222]卿得其一不得其二，願王以此決[1223]之，勿復計也。」虞卿聞之，往見王曰：「危哉！樓子之所以爲秦者，是愈疑[1224]天下，而何慰秦之心哉？獨不言示天

<hr>

1209) 虞의 이체자. 머리 '虍' 아래의 '吳'가 '旲'의 형태로 되어있다. 四部叢刊本은 그 부분이 조선 간본과 다르게 '旲'의 형태로 된 이체자 '虞'를 사용하였다.

1210) 虞의 이체자. 바로 앞에서 사용한 이체자 '虞'와는 다르게 머리 '虍' 아래의 '吳'가 '旲'의 형태로 되어있다. 四部叢刊本은 조선간본과 같은 형태의 이체자를 사용하였다.

1211) 조선간본은 오른쪽 윗부분이 '丷'의 형태로 되어있는데, 四部叢刊本은 그 부분이 아래로 된 형태의 '趙'로 되어있다. 이하에서는 두 가지 형태를 혼용하였는데 두 판본의 글자 모양이 다른 경우는 주를 달아 밝힌다.

1212) 構의 이체자. 四部叢刊本은 다른 형태의 이체자 '構'를 사용하였다.

1213) 難의 이체자. 왼쪽 윗부분의 '廿'이 '艹'의 형태로 되어있다.

1214) 弱의 이체자. '弓'안의 획이 양쪽 모두 '二'의 형태로 되어있다.

1215) 조선간본은 오른쪽 윗부분이 '丷'의 형태로 되어있고, 四部叢刊本은 '八'의 형태로 된 '趙'를 사용하였다.

1216) 조선간본은 줄곧 이체자 '戰'을 사용하였는데 여기서는 정자를 썼다. 四部叢刊本은 이체자 '戰'을 사용하였다.

1217) 조선간본과 四部叢刊本은 판본 전체적으로 윗부분의 '丂'의 형태가 '了'의 형태로 된 이체자 '亟'을 사용하였는데, 여기서는 두 판본 모두 정자를 사용하였다.

1218) 疑의 이체자. 왼쪽 윗부분의 '匕'가 '上'의 형태로 되어있고 오른쪽부분이 '疋'의 형태로 되어 있다. 四部叢刊本은 왼쪽부분이 조선간본과 같고 오른쪽부분은 정자 형태로 된 이체자 '疑'를 사용하였다.

1219) 조선간본은 오른쪽 윗부분이 '丷'의 형태로 되어있고, 四部叢刊本은 '八'의 형태로 된 '趙'를 사용하였다.

1220) 瓜의 이체자. 가운데 아랫부분에 '丶'가 빠져있다.

1221) 조선간본은 정자로 되어있는데, 四部叢刊本에는 이체자 '圖'로 되어있다.

1222) 虞의 이체자. 머리 '虍' 아래의 '吳'가 '旲'의 형태로 되어있다.

1223) 決의 略字. 좌부변의 '氵'가 '冫'의 형태로 되어있다.

1224) 疑의 이체자. 왼쪽 윗부분의 '匕'가 '土'의 형태로 되어있다. 四部叢刊本은 그 부분이 '上'의 형태로 된 이체자 '疑'를 사용하였다.

下弱1225)乎？且臣言勿予，非固勿予而已也。秦索六城於王，而[第87面]王以六城
賂齊。齊，秦之深讎也。得王之六城，并力而西擊1226)秦，齊之聽王，不待辭1227)
之畢1228)也。則是王失之於齊，而取償於秦也。而齊、趙之讎可以報矣，而示天
下有能爲也。王以此爲發聲1229)，兵未窺於境，臣見秦之事略，而反構1230)於王
也。從秦爲構1231)，韓、魏聞之，必盡重王，重王，必出重寶以先於王，則是1232)
王一舉而結三國之親1233)，而與秦易1234)道也。」趙王曰：「善。」即發虞1235)卿來
東齊王，與之謀秦。虞卿之謀行而趙霸，此存亡之樞機1236)，樞機之發1237)，間不
及旋踵，是1238)故虞卿一言，而秦之震1239)懼趨風馳指1240)而請備，故善謀之臣，

1225) 弱의 이체자. 양쪽 모두 '弓'안의 획이 '二'의 형태로 되어있다. 四部叢刊本은 그 부분이 'ン'
의 형태로 된 이체자 '弱'을 사용하였다.

1226) 擊의 이체자. 윗부분 오른쪽의 '殳'가 '夂'의 형태로 되어있다.

1227) 辭의 이체자. 왼쪽부분은 정자 형태로 되어있으며, 우부방의 '辛'이 아랫부분에 가로획 하나
가 더 있는 '辛'의 형태로 되어있다. 四部叢刊本은 왼쪽부분의 '䜐'가 '𤔔'의 형태로 되어있
고, 오른쪽부분은 정자 형태로 된 이체자 '辭'를 사용하였다.

1228) 畢의 이체자. 맨 아래의 가로획 하나가 빠져있다.

1229) 聲의 이체자. 윗부분 오른쪽의 '殳'가 '𠂔'의 형태로 되어있다.

1230) 構의 이체자. 四部叢刊本은 다른 형태의 이체자 '構'를 사용하였다.

1231) 構의 이체자. 四部叢刊本은 다른 형태의 이체자 '構'를 사용하였다.

1232) 是의 이체자. 머리의 '日'이 '月' 형태로 되어있으며 그 아랫부분이 '疋'에 붙어 있다. 四部叢
刊本 정자를 사용하였다.

1233) 親의 이체자. 오른쪽부분의 '立' 아래의 '木'이 '末'의 형태로 되어있다. 四部叢刊本은 정자로
되어있다.

1234) 易의 이체자.

1235) 虞의 이체자. 머리 '虍' 아래의 '吳'가 '㚘'의 형태로 되어있다. 四部叢刊本은 그 부분이 조선
간본과 다르게 '㕥'의 형태로 된 이체자 '虞'를 사용하였다.

1236) 機의 이체자. 오른쪽부분의 '幾'가 아랫부분 왼쪽의 '人'의 형태가 '勹'의 형태로 된 이체자
'幾'로 되어있다.

1237) 發의 이체자. 머리의 '癶' 아랫부분 오른쪽의 '殳'가 '𠂔'의 형태로 되어있다. 四部叢刊本 정
자를 사용하였다.

1238) 是의 이체자. 四部叢刊本 조선간본과 다르게 정자를 사용하였다.

1239) 震의 이체자. 머리의 '雨'가 '甪'의 형태로 되어있고 아랫부분의 '辰'이 '㫳'의 형태로 되어있
다.

1240) 指의 이체자. 오른쪽 윗부분의 '匕'가 '上'의 형태로 되어있다.

其於國豈不重哉？微[1241]虞卿，趙[1242]{第88面}以亡矣。

　　魏請爲從，趙孝成王，召虞卿謀，過平原[1243]君。平原[1244]君曰：「願卿之論從也。」虞卿入見。王曰：「魏請爲從。」對曰：「魏過。」王曰：「寡人固未之許。」對曰：「王過。」王曰：「魏請從，卿曰魏過；寡人未之許，又曰寡人過，然則從終不可邪？」對曰：「臣聞小國之與大國從事也，有利，大國受福；有敗，小國受過。今魏以小請其禍，而王以大辭[1245]其福，臣故曰王過，魏亦過。竊[1246]以爲從便。」王曰：「善。」乃合魏爲從。使虞夊[1247]用於趙，趙必霸。會虞卿以魏齊之事，弃[1248]俟[1249]揖[1250]相而歸，不用，趙旋亡{第89面}。

劉向新序卷第九[1251]{第90面}

1241) 微의 이체자. 가운데 아랫부분의 '几'가 'ㅁ'의 형태로 되어있다.

1242) 조선간본은 오른쪽 윗부분이 '丷'의 형태로 되어있고, 四部叢刊本은 그 부분이 '八'의 형태로 된 '趙'를 사용하였다.

1243) 原의 이체자. '厂' 안의 윗부분의 '白'이 '日'의 형태로 되어있다. 四部叢刊本은 정자를 사용하였다.

1244) 原의 이체자. 四部叢刊本은 조선간본과 다르게 정자를 사용하였다.

1245) 조선간본은 정자 되어있는데, 四部叢刊本에는 이체자 '辭'로 되어있다.

1246) 竊의 이체자. 머리의 '穴' 아래 왼쪽부분의 '釆'이 '耒'의 형태로 되어있으며, 오른쪽부분의 '禼'의 형태가 '禼'의 형태로 되어있다. 四部叢刊本은 머리의 '穴' 아래 왼쪽부분이 조선간본과 동일하게 '耒'의 형태로 되어있고 오른쪽부분의 '禼'의 형태가 조선간본과 다르게 '卨'의 형태로 된 이체자 '竊'을 사용하였다.

1247) 夊의 이체자.

1248) 棄의 略字. 윗부분 '云'의 아랫부분이 '廾'의 형태로 되어있다.

1249) 侯의 이체자. 오른쪽 윗부분의 '그'의 형태가 'ㅗ'의 형태로 되어있다. 四部叢刊本은 그 부분이 조선간본과 다르게 '工'의 형태로 된 이체자 '侯'를 사용하였다.

1250) 揖의 이체자. 오른쪽 윗부분의 'ㅁ'가 'ㅿ'의 형태로 되어있다.

1251) 이 卷尾의 제목은 마지막 제11행에 해당한다. 모든 문장은 앞면(제89면)에서 끝나고 이번 면에는 卷尾의 제목만 인쇄되어있기 때문에 나머지 10행은 모두 빈칸으로 되어있다.

新序卷第十[1252]

善謀下第十[1253]

沛公與項籍, 俱受令於楚懷[1254]王。曰:「先入咸陽[1255]者王之。」沛公將從武關[1256]入, 至南陽守戰[1257], 南陽守齮[1258]保宛城, 堅[1259]守不下, 沛公引兵圍宛三匝, 南陽守欲自殺[1260], 其舍[1261]人陳[1262]恢止之曰:「死[1263]未晚也。」於是恢乃踰城見沛公曰:「臣聞足下約先入咸陽者王之, 今[1264]足下留兵盡日圍宛, 宛, 大郡之都也, 連城數[1265]十, 人民[1266]衆[1267], 蓄積多, 其吏民自以爲降[1268]而死, 故皆[1269]堅守乘[1270]城, 足下攻之, 死傷[1271]者必多, 死者未收, 傷者未

1252) 조선간본에서 각 卷의 제목은 '劉向新序卷第○'의 형태로 되어있으며 第一~九卷까지는 이런 형식을 유지했지만, 第十卷에서는 '劉向'이라는 글자가 빠져있다. 四部叢刊本도 조선간본과 동일하게 '新序卷第十'으로 되어있다.

1253) 조선간본과 四部叢刊本에서 제9권의 제목은 '上'이라는 글자 없이 '善謀第九'로만 되어있는 데, 여기서는 '下'라는 글자를 사용하였다.

1254) 懷의 이체자. 오른쪽의 아랫부분이 '衣'의 형태로 되어있다. 四部叢刊本은 그 부분이 조선간 본과 다르게 '衣'의 형태로 된 이체자 '懷'를 사용하였다.

1255) 陽의 이체자. 좌부변의 'ß'가 'ㅁ'의 형태로 되어있고, 오른쪽부분의 '昜'이 '昜'의 형태로 되어있다.

1256) 關의 이체자. '門'안의 '䜌'의 형태가 '絲'의 형태로 되어있다.

1257) 戰의 이체자. 오른쪽부분의 '單'이 '單'의 형태로 되어있다.

1258) 齮의 이체자. 오른쪽부분의 '奇'가 '竒'의 형태로 되어있다.

1259) 堅의 이체자. 윗부분 왼쪽의 '臣'이 '目'의 형태로 되어있다.

1260) 殺의 이체자. 우부방의 '殳'가 '爻'의 형태로 되어있다.

1261) 舍의 이체자. '人'의 아랫부분의 '舌'의 형태가 '吉'의 형태로 되어있다.

1262) 陳의 이체자. 좌부변의 부수 'ß'를 'ㅁ'의 형태로 사용하였다.

1263) 死의 이체자. 오른쪽 부분의 '匕'가 'ㄴ'의 형태로 되어있다. 四部叢刊本에서는 그 부분이 'ㄴ'의 형태로 된 이체자 '夗'를 사용하였다.

1264) 今의 이체자.

1265) 數의 이체자. 왼쪽부분의 '婁'가 '婁'의 형태로 되어있다.

1266) 民의 이체자. 오른쪽부분의 'ㄴ'의 획이 윗부분 'ㅁ'의 빈 공간을 관통하고 있다.

1267) 衆의 이체자. 머리 '血'의 아랫부분이 '水'의 형태로 되어있다.

1268) 降의 이체자. 좌부변의 'ß'가 'ㅁ'의 형태로 되어있다.

瘝1272), 足下曠1273)日則事留, 引兵而去宛, 完繕(第91面)弊甲, 砥礪凋兵, 而隨1274)足下之後, 足下前則失咸陽之約, 後有強1275)宛1276)之患, 竊1277)爲足下危之。爲足下計者, 莫如約宛守降封之, 因使止守, 引其甲卒, 與之西擊1278), 諸城未下者, 聞聲1279)爭開門而待, 足下通行無所累。」沛公曰 :「善。」乃以宛守爲殷1280)俟1281), 封陳恢千戶, 引兵西, 無不下者, 遂先入咸陽, 陳恢之謀也。漢1282)王旣用滕1283)公、蕭何之言, 擢1284)拜韓信爲上〖將軍, 引信上坐, 王問曰 :「丞相數言將軍, 將軍〗1285)何以教寡1286)人計策1287)? 」信謝, 因問王曰 :

1269) 皆의 이체자. 아랫부분의 '白'이 '日'의 형태로 되어있다.

1270) 乘의 이체자.

1271) 傷의 이체자. 좌부변의 부수 'ㅣ'가 'ㅣ'의 형태로 되어있고, 오른쪽 아랫부분의 '易'이 '易'의 형태로 되어있다.

1272) 瘝의 이체자. '疒'안의 '寥'에서 윗부분의 '羽'가 '羽'의 형태로 되어있다.

1273) 曠의 이체자. 머리의 '广'아랫부분의 '黃'이 '黃'의 형태로 되어있다.

1274) 隨의 이체자. 좌부변의 'ㅣ'가 'ㅣ'의 형태로 되어있다.

1275) 強의 이체자. 오른쪽부분의 '蟲'가 '虫'의 형태로 되어있다.

1276) 宛의 이체자. '宀' 아래부분 오른쪽의 '巳'이 'ㄴ'의 형태로 되어있다. 四部叢刊本은 정자로 되어있다. 이번 단락의 이하에서는 조선간본도 정자를 사용하였다.

1277) 竊의 이체자. 머리의 '穴' 아래 왼쪽부분의 '釆'이 '未'의 형태로 되어있으며, 오른쪽부분의 '卨'의 형태가 '卨'의 형태로 되어있다.

1278) 擊의 이체자. 윗부분 오른쪽의 '殳'가 '殳'의 형태로 되어있다.

1279) 聲의 이체자. 윗부분 오른쪽의 '殳'가 '殳'의 형태로 되어있다.

1280) 殷의 이체자. 왼쪽부분의 '𦥯'가 '𦥯'의 형태로 되어있고 우부방의 '殳'가 '殳'의 형태로 되어있다. 四部叢刊本은 왼쪽부분은 조선간본과 다르게 정자 형태로 되어있고 우부방은 조선간본과 같은 형태의 이체자 '𣪚'으로 되어있다.

1281) 俟의 이체자. 오른쪽 윗부분의 'ㄱ'의 형태가 'ㅗ'의 형태로 되어있다.

1282) 漢의 이체자. 오른쪽 윗부분의 '卄'의 형태가 '艹'의 형태로 되어있고 중간의 'ㅁ'가 관통된 형태가 아니라 빈 형태로 되어있다. 四部叢刊本은 오른쪽 윗부분은 조선간본과 같고 아랫부분은 조선간본과 다르게 정자 형태로 된 이체자 '漢'을 사용하였다.

1283) 滕의 이체자. 오른쪽 아랫부분의 '水'가 '小'의 형태로 되어있다. 四部叢刊本에는 정자로 되어있다.

1284) 擢의 이체자. 오른쪽 윗부분의 '羽'가 '羽'의 형태로 되어있다.

1285) 본 판본은 1행에 18자로 되어있는데, '〖~〗'로 표시한 이번 면의 제8행은 한 글자가 적은 17자로 되어있다. 四部叢刊本도 조선간본과 동일하게 17자로 되어있다.

「今東向爭權天下，豈非項王邪？曰然，大王自斷勇[1288]仁強，孰[1289]與項王？」
漢王黙[1290]然良久[1291]，曰：「不如也！」信再[1292]拜賀曰：「唯{第92面}信亦以爲大
王不如也。然臣嘗[1293]事楚，請言項王爲人。項王暗噁叱咤，千人皆廢，然不能任
屬[1294]賢[1295]將，此匹夫之勇耳。項王見人恭謹[1296]，言語呴呴，人疾病，涕泣分
食飮，至使人有功當封爵[1297]，印刓綬弊，忍[1298]不能與，此所謂婦人之仁。項王
雖霸天下而臣諸侯，不居關中，都彭城，■■[1299]義帝約，而以親愛王，諸侯不
平。諸侯之見項王遷逐義帝江南，亦皆歸逐其主自王善地。項王所過[1300]，無不
殘[1301]滅[1302]多怨，百姓不附[1303]，特劫於威強服耳。名雖爲霸王，實失天下心，

1286) 寡의 이체자. 발의 '刀'가 '力'으로 되어있다.

1287) 策의 이체자. 머리 '⺮' 아래의 '朿'가 '束'의 형태로 되어있다

1288) 勇의 이체자. 발의 '力'이 '力'의 형태로 되어있다. 四部叢刊本은 윗부분의 'マ'의 형태가 '丷'
　　　의 형태로 되어있고 발은 정자 '力'의 형태로 된 이체자 '勇'을 사용하였다.

1289) 孰의 이체자. 왼쪽부분의 '享'이 '亨'의 형태로 되어있다.

1290) 黙의 이체자. 윗부분의 '黑'이 '黒'의 형태로 되어있다.

1291) 久의 이체자.

1292) 再의 이체자. 가운데부분의 가로획이 양쪽으로 모두 튀어나와 있다. 四部叢刊本은 가운데부
　　　분의 가로획이 양쪽으로 모두 튀어나와 있고 가운데부분의 세로획도 맨 아래 가로획 아래로
　　　튀어나와 있는 형태의 이체자 '再'를 사용하였다.

1293) 嘗의 이체자. 아랫부분의 '旨'가 '甘'의 형태로 되어있다.

1294) 屬의 略字. 머리 '尸'의 아랫부분이 '禹'의 형태로 되어있다.

1295) 賢의 이체자. 윗부분 왼쪽의 '臣'이 '臣'의 형태로 되어있다. 四部叢刊本은 그 부분이 '日'의
　　　형태로 된 이체자 '賢'을 사용하였다.

1296) 謹의 이체자. 왼쪽부분의 '堇'이 아랫부분의 가로획 하나가 빠진 '堇'의 형태로 되어있다.

1297) 爵의 이체자. 아랫부분 오른쪽의 '㓞'이 '艮'의 형태로 되어있다.

1298) 忍의 이체자. 윗부분의 '刃'이 '刄'의 형태로 되어있다.

1299) 이 글자들은 이번 면(제93면) 제6행의 제12~13번째의 두 글자에 해당한다. 조선간본만 두 개
　　　의 검은 빈칸(■)이 연이어 붙어 있는 형태로 되어있는데, 四部叢刊本에는 '又背(背의 이체
　　　자)' 두 글자로 되어있다.

1300) 過의 이체자. '辶' 위의 '咼'가 '咼'의 형태로 되어있다.

1301) 殘의 이체자. 오른쪽의 '戔'의 윗부분은 그대로 '戈'로 되어있고 아랫부분 '戈'에 '㇔'이 빠진
　　　'㦰'의 형태로 되어있다.

1302) 滅의 略字. 좌부변의 '氵'가 '冫'의 형태로 되어있다.

1303) 附의 이체자. 좌부변의 '阝'가 '冂'의 형태로 되어있다.

故曰其強易¹³⁰⁴⁾弱¹³⁰⁵⁾。今¹³⁰⁶⁾大王誠■¹³⁰⁷⁾其道，任天下武¹³⁰⁸⁾勇，何不誅？以¹³⁰⁹⁾天下城邑封功臣，何{第93面}不服¹³¹⁰⁾？以義兵從思東歸之士，何不散？且三秦王爲秦將，秦弟¹³¹¹⁾子數歲¹³¹²⁾，所殺亡不可勝計，又欺其衆降諸侯至新安，項王詐坑秦降卒二十餘¹³¹³⁾萬人，唯獨邯、欣、翳¹³¹⁴⁾脫¹³¹⁵⁾，秦父兄怨此三人，痛入骨¹³¹⁶⁾髓¹³¹⁷⁾。今¹³¹⁸⁾楚強以威王此三人，秦民莫愛，大王之入武關，秋毫¹³¹⁹⁾無所害，除¹³²⁰⁾秦苛法，與秦約，法三章¹³²¹⁾，且¹³²²⁾秦民¹³²³⁾無不欲得大王

1304) 易의 이체자. 머리의 '日'이 '月'의 형태로 되어있고 이것이 아랫부분의 '勿'위에 바로 붙어 있다.

1305) 弱의 이체자. '弓'안의 획이 양쪽 모두 '二'의 형태로 되어있다.

1306) 今의 이체자. 四部叢刊本은 다른 이체자 '수'으로 되어있다.

1307) 이 글자들은 이번 면(제93면) 제10행의 제17번째의 한 글자에 해당한다. 조선간본은 한 글자에 해당하는 부분이 검은 빈칸(■)으로 되어있는데, 四部叢刊本에는 '反(反의 이체자)'으로 되어있다.

1308) 武의 이체자. 맨 윗부분의 가로획이 '弋'에서 'ㄴ'획의 밖으로 튀어나와 있다. 四部叢刊本은 정자로 되어있다.

1309) 조선간본은 정자로 되어있는데, 四部叢刊本은 가운데 'ㆍ'이 'ㆍㆍ'의 형태로 된 이체자 '以'를 사용하였다.

1310) 조선간본은 정자로 되어있는데, 四部叢刊本은 오른쪽 '艮'의 아랫부분의 '又'가 'ㄨ'의 형태로 된 이체자 '服'을 사용하였다.

1311) 弟의 이체자. 윗부분의 'ㆍ〉'의 형태가 '八'의 형태로 되어있다.

1312) 歲의 이체자. 아랫부분 왼쪽의 '少'의 형태가 '小'의 형태로 되어있다.

1313) 餘의 이체자. 오른쪽부분의 '余'가 '余'의 형태로 되어있다.

1314) 翳의 이체자. 발의 '羽'가 '羽'의 형태로 되어있으며 윗부분 오른쪽의 '殳'가 '㐬'의 형태로 되어있다.

1315) 脫의 이체자. 오른쪽부분의 '兌'가 '㕣'로 되어있다.

1316) 骨의 이체자. 윗부분의 '咼'의 형태가 '冎'의 형태로 되어있다.

1317) 髓의 이체자. 略字인 '骱'에서 좌부변의 '骨'이 '骨'의 형태로 되어있다. 四部叢刊本은 좌부변은 조선간본과 같고 오른쪽은 '遀'의 형태로 된 이체자 '髓'를 사용하였다.

1318) 今의 이체자. 四部叢刊本은 다른 이체자 '수'으로 되어있다.

1319) 毫의 이체자. 윗부분의 '高'의 형태가 '髙'의 형태로 되어있다.

1320) 除의 이체자. 좌부변의 '阝'가 'ㄇ'의 형태로 되어있고 오른쪽부분의 '余'가 '余'의 형태로 되어있다.

1321) 章의 이체자. 머리 '立'의 아랫부분의 '早'가 '甲'의 형태로 되어있다.

王秦者, 於諸侯約, 大王當三[1324]關中, 民戶知之, 大王失職之蜀, 民無不恨者, 今[1325]大王舉而東, 三秦可傳檄而定也。」於是漢[1326]王喜, 自以爲得信晚, 遂聽[1327]信計, 部署諸所擊。八月, 漢[1328]王東出, 秦民歸, 漢王遂誅三秦, 定其地, 收[1329]{第94面}諸侯兵討項王, 定帝業, 韓信之謀也。

趙地亂[1330], 武[1331]臣、張耳、陳餘定趙地, 立武[1332]臣爲趙王, 張耳爲相, 陳餘爲將[1333]軍。趙[1334]王間出, 爲燕[1335]軍所得, 燕囚之, 欲與三分其地, 乃歸

1322) 四部叢刊本은 '耳'로 되어있는데, 龍溪精舍本은 조선간본과 동일하게 '且'로 되어있다. 여기서 '且'는 '또한'이라는 접속사로 쓰였는데(劉向 原著, 李華年 譯註, 《新序全譯》, 貴州人民出版社, 1994. 341쪽), 文淵閣本 四庫全書를 저본으로 삼은 책(劉向 撰, 林東錫 譯註, 《신서1》, 동서문화사, 2009. 780쪽)에는 앞 문장 뒤에 '耳'를 붙여 단정을 나타내는 종결어미로 보았다. 여기서는 조선간본의 '且'도 맞고 四部叢刊本의 '耳'도 문맥이 통하기 때문에 오류라고 볼 수는 없다.

1323) 조선간본은 판본 전체적으로 거의 이체자 '民'을 사용하였는데, 여기서는 정자를 사용하였다. 四部叢刊本에는 이체자 '民'으로 되어있다.

1324) 四部叢刊本과 龍溪精舍本에는 모두 '王'으로 되어있다. 여기서는 '當王'은 '임금이 되다'(劉向 撰, 林東錫 譯註, 《신서2》, 동서문화사, 2009. 779쪽)라는 뜻이기 때문에 四部叢刊本의 '王'이 맞고 조선간본의 '三'은 誤字이다.

1325) 今의 이체자. 四部叢刊本은 다른 형태의 된 이체자 '今'으로 되어있다.

1326) 漢의 이체자. 오른쪽 윗부분의 '卄'의 형태가 '++'의 형태로 되어있다. 四部叢刊本은 오른쪽 윗부분은 조선간본과 같고 가운데부부의 '口'가 관통된 형태가 아니라 빈 형태로 된 이체자 '漢'을 사용하였다.

1327) 聽의 이체자. '耳'의 아래 '王'이 '土'의 형태로 되어있으며 오른쪽부분은 '悳'의 형태가 가운데 가로획이 빠진 '悳'의 형태로 되어있다.

1328) 漢의 이체자. 오른쪽 윗부분의 '卄'의 형태가 '++'의 형태로 되어있고 중간의 '口'가 관통된 형태가 아니라 빈 형태로 되어있다. 四部叢刊本은 오른쪽 윗부분은 조선간본과 같고 아랫부분은 조선간본과 다르게 정자 형태로 된 이체자 '漢'을 사용하였다.

1329) 收의 이체자. 왼쪽부분의 '丩'의 형태가 '爿'의 형태로 되어있다.

1330) 亂의 이체자. 왼쪽부분이 '𤔩'의 형태가 '𠬛'의 형태로 되어있다. 四部叢刊本은 그 부분이 '𤔐'의 형태로 된 이체자 '亂'를 사용하였다.

1331) 武의 이체자. 맨 윗부분의 가로획이 '弋'에서 'ㄟ'획의 밖으로 뛰어나와 있다. 四部叢刊本은 정자로 되어있다.

1332) 武의 이체자. 四部叢刊本은 정자로 되어있다.

1333) 조선간본은 정자로 되어있는데, 四部叢刊本은 이체자 '将'으로 되어있다.

1334) 조선간본은 오른쪽 윗부분이 'ㆍㆍ'의 형태로 되어있는데, 四部叢刊本은 그 부분이 아래로 된

王，使者至，燕輒殺[1336]之，以固求地。張耳、陳餘患之，有厮養[1337]卒謝其舍[1338]中人曰：「吾爲公說[1339]燕[1340]，與趙王載歸。」舍中人皆笑[1341]之曰：「使者往十輩死，若何以能得王？」厮養卒曰：「非若所知。」乃洗沐往[1342]見張耳、陳餘，遣行見燕王，燕王問之，對[1343]曰：「賤[1344]人希見長者，願請一卮酒。」已飲，又問之。復曰：「賤[1345]人希見長者，願復請一卮酒。」〖與之酒。卒曰：「王知臣何欲？」燕王曰：「欲得而王耳。」卒〗[1346]{第95面}曰：「君知張耳、陳餘何人也？」燕王曰：「賢[1347]人也。」曰：「君知其意何欲？」曰：「欲得其王耳。」趙[1348]

형태의 '趙'로 되어있다. 이하에서는 두 가지 형태를 혼용하였는데 두 판본의 글자 모양이 다른 경우는 주를 달아 밝힌다.

1335) 燕의 이체자. 가운데부분의 '批'의 형태에서 왼쪽부분의 '⺕'의 형태가 '土'의 형태로 되어있다. 四部叢刊本은 정자를 사용하였다. 이번 단락에서 조선간본은 이체자만 사용하였고 四部叢刊本은 이체자를 주로 사용하였지만 간혹 정자도 사용하였다. 이하에서는 두 판본의 글자 모양이 다른 경우는 주를 달아 밝힌다.

1336) 殺의 이체자. 왼쪽 윗부분의 '㐅'가 '又'의 형태로 되어있고 우부방의 '殳'가 '旻'의 형태로 되어있다. 四部叢刊本에는 다른 형태의 이체자 '殺'로 되어있다.

1337) 養의 이체자. 윗부분의 '羑'의 형태가 '丷'의 형태로 되어있다.

1338) 舍의 이체자. '人'의 아랫부분의 '舌'의 형태가 '吉'의 형태로 되어있다. 四部叢刊本에는 가운데부분이 '工'의 형태로 된 이체자 '舎'을 사용하였다.

1339) 說의 이체자. 오른쪽부분의 '兌'가 '𠔏'의 형태로 되어있다.

1340) 조선간본은 이체자를 사용하였는데, 四部叢刊本은 정자 '燕'을 사용하였다.

1341) 笑의 이체자. 아랫부분의 '夭'가 '犬'의 형태로 되어있다.

1342) 往의 俗字. 오른쪽부분의 '主'가 '生'의 형태로 되어있다.

1343) 對의 이체자. 왼쪽부분의 '丵'의 형태가 '𡵂'의 형태로 되어있다.

1344) 賤의 이체자. 오른쪽의 '戔'이 윗부분과 아랫부분의 '戈'에서 'ヽ'이 모두 빠져있다. '戔'이 형태는 조선간본과 四部叢刊本은 판본 전체적으로 아랫부분에 'ヽ'이 빠진 이체자 '㦮'를 주로 사용하였는데, 여기서는 위아래 모두 'ヽ'이 모두 빠져있다.

1345) 賤의 이체자. 앞의 이체자와 동일하게 오른쪽의 '戔'이 윗부분과 아랫부분의 '戈'에서 'ヽ'이 모두 빠져있다.

1346) 본 판본은 1행에 18자로 되어있는데, '〖~〗'로 표시한 이번 면(제95면)의 제11행은 한 글자가 많은 19자로 되어있다. 四部叢刊本도 조선간본과 동일하게 19자로 되어있다.

1347) 賢의 이체자. 윗부분 왼쪽의 '臣'이 '目'의 형태로 되어있다.

1348) 조선간본은 오른쪽 윗부분이 'ヽノ'의 형태로 되어있고, 四部叢刊本은 그 부분이 '八'의 형태로 된 '趙'를 사용하였다.

卒笑曰：「君未知兩[1349]人所欲也。夫武[1350]臣、張耳、陳餘杖馬策，下趙[1351]數十城，此亦各欲南面而王，豈爲卿[1352]相哉？夫臣與主，豈可同日道哉？顧其勢[1353]始定，未敢三分而王。且以長少先立武[1354]臣爲王，以持趙心，今趙地已服，此兩[1355]人亦欲分趙[1356]而王，時未可耳。今君囚趙王，此兩人名爲求趙[1357]王，實欲燕殺之，此兩人分趙[1358]自立。夫以一趙尚易[1359]燕，況[1360]兩賢王左提右挈[1361]，執直[1362]義而以責不直[1363]之弱[1364]，燕滅[1365]無日矣。」燕王以爲然，乃遣趙[1366]王，養卒爲御而歸，遂得反國，復立爲{第96面}王，趙[1367]卒之謀也。

1349) 兩의 이체자. 바깥부분 '帀'의 안쪽의 '入'이 '人'의 형태로 되어있으며 그것의 윗부분이 '帀'의 밖으로 삐져나와 있다. 四部叢刊本은 다른 형태의 이체자 '兩'으로 되어있다.

1350) 武의 이체자. 四部叢刊本은 정자로 되어있다.

1351) 조선간본은 오른쪽 윗부분이 '丷'의 형태로 되어있고, 四部叢刊本은 '八'의 형태로 된 '趙'를 사용하였다.

1352) 卿의 이체자. 왼쪽의 '卯'의 형태가 '夕'의 형태로 되어있고 가운데 부분의 '皀'의 형태가 '艮'의 형태로 되어있다.

1353) 勢의 이체자. 윗부분 왼쪽의 '坴'이 '幸'의 형태로 되어있다.

1354) 武의 이체자. 四部叢刊本은 정자로 되어있다.

1355) 兩의 이체자. 바깥부분 '帀'의 안쪽의 '入'이 '人'의 형태로 되어있다.

1356) 四部叢刊本은 오른쪽 윗부분이 '八'의 형태로 된 '趙'를 사용하였다.

1357) 四部叢刊本은 오른쪽 윗부분이 '八'의 형태로 된 '趙'를 사용하였다.

1358) 四部叢刊本은 오른쪽 윗부분이 '八'의 형태로 된 '趙'를 사용하였다.

1359) 易의 이체자. 머리의 '日'이 '月'의 형태로 되어있고 이것이 아랫부분의 '勿'위에 바로 붙어있다.

1360) 況의 俗字. 좌부변의 '氵'가 '冫'의 형태로 되어있다.

1361) 挈의 이체자. 윗부분 왼쪽의 '丰'이 '䒑'의 형태로 되어있고 그 오른쪽의 '刀'가 '刃(刃의 이체자)'의 형태로 되어있다.

1362) 直의 이체자. 아랫부분에 가로획 하나가 빠진 '且'의 형태로 있다. 四部叢刊本은 정자를 사용하였다.

1363) 直의 이체자. 四部叢刊本은 정자를 사용하였다.

1364) 弱의 이체자. '弓'안의 획이 양쪽 모두 '二'의 형태로 되어있다. 四部叢刊本은 그 부분이 '冫'의 형태로 된 이체자 '弱'으로 되어있다.

1365) 滅의 略字. 좌부변의 '氵'가 '冫'의 형태로 되어있다.

1366) 四部叢刊本은 오른쪽 윗부분이 '八'의 형태로 된 '趙'를 사용하였다.

1367) 四部叢刊本은 오른쪽 윗부분이 '八'의 형태로 된 '趙'를 사용하였다.

酈[1368]食其號[1369]酈生, 說[1370]漢[1371]王：「臣聞之, 知天之天者, 王事可成；不知天之天者, 王事不可成。王者以民爲天, 而民以食爲天。夫敖倉, 天下轉[1372]輸久矣, 臣聞其下乃有藏[1373]粟甚多。楚人技[1374]滎陽, 不堅[1375]守敖倉, 乃引而東, 令謫過卒分守成皋[1376], 此乃天所以資漢[1377]。方今楚易[1378]而漢[1379]反却, 自守便, 臣竊[1380]以爲過。且兩[1381]雄不俱[1382]立, 楚、漢久相持不決[1383], 百姓騷[1384]動, 海内[1385]摇[1386]蕩[1387], 農[1388]夫釋耒, 工女下機[1389], 天下之心, 未有

1368) 酈의 이체자. 왼쪽 윗부분의 '丽'가 '丽'의 형태로 되어있다.

1369) 號의 이체자. 오른쪽 윗부분의 '虍'가 '严'의 형태로 되어있다..

1370) 說의 이체자. 오른쪽부분의 '兌'가 '允'의 형태로 되어있다.

1371) 漢의 이체자. 오른쪽 윗부분의 '廿'의 형태가 '++'의 형태로 되어있고 중간의 'ロ'가 관통된 형태가 아니라 빈 형태로 되어있다. 四部叢刊本은 오른쪽 윗부분의 형태는 조선간본과 같고 아랫부분은 정자 형태로 된 이체자 漢을 사용하였다.

1372) 轉의 이체자. 오른쪽 윗부분의 '車'에서 아랫부분의 'ヽ'이 빠져있다. 四部叢刊本은 정자로 되어있다.

1373) 藏의 이체자. '++'아래 가운데부분의 '臣'이 '目'의 형태로 되어있다.

1374) 四部叢刊本에는 '抜(拔의 이체자)'로 되어있고, 龍溪精舍本에는 '拔'로 되어있다. 여기서는 '拔'은 '함락시키다'(劉向 撰, 林東錫 譯註,《신서2》, 동서문화사, 2009. 789쪽)라는 뜻이기 때문에 四部叢刊本의 '抜(拔의 이체자)'이 맞고 조선간본의 '技'는 誤字이다.

1375) 堅의 이체자. 윗부분 왼쪽의 '臣'이 '目'의 형태로 되어있다.

1376) 皋의 이체자. 머리 '自'의 아랫부분의 '半'의 형태가 '丰'의 형태로 되어있다. 四部叢刊本은 그 부분이 '丰'의 형태로 된 이체자 '皐'를 사용하였다.

1377) 漢의 이체자. 오른쪽 윗부분의 '廿'만 '艹'의 형태로 되어있다.

1378) 易의 이체자. 머리의 '日'이 '月'의 형태로 되어있고 이것이 아랫부분의 '勿'위에 바로 붙어 있다.

1379) 漢의 이체자. 오른쪽 윗부분의 '廿'의 형태가 '++'의 형태로 되어있다.

1380) 竊의 이체자. 머리의 '穴' 아래 왼쪽부분의 '釆'이 '耒'의 형태로 되어있으며, 오른쪽부분의 '卨'의 형태가 '卨'의 형태로 되어있다.

1381) 兩의 이체자. 바깥부분 '帀'의 안쪽의 '入'이 '人'의 형태로 되어있으며 그것의 윗부분이 '帀'의 밖으로 삐져나와 있다. 四部叢刊本은 다른 형태의 이체자 '両'으로 되어있다.

1382) 俱의 이체자. 오른쪽부분의 '具'에서 가로획 하나가 빠진 '具'의 형태로 되어있다.

1383) 決의 俗字. 좌부변의 'ㅒ'가 'ㅠ'의 형태로 되어있다. 四部叢刊本도 판본 전체적으로 거의 'ㅠ'변의 '決'을 사용하였는데, 여기서는 'ㅒ'변의 '決'을 사용하였다.

1384) 騷의 이체자. 오른쪽부분의 '蚤'가 '蚤'의 형태로 되어있다.

1385) 內의 이체자. '冂'안의 '入'이 '人'의 형태로 되어있다.

所定也。顧[1390)陛[1391)下急復進兵收取[1392)滎陽，擄[1393)敖倉之粟，塞成皋[1394)之
險[1395)，杜太行之路，距蜚狐[1396)之口，守{第97面}白馬之津，以示諸俟形制之
勢[1397)，則天下知所歸矣。」漢王曰：「善。」乃從其計畫，復守敖倉，卒粮食不盡
族，以擒項氏。其後吳[1398)、楚反，將軍竇嬰，周亞夫復擄敖倉，塞成皋[1399)如
前，以破吳[1400)、楚。皆酈生之謀也。酈生說漢王曰：「方今[1401)燕[1402)、趙[1403)已

1386) 搖의 이체자. 오른쪽부분의 '䍃'에서 윗부분의 '夕'의 형태가 '⺈'의 형태로 되어있고 아랫부분의 '缶'가 '舌'의 형태로 되어있다.

1387) 조선간본은 정자로 되어있는데, 四部叢刊本은 머리 '艹'아래 오른쪽부분이 '昜'의 형태로 된 이체자를 사용하였다.

1388) 農의 이체자. 아랫부분의 '辰'이 '展'의 형태로 되어있다.

1389) 機의 이체자. 오른쪽부분의 '幾'가 아랫부분 왼쪽의 '人'의 형태가 '勹'의 형태로 된 이체자 '幾'로 되어있다.

1390) 願의 이체자. 왼쪽부분의 '原'에서 '厂' 안의 윗부분의 '白'이 '日'의 형태로 되어있다. 四部叢刊本은 정자를 사용하였다.

1391) 陛의 이체자. 좌부변의 'ß'가 'ㅏ'의 형태로 되어있다.

1392) 取의 이체자. 왼쪽부분 '耳'의 맨 위의 가로획이 오른쪽 윗부분을 덮고 있으며 오른쪽부분의 '又'가 '人'의 형태로 되어있다. 四部叢刊本은 정자로 되어있다.

1393) 據의 이체자. 오른쪽 윗부분의 '虍'가 '严'의 형태로 되어있고 아랫부분의 '豕'가 '匆'의 형태로 되어있으며 그 옆에 '丶'이 찍혀 있다.

1394) 皋의 이체자. 앞에서 사용한 이체자 '皋'와는 다르게 머리의 '自'가 '白'의 형태로 되어있고 그 아랫부분은 '平'의 형태로 되어있다. 四部叢刊本은 머리는 정자 형태인 '自'로 되어있고 그 아랫부분은 '丰'의 형태로 된 이체자 '皋'를 사용하였다.

1395) 險의 이체자. 좌부변의 'ß'가 'ㅏ'의 형태로 되어있다.

1396) 狐의 이체자. 오른쪽부분의 '瓜'가 '爪'의 형태로 되어있다.

1397) 勢의 이체자. 윗부분 왼쪽의 '坴'이 '幸'의 형태로 되어있다.

1398) 吳의 이체자. '꿏'의 형태가 '六'의 형태로 되어있다. 四部叢刊本은 그 부분이 '六'의 형태로 된 이체자 '呉'를 사용하였다.

1399) 皋의 이체자. 앞에서 사용한 이체자 '皋'와는 다르게 머리 '自'의 아랫부분의 '半'의 형태가 '丰'의 형태로 되어있다. 四部叢刊本은 그 부분이 '丰'의 형태로 된 이체자 '皋'를 사용하였다.

1400) 吳의 이체자. 四部叢刊本은 다른 형태의 이체자 '呉'로 되어있다.

1401) 今의 이체자. 四部叢刊本은 다른 형태의 이체자 '今'을 사용하였다.

1402) 燕의 이체자. 가운데부분의 '㠯'의 형태가 '北'의 형태로 되어있다.

1403) 조선간본은 오른쪽 윗부분이 '丷'의 형태로 되어있고, 四部叢刊本은 '八'의 형태로 된 '趙'를 사용하였다.

復，唯齊未下，今田橫[1404]攄千里之齊，田間攄二十萬之軍於歷城，諸田宗彊，負[1405]海阻[1406]河齊，南近楚，民多變詐[1407]，陛下雖遣數[1408]十萬師，未可以歲月下也。臣請奉明詔說齊王，令稱[1409]東藩。」於是使酈生食其說齊王，曰：「王知天下之所歸乎？」王曰：「不知也。」曰：「王知天下之所歸，則齊國可得而有也，若不知天下之所歸，則{第98面}齊國未可保也。」齊王曰：「天下何所歸？」曰：「歸漢。」王曰：「先生何以言之？」曰：「漢王與項王，戮[1410]力西面擊[1411]秦，約先入咸陽者王之。漢王先入咸陽，項王倍約不與而王漢中；項王遷殺[1412]義帝，漢王起[1413]蜀漢之兵擊[1414]三秦，出關[1415]而責義帝之處，收天下之兵，立諸侯之後。降城即以侯其將，得賂即以予其士，與天下同其利，豪[1416]桀賢才，皆樂爲其用。諸侯之兵，四面而至，蜀漢之粟，方船而下。項王有倍約之名，殺義帝之實，於人之功無所記[1417]，於人之過無所忘；戰勝而不得其賞，拔[1418]城而不

1404) 橫의 이체자. 오른쪽부분의 '黃'이 윗부분의 '廿'이 '丱'의 형태로 되어있고 그 아래 가로획이 빠진 '黃'으로 되어있다.

1405) 負의 이체자. 윗부분의 '⺈'가 '刀'의 형태로 되어있다.

1406) 阻의 이체자. 좌부변의 '阝'가 '刂'의 형태로 되어있다.

1407) 조선간본은 정자로 되어있는데, 四部叢刊本은 오른쪽부분의 '乍'이 '㐫'의 형태로 된 이체자 '詐'를 사용하였다.

1408) 數의 이체자. 왼쪽의 '婁'가 '妻'의 형태로 되어있다.

1409) 조선간본은 정자로 되어있는데, 四部叢刊本은 오른쪽 아랫부분의 '冉'이 '冊'의 형태로 되 이체자 '稱'을 사용하였다.

1410) 戮의 이체자. 왼쪽 윗부분의 '羽'가 '珝'의 형태로 되어있다.

1411) 擊의 이체자. 윗부분 오른쪽의 '殳'가 '㱿'의 형태로 되어있다.

1412) 殺의 이체자. 왼쪽 윗부분의 '乂'가 '又'의 형태로 되어있고 우부방의 '殳'가 '㱿'의 형태로 되어있다. 四部叢刊本에는 다른 형태의 이체자 '殺'로 되어있다.

1413) 起의 이체자. 오른쪽부분의 '己'가 '巳'의 형태로 되어있다.

1414) 擊의 이체자. 앞에서 사용한 이체자 '擊'과는 다르게 윗부분 오른쪽의 '殳'가 '夂'의 형태로 되어있다.

1415) 조선간본은 정자를 되어있는데, 四部叢刊本은 이체자 '關'으로 되어있다.

1416) 豪의 이체자. 윗부분의 '髙'의 형태가 '㐭'의 형태로 되어있다.

1417) 記의 이체자. 오른쪽부분의 '己'가 '巳'의 형태로 되어있다.

1418) 拔의 이체자. 오른쪽부분의 '犮'이 '友'의 형태로 되어있다.

得其封；非項氏莫得用事；爲人刻印，刓而不能授；攻城得{第99面}賂，積財而不能賞，天下畔之，賢才怨之，而莫爲之用。故天下之事，歸於漢王，可坐而策[1419]也。夫漢王發蜀漢，定三秦，涉[1420]西河之外，乘上黨[1421]之兵，下斤[1422]陘[1423]，誅成安，破北[1424]魏，舉三十二城，此蚩[1425]尤[1426]之兵，非人之力也。今已據敖倉之粟，塞成皋[1427]之險[1428]，守白馬之津；杜太行之阪[1429]，距蜚狐[1430]之口，天下後服者先亡矣。王疾下漢[1431]王，齊國社稷，可得而保也；不下漢[1432]王，危亡可立而待也。」田橫以爲然，即聽酈生，罷歷下兵戰守之備，與酈生日縱酒。此酈生之謀也。及齊人蒯通說韓信曰：「足下受詔擊齊，何故止將三軍

1419) 策의 이체자. 머리 '竹' 아래의 '朿'가 '宋'의 형태로 되어있다. 조선간본과 四部叢刊本은 판본 전체적으로 이체자 '策'을 사용하였는데 여기서는 다른 형태의 이체자를 사용하였다.

1420) 涉의 이체자. 오른쪽부분의 '步'가 왼쪽 아랫부분에 'ㆍ'이 첨가된 '步'의 형태로 되어있다.

1421) 黨의 이체자. 발의 '黑'이 '黒'의 형태로 되어있다.

1422) 四部叢刊本과 龍溪精舍本은 모두 조선간본과 다르게 '井'으로 되어있다. 여기서는 '井陘'은 '井陘關'이 있는 지금의 河北省 獲鹿縣(劉向 撰, 林東錫 譯註,《신서2》, 동서문화사, 2009. 797쪽)을 가리키는 地名이기 때문에 四部叢刊本의 '井'이 맞고 조선간본의 '斤'은 誤字이다.

1423) 陘의 이체자. 좌부변의 'ß'가 'ㅁ'의 형태로 되어있다.

1424) 北의 이체자. 왼쪽부분의 'ㅋ'의 형태가 '土'의 형태로 되어있다.

1425) 蚩의 이체자. 윗부분의 '山'과 발의 '虫' 사이의 가로획이 빠져있다.

1426) 尤의 이체자. 윗부분 오른쪽의 'ㆍ'이 가운데부분에 찍혀있다.

1427) 皋의 이체자. 머리 '自'의 아랫부분의 '半'의 형태가 '羊'의 형태로 되어있다. 四部叢刊本은 앞에서는 두 가지 이체자 '皐'와 '皐'를 사용하였으나 여기서는 정자를 사용하였다.

1428) 險의 이체자. 좌부변의 'ß'는 'ㅁ'의 형태로 되어있고, 오른쪽 맨 아랫부분의 '从'이 'ᄊᄉ'의 형태로 되어있다. 판본 전체적으로는 이체자 '險'을 주로 사용하였는데, 여기에서는 다른 형태의 이체자 '險'을 사용하였다.

1429) 阪의 이체자. 좌부변의 'ß'가 'ㅁ'의 형태로 되어있다.

1430) 狐의 이체자. 오른쪽부분의 '瓜'가 '爪'의 형태로 되어있다. 四部叢刊本은 그 부분이 '爪'의 형태로 된 이체자 '狐'를 사용하였다.

1431) 漢의 이체자. 오른쪽 윗부분의 '廿'의 형태가 '卄'의 형태로 되어있다. 四部叢刊本은 오른쪽 윗부분의 형태는 조선간본과 같고 중간의 'ㅁ'가 관통된 형태가 아니라 빈 형태로 된 이체자 '漢'을 사용하였다.

1432) 漢의 이체자. 오른쪽 윗부분의 '廿'의 형태가 '卄'의 형태로 되어있고 중간의 'ㅁ'가 관통된 형태가 아니라 빈 형태로 되어있다. 四部叢刊本은 오른쪽 윗부분의 형태는 조선간본과 같고 아랫부분은 정자 형태로 된 이체자 '漢'을 사용하였다.

之衆，不如一竪[1433]儒之功？可因{第100面}齊無備擊之。」韓信從之，酈生爲田橫所害，後信通亦不得其所，由不仁也。

　　漢三年，項羽[1434]急圍漢王滎陽，王恐[1435]憂，與酈生謀撓[1436]楚權。酈生曰：「昔湯[1437]伐桀，封其後於杞[1438]。武王伐紂，封其後於宋。今秦無德[1439]弃[1440]義，侵伐諸侯社稷，滅六國之後，使無立錐[1441]之地。陛下誠復立六國後，畢[1442]授印已，此君臣百姓，必戴陛下德，莫不嚮[1443]風慕義，顧爲臣妾。德義已行，陛下南嚮稱[1444]霸，楚必斂袵[1445]而朝。」漢王曰：「善。趣[1446]刻印，先生因行佩之矣。」酈先生未行，張良從外求謁[1447]，漢王方食，曰：「子房前，客有爲我計撓楚權者。」具[1448]以[1449]食其言{第101面}告之。曰：「其於子房意如何？」良曰：「誰爲陛下畫此計者？陛下事去矣。」漢王曰：「何哉？」對[1450]曰：「臣請借前

1433) 竪의 이체자. 윗부분 왼쪽의 臣이 '目'의 형태로 되어있다.

1434) 羽의 이체자. 안쪽의 획이 '二'의 형태로 되어있다. 四部叢刊本은 그 획이 '冫'의 형태로 된 이체자 '羽'을 사용하였다.

1435) 恐의 이체자. 윗부분 오른쪽의 '凡'이 안쪽의 'ヽ'이 빠진 '几'의 형태로 되어있다.

1436) 撓의 이체자. 오른쪽부분의 '堯'가 이체자 '尭'의 형태로 되어있다. 四部叢刊本은 '尭'의 아랫 부분의 '兀'이 '几'의 형태로 된 이체자 '撓'로 되어있다.

1437) 湯의 이체자. 왼쪽부분의 '昜'이 '易'의 형태로 되어있다.

1438) 杞의 이체자. 오른쪽 부분의 '己'가 '巳'의 형태로 되어있다.

1439) 德의 이체자. 오른쪽부분의 '悳'의 형태가 가운데 가로획이 빠진 '悳'의 형태로 되어있다.

1440) 棄의 略字. 윗부분 '厽'의 아랫부분이 '廾'의 형태로 되어있다.

1441) 錐의 이체자. 좌부변의 '金'이 가운데 세로획이 맨 위의 가로획 위로 튀어나온 '金'의 형태로 되어있다.

1442) 畢의 이체자. 맨 아래의 가로획 하나가 빠져있다.

1443) 嚮의 이체자. 윗부분의 '鄕'이 가운데부분의 'ㅅ'이 빠진 이체자 '鄉'으로 되어있다.

1444) 稱의 이체자. 좌부변의 '禾'의 윗부분에 가로획 하나가 첨가된 '秂'의 형태로 되어있다. 四部叢刊本은 정자로 되어있다. 그런데 조선간본은 부수 '禾'의 이체자로 '秂'를 쓰지 않기 때문에 誤字로 보인다.

1445) 袵의 이체자. 좌부변의 '衤'가 '礻'의 형태로 되어있다.

1446) 趣의 이체자. 오른쪽부분의 '取'가 '耴'의 형태로 되어있다.

1447) 謁의 이체자. 오른쪽부분의 '曷'이 '曷'의 형태로 되어있다.

1448) 具의 이체자. 윗부분이 가로획 하나가 적은 '且'의 형태로 되어있다.

1449) 조선간본은 정자로 되어있는데, 四部叢刊本은 이체자 '㕥'를 사용하였다.

箸而籌之。」曰：「昔湯伐桀，而封其後於杞者，斯能制桀之死命也。陛下能制項
籍之死命[1451]乎？」曰：「未能也。」「其不可一也。武[1452]王伐紂而封其後於宋
者，斯能得紂之頭也。今陛下能得項籍之頭乎？」曰：「未能也。」「其不可二矣。
武[1453]王入殷，表商容[1454]之閭，軾箕子之門，封比干之墓。今陛下能封聖人之
墓，表賢[1455]人之閭，軾智者之門乎？」曰：「未能也。」「其不可三矣。發鉅橋之
粟，散鹿臺之錢[1456]，以賜貧羸[1457]。今陛下能散府庫以賜貧羸乎？」曰：「未能
也。」「其不可{第102面}四矣。殷事已畢，偃革[1458]爲軒，倒載干戈，以示天下不
復用兵。今陛下能偃革，倒載干戈乎？」曰：「未能也。」「其不可五也。休馬於
華山之陽，以示無所用。今陛下能休馬無所用乎？」曰：「未能也。」「其不可六
矣。休牛於桃林，以示不復輸粮。今陛下能休牛不復輸粮乎？」曰：「未能也。」
「其不可七矣。且夫天下游士，捐[1459]其親戚，弃墳墓，去故舊，從陛下游者，
皆日夜望尺寸之地，今[1460]復立韓、魏、燕、趙[1461]、齊、楚之後，其王皆復立，
遊士各歸事其主，從其親戚；反[1462]其故舊墳墓，陛下誰與取天下乎？其不可八

1450) 對의 이체자. 왼쪽부분의 '羊'의 형태가 '羊'의 형태로 되어있다.

1451) 命의 이체자. '人'의 아랫부분 오른쪽의 '卩'의 왼쪽 세로획이 '一'위에 붙은 '吅'의 형태로 되
어있다.

1452) 武의 이체자. 맨 윗부분의 가로획이 '弋'에서 '乀'획의 밖으로 튀어나와 있다.

1453) 武의 이체자. 四部叢刊本은 앞에서와 다르게 정자로 되어있다.

1454) 容의 이체자. 가운데부분의 '㕣'의 형태가 '火'의 형태로 되어있다.

1455) 賢의 이체자. 윗부분 왼쪽의 '臣'이 '目'의 형태로 되어있다.

1456) 錢의 이체자. 좌부변의 '金'이 가운데 세로획이 맨 위의 가로획 위로 튀어나온 '金'의 형태로
되어있다. 四部叢刊本은 좌부변이 조선간본과 같고 오른쪽의 '戔'은 아랫부분의 '戈'에서 'ㆍ'
이 모두 빠진 이체자 '戋'으로 되어있다. '戋'이 형태는 조선간본과 四部叢刊本은 판본 전체
적으로 아랫부분에 'ㆍ'이 빠진 이체자 '戋'를 주로 사용하였는데, 여기서는 조선간본이 위아
래 모두 정자 형태로 되어있고 四部叢刊本만 이체자 '戋'의 형태로 되어있다.

1457) 羸의 이체자. 윗부분 '亡'의 아랫부분의 '口'의 형태가 '皿'의 형태로 되어있다.

1458) 革의 이체자. 윗부분의 '廿'이 '丱'의 형태로 되어있다.

1459) 捐의 이체자. 오른쪽 윗부분의 '口'가 'ㅿ'의 형태로 되어있다.

1460) 今의 이체자. 四部叢刊本은 다른 형태의 이체자 '今'을 사용하였다.

1461) 조선간본은 오른쪽 윗부분이 '丷'의 형태로 되어있고, 四部叢刊本은 '八'의 형태로 된 '趙'를
사용하였다.

也。且夫楚惟無強, 六國復撓[1463]而從之, 陛下焉得而臣(第103面)之乎？誠用客之計, 陛下之事去矣。」漢王輟食吐哺[1464], 罵曰：「豎[1465]儒幾[1466]敗乃公事。」領趣銷[1467]印, 止不使, 遂并天下之兵, 誅項籍, 定海內, 張子房之謀也。■[1468]

　　漢[1469]五年, 追擊項王陽夏南, 止軍, 與淮陰[1470]俟韓信, 建成俟彭越期會[1471]而擊楚軍, 至固陵不會, 楚擊漢軍, 大破之。漢[1472]王復入壁, 深壍而守之, 謂張子房曰：「諸俟不從約, 奈何？」對曰：「楚兵且破, 而未有分地, 其不至固宜[1473], 君王能與共天下, 今可立致也；則不能, 事未可知也。君王能自陳以東傅海盡與韓信, 睢陽以北穀[1474]至城盡與彭越, 使各自爲戰, 則楚易[1475]敗也。」

1462) 조선간본과 四部叢刊本은 이체자 '反'을 주로 사용하였는데, 여기서는 두 판본 모두 정자를 사용하였다.

1463) 撓의 이체자. 四部叢刊本은 다른 형태의 이체자 '撓'로 되어있다.

1464) 哺의 이체자. 오른쪽부분의 '甫'에서 그 오른쪽 윗부분의 'ㆍ'이 빠져있다. 四部叢刊本에는 정자로 되어있다.

1465) 豎의 이체자. 윗부분 왼쪽의 '臣'이 '目'의 형태로 되어있다.

1466) 幾의 이체자. 오른쪽 가운데부분의 'ㆍ'이 빠져있고 아랫부분 왼쪽의 '人'의 형태가 'ㄅ'의 형태로 되어있다.

1467) 銷의 이체자. 좌부변의 '金'이 가운데 세로획이 맨 위의 가로획 위로 튀어나온 '金'의 형태로 되어있다.

1468) 검은 빈칸은 이번 면(제104면)의 제3행 제18자에 해당한다. 문단이 끝났기 때문에 四部叢刊本에는 여기서 제18자에 해당하는 부분을 빈칸으로 비워두었다. 그런데 조선간본은 한 글자에 해당하는 부분을 그냥 빈칸이 아니라 검은 빈칸으로 인쇄되어있다.

1469) 漢의 이체자. 오른쪽 윗부분의 '卄'의 형태가 '艹'의 형태로 되어있고 중간의 'ㅁ'가 관통된 형태가 아니라 빈 형태로 되어있다. 四部叢刊本은 오른쪽 윗부분은 조선간본과 같고 아랫부분은 조선간본과 다르게 정자 형태로 된 이체자 '漢'을 사용하였다.

1470) 陰의 이체자. 좌부변의 '阝'가 '卩'의 형태로 되어있으며, 오른쪽부분의 '侌'은 '套'의 형태로 되어있다.

1471) 會의 이체자. 중간부분의 '囧'의 형태가 '田'의 형태로 되어있다.

1472) 漢의 이체자. 오른쪽 윗부분의 '卄'의 형태가 '艹'의 형태로 되어있고 중간의 'ㅁ'가 관통된 형태가 아니라 빈 형태로 되어있다. 四部叢刊本은 오른쪽 윗부분은 조선간본과 같고 아랫부분은 조선간본과 다르게 정자 형태로 된 이체자 '漢'을 사용하였다.

1473) 宜의 이체자. 머리의 'ㅗ'이 'ㅡ'으로 되어있다.

1474) 穀의 이체자. 왼쪽 아랫부분의 '禾'가 '米'로 되어있고 그 위에 가로획 하나가 빠져있으며 오른쪽부분의 '殳'가 '殳'의 형태로 되어있다.

漢王乃使使會告韓信、彭越{第104面}曰：「并力擊[1476]楚，楚已破，自陳以東
傅[1477]海與齊王，睢陽以比穀[1478]至城與彭相國。」使者至，韓信、彭越皆[1479]
喜，報曰：「請今進兵。」韓信乃從齊[1480]行，彭越兵自梁[1481]至，諸侯來會，遂破
楚軍[1482]于垓下，追項王，誅之於淮津，二君之功，張子房之謀也。

　　漢[1483]六年，正月，封功臣，張子房未嘗[1484]有戰[1485]鬪之功，髙皇帝曰：「運
籌策[1486]帷幄之中，決[1487]勝千里之外，子房功也，子房自擇[1488]齊[1489]三萬戶。」
良曰：「始臣起下邳，與上會留，此天以臣授陛下。陛下用臣計，幸而時中，臣
願[1490]封留足矣，不敢當齊三萬戶。」乃封良爲留侯[1491]。及蕭[1492]何等其餘[1493]功

1475) 易의 이체자. 머리의 '日'이 '月'의 형태로 되어있고 이것이 아랫부분의 '勿'위에 바로 붙어
　　 있다.
1476) 擊의 이체자. 윗부분의 오른쪽의 '殳'가 '旻'의 형태로 되어있다. 四部叢刊本은 정자로 되어
　　 있다.
1477) 傅의 이체자. 오른쪽 윗부분의 '甫'가 '宙'의 형태로 되어있다.
1478) 穀의 이체자. 왼쪽 아랫부분의 '禾'위에 가로획 하나가 없고 오른쪽부분의 '殳'가 '夊'의 형태
　　 로 되어있다.
1479) 皆의 이체자. 아랫부분의 '白'이 '日'로 되어있다.
1480) 조선간본은 판본 전체적으로 '亠'의 아래 가운데부분의 'Y'가 '了'의 형태로 된 이체자를 사
　　 용하였는데, 여기서는 정자를 사용하였다. 四部叢刊本에는 이체자 '齊'로 되어있다.
1481) 梁의 이체자. 윗부분 오른쪽의 '刅'의 형태가 '刃'의 형태로 되어있다.
1482) 四部叢刊本에는 '軍'으로 되어있다. 그런데 다른 조선간본인 후조당본도 '軍'으로 되어있는데
　　 가필을 한 것인지는 단정하기 어렵다. 한국학중앙연구원본은 誤字일 수도 있고, 인쇄과정에
　　 서 윗부분이 빠진 것으로 볼 수도 있다.
1483) 漢의 이체자. 오른쪽 윗부분의 '廿'의 형태가 '卝'의 형태로 되어있다.
1484) 嘗의 이체자. 아랫부분의 '旨'가 '甘'의 형태로 되어있다.
1485) 戰의 이체자. 오른쪽부분의 '單'이 '單'의 형태로 되어있다.
1486) 策의 이체자. 머리 '竹' 아래의 '朿'가 '束'의 형태로 되어있다.
1487) 決의 略字. 좌부변의 '氵'가 '冫'의 형태로 되어있다. 조선간본과 四部叢刊本은 판본 전체적
　　 으로 '決'을 사용하였는데, 여기서는 四部叢刊本만 '決'을 사용하였다.
1488) 擇의 이체자. 오른쪽 아랫부분의 '幸'이 '幸'의 형태로 되어있다.
1489) 齊의 이체자. '亠'의 아래에서 가운데부분의 'Y'가 '了'의 형태로 되어있다.
1490) 願의 이체자. 왼쪽부분의 '原'에서 '厂' 안의 윗부분의 '白'이 '日'의 형태로 되어있다. 四部叢
　　 刊本은 정자를 사용하였다.
1491) 侯의 이체자. 오른쪽 윗부분의 'ユ'의 형태가 '亠'의 형태로 되어있다.

臣，皆未封。群臣自疑[1494]｛第105面｝，恐[1495]不得封，咸不自安，有揺[1496]動之
心。於是高[1497]皇帝在雒陽[1498]南宮上臺，見群臣往往相與坐沙中語。上曰：「此
何語？」留侯曰：「陛下不知乎？謀反耳。」上曰：「天下属安，何故而反？」留侯
曰：「陛下起布衣，與此属[1499]定天下，陛下已爲天子，而所封皆蕭曹故人，所誅
皆平生怨仇。今[1500]軍吏計功，以天下不足以徧封，此属[1501]畏陛下不能盡封，又
見疑[1502]平生過[1503]失及誅，故即聚謀反耳。」上乃憂，曰：「爲將奈何？」留侯
曰：「上平生所憎[1504]，群臣所共知誰最甚者？」上曰：「雍齒與我有故，數[1505]窘
辱[1506]我，欲殺之，爲其功多，故不忍[1507]。」留侯曰：「今急，先封雍齒[1508]，

1492) 蕭의 이체자. 아랫부분의 '朤'가 '眮'의 형태로 되어있다.

1493) 餘의 이체자. 오른쪽부분의 '余'가 '余'의 형태로 되어있다.

1494) 疑의 이체자. 왼쪽 윗부분의 '匕'가 '上'의 형태로 되어있다.

1495) 恐의 이체자. 윗부분 오른쪽의 '凡'이 안쪽의 'ヽ'이 빠진 '几'의 형태로 되어있다.

1496) 搖의 이체자. 오른쪽부분의 '䍃'에서 윗부분의 '夕'의 형태가 '⺈'의 형태로 되어있고 아랫부
    분의 '缶'가 '击'의 형태로 되어있다.

1497) 高의 이체자. 윗부분의 '亠'의 형태가 '亣'의 형태로 되어있다.

1498) 陽의 이체자. 좌부변의 '阝'가 '卩'의 형태로 되어있고, 오른쪽부분의 '昜'이 '昜'의 형태로 되
    어있다.

1499) 屬의 略字. 머리 '尸'의 아랫부분이 '禹'의 형태로 되어있다.

1500) 今의 이체자. 四部叢刊本은 다른 형태의 이체자 '今'을 사용하였다.

1501) 屬의 이체자. 여기서는 앞에서 사용한 俗字 '属'과는 다르게 정자 형태가 변형된 이체자를
    사용하였다. '尸' 아래의 '非'에 해당하는 부분의 세로획이 빠진 '⺤'의 형태로 되어있다. 四
    部叢刊本은 정자로 되어있다.

1502) 조선간본은 정자로 되어있는데, 四部叢刊本에는 이체자 '疑'로 되어있다.

1503) 過의 이체자. '辶' 위의 '咼'가 '咼'의 형태로 되어있다.

1504) 憎의 이체자. 오른쪽부분의 '曾'이 '曽'의 형태로 되어있다.

1505) 數의 이체자. 왼쪽의 '婁'가 '娄'의 형태로 되어있다.

1506) 辱의 이체자. 조선간본은 윗부분의 '辰'이 '辰'의 형태로 되어있다.

1507) 忍의 이체자. 윗부분의 '刃'이 '刅'의 형태로 되어있다. 四部叢刊本은 그 부분이 '刃'의 형태
    로 된 '忍'을 사용하였다.

1508) 齒의 이체자. 아랫부분의 '齒'에서 'ㄴ'이 전체가 아니라 아랫부분만 감싼 형태로 되어있다.
    조선간본과 四部叢刊本은 판본 전체적으로 이체자를 주로 사용하였는데, 두 판본 모두 바로
    앞에서는 정자를 사용하였다. 이번 단락의 이하에서 조선간본은 여기서부터 이체자를 사용
    하였고, 四部叢刊本은 여기서는 정자를 사용하고 다음 글자부터 이체자를 사용하였다. 이하

以[1509]示群臣。群臣見雍{第106面}齒得封，即人人自堅[1510]矣。」於是上置[1511]酒封雍齒爲什方侯，而急詔趣丞相御[1512]史定功行封，群臣罷酒，皆喜曰：「雍齒且侯，我屬[1513]無患矣。」還[1514]倍畔之心，銷邪道之謀，使國家安寧，累世無患者，張子房之謀也。

高皇帝五年，齊人婁[1515]敬戍隴[1516]西，過雒陽，脫[1517]輅輓[1518]，見齊人虞[1519]將軍曰：「臣願見上言便宜事。」虞[1520]將軍欲與鮮衣。婁敬曰：「臣衣帛，衣帛見；衣褐[1521]，衣褐見，不敢易[1522]。」虞將[1523]軍入言上，上召見，賜[1524]食已而問，敬對曰：「陛下都雒陽，豈欲與周室比隆[1525]哉？」上曰：「然。」敬曰：

에서는 두 판본의 글자가 달라도 따로 주를 달지 않는다.

1509) 조선간본은 정자로 되어있는데, 四部叢刊本은 이체자 '以'를 사용하였다.

1510) 堅의 이체자. 조선간본은 윗부분 오른쪽의 '臣'이 '㠯'의 형태로 되어있다. 四部叢刊本에는 조선간본과 다르게 '目'의 형태를 사용한 이체자 '堅'으로 되어있다.

1511) 置의 이체자. 머리 '罒'의 아랫부분의 '直'이 가로획이 하나 빠진 '直'의 형태로 되어있다.

1512) 御의 이체자. 가운데부분의 '缶'의 형태가 '缶'의 형태로 되어있다.

1513) 屬의 이체자. 四部叢刊本은 정자로 되어있다.

1514) 還의 이체자. '辶'의 윗부분에서 '罒'의 아랫부분의 '罘'의 형태가 '朩'의 형태로 되어있다.

1515) 婁의 이체자. 윗부분의 '毌'가 '毌'의 형태로 되어있다.

1516) 隴의 이체자. 좌부변의 '阝'가 '冂'의 형태로 되어있고, 오른쪽부분의 '龍'에서 그 오른쪽부분이 '㠯'의 형태로 되어있다.

1517) 脫의 이체자. 오른쪽부분의 '兌'가 '兊'로 되어있다.

1518) 조선간본은 정자를 사용하였는데, 四部叢刊本은 오른쪽부분의 '免'이 가운데부분의 속이 빈 '兔'의 형태로 된 이체자 '輓'을 사용하였다.

1519) 虞의 이체자. 머리의 '虍'가 '严'의 형태로 되어있고 그 아랫부분의 '吳'가 '具'의 형태로 되어있다. 四部叢刊本에는 아랫부분은 조선간본과 같고 머리의 '虍'가 '严'의 형태로 된 이체자 '虞'를 사용하였다. 이번 단락의 이하에서는 두 판본 모두 이체자 '虞'만 사용하였다.

1520) 이 글자는 四部叢刊本에도 같은 형태의 이체자로 되어있다.

1521) 褐의 이체자. 좌부변의 '衤'가 '木'의 형태로 되어있고 오른쪽부분의 '曷'이 '㬭'의 형태로 되어있다.

1522) 易의 이체자. 四部叢刊本은 다른 형태의 이체자 '易'를 사용하였다.

1523) 조선간본은 정자로 되어있는데, 四部叢刊本은 이체자 '將'으로 되어있다.

1524) 賜의 이체자. 오른쪽부분의 '易'이 '昜'의 형태로 되어있다.

1525) 隆의 이체자. 좌부변의 '阝'가 '冂'의 형태로 되어있고, 오른쪽 아랫부분의 '𤯔'의 형태가 '正'의 형태로 되어있다.

「陛下取天下，與周室異。周之先自后稷，堯[1526]{第107面}封之邰，積德累善十餘世，公劉避桀居邠，大王以狄伐去邠，杖馬策居岐[1527]國，人爭歸之，及文王爲西伯，斷虞芮[1528]訟，始受命，呂望、伯夷自海濱[1529]來歸之，武[1530]王伐紂，不期而會孟津上八百諸侯，滅殷[1531]，成王即位，周公之屬[1532]傅[1533]相，乃營成周雒邑，以[1534]爲天下中，諸侯四方，納貢職道里均矣。有德則易以王，無德則易以亡，凡[1535]居此者，欲令周務德以致人，不欲恃險阻，令後世驕奢以[1536]虐[1537]民。及周之衰分爲兩，天下莫朝，周不能制，非德薄[1538]，形勢[1539]弱[1540]也。今

1526) 堯의 이체자. 윗부분의 '垚'가 겹쳐진 형태로 되어있고, 아랫부분의 '兀'이 '儿'의 형태로 되어있다.

1527) 四部叢刊本에는 '坡'로 되어있는데, 龍溪精舍本에는 조선간본과 같은 '岐'로 되어있다. 여기서 '岐'는 지금의 陝西省 岐山縣(劉向 撰, 林東錫 譯註,《신서2》, 동서문화사, 2009. 825쪽)'을 가리키는 地名이기 때문에 조선간본의 '岐'가 맞고 四部叢刊本의 '坡'는 誤字이다.

1528) 芮의 이체자. 머리 '艹' 아랫부분의 '内'가 '丙'의 형태로 되어있다. 그런데 龍溪精舍本은 조선간본과 四部叢刊本과는 다르게 '芮'로 되어있다. 여기서 '芮'는 나라이름으로 지금의 陝西省 大荔縣 朝邑城의 남쪽(劉向 原著, 李華年 譯註,《新序全譯》, 貴州人民出版社, 1994. 359쪽)을 가리키기 때문에 조선간본과 四部叢刊本의 '芮'는 誤字로 보인다.

1529) 濱의 이체자. 오른쪽부분의 '賓'에서 머리 '宀'의 아랫부분이 '少'가 아닌 '尸'의 형태로 되어있다.

1530) 武의 이체자. 맨 윗부분의 가로획이 '弋'에서 '乀'획의 밖으로 튀어나와 있다. 四部叢刊本은 정자로 되어있다.

1531) 殷의 이체자. 왼쪽부분의 '㐊'가 윗부분의 가로획이 빠진 '月'의 형태로 되어있다. 四部叢刊本은 정자로 되어있다.

1532) 조선간본은 이체자로 되어있는데, 四部叢刊本에는 정자로 되어있다.

1533) 傅의 이체자. 오른쪽 윗부분이 '甫'가 '宙'의 형태에서 오른쪽 윗부분의 '丶'이 빠진 '宙'의 형태로 되어있다. 四部叢刊本은 그 부분이 '宙'의 형태로 된 이체자 '傅'를 사용하였다.

1534) 조선간본은 정자로 되어있는데, 四部叢刊本은 이체자 '㠯'를 사용하였다.

1535) 凡의 이체자. '几' 안쪽의 '丶'이 직선 형태로 되어있으며 그 가로획이 오른쪽 '乙'획의 밖으로 삐져나와 있다.

1536) 조선간본은 정자로 되어있는데, 四部叢刊本은 이체자 '㠯'를 사용하였다.

1537) 虐의 이체자. 아랫부분의 '𠂆'의 형태가 '𦥑'의 형태로 되어있다.

1538) 薄의 이체자. '艹' 아래 오른쪽부분의 '尃'가 윗부분의 '丶'이 빠진 '専'의 형태로 되어있다.

1539) 勢의 이체자. 윗부분 왼쪽의 '坴'이 '幸'의 형태로 되어있다.

1540) 弱의 이체자. '弓'안의 획이 양쪽 모두 '二'의 형태로 되어있다. 四部叢刊本은 그 부분이 '冫'

陛下起豐擊沛, 收卒三千人, 以之徑往卷蜀漢, 定三秦, 與項羽[1541]大戰七十, 小戰四十, 使(第108面)天下民肝腦[1542]塗[1543]地, 父子暴[1544]骨中野, 不可勝數, 哭泣之聲[1545]未絶, 傷夷者未起, 而欲比隆[1546]成康周公之時, 臣竊[1547]以[1548]爲不侔矣。且夫秦地被[1549]山帶[1550]河, 四塞以爲固, 卒然有急, 百萬之衆可具[1551]。因[1552]秦之故, 資甚美膏[1553]腴[1554]之地, 此謂天府。陛下入關而都, 山東雖[1555]亂[1556], 秦故地可全而有也。夫與人鬪而不搤其亢, 拊其背[1557], 未全勝也。」高

의 형태로 된 이체자 '弱'으로 되어있다.

1541) 羽의 이체자. 안쪽의 획이 '二'의 형태로 되어있다. 四部叢刊本은 그 획이 'ㄥ'의 형태로 된 이체자 '羽'을 사용하였다.

1542) 腦의 이체자. 오른쪽 아랫부분의 '囟'가 '凶'의 형태로 되어있다.

1543) 塗의 이체자. 윗부분 오른쪽의 '余'가 '余'의 형태로 되어있다. 조선간본과 四部叢刊本은 판본 전체적으로 거의 이체자를 사용하였는데, 여기서는 四部叢刊本만 정자로 되어있다.

1544) 暴의 이체자. 발의 '氺'가 '小'으로 되어있다.

1545) 聲의 이체자. 윗부분 오른쪽의 '殳'가 '戈'의 형태로 되어있다.

1546) 隆의 이체자. 좌부변의 '阝'가 '卩'의 형태로 되어있고, 오른쪽 아랫부분의 '生'의 형태가 '击'의 형태로 되어있다. 四部叢刊本은 그 부분이 '舌'의 형태로 된 이체자 '隆'으로 되어있다.

1547) 竊의 이체자. 머리의 '穴' 아래 왼쪽부분의 '釆'이 '禾'의 형태로 되어있으며, 오른쪽부분의 '卨'의 형태가 'ㅏ'의 부분이 빠진 '咼'의 형태로 되어있다. 四部叢刊本 그 부분이 '禼'의 형태로 된 이체자 '竊'을 사용하였다.

1548) 조선간본은 정자로 되어있는데, 四部叢刊本은 이체자 '以'를 사용하였다.

1549) 被의 이체자. 좌부변의 '衤'를 '礻'로 사용하였다.

1550) 帶의 이체자. 윗부분의 '卌'의 형태가 "의 형태로 되어있다.

1551) 具의 이체자. 윗부분이 가로획 하나가 적은 '且'의 형태로 되어있다.

1552) 四部叢刊本은 '國'으로 되어있는데, 龍溪精舍本은 조선간본과 동일하게 '因'으로 되어있다. 여기서는 이유를 나타내는 접속사가 사용해야 하기 때문에(劉向 撰, 林東錫 譯註,《신서2》, 동서문화사, 2009. 821쪽 참조) 조선간본의 '因'이 맞고 四部叢刊本의 '國'은 誤字이다.

1553) 膏의 이체자. 윗부분의 '高'가 '髙'의 형태로 되어있다.

1554) 腴의 이체자. 윗부분의 '臼'가 '日'의 형태도 되어있다. 그런데 龍溪精舍本에는 조선간본과 四部叢刊本과는 다르게 '腴'로 되어있는데, '膏腴'는 '비옥하다'라는 뜻이다. 조선간본과 四部叢刊本의 '腴(腴의 이체자)'는 '파리하다'라는 뜻으로 '腴'와는 반대의 의미이기 때문에 誤字이다.

1555) 雖의 이체자. 왼쪽 윗부분의 '口'가 'ㅿ'의 형태로 되어있다.

1556) 亂의 이체자. 왼쪽부분의 '𤔔'의 형태가 '𤔒'의 형태로 되어있다.

皇帝疑，問左右大臣，皆山東人，多勸上都雒陽，東有成皐1558)，西有殽澠，倍河海，嚮1559)伊洛，其固亦足恃，且周王數百年，秦二世而亡，不如都周。留侯張子房曰：「雒陽雖有此固，國中小不過數百里，田地狹，四面受敵，此〔第109面〕非用武之國。夫關中左殽函，右隴1560)蜀，沃野千里，南有巴蜀之饒1561)，比有故宛之利，阻三面，守一隅1562)，東向制諸侯，諸侯安定，河渭漕1563)輓。天下西給京師；諸侯有變1564)，順流而下，足以委輸，此所謂金城千里，天府之國也。婁敬說1565)是1566)也。」於是髙皇帝即日駕，西都關中，由是國家安寧。雖彭越、陳豨、盧綰之謀，九江燕1567)代之兵，及具1568)楚之難1569)，關東之兵，雖百萬之師，猶不能以爲害者，由保仁德之惠1570)，守關1571)中之固也。國以永1572)安，婁敬、張子房之謀也。上曰：「本言都秦地者，婁敬也。婁者乃劉1573)也。」賜姓劉

1557) 背의 이체자. 윗부분의 '北'에서 왼쪽부분의 'ㅓ'의 형태가 '土'의 형태로 되어있다.

1558) 조선간본과 四部叢刊本은 앞에서 다양한 형태의 이체자를 사용하였는데, 여기서는 두 판본 모두 정자를 사용하였다.

1559) 嚮의 이체자. 윗부분의 '鄕'이 가운데부분의 'ㄨ'이 빠진 이체자 '鄉'으로 되어있다.

1560) 隴의 이체자. 좌부변의 'ㅣ'가 'ㅣ'의 형태로 되어있고, 오른쪽부분의 '龍'에서 그 오른쪽부분이 '㠯'의 형태로 되어있다.

1561) 饒의 이체자. 오른쪽부분의 '堯'가 '尭'의 형태로 되어있다.

1562) 隅의 이체자. 좌부변의 'ㅣ'가 'ㅣ'의 형태로 되어있다.

1563) 漕의 이체자. 좌부변의 'ㅟ'가 'ㅣ'의 형태로 되어있다. 四部叢刊本에는 정자로 되어있다.

1564) 조선간본은 정자로 되어있는데, 四部叢刊本은 글자 맨 위에 'ㅗ'가 첨가된 형태의 이체자 '䜌'을 사용하였다.

1565) 說의 이체자. 오른쪽부분의 '兌'가 '允'의 형태로 되어있다.

1566) 是의 이체자. 머리의 '日'이 '目' 형태로 되어있으며 그 아랫부분이 '疋'에 붙어 있다. 四部叢刊本은 정자를 사용하였다.

1567) 조선간본은 정자로 되어있는데, 四部叢刊本은 가운데부분의 '卝'의 형태가 '䒑'의 형태로 된 이체자 '燕'을 사용하였다.

1568) 吳의 이체자. 아랫부분의 '놋'의 형태가 '六'의 형태로 되어있다.

1569) 難의 이체자. 왼쪽 윗부분의 '廿'이 '䒑'의 형태로 되어있다.

1570) 惠의 이체자. 윗부분의 '叀'가 '宙'의 형태로 되어있다. 四部叢刊本은 정자를 사용하였다.

1571) 關의 이체자. '門'안의 '絲'의 형태가 '幷'의 형태로 되어있다.

1572) 永의 이체자. 윗부분이 'ㅗ'의 형태로 되어있고 그 아랫부분은 '水'의 형태로 되어있다.

1573) 劉의 이체자. 왼쪽 아랫부분의 '金'이 가운데 세로획이 맨 위의 가로획 위로 튀어나온 '金'의

氏，拜爲郞中，號曰奉春君，後卒爲建信侯。留{第110面}侯張子房，於漢[1574]已定，性多疾，卽導引不食穀[1575]，杜門不出。歲餘，上欲廢[1576]太子，立戚氏夫人子趙王如意，大臣多爭，未能得堅決[1577]者也。呂后恐，不知所爲。人或謂呂后曰：「留侯善畫計策，上信用之。」呂后乃使建成侯呂澤劫留侯曰：「君常爲上計，今日欲易太子，君安得高枕[1578]臥[1579]？」留侯曰：「始上數在困急之中，幸用臣，今天下安定，以愛幼[1580]欲易[1581]太子骨肉間。雖臣等百餘人，何益[1582]？」呂澤[1583]强要曰：「爲我畫計。」留侯曰：「此難以口舌爭，顧上有所不能致者，天下有四人，園[1584]公、綺[1585]里季、夏黃[1586]公、角[1587]里先生。此四人者年老矣，皆以上慢侮[1588]士，故逃匿[1589]{第111面}山中，義不爲漢臣，然上高此四人。

형태로 되어있다. 四部叢刊本은 정자를 사용하였다.

1574) 漢의 이체자. 오른쪽 윗부분의 '廿'의 형태가 '++'의 형태로 되어있다. 四部叢刊本은 그 부분이 '卝'의 형태로 된 이체자 '漢'을 사용하였다.

1575) 穀의 이체자. 왼쪽 아랫부분의 '禾'가 '米'로 되어있고 그 위에 가로획 하나가 빠져있으며 오른쪽부분의 '殳'가 '㚆'의 형태로 되어있다.

1576) 廢의 이체자. '广' 아래 오른쪽부분의 '殳'가 '叚'의 형태로 되어있다

1577) 決의 略字. 좌부변의 '氵'가 '冫'의 형태로 되어있다.

1578) 枕의 이체자. 오른쪽부분의 '尤'의 오른쪽 가운데부분에 'ヽ'이 첨가되어있다.

1579) 臥의 이체자. 좌부변의 '臣'이 '目'의 형태로 되어있고 오른쪽부분의 '人'이 '卜'의 형태로 되어있다.

1580) 幼의 이체자. 오른쪽부분의 '力'이 '刀'의 형태로 되어있다. 四部叢刊本에는 정자로 되어있다.

1581) 조선간본은 정자를 사용하였는데, 四部叢刊本은 이체자 '易'을 사용하였다.

1582) 益의 이체자. 윗부분의 '八'이 'ヽヽ'의 형태로 되어있고 중간부분의 '八'의 오른쪽 획이 휘어진 '儿'로 되어있다.

1583) 澤의 이체자. 앞에서는 정자를 사용하였는데, 여기서는 오른쪽 아랫부분의 '幸'이 '㚔'의 형태로 된 이체자를 사용하였다.

1584) 園의 이체자. '囗'안의 '土' 아랫부분의 '呆'의 형태가 '糸'의 형태로 되어있다.

1585) 綺의 이체자. 오른쪽부분의 '奇'가 '竒'의 형태로 되어있다.

1586) 黃의 이체자. 윗부분의 '廿'이 '卝'의 형태로 되어있고 '貢'에서 맨 윗부분의 가로획이 빠진 '由'의 형태로 되어있으며 그것이 윗부분의 '卝'에 붙어 있다.

1587) 조선간본은 정자로 되어있는데, 四部叢刊本은 윗부분의 '⺈'의 형태가 '丿'의 형태로 된 이체자 '甪'을 사용하였다.

1588) 侮의 이체자. 오른쪽 아랫부분의 '母'가 '毋'의 형태로 되어있다.

公誠能無愛金1590)玉璧1591)帛，令太子爲書，甲1592)辭1593)以安車迎之，因使辯1594)士固請宜來，來以爲客，時時從入朝，令上見之，上見之即必異1595)問之，問之，上知此四人，亦一助1596)也。」於是呂后令呂澤1597)使人奉太子書，甲辭1598)厚禮迎四人。四人至，舍呂澤1599)所。至十二年，上從破黥1600)布軍歸，疾益甚，愈1601)欲易1602)太子，留侯諫1603)不聽，因疾不視事，太傅1604)叔孫通稱1605)說引古，以死爭太子，上佯許之，猶欲易1606)之。及燕1607)，置1608)酒；太子侍，四人者從太

1589) 匡의 이체자. 부수 '匚' 안의 '若'이 판본 전체적으로 자주 사용하는 이체자 '若'의 형태로 되어있다.

1590) 金의 이체자. 가운데 세로획이 맨 위의 가로획 위로 튀어나와 있다.

1591) 璧의 이체자. 발의 '玉'이 'ヽ'이 빠진 '王'의 형태로 되어있다. 四部叢刊本은 정자를 사용하였다.

1592) 卑의 이체자. 맨 윗부분의 'ノ'이 빠져있다.

1593) 辭의 이체자. 왼쪽부분의 '𤔔'가 '𥾝'의 형태로 되어있으며, 우부방의 '辛'이 아랫부분에 가로획 하나가 더 있는 '𡴑'의 형태로 되어있다.

1594) 辯의 이체자. '言'의 양쪽 옆에 있는 '辛'이 아랫부분에 가로획 하나가 더 있는 '𡴑'의 형태로 되어있다.

1595) 異의 이체자. 아랫부분의 '共'의 가운데에 세로획 하나가 첨가된 '典'의 형태로 되어있다. 조선간본과 四部叢刊本은 〈劉向新序目錄〉 아래 붙은 '序文'을 제외하고 본문에서는 이체자를 사용하지 않았는데 여기서는 이체자를 사용하였다.

1596) 助의 이체자. 왼쪽부분의 '且'가 '耳'의 형태로 되어있다. 四部叢刊本은 정자를 사용하였다.

1597) 澤의 이체자. 오른쪽 아랫부분의 '幸'이 '𡴑'의 형태로 되어있다. 四部叢刊本은 정자를 사용하였다.

1598) 辭의 이체자. 앞에서 사용한 이체자 '辭'와는 다르게 왼쪽부분의 '𤔔'가 '𥾝'의 형태로 되어있으며, 우부방의 '辛'이 아랫부분에 가로획 하나가 더 있는 '𡴑'의 형태로 되어있다.

1599) 澤의 이체자. 四部叢刊本은 정자를 사용하였다.

1600) 黥의 이체자. 좌부변의 '黑'이 '黒'의 형태로 되어있으며, 오른쪽부분의 '京'이 '灬'의 형태 위에 있다.

1601) 愈의 이체자. 위의 '兪'에서 아랫부분 오른쪽의 '月'이 '日'의 그 오른쪽부분이 '刂'의 형태로 되어있다. 四部叢刊本은 '愈'로 되어있다.

1602) 조선간본은 정자를 사용하였는데, 四部叢刊本은 이체자 '昜'을 사용하였다.

1603) 諫의 이체자. 오른쪽부분의 '柬'의 형태가 '東'의 형태로 되어있다.

1604) 傅의 이체자. 오른쪽 윗부분이 '甫'가 '审'의 형태로 되어있다.

1605) 稱의 이체자. 오른쪽 아랫부분의 '冉'이 '𠕋'의 형태로 되어있다.

子，皆年八十有餘，鬢[1609]眉皓白，衣冠甚偉，上怪而問曰：「何爲者？」四人前對，各言其姓名，上乃驚〔第112面〕曰：「吾求公數歲，公避[1610]逃我，今公何自從吾兒游乎？」四人皆對曰：「陛下輕士善罵，臣等義不辱[1611]，故 〖恐而亡匿，聞太子爲人子孝仁、敬愛士，天下莫不〗[1612]延[1613]頸，願爲太子死者，故來耳。」上曰：「煩公幸[1614]卒調護太子。」四人爲壽已畢，起去，上目送之，召戚夫人指[1615]示四人者曰：「我欲易[1616]之，彼四人輔[1617]之，羽翼[1618]已成，難動矣。呂氏眞[1619]而主矣。」戚夫人泣下，上曰：「爲我楚舞，吾爲若楚歌。」歌曰：「鴻鵠髙蜚，一擧千里，羽翮[1620]已就[1621]，横[1622]絶四海，當可奈何？雖有矰[1623]繳，尚安所施？」歌數闋，戚夫人噓[1624]唏流涕，上起去罷酒，竟不易[1625]太子者，留

1606) 조선간본은 정자를 사용하였는데, 四部叢刊本은 이체자 '昜'을 사용하였다.

1607) 燕의 이체자. 가운데부분의 '北'의 형태가 '业'의 형태로 되어있다.

1608) 置의 이체자. 머리 'ㅁㅁ' 아랫부분의 '直'이 가로획 하나가 빠진 '直'으로 되어있다.

1609) 鬢의 이체자. 아랫부분의 '賓'이 '實'의 형태로 되어있다.

1610) 避의 이체자. '辶'의 오른쪽부분 '辟'에서 왼쪽부분의 '尸'의 형태가 '召'의 형대로 되어있다. 四部叢刊本에는 정자로 되어있다.

1611) 辱의 이체자. 윗부분의 '辰'이 '辰'의 형태로 되어있다.

1612) 본 판본은 1행에 18자로 되어있는데, '〖~〗'로 표시한 이번 면(제113면)의 제3행은 한 글자가 많은 19자로 되어있다. 四部叢刊本도 조선간본과 동일하게 19자로 되어있다.

1613) 延의 이체자. 오른쪽부분의 '正'의 형태가 정자 '正'의 형태로 되어있다. 四部叢刊本은 정자로 되어있다.

1614) 幸의 이체자. 윗부분의 '土'가 '上'의 형태로 되어있다. 四部叢刊本에는 정자로 되어있다.

1615) 指의 이체자. 오른쪽 윗부분의 '匕'가 '上'의 형태로 되어있다.

1616) 조선간본은 정자를 사용하였는데, 四部叢刊本은 이체자 '昜'을 사용하였다.

1617) 輔의 이체자. 오른쪽부분의 '甫'에서 오른쪽 윗부분의 'ㆍ'이 빠져있다.

1618) 翼의 이체자. 머리의 '羽'가 '羽'의 형태로 되어있다.

1619) 眞의 이체자. '眞'의 아랫부분 '具'에서 가로획 하나가 빠진 '具'의 형태로 되어있다. 四部叢刊本은 '眞'을 사용하였다.

1620) 翮의 이체자. 왼쪽부분의 '鬲'을 이체자 '寓'의 형태로 되어있고 우부방의 '羽'가 '羽'의 형태로 되어있다.

1621) 就의 이체자. 오른쪽부분의 '尤'에서 오른쪽 윗부분의 'ㆍ'이 가운데부분에 찍혀 있다.

1622) 横의 이체자. 오른쪽부분의 '黃'이 '黃'의 형태로 되어있다.

1623) 矰의 이체자. 오른쪽부분의 '曾'이 '曾'의 형태로 되어있다.

佚召四人之謀也{第113面}。

　　漢[1626]十一年，九江黥[1627]布 反，髙皇帝疾，欲使太子徃擊[1628]之，是時
園[1629]公、綺[1630]里季、夏黄公、角[1631]里先生，已侍太子，聞太子將[1632]擊黥
布，四人相謂曰：「凡[1633]來者將[1634]以存太子，太子將兵事，危矣。」乃説建成佚
曰：「太子將兵，有功，則位不益；無功，從此受禍[1635]矣。且太子所與俱[1636]諸
將[1637]，皆甞與上定天下梟將也，乃使太子將[1638]之，此無異[1639]使羊將狼也，皆
不肯爲用盡力，其無功必矣。臣聞毋[1640]愛者抱子，今戚夫人日夜侍衛[1641]，趙王

1624) 嘘의 俗字. 오른쪽부분의 ‘虛’가 ‘虚’의 형태로 되어있다.

1625) 조선간본은 정자를 사용하였는데, 四部叢刊本은 이체자 ‘易’을 사용하였다.

1626) 漢의 이체자. 오른쪽 윗부분의 ‘廿’의 형태가 ‘卝’의 형태로 되어있고 중간의 ‘口’가 관통된
　　　형태가 아니라 빈 형태로 되어있다. 四部叢刊本은 오른쪽 윗부분은 조선간본과 같고 아랫부
　　　분은 조선간본과 다르게 정자 형태로 된 이체자 ‘漢’을 사용하였다.

1627) 黥의 이체자. 왼쪽부분의 ‘黑’이 ‘黒’의 형태로 되어있으며 오른쪽의 ‘京’이 ‘灬’의 위에 놓여
　　　있다.

1628) 擊의 이체자. 윗부분의 오른쪽의 ‘殳’가 ‘殳’의 형태로 되어있다.

1629) 園의 이체자. ‘囗’안의 ‘土’ 아랫부분의 ‘𧘇’의 형태가 ‘𧘇’의 형태로 되어있다.

1630) 綺의 이체자. 오른쪽부분의 ‘奇’가 ‘竒’의 형태로 되어있다.

1631) 조선간본은 정자로 되어있는데, 四部叢刊本은 윗부분의 ‘宀’의 형태가 ‘丿’의 형태로 된 이체
　　　자 ‘甪’을 사용하였다.

1632) 將의 이체자. 오른쪽 윗부분의 ‘夕’의 형태가 ‘⺈’의 형태로 되어있다. 이번 단락에서 조선간
　　　본과 四部叢刊本 모두 정자와 이체자를 혼용하였는데, 이하에서 두 판본의 글자가 다른 경
　　　우에는 주석을 달아 밝힌다.

1633) 凡의 이체자. ‘几’ 안쪽의 ‘丶’이 직선 형태로 되어있으며 그 가로획이 오른쪽 ‘乀’획의 밖으
　　　로 삐져나와 있다.

1634) 조선간본은 정자로 되어있는데, 四部叢刊本은 이체자 ‘將’을 사용하였다.

1635) 禍의 이체자. 오른쪽부분의 ‘咼’가 ‘㕢’의 형태로 되어있다.

1636) 俱의 이체자. 오른쪽부분의 ‘具’가 한 획이 적은 ‘𦥑’의 형태로 되어있다.

1637) 조선간본은 정자로 되어있는데, 四部叢刊本은 이체자 ‘將’을 사용하였다.

1638) 조선간본은 이체자로 되어있는데, 四部叢刊本은 정자 ‘將’을 사용하였다.

1639) 異의 이체자. 아랫부분의 ‘共’의 가운데에 세로획 하나가 첨가된 ‘𠔏’의 형태로 되어있다.

1640) 母의 이체자. 안쪽의 ‘丶’ 두 개가 직선 형태로 되어있다. 四部叢刊本은 그것이 몸의 아랫부
　　　분 밖으로 삐져나온 형태의 이체자 ‘毋’로 되어있다.

1641) 御의 이체자. 가운데부분의 ‘𠂤’의 형태가 ‘缶’의 형태로 되어있다.

常居抱前，上終不使不肖子居愛子上。明乎其代太子位必矣。君何不急謂呂后承

間爲上泣，言黥布天下猛將，善用兵，諸將皆{第114面}陛下故等倫，乃今[1642]太

子將此屬[1643]，無異使羊將狼，莫爲用。且使布聞之，即鼓[1644]行而西耳。上

雖[1645]疾，卧[1646]護之，諸將不敢不

　　盡力，雖苦，強爲妻子計。載輜車，卧而行。」於是呂澤立夜見呂后，呂后

承[1647]間爲上泣而言，如四人意。上曰：「吾惟竪子，故不足遣，乃公自行耳。」於

是上自將[1648]東，群臣居守，皆送至霸上。留侯疾，強起至曲郵[1649]見上曰：「臣

宜從，疾甚，楚人剽疾，願[1650]上無與楚人爭鋒[1651]。」因說上曰：「令太子爲將

軍，監[1652]關[1653]中諸侯兵。」上謂子房雖疾，強起卧而傅[1654]太子，是時叔孫通

已爲太子太傅，留侯行少傅[1655]事。漢遂誅黥布，太子安寧，國家晏然，此{第115

1642) 四部叢刊本과 龍溪精舍本에는 모두 '令'으로 되어있다. 여기서 '令'은 사역(劉向 撰, 林東錫
　　譯註,《신서2》, 동서문화사, 2009. 839쪽)의 의미이기 때문에 조선간본은 '今'은 誤字이다. 조
　　선간본의 '今'은 '今(이제)'처럼 보이지만 판본 전체적으로 사용한 '今'과는 형태가 다르다. 그
　　러므로 조선간본은 '令'으로 쓰려다가 '今'의 아랫부분 'ヽ'이 빠졌을 가능성도 있어 보인다.
1643) 屬의 이체자. '尸' 아래의 '丰'에 해당하는 부분의 세로획이 빠진 '三'의 형태로 되어있다. 四
　　部叢刊本은 정자로 되어있다.
1644) 鼓의 이체자. 오른쪽부분의 '支'가 '皮'의 형태로 되어있다.
1645) 雖의 이체자. 왼쪽 윗부분의 '口'가 'ム'의 형태로 되어있다.
1646) 卧의 이체자. 좌부변의 '臣'이 '目'의 형태로 되어있고 오른쪽부분의 '人'이 'ト'의 형태로 되
　　어있다.
1647) 承의 이체자. 가운데 부분에 가로획 하나가 빠져있다. 四部叢刊本은 정자를 사용하였다.
1648) 조선간본은 이체자로 되어있는데, 四部叢刊本은 정자 '將'을 사용하였다.
1649) 郵의 이체자. 왼쪽부분의 '垂'가 '㝵'의 형태로 되어있다.
1650) 願의 이체자. 왼쪽부분의 '原'에서 '厂' 안의 윗부분의 '白'이 '日'의 형태로 되어있다. 四部叢
　　刊本은 정자를 사용하였다.
1651) 鋒의 이체자. 좌부변의 '金'이 '釒'의 형태로 되어있다.
1652) 監의 이체자. 조선간본은 윗부분 오른쪽의 '臣'이 '㠯'의 형태로 되어있다. 四部叢刊本에는
　　조선간본과 다르게 '目'의 형태를 사용한 이체자 '𥌓'으로 되어있다.
1653) 關의 이체자. '門'안의 '䤜'의 형태가 '絲'의 형태로 되어있다. 四部叢刊本은 그 부분이 '絲'의
　　형태로 된 이체자 '關'을 사용하였다.
1654) 傅의 이체자. 오른쪽 윗부분의 '甫'가 '宙'에서 'ヽ'이 빠진 '宙'의 형태로 되어있다. 四部叢刊
　　本은 그 부분이 '宙'의 형태로 된 이체자 '傅'를 사용하였다.

面〕四公子之謀也。

齊悼惠1656)王者，孝惠皇帝之兄也。孝惠皇帝二年，悼惠王入朝，孝惠1657)皇與悼惠王讌飲，乃行家人禮，同席1658)。呂太后怒，乃進鴆酒，孝惠皇帝知，欲代飲之，乃止。悼惠王懼不得出城，上車太息，内1659)史參乘1660)怪1661)問其故，悼惠王具1662)以狀語内史，内史曰：「王寧亡十城邪？將1663)亡齊國也？」悼惠1664)王曰：「得全身而已，何敢愛城哉！」内史曰：「魯元公主，太后之女，大王之弟1665)也。大王封1666)國七十餘城，而魯元公主湯1667)沐邑少；大王誠獻1668)十城爲魯元公主湯沐邑，内有親親之恩，外有順太后之意，太后必大喜。是亡十城而得〔第116面〕六十城也。」悼惠王曰：「善。」至邸上，奏獻十城爲魯元公主湯沐邑，太后果大悅1669)受邑，厚賜悼惠1670)王而歸之，國遂安，齊内史之謀1671)也。

1655) 傅의 이체자. 四部叢刊本은 다른 형태의 이체자 '傳'를 사용하였다.
1656) 惠의 이체자. 윗부분의 '叀'가 '寅'의 형태로 되어있다. 四部叢刊本은 정자를 사용하였다. 이번 단락에서 조선간본과 四部叢刊本 모두 정자와 이체자를 혼용하였는데, 이하에서 두 판본의 글자가 다른 경우에는 주석을 달아 밝힌다.
1657) 惠의 이체자. 윗부분의 '叀'가 '㒸'의 형태로 되어있다. 四部叢刊本은 정자를 사용하였다.
1658) 席의 이체자. '广'안쪽 윗부분의 '廿'이 '艹'의 형태로 되어있다.
1659) 内의 이체자. '冂'안의 '入'이 '人'의 형태로 되어있다.
1660) 乘의 이체자.
1661) 怪의 이체자. 오른쪽 윗부분의 '又'가 '叉'의 형태로 되어있다.
1662) 具의 이체자. 윗부분이 가로획 하나가 적은 '且'의 형태로 되어있다. 四部叢刊本에는 정자로 되어있다.
1663) 將의 이체자. 四部叢刊本은 정자를 사용하였다.
1664) 惠의 이체자. 四部叢刊本은 정자를 사용하였다.
1665) 조선간본과 四部叢刊本은 판본 전체적으로 윗부분의 'ᐱ'의 형태가 '丷'의 형태로 된 이체자 '弟'를 사용하였는데, 여기서는 두 판본 모두 정자를 사용하였다.
1666) 封의 이체자. 오른쪽부분의 '寸'의 위에 'ㅗ'의 형태가 첨가되어있다. 四部叢刊本에는 정자로 되어있다. 조선간본은 판본 전체적으로 이런 형태의 이체자를 전혀 사용하지 않았기 때문에 誤字로 보인다.
1667) 湯의 이체자. 왼쪽부분의 '昜'이 '易'의 형태로 되어있다.
1668) 獻의 이체자. 머리의 '虍' 아랫부분의 '鬲'이 '帚'의 형태로 되어있다. 四部叢刊本은 왼쪽부분이 조선간본과 같고 우부방의 '犬'이 '丈'의 형태로 된 '䍰'을 사용하였다.
1669) 悅의 이체자. 오른쪽부분의 '兌'가 '兊'의 형태로 되어있다.

孝武皇帝時, 大行王恢數言擊[1672]匈奴之便, 可以[1673]除邊[1674]境之害, 欲絶和親之約, 御史大夫韓安國以爲兵不可動。孝武皇帝召群臣而問曰:「朕飾[1675]子女以配單[1676]于, 幣帛文錦[1677], 賂之甚厚, 今單于逆命加慢, 侵盜無已, 邊境數驚, 朕甚閔之, 今欲擧兵以攻匈奴, 如何?」大行臣恢再[1678]拜[1679]稽[1680]首曰:「善。陛下不言, 臣固謁[1681]之。臣聞全代之時, 北未嘗不有彊胡之敵, 內連中國之兵也, 然尙得養老長幼[1682]{第117面}, 樹種以時, 倉廩[1683]常實, 守禦[1684]之備具, 匈奴不敢輕侵也。今以陛下之威, 海內爲一家, 天子同任, 遣子弟[1685]乘守塞, 轉[1686]粟輓輸, 以[1687]爲之備, 而匈奴侵盜不休者, 無他, 不痛之患也。臣以

1670) 惠의 이체자. 앞에서 사용한 이체자 ‘惠’·‘惠’와는 다르게 윗부분의 ‘叀’에서 맨 아랫부분의 ‘丶’이 빠져있다. 四部叢刊本은 정자로 되어있다.

1671) 謀의 이체자. 오른쪽부분의 ‘某’가 ‘某’의 형태로 되어있다. 四部叢刊本은 그 부분이 ‘某’의 형태로 된 이체자 ‘謀’를 사용하였다.

1672) 擊의 이체자. 윗부분 오른쪽의 ‘殳’가 ‘殳’의 형태로 되어있다. 四部叢刊本은 그 부분이 ‘殳’형태로 된 이체자 ‘擊’을 사용하였다.

1673) 조선간본은 정자로 되어있는데, 四部叢刊本은 이체자 ‘以’를 사용하였다.

1674) 邊의 이체자. ‘辶’ 안의 윗부분 ‘自’가 ‘白’의 형태로 되어있고 맨 아래의 ‘方’이 ‘口’의 형태로 되어있다.

1675) 飾의 이체자. 오른쪽부분의 ‘布’의 형태가 ‘帀’의 형태로 되어있다.

1676) 單의 이체자. 아랫부분의 가로획 왼쪽에 점이 첨가된 ‘甲’의 형태로 되어있다.

1677) 조선간본은 정자로 되어있는데, 四部叢刊本은 좌부변이 ‘金’의 형태로 된 이체자 ‘錦’을 사용하였다.

1678) 再의 이체자. 가운데부분의 가로획이 양쪽으로 모두 튀어나와 있고 가운데부분의 세로획도 맨 아래 가로획 아래로 튀어나와 있다.

1679) 拜의 이체자. 오른쪽 아랫부분에 ‘丶’이 첨가되어있다.

1680) 稽의 이체자. 오른쪽 윗부분의 ‘尤’가 ‘九’의 형태로 되어있고 그 아랫부분의 ‘匕’가 ‘亠’의 형태로 되어있다.

1681) 謁의 이체자. 오른쪽부분의 ‘曷’이 ‘曷’의 형태로 되어있다.

1682) 幼의 이체자. 오른쪽부분의 ‘力’이 ‘刀’의 형태로 되어있다.

1683) 廩의 이체자. ‘广’의 아랫부분의 ‘靣’이 ‘面’의 형태로 되어있고 그 아랫부분의 ‘禾’가 ‘示’의 형태로 되어있다.

1684) 禦의 이체자. 발의 ‘示’ 위의 ‘御’의 가운데부분이 ‘缶’의 형태로 되어있다.

1685) 弟의 이체자. 윗부분의 ‘丷’의 형태가 ‘八’의 형태로 되어있다.

1686) 轉의 이체자. 오른쪽부분의 ‘專’이 ‘專’의 형태로 되어있다.

爲擊之便。」御史大夫臣安國稽首再拜曰：「不然。臣聞高皇帝嘗圍於平城，匈奴至而投[1688]鞍高於城者數所。平城之厄，七日不食，天下歡之。及解[1689]圍反位，無忿怨之色，雖得天下，而不報平城之怨者，非以[1690]力不能也。夫聖人以[1691]天下爲度[1692]者也，不以己之私[1693]怒，傷[1694]天下之公義，故遣劉敬結爲和親，至今[1695]爲 〚世利。孝文皇帝嘗一[1696]屯天下之精兵於溪嘗廣〛 [1697]{第118面}武[1698]，無尺寸之功。天下黔[1699]首，約要之民，無不憂者[1700]，孝文皇帝悟兵之不可宿也，乃爲和親之約，至今爲後世[1701]利。臣以爲兩[1702]主之迹，足以爲

1687) 조선간본은 정자로 되어있는데, 四部叢刊本은 이체자 '以'를 사용하였다.

1688) 投의 이체자. 오른쪽부분의 '殳'가 '夂'의 형태로 되어있다.

1689) 解의 이체자. 오른쪽 아랫부분의 '牛'가 '牛'의 형태로 되어있다.

1690) 조선간본은 정자로 되어있는데, 四部叢刊本은 이체자 '以'를 사용하였다.

1691) 조선간본은 정자로 되어있는데, 四部叢刊本은 이체자 '以'를 사용하였다.

1692) 度의 이체자. '广' 안의 윗부분의 '廿'이 '丗'의 형태로 되어있다.

1693) 조선간본은 정자로 되어있는데, 四部叢刊本은 오른쪽 부분의 'ㅿ'가 'ㅿ'의 형태로 된 이체자 '私'를 사용하였다.

1694) 傷의 이체자. 왼쪽 아랫부분의 '昜'이 '易'의 형태로 되어있다.

1695) 今의 이체자. 四部叢刊本에는 다른 형태의 이체자 '今'으로 되어있다.

1696) 四部叢刊本에는 '一'이 빠져있는데, 龍溪精舍本은 조선간본과 동일하게 '一'로 되어있다. 여기서는 '일시에'(劉向 原著, 李華年 譯註,《新序全譯》, 貴州人民出版社, 1994. 377쪽)라는 의미이기 때문에 조선간본이 맞고 四部叢刊本은 '一'이 누락된 오류를 범하고 있다.

1697) '〚~〛'이 부호는 한 행을 의미하는데, 이 부분은 이번 면(제118면)의 제11행에 해당한다. 그런데 본 판본은 1행에 18자로 되어있고, 조선간본도 18자로 되어있지만 四部叢刊本은 17자로 되어있다. 위에서 밝혔듯이 四部叢刊本은 '一'이 누락되어있기 때문에 제11행은 조선간본에 비해 한 글자가 적은 17자로 되어있다.

1698) 武의 이체자. 맨 윗부분의 가로획이 '弋'에서 'ㄴ'획의 밖으로 튀어나와 있다. 四部叢刊本은 정자로 되어있다.

1699) 黔의 이체자. 좌부변의 '黑'이 '黒'의 형태로 되어있고 오른쪽부분이 '今'이 아니라 '令'의 형태로 되어있으며 '令'이 'ㅆ'의 형태 위로 올라와 있다.

1700) 四部叢刊本에는 '少'로 되어있는데, 龍溪精舍本에는 조선간본과 동일하게 '者'로 되어있다. 여기의 '無不憂者'는 '근심을 겪지 않은 이가 없다'(劉向 撰, 林東錫 譯註,《신서2》, 동서문화사, 2009. 839쪽)라는 의미이기 때문에 조선간본의 '者'가 맞고 四部叢刊本의 '少'는 誤字이다.

1701) 世의 이체자. 맨 아랫부분의 가로획이 왼쪽 세로획 밖으로 튀어나와 있다. 四部叢刊本은 정자로 되어있다.

効1703), 臣故曰勿擊便。」大行曰：「不然。夫明1704)於形者，分則不過於事；察1705)於動者，用則不失於利；審於静1706)者，恬則免於患。髙帝被1707)堅執銳1708)，以除天下之害，蒙1709)矢石，沾風雨，行幾1710)十年，伏尸蒲1711)澤，積首若山，死者什七，存者什三，行者垂1712)泣而倪1713)於兵。夫以天下末1714)力，厭事之民，而蒙1715)匈奴飽伏，其勢1716)不便。故結和親之約者，所以休天下之民。髙皇帝明於形而以分事，通於動静1717)之時。蓋五帝不相同樂，三王{第119面}不相襲1718)禮者，非故相反也，各因世之宜也。教與時變1719)，備與敵化，守一而

1702) 兩의 이체자. 바깥부분 '帀'의 안쪽의 '入'이 '人'의 형태로 되어있으며 그것의 윗부분이 '帀'의 밖으로 튀어나와 있다.

1703) 効의 俗字. 우부방의 '攵'이 '力'의 형태로 되어있다.

1704) 明의 이체자. 좌부변의 '日'이 '目'의 형태로 되어있다. 四部叢刊本은 정자를 사용하였다.

1705) 察의 이체자. 'ᄼ' 아래의 '癶'의 형태가 '夊'의 형태로 되어있다.

1706) 静의 俗字. 오른쪽 윗부분의 '⺈'의 형태가 '⺈'의 형태로 되어있다.

1707) 被의 이체자. 좌부변의 '衤'가 '礻'의 형태로 되어있다.

1708) 銳의 이체자. 오른쪽부분의 '兌'가 '兖'의 형태로 되어있다.

1709) 蒙의 이체자. 머리의 '艹'가 '丱'의 형태로 되어있고 아랫부분의 '豕'에서 맨 위의 가로획이 빠진 '豕'의 형태로 되어있다.

1710) 幾의 이체자. 아랫부분 왼쪽의 '人'의 형태가 'ᄼ'의 형태로 되어있으며, 아랫부분의 오른쪽에는 'ノ'의 한 획이 빠져있다.

1711) 滿의 이체자. 오르쪽 윗부분의 '廿'이 '艹'의 형태로 되어있고 그것이 아랫부분 전체를 덮고 있으며 그 아랫부분의 '兩'이 '雨'의 형태로 되어있다.

1712) 垂의 이체자. 맨 아랫부분의 가로획 '一'이 'レ'의 형태로 되어있다.

1713) 倪의 이체자. 오른쪽 윗부분의 '臼'가 '日'의 형태로 되어있다. 四部叢刊本은 정자로 되어있다.

1714) 四部叢刊本도 조선간본과 동일하게 '末'로 되어있는데, 龍溪精舍本에는 '末'로 되어있다. 여기서 '末力'은 '크지 않은 힘'(劉向 撰, 林東錫 譯註,《신서2》, 동서문화사, 2009. 848쪽)이란 뜻이기 때문에 조선간본과 四部叢刊本의 '末'는 '末'의 誤字이다.

1715) 蒙의 이체자. 머리의 '艹'가 '"의 형태로 되어있고 아랫부분의 '豕'에서 맨 위의 가로획이 빠진 '豕'의 형태로 되어있다. 四部叢刊本은 윗부분은 조선간본과 같고 아랫부분은 조선간본과 다르게 '豕'의 형태 그대로 된 이체자 '蒙'을 사용하였다.

1716) 勢의 이체자. 윗부분 왼쪽의 '坴'이 '幸'의 형태로 되어있다.

1717) 조선간본과 四部叢刊本은 모두 앞에서는 俗字 '静'을 사용하였는데 여기서는 정자를 사용하였다.

1718) 襲의 이체자. 윗부분의 '龍'에서 오른쪽부분의 '𦣻'의 형태가 '𦣻'의 형태로 되어있다. 四部叢

不易[1720], 不足以子民。今匈奴縱意日久[1721]矣[1722], 侵盜[1723]無已, 係虜人民, 戍卒死傷, 中國道路, 槥車相望, 此仁人之所哀也。臣故曰擊之便。」衛史大夫曰:「不然, 臣聞之, 利不什不易[1724]業, 功不百不變常, 是故古之人君, 謀事必就聖, 發政必擇語, 重作事也。自三代之盛, 遠[1725]方夷狄, 不與正[1726]朔服色, 非威不能制, 非強不能服也, 以爲遠[1727]方絶域[1728], 不牧之民, 不足以煩中國也。且匈奴者, 輕疾悍亟[1729]之兵也, 畜牧爲業, 弧[1730]弓射獵[1731], 逐獸隨[1732]草[1733], 居處[1734]無常, 難[1735]得而制也。至不及圖[1736], 去不{第120面}可追;來

刊本은 그 부분이 '𠀃'의 형태로 된 이체자 '襲'을 사용하였다.

1719) 變의 이체자. 글자 맨 윗부분에 '亠'가 첨가되어있다.

1720) 易의 이체자. 머리의 '日'이 '月'의 형태로 되어있고 이것이 아랫부분의 '勿'위에 바로 붙어있다.

1721) 久의 이체자.

1722) 矣의 이체자. '厶'의 아랫부분의 '矢'가 '失'의 형태로 되어있다.

1723) 盜의 俗字. 윗부분 왼쪽의 '氵'가 '冫'의 형태로 되어있다. 四部叢刊本은 정자를 사용하였다.

1724) 조선간본은 정자로 되어있는데, 四部叢刊本은 이체자 '易'으로 되어있다.

1725) 遠의 이체자. '辶'의 윗부분에서 '土'의 아랫부분의 '𧘇'의 형태가 '衣'의 형태로 되어있다.

1726) 四部叢刊本에는 '王'으로 되어있는데, 龍溪精舍本에는 조선간본과 동일하게 '正'으로 되어있다. 여기의 '正朔'은 '옛날에 제왕이 나라를 세운 뒤 새로 반포하는 曆法'이다. 이때 '正'은 일년의 첫날이고 '朔'은 한 달의 첫날을 뜻한다.(劉向 原著, 李華年 譯註, 《新序全譯》, 貴州人民出版社, 1994. 375쪽) 그러므로 조선간본의 '正'이 맞고 四部叢刊本의 '王'은 誤字이다.

1727) 遠의 이체자. 四部叢刊本은 '土'의 아랫부분의 '𧘇'의 형태가 '㐅'의 형태로 된 이체자 '逺'을 사용하였다.

1728) 域의 이체자. 오른쪽부분의 '或'이 '㦸'의 형태로 되어있다.

1729) 亟의 이체자. 윗부분의 '丂'의 형태가 '了'의 형태로 되어있고 오른쪽부분의 '又'가 '㇛'의 형태로 되어있다.

1730) 弧의 이체자. 오른쪽부분의 '瓜'가 '𠂢'의 형태로 되어있다.

1731) 獵의 이체자. 오른쪽부분의 '巤'이 '巤'의 형태로 되어있다.

1732) 隨의 이체자. 좌부변의 '阝'는 '卩'의 형태로 되어있고 '辶' 위의 '育'의 형태가 '有'의 형태로 되어있다.

1733) 草의 이체자. 머리의 '艹'가 '丷'의 형태로 되어있다.

1734) 處의 이체자. 부수 '虍'가 '𠂤'의 형태로 되어있다.

1735) 難의 이체자. 왼쪽 윗부분의 '廿'이 '丷'의 형태로 되어있고 그 아랫부분이 빈 '口'의 형태로 되어있다. 四部叢刊本은 왼쪽 윗부분이 조선간본과 다르게 '艹'로 되어있고 나머지부분은 같

若風雨，解[1737]若收[1738]電，今使邊[1739]鄙[1740]久廢耕織之業[1741]，以支匈奴常事，其勢[1742]不權。臣故曰勿擊爲便。」大行曰：「不然。夫神蛟濟[1743]於淵[1744]，而鳳[1745]鳥乘於風，聖人因於時。昔者，秦繆[1746]公都雍郊，地方三百里，知時之變，攻取戎，辟地千里，并[1747]國十二，隴[1748]西[1749]北地是也。其後蒙[1750]恬爲秦侵[1751]胡，以河爲境，累石爲城，積木爲寨，匈奴不敢飲馬北河，置[1752]烽燧然後敢牧馬。夫匈奴可以力服也，不可以仁畜也。今以中國之大，萬倍之資，遣百分之一以攻匈奴，譬如以千石之弩，射癰潰疽，必不留行矣。則北發月氏，可得

은 형태로 된 '難'을 사용하였다.

1736) 圖의 이체자. '囗' 안의 아랫부분의 '回'가 '面'의 형태로 되어있다.

1737) 解의 이체자. 오른쪽 아랫부분의 '牛'가 '丰'의 형태로 되어있다.

1738) 조선간본은 정자로 되어있는데, 四部叢刊本은 왼쪽부분의 '丩'의 형태가 '丬'의 형태로 된 이체자 '收'를 사용하였다.

1739) 邊의 이체자. '辶' 안의 윗부분 '自'가 '白'의 형태로 되어있고 맨 아래의 '方'이 '口'의 형태로 되어있다.

1740) 鄙의 이체자. 왼쪽 아랫부분의 '㐭'이 '面'의 형태로 되어있다.

1741) 業의 이체자. 윗부분의 '业'의 형태가 '卝'의 형태로 되어있다. 四部叢刊本은 정자로 되어있다.

1742) 勢의 이체자. 윗부분 왼쪽의 '坴'이 '幸'의 형태로 되어있다.

1743) 濟의 이체자. 오른쪽 부분의 '齊'에서 '亠'의 아래 가운데부분의 'Y'가 '了'의 형태로 되어있다.

1744) 淵의 이체자. 오른쪽부분의 '㴊'이 '𣶒'의 형태로 되어있다.

1745) 鳳의 이체자. '几' 안쪽의 '鳥'에서 맨 윗부분의 가로획 '一'이 빠져있다.

1746) 繆의 이체자. 오른쪽 윗부분의 '羽'가 '彐彐'의 형태로 되어있다.

1747) 并의 이체자. 윗부분의 '丷'의 형태가 '八'의 형태로 되어있다.

1748) 隴의 이체자. 좌부변의 '阝'가 '卩'의 형태로 되어있고, 오른쪽부분의 '龍'에서 그 오른쪽부분이 '𠄌'의 형태로 되어있다.

1749) 西의 이체자. '口'위의 '兀'의 형태가 'ㅠ'의 형태로 되어있으며 양쪽의 세로획이 '口'의 맨 아랫부분에 붙어 있다.

1750) 머리의 '艹'가 '卝'의 형태로 되어있고 아랫부분의 '冢'에서 맨 위의 가로획이 빠진 '冢'의 형태로 되어있다. 四部叢刊本은 윗부분은 조선간본과 같고 아랫부분의 '冢'이 '家'의 형태로 된 이체자 '蒙'을 사용하였다.

1751) 侵의 이체자. 조선간본은 판본 전체적으로 한 번도 사용한 적이 없는 이체자를 사용하였는데, 오른쪽 윗부분의 '彐'의 형태가 '日'의 형태로 되어있다. 四部叢刊本은 정자로 되어있다.

1752) 置의 이체자. 머리 '罒' 아랫부분의 '直'이 가로획 하나가 빠진 '直'으로 되어있다.

而臣也。臣故曰擊¹⁷⁵³⁾之便。」衛史大夫〔第121面〕曰：「不然。臣聞善戰者，以飽待飢，安行定舍¹⁷⁵⁴⁾，以待其勞，整治施德¹⁷⁵⁵⁾，以待其亂¹⁷⁵⁶⁾，接兵奮衆¹⁷⁵⁷⁾，深入伐國噴¹⁷⁵⁸⁾城，故常坐而役¹⁷⁵⁹⁾敵國，此聖人之兵也。夫衝風之衰也，不能起毛羽；強弩之末力，不能入魯縞¹⁷⁶⁰⁾。盛之有衰也，猶¹⁷⁶¹⁾朝之必暮也，今¹⁷⁶²⁾卷甲而輕舉，深入而長驅，難¹⁷⁶³⁾以爲功。夫橫¹⁷⁶⁴⁾行則中絶，從行則迫脅；徐¹⁷⁶⁵⁾則後利，疾則粮乏，不至千里，人馬絶飢，勞以遇敵，正遺人獲¹⁷⁶⁶⁾也。意者有他詭妙，可以擒¹⁷⁶⁷⁾之，則臣不知，不然未見深入之利也。臣故曰勿擊之便。」大行曰：「不然。夫草木之中霜霧，不可以風過；清水明鏡¹⁷⁶⁸⁾，不可以形逃也；通方

1753) 擊의 이체자. 윗부분의 오른쪽의 '殳'가 '叟'의 형태로 되어있다. 四部叢刊本은 그 부분이 '夊'의 형태로 된 이체자 '撃'을 사용하였다.

1754) 舍의 이체자. '人'의 아랫부분의 '舌'의 형태가 '吉'의 형태로 되어있다.

1755) 德의 이체자. 오른쪽부분의 '悳'의 형태가 가운데 가로획이 빠진 '悳'의 형태로 되어있다.

1756) 亂의 이체자. 왼쪽부분의 '𤔲'의 형태가 '𤔲'의 형태로 되어있다.

1757) 衆의 이체자. 머리 '血'의 아랫부분이 '氽'의 형태로 되어있다. 四部叢刊本은 그 왼쪽부분에 '丿' 한 획이 빠진 '衆'으로 되어있다.

1758) 墮의 이체자. 윗부분 왼쪽의 '𨸏'가 '𠂤'의 형태로 되어있고 오른쪽의 '育'의 아랫부분의 '月'의 형태가 '日'의 형태로 되어있다.

1759) 役의 이체자. 윗부분의 오른쪽의 '殳'가 '叟'의 형태로 되어있다. 四部叢刊本은 그 부분이 '夊'의 형태로 된 이체자 '伇'을 사용하였다.

1760) 縞의 이체자. 오른쪽부분의 '高'가 '髙'의 형태로 되어있다.

1761) 조선간본과 四部叢刊本은 판본 전체적으로 오른쪽 윗부분이 '丷'의 형태로 된 '猶'를 사용하였는데, 여기서는 그 부분이 '八'의 형태로 되어있다.

1762) 今의 이체자. 四部叢刊本은 맨 아랫부분의 '丿'획이 기운 직선 형태의 이체자 '仐'을 사용하였다.

1763) 難의 이체자. 왼쪽 윗부분의 '廿'이 '卝'의 형태로 되어있다.

1764) 橫의 이체자. 오른쪽부분의 '黃'이 윗부분의 '廿'이 '卝'의 형태로 되어있고 그 아래 가로획이 빠진 '黃'으로 되어있다.

1765) 徐의 이체자. 오른쪽부분의 '余'가 '余'의 형태로 되어있다.

1766) 조선간본과 四部叢刊本은 앞에서 이체자 '獲'을 사용하였는데, 여기서는 정자로 되어있다.

1767) 擒의 이체자. 오른쪽 맨 아랫부분의 '厶'가 '人'의 형태로 되어있다. 四部叢刊本에는 정자로 되어있다.

1768) 鏡의 이체자. 좌부변의 '金'이 가운데 세로획이 맨 위의 가로획 위로 튀어나온 '釒'의 형태로 되어있다.

之人，不可以{第122面}文亂。今[1769]臣言擊[1770]之者，固非發[1771]而深入也，將順
因單于之欲，誘而致之邊[1772]，吾伏輕卒銳[1773]士以待之，陰[1774]遮[1775]險阻以備
之。吾勢[1776]以成，或[1777]當其左，或當其右；或當其前，或[1778]當其後，單于可
擒，百全必取。臣以爲擊之便。」於是[1779]遂從大行之言。孝武皇帝自將師伏兵於
馬邑，誘致單于。單于旣入塞，道覺之，奔走而去。其後交兵接刃[1780]，結怨連
禍，相攻擊十年，兵凋民勞，百姓空虛，道殣[1781]相望，檻車相屬，寇[1782]盜[1783]
蒲[1784]山，天下搖[1785]動。孝武皇帝後悔[1786]之。御史大夫桑弘羊請佃輪臺。詔

1769) 今의 이체자. 四部叢刊本은 다른 형태의 이체자 '仐'을 사용하였다.

1770) 조선간본은 정자를 사용하였는데, 四部叢刊本은 이체자 '擊'으로 되어있다.

1771) 發의 이체자. 머리의 '癶' 아랫부분 오른쪽의 '殳'가 '殳'의 형태로 되어있다. 四部叢刊本에는 정자로 되어있다.

1772) 邊의 이체자. 오른쪽 윗부분의 '自'가 '白'의 형태로 되어있고 아랫부분은 정자 형태로 되어있다. 四部叢刊本에는 다른 형태의 이체자 '邉'으로 되어있다.

1773) 銳의 이체자. 좌부변의 '金'이 '金'의 형태로 되어있고 오른쪽부분의 '兌'가 '兑'의 형태로 되어있다.

1774) 陰의 이체자. 좌부변의 'ß'가 'ﾌ'의 형태로 되어있으며, 오른쪽부분의 '侌'은 '侌'의 형태로 되어있다.

1775) 遮의 이체자. '辶'의 위에 있는 '庶'에서 '广'안의 윗부분의 '廿'이 '卄'의 형태로 되어있고 아랫부분의 '灬'가 '从'의 형태로 되어있다.

1776) 조선간본과 四部叢刊本은 판본 전체적으로 거의 이체자 '勢'를 사용하였는데, 여기서는 두 판본 모두 정자를 사용하였다.

1777) 或의 이체자. '戈'의 아랫부분 왼쪽이 '厶'의 형태로 되어있다.

1778) 조선간본과 四部叢刊本 바로 앞에서는 이체자 '戓'을 연이어 세 번 사용하였는데, 여기서는 두 판본 모두 정자를 사용하였다.

1779) 是의 이체자. 머리의 '日'이 '月' 형태로 되어있으며 그 아랫부분이 '疋'에 붙어 있다.

1780) 刃의 이체자. 왼쪽의 'ヽ'이 직선 형태로 되어있다. 四部叢刊本은 그 부분이 다른 형태의 이체자 '刄'을 사용하였다.

1781) 殣의 이체자. 왼쪽부분의 '堇'이 아랫부분의 가로획 하나가 빠진 '堇'의 형태로 되어있다.

1782) 寇의 이체자. '宀'이 '冖'의 형태로 되어있고 그 아래 오른쪽부분의 '攴'이 '女'의 형태로 되어있다. 四部叢刊本은 머리의 '宀'은 그대로이고 오른쪽부분은 '女'의 형태로 된 이체자 '寇'를 사용하였다.

1783) 盜의 俗字. 윗부분 왼쪽의 '氵'가 '冫'의 형태로 되어있다. 四部叢刊本은 정자로 되어있다.

1784) 滿의 이체자. 오른쪽 윗부분의 '廿'이 '卄'의 형태로 되어있고 그것이 아랫부분 전체를 덮고

郤[1787]曰 :「當今之務，務在禁暴[1788]，止擅[1789]賦。今乃遠西佃，非所以慰民也。朕不忍[1790][第123面]聞。」封丞相號[1791]曰富[1792]民侯[1793]，遂不復言兵事。國家以寧，繼嗣以定，從韓安國之本謀也。

孝武皇帝時，中大夫主父偃爲策[1794]曰：「古諸侯不過百里，强弱之形易[1795]制也。今提侯或連城數[1796]十，地方千里，緩則驕，易[1797]爲淫[1798]亂；急則阻其强而合從，謀以逆京師，今[1799]以法割之，即逆節萌起，前日晁錯[1800]是[1801]也。今諸侯子弟[1802]或十數，而適嗣代立，餘雖骨肉，無尺地之封，則仁孝之道不宣，願陛下今[1803]諸侯得推恩，分子弟以地侯之，彼人人喜得所願，上以德施，實封

있으며 그 아랫부분의 '兩'이 '甬'의 형태로 되어있다.

1785) 搖의 이체자. 오른쪽부분의 '䍃'에서 윗부분의 '夕'의 형태가 '⺈'의 형태로 되어있고 아랫부분의 '缶'가 '舌'의 형태로 되어있다.

1786) 悔의 이체자. 오른쪽 아랫부분의 '母'가 '冊'의 형태로 되어있다.

1787) 郤의 이체자. 우부방의 '卩'이 '阝'의 형태로 되어있다.

1788) 조선간본과 四部叢刊本은 판본 전체적으로 거의 이체자 '暴'을 사용하였는데, 여기서는 두 판본 모두 정자를 사용하였다.

1789) 擅의 이체자. 오른쪽 윗부분의 '亩'이 '面'의 형태로 되어있다.

1790) 忍의 이체자. 윗부분의 '刃'이 '刄'의 형태로 되어있다.

1791) 號의 이체자. 오른쪽 윗부분의 '虍'가 '严'의 형태로 되어있다.

1792) 富의 이체자. 머리의 '宀'이 '冖'의 형태로 되어있다.

1793) 侯의 이체자.

1794) 策의 이체자. 머리 '⺮' 아래의 '朿'가 '束'의 형태로 되어있다

1795) 조선간본은 정자를 사용하였는데, 四部叢刊本은 이체자 '易'을 사용하였다.

1796) 數의 이체자. 왼쪽의 '婁'가 '婁'의 형태로 되어있다.

1797) 조선간본은 정자를 사용하였는데, 四部叢刊本은 이체자 '易'을 사용하였다.

1798) 淫의 이체자. 오른쪽 아랫부분의 '壬'이 '舌'의 형태로 되어있다.

1799) 今의 이체자. 四部叢刊本은 다른 형태의 이체자 '仐'으로 되어있다.

1800) 錯의 이체자. 좌부변의 '金'이 가운데 세로획이 맨 위의 가로획 위로 튀어나온 '釒'의 형태로 되어있다.

1801) 是의 이체자. 머리의 '日'이 '月' 형태로 되어있으며 그 아랫부분이 '疋'에 붙어 있다. 四部叢刊本에는 정자로 되어있다.

1802) 조선간본과 四部叢刊本은 판본 전체적으로 이체자 '弟'를 주로 사용하였는데, 여기에서부터 이번 단락의 이하에서는 두 판본 모두 정자를 사용하였다.

1803) 四部叢刊本에는 '仐'으로 되어있고, 龍溪精舍本에는 '令'으로 되어있다. 여기서는 사역(劉向

其國，而稍自消弱[1804]弱矣。」於是上從其計，因關[1805]馬及弩不得出，絶遊說[1806]之路，重{第124面}附益諸侯之法，急詿誤[1807]其君之罪，諸侯王遂以弱[1808]，而合從之事絶矣，主父[1809]偃之謀也。

新序卷之十[1810]{第125面}[1811]

{第126面}[1812]

撰, 林東錫 譯註,《신서2》, 동서문화사, 2009. 859쪽)의 의미이기 때문에 조선간본은 '今(今의 이체자)'은 誤字이다. 그리고 四部叢刊本의 '令'은 '今'이 아니라 '令'의 이체자로 보인다.

1804) 弱의 이체자. 좌우양쪽의 모양이 다른데, 왼쪽부분은 '弓'안의 획이 'ゝ'의 형태로 되어있고, 오른쪽부분은 '二'의 형태로 되어있다. 四部叢刊本은 조선간본의 오른쪽부분과 모양이 같은데, 그 형태가 좌우양쪽에 똑같이 쓰인 이체자 '弱'을 사용하였다.

1805) 關의 이체자. '門'안의 '絲'의 형태가 '鈝'의 형태로 되어있다.

1806) 說의 이체자. 오른쪽부분의 '兌'가 '兊'의 형태로 되어있다.

1807) 誤의 이체자. 오른쪽부분의 '吳'가 이체자 '具'의 형태로 되어있다.

1808) 弱의 이체자. '弓'안의 획이 양쪽 모두 '二'의 형태로 되어있다. 四部叢刊本은 그 부분이 양쪽 모두 'ゝ'의 형태로 된 이체자 '弱'을 사용하였다.

1809) 父의 이체자. 아랫부분의 'ㄨ'의 형태가 'ㄡ'의 형태로 되어있다. 四部叢刊本은 정자를 사용하였다.

1810) 조선간본에서 각 卷의 끝은 '劉向新序卷第〇'의 형태로 되어있는데, 여기서는 '劉向'이라는 글자가 빠져있으며, 또한 '第'를 '之'로 사용하였다. 四部叢刊本도 조선간본과 동일하게 '新序卷之十'으로 되어있다.

1811) 이 卷尾의 제목은 마지막 제11행에 해당한다. 이번 면은 제2행에서 글이 끝나고, 나머지 8행이 빈칸으로 되어있다.

1812) 〈劉向新序卷第十〉은 이전 면인 제125면에서 끝났는데, 각 권은 짝수 면에서 끝나기 때문에 이번 제125면은 계선만 인쇄되어있고 한 면이 모두 비어 있다.

第三部

朝鮮刊行 劉向《新序》의 原版本

《上冊》

古之治天下者一道德同風俗益九州之廣萬民之衆千歲之遠其敎所明莫此旣成之後所守者一道所傳者一說而已故詩書之文歷世數十作者非一而言未嘗不扞焉終始化之如此其至以當是之時異行者有禁異言者有誅

防之又如此其備也故一帝三王之際及其中間嘗更衰亂而餘澤未熄之時先王之敎化法度能出其間者也及周之末世先王之道旣廢餘澤旣熄述之治方術者蓋得其一偏故入奮其私意家尚其私學黃繚起於由國皆明其所長而昧其所短不能相通世人之不復知天下之士各自爲言而已孟子曰往者文王猶興孔子曰文王旣沒斯說之所蔽而不明鬱而不發奇可喜紬而不講況至於秦爲世所大禁小哉漢興六藝

之論各師異見胃自名家者誕漫於中國一切不異於周之末世其弊至於今尚在也自斯以來天下學者知折衷於聖人而能紬於道德之美者楊雄氏而止甲如向之徒皆不免爲說之蔽而不知有折衷者也孟子曰仕者無文王猶興漢之士興者凡民也豪傑之士雖無文王猶

宣持無明先王之道以一之者哉亦其出於是時者豪傑之士少故不能持起旅流俗之中絕學之後也蓋向之序此書於今最爲近古雖不能無失然遠至舜禹而近及於周秦以來古人之嘉言善行亦往往而在也要其致亦歸於明

故臣旣惜其不可見者而校其可見者特詳焉
亦足以知臣之於此豈好辯哉蓋臣之不得已
也編校書籍臣曾鞏上

劉向新序卷第一

雜事第一

昔者舜自耕稼陶漁而躬孝友父瞽瞍頑母嚚
及弟象傲皆下愚不移舜盡孝道以供養瞽瞍
瞽瞍與象爲浚井塗廩之謀欲以殺舜舜孝益
篤出田則號泣年五十猶嬰兒慕可謂至孝矣
故耕於歷山歷山之耕者讓畔陶於河濱河濱
之陶者器不苦窳漁於雷澤雷澤之漁者分均
及立爲天子天下化之蠻夷率服北發渠搜南
撫交阯莫不慕義麟鳳在郊故孔子曰孝弟之
至通於神明光于四海舜之謂也孔子在州里

篤行孝道居於闕黨闕黨之子弟畋漁分有親
者得多孝以化之也是以七十二子自遠方至
服從其德魯有沈猶氏者旦飲羊飽之以欺市
人公愼氏有妻而淫愼潰氏奢侈驕佚魯市之
鬻牛馬者善豫賈孔子將爲魯司寇沈猶氏不
敢朝飲其羊公愼氏出其妻愼潰氏踰境而徙
魯之鬻馬牛不豫賈布正以待之也旣爲司寇
季孟墮郈費之城齊人歸所侵魯之地由積正
之所致也故曰其身正不令而行
孫叔敖爲嬰兒之時出遊見兩頭蛇殺而埋之
歸而泣其母問其故叔敖對曰聞見兩頭之蛇

者死嚮者吾見之恐去母而死也其母曰蛇今
安在曰恐他人又見殺而埋之矣其母曰吾聞
有陰德者天報以福汝不死也及長爲楚令尹
未治而國人信其仁也
禹之興也以塗山桀之亡也以末喜湯之興也
以有莘紂之亡也以妲己文武之興也以任姒
幽王之亡也以褒姒是以詩正關雎而春秋褒
伯姬也樊姬楚國之夫人也楚莊王罷朝而晏
問其故莊王曰今旦與賢相語不知日之晏也
樊姬曰賢相爲誰王曰爲虞丘子樊姬掩口而
笑王問其故曰妾幸得執巾櫛以侍王非不欲

尊貴擅愛也以爲傷王之義故所進者
君數入奏令虞丘子爲相數十年未嘗進一賢
知而不進是不忠也不知也不智也安得爲賢
明日朝莊王以樊姬之言告虞丘子虞丘子避席
曰如樊姬之言不忠也不知是不智也辭位而進孫叔敖
鰌病且死謂其子曰我即死治喪畢於地堂
衛靈公之時蘧伯玉賢而不用彌子瑕不肖而
相進蘧伯玉而退彌子瑕此不能正君也
能進蘧伯玉而退彌子瑕不生也
能正君者死不當成禮置尸此堂於我足矣史

鰌死靈公往弔見喪在北堂問其故其子
父言對靈公蹴然易容曰寡人失位也夫子
生則欲進賢而退不肖又以屍諫可
謂忠而不衰矣於是乃召蘧伯玉而
卿退彌子瑕徙正堂成禮而後返衛國以治
史鰌字子魚論語所謂直哉史魚者也
晉大夫祁奚老晉君問曰孰可使嗣
解狐可君曰非子之讎邪對曰君問可
也晉遂舉解狐後又問曰國尉誰可
曰午也可君曰非子之子邪對曰君問可非問

其子不爲此書曰不備不當黨王道蕩蕩祁奚之
謂也外舉不避仇內舉不回親藏可謂至公
矣唯善故能舉其類詩曰唯其有之是以似之
楚共王有疾召令尹曰常侍管蘇與我處常忠
我以道正我以義吾與處不安也不見不思也雖然
雖然吾有得也其功不細必遺之爵祿之申侯伯與
吾處之歡也不見戚戚之吾好者先
無得也其過不細必遂遺之申侯伯明日王
薨令尹即拜管蘇爲上卿而逐申侯伯出之境

曾子曰鳥之將死其鳴也哀人之將死其言也
善言反其本性共王之謂也故孔子曰朝聞夕
死可矣然以聞後嗣沒身不朽者
晉平公疑武侯謀事而當群臣莫能逮朝而有喜武
色吳起進曰今君有楚莊王之語聞者孰
侯曰寡人過也君臣逮也朝而有喜
而傳群臣莫能逮朝而有憂色
君朝而有憂色何也莊王曰吾聞之諸侯自擇
卿者王而群臣莫能若者亡
今以不穀之不肖而議於朝且群臣莫能逮吾

社稷無主將焉用之不去何為公曰善
趙簡子上羊腸之阪群臣皆偏袒推車而簡子
獨擔戟行歌不推車簡子曰寡人上坂群臣皆
推車會獨擔戟行歌不推車何也會對曰虎會
會曰身死而妻子又死若是謂死而又死簡子以
悔為其臣者之罪會對曰為人君而侮其臣者
主為人臣侮其主者何若是謂死而又死虎會
聞為人臣而侮其君者智者不為謀則社稷
而侮其臣者子孫不聞為人君亦聞為人臣者
若虎會對曰使勇者不為鬬智者不為謀則社稷
辯者不為使勇者不為鬬智者

國其幾亡仁矣吾是以有憂色也莊王之所以
愛而君獨有喜色何也武侯逡巡而謝曰天使
夫子振寡人之過也天使夫子振寡人之過也
術國邊獻公晉慎公謹曰武侯人臣之
亦其乎對曰武侯人臣之君寡人之過也謂諸
之君懷司牧之無使失性良君將賞善而除民
愚愛民韓非上以縱其淫而奔天地之愛民甚定
霆夫君神之如日月敬之如神明畏之如雷
遣使一人韓跋民上以縱其淫而奔百姓
乎必不從矣若困民之性神之祀百姓

服眾人之惟唯不■
士武王諱誥而昌自用合□之死後吾未嘗聞吾
過也故人君不聞其非及聞而一夜者士舉國
其幾於士矣是以泣也
親文侯起而出次至翟黃問曰君適問吾君何
問叔言之對曰君仁君也次至翟黃問曰君仁君也曰
封君之長子以此知君之非仁君也翟黃忿然
封君之長子以封君之弟而以封君之子何以
逐翟黃起而出次至往座文侯間寮而
君也任座起而出次至往座文侯間寮而
臣聞之■君仁者其臣直臣事何
君仁者其臣直臣是

以至君仁君也。文侯曰：善。復召翟黃入，拜為上
卿。

中行寅將亡，乃召其太祝而欲加罪焉，曰：子為
我祝，犧牲不肥澤邪？且齋戒不敬邪？使吾國亡
何也？祝簡對曰：昔者吾先君中行穆子皮車十
乘，不憂其薄也，憂德義之不足也。今主君有革
車百乘，不憂德義之薄也，唯患車之不足也。夫
船車飾則賦斂厚，賦斂厚則民怨詛矣。君苟
以為祝有益於國乎？則詛亦將為損國乎？一
人祝之，一國詛之，一祝不勝萬詛，國亡不亦宜矣。
子祝其何罪？中行子乃慚。

秦欲伐楚，使使者往觀楚之寶器。楚王聞之，召
令尹子西而問焉，曰：秦欲觀楚之寶器，吾和氏
之璧、隨侯之珠可以示諸乎？令尹子西對曰：不知
其為可也。昭奚恤對曰：此欲觀吾國之得
失而圖之也，不在寶器，在賢臣珠玉玩好之物
非寶重者也。昭奚恤發精兵重
三百人，陳於西門之內，為東面之壇一，為南面
之壇四，為西面之壇一。秦使者至，昭奚恤曰：君客
也，請就上位東面之壇。令尹子西南面，太宗
次之，兼公子高次之，司馬子反次之，昭奚恤自
居西面之壇，稱曰：客欲觀楚國之寶器，楚國之

所寶者賢臣也。理百姓，實倉廩，使民各得其所
今尹子西在此，奉珪璧，使諸侯，解忿悁之難，交
兩國之歡，使無兵革之憂，太宗子敖在此，守封
疆，謹境界，不侵鄰國，鄰國亦不見侵，葉公子高
在此，理師旅，整兵戎，以當強敵，提枹鼓，以動百
萬之眾，所使皆趨湯火，蹈白刃，出萬死，不顧一
生之難，司馬子反在此，若夫懷霸王之餘議，攝治亂
之遺風，昭奚恤在此，唯大國之所觀。秦使者慚
然無以對，昭奚恤遂揖而去，秦使者反言於秦
君曰：楚多賢臣，未可謀也。遂不伐楚。詩云：濟濟
多士，文王以寧，斯之謂也。

晉平公欲伐齊，使范昭往觀齊國之政。
齊景公觴之酒，酣，
范昭曰：請君之樽酌。公曰：酌寡人之樽，進之
於客。范昭已飲，晏子曰：徹樽更之。
樽觴具矣。范昭佯醉，不悅而起舞，謂太師曰：
能為我調成周之樂乎？吾為子舞之。太師曰：
冥臣不習。范昭出。景公謂晏子曰：晉大國也，
政也，今子怒大國之使者，將奈何？晏子曰：
夫范昭之為人也，非陋而不知禮也，且欲試
吾君臣，故絕之也。景公謂太師曰：子何以不為客
調成周之樂乎？太師對曰：夫成周
之樂，天子之樂也，若調之，必入主舞之。令
范昭入臣也，而欲舞天子

之樂臣發不為也泡昭歸以告平公曰齊桓夫可
伐也臣故試其君而晏子識之臣欲犯其禮而
大師知之仲尼聞之曰夫不出於樽俎之間而
知千里之外其晏子之謂也可謂折衝矣而太
師其與焉
晉平公浮西河中流而歎曰嗟乎安得賢士與
共此樂者船人固桑進對曰君言過矣夫劍產
于越昧摩延江漢玉產昆山此三寶者皆無足而
至全君苟好士則賢士至矣平公曰固桑來吾
門下食客者三千餘人朝食不足暮收市租
食不足朝收市租以為食可謂好士乎固桑
對

日今夫鴻鵠高飛沖天然其所恃者六翮耳夫
腹下之毳背上之毛增去一把飛不為高下不
知君之食客六翮邪將腹背之毳也哉平公默然
而不應焉
楚威王問於宋玉曰先生其有遺行邪何士民
眾庶不譽之甚也宋玉對曰唯然有之願大王
寬其罪使得畢其辭客有歌於郢中者其始曰
下里巴人國中屬而和者數千人其為陽春白
雪國中屬而和者數百人其引商刻角雜以流
徵國中屬而和者不過數人是其曲彌高者其和

彌寡故鳥有鳳而魚有鯤鳳凰上擊于九千里
絕浮雲負蒼天翱翔乎窈冥之上夫藩籬之鷯
豈能與之斷天地之高哉鯤魚朝發崑崙之墟
暴鬐於碣石暮宿於孟諸夫尺澤之鯢豈能與
之量江海之大哉故非獨鳳凰有鯤魚亦有
士亦有之夫聖人瑰意奇行超然獨處世俗之
民又安知臣之所為哉
晉平公閒居師曠侍坐平公曰子生無目眣甚
矣子之墨墨也師曠對曰天下有五墨墨而臣
不得與一焉平公曰何謂也師曠曰群臣行略
以來群臣侵寬無所告訴而君不悟此一

墨墨也忠臣不用臣不忠下才處高不肖臨
賢而君不悟此二墨墨也姦臣欺詐空虛府庫
以其少才覆塞其惡賢人逐姦邪放賣而君不悟
此三墨墨也國貧民罷上下相疾而君不悟五
墨墨也欲無壓諛諫之人容客在旁而君不
安而君不悟此五墨墨而國有五墨墨而不危
者未之有也臣之墨墨小墨墨耳何害乎國家
哉
趙文子問於叔向曰晉六將軍孰先亡對曰中
其中行氏乎文子曰何故先亡對曰中行氏之

為政也以苟為察以欺為明以刻為忠以計名
為善以聚斂為良璧之其猶韓萆者也大則大
矣裂之道也當先亡
楚莊王既討陳靈公之賊殺夏徵舒得夏姬而
慾之將近之申公巫臣諫曰此女亂陳國敗其
群臣變女不可近也莊王從之莊王又欲取申
公巫臣臣為先王謀則忠自為謀則不忠是厚於
先王而自薄也何罪於先王遂不從
與夏姬逃之晉見欺先王也是厚於
日申公巫臣諫先王以無近夏姬今身廢使令
公巫臣為先王謀則忠自為謀則不忠是厚於

劉向新序卷第一

劉向新序卷第二

雜事第二

昔者唐虞崇舉九賢布之於位而海內大康要
荒來賓鳳凰在郊商湯用伊尹而懷武用太公
開天成王任周召而海內大治殷重謹祥瑞之
應降遂安千載昔由任賢之功也經賢臣雖五
帝三王不能以興霸諸侯之業齊桓公得管仲
隰失管仲而有豎刁易牙而亡齊是故伍子胥
秦繆公用之而霸夫差非徒不用子胥也又殺之而吳亡
用之而亡藥昭王用樂毅推弱燕之兵破彊齊之國

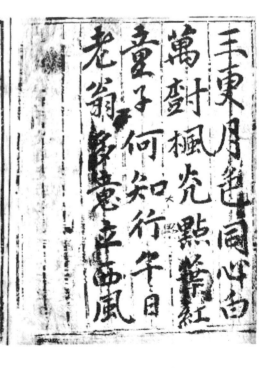

滅屠七十城而惠王薨武王即位以擊勒兵立

破亡七十城此父用之子不用其事可見也故

圍廱用之齊以興夫差殺之而敢投之

殺以暗願王還之而不開陳平韓信而皆

用叔孫通此未遠也夫失齊之而皆知此

而大興此未遠也夫失齊之而皆知此人

其禍如此人君莫不求賢以自輔弼而國以亂

亡者誚之彼智者之與愚者謀之不肖無合

者讒之彼智者之所以每被毀也或父而不能殺

昔者智是賢者之所以每被毀也或父而不能殺

者也或不肖子廢賢父之忠臣其禍敗難一二錄

也或不肖子廢賢父之忠臣其禍敗難一二錄

也然其要在於已不明而聽讒口諛諂不行斯

為明也觀龍恭與太公魏王召於郢鄂謂魏王曰

一人來言市中有虎王信之乎王曰否二人

言而成虎公那去魏遠於邯鄲讒臣過三人

言而晚召果至遂不得見甘茂下蔡人也西入

言王信之乎王曰今三人言王信之乎三人

曰寡人信之矣龍恭曰夫市之無虎明矣三

言王察之也魏王曰寡人知之矣及龐恭自

鄭反晚口果至遂不得見蔡人也

秦數有功至武王以為左丞相樗里子為右丞

相樗里子夏公孫子皆秦諸公子也其外家韓

也數攻韓奉武王謂甘茂曰寡人欲容車至周

室者其道乎韓之宜陽欲使甘茂代韓取宜陽

以通道至周室甘茂請約魏與伐韓令向壽

輔行日茂既約魏許甘茂還至息壤謂向壽曰

子歸言之王魏於息壤問其故對曰宜陽大

以告王王迎甘茂於息壞對曰宜陽大

孫也名為縣其實郡也今王倍數險行千里攻

之難昔者曾參之處鄭人有與曾參同名姓者

殺人人告其母曰曾參殺人其母織自若也頃

然一人又來告之其母曰吾子不殺人有頃一

人又來告其母投杼下機踰牆而走夫以曾參

之賢與其母信之也然三人疑之其母懼焉今

臣之賢也不若曾參也又不如臣也又臣恐大

之毋之信曾參也疑臣者非特三人臣恐大

王投杼也魏文侯令樂羊將而攻中山三年而

拔之樂羊反而語功文侯示之謗書一篋樂羊

再拜稽首曰此非臣之力也主君之力也今臣

羇旅也樗里子二人挾韓而議王必聽之是

之毋之信甘茂欲罷兵甘茂曰息壞在彼

王曰有之因大起兵使甘茂將擊之遂拔宜陽

及武至楚昭王立攝里子公孫子議之甘茂過
罪卒本蕃故非至明其熟能毋用護乎
楚王開蕃臣曰吾聞北方畏昭奚恤亦誠何如
江乙菩曰虎求百獸之得一狐狐曰子毋敢
食我也天帝今我長百獸今子食我是逆帝命
也以我為不信吾為子先行子隨我後觀
見我無不走也以為畏狐也以為畏獸也
不知畏虎也而走也獸見之皆走虎之
子重帶由百萬而專往之於昭奚恤也北方方
畏昭奚恤也其實畏王之甲兵也猶百獸之畏
虎敢人臣而見畏者是見君之威也君不用則

藏亡矣
嘗君使客子賤為單父宰子賤辭去因請借書
書者二人使鳬書憂書教品書君子之至單父使
書子賤裘旁引其肘書醜則怒之欲好書則又
引之書者處之請而去歸以告嘗君君曰
子賤若吾擾之化大治哉孔子曰君
無得擾擾發罷父單父之化也乃命有司
子賤子賤曾無君子者斯安取斯美其德也
楚人有獻魚楚王者曰今日漁獲食之不盡賣
不得故來獻之又嘗故來獻也左右曰魚賤也
楚王曰子不知漁者仁人也盍達聞倉稟有餘

者國有餓民陛下後宮多曠女者下民多曠夫
餘衍之蓄聚於府庫者竭河多貧困之民皆失
君人之道故哿庫有腐魚民有餓色
是以亡國之君藏於府庫有寒人開之乃於
行也漁者知之其以此論寡人也且今行之於
振不足罷赤權官遂發倉稟散幣帛而出
欲大悅鄰國歸之故漁者山而妻鬻去楚民從
之可謂仁智矣
昔者鄰忌以鼓琴見齊宣王宣王善之鄒忌曰
夫琴所以象政也遂為王言琴之象政狀乃霸

王之事宣王大悅與語三日遂拜以為相齊有
稷下先生喜議政事鄒忌既為齊相稷下先生
淳于髡之屬七十二人皆輕忌以謂設以辭鄒
忌不能及乃相與俱往見鄒忌淳于髡之徒禮
倨鄒忌之禮卑淳于髡等曰狐白之裘補之以
弊羊皮何如鄒忌曰敬諾請不敢雜賢以不肖
門內不敢留賓客淳于髡等三稱鄒忌三知之
羊不得食人亦不得息何如鄒忌曰敬諾謹
省貢使無擾民也淳于髡等三稱鄒忌之禮倨淳于
如感響淳于髡等辭屈一去鄒忌之禮倨淳于

飄飄而薺敗者君之所輕死者士之所重也君
不能施君之所輕而求得士之所重不亦難乎
燕相遂慈遁逃不復敢見

晉文公出獵前驅曰前有大虵高如堤隄道覽
之文公曰寡人聞之溝瀆妖孽入夫妻
寡人有過天以戒寡人還車而反前驅曰聞之
惡則詣官士夢惡則修德入臣聞之禍不至矣今
之喜者無賞怒者無刑今禍福未發何不撫其
變何不遠驅之文公曰不然夫神不勝道而妖
亦不勝德禍福未發猶可化也還車反宿齋三
日請於廟曰孤少犧牲不肥幣不厚罪一也孤好

覺等之賢果故所以問于將貞邪有青其立斷
也所以貴諫驕者亦術其出至也必且歷月曠父
乎然望酒能鷙行馬馬亦説致遠是以德明捷
教人之隱諱也子貢曰聞一以知十美敏
捷也

昔者無相得乎罪於是將出亡至門下諸大夫曰
有能從武出亡者乎三問諸大夫莫對燕相曰嘻
亦有士之不足也士大夫有進者曰君之
不能養士安有士之犬禹有餘穀栗隆冬寒士短
粕不厭而君之犬馬有餘穀栗隆冬寒士短
褐不完四肢不蔽而君之臺觀帷帳錦繡隨風

弋獵無度數罪二也孫多賦歛重刑罰罪三也
請自今以來著國市無征澤梁毋賦歛歛罪人
有行者禁行者謂其御止車而止白鴈群駭澤
視虵乃虵解頭之文公曰然夫神不勝道而
天帝殺蛇曰何故當聖之道為而罪當死發慶
妖亦不勝德通忝河其無咎哩而佐天之應之以
德竹已

矢何也公孫龑對曰昔者齊景公之時天大旱三
年卜之曰必以人祠乃雨景公下堂頓首曰凡
吾所以求雨者為吾民也今必使吾以人祠乃
雨寡人將自當之言未卒天大雨方千里
者何也為之故而惠於天之言無異於虎狼粱
君怒欲射白鴈粱君下車撫弓欲射白鴈群駭粱
君援其手與上車歸入廟門呼萬歲曰幸哉今
日也他人儀皆得禽獸吾獨得善言而歸
武王勝殷得二虜而問焉曰而國有妖乎一虜
曰吾國有妖晝見星而雨血此吾國之妖也一虜
曰此則妖也雖然非大者也吾國之

妖其大者亡國其次亡身兄君令不行此妖
之六者也

晉文公出田逐獸碭入六澤迷不知其出
有漁者文公謂曰我公也道焉從出我且厚
賜若漁者公曰臣願有獻公曰受之於是
逐出澤公令曰今子之所以教寡人省
受之漁者曰君之淵獸保深淵而欲謁
小澤則必有羅網釣射者君遂戰陽以至
淺渚則必有弋繳之此句行之太遠亡
名漁者曰君其尊社稷記社稷

受曰君必歸國臣亦反吾漁所
晉文公逐麋而失之問農夫老古曰吾麋何在
老古以足指曰如是其指
而之淺也故得諸侯而近人故得魚鱉之居也
而亡其國詩云維鵲有巢維鳩居之君子
行之老古延衣而起曰一不意人君如此也獸虎
狗之居也獸閑而失之問農夫老古曰吾麋所
晉文公逐麋而失之問農夫
受曰君亦歸國臣亦反吾漁所
君不敬社稷不固四國外失禮於諸侯內逆民
心一國流亡漁者雖得厚賜不能保也遂辭不
四國慈陵萬民薄賦歛輕租稅者臣亦與焉
歸遇糵武子糵武子曰獵得獸乎而有悅色文
巢雖鳩居之考亦文公恐
而之淺故得諸侯而近人故得魚鱉之居也

公曰寡人逐麋而失之得善言故有悅色糵武
子曰其人安在乎曰吾未與來也糵武子曰居
上位而不恤其下驕也綠令急誅暴也取人之
言高卑其身盜也居上而驕下則亡也綠令
出而相侯不悅居十日扁鵲復見曰君之疾在肌膚
不治將深桓侯不應扁鵲復
見曰君之疾在腸胃不治將深桓侯不應扁鵲
出相侯又不悅居
醫之好利也欲治不疾以為功居
不治將深桓侯不應扁鵲
扁鵲見齊桓侯立有間扁鵲曰君有疾在腠理
十日扁鵲復見曰君之疾在腸胃不治將深桓侯
出相侯又不悅居
十日扁鵲望桓侯而還走相侯使人問之

扁鵲曰疾在腠理湯熨之所及也在
之所及也在腸胃火齊之所及也往骨髓司命
之所繫奈何也今在骨髓臣是以無請也居五
日相侯體痛使人索扁鵲已逃之秦矣相侯
侯遂死故良醫之治疾也攻之於腠理此事
治之於小者也夫事之禍福亦有腠理之地故
聖人蚤從事焉

忘國政歸其亡奏王曰先生老悖歟將以楚
石夏侯從新安君典壽陵君司馬行後奢而
妖與蕭卒對曰臣非敢為楚妖誠見之也君王
卒近此四子者則楚必亡奏辛請留於趙以觀

之於是不出十月王果亡巫山江漢鄣邱之地
於是王乃使召莊辛至於趙辛至王曰嘻先生
求邪寡人以不用先生言至于此為之奈何莊
辛曰君辭曰亡羊而固牢未為遲也天下有之
今楚雖小絕長繼短猶以千里數堂焉君王獨
不見夫青蛉乎六足四翼飛翔乎天地之間求
蚊蝱而食之自以為無患與民無爭也不知五
尺之童子膠絲竿加之乎四仞
之上而下為螻蟻食已青蛉猶其小者也夫雀

俛啄白粒仰棲茂樹鼓其翼奮其身自以為無
患與民無爭也不知公子王孫左把彈右攝丸
定操持審余連故晝遊乎茂樹夕和乎酸鹹爵
猶其小者也鴻鵠遊乎江漢恩留乎大沼俛噣
鱔鯉仰齧蘅藕俯清風廬搖高
翔一舉千里自以為無患與民無爭也不知夫
射者選其弓弩脩其防繳加繳其頸殺乎百仞
之上引繳機場微波折清風而殞故朝遊乎江河
而暮調乎鼎俎鴻鵠留乎大沼猶其小者也蔡侯之事故
是也蔡侯南遊乎高陵北徑乎巫山逐糜鹿麕
鹿獐麑子臨乎羔嬉遊乎高蔡之囿盜滿無涯

不以國家為事不知子發受令宣王厄以淮水
填以巫山庚子之朝纓以朱絲縛臣而奏之乎宣
王也蔡侯之從尚猶君與壽陵君淪衍侈靡康
樂遊娛馳騁乎雲夢之中不以天下國家為
事不知穰侯方與秦王謀搆壟挈之以免厄而
乎冥塞之外而襄五大懼孫臏脩之以龜日謀曰不知其
乃封莊辛為成陵君而興舉淮北之地
十二諸侯
魏文侯出遊見路人反裘而負芻文侯曰胡為
反裘而負芻對曰臣愛其毛文侯曰若不知其
裏盡而毛無所恃邪明年東陽上計錢布十
倍

大夫畢賀文侯曰此非所賀我也譬曰無異夫路
人反裘而負芻也將愛其毛不知其裏盡毛無
所恃也今吾田地不加廣士民不加眾而錢十
倍必民之所力也吾聞之下不安者上不可居
也此非所以賀我也
楚莊王賜羣臣酒日暮酒酣燈燭滅乃有引美
人之衣者美人援絕其冠纓告王曰今者燭滅
有引妾衣者妾援得其冠纓持之趣火來上視
絕纓者王曰賜人酒使醉失禮奈何欲顯婦人
之節而辱士乎乃命左右曰今日與寡人飲不
絕冠纓者不歡遂命百有餘人皆絕去其冠纓
而上火卒盡歡而罷居三年晉與楚戰有一

大夫嘗賀文侯曰此非所以賀我也譬曰無異夫路
人反裘而負芻也將愛其毛不知其裏盡毛無
所恃也今吾田地不加廣士民不加眾而錢十
倍必民之所力也今吾
居也此非所以賀我也
楚莊王司馬於狩之叔我也
之不能定也叔教曰國之有是若是哀非之所惡也臣惡王
不教曰國君馬士日士非我無遺眾強人君或至
叔日國非士無遺眾強人君或至失國而不悟者
或至凱寒而不逮君臣不合國是無遺定矣夏

樂殷紂不定國是而以合其取舍者為非故致亡而不知莘
示令其取舍者為非故致亡而不知莘
哉頗相國與諸侯士大夫共定國是寡人豈敢
以禍國驕士民哉

楚莊王蒞政三年不治而好隱戲社稷危國將
亡士慶門左右群臣曰王蒞政三年不治而好
隱戲社稷危國將亡胡大入諫左右曰子其入
矣士慶入毎拜而進曰隱有大鳥來止南山之
陽三年不蜚不鳴不審其故何也王曰子其入
矣寡人知之矣士慶曰臣言亦死不言亦死其入
聞其說王曰此鳥不蜚以長羽翼不鳴以觀群

於是有一齊人曰臣願一言而臣請烹謁
者贊客曰海大魚因反走靖郭君曰請少進
客曰否臣不敢以死戲靖郭君曰嘻寡人毋得
止繳夏道之客曰君獨不聞海大魚乎網弗
能止繳不能牽碭而失水陸居則螻蟻得志焉
今夫齊亦君之水也君長有齊則薛為
齊城薛播曰無益也靖郭君大悅罷民弗城薛
齊有據人抱關無盟入說曰無益女其為人也
頭深目長壯大鼻卬卬異黠所嫁居常衒嫁不售

晉文公唐叔虞三十一年 ...

臣之願是為雖不蜚必不鳴不鳴必驚
人士慶稽首曰所願既已王大悅士慶之問而
拜之以為令尹搜之和叩士慶善進門顧左右
笑曰吾王武王也中庚子聞之跪而泣曰臣尚
衣冠御卽十三年矣前庚為嘉矢而後為薄鼓王
賜士慶簞壺中子所以不賤臣言者以不及國
人居涅堂而未賤臣死者有曰矢王曰寡
不及諸侯嫡子者可以當而不賤也於是乃出
其國寶壁玉以賜之曰忠信者士之行也言語
者士之道路也諱而客多以諫君無所行矣
靖郭君曰...辭而客多以諫君吾謂者無所為寡通事

藥莫執於是乃拂城短褐自謁齊王願一見謂
謁者曰妾齊之不售女也聞君王之聖德願備
後宮之掃除頓首司馬門外唯王幸計之謁者
以聞宣王方置酒於衛臺左右聞之莫不掩口
而大笑曰此天下強顏女子也於是宣王乃召
而見之謂曰昔先王為寡人取妃匹皆已備
列位矣寡人今日聽鄭衛之聲嘔吟傷楊激
楚之遺風今夫人不容鄉里布衣而欲干萬乘
之主亦有奇能乎對曰無有直竊慕大王之美
王之美義耳王曰雖然何喜良女曰竊嘗喜隱
王曰隱固寡人之所願也試一行之言未卒得

然不見矣宣王大驚立發隱書而讀之退而惟
之又不能得明日復更召而問之又不以隱對
但揚目衙齒舉手拊膝曰殆哉殆哉如此者四

宣王曰願遂聞命無益女對曰今大王之君國
也西有衡秦之患南有強楚之讎外有三國之
難内毂姦臣衆人不附春秋四十男子不立

務衰子而務衆婦導所好而忽所恃一旦山陵
崩弛社稷翡堅玉珠璣莫落連飾萬民罷極此二
殆也賢者伏匿於山林謏諛強於左右邪偽流溢以
於本朝諫者不得通入此三殆也兩幾流溢以

夜續朝女樂俳優從擴大笑外不偭諸侯之禮
内不秉國家之治此四殆也故曰殆哉殆哉於
是宣王掩然無聲意入黃泉忽然而昂喟然而
嘆曰痛乎無鹽君之言吾今乃一聞寡人之殆
寡人之殆紛乎如是立罷女樂退諂諛
諫去彫琢選兵馬實府庫四關公門招進直言
延及側陋選擇吉日立太子進慈母顯隱女拜無鹽
蓋君為王后而國大安者醜女之力也

劉向新序卷第二

劉向新序卷第三
雜事第三

與惠王語五子曰寡人有疾寡人好色孟子曰
王曰寡人好色於王何有王曰君之河好色可以王
孟子曰昔者太王好色愛厥妃詩曰古公亶
西子沐浴至於岐下爰及姜女聿來胥宇當是時
歌妃出入必與之偕是時内無怨女外無曠夫
王若好色與百姓同之於王何有不好色也
王曰寡人有疾寡人好勇孟子曰王請無好小勇夫
王何言王曰寡人之何好勇於王何有
王赫斯怒爰整其旅以遏徂旅以篤周祐以對

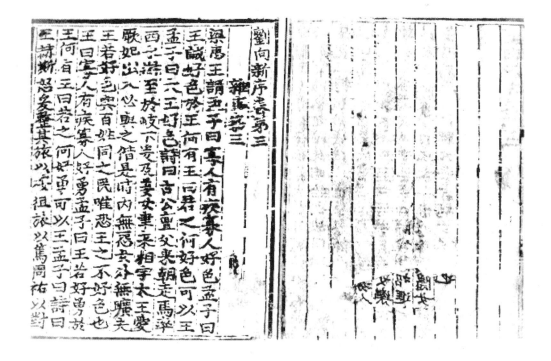

于天下此文王之勇也文王一怒而安天下之
民今王亦一怒而安天下之民民唯恐王之不
好勇也
孫卿與臨武君議兵於趙孝成王前王曰請問
兵要武君對曰上得天時下得地利後之發
先之至此用兵之要術也孫卿曰不然臣之所
聞古之道凡戰用兵之術在於壹民弓矢不調
則羿不能以中六馬不和造父不能以致遠士民
不親附湯武不能以戰勝故善附民者是乃善
用兵者也故兵要在乎善附民而已

所從出孫吳用之無敵於天下由此觀之豈必
待附民哉孫卿曰不然臣之所言者上之所
君人之事也仁人之兵不可詐也彼可詐者怠慢者
也罷單者也君臣上下之間渙然有離德者也
若以桀詐桀猶有巧拙焉若以桀詐堯若以
卵投石以指撓沸若赴水火入則焦沒耳
夫又何可詐也故仁人之兵聚則成卒散則成列
延則若莫邪之利鋒當之者斷觸之者潰圜
居而方止若盤石然觸之者角摧焉而退耳夫又
何可詐也故仁人之兵或將三軍同力上下一

恐臣之於君也若下之於上也若子之事父也若
弟之事兄也若手足之捍頭目而覆胸腹也詐
而襲之與先驚而後擊之一也夫又何可詐也
且夫暴國之君將誰與至哉彼其所與至者必
其民也其民之親我歡若父母好我芳若芝蘭
反顧其上則若灼黥若仇讎人之情雖桀跖豈有
肯為其所惡賊其所好者哉是猶使人之孫
子自賊其父母也彼必將來告之夫又何可詐也
故善用兵者感忽悠闇莫知其所從出詩曰武王載斾
有虔秉鉞如火烈烈則莫我敢遏此之謂也孝成王臨武君
曰善請問王者之兵設何道何行而可臨武君
曰善臣昔者嘗以為楚魏為強國矣

楚約而欲攻齊臞瑗作人求救於秦冠蓋相望
救不出魏人有唐且者年九十餘謂魏王曰老
臣請出西說秦令兵先魏出臣之所言可乎魏王曰敬諾遂
約車而遣之且見秦王秦王曰丈人罔然乃遠
至此甚苦矣魏來求救數矣寡人知魏之急矣
唐且對曰大王已知魏之急而救不至者是大
王籌筴之臣失之也且夫魏一萬乘之國也稱東
藩受冠帶祠春秋者以為與國也今
齊楚之兵已在魏郊矣大王之救不至則魏
且割地而約齊楚王雖欲救之豈有及哉是亡
一萬乘之魏而強二敵之齊楚也竊以為大王

籌筴之臣矣之矣秦王懼然而悟遽發兵救之
馳驚而往齊楚聞之引兵而去魏氏復故唐且
一說定彊秦之策解魏國之患散齊楚之兵一
舉而折衝消難辭之功也孔子曰言語宰我子
貢故詩曰辭之集矣民之洽矣辭之懌矣民之
莫矣唐且有辭魏國賴之故不可以已
燕易王時國大亂齊閔王興師伐燕屠燕國載
其寶器而歸易王死及燕國復太子立爲燕王
是爲燕昭王昭王賢即位卑身厚幣以招賢者
謂郭隗曰齊因孤國之亂而襲破燕孤極知燕
小力少不足以報然得賢士與共國以雪先王

之醜孤之願也先生視可者得身事之隗曰臣
聞古之人君有以千金求千里馬者三年不能
得涓人言於君曰請求之君遣之三月得千里
馬馬已死買其骨五百金反以報君君大怒曰
所求者生馬安用死馬捐五百金涓人對曰死
馬且市之五百金況生馬乎天下必以王爲能
市馬馬今至矣於是不期年千里馬至者二今
王誠欲必致士請從隗始隗且見事況賢於隗
者乎豈遠千里哉於是昭王爲隗築宮而師之
樂毅自魏往鄒衍自齊往劇辛自趙往士爭走
燕燕王弔死問孤與百姓同甘苦二十八年燕

國殷富士卒樂佚輕戰於是遂以樂毅爲上將
軍與秦楚三晉合謀以伐齊樂毅之策得賢之
功也
樂毅爲昭王謀必待諸侯兵齊乃可伐也於是
乃使樂毅使諸侯遂合連四國之兵以伐齊大
破之閔王亡逃僅以身脫匿莒樂毅追之遂屠
七十餘城臨淄盡降惟莒即墨不下盡復收燕
寶器而歸復易王之辱樂毅以驗諸侯之兵而
獨圍莒即墨時田單爲即墨令患樂毅善用兵
田單不能詐也欲法之昭王又賢不肯聽讒會
昭王死惠王立田單使人讒之惠王惠王使騎

劫代樂毅樂毅去之趙不歸燕騎劫既爲將軍
田單大喜詐大破燕軍殺騎劫盡復收七十
餘城是時齊閔王已死田單得太子於莒立爲
齊襄王而燕惠王大慙自悔易樂毅以致此禍
惠王乃使人遺樂毅書曰寡人不佞不能奉順
君志故君捐國而去寡人不肖明矣敢謂其願
而而君弗肯聽也故使使者陳愚志君誠諭之
語曰仁不輕絶智不輕怨君於先王世之所明
知也寡人望有非則君覆蓋之不虞君明棄之
也望有過則君教誨之不虞君明罪之也寡人之
罪百姓弗聞君微出明怨以棄寡人寡人必有罪

矣然恐君之未盡厚矣誚曰孝者不損人以自
益仁者不完軀以要名以故覆人之邪者正
也救人之過者正之道也世有賢受德於先王
寡人之過非君惡寡人也以快心則復邪教過於
之成事輕寡人以懷疑寡人以
君吳且世有厚薄寡寡人以
之寡人往往不肯之罪而君有失故忠
無所取國有封疆鄰家之有垣牆所以合好覆
惡也遠不能相和山出詔家之未為盡厚為君之
未見而明寡之謬也君雖未得志未如商容箕子之
殷紂之謝也

也然不内盡寡人明怨於外恐其過足以傷高
義而薄於行也非然苟可以成君之高明
義寡人雖惡名不難受也本以為明寡人之薄
而義寡人不得厚揚寡人之譽
而君不得察是一舉
而兩失也義者不欲人以自損況傷人以自損
而顧君無以寡人之不肖傷之義昔者抑
乎顧君無理於曾三端而不去也曰可以去矣抑
下季為為理也
下國苟與人異惡往而不細爭彌往也寡故
國耳抑六季不以細自累故自前業不忠乎以
去為心故速近無議寡人之罪國人不知而謗
寡人者天下謗曰仁不輕絕知不簡功閣功業

大者仇也輕絕厚利者怨也汲而棄之怨四罢
之宜在遠者不望之矣君吞以寡人無罪君當怨
之予顧捐忿和怒追順先王以復救寡人寡
人意君之日余將快心以成而過不顧公王以
明而惡君人進不得悄退不得變過此君
所倒使唯君圖之此寡人之恩敬以書謁之
殺使人毀書燕王報曰臣不肖不能奉承王命
以順左右之心恐抵斧鑕之罪以傷先王之
有善足下之義故遁逃走齊負以不肖之罪而不
敢有辭說今王數之以罪臣恐待御者不察
之所以畜臣之理不自料之所以事先王之

心故不敢不以誓對臣聞賢臣之君不以祿私
親功多著教之一不以官隨愛而
察能而授官者成功之君也論行而結交者立
名之士也臣以所學觀先王舉措有高世主之
心故假節於魏以身得察於燕先王過舉之
寡客之中立之群臣之上不謀父兄以為亞卿
臣自以為奉令承教可以幸無罪故受命而不辭
先王命臣曰我有積怨深怒於齊不量輕弱欲
以齊為事臣對曰夫齊霸王之餘業也勝之
遺事閑於兵甲習於戰攻王若欲攻之必與天
下圖之圖之莫若徑結趙且淮此宋地楚魏之

願也趙若計約延魏盡力四國攻之齊可大破
也王曰善臣乃受命具符節南使趙反起兵
攻齊以天之道先王之靈河北之地隨先王而
舉之濟上之兵受命而勝之輕卒銳兵長驅至
齊齊王遁逃莒僅以身免珠玉寶器車甲珍
臣皆收入於燕大呂陳於元英故鼎反於歷室齊
器設於寧臺薊丘之植植於汶篁自五伯以來功
業之盛未有及先王者也先王以為快其志以
賢聖之君功立而不廢故著於春秋知之士名
成而不毀故稱於後世君先王之報怨雪醜夷

萬乘之齊收八百年之積及其葬群臣之日餘
令詔後嗣之義法執政任事循法令順庶孽
及萌隸皆可以教後世臣聞善作者不必善成
善始者不必善終昔伍子胥說聽於闔閭吳為
遠迹至郢夫差不是也賜之鴟夷沈之江夫
差不寤先論之可以立功也故沈子胥而不悔子
胥不蚤見主之不同量蚤故入江而不化夫
免身全功以明先王之迹也臣之上計也
離毀辱之非墮先王之明臣之大恐也臨不測
之誹以為利義之所不敢出也臣聞君子交絕無惡
言去臣無惡聲臣雖不肯數奉教於君子臣恐

侍御者之說不察疏遠之行故敢以書謝
齊人鄒陽客游於粱為人或讒之於羊王羊怒
繫而將欲殺之鄒陽游見讒自究乃從獄中
上書其辭曰臣聞忠無不報信不見疑臣常以
為然徒虛語耳昔者荊軻慕燕丹之義白虹貫
日太子是之衛先生為秦畫長平之計太白食
昴昭王疑之夫精誠變天地而信不諭兩主豈不
哀哉今臣盡忠竭誠盡義願知左右不明卒從
吏訊為世所疑是使荊軻衛先生復起而燕秦
不悟也願大王熟察之昔者卞和獻寶楚王誅
之李斯竭忠胡亥極刑是以箕子佯狂接輿避

世恐遭此變也願大王熟察王人李斯之意而
後楚王胡亥之聽無使臣為箕子接輿所歎
閒比干剖心子胥鴟夷臣始不信乃今知之願
大王熟察少加憐焉昔者魯聽季孫之說而
而故何則知與不知也昔者樊於期奔燕而
籍荊軻首以奉丹之事王奢去齊之魏臨城自
剄以卻齊而存魏也所以去二國死兩君者非
故於燕齊而存魏也所以去二國死兩君者非
此自圭戰立六城者為魏取中山何則誠有以相
知也蘇秦祖燕燕人讒之於齊王王按劍而

怒食之以歠白圭顯於中山中山人惡之於
魏文侯文侯投以夜光之璧何則兩主二臣剖心析
肝相信豈移於浮辭哉故女無美惡居官見妬
士無賢不肖入朝見嫉昔司馬喜臏於宋卒相
中山范雎拉脇折齒於魏卒為應侯此二人者
皆信必然之畫捐朋黨之私挾孤獨之交故不
能自免於讒妬之人也是以申徒狄蹈雍之河
徐衍負石入海不容於世義不苟取比周於朝
以移主上之心故百里奚乞食於道路繆公委
之以政甯戚飯牛車下而桓公任之以國此二
主者豈借宦於朝假譽於左右然後二主用之

哉感忠於心合於行堅於膠漆昆弟不能離豈
惑於眾口哉故偏聽生姦獨任成亂昔魯聽季
孫之說逐孔子宋信子罕之計而囚墨翟夫以
孔墨之辯而不能自免於讒而二國以危何則
眾口鑠金積毀銷骨也是以秦用戎人由余而
霸中國齊用越人子臧而強威宣此一國豈拘
於俗牽於世繫奇偏之辭哉公聽並觀垂名當
世故意合則胡越為昆弟由余子臧是也不合
則骨肉為仇敵朱象管蔡是也今人主誠能用
齊秦之明後宋魯之聽則五伯不足侔三王易
為比也是以聖王覺悟捐子之之心而能不說
於田常之賢封比干之後修孕婦之
心能不說於田常之賢封比干之後修孕婦

之墓故功業覆於天下何則欲善無厭也夫晉
文公親其讎而強霸諸侯齊桓公用其仇而一
匡天下何則慈仁殷勤誠加於心不可以虛辭
借也至夫秦用商鞅之法東弱韓魏立強天下
而卒車裂之越用大夫種之謀禽勁吳霸中國
而卒誅其身是以孫叔敖三去相而不悔陵陽
子辭三公為人灌園今人主誠能去驕傲之心
懷可報之意披心腹見情素墮肝膽施德厚終
與之窮通無變於士則桀之狗可使吠堯跖之
客可使刺由況因萬乘之權假聖王之資乎然
則荊軻之湛七族要離之燒妻子豈足為大王道

哉明月之珠夜光之璧以闇投人於道路眾莫
不按劍相眄者何則無因而至前也蟠木根柢
輪囷離奇而為萬乘器者何則以左右先為
之容也故無因而至前雖出隨侯之珠夜光
之璧猶結怨而不見德故有人先游則以枯木朽株
樹之功而不忘偪出隨侯之珠夜光之璧以
闇投人於道路眾莫不按劍相眄者以無因
至前也是使布衣不得當世抱枯木朽株之
迹矣是使布衣不得當世獨化於陶鈞之
開忠信輔人主之治則當人主之冷則人主
聖王制世御俗獨化於陶鈞之上能不牽乎卑
亂之言不惑乎眾多之口故秦皇帝任中庶子

蒙恬之言以信荆軻之說故匕首竊發周文王於獵涇渭載呂尚而歸以王天下秦信左右而殺周用烏集而王何則以其能越攣拘之語馳域外之議獨觀於昭曠之道也今人主沉於諂諛之辭牽於帷牆之制使不羈之士與牛驥同皁此鮑焦之所以忿於世而不留於富貴之樂也臣聞盛飾以朝者不以私行義砥礪名號者不以利傷行故里名勝母而曾子不入邑號朝歌墨子回車今使天下寥廓之士籠於威重之權脅於勢位之貴回面汙行以事諂諛之人求親近於左右則士有伏死堀穴巖藪之中耳安有盡精神而趨闕下者哉書奏孝王孝王立出之卒爲上客

劉向新序卷第二

劉向新序卷第四

雜事第四

管仲言齊桓公曰夫墾田剏邑闢土殖穀盡地之利則臣不若寧戚請置以爲田官登降揖讓進退閑習臣不如隰朋請置以爲大行蚤入晏出犯君顏色進諫必忠不重富貴不避死亡則臣不若東郭牙請置以爲諫臣決獄折中不誣無罪不殺無辜則臣不若弦寧請置以爲大理平原廣囿車不結軌士不旋踵鼓之而三軍之士視死若歸則臣不若王子成甫請置以爲大司馬君如欲治國強兵則此五子者足矣如欲

（上右欄）
霸王則惡君矣此夫管仲能知人相公能任賢
所以九合諸侯一匡天下不用兵車管仲之戎
也詩曰濟濟多士文王以寧桓公相之以之矣
有司請公歸以告仲父仲父曰有司
請仲父二則告仲父若是者二在則者曰一
管仲父則難已得仲父爲易哉不易也故王者勞
於求人佚於得賢舜舉衆賢在位垂衣裳恭已
無爲而天下治湯文用伊呂成王用周邵而刑
措不用兵便而不能以王故孔子曰小知者
小也故至於霸而不能以王故孔子曰小知者

（上左欄）
仲之器蓋晉其調相公惜其不能以王也至明
此之謂也
主則否然所用大矣詩曰濟濟多士文王以寧
公季成謂親文侯四由子方辭賢人然而非有土之
君也君常與之齊禮假有賢於子方者議也何以
加之文侯曰子方者非成所得議也子方仁人
也三人也昔冏之與君間智士則博通之品也博通之
士者也國之尊也故國有亡則群臣不爭國有
智士則無四鄰諸侯之患國之所議也公季成之
尊國非成之所議也公季成曰謂黃文侯欲相之而未
魏文侯弟曰季成支曰謂黃文侯欲相之而未

（下右欄）
能身以說三士者野曰君者重
王注曰謂若此之使曰晉以王霸者不肯
翟黃曰上下黥知曰重成也選知而事
人則難已得賢也故曰
相李氏昔曰黥也易成
故主已之三日是也
五者吾二詩以向也自己曰翟文侯名
不及三河相也也白圭對曰魏文侯也以
子之難影皆千未此名之
則曰六興黥對可此功也
私愛不公彙在識者不賢文而名

（下左欄）
號顯榮者三士翔之也此相三士則王功成豈
特霸哉
晉平公問於向曰晉當晉桓公九合諸侯一
匡天下不識其君之力乎其臣之力乎叔向對
曰管仲善制割隰朋善削縫賓胥無善純緣桓
公知衣而已亦其臣之力也師曠侍曰臣請譬
之以五味管仲善斷割之隰朋善煎熬之賓胥
無善齊和之羹以熟矣奉而進之而君不
能弗善齊和之亦君之力也
昔者齊桓公與魯莊公爲柯之盟魯大夫曹劌
謂莊公曰齊之侵魯至於城下境君不

圖與莊公曰嘻寡人之生不若死曹劌曰然則
君請當其君臣請當其臣及會兩君兩相
相揖曹劌手劍援刃而進迫桓公於壇上曰城
壞壓境君不圖與管仲曰然則君何求曹劌曰
願請汶陽田管仲謂桓公曰君其許之桓公許
之曹劌請盟桓公遂與之盟曹劌摽劍而去左
右曰要盟可負而君不讎請倍盟而討曹劌
仲曰要盟可負而君不讎諸侯莫不至焉為
著信天下矣遂不倍諸侯翕然而歸之為陽穀之會
邾之會諸侯莫不至焉為
澤之盟遠國皆來南伐強楚以致菁茅之貢比

城曰壞者十堵惡子繁金而退士圉吏曰君請
中牟之罪而城曰壞是天助也吾曰為去之襄
子曰吾聞之於叔向曰君子不兼人不迫不
入於險使之城而後攻中牟聞其賢請降詩
曰王猶允塞徐方既來此之謂也襄子知
氏兵伐為天下不服本由伐中牟也
楚莊王伐鄭克之鄭伯肉袒左執旄右執鸞
刀以逆莊王曰寡人無良邊陲之臣以干天之
禍是以社稷王之靈使君王辱到弊邑君王之
錫之不毛之地唯君王之命楚王曰彼君
臣交恣輿嫗使人得見君之玉面而
臣交恣輿嫗使人得見君之玉面而

晉史公伐原與大夫期五日五日而原不降文
公令去之吏曰原不過三日將拔矣君不如待
之君曰得原失信吾不為也原人聞之曰有君
義若此不可不降也遂降溫人聞之曰有君
如此不可不歸也遂降於是諸侯歸之赤德降故
曰伐原而溫降此之謂也後南破強而東尊事
周室遂成霸功上次齊桓本信由伐原也
昔者趙之中牟叛趙襄子率師伐之圍本合而

伐山戎為燕開路三存亡國一繼絕世尊事周
室九合諸侯一匡天下功次三王為五伯長本
信起乎柯之盟也

徽至乎此也莊王親自手旌左右軍退舍七里
將軍子重進諫曰南郢之與鄭相去數千里
諸大夫死者數人入臂斷者數百人今
有無亡矢民力孚殫後絕亡一人今從而赦之
皮不嘉不出四方以是兄君子重禮而薄利也
要其人不畏其上則吾身何日之有哉王亦
不祥立乎天下何以示後世也今人雖勿
晉人之救鄭莊王許之將軍子重諫曰晉彊
諫曰晉彊國也至靖戰莊王許之遂以迎晉師
莊王曰不可強者我辟之弱者我威之是故君德易
無以立乎子六下也遂還師以迎晉師三揆枹

梁大夫有宋就者嘗爲邊縣令與楚鄰界梁之
之者也公曰子無辭郤虎不敢固辭乃受賞
聞之子子當賞賞郤虎對曰言之易行之難臣
公召郤虎曰襄言所以勝鄴遂勝將賞之曰
乎賞其末則騎乘者存賞其本則賞之曰
勝鄴將賞趙襄曰君將賞其本則臣聞之郤
之曰楚莊王霸其有方矣以一言而敵還
晉文公將伐鄴趙襄言所以勝鄴文公用之而
我王此之謂也
以安社稷其不亦霸不亦宜乎詩曰柔遠能邇
下一心三軍同力未可攻也乃夜還師孔子聞

君之時晉不伐楚而晉伐楚之莊王曰先
晉人伐楚及臣之身而晉伐楚是臣之罪也諸
之過也如何其辱諸大夫也晉伐楚莊王曰先
驟賁女累強擊莊王之謂也
退師以鞅晉惡詩曰柔亦不茹剛亦不吐
欲度而光辛爭而元拏擊引冊仲之皆可揚
而諷之言品大敗晉人來渡河而亡令及戰執走
臣尊以過爲在已且君不其長猶如此所謂上

邊亭與楚之邊亭皆種瓜各有數梁之邊亭人
劬力數灌其瓜瓜美楚人窳而稀灌其瓜瓜惡
楚令因以梁瓜之美怒其亭瓜之惡也楚亭人
心惡梁亭之賢己因夜竊搔梁亭之瓜皆有
死焦者矣梁亭覺之因請其尉亦欲竊往報搔
楚亭之瓜尉以請宋就曰惡是何可構怨禍
之道也人惡亦惡何編之甚也若我教子必每
暮令人往竊爲楚亭夜善灌其瓜勿令知也於
是梁亭乃每暮夜竊灌楚亭之瓜楚亭旦而行
瓜則又皆以灌矣楚亭怪而察之則
乃梁亭也楚令聞之大悅因具以聞楚王楚王
聞之惕然愧以意自閔也告吏曰徵搔瓜者得
無有他罪乎此梁之陰讓也乃謝以重幣而請
交於梁王楚王時稱說梁王以爲信故梁楚
之歡由宋就始語曰轉敗而爲功因禍而爲福
老子曰報怨以德此之謂也夫人既不善

劫哉
梁嘗有疑獄臣半以爲當罪半以爲無罪雖
梁王亦疑梁王曰陶之朱公以布衣富侔國是
必有奇智乃召問曰梁有疑獄獄吏半以
爲當罪半以爲不當罪雖寡人亦疑吾子夾
是奈何宋城曰臣鄙民也不知當獄雖然臣之

家稟子曰譬其邑相如也其輕相摶相
如也然其價一者千金一者五百金王曰徑與
邑遷補如也
一者厚悟是以千金一者五百金何也朱公
似疑則挺去實祿則從衆蔡國大伐由此觀之
醬薄則巫覆繒薄則巫裂器薄則巫毀酒薄則
亞酸夫薄弓矢以曠日持久者殆未有也
國畜民施政教著宜夜之而不行其罪乎是法廢而威
惠王食寒葅而得蛭念謁之而不可耳
能食乎入問曰王安得此疾也王曰我食寒葅
而得蛭而歲

不立也非所以使國閒也讒而行其謀乎則庖
宰之食監法皆當死矣又不忍也故吾恐蛭之
也因遂吞之今尹避席再拜而賀曰臣聞天道
無親惟德是輔君有仁德天之所奉也病不為
傷是夕也惠王之後蛭出故其久病心腹之疾
皆愈天之視聽不可不察也
鄭人游于鄉校以議執政之善否其所善者吾
曰何不毀鄉校子產曰何為夫人朝夕退而游
議執政之善者吾將行之其所惡者吾將改
之是吾師也如之何毀之我聞為國忠
信以損怨不聞作威以防怨豈不遽止然猶防
川也大

夾所祀傷人必多吾不能救也不如小決之使
道吾聞而藥之也然明曰蔑也乃今知吾子之
信可事也小人實不材若果行此其鄭國實賴
之豈惟二三臣仲尼聞是語也曰以是觀之人
謂子產不仁吾不信也
鮑叔牙奉觴而起曰使管仲與鮑叔牙無忘其出
在莒也使管仲無忘其束縛而起自魯也相公
自舉子反玩子虜叔獻酒酒祝相公作而興
人與二三大夫皆無忘夫子之言齊之社稷必不
廢矣此言常思困危之時必不驕矣

桓公田至於麥丘見麥丘邑人問之子何為者
也對曰麥丘邑人也公曰年幾何對曰八十有
三矣公曰美哉壽乎子以子壽祝寡人麥丘
邑人曰祝主君使主君甚壽金玉是賤人為寶
桓公曰善哉至德不孤善言必再五亡子其復之
麥丘邑人曰祝主君使主君無羞學於下問
賢者在傍諫者得人桓公曰善哉至德不孤善
言必三吾子一復之麥丘邑人曰祝主君無得罪
之子於群臣百姓桓公怫然作色曰吾聞
無得罪於父臣得罪於群臣百姓者非此
之子得罪於君未嘗聞君得
罪於臣者也此一言者非夫二言者之匹也

【右上葉】

子更之麥立邑人坐拜而起曰此一言者夫二
言之長也子得罪於父可以因姑叔父而
辭之又能赦之臣得罪於君可以因後辟左
右而謝之吾子於此技而載之昔桀得罪於湯紂得
罪於武王此則君之得罪於其臣者也莫為
謝至今不赦公曰善桓國家之難叔之麥得
使寡人得吾子於此技而載之自御以歸禮
之於朝封之以麥立而斷政矣
哀公問孔子曰寡人生之深宮之中長於婦
人之手寡人未嘗知哀也未嘗知憂也未嘗
知勞也未嘗知懼也未嘗知危也
知學也未嘗知懼也未嘗知邑也孔子辟席

【左上葉】

曰吾君之問乃聖君之問也君之立為小人也何足以
言之哀公曰吾子就席微吾子無所聞之矣
孔子就席曰然君入廟門升自阼階仰見榱棟
俯見几筵其器存其人亡君以此思哀則哀將安
不至矣君味爽而朝日昃而聽一物不應
亂之端也君以此思憂則憂將安不至矣君平旦而聽朝日
昃而退諸侯之子孫必有在君之末庭者君
以此思勞則勞將安不至矣君出魯之四門以望魯之四郊亡國之墟列必有數蓋
矣君以此思懼則懼將安不至矣吾聞之君子者
安此而思危則危將安不至矣此之謂也

【右下葉】

思危則危將安不至矣夫興國之所須民之上
禀奉起以腐家守舞焉易曰復亨后特曰如愛
薄民不至危亨亨不 厄亨亭公亦不拜曰寡人雖不敏請事
斯語矣
昔者齊桓公出遊於野見亡國故城之郭氏之墟
問於野人曰是為何墟野人曰是為郭氏之墟
桓公曰郭氏者曷為墟野人曰郭氏者善善而
惡惡桓公曰善善而惡惡人之善行也其所以
為墟者何也野人曰善善而不能行惡惡而不
能去是以為墟也桓公歸以語管仲管仲曰其人為
誰桓公曰不知也管仲曰君亦一郭氏也於是

【左下葉】

桓公招野人而當之
晉文公出田逐獸砀入一老夫而問曰號之為號久
矣子悉此故矣號亡其有說乎對曰號君斷則
不能諫則無臣矣不能諫又不能用人此號之
所以亡文公以輔堯禹歸而以告趙衰曰號君之
曰公其人安在君曰吾不與之來也趙衰曰古
之君子聽其言而用其人今之君子聽其言而
棄其身哀哉晉國之憂文公出乎晉文公平以霸
晉正公過民原而遺善言文公受以歸
多矣者曰死者起也吾將誰與歸平叔向對曰

其趙武子平公曰子嘗於子之師也對曰臣敢
言趙武之為人地立若不勝衣言若不出於口
然其身舉三於白屋下者四十六人散得其意
而公家甚賴之及文子之死也平公曰善
天趙武賢臣也相晉天下無兵革者也平公曰善
曰晉趙武之力盡得人也
葉公諸梁問樂王鮒曰晉大夫趙文子為人何
若對曰好學而受規諫葉公怪未違之喟然
曰游於宥也受規諫仁也江出汶山其源若甕
口至楚國其廣十里無他故故其下流多也而

好學改親諫宜哉其乏乏也詩曰其維哲人告之
話言順德之行此之謂也
鍾子期夜聞擊磬聲者而悲旦召問之曰何哉
子之擊磬若此之悲也對曰臣之父殺人而不
得臣示睹臣之毋得而為公家隸臣之母又公家
之意欲贖之無財身又公家隸也
臣子期曰悲在心也非手也非木石也得之於
於心而木石應之以至誠故也入是以悲
動於內而木民必應之以誠感故誠感於萬國
動於天地故音兆外從風風麟翔舞下及微物咸

得其所易曰中孚豚魚吉此之謂也
勇士一呼三軍皆辟士之誠也昔楚熊渠子
夜行見寢石以為伏虎關弓射之滅矢歐羽下
視知石也却復射之矢摧無迹能樂子見其誠
心而金石為之開況人心乎唱而不和動而不
隨中必有不全者矣夫不降席而匡天下不求
之己也孔子曰其身正不令而行其身不正雖
令不從先王之所以撝搏指揮而四海賓者誠
德之至已形於外故詩曰王猶允塞徐方既來
此之謂也
齊有彗星齊侯使祝禳之晏子曰無益也祗取

誣焉天道不諂不貳其命若之何禳之也且天
之有彗以除穢也君無穢德又何禳焉若德之
穢禳之何損詩云惟此文王小心翼翼昭事上
帝聿懷多福厥德不回以受方國君無違德
國將至民何患於彗詩曰我無所監夏后及商用
亂之故民卒流亡若是乃止
宋景公時熒惑在心公說子韋曰熒惑天罰也心
之為無能補也公說乃止
君何也子韋曰然可移於宰相公曰宰相所使治國也
君身雖然可移於宰相公曰宰相所使治國也
而移死焉不祥寡人請自當也留也子韋曰可移於

民公曰民死將誰君守軍獨死耳子韋曰可移
於歲公曰歲讓民饑民饑必死寡人以
自咎其誰以我爲君乎是寡人之命固盡矣子
無復言矣子幸還走北面再拜曰臣敢賀君天
之處高而聽卑君有仁人之言三天必三賞君
今夕星必徙舍君延壽二十一歲公曰子何以
知之對曰君有三善故三賞星必三徙舍君待
星星當一年三日二十一日延壽二十一年臣
請伏於陛下以司之星不徙臣請死之公曰可
是夕也星三徙舍妤子壹言老子曰能受國之
不祥是謂天下之正也

宋康王時有雀生鸇於城之阪使史占之曰小
而生巨必霸天下康王大喜於是滅滕伐薛取
淮北之地乃愈自信欲霸之亟成故射天笞地
斬社稷而焚之曰威嚴伏天地鬼神罵國老之
諫者爲無頭之棺以示有勇剖傴者之背朝
涉之脛而國人大駭齊聞而伐之民散城不守
王乃逃兒侯之館遂得病而死見祥而爲不
可祥反爲禍臣向所謂黑祥傳昔也鸇若黑色食爵
非也此黑祥也屬於不謀其始乃也有鸇焉
爲黑祥也攖撃之物全貪刃之類爵而止鸇

劉向新序卷第四

者是宋君且行急暴欲伐貪叨之行距諫以生
大禍以自害也故爵生鸇於城阪者以亡國也
明禍且害國也康王不悟遂以賊亡此其効也

劉向新序卷第五

雜事第五

曾康公問子夏曰必學而後可以安國保民乎
子夏曰不學而能安國保民者未嘗聞也昔
曰然則五帝有師乎子夏曰臣聞黃帝學乎
大真顓頊學乎綠圖帝嚳學乎赤松子堯學乎
尹壽舜學乎務成跗禹學乎西王國湯學乎威
子伯文王學乎錫疇子斯武王學乎郭叔
學乎太公仲尼學乎老聃此十一聖人未遭此
師則功業不著于天下名號不垂於世詩曰
不愆不忘率由舊章此之謂也夫不學不明古

道而能安國家者未之有也
臣子曰神農學乎悉老黃帝學乎大填顓頊學乎
祿圖帝嚳學乎赤松子堯學乎務成子舜學乎
務成公學乎皇子禹學乎西王國文王學乎
尹佚箕子吳王闔閭學乎伍子胥越王勾踐學乎
秦穆公學乎百里奚楚莊王學乎孫叔敖
旦齊桓公學乎管夷吾隰朋晉文公學乎咎犯先生
范蠡大夫種此皆聖王之所學也且夫天生人
而使其耳可以聞不學其聞則不若聾使其目
可以見不學其見則不若瞽使其心可以智
而使其心則不若狂使其口可以言不
學其言則不若喑使其心不學則不若愚可以智則

不若狂故九學非能益之也達天性也能全天
之所生而勿毀之可謂善學者矣
湯見祝網者置四面其祝曰從天墜者從地出
者從四方來者皆離吾網湯曰嘻盡之矣非桀
其孰為此湯乃解其三面置其一面更教之祝曰
昔蛛蝥作網今之人學紓欲左者左欲右者右
欲高者高欲下者下吾取其犯命者漢南之國
聞之曰湯之德及禽獸矣四十國歸之人置四
面未必得鳥湯去三面置其一面以網四
十國非徒網鳥也
周文王作靈臺及為沼洿掘地得死人之骨吏以

以危國文王賢矣澤及枯骨又況於人乎或得寶
者以危國文王得枯骨以喻其意而天下歸心焉
管仲傅齊公子糾鮑叔傅公子小白及襄公
無知殺襄公小子糾與小白爭入先入是為
桓公公子糾死管仲奔魯桓公立國定使
人迎管仲於魯遂立以為仲父委國而聽之九
合諸侯一匡天下為王伯皆管仲之謀也

聞於文王文王曰更葬之吏曰此無主矣文王曰
有天下者天下之主也有一國者一國之主也寡人
固其主又安求主吏以聞天下聞之皆曰文王
賢矣澤及枯骨又況於人乎或得寶以危國或得

令諸侯一匡天下為王伯長里鳧須晉公子重
耳之守府者也公子重耳出亡於晉里鳧須竊
其寶貨而逃公子重耳反國立為君里鳧須
門願見文公方沐其謁者復文公握髮而應之
曰吾亡須謂里鳧須曰若猶有以面目而
復見我郎復心覆者謂言意沐邪郎謂之沐
者其心覆心覆者謂言悖意悖者言正里鳧須
復文公見邪曰然我悖我郎汝謂汝有
復君反國何恃也君無恤我謂汝國之半乎
然君反見我邪汝曰若君無恤我國之半乎
面目而見我邪汝曰我恃君之賢也君何悖也是何怨也
其實有全晉乎文公曰何謂也里鳧須曰臣有罪於

【右上】

君皆莫大於息滑吾乃詩敢息須顧出以為右
如息須之罪重也君猶葺之況有勳者乎旦
子文公曰善遂舍之使命辛夜行國使申
翁終而國皆喜語曰桓公之過夜其
盜必止矣兵行計者非计
審厥欲于者桓公為國無以自進其
僕軍以遠齊晉富於鄭門之老耶
閉門辟而逃隨從而走桓公聞之
於車下之乎桓公而想擊之牛
撫其僕之手曰此非晉人迎命後車

【左上】

戠之相也及至從者以請桓公曰賜之衣冠將
見之審歲見說桓公以合境內明日復見說桓
公以為天下桓公大說將任之群臣爭之曰客
衛人去齊五百里不遠不若使人問之固賢人
也任之未晚也桓公曰不然問之恐其有小惡
忘人之大美此人主所以失天下之士也衛之
鄉曾沈寞之桓公得之矣州以霸也
固難全禮用其長者遠舉大用之而授之以卫人
志人之兄十臣殺一日三至不得見也亦可以
晉桓公兄十臣殺一日三至不得見也亦可以
止矣桓公曰不然士之傲祿者固輕其主其
萬乘之主布衣之士一醯爵祿者固輕其主其

【右下】

美
魏文侯過段干木之閭而軾其僕曰君何為軾
曰此非段干木之閭乎段干木蓋賢者也吾安
敢不軾且吾聞段干木未嘗肯以己易寡人也
吾安敢驕之段干木光乎德寡人光乎地段干
木富乎義寡人富乎財地不如德財不如義寡
於是也詩云高山仰止景行行止四國順之桓公其
有人至桓公所以九合諸侯一匡天下者桓公
猶下布衣之士而況國君乎於是相率而朝廧
撟霸王乎手玉往而後得見天下聞之皆曰桓公
主故霸玉晉赤輕其士爵夫子微盛爵祿吾庸敢

【左下】

入當裏之者也遠祿百萬而將雌閭之國人
下莫不聞乃不怀可加兵是以馬唐然乃篡
好忠殷干木之隆居無幾何秦興兵攻魏司
馬唐且諫秦君曰段干木賢者也而魏禮之天
下莫不聞乃可加兵乎秦君以為然乃案
兵而輟不攻魏文侯可謂善用兵矣夫君子善
用兵也不見其形而攻已成其此之謂也野人
皆壞相與誦之曰吾君好正段干木之敬吾
君好忠段干木之隆夫行賢而與讓地之民
矣如兩扶傷舉死痏腸涂血無罪之民死者
已量於澤矣而國之存亡主之死生猶未可知
也其離仁義亦遠矣

秦昭王問孫卿曰儒無益於人之國歟曰儒
者法先王隆禮義謹乎臣子而能致貴其上者
也人主用之則進在本朝而宜不用則退編百
姓而愨必為順下矣雖窮困凍餧必不以邪道
為貪無置錐之地而明於持社稷之大計叫呼
而莫之能應然而通乎財萬物善百姓之經紀
勢在人上則王公之材也在人下則社稷之臣
國君之寶也雖隱於窮閻漏屋人莫不貴之道
誠存也仲尼將為司寇沈猶氏不敢朝飲其羊
公慎氏出其妻慎潰氏踰境而徙魯之鬻牛馬
者不豫賈布正以待之也居於闕黨闕黨之子弟罔

分有親者政務善慊以化之也儒者在本朝則
美政在下位則美俗儒之為人下如是矣王曰
然則其為人上何如孫卿對曰其為人上也廣
大矣志意定乎內禮節脩乎朝法則度量正乎官
忠信愛利形乎下行一不義殺一無罪而得天
下不為也此若義信乎人矣通於四海則天下之
應之如讙讙然莫不願得以為師比之謂也
詩曰自西自東自南自北無思不服此之謂也
夫其為人下也如彼其為人上也如此何謂其無

益於人之國也昭王曰善
田贊衣儒衣而見荊王荊王曰先生之衣何其
惡也贊對曰衣又有惡此者荊王曰可得而聞
邪對曰甲惡於此王曰何謂也對曰冬日則寒
夏日則熱衣無惡於甲矣贊貧故衣惡也今
大王萬乘之主也富貴無敵而好衣民以甲臣
竊為大王不取也意者為其義邪甲之事兵
之首刈人之頸刳人之腹墮人之城郭係人之
子女其名尤甚不榮意者為其實邪茍慮害人
人亦必慮危人人亦必慮危之其實人則甚安之
二者臣為大王無取焉荊王無以應也

問陳孔子言俎豆賤兵而貴禮也夫儒服先王
之服也而荊王惡之兵者國之凶器也故春秋曰善
為國者不師比之謂也
哀公問於孔子曰寡人聞之東益宅不祥信有
之乎孔子曰不祥有五而東益不與焉夫損人
而益己身之不祥也棄老而取幼家之不祥
釋賢而用不肖國之不祥也老者不教幼者不學俗
之不祥也聖人伏匿愚者擅權天下之不祥也
五而東益不與焉曰各繹爾儀天命不又未
閔東益之不與焉為人守也

顏淵侍魯定公於臺東野畢之御馬于臺下定公
曰善哉東野畢之御也顏淵曰善則善矣雖然其
馬將失公不悅以告左右曰君子亦譖人乎顏淵
退俄而廏人以東野畢馬敗聞矣定公躐席而起
曰趣駕召顏淵顏淵至公曰前日寡人問吾子以
東野畢之御而子曰善則善矣雖然其馬將失不
識吾子何以知之顏淵曰臣以政知之昔者舜巧
於使人造父巧於使馬舜不窮其民造父不窮其
馬是以舜無失民造父無失馬今東野畢之御也
上車執轡銜體正矣周旋步驟朝禮畢矣歷險致遠
而馬力盡矣然猶求馬不已是以知其失矣定公
曰善可得少進乎顏淵曰臣聞之鳥窮則啄獸窮
則觸人窮則詐自古及今未有窮其下而能無危
者也詩曰執轡如組兩驂如舞御之謂也定公
曰善寡人之過也

孔子適衛顏淵曰獸窮則齧鳥窮則啄人窮則詐
自古及今未有窮其下而能無危者也婦人對
曰往年虎食我夫今虎食我子是以哀也孔子
曰嘻若是則何為不去也曰以其政之不苛孔子
曰小子識之苛政猛於虎也

孔子北之山戎氏有縞人哭於路者其哭甚哀孔子
曰何為哭之哀也婦人對曰夫全虎食我夫今虎食我子
吾以是不能去也由是觀之苛政猛於虎狼矣詩曰降喪飢

謹新序伐四國夫政不平也乃斬伐四國而況二
人乎其不去也宜哉
魏文侯問李克曰吳之所以亡者何也李克對
曰數戰數勝則民疲數戰則民罷數勝則主驕以
驕主治罷民此其所以亡也是故好戰窮兵未
嘗有罪不亡者何也
趙襄子問於王子維曰吳之所以亡者何也對
曰吳者善戰而不忍則不能罰姦賢者未嘗有罪不亡何待

孔子侍坐於季孫季孫之宰通曰君使人假馬
其與之乎孔子曰吾聞取於臣謂之取不曰假
李孫悟告吏曰今以往君有取謂之取無曰假
故孔子正假馬之名而君臣之義定矣論語
曰必也正名詩曰無易由言無曰苟矣可不慎
也故孔子曰名不正則言不順言不順則
事不成也

孔子曰天子居闕闈帳之中聽天下之政以
其聰也視四方之下以其明也撥視之明也
也故撥視不出帷闥之中而知天下者以
其有賢左右也故有賢與衆視之明也

齊平公閒於本向曰國家之患孰為大對曰大臣
之不平而患者苟乃甚焉

重祿而不施諫臣畏罪而不敢言下情不上
通此患之大者也公曰善故是令國曰欲雖善
言獨者不通罪當死

楚不有善相人者乎莊王曰有
問於淮對曰臣非能相人也能觀人之交也布衣
也其交皆孝悌篤謹畏令如此者其家必日益
身必日安此所謂吉人也官事者其進退皆交
謂信有好善故此者國日益主日尊天下有失皆愼敢分
爭走諫如此者主明臣賢左右多忠主有失皆敢分
爭此君也事君日益君臣相非能相人也能觀人之交也莊王
曰善主日尊天下之主有失昏敢王曰

蓋顏色諮揚無重國之意王曰甚善丹知寡人
自去國而居衛也帶三益美遂以自驕驕盈不
止閔王亡走衛君辟宮舍之稱臣而供具閔
王不遜衛人侵之閔王走鄒魯有驕色鄒魯
不納遂走莒楚使淖齒將兵救齊因相閔王淖
齒擢閔王之筋而懸之廟梁宿昔而殺之而興
燕共分齊地悲夫閔公臨大奪之國地方數千
里然而兵敗於諸侯地奪於京畿公玉
稷不祀宮室空虛身亡逃竄於徒隸之中而知
所以亡甚可痛也擁自以為賢豈不哀哉公玉
丹徒隸之中而道之稱走莒衛閔王不覺進而

善於是乃駐聘四方之士風澤不辦遂得孫叔
敖將軍子重之屬以蒲姻湘遂成覇功詩曰肆
濟多士文王以寧此之謂也

齊閔王亡居衛晝日步走謂公玉丹曰我已亡
矣而不知其故吾所以亡者何也王以亡也公玉
丹曰臣固知王之亡也吾以王所以亡者王知之乎
王曰吾不知其故吾所以亡此其所以亡也君
所以亡者以賢也天下之主皆不肖而惡王之
賢也因與合交而攻王此王之所以亡也王
愀然太息曰賢固若是苦乎此亦吾所以亡者也
其實主名稱東帝實有天下去國居衛容貌充

莒之以辱為榮以憂為樂而卒見殺
先是靖郭君殘賊其百姓害傷其群臣國人
叛振逐之其御知之豫收財食及飢作靖郭
君出亡至於野而飢其御出所裝食進之靖郭
君曰何以知之而齊閔王之暴虐其臣下
之謀又矣靖郭君恐懼曰臣言過也甚實賢喏臣
謂君害其地擢曰臣言過也甚實吾食至閣曰靖
郭君雖至死亡終身不誦若必悲夫
宋昭公出亡至於鄙喟然歎曰吾知所以亡矣
吾朝臣千人發政舉事無不曰吾君聖者待御

數百人披服以立䇲不可事者諸侯不開
吾過是以至此向宋君親之人主之祸以雞國
家失社稷者讒也讒胎亡而聽悟盍
得反國云

秦二世胡亥之為公子也昆弟數人諸置酒鄉會
群臣名諸子賜食先罷羣胡亥下增視群
陳履狀善者因行踐敗而吾諸子闟先之君其
不太息及二世即位皆知天下怨之故其二
於讒寢越為輕大臣不顧下民是以陳勝作
於讒寢閭樂作亂於甲夷閭樂籟滿之擴也吾
於陽令詐為逐賊將更辛人壁義晉攷射二以

就數二世欲加刃扵忠臣之事君也何怙并
從之二世謂曰何謂至於此也窥者曰如此父
矣二世曰子何不早言對曰臣以不言故得至
於此使臣言死久矣然後二世喟然悔之遂自
殺段

齊侯問於晏子曰忠臣之事君也何若對曰有
難不死出亡不送君有難刖如之疏齊而出之
君有難不死見用有難而死是妄死也諫不
用終身無難臣美死焉是従身不亡臣善能諫
見送為若言不見用有難而死是詐為也故忠
臣也善能諫

宋玉事楚襄王而不見譽賣氣不得形於顏色
或謂曰先生何談說之不揚計畫之不當其於宋玉
曰不然子獨不見夫玄猿乎當其居桂林之中
峻葉之上從容游戲超騰往來龍興而鳥集悲
嘯長吟當此之時雖羿逄蒙不得正目而視也
及其居棘刺枳棘之中也恐懼而掉慄危視而
狂人昔得意為此皮勢之不便也夫處勢之不便可以量功扷能哉
詩不云乎駕彼四牡四牡項領夫駕而長不得行
得行項領乐亦宜乎易曰鼎折足無當其行趙趙此
之謂也

吾君而不能與隘於讒
宋玉因其友以見於楚襄王襄王待之無以異
宋玉讓其友其友曰夫讒人兹因地而生于西地
而辛婦人因嫁而媒不附媒而親子之事不
盡亦一旦而走五百里使之遠見賢有良狗曰韓
郭筵孟子及眾免之塵若蹍迹而紲繰則雖
耳何怨於我宋玉不然昔者齊有良兔曰東郭
就亦不能離予于之獨臣也道此之謂
見而指劉與詩曰將安將樂去我如遺此之謂
之其友人曰僕人有過僕人有過

燕燕立以為相三年燕之政大平國無盜賊
蔭其樹者不折其枝有士不用何書其言為遂去
之言也田饒曰臣聞食其食者不毀其器
所從來遠也臣請鴻鵠舉矣哀公曰止吾書子
食君魚鱉啄君菽粟無此五者君猶貴之以其
以其所從來近也夫鴻鵠一舉千里止君之
時信也雖有此五者君猶曰瀹而食之何則
敵在前敢鬥者勇也見食相呼仁也守夜不失
獨不見夫雞乎頭戴冠者文也足傅距者武也
嘗去君而馮鵠舉矣哀公曰何謂也田饒曰君
時德事魯哀公問於顏闔曰魯哀公曰臣

公閎之慨然太息為之避席三月拒絕上服已
不憚其菌而悔其後何可復得誅曰遊將去趙
適彼樂土適彼樂土爰得我所春秋曰少長于
子張見魯哀公七日而哀公不禮託僕夫而去
曰臣聞君好士故不遠千里之外犯霜露冒
堀百舍重趼不敢休息以見君七日而君不禮
尾則君輕之此之謂也
見之棄而還走失其魂魄五色無主是葉公非
於是夫龍聞而下之窺頭於牖拖尾於堂葉公
高好龍鈎以寫龍鑿以寫龍屋室雕文以寫龍
君之好士也有似葉公子

好龍也好夫似龍而非龍者也本臣聞君好士
故不遠千里之外以見君七日不禮君非好士
也好夫似士而非士者也詩曰中心藏之何日
忘之敢託而去
昔者楚丘先生行年七十披裘帶索往見孟嘗
君欲趨不能進孟嘗君曰先生老矣春秋高矣
何以教之楚丘先生曰噫將我而老乎
我追車而赴馬乎投石而超距乎逐麋鹿而搏
豹虎乎吾則死矣何暇老哉噫將使我出正辭
而當諸侯乎決嫌疑而定猶豫乎
忘之敢託而去有孟嘗君後逡巡避席面有愧色詩曰
⿰攵⿱艹

灌灌小子蹻蹻嬌老夫欲盡其謀而少者驕而
不受也秦穆公所以敗其師殽而止天下
也故書同黃髮之言則無所疑詩曰壽胥與試
美用老人之言以安國也
得小仕宣王曰子年尚稚耕未可也閎立卬對曰
不然昔者項橐行年十二而治天下秦項橐七
歲為聖人師由此觀之不肖則耄耋而不稚矣
王曰未有臣角豎駒而能服重致遠者也由此
觀之夫士亦華髮墮顛而後可用耳閎立卬曰
不然夫尺有所短寸有所長驊騮騄驥天下之
⿰有閭立卬年七八遺遷宣王田家貧親老願

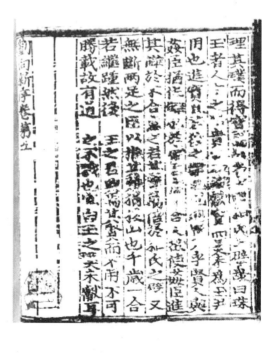

《下冊》

劉氏新序卷第六

刺奢第六

桀作瑤臺罷民力殫民財爲酒池糟隄縱靡靡
之樂一鼓而牛飲者三千人群臣相持歌曰江
水沛沛兮舟楫敗兮我王廢兮趣歸薄兮薄亦
大兮又曰樂兮樂兮四牡驕兮六轡沃兮去不
善而從善何不樂兮伊尹知天命之至舉觴而
吉桀曰子何妖言也吾有天下如天之有日
日亡吾乃亡矣於是接履而趣伊尹遂去官入殷
遂適湯湯立爲相故伊尹去官入殷

紂爲鹿臺七年而成其大三里高千尺臨望雲
雨作炮烙之刑戮無辜奪民力宄暴施於百姓
深毒加於大臣天下叛之及周師至
令不行於左右悲夫當是時求爲匹夫不可得
也紂自取之也
魏王將起中天臺令曰敢諫者死許綰負操鍤
入曰聞大王將起中天臺臣願加一力王曰子
何力有加絏曰雖無力能加臺王曰何謂也
聞天與地相去萬五千里今王因天
七萬五百里而臺高
盡王之地不足以爲臺趾古者堯舜建諸侯地
方五千里王必起此臺先以兵伐諸侯盡有其
地猶不足又伐四夷得方八千里乃足以爲臺
趾林木之積人徒之衆倉廩之儲數以萬億度
八千里之外當定農畝之地足以奉給王之臺
者臺具以備乃可以作魏王默然無以應乃罷
起臺
衛靈公以天寒鑿池宛春諫曰天寒起役恐傷
民公曰天寒乎宛春曰君衣狐裘坐熊席陬隅
有竈是以不寒今民衣弊不補履決不苴君則
不寒民誠寒矣公曰善令罷役左右諫曰君鑿

池不知天寒以宛春知之而罷後是德歸宛春怨
歸於君公曰不然宛春魯國之匹夫吾舉之
未有見焉今將令民以此見之曰春也有夢寡
人有春之喜非寡人之善與靈公論宛春可謂
知君之道矣

齊宣王築大室大蓋百畝堂上三百戶以齊國
之大具之三年而未能成群臣莫敢諫者香居
問宣王曰荊王釋先王之禮樂而為淫樂敢問
荊邦為有主乎王曰為無主居曰荊有臣乎王
曰為無臣居曰今王築室三年不能成

臣香居田臣誠愿竊議而出王曰香子留何諫
寡人之晚也

趙襄子飲酒五日五夜不廢酒謂侍者曰我誠
邦士也夫飲酒五日五夜矣而殊不病優莫曰
君勉之不及紂二日耳紂七日七夜今君五日
襄子懼謂優莫曰然則吾亡乎優莫曰不亡襄
子曰不及紂二日耳不亡何待優莫曰桀紂之
亡也遇湯武今天下盡桀也而君紂也桀紂并
世焉能相亡然亦殆矣

齊景公飲酒而樂釋衣冠自鼓生謂侍者曰仁

人不亦榮乎夫子對曰君之言過矣齊
景公曰樂
至公曰與晏子共朝服以
禮晏子對曰君之言過矣齊國五尺之童子力
盡勝嬰而又勝君所以不敢亂者畏禮也上若
無禮無以使其下下若無禮無以事其上夫麋
鹿唯無禮故父子同麀人之所以貴於禽獸者
以有禮也詩曰人而無禮胡不遄死故禮不可
去也公曰寡人無良左右淫蠱寡人以至於此
請殺之晏子曰左右何罪君若無禮好禮如之
者至無禮者去君若惡禮亦將如之公曰善請

革衣冠田欲受命乃醒酒而更尊朝服而坐
魏文侯見其笑曰子之出曼子出

然於君食其國之粟與其

為其

狂而不諱

君食園

二也食我以機數者季豈能具五味哉敦珍
無多斂於百姓以首飲食之養也
士尹池為制使於宋司城子罕而餕之南家
之牆擁於前而不直西家之潦經其宮而不止
士尹池問其故司城子罕曰南家工人也為鞔
吾宮早潦之經君之經已矣三世矣
者也吾將徙之其父曰吾恃為鞔已食三世矣
今徙是宋邪之求鞔者不知吾處也吾將不食
池歸制遇興兵欲攻宋士尹池諫於王曰宋不
可攻也其主賢其把仁賢者能用人

善而察功為天下英楚輕未而攻鄭孔子聞之
曰夫修之於朝堂之上而折衝於千里之外者
城子罕之謂也

孟獻子聘於晋宣子觴之三徙皆君之恩
移而其變宣子曰子之家孰與我家富
家富戲曰吾家甚貧唯有二士曰顏回茲無害
寡者使吾邦家安平百姓和協此二士耳苦
盡於此吾客出宣子同俟君子也以養賢為富
我鄙人也以蠶石金玉為富孔子曰孟獻子之
富可著於春秋

郤雍公有含饈而必批無得以粟於是倉

劉向新序卷第六

劉向新序卷第七

節士第七

堯治天下伯成子高為諸侯堯授舜舜授禹
伯成子高辭為諸侯而耕禹往見之則耕在野
禹趨就下位而問焉曰昔者堯治天下吾子立
為諸侯而耕吾子猶存焉及吾之治天下而辭
諸侯而耕何故伯成子高曰昔堯之治天下舉
天下而傳之他人至無欲至公也以至無私也
至公也以至無私也擇賢而與之其位
民勸不罰而民畏賞亦猶然今君賞罰而民欲
且多私是君之所懷者私也百姓知之入貪爭之

辨擁而求易於民二君粟而得一石粗吏必為
貧請以粟食之諫公曰去非汝所知也夫百姓
飽牛而耕暴背而耘勤而不惰者豈為鳥獸哉
粟粟之上食本何其以養鳥獸知不計不
知六會周請曰明中而擒不聞與夫君者
民之父母耶取倉之粟以於民此非吾之翠子
民於我何所擒氏聞之貴吏私積與公家為一
醫必此之謂知富部

端自此始矣德自此衰刑自此繁矣吾不忍見
以是處野也今君又何求矣而見我君行矣無留
吾事耕而不顧書曰旁施象刑維明及禹不能
春秋曰五帝不告誓信厚也
絑為酒池足以運舟糟丘足以望七里一鼓而
牛飲者三千人關龍逢進諫曰今君用財無
義愛民飭財故國安而身壽也今君用財無
盡用人若恐不能死不韋天福必降而誅必至
矣君其革之立而不去朝桀因囚拘之君子聞
之曰末之命造矣

對作炮烙之刑王子比干……不忠臣

之聽抱不言非男子也見過則諫不而則死忠
至也遂進諫三日不去朝紂囚而殺之詩曰
吳天太憮予慎無……草無臺而死不衰哉
曹公子喜時宁子臧嘗宣公子臧也宣公與諸侯
太子留守於師宁子臧曰……而自立子臧見負芻之篡弑
伐秦卒於師宁子臧……使公子負芻
當立也曹公既葬負芻殺太子而自立是為曹成公
立是為曹成公公既立諸侯會諸侯執曹成公
反是公遂見子臧於周天子下不定節為君非吾節
之京師將見子臧於周天子下不定節為君非吾節
記有之聖遠郎次守節下不定節為君非吾節

也雖不能聖敢失守守遂亡奔宋曹人數請晉
侯謂子臧反國吾歸爾君於是子臧反國晉
言天子歸成公於曹子臧遂以國致成公
為君子臧不出曹國乃安子臧讓千乘之國
謂賢矣故春秋賢而褒其後
延陵季子者吳王之子也嫡同母昆弟四人長
曰過次曰餘祭次曰夷昧次曰札札即季子辯
小而賢兄弟皆愛之既除喪將立季子季子辭
曰曹宣公之卒也諸侯與曹人不義曹君將立
子臧子臧去之遂不為也以成曹君吾義嗣也雖
子藏矣君義嗣也誰敢干吾君有國非吾節也

雖不才願附子藏以無失節固立之季室而
耕乃舍之適曰今若是作而與季子辯必不
受請無與子而與弟弟兄迭為君而致諸侯乎必
祝曰天苟有吾國必疾餘身故諸為勇飲食
餘祭立餘祭死夷昧立夷昧死而國宜之季子
也李子使而未還僚者長子之庶兄也自立為
吳王李子使而還至則君事之
光號曰闔閭闔閭不悅曰先君之邪不與子而
弟者兄亦為李子也將從先君之命而與子我宜當立
子也如不從先君之命而與子我宜當立者也

僚惡得爲君乎於是使專諸刺僚而致國乎季子
季子曰爾殺我君吾受爾國是吾與爾爲亂也
爾殺我兄吾又殺爾是父子兄弟相殺終身無
已也去而之延陵終身不入吳國故君子以
季子爲義以其不受國爲義以其不殺爲仁是
以春秋賢季子將西聘晉過徐君觀
劍不言而色欲之延陵季子爲有上國之使未
獻也然其心許之矣致使於晉故反則徐君死
於楚於是脫劍致之嗣君嗣君者止之曰此吳國
之寶非所以贈也延陵季子曰吾非贈之也先

曰吾來徐聞親書劍而其意言而其意欲之吾爲有
上國之使未獻也然吾心許之吾爲
進是欺心也遂脫劍致之於是季
子以劍帶之嗣君曰先君無命孤不敢受劍遂脫劍
陵季子兮不忘故脫千金之劍兮帶丘墓
之嗣君曰先君無命孤不敢受劍遂脫劍而歌之曰延
許悼公疾瘧飲藥毒而死太子上自責不嘗藥
不立其位與其弟緯哭泣歠粥嗌不容粒
痛巳之不嘗藥未逾年而死故春秋義之
衛宣公之子伋壽也母與朔謀欲殺於太子伋而
朔後母子也壽伋之母弟也

壽也使人與伋乘舟於河中將沉而殺之壽矣
不能止也因與之同舟舟人不得殺伋方乘
時伋傅母恐其死也閔而作詩二子乘舟之詩
是也其詩曰二子乘舟汎汎其景願言思子
心養養於是壽閔其且見害作憂思之詩
秉離之詩是也其詩曰何人斯
我者謂我心憂不知我者謂我何求悠悠蒼天
此何人哉又使伋之齊將使盜見載旌要而殺
之壽止伋曰弃父之命非子道也不可壽之
與之偕行壽又爲前竊伋旌以先行幾及齊矣盜

見而殺之伋至曰壽之死痛其代已死
哀痛之至于宣公之
義之二人宣公之諱也
魯宣公者魯侯宣公之弟也文公之麗文公之子
赤立爲魯侯宣公殺子赤而奪之國立爲魯侯
公宣公者魯侯宣公之同母弟也宣公殺子赤而奪
非之宣公與之祿則曰我兄何以兄之食其仁恩厚
哉緯屨而食終身不食宣公之食其仁恩厚矣
其織屨而食故春秋美而貴之
晉獻公太子之至靈臺地矮左輪
拜吾聞國君之子續左輪者速得國太子遂

【上右】

不行返乎舍御人見太子太子曰吾聞爲人子
者盡和順以事君不行私欲恭承命不逆君之安令
吾得國是君失安也見國之利而忘君安非子
道也聞得國而使我行之殆欲吾國之廢乎道不孝
逆君欲不忠而使我行之殆欲吾國之危明也
君失孝也辭心棄正行非君臣之所聞也太子曰
拔劍將死御止之曰夫機祥戒尊禮也嚴恭承命不
不然我得國君之孽也拜君之孽不可謂禮見
機祥而忘君之安國之賊也陳賊心以事君不
以身恨君之行也今太子見福不拜失禮殺身恨
君失孝也辭心棄正行非君臣

【上左】

可謂孝也批儁以順天下懷賊心以事君鄭之
大者也而使我行之是欲國之危明也遂伏劍
而死君子曰晉太子徒御苦之拜虵祥禍之
至於自殺者爲見疑於欲國也已之不欲國以
安邑此以明矣矣爲　 【愚按過言之故至於身死
廢子道絶然祀不可謂孝可謂遠嫌一節之士
也矣
申包胥者楚人也吳敗楚兵於柏舉遂入郢昭
王出亡在隨申包胥不受命而赴於秦乞師曰
吳爲無道行封豕虵蠋行之後六下從上國始於
楚寡君失社襪越在草莽使下臣告急曰吳夷

【下右】

狄也夷狄之求無厭滅楚與君接完者鄭
於君疆場之患也遠其矣君若得
於之靈存撫楚國世以華伯君其圖之若得
君聞命矣子其就館將開寺對曰臣聞君越
哭曰夜不絶聲水漿不入
在草莽未獲所休若此而
爲賦無衣之詩言與人戰而
哀公曰楚有如此臣而不出臣此而亡無
道使楚人先與吳人戰而大敗吳
大夫子虎帥車五百濰首而坐秦
日七夜不絶聲水漿不入口七日七夜秦

【下左】

眼眵天壇國而賞始於包胥包胥曰翰君爲
國非爲身也君既定又可求焉遂逃賞終身不見
是貴勇也君既定又可求焉遂逃賞終身不見
君子曰申子之不受命赴秦忠矣七日七夜
絶聲厚矣不受賞不代矣然賞所以勸善也
賞永非常法也
齊崔杼弑其君莊公止太史無書君弑
及賊太史不聽逆者賊曰崔杼弑其君殺
之其弟又嗣書之乃舍之南史氏聞太史
又嗣復書之乃舍之南史氏聞旣聞
盡死執簡以生卅接書之聞旣聞矣乃還君子
楚寡君失社襪越在草莽侯下臣告急曰吳夷

曰古之良史

齊攻魯求岑鼎魯君載他往齊侯不信而反
之以為非也使人告魯君請柳下惠以為是因
受之請柳下惠柳下惠對曰君之欲
以為岑鼎也以免國也此亦臣之
國以免君之國也此臣之所難也故魯
君乃以真岑鼎往也且柳下惠
柳下惠可謂守信矣非獨存己之
國以重矣借與之一軺軒以行之哉此之
晉君之國信之於之一軺軒
謂之

宋人有得玉者獻諸司城子罕子罕不受獻玉
者曰以示玉人玉人以為寶故敢獻之子罕曰
我以不貪為寶爾以玉為寶若以與我皆喪寶
也不若人有其寶故宋國之長者曰子罕非無寶
也所寶者異也今以百金與搏黍以示兒子
兒子必取搏黍矣以和氏之璧與百金以示鄙
人鄙人必取百金矣以和氏之璧與道德之至
言以示賢者賢者必取至言矣其知彌精其取
彌精其知彌觕其取彌觕子罕之所寶者至矣
昔者有饋魚於鄭相者鄭相不受或謂鄭相曰
子嗜魚何故不受對曰吾以嗜魚故不受魚受
魚失祿無以食魚不受得祿終身食魚

原憲居魯環堵之室茨以生蒿蓬戶甕牖桑樞
以為樞上漏下濕匡坐而弦歌子貢聞之乘肥
馬衣輕裘中紺而表素軒車不容巷往見原憲
原憲華冠縰履杖藜而應門正冠則纓絕捉衿
則肘見納履則踵決子貢曰嘻先生何病也
原憲仰而應之曰憲聞之無財謂之貧學而不
能行之謂病也今憲貧也非病也若夫希世而
行比周而交學以為人教以為己仁義之慝輿
馬之飾憲不忍為也子貢逡巡而有愧色不辭
而去原憲乃徐步曳杖歌商頌而反聲滿天地如出
金石天子不得而臣諸侯不得而友故養志者
忘身身且不愛孰能累之詩曰我心匪石不可
轉也我心匪席不可卷也此之謂也

志者忘身身且不愛孰能累之詩曰我心匪石
不可轉也我心匪席不可卷也此之謂也
晏子之晉見披裘負芻息於塗者以為君子也
使人問焉曰曷為而至此對曰齊人累之為婢
僕越石甫曰嘻吾聞古君子遇人於塗者不辭
歸至舍不辭而入越石甫怒而請絕晏子使人
應之曰嬰未嘗得交也今免子於患吾於子猶
未可邪越石甫曰吾聞君子詘乎不知己而信
乎知己者吾是以請絕也晏子乃出見之曰向
也見客之容而今也見容之意嬰聞察實者不
留聲觀行者不譏辭嬰可以解而無罪乎越石

用曰夫子禮之敗不救也地……以為上客俗
人之司功則驕……己有功免人之厄而
反謝下之其去俗亦遠矣此全功之道也
子列子窮容貌有飢色客有言於鄭子陽者曰
子列子禦寇蓋有道之士也居君之國而窮君
無乃為不好士乎子陽令官遺之粟數十乘子
列子出見使者再拜而辭使者去子列子入其
妻望而拊心曰聞為有道者之妻子皆得佚樂今
妻子皆有飢色矣君過而遺先生先生又辭豈
非命也哉子列子笑而謂之曰君非自知我也
以人之言而遺我以人之言而……要也其

罪我也又將以人之言此吾所以不受
人之養不死其難也死其難是死無道之
人豈義哉其後民果作難殺子陽子列子之几
微除不義遠矣且子列子內有飢寒之憂猶不
苟取見得思義見利思害況其在富貴乎故子
列子通乎性命之情可謂能守節矣
屈原者名平楚之同姓大夫有博通之知清察
之行懷王用之秦欲吞滅諸侯并兼天下屈原
為楚東使於齊以結強齊秦國患之使張儀之
貨楚貴臣上官大夫靳尚之屬上又令尹子
司馬子椒內挾夫人鄭袖共譖屈原屈原遂

放於外乃作離騷張儀因使楚絕齊許謝地六
百里懷王信左右之姦謀聽張儀之邪說遂絕
強齊之大輔楚既絕齊而秦欺以六里懷王大
怒舉兵伐秦大戰秦大敗楚師斬首數
萬級秦兵大勝於漢中地謝懷王不聽願得張
儀而甘心焉張儀曰以一儀而易漢中地何愛
儀請行遂至楚楚四之上官大夫之屬共言之
王王歸之是時懷王悔不用屈原之策以至於
此於是復用屈原屈原使齊還聞張儀已去大
為王言張儀之罪懷王使人追之不及後秦嫁
安于楚與懷王歡為藍田之會屈原以為秦不

可信願勿會群臣皆以為可懷王稚子子蘭
囚拘客死於秦為天下笑懷王子頃襄王亦知
群臣諂誤懷王不察其罪反聽群讒之口復放
屈原屈原疾闇王亂俗汶汶嘿嘿以是為非以
清為濁不忍見于世將自投於淵漁父止之屈
原曰世皆醉我獨醒世皆濁我獨清吾獨聞之
新浴者必振衣新沐者必彈冠又惡能以其
湘水汨羅之中而死
楚昭王有士曰石奢其為人也公正而好義王
泠更事之之嘿嘿者哉吾寧投淵而死遂自投
使為理於是廷有殺人者石奢追之則其父也

遂反於廷曰殺人者僕之父也以父成政不孝
不行君法不忠隆罪歷法而伏其辜僕之所守
也伏斧鑕命在君君也不行君法
其治事矣石奢曰不私其父非孝子也不行君法
廷中君子聞之曰貞夫法哉孔子曰子為父隱
不赦失法下之行也遂不離鈇鑕刎頸而死于
父為子隱直在其中矣詩曰彼己之子邦之司
直石子之謂也
晉文公反國李離為大理過殺不辜自繫曰臣
之罪當死去公曰金之田宜有上下罪有輕重是

下吏之罪也非子之過也李離曰臣居官為長
不與下讓位受祿為多不與下分利過聽殺無
辜委下畏死非義也臣之罪當死矣文公曰子
必自以為有罪則寡人亦有過矣李離曰君量
能而授官臣奉職而任事臣受命之日君以臣
曰必以仁義輔政寧過於生無失於殺臣受命
不稱壅蔽蒙如臣之罪乃當死君何過之有
且理有法失即生失殺即死君以臣能
微夬疑故任臣以理不顧仁義使
墨怨天下聞之必議吾君諸侯聞之必輕吾國
姓

怨積於百姓惡揚於天下權輕於諸侯如臣之
罪是當重元文公曰吾聞之也直而不挺不可
與往方而不圓不可與長存頭子以此聽寡人
也李離曰君以所私害公法殺無罪而生當死
二者非所以教於國也遂伏劍而死
霸王之功而有射鈎之累夫無能以臨官治官亂
獨不聞管仲之為人臣邪管仲之賢而無
霸成李離曰管仲之為人臣也不敢受命以生死
以治人君雖不忍加之於法臣亦不敢汙官亂
治以生臣聞命矣遂伏劍而死
晉文公反國酌士大夫酒召咎犯而將之召豎

窆而祖之咎犯曰百萬之眾不如一賢而祧位之編
三行介子推奉觴而起曰有龍矯矯頃失其所
有蛇從之周流天下龍既入深淵得其安所
脂盡乾獨不得甘雨此何謂也文公曰嘻是寡
人之過也吾爵之不及子玉乎介子推曰
與位道士不居也吾將去君而不受財
得位遂士不居也吾將友國君而不受也文公
曰使我得反國者子也吾將以成子之名介子
推曰推聞君子之道為人臣而不見察於其君者
則不敢當其後為人子而不見察於其父者
不敢立於其朝然推亦無慚於天下矣遂去而

之介山之上文公使人求之不得爲之避寢三
月號呼朞年詩曰逝將去汝適彼樂郊適彼樂
郊誰之永號此之謂也言文公待之不肯出求之
不能得以謂焚其山宜出及焚其山遂不出而
焚死

申徒狄非其世將自投於河崔嘉聞而止之曰
吾聞聖人仁士之於天地之間民之父母也今
爲濡足之故不救溺人可乎申徒狄曰不然昔
者桀殺關龍逢紂殺王子比干而天下具賊
者桀殺戕殆而戕其國故亡國殘家非聖智
也不用故也遂負石沉於河君子聞之曰廉矣

哉此之謂也

齊大饑黔敖爲食於路以待餓者而食之有餓
者蒙袂接屨貿貿然來黔敖左奉食右執飲曰
嗟來食餓者揚其目而視之曰予唯不食嗟來
之食以至於此也從而謝焉終不食而死曾子
聞之曰微與其嗟也可去其謝也可食

東方有士曰爰旌目將有所適而餓於道狐父
之盜丘見而下壺餐以餔之爰旌目三餔而後
能視仰而問焉曰子誰也曰我狐父之盜
人也爰旌目曰嘻汝乃盜也何爲而食我以吾

不食也兩手據地而歐之不出喀然遂伏地
而死廉絜者不爲勝母曾子不入邑號朝歌墨子回
車故孔子席不正不坐割不正不食不飲盜泉
之水積正也鮑焦衣弊膚見畚將蔬遇子贛
之水積正也族目不食而死
鮑焦衣弊膚見畚將蔬遇子贛於道子贛曰
吾子何以至此也曰天下之遺德教者衆矣
吾何以不至於此也吾聞之世不己知而行之
不已者是葵行也上不己知而干之不止者是
毀廉也行亦廉毀然且不食嗣於利者也子贛
曰吾聞之非其世者不生其利汙其君而履
其土今吾子汙其君而履其世非其世而將畢

蔬此雖之有哉焦曰嗚呼吾聞賢者重進而
輕退廉者輕死乃非其親曰立槁死於
洛水之上君子聞之曰廉夫剛哉夫山銳則不
高水狹則不深行特者其德不厚志與天地擬
者其爲人不祥矣鮑子可謂不祥矣其節度淺深
適至而止矣詩曰已焉哉天實爲之謂之何哉
公孫杵臼曰程嬰者晉大夫亡不出境還不討賊故
靈公趙盾時爲貴大夫亡趙朔穿於靈公晉
春秋時賈爲之以盾爲賢者辠岸賈欲討靈公之賊盾
景公時賈爲司寇欲討靈公之賊盾
盾之子時朝編告諸將曰盾雖不知猶爲首賊

賊臣弑君子孫在朝何以懲罪諸諫者韓厥曰
靈公過賊趙盾在外吾先君以爲無罪故不誅
今諸君妄誅妄誅謂之亂臣有大事君不聞
是無君也屠岸賈不德不子死韓厥告趙朔趣亡趙朔
不肯曰子必不絕趙祀子死不恨韓厥許諾稱
疾不出賈不請而擅與諸將攻趙氏於下宮殺
趙朔趙同趙括趙嬰齊皆滅其族趙朔妻成公
姊有遺腹走公宮匿公孫杵臼謂程嬰胡不死
嬰曰朔之妻有遺腹若幸而男吾奉之即女也
吾徐死耳無何而朔妻免身生男屠岸賈聞之索
於宮朔妻置兒袴中祝曰趙宗滅乎若號即死

滅乎若無聲及索兒竟無聲已脫程嬰與公孫杵臼
曰今一索不得後必且復索之奈何杵臼曰立孤
與死孰難嬰曰死易立孤難耳杵臼曰趙氏先君
遇子厚子強爲其難者吾爲其易者請先死
而二人謀取他人嬰兒負以文褓匿山中嬰謂諸
將曰嬰不肖不能立趙孤誰能與我千金吾告趙
氏孤處諸將皆喜許之發師隨嬰攻公孫杵臼
杵臼謬曰小人哉程嬰昔下宮之難不能死
曰今又賣之縱不能立孤忍賣之乎杵臼曰趙
氏孤兒今又賣之縱不能立孤忍賣之乎
而呼天乎趙氏孤兒何罪請活之獨殺杵臼也
諸將不許遂并殺杵臼與兒諸將以爲趙氏孤

兒已死皆喜然趙氏真孤兒乃在程嬰卒與俱
匿山中居十五年晉景公卜之大業之曾者
爲祟景公問韓厥韓厥知趙孤存乃曰大業之姓
後在晉絕祀者其趙氏乎夫自中行衍皆嬴姓
也中行衍人面鳥喙降佐帝大戊及周天子皆
有明德下及幽厲無道而叔帶去周適晉事先
君繆侯至于成公世有立功未嘗絕祀今及吾
君獨滅之趙宗國人哀之故見龜策唯君圖之
乃與韓厥共立趙孤兒曰趙武諸將不得已乃
病景公因韓厥之衆以脅諸將而見趙孤兒

兒名武諸將不得已乃曰昔下宮之難屠岸賈
爲之矯以君命并命群臣非然孰敢作難微君
之病群臣固請立趙後今君有命群臣之願
於是召趙氏程嬰偏拜諸將遂俱與程嬰趙氏
攻屠岸賈戮其族復與程嬰趙武田邑如故趙武
爲成人程嬰乃辭大夫謂趙武曰昔下宮之難
皆能死我非不能死我思立趙氏後今子既立爲
成人趙宗復故我將下報趙孟與公孫杵臼
武號泣固請曰武願苦筋骨以報子至死而子
忍棄我死乎程嬰曰不可彼以我爲能成事故
皆先我死今我不下報之是以我事爲不成也

遂自頸趙武服衰三年為之祭祠之世不
絶君存曰程嬰與孫杵臼曰
之自殺下報亦過矣
吳有士曰張胥鄙譚夫吾合徒而取之出至於道而
後乃知其夫吾也輟行而辭曰取之
前交而後絶吾聞之君子不為危行
義不同於譚夫吾故不受其任矣令吏釋之
子是安則肆志危則易行也與吾因子而生
若反拘而死聞闈闈之令吏釋之張胥鄙曰吾
我以譚夫吾故免也吾庸遽受之乎遂觸墻而

死譚夫吾聞之曰吾聞士不以利徙不以患
之愚也文不可以接二三子吾行虛
全人惡以予力生吾寧以此立於世乎乃絶頸
而死君子聞之曰譚夫吾其不可謂得節矣未
為得也所謂惻隱多矣未可謂得節也
蘇武者故右將軍平陵侯蘇建子也孝武皇帝
時以武為栘中監使匈奴匈奴使者數來
漢故匈奴亦欲降武以取當單于使貴人故
人衛律說武武不從乃設以貴爵重祿尊位
不聽於是律絕不與飲食數日不降又當盛
暑以旃厚衣并束三日暴武心意愈堅終不屈

撓擾饉曰臣事君由子事父也子為父死無所恨
守節不移雖有鈇鉞湯鑊之誅而不懼也事官
顯位而不榮也匈奴亦由此重之武留十餘歲
竟不降下可謂守節臣矣鈇鉞不可
轉也我心匪席不可卷也蘇武之謂也匈奴欲暴
言武死其後漢聞武在使使者求武匈奴欲
義歸武漢尊武以為典屬國顯異於他臣也

劉向新序卷第七

劉向新序卷第八

義勇第八

陳恒弒簡公而盟者皆完其家亦盟者殺之石
他人曰昔之事其君者皆得其君而事之今謂
他人曰舍而君而事我他人不能雖然不盟則
殺父母也從而盟是無君臣之禮也故雖盟不
母之死不得正行劫於暴上不得以禮其君乃自殺以
不得與我以我為知子淵捿子淵捿曰子
陳恒弒君使勇士六人劫子淵捿子淵捿曰子
之欲與我以我為知子臣弒君非知也以我為
仁乎見利而背君非仁也以我為勇子劫我以

兵權而與子非勇也使吾無此三者與吾何補於
子若吾有此三者終不與子矣子令之
宋閔公長萬以勇力聞萬顧東戰出師爲魯
所獲囚之宮中數月踢之宋宗閔公與婦人在
則公謂萬曰始吾敬子今子魯之囚也吾弗敬子矣
下諸侯魯囚爾何如萬殺君也閔公問吾死諸侯
因言曰君之囚萬耳萬之爲君也閔公頻
齒落於■絶死而宛杭於門閔吾聞吾死而至遇萬
於門搏劍而叱之萬搏閔公於沈收而殺之遭
門闔沈扳可謂不畏死矣亞飯兵趨臣之難顏不旋
踵

崔杼弒莊公令士大夫盟者皆脫劍而入晏子
疾指不至血蒼蠅所蹴寸入次及晏子奉
稽血仰天歎曰惡乎崔子將爲無道親其君者
皆視之崔杼謂晏子曰子與我我與子分國
不子吾與君將殺子直兵將推之曲兵將勾之
唯子圖之晏子曰嬰聞回以利而背其君者非
仁也劫以刃而失其志者非勇也詩云愷悌君
子求福不回嬰可謂不回矣直兵推之曲兵鈎之
者皆崔子合之晏子趨出授綏而乘其僕
之褰將馳晏子扶其手曰子超乘於車而死
其僕將馳晏子扶其手曰子從容自在山撫其命程
庖廚馳不益生綏不益死按之成邑亞飯去之

詩云彼己之子舍命不渝晏子之謂也
佛肸以中牟叛置鼎於庭致士大夫曰與我者
受邑不與吾與烹從之至於中牟田卑中牟之
士曰義死不避斧鉞之罪義窮不受軒見之服
無義而富不如烹義將之罪佛肸脫身
義而生不仁而富不如烹田卑將就鼎田卑不肯
而生之趙氏聞其義攻而取之閔田卑不肯
也我求而賞之田甲不可也一人舉而萬夫
悅育者不爲也賞一人以懲萬夫義者不取
與也我受賞使中牟之士懷恥不義辭賞從與曰
以行臨人不道菜有夫義辭賞從與曰勝在

外子西召勝使治白蜺曰白公欲起亂勝怒之
逐其父將弒惠王及子西靈子欲得易甲
義也子雖告我以利威我以兵吾不爲也甲曰
行子之威則吾亦得明吾義也甲兵之勢在吾前
陳士勒兵以示易甲曰與我無憂不富貴不與
與則此身已嘗宣吾義矣吾子忘之
子立得天下不義吾不取也今子將弒子之君
不從也今子雖告我以刺威我以兵吾義不
義也子雖告我以利威我以兵吾不爭行
子以聲鄷也吾聞士立義不爭行死不卻拔
劍而待兵顏色不變也
曰公勝將弒菱惠王
曰公勝將弒菱惠王王出亡令尹司馬皆死杖

翻而屬之於屈盧曰子與我將合子子不與我
必殺子盧曰子殺叔父而求子福於盧也可乎吾
聞知命之士見利不動臨死不恐爲人臣者時
生則生時死則死是謂人臣之禮故上知天命
下知臣道其有可劫乎子胡不推之白公勝乃
內其劍

白公勝旣殺令尹司馬欲立王子閭以爲王王
子閭不肯劫之以刃王子閭曰王孫輔相楚國
匡正王室而百庇焉聞之願也本委假威以
暴王室殺伐以亂國家吾雖死不子爲也白公
勝曰楚國之重天下無有焉以與子子前不受

也王子閭申鳴聞天下者非輕其利也以明
其德也本福諸侯者非惡其位以必黑其行也
今吾見國而忘主不仁也却白刃而失義不勇
也子雖告我以利威我以兵吾不爲也白公強
之不可遂殺之葉公高率衆誅白公而立惠王
於國

白公之難葉人有莊善者辭其母將往死之其
毎日豪其親而死其君可謂義乎莊善曰吾聞
事君者內其根而外其身今所以養母者君之
禄也今君身安得無死乎遂辭而行比至公門三麾
專中其僕曰子懼矣曰懼旣懼何不返莊善

日懼者吾私也死義吾公也聞君子不以私害
公及公門刎頸而死君子曰好義乎哉
齊崔杼弒莊公也有陳不占者聞君難將赴之
比去餐則失匕上車失軾御者曰怯如是去有
益乎不占曰死君義也無勇私也不以私害公
遂往聞戰鬪之聲恐駭而死人曰不占可謂仁
者之勇也

知伯罰之時有士曰長兒子魚絕知伯而去之
三年將東之越而道聞知伯罰之見殺也謂御
白還車反吾將死之御曰夫子絕知伯而去之
三年矣今反死之是絕屬無別也長兒子魚曰

不然吾聞仁者無餘愛忠臣無餘禄吾聞知作
之死而動吾心餘禄之加於我者至今尚存吾
將往依之反而死

衛懿公有臣曰弘演遠使未還狄人攻衛其民
曰君之所富者鶴也所富者宮人也君使
宮人與鶴戰余焉能戰遂潰狄人攻衛其民
公於榮澤殺之盡食其肉獨舍其肝弘演至報
使於肝畢呼天而號盡哀而止曰臣請爲表因
自刺其腹內懿公之肝而死桓公聞之曰衛
之亡也以無道今有臣若此不可不存遂救衛於楚丘

羋尹文者荆之歐鹿彘者也司馬子期獵於雲
夢載旗之長拖地羋尹文坂斷齊諸軼而斷之
貳車抽弓於報援矢於箙引而未發也司馬子
期伏軾而問曰吾車有罪於夫子乎對曰臣以君
旗搜地故也國君有名大夫而載三等文之斷也不
軺今子荆國有名大夫而載三北莊子諸樓見於魯
旗者其人安在吾王所王曰吾聞有斷子之不
亦可乎子期伏軾而問曰吾聞有斷子之
悅使文爲江南令而大治
下莊子好勇養母戰而三北
之及母死三年冬與魯戰而三北

將軍曰初與母處是以三北今母死請塞責而
神有所歸逃赴敵獲一甲首而獻之曰此塞責而
北又入獲一甲首而獻之曰此塞再北又入獲
一甲首而獻之曰此塞三北將軍曰母没而養
宜止之請爲兄弟莊子曰開之節士不以
道也全士節小具而塞責矣吾聞之節士不以
厚生遂反敵殺十人而死君子曰三北又塞責
嘅世斷家於孝不終也

劉向新序卷第八

劉向新序卷第九
善謀第九

齊桓公時江國黃國小國也在江淮之間近楚
楚大國也數侵伐欲戚取之江人黃人患楚齊
桓公方存亡繼絕救危扶傾尊周室攘夷狄爲
陽穀之會貫澤之盟與諸侯將伐楚江人黃人
慕桓公之義來會盟於貫澤管仲曰江黃遠齊
而近楚楚爲利之國也若伐而不能救無以宗
諸侯不可受也桓公不聽遂與之盟管仲死楚
人伐江滅黃桓公不能救君子閔之是後桓公
信壞德衰諸侯不附遂陵遲不能復興夫仁智

之謀即事有漸力所不能救未可以受其實桓
公受之過也管仲可謂善謀矣詩云曾是莫聽
大命以傾此之謂也

晉文公之時周襄王有弟太叔之難出亡居於
鄭不得入使告難于晉于秦其明年春諸
伯師于河上將納王狐偃言於晉文公曰求諸
侯莫如勤王且大義也諸侯信之繼文之業而
信宣於諸侯全為可矣卜偃卜之曰吉遇黃帝
戰於阪泉之兆公曰吾不堪也對曰周禮未改
今之王言公曰筮之筮之遇大有六五之睽
曰吉遇公用亨于天子之卦吉

大為且是卦也天為澤以當日天子降心以迎
公不亦可乎大有去睽而復亦其所也晉侯辭
秦師而下三月甲辰次于陽樊右師圍溫左師
逆王夏四月丁巳王入于王城取太叔于溫而
親之于隰城戊午晉侯朝王王享醴命之侑
之陽樊溫原攢茅之田晉於是始開南陽之地
其後三年文公遂再會諸侯以朝天子錫以
弓矢秬鬯以為方伯晉文公之命是也卒成霸
道狐偃之謀也夫秦魯皆疑晉有狐偃之善謀
以成國朝而故謀得其道謀得其道而下從
之謂也

虞虢皆小國也虞有夏陽之阻塞虞虢竝共守之
晉不能禽也故晉獻公欲伐虞虢荀息曰君胡
不以屈產之乘與垂棘之璧假道於虞公曰此
晉國之寶也彼與吾璧不借吾道則如之何荀
息曰此小之所以事大國也彼不借吾道必不
敢受吾幣受吾幣而借吾道則是我取之中府
置之外府取之中廏置之外廏公曰宮之奇存
焉必不使受也荀息曰宮之奇之為人也少長
於君君暱之雖諫將不聽又少長於君則其言
玩好在耳用耆前病患在一國之後中知以上

乃能慮之臣料虞君中知之下也公遂借道而
伐虢宮之奇諫曰晉之使者其辭卑而幣重其
不僞於虞語曰脣亡則齒寒矣故虞虢之相救
非相為賜也今日亡虢而明日亡虞公不聽
卷受其幣而借之道旋歸四年反取虞荀息牽
馬抱璧而前曰璧則猶是也而馬齒加長矣
虞虢不用宮之奇諫而亡故荀息非覇王之佐
戰國并兼之臣也若宮之奇之謀則可謂忠臣之謀
也

晉文公秦穆公共臣二國去無禮而附於楚鄭

大夫佚之狐言於鄭君曰君使燭之武見秦君
圍必解鄭君從之召燭之武使之解曰臣之壯
也猶不如人今老矣無能為也鄭君曰吾不能
蚤用子今急而求子是寡人之過也然鄭亡子
亦有不利矣許之夜出見秦伯曰秦晉
圍鄭鄭知亡矣若鄭亡而有益於君敢以煩執事
之憂也若舍鄭以為東道主行李之往來共其
難也焉用亡鄭以陪鄰鄰之厚君之所知也夫晉何
資糧亦無所害且君嘗為晉君賜矣許君焦瑕朝
得入而夕設版而盟晉為君之所知也夫晉何

歌之有既東取鄭又欲廣其西境不闕秦將焉
取之闕秦而利晉願君圖之秦伯說引兵而還
晉咎犯請擊之文公曰不可微夫人之力不能
弊鄭因人之力以弊之不仁失其所與不知以
亂易整不武吾其還矣乃去鄭圍解燭之武
可謂善謀一言存鄭而覺焉秦鄭君不蚤用善謀
所以削國也困而覺焉得存

齊之景公問於諸侯
取之闕秦而利晉願君圖之秦伯說引兵而還

讓假寵以請於諸侯齊君欲勿許司馬侯曰不
可楚王方侈天或者欲盈其心以厚其毒而降
卑之罰未可知也其使能終亦未可知也天
所相不可與爭君其許之修德以待其歸若適
於德吾猶將事之況諸侯乎若適淫虐楚將棄
之吾誰與爭君曰晉有三不殆其何敵之有國
險而多馬齊楚多難有是三者何鄉而不濟對
曰恃險與馬而虞鄰之難是三殆也四嶽三塗
陽城大室荊山終南九州之險也是不一姓冀
之北土馬之所生也無興國焉恃險與馬不足
以為固也從古以然是以先王務德音以亨神

人不閒其務險與馬也或多難以固其國開其
疆土或無難以喪其國失其守宇若何寞難乎
有仲幾之難而獲文公是以為盟主衛有禍戎
難而獲獻孰那無難寞乎衆也亦克之
故人之難不可虞也恃此三者而不備政德亡
於不眠有何能礙石其許之紂作淫虐文王惠
和殷是以實用是以興夫豈爭諸侯哉乃許楚

靈王遂為申之會與諸侯伐吳起章華之臺為
乾谿之役百姓罷敝怨懟於下群臣倍畔於上
比幹之後寵夢然敗焉靈王亡逃卒死於野故曰晉不
頓戟而楚人自亡司馬侯之謀也

楚平王殺伍子胥之父……闔閭……而下閭
閭大夫……子胥……
不可臣聞之君子不為匹夫興師且事君猶
父也虧君之義復父之讎臣不為也於是止蔡
昭公朝於楚有美裘楚令尹囊瓦求之昭公不
予於是拘昭公於郢數年而后歸之昭公濟漢
水沉璧曰諸侯有伐楚者寡人請為前列楚人
聞之怒於是興師伐蔡蔡請救于吳子胥諫曰
蔡非有罪也楚無道也君若有憂中國之心
則若此時可矣於是興師伐楚遂敗楚人於柏
舉而成霸道子胥之謀也故春秋美而襃之

秦孝公欲用衛鞅之……已更為嚴刑峻法易古三
武之制度恐大臣不從於是召衛鞅甘龍杜摯
三大夫御於君慮世事之變計正法之本使民
之道君曰代立不忘社稷君之道也錯法務明
主長臣之行也今吾欲更法以教民吾恐天下
之議我也公孫鞅曰臣聞疑行無名疑事無功
君亟定變法之慮行之無疑殆無顧天下之議
且夫有高人之行者固負非於世知者見未萌
者必見警於民語曰愚者暗於成事知者見於
民不可與慮始可與樂成功者不謀於衆法者所以
德者不和於俗成大功者不謀於衆法者所以

愛民也禮者所以便事也是以聖人苟可以治
國不法其故苟可以利民不循其禮孝公曰善
甘龍曰不然臣聞聖人不易民而教知者不變
法而治因民而教者不勞而功成據法而治者
吏習而民安於所知也公孫鞅曰子之
臣恐天下之議君也常人安於故習學者溺
於所聞此兩者所以居官而守法也非所與論
於法之外也三代不同道而王五霸不同法
所言者世俗之言也今君變法不循故更禮以教民
而願孰慮之……
拘禮之人不足與言事制法之人不足與論
而更禮者……制法者……不足與

論治君亟疑■矣杜摯曰利不百不變法功不
不易器■聞之法古無過循禮無邪君其圖之
公孫鞅曰■前世不同教何古之法帝王者不相
復何禮之循伏羲神農教而不誅黃帝堯舜誅
而不怒及至文武各當其時而立法因事而制
禮禮法以時而定制令各宜其用臣
故曰治世不一道便國不必古故湯武之王也
不循古而興夏殷之滅也不易禮而亡
非也循禮者未足多也君無疑■
聞窮鄉多怪曲學多辯愚者之笑知者哀焉狂
夫之樂賢者憂焉拘世之議人心不疑矣於是

孝公達龐擊之善謀遂從備輗之過言法嚴而
酷刑深而必守之以公當時取強遂封輗為商
君及孝公始國人怨高君至於車裂之其患猶
漸至始皇赤衣塞路群盜滿山卒以亂亡削刻
無恩之所致也三代積德而王晉桓繼絕而霸
秦皇殿暴而亡漢王垂仁而帝故仁恩謀之本
也
惠王時蜀亂國人相攻擊告急於秦惠王祿
餞兵伐蜀以為道險峽難至而韓人來侵秦暴
惠王欲先伐蜀恐韓人乘虛而襲秦之弊
猶與未決司馬錯與張子爭論於惠王之前司

馬錯欲伐蜀張子以不可
對曰親魏善楚下兵三川……緱氏之口當屯留
之道魏絕南陽楚臨南鄭秦攻新城宜陽以臨
二周之郊誅周王之罪侵楚魏之地周自知不
救九鼎寶器必出據九鼎按圖籍挾天子以令
於天下天下莫敢不聽此王業也今夫蜀西僻
之國而戎狄之倫也弊兵勞眾不足以成名得
其地不足以為利臣聞爭名者於朝爭利者於
市今三川周室天下之朝市也而王不爭焉顧
爭於戎狄去王遠矣司馬錯曰不然臣聞之欲
富者務廣其地欲強者務富其民欲王者務博

其德三資者備而王隨之矣今王地小民貧故
臣願先從事於易夫蜀西僻之國而戎狄之長
也有桀紂之亂以秦攻之譬如豺狼逐群羊
也得其地足以廣國取其財足以富民繕兵
不傷眾而服焉一國而天下不以為暴利盡西
海而諸侯不以為貪是我一舉而名實附也又
有禁暴正亂之名今攻韓劫天子惡名也而未
必利也有不義之名而攻天下所不欲危矣臣
請謁其故周天下之宗室也齊韓之與國也周
自知失九鼎恐……川將……聞……并力之謀
以因乎齊趙而求解乎楚魏以鼎予楚魏以地予

魏以鼎予楚以地予親之不能止此臣所謂危
也不如伐蜀之完秦惠王曰善寡人請聽子卒起
兵伐蜀十月取之遂定蜀蜀王更號為侯而使
陳叔相蜀蜀既屬秦秦益強富厚而制諸侯
司馬錯之謀也
楚使黃歇於秦秦昭王使白起攻韓魏韓魏服
事秦昭王方令白起與韓魏共伐楚遂頃襄
聞其計是時秦已善於秦昭王欲使攻楚達使
王東從黃歇上書於昭王曰天下莫強於秦楚今
攻韓魏以解楚其書曰……楚達交楚而
王欲伐楚此猶兩虎相與鬥而虎相與鬥而為

犬受其弊也不如善楚臣請言其說臣聞之物
至則反冬夏是也高則危累是也今大國之
地偏天下有其二垂此從生民以來萬乘之
地未嘗有也今王使盛橋以守事於韓盛橋以其
地入秦是王不用甲不伸威而得百里之地也
王可謂能矣王又舉甲而攻魏杜大梁之門
舉河內拔燕酸棗衍首垣以臨仁平丘黃濟陽甄
敢救王之功亦多矣王休甲息眾二年而復之
有取濮酸而魏氏服王又割濮歷
城而魏氏服王又割濮歷
之要絕楚趙之春天下五合六聚而不敢相救

王之威亦單矣王乘威功力之...
胡服仁義...
足六也王若負人徒之眾乘兵革之彊乘毀之
威而欲以力臣天下之主臣恐其有後患也詩
曰靡不有初鮮克有終易曰狐涉水濡其尾此
言始之易終之難也何以知其然也智伯見伐趙之利而不知榆次之禍也吳見伐齊之便而不知干遂之敗也此二國者非無大功也沒利於前而易患於後也吳之親越也從而伐齊既勝齊人於艾陵之上還為越人所禽於三渚之浦知伯之信韓魏也從而伐趙攻晉陽之城勝有日矣韓魏畔之
魏也從而伐趙攻晉陽之城勝有日矣韓魏畔

之毅知伯瑤於鑿臺之上今王姤楚之不毀也
而忘毀楚之彊韓魏也臣為王慮而不取也詩
曰大武遠宅而不涉從此觀之楚國接也鄰國
敵也詩曰躍躍毚兔遇犬獲之他人有心予忖
度之今王中道而信韓魏之善王也此正吳之
越也臣聞之敵不可假時不可失臣恐韓魏之
卑辭除患而實欺大國也何則王無重世之德
韓魏而有累世之怨焉夫韓魏父子兄弟接踵
而死于秦者十世矣本國殘社稷壞宗廟刳腹
絕腸折頸摺頤身首分離暴骸骨於草澤頭顱
僵仆相望于境故韓魏之不亡秦社稷之憂也

思神瀆澤無所食民不聊生族類離散流亡為
僕妾者盈海內矣故韓魏之不亡秦社稷之憂
也今王攻楚不亦過乎且王攻楚將惡出兵王
出兵將藉路於仇讎之韓魏乎兵出之日而
王憂其不反也是王以兵資於仇讎之韓魏也
王若不藉路於仇讎之韓魏必攻隨水右壤此
皆廣川大水山林谿谷不食之地也王雖有之
不為得地是王有毀楚之名而無得地之實也
且王攻楚之日四國必悉起兵以應王秦楚之
兵構而不離韓魏氏將出兵而攻留方與銚胡
陵碭蕭相故宋必盡齊人南取泗北比必舉

此皆平原四達膏腴之地也而使擽攻王□□
以肥韓魏於中國而勁韓魏之彊足以段秦
秦齊南以泗水為境東負海北倚河而無後患
天下之國莫彊於齊魏齊魏得地保利而自□
下吏一年之後為帝以齊魏歸帝重畜是王□
舉事而樹怨於楚出令韓魏歸帝而□□□
餘矣夫以王壤土之博若善楚魏秦之彊一
韓韓必為拱手王慶若善楚秦魏合為一而以破
計也臣為王慮莫若善楚魏歸帝重畜鄭梁
刺韓必為關內之候若是而王以十萬代河之
氏寒心許隔陵亟攻城而上蔡召陵不□梁之
也如

此而魏亦隔内候矣王一善楚而隔内兩萬集
之王注入地於喬喬右壞可拱手而取也王之
地一柱狀作兩海要約天下是燕趙無喬楚者
楚無燕趙然後危動藥趙直搖喬楚此四國者
不待痛而服也昭王曰善於是乃止白起謝韓
魏發使路楚約為與國黃歇受約歸楚解弱
之禍全彊秦之兵黃歇之謀也
魏趙戰於長平趙不勝一都尉道王召樓昌
與虞卿曰軍戰不勝尉係死寡人將東甲而為
之樓昌曰無益也不如發重實使而為媾虞卿
曰昌言媾者以為□媾軍必破也而制媾者在

秦且王之論秦也欲破三之軍乎不邪王曰秦
不遺餘力矣必且破趙軍虞卿曰王聽臣使使
出重寶以附楚魏楚魏欲得王之重寶必內吾使
出重寶以附楚魏楚魏得王之重寶必內吾使
此則媾乃可為也趙王不聽與平陽
君為媾乃入秦秦必疑天下之合從必一心如
王不得媾人也而入秦秦王與應侯必顯重以示
鄭朱入秦秦王與應侯□
天下楚魏以趙為媾秦必不救王則媾不可得也
鄭朱貴人也而入秦秦王與應侯必顯重以示
應侯果顯鄭朱以示天下賀戰勝者終不肯媾

長平大敗遂圍邯鄲鄲為天下笑不從虞卿之謀
也秦既解圍邯鄲而趙王入朝使趙郝約事於
秦割六縣而媾虞卿謂趙王曰秦之攻王也倦
而歸乎亡其力尚能進之愛王而不攻乎王曰秦
之攻我也不遺餘力矣必以倦而歸也虞卿曰
秦以其力攻其所不能取倦而歸王又以其力
之所不能取以送之是助秦自攻也來年秦復
攻王王無救矣王以虞卿之言告趙郝郝曰虞卿
能盡秦力之所至乎誠知秦力之所不進此彈
九之地不予今秦來年復攻王王得無割其
内而媾乎王曰請聽子割矣子能必來年秦之

不復攻乎趙郝曰此非臣之所敢任也他日三晉
之交於秦拊若也全秦善韓魏而攻王王之所
以事秦者必不如韓親今臣之為足下解負
親之交開關通幣齊反韓魏而攻王王之所
之所敢任也今王以告虞卿虞卿對曰郝言不攻
於秦王之所以不如韓親至來年而獨取攻
之所不能取以攻其內而構于之術也
來年秦復攻王王得無復攻之術也
又割其力之所不能取也雖劉何益之
郝又不能必秦之不復攻也雖劉不能守
不如無構秦雖善攻不能取六縣趙雖不能守
亦不失六城秦倦而歸兵必疲戍以五縣收天
下以攻罷秦是我以之於天下而取償於秦也
吾國尚利豈與坐而割地自弱以強秦哉曰
秦善韓魏而攻趙者必王之事秦不如韓魏也
是使王歲以六城事秦也坐而地盡秦復
來割之乎王曰善今于之不予卒而多割之
不止矣且王之地有盡而秦之求無已以有盡
之地給無已之求其勢必無趙矣故曰此弱
趙而強秦也夫弱趙而強秦而割疆弱之
予之即無地而秦之詔曰彊者善割弱
能守之即無地而秦之詔曰彊者善割弱
予之不予王將因是以賀戰勝者也而樓緩計之曰予秦地亦無了哉

吾國尚利豈與坐而割地自弱以強秦哉曰
秦善韓魏而攻趙者必王之事秦不如韓魏也
是使王歲以六城事秦也坐而地盡秦復
來割之乎王曰善今于之不予卒而多割之
不止矣且王之地有盡而秦之求無已以有盡
之地給無已之求其勢必無趙矣故曰此弱
趙而強秦也夫弱趙而強秦而割疆弱之

吉緱韓讓曰此非臣之所能知也王曰雖然
言公之私樓緩對曰亦聞夫公甫之為大王計不如予之王曰諾虞卿聞之曰此飾
入其母閭之不肯哭也其母曰孔子賢人
不哭者母去之非計也今臣以百畝秦且因
父文伯仕於魯病死女子為自殺於房中者二
不哭者薄而婦人厚也故不敢對曰使臣得
則人心變矣今臣新從秦來而言勿予則非計
毋從妻言是必不免為自殺人也逐母言勿言若是者必
也今予秦地新從秦來而言予之則必以予之
為大王計不如予之王曰諾虞卿聞之曰此飾

其於長者薄而於婦人厚也故不敢對曰使臣得
不哭者薄而婦人厚也故不敢對曰使臣得
毋從妻言是必不免為自殺人也逐二人若是者必賢

識也王慎勿予樓緩聞之往見王曰虞卿
之言是也趙媻媻緩對曰不然虞卿得其一不得
其二夫秦趙構難而天下皆說何也曰吾且因
彊而乘弱矣今趙兵困於秦天下之賀戰勝者
必盡在於秦矣故不如亟割地為和以疑天下
而慰秦之心不然天下將因秦之怒乘趙之弊
而瓜分之趙且亡何秦之圖乎故曰虞卿得其
一不得其二願王以此決之勿復計也虞卿聞其
之往見王曰危哉樓子之為秦也是愈疑天下
而何慰秦之心哉獨不言示天下弱乎且臣
言勿予者非固勿予而已也此秦索六城於王而
臣言勿予子非固勿予子而已此秦索六城於王而

王以六城賂齊齊秦之深讎也得王之六城幷
力而西擊秦齊之聽王不待辭之畢也則異
矢而示天下有能為也王以此為也發聲兵未窺
於境而見秦之事賂而反構於王也從秦為構
韓魏間之必盡重王必出與重實以先於王
則是王一舉而結三國之親而與秦易道也於趙
王曰善即發虞卿東見齊王與之謀秦虞卿之
謀行而趙見齊王之樞機樞機之發間不及
旋踵是故虞卿一言而秦之震懼趍風馳指而
請備故善謀之臣其於國豈不重哉微虞卿趙

以亡矣

魏請為從趙孝成王召虞卿謀過平原君平思
君曰願卿之論從也虞卿入見王曰魏請為從
對曰魏過王曰寡人固未之許對曰王過王曰
魏請從魏過王曰寡人遇然
魏請從魏過王曰寡人過王
則從而不可邪對曰臣聞小國之與大國從事
也有利大國受福有敗小國受禍今魏為小請
其禍而王以大辭其福故曰王過魏亦過焉
以為從便王曰善乃合魏為從
趙卒霸會虞卿以魏齊之事弃侯捐相而與
不用趙旅亡

劉向新序□□第九

新序卷第十
善謀下第十

沛公與項籍俱受令於楚懷王曰先入咸陽者
王之沛公將從武關入至南陽守戰南陽守齮
保宛城堅守不下沛公引兵圍宛三匝南陽守
欲自剄其舍人陳恢止之曰死未晚也於是恢
乃踰城見沛公曰聞足下約先入咸陽者王
之全足下留止圍宛宛大郡之都也連城
數十人民衆蓄積多其吏民自以為降而死故
皆堅守乗城足下攻之士卒傷者必多引兵而去宛
傷者未瘳足下曠日則事留引兵而去宛完

弊甲砥礪煬兵而鬮足下之後則失咸
陽之約後約窕守降封之惠竊爲足下危之
計者莫如約窕守降封之因使止守其甲卒
興之西擊諸城未下者聞聲乃以窕守開門而待下
通行無所累沛公曰善乃以窕守蠍侯封陳
恢千戶引兵西無不下善不下者遂先入咸
陽也漢王既用滕公蕭何之言權拜韓信爲上
將軍引信上坐王問曰丞相數言將軍將軍
何以教寡人計策信謝因問王曰今衆向爭權
天下豈非項王邪曰然大王自斷勇仁強敧與
項王漢王默然良久曰不如也信再拜賀曰唯

信亦以爲大王不如也然臣嘗事項王請言項
爲人項王暗噁叱咤千人皆廢然不能任屬賢
將此匹夫之勇耳項王見人恭謹言語呴呴人
疾病涕泣分食飲至使人有功當封爵印刓綬
弊忍不能與此所謂婦人之仁項王雖霸天下
而臣諸侯不居關中都彭城義帝約而以
親愛王歸逐其主自王善地項王所過無不殘
南亦皆歸咎其主遷逐義帝江
咸多怨百姓不附特劫於威強服耳名雖爲霸
王離其衆心可誅軍何不誅以天下城邑封功臣何
道往其心誠臣何其

不服以義兵從思東歸之士何不散且三秦王
爲秦將秦弟子數歲所殺亡不可勝計又欺其
衆降諸侯至新安項王詐坑秦降卒二十餘萬
人唯獨邯欣翳脫秦父兄怨此三人痛入骨髓
今楚強以威王此三人秦民莫愛大王之入武
關秋毫無所害除秦苛法與秦約法三章秦
民無不欲得大王王秦者於諸侯約大王當王
關中民戶知之大王失職入蜀民無不恨者今
大王舉而東三秦可傳檄而定也於是漢王喜
自以爲得信晚聽信計部署諸將所擊
漢王東出秦民歸漢王遂誅三秦王定其地也

諸侯兵討嚇子襲韓信之謀也
趙地歙定臣陳趙王
張耳爲相陳餘爲將軍趙王間出爲燕軍所得
燕囚之欲與三分其地乃歸王使者至燕軍所得
之曰使者往十輩死若何以能得王廡養卒曰
中人曰吾爲公說燕與趙王載歸舍中人皆英
非若所知乃洗沐往見張耳陳餘爲道行見燕王
燕王問之對曰賤人希見長者願請一巵酒已
飲又問之後曰殿人希見長者願復請一巵酒
興之酒卒曰王知臣何欲燕王曰欲得而王耳卒

曰君知張耳陳餘何人也燕王曰賢人也曰君知
其意何欲曰欲得其王耳趙卒矣曰君未知兩
人所欲也夫武臣張耳陳餘杖馬箠下趙數十
城此亦各欲南面而王豈為卿相終己邪夫
豈可同日道哉顧其勢初定未敢三分而王且
以長少先立武臣為王以持趙心今趙地已服
此兩人亦欲分趙而王時未可耳今君囚趙王
此兩人名為求趙王實欲燕殺之此兩君分趙
自立夫以一趙尚易燕況兩賢王左提右挈而
直義而以責不直之弱燕滅無日矣燕王以為
然乃遣趙王養卒為御而歸之得反國復立

王趙卒之謀也
酈食其號酈生說漢王匡聞之知元之天者以王
聞其下乃有藏粟其多毀人按榮陽不堅守敖
倉乃引而東令謫過卒分守成皐此乃天所以
資漢方今楚易取而漢反卻自守便臣竊以為
過矣且兩雄不俱立楚漢久相持不決百姓騷
動海內搖蕩農夫釋耒工女下機天下之心未
有所定也願陛下急復進兵收取榮陽實敖倉
之粟塞成皐之險杜太行之路距蜚狐之口守

白馬之津以示諸侯形制之勢則天下知所歸
矣漢王曰善乃從其計畫復守敖倉卒食不
盡以撓項氏其後果楚反將軍皆酈生之謀也
酈生說漢王曰方今燕趙已復唯齊未下今田
橫據千里之齊田間擁二十萬之軍於歷城諸
田宗強負海阻河濟南近楚難以詐諭下雖
遣數十萬師未可以歲月下也臣請奉明詔說
齊王令稱東藩於是使酈生食其說齊王曰
知天下之所歸乎王曰不知也曰王知天下之
所歸則齊國可得而有也若不知天下所歸則

齊國未可得也齊田生謂漢王曰鱉漢王曰
先生何以言之曰漢王與項王戮力西面擊秦
約先入咸陽者王之漢王先入咸陽項王倍
約不與而王漢中項王遷殺義帝漢王起蜀漢之
兵擊三秦出關而責義帝之處收天下之兵立
諸侯之後降城即以侯其將得賂即以分其士
與天下同利豪桀賢才皆樂為之用諸侯之
兵四面而至蜀漢之粟方船而下項王有倍約
之名親義帝之實於人之功無所記於人之過
無所忘戰勝而不得其賞拔城而不得其封非
項氏莫得用事為人刻印刓而不能授攻城得

賂積財而不能賞天下眸之賢才怨之而莫為
之用故天下之事歸於漢王可坐而策也夫漢
王發蜀漢定三秦涉西河之外率上黨之兵下
斤陘誅成安破此魏舉敖倉之粟塞城皋之
白馬之津杜太行之阪距蜚狐之口天下後服
者先亡矣王疾下漢王齊國社稷可得而保也
不下漢王危亡可立而待也田橫以備守之鄙
生之蹠也及齊人蒯通說韓信曰足下受詔擊
齊何故止將二軍之粮不如一豎儒之功可因

新中備聖之辭治從之鄙生為田橫所害云
通亦不得其所由不仁也
漢三年項羽急圍漢王榮陽漢王恐憂與酈生
謀撓楚權酈生曰昔湯伐桀封其後於杞武王
伐紂封其後於宋今秦無德弃義侵伐諸侯社
稷畢授印已此君臣百姓必皆戴陛下德莫
國後滅六國之後使無立錐之地陛下誠復立六
不卹風慕義願為臣妾德義已行陛下南鄉稱
霸楚必斂衽而朝漢王曰善趣刻印先生因行
佩之矣酈先生未行張良從外求謁漢王方食
曰子房前客有為我計撓楚權者具以食其言

告之曰其於子房意如何良曰誰為陛下畫此
計者陛下事去矣漢王曰何哉良對曰臣請借
前箸而籌之曰昔湯伐桀而封其後於杞者斷
能制桀之死命也陛下能制項籍之死命乎曰
未能也其不可一也武王伐紂封其後於宋
者斯能得紂之頭乎曰未能也其不可二也武
王入殷表商容之間封比干之墓軾箕子之門
軾箕子之門封比干之墓散鹿臺之錢發鉅橋之粟
墓今陛下能封聖人之
可三矣發鉅橋之粟以賜貧窮今陛下能發府庫以賜貧窮乎曰未能也其不可
陛下能散府庫以賜貧窮乎曰未能也其不可

四矣殷事已畢偃革為軒倒載干戈示天下
不復用須沺華山之陽以示不復用武王曰未能
也其亦可五也休馬於華山之陽以示無所用
今陛下能休馬無所用乎曰未能也其不可六
不復輸粮于曰未能也其不可七矣且夫天下
矣休牛於桃林以示不復輸粮夫天下游
游士捐其親戚弃墳墓去故舊從陛下游者但
日夜望尺寸之地今復立六國韓魏燕趙齊楚之後
其王皆復立游士各歸事其主從其親戚反其
故舊墳墓陛下誰與取天下乎其不可八也且
夫楚惟無強六國復撓而從之陛下焉得而臣

之乎誠用客之計陛下之事去矣漢王輟食吐
哺罵曰堅儒幾敗乃公事令趣銷印止不使遂
并天下之兵誅項籍定海内張子房之謀也
漢五年追擊項王至陽夏南止軍與淮陰侯
運応侯彭越期會而擊楚軍大破之漢王後至
漢軍大破之漢王復入壁深塹而守之謂張子
房曰諸侯不從約奈何對曰楚兵且破而未有
分地其不至固宜君王能興共天下今可立致
也則不能事未可知也君王能自陳以東傅海
盡與韓信睢陽以北至穀城盡與彭越使各自
為戰則楚易敗也漢王乃使使者告韓信彭越

爲留侯及蕭何等其餘功臣皆未封群臣自起
時中臣願封留足矣不敢當齊三萬户乃封良
與上會留此天以臣接陛下陛下用臣計幸而
房功也子房自擇齊三萬户良曰始臣起下邳
高皇帝曰運籌策帷幄之中決勝千里之外子
陽以北穀城與相國傅者至韓信彭越皆至
報曰請今進兵乃從齊行彭越亦自樂至
日并力堅壁楚巳破自凍入東傅汝與將工眹
津二君之功張子房之謀也
諸侯來會遂破楚軍于垓下追項王誅之於淮

恐不得封咸不自安有搖動之心於是高皇帝
在雒陽南宮上臺見群臣往往相與坐沙中語
上曰此何語留侯曰陛下不知乎謀反耳上曰
天下屬安何故而反留侯曰陛下起布衣與此
屬定天下陛下已為天子而所封皆蕭曹故人
所誅皆平生怨仇今軍吏計功以天下不足以
偏封此屬畏陛下不能盡封又見疑平生過失
及誅故即聚謀反耳上乃憂曰為之柰何留侯
曰上平生所憎群臣所共知誰最甚者上曰雍
齒與我有故數嘗窘辱我從釋之為其功多故不
忍留侯曰今急先封雍齒以示群臣群臣見雍

敬曰陛下取天下與周室異周之先自后稷堯
對曰陛下都雒陽豈欲與周室比隆哉上曰然
不敢易與將軍入言上上召見見食已而問敬
欲與雒衣裘敬曰臣願見上言便宜事虞將軍
見齊人虞將軍曰臣願見上言便宜事虞將軍
齒得封即人人自堅矣於是上置酒封雍齒爲
方侯而急詔趣丞相御史定功行封群臣罷
之謀使國家安寧宗世無患者張子房
高皇帝五年齊人婁敬戍隴西過雒陽脱輓輅

封之邰積德累善十餘世公劉避桀居邠大王
以狄伐故去邠杖馬箠居岐國人爭歸之及文王
為西伯斷虞芮訟始受命呂望伯夷自海濱來
歸之武王伐紂不期而會孟津上八百諸侯咸
殷成王即位周公之屬傅相乃營成周雒邑以
為天下中諸侯四方納貢職道里均矣有德則
易以王無德則易以亡凡居此者欲令周務以德
以致人不欲恃險阻令後世驕奢以虐民及周
之衰分而為兩天下莫朝周不能制非德薄形勢
弱也今陛下起豐鎬收卒三千人以之徑往卷
蜀漢定三秦與項羽大戰七十小戰四十使

夫天下之民肝腦塗地父子暴骨中野不可勝數哭
泣之聲未絕傷痍者未起而欲比隆於成康
之時臣竊以為不侔也且夫秦地被山帶河四
塞以為固卒然有急百萬之眾可具也因秦之故
資甚美膏腴之地此謂天府陛下入關而都之
山東雖亂秦之故地可全而有也夫與人鬥而不搤
其亢拊其背未全勝也高皇帝疑問左右大臣
皆山東人多勸上都雒陽東有成皐西有殽黽
倍河向洛其固亦足恃且周王數百年而
二世而亡不如都雒陽留侯張子房曰雒陽雖有
此固國中小不過數百里田地薄四面受敵此

非用武之國夫關中左殽函右隴蜀沃野千里
南有巴蜀之饒北有故苑之利阻三面而守一隅
東向制諸侯諸侯安定河渭漕輓天下西給京
師諸侯有變順流而下足以委輸此所謂金城
千里天府之國也婁敬說是也於是高皇帝即
日駕西都關中由是國家安寧雖彭越陳豨盧
綰之謀九江燕代之兵及吳楚之難關東之兵
雖百萬之師猶不能以為害者保仁德之惠
守關中之固也國以為害者乃劉也賜姓
上曰本言都秦地者乃劉也賜姓
劉氏拜為郎中號曰奉春君後卒為建信侯留

侯張子房松漢已定性多疾惡即道引不食穀
門不出歲餘上欲廢太子立戚夫人子趙王
如意大臣多爭未能得堅決者也呂后恐不知
所為人或謂呂后曰留侯善畫計策上信用之
呂后乃使建成侯呂澤劫留侯曰君常為上計
今日欲易太子君安得高枕卧留侯曰始上數
在困急之中幸用臣策今天下安定以愛欲易
太子骨肉間雖臣等百餘人何益呂澤強要曰
為我畫計留侯曰此難以口舌爭顧上有所不
能致者天下有四人東園公綺里季夏黃公角里
先生此四人者年老矣皆以上慢侮士故逃匿

山中義不為漢臣然上高此四人公能無愛
金玉璧帛令太子為書卑辭安車因使
辯士固請宜來因使令上見之則一助
也於是呂后令呂澤使人奉太子書卑辭厚禮
迎此四人四人至客建成侯所
布軍歸疾益甚愈欲易太子留侯諫不聽因疾
不視事叔孫太傅稱說引古今以死爭太子上
詳許之猶欲易之及燕置酒太子侍四人者從
太子年皆八十有餘鬚眉皓白衣冠甚偉上怪
之問曰何為者四人前對各言其名姓上乃驚

曰吾求公數歲公避逃我今公何自從吾兒游
乎四人皆對曰陛下輕士善罵臣等義不辱故
恐而亡匿竊聞太子為人仁孝恭敬愛士天下莫不
延頸欲為太子死者故來耳上曰煩公幸卒調
護太子四人為壽已畢趨去上目送之召戚夫
人指示四人者曰我欲易之彼四人輔之羽翼
已成難動矣呂氏真而主矣戚夫人泣上曰
為我楚舞吾為若楚歌歌曰鴻鵠高飛一舉千
里羽翮已就橫絕四海橫絕四海又可奈何
有矰繳尚安所施歌數闋夫人嘘唏流涕上
起去罷酒竟不易太子者留侯召四人之謀也

漢十一年黥布反上病欲使太子將往
擊之是時四人相謂曰凡來者將
以存太子太子將兵事危矣乃說建成侯曰
太子將兵有功則位不益於太子無功則從此受禍矣且太
子所與俱諸將皆嘗與上定天下梟將也今使
太子將之此無異使羊將狼也皆不肯為用
力其無功從此受禍乃說呂后承間為上泣
夜侍御趙王常居前上終不肯使此子居呂后
子上明乎其代言黥布天下猛將善用兵諸將皆
承間為上泣言黥布天下猛將善用兵諸將皆

陛下故等夫人用且使布聞之即鼓行而西耳雖疾彊
護之諸將不敢不盡力雖苦為妻子計載輜
車臥而行於是呂澤立夜見呂后呂后承間為
上泣而言如四人意上曰吾惟豎子故不足遣
乃公自行耳於是上自將兵而東群臣居守皆送至
灞上留侯疾強起至曲郵見上曰臣宜從病甚
楚人剽疾願上無與楚人爭鋒因說上曰令太
子為將軍監關中諸侯兵上曰子雖病彊
臥而傅太子是時叔孫通已為太子太傅留侯
行少傅事漢遂誅黥布太子安矣國家太傅留侯之謀也

四公子之謀也

齊悼惠王者孝惠皇帝二年悼惠王入朝矣
皇帝與悼惠王讌飲乃行家人禮同席居太后
慇乃進爲酒孝惠皇帝知欲代之乃止悼惠
王懼不得出城上車太息内史參乘怪問其故
惠王具以狀語内史内史曰王寧全身而已何
哉内史曰魯元公主太后之女大王之弟也大
王封國七十餘城而魯元公主湯沐邑少大王
誠獻一城之邑爲魯元公主湯沐邑内有親親之恩
外有順太后之喜意太后必大喜是七十城而得

六十城也悼惠王曰善至郎上奏獻十城爲魯
元公主湯沐邑太后果大悅愛邑厚賜悼惠王
而歸之國遂安齊内史之謀也
孝武皇帝時大行王恢數言擊匈奴之便可以
除邊境之害欲絕和親之約御史大夫韓安國
以爲兵不可動孝武皇帝召群臣而問曰朕欲
子女以配單于常帛文錦賂之甚厚今欲
命加慢侵盜無已邊郡數驚朕甚閔之今欲
兵以攻匈奴如何大行王恢稽首曰善陛下
下不言臣固竊之臣間今代之先比比有
疆胡之廟内連中國之兵也然尚得

梧揵以時倉廩高實守禦之備具匈奴不敢輕
侵也今以陛下之威海内爲一家天下同任遣
子弟乘邊守塞轉粟輓以爲之備而匈奴侵
盜不休者無他不痛之患也臣以爲擊匈奴之便
史大夫安國稽首曰不然臣聞高皇帝
嘗圍於平城匈奴至而投鞍高於城者數所平
城之厄七日不食天下歌之及解圍反位無忿
怨之色雖得天下而不報平城者非以己之私
不能也夫聖人以天下爲度者也不以己爲
怒傷天下之公義故遣劉敬結爲和親至今爲
世刺孝文皇帝嘗元天下之精兵於嘗嵞廣

武無尺寸之功天下歌約要之民無不憂者
孝文皇帝語兵者兇器可以爲和親之約至
今爲後世利臣以爲滿主之世臣故
曰勿擊便大行王曰不然夫明於形者分則不過
於事察於動者用則不失於刺審於靜者怡則
免於患高帝被堅執銳以除天下之害
七存者什三行者垂泣而況於兵夫以天下之害
沾風雨行幾十年伏尸蒲澤積首者山死者什
力厭事之民而蒙匈奴飽俠其勢不得故結和
親之約所以休天下之民高皇帝明於形而
以分事通於動靜之時蓋五帝不相同樂三王

不祠襲禮者非故捐反也各因世之宜也教與
時變備與獻化守一而不易不足以子民令匈
奴縱意日久侵盜無已係虜人民戍卒死傷
中國道路攜車相望此仁人之所哀也臣故曰不易
擊之便御史大夫曰不然常是故古之人君謀事必就
墾政必擇語重作事也自三代之盛遠方夷狄
不與正朝服色非威不能制非強不能服也以
為遠方絕域不收之民不足以畜牧為業弧弓射獵逐
獸隨草居厥無常難得而制也至不及圖去不

可追來君兩解若收電令使邊鄙父慶耕織
之業以支勾奴常事其勢不權臣故曰勿輕業
便大行曰不然夫神蛟濟於淵而鳳鳥乘於風
聖人因於時昔者秦繆公都雍郊地方三百里
知時之變攻取戎辟地千里并國十二隴西北
地是也其後蒙恬為秦侵胡以河為境烽燧然後
城積木為寨匈奴不敢飲馬北河置
歇牧馬為寨匈奴可以力服也今匈奴
以中國之大萬倍之資遣直必不留行也則北
譬如月氏可得而臣也臣故曰擊之便御史大夫
發如月氏可得而臣也臣故曰擊之便御史大夫

日不然臣聞善戰者以飽待飢安行定舍以待
其勞整治施德以待其亂按兵奮威深入伐
其衰也故常坐而役敵國此聖人之兵也夫
之遇敵正遺人獲之不至千里人馬絕飢勞
八而長驅難以為功夫橫行則中絕從行則迫
盛之有衰也不能起毛羽強督未加不能入魯縞
則臣不知不然未見夫草木之中霜露不可以風
之便大行曰不然夫深入之利也臣故曰勿擊之
脅徐則後利疾則敵國比深入之說妙可以橫之
以遇敵則正遺人獲之意著有他說妙可以橫之
之便大行曰不然夫深入之利也臣故曰勿擊以
過濟水明鏡不可以形遯也通方之人不可以

文罰令臣言擊之者固非使而深入也將順因
單于之欲誘而致之之邊吾伏以備之吾勢以成或當其
陰遮險阻以備之吾勢以成武當其左或當其
右或當其前或當其後聖人可擒百全必取臣
十五罷廢凋敝有姓空虛道鑒相望連禍相攻擊
將師伏兵於馬邑誘致單于既入塞道覺
之奔走而去其後交兵接刃結怨連禍相攻擊
單于之便於是遂從大行之言舉武皇帝自
夫橐蒲以下煩動天下騷擾中國之務役在
冦盜蒲以下煩動天下騷擾中國之務役在
暴上揭干戈下燋黎民恐恐懼西河
夫橐蒲以下煩動天下朕甚哀之恐民也朕甚憂

聞封丞相嬰曰富民侯遂不復言兵事國家以
尊禮嗣以定從韓安國之本謀也
孝武皇帝時中大夫主父偃為策曰古諸侯不
過百里強弱之形易制也今諸侯或連城數十
地方千里緩則驕易為淫亂急則阻其強而合
從謀以逆京師今以法割之即逆節萌起前日
晁錯是也今諸侯子弟或十數而適嗣代立餘
雖骨肉無尺地之封則仁孝之道不宣願陛下
令諸侯得推恩分子弟以地侯之彼人人喜得
所願上以德施實分其國而稍自消弱矣於是
上從其計因賜羈馬及弩不得出絕遊說之路重
附益諸侯之法急詆譭其君之罪諸侯王遂以
弱而合從之事絕矣主父偃之謀也

新序卷之十

| 저자 소개 |

민관동 閔寬東, kdmin@khu.ac.kr
· 忠南 天安 出生
· 慶熙大 중국어학과 졸업
· 대만 文化大學 文學博士
· 前 : 경희대학교 외국어대 학장, 韓國中國小說學會 會長, 경희대 比較文化研究所 所長.
· 現 : 慶熙大 중국어학과 敎授

著作
· 《中國古典小說在韓國之傳播》, 中國 上海學林出版社, 1998.
· 《中國古典小說史料叢考》, 亞細亞文化社, 2001.
· 《中國古典小說批評資料叢考》(共著), 學古房, 2003.
· 《中國古典小說의 傳播와 受容》, 亞細亞文化社, 2007.
· 《中國古典小說의 出版과 硏究資料 集成》, 亞細亞文化社, 2008.
· 《中國古典小說在韓國的硏究》, 中國 上海學林出版社, 2010.
· 《韓國所見中國古代小說史料》(共著), 中國 武漢大學校出版社, 2011.
· 《中國古典小說 및 戲曲硏究資料總集》(共著), 학고방, 2011.
· 《中國古典小說의 國內出版本 整理 및 解題》(共著), 학고방, 2012.
· 《韓國 所藏 中國古典戲曲(彈詞 · 鼓詞) 版本과 解題》(共著), 학고방, 2013.
· 《韓國 所藏 中國文言小說 版本과 解題》(共著), 학고방, 2013.
· 《韓國 所藏 中國通俗小說 版本과 解題》(共著), 학고방, 2013.
· 《韓國 所藏 中國古典小說 版本目錄》(共著), 학고방, 2013.
· 《朝鮮時代 中國古典小說 出版本과 飜譯本 硏究》(共著), 학고방, 2013.
· 《국내 소장 희귀본 중국문언소설 소개와 연구》(共著), 학고방, 2014.
· 《중국 통속소설의 유입과 수용》(共著), 학고방, 2014.
· 《중국 희곡의 유입과 수용》(共著), 학고방, 2014.
· 《韓國 所藏 中國文言小說 版本目錄》(共著), 中國 武漢大學出版社, 2015.
· 《韓國 所藏 中國通俗小說 版本目錄》(共著), 中國 武漢大學出版社, 2015.
· 《中國古代小說在韓國研究之綜考》, 中國 武漢大學出版社, 2016.
· 《삼국지 인문학》, 학고방, 2018.
외 다수.

翻譯
· 《中國通俗小說總目提要》(第4卷 - 第5卷)(共譯), 蔚山大出版部, 1999.

論文
· 〈在韓國的中國古典小說翻譯情況研究〉, 《明淸小說研究》(中國) 2009年 4期, 總第94期.
· 〈朝鮮出版本 新序와 說苑 연구〉, 《中國語文論譯叢刊》 第29輯, 2011.7.

· 〈中國古典小說의 出版文化 研究〉, 《中國語文論譯叢刊》第30輯, 2012.1.
· 〈朝鮮出版本 中國古典小說의 서지학적 考察〉, 《中國小說論叢》第39輯, 2013.
· 〈한 · 일 양국 중국고전소설 및 문화특징〉, 《河北學刊》, 중국 하북성 사회과학원, 2016.
  외 다수

유승현 劉承炫, xuan71@hanmail.net
· 서울 출생
· 檀國大學校 중문학과 졸업
· 台灣 中國文化大學 문학박사
· 前 : 慶熙大學校 비교문화연구소 한국연구재단 토대연구팀 학술연구교수
· 現 : 慶熙大學校 비교문화연구소 한국연구재단 공동연구팀 학술연구교수

著作
· 《小說理論與作品評析》(공저), 台北 問津出版社, 2003.
· 《中國古典小說戲曲研究資料總集》(공저), 學古房, 2011.
· 《韓國 所藏 中國古典戲曲(彈詞 · 鼓詞) 版本과 解題》(공저), 學古房, 2012.
· 《中國古典戲曲(彈詞 · 鼓詞)의 流入과 受容》(공저), 學古房, 2014.

論文
· 〈朝鮮의 中國古典小說 수용과 전파의 주체들〉, 《中國小說論叢》제33집, 2011.4.
· 〈《西廂記》曲文 번역본 고찰과 각종 필사본 출현의 문화적 배경 연구〉, 《中國學論叢》제42집, 2013. 11.
· 〈《鷰子賦》의 민중적 웃음〉, 《中國小說論叢》제45집, 2015.4.
· 〈敦煌講唱의 민중적 웃음-〈晏子賦〉와 〈唐太宗入冥記〉를 중심으로〉, 《中國小說論叢》제48집, 2016年 4月
· 〈朝鮮刊本 《劉向新序》의 서지 · 문헌 연구〉, 《비교문화연구》제51집, 2018.6.
외 다수.

경희대학교 비교문화연구소 비교문화총서 17

朝鮮刊本 劉向 新序의 복원과 문헌 연구

초판 인쇄   2018년 11월 12일
초판 발행   2018년 11월 20일

공 저 자 | 민관동 · 유승현
펴 낸 이 | 하운근
펴 낸 곳 | 學古房

주   소 | 경기도 고양시 덕양구 통일로 140 삼송테크노밸리 A동 B224
전   화 | (02)353-9907 편집부(02)353-9908
팩   스 | (02)386-8308
전자우편 | hakgobang@naver.com, hakgobang@chol.com
홈페이지 | http://hakgobang.co.kr
등록번호 | 제311-1994-000001호

ISBN   978-89-6071-773-2 94810
            978-89-6071-771-8 (세트)

값 : 32,000원